Deutsch von Werner Peterich

Lawrence Sanders

DIE ZWEITE TODSÜNDE

Roman

Rowohlt

Die Originalausgabe erschien unter dem Titel
«The Second Deadly Sin»
im Verlag G. P. Putnam's Sons, New York

Schutzumschlag- und Einbandentwurf
von Werner Rebhuhn

1. Auflage Februar 1980

Gesamtherstellung Clausen & Bosse, Leck
Printed in Germany
ISBN 3 498 06135 6

I

Das Atelier war wie ein Aquarium, doch mit Licht gefüllt statt mit Wasser; die Frau und das Mädchen blinzelten. Victor Maitland warf die Tür hinter ihnen zu, drehte den Schlüssel um und legte die Kette vor. Langsam kehrte die Frau sich um und beobachtete ihn furchtlos.

«Ich weiß nicht mal deinen Namen, Mama», sagte Maitland.

«Ich deinen auch nicht», sagte sie lächelnd und ließ einen Goldzahn sehen.

Einen Augenblick starrte er sie an, dann lachte er.

«Stimmt», sagte er. «Ist ja aber auch scheißegal, oder?»

«Was für dreckige Ausdrücke, *Big Boy*», sagte sie immer noch lächelnd.

«Und erst meine Phantasie und mein Lebenswandel, die sind noch dreckiger.»

Sie sah ihn an und überlegte.

«Du willst mich zeichnen?» fragte sie verschmitzt. «Okay, ich steh für dich Modell. Zeig dir alles, was ich hab. Alles. Für zehn Dollar.»

«Zehn Dollar? Und wie lange?»

Sie hob die Schultern. «Die ganze Nacht.»

Er musterte den olivfarbenen fetten Leib.

«Nein, vielen Dank, Mama», sagte er und zeigte mit dem Daumen auf das Mädchen. «Die da will ich. Wie alt bist du, Süße?»

«Fünfzehn», sagte die Frau.

«Mußt du nicht in der Schule sein?» fragte er das Mädchen.

«Sie geht nich zur Schule», sagte Mama.

«Laß sie doch selbst reden», sagte er wütend.

Die Frau blickte sich argwöhnisch um und senkte die Stimme.

«Dolores . . .» Sie tippte mit dem Finger an die Schläfe und vollführte kleine Kreise. «Ein gutes Mädchen, aber nich besonders helle. Geht nich zur Schule. Kriegt keinen Job. Wieviel zahlst du?»

«Gut gewachsen?» fragte er.

Nun kam sichtlich Leben in die Frau. Sie küßte ihre Fingerspitzen.

«Wunderbar!» rief sie leidenschaftlich. «Dolores is 'ne regelrechte Schönheit.»

«Zieh dich aus!» wandte er sich an das Mädchen. «Mal sehen, ob ich was mit dir anfangen kann.»

Er ging mit großen Schritten durchs Atelier und schob das Posierpodest mit dem Fuß direkt unter das Dachfenster. Warmes Aprillicht fiel schräg ein. Er zerrte eine Kiste heran und kramte Skizzenblock und Kohlestifte heraus. Als er aufsah, stand das Mädchen immer noch reglos wie zuvor.

«Worauf wartest du?» rief er wütend. «Mach schon, runter mit dem Zeug! Zieh dich aus!»

Die Frau trat zu Dolores und ließ murmelnd einen Schwall Spanisch auf sie herniedergehen.

«Wo?» wandte sie sich dann laut an Maitland.

«Wo?» schrie er. «Hier! Wirf ihre Fetzen auf das Feldbett. Die Schuhe soll sie anbehalten; der Boden ist feucht.»

Wieder wandte die Frau sich an das junge Mädchen. Dolores begann sich auszuziehen, gelassen und geistesabwesend. Mantel und Kleid fielen auf die Liege. Ihre Unterwäsche war aus Baumwolle, grau und verschmutzt. Die Achselbänder waren mit Sicherheitsnadeln befestigt. Sie zog den Schlüpfer herunter und stand nackt da.

«Gut so», sagte Maitland. «Komm her und stell dich auf das Podest da.»

Mama nahm Dolores bei der Hand und half ihr hinauf. Dann trat sie zurück. Dolores' Blick war immer noch abwesend, sie hatte Maitland noch nicht angesehen. Sie stand unbeweglich, mit locker hängenden Armen. Er schritt um sie herum. Umkreiste sie ein zweites Mal.

«Herr im Himmel!» entfuhr es ihm.

«Was hab ich gesagt?» Mama strahlte. «Schön, was?»

Er würdigte sie keiner Antwort, rückte die Kiste zurecht, lehnte den Skizzenblock an eine Kanne Terpentin und starrte das Mädchen aus zusammengekniffenen Lidern an.

«Hast du was zu trinken, *Big Boy*?» fragte Mama.

«Bier. Im Kühlschrank», sagte er. «Kann sie englisch?»

«Bißchen.»

Maitland trat dicht an das Mädchen heran.

«Hör zu, Dolores», sagte er laut. «Stell dich mal so hin. Neig dich ein bißchen vor, stütz die Hände auf die Knie. Nein, nein, aus der Hüfte heraus . . . Sieh mich mal an . . . so . . . Und jetzt den Hintern raus. So ist es gut! Und jetzt den Rücken biegen. Kopf hoch! Mach schon . . . so. Kopf hoch. Noch etwas höher. Und die Beine ganz steif. So ist es richtig. Und drück die Titten raus.»

«Whiskey?» fragte Mama.

«Im Schränkchen unterm Ausguß. Die Titten, Dolores! Komm schon! Streck sie schön raus. Ja, genau so! Nicht mehr bewegen!»

Maitland trat rasch zurück und nahm den Skizzenblock auf. Er blickte Dolores an, dann aufs Papier und skizzierte – wenige, fieberhaft hingefetzte Striche. Er riß das Blatt ab und ließ es fallen, warf die nächste Skizze hin, nicht aus dem Handgelenk, sondern mit dem ganzen Arm.

Er riß auch dieses Blatt ab, ließ es fallen, begann mit einem neuen. Als er mit der dritten Skizze halb fertig war, brach die Holzkohle. Er schleuderte den Stummel gegen die Wand, lachte laut auf, ging mit großen Schritten zu dem nackten Mädchen, packte ihr Gesäß und tätschelte es begeistert.

«Gold!» schrie er dabei. «Pures Gold!»

Mama hockte auf dem Feldbett, die Whiskeyflasche in der einen, ein schmutziges, halbvolles Glas in der anderen Hand. Maitland riß ihr die Flasche aus der Hand und setzte sie an den Mund. Er nahm zwei große Schlucke und rülpste.

«Okay, Mama», sagte er. «Sie ist gut. Fünf Lappen die Stunde. Für zwei, drei Stunden am Tag.»

«Aber keine Schweinereien», warnte die Frau.

«Was?»

«Keine Schweinereien mit Dolores.»

Maitland lachte grölend. «Keine Schweinereien», beteuerte er. «Verdammt, ich rühr sie nicht an.»

«Schweinereien kostet mehr wie fünf Dollar», sagte die Frau grinsend.

Sie durfte das Glas leertrinken, dann schickte er die beiden weg. Mama versprach, Dolores Montagmorgen gegen elf zu bringen. Maitland schloß hinter ihnen ab und legte die Kette vor. Die Whiskeyflasche in der Hand, kehrte er zu seiner Materialkiste zurück. Er betrachtete die am Boden liegenden Skizzen, trank aus der Flasche, stieß die Blätter mit der Fußspitze an. Er rief sich ins Gedächtnis, wie das Mädchen ausgesehen hatte und komponierte in Gedanken bereits das erste Bild.

Es klopfte an der Ateliertür. Erbost über die Unterbrechung schrie er: «Wer ist da?»

Eine vertraute Stimme antwortete, und Maitland runzelte unwillig die Stirn. Er stellte die Flasche auf die Kiste, ging zur Tür, schloß auf und nahm die Kette weg. Dann riß er die Tür auf und wandte ihr den Rücken.

«Schon wieder du!» sagte er dabei.

Der erste Messerstich traf ihn weit oben, nahe der Wirbelsäule, mit solcher Wucht, daß Maitland taumelte. Sein Gesicht verzerrte sich, und er warf die Hände mit einer Geste des Entsetzens in die Höhe. Aber er ging nicht zu Boden.

Die Klinge wurde herausgerissen und wieder hineingestoßen. Wieder und wieder. Auch als Victor Maitland mit dem Gesicht auf den Dielen lag und das Leben aus ihm heraussickerte, wurde das Messer noch in ihn hineingerammt. Seine Finger krümmten sich kraftlos. Dann lag er still.

2

Seine Stieftöchter waren aufgeweckte Mädchen, die sich nichts vormachen ließen, und Edward X. Delaney, ehemals Chef der Kriminalpolizei, genoß ihre Gesellschaft beim Lunch. Er liebte die beiden von ganzem Herzen, doch ihre jugendliche Energie konnte einen weiß Gott ermüden. Ihr schrilles Lachen tat seinen Ohren weh.

Nachdem er sich vor ihrer Privatschule in Manhattan mit einem liebevollen Kuß von ihnen verabschiedet hatte, sah er sie mit einer Mischung aus Zärtlichkeit und Erleichterung die Treppe hinaufhüpfen und in der Schule verschwinden. Dort waren sie sicher aufgehoben. Er gestand sich ein, daß er in seinem Alter nur noch wünschte, alles möge so sein, ‹wie es sich gehört›. Darunter verstand er Ruhe,

Sauberkeit und Ordnung. Vielleicht hatte Barbara, seine erste Frau, doch recht, als sie behauptet hatte, er sei nur deshalb Polizist geworden, weil er Ordnung schön finde und darauf bedacht sei, der Welt die Ordnung zu erhalten. Nun . . . er hatte es versucht.

Er ging zur Fifth Avenue hinüber und wandte sich, die schrillen Kinderstimmen noch im Ohr, nach Süden. Es verlangte ihn in diesem Augenblick nach einer altmodischen irischen Bar: gedämpftes Licht, gedämpfte Stimmen, viel Mahagoni, mit Stoff bezogene Lampenschirme, geeiste Gläser und hundertjähriger Bierdunst. Solche Lokale gab es immer noch in New York. Es wurden zwar von Jahr zu Jahr weniger, aber es gab noch welche. Nur leider nicht an der oberen Fifth Avenue. Dafür gab es etwas anderes, etwas, wo es ruhig, sauber und ordentlich zuging – wie es sich gehörte . . .

Der Innenhof der Frick Galerie war eine Oase, ein Ort der Stille in der dröhnenden, lärmenden Stadt. Auf den blanken Steinbänken inmitten üppigen Buschwerks saß man wie in einem riesigen Terrarium im Auge des Orkans. Ringsum tobten Häßlichkeit und Gewalt, hier drinnen jedoch war es still, und man konnte ungestört seinen Gedanken nachhängen.

Er verweilte dort lange, änderte auf der harten Bank bisweilen seine Sitzposition und sann wieder einmal darüber nach, ob es wohl richtig gewesen war, vorzeitig in Pension zu gehen. Er hatte eine hohe, verantwortungsvolle Stellung mit großer Machtfülle aufgegeben; er war Chief der New Yorker Kriminalpolizei gewesen. Dreitausend Männer standen ihm zur Verfügung und ein gewaltiges Budget, das freilich niemals reichte. Kämpfen allerdings konnte man auf diesem Posten nur hinhaltend; Schlachten ließen sich gewinnen, der Krieg nie. So waren die Verhältnisse nun mal. Worauf es ankam, war, nicht aufzugeben.

Und eben das hatte er getan. Es war eine persönliche Kapitulation gewesen, nicht die Kapitulation der Polizei. Er stellte seinen Posten nur zur Verfügung, weil er das politische Drumherum nicht mehr ertragen konnte, das mit jedem hohen Amt verbunden ist.

Selbstverständlich wußte er vor Antritt seines Postens, welche Rolle die Politik in den oberen Rängen der Polizei spielt. Daran war nichts Ungewöhnliches, nichts Verachtenswertes. Eine Großstadt ist ein gesellschaftliches Gebilde, in dem unvermeidlich einander widerstreitende Interessen aufeinanderprallen, Beschränktheit und brennender Ehrgeiz, Idealismus, Zynismus, Intrigen, Verrat und Korruption. Politik ist mit dem Funktionieren eines jeden gesellschaftlichen Organismus verbunden, der aus mehr als zwei Menschen besteht.

Unerträglich wurde das für Delaney erst, als die Politik seine Amtsführung beeinflussen, ihm vorschreiben wollte, wie er seine Aufgaben wahrnehmen, seine Untergebenen einsetzen, die Schwerpunkte der polizeilichen Tätigkeit bestimmen sollte. Was ihm wesentlich erschien und was nicht, was er vor der Presse verlautbarte, seine Beziehungen zu anderen städtischen Behörden, zur Landes- und zur Bundespolizei – das alles sollte nach politischen, statt nach sachlichen Gesichtspunkten gehandhabt werden.

Deshalb ersuchte er nach langen Gesprächen mit seiner zweiten Frau Monica um Versetzung in den Ruhestand. Sie waren sich darin einig, daß sein Seelenfrieden wichtiger sei als ein volles Gehalt und die anderen Vorteile, die mit seiner Stellung verbunden waren. Die Behörde, so dachte er nun bekümmert, hat sich mit meinem Ausscheiden erstaunlich gut abgefunden. (Er habe «das Boot beinahe zum Kentern gebracht», war zwar anfangs geflüstert worden; er halte «nicht zur Mannschaft».) Doch gab man das übliche feierliche Abschiedsessen für ihn, schenkte ihm hübsche Gepäckstücke und goldene Manschettenknöpfe, und Commissioner und Bürgermeister bescheinigten ihm, tüchtig, loyal und vertrauenswürdig gewesen zu sein, ein unersetzlicher Mitarbeiter. Blah Blah bis zuletzt.

Da saß er nun: die sechzig rückte näher, und hinter ihm lag ein ganzes Leben bei der Polizei: Streifenpolizist, Versetzung zur Kriminalpolizei, allmählicher Aufstieg zum Sergeant, dann Lieutenant, als Captain Leiter eines Polizeireviers, endlich Chief der gesamten Kriminalpolizei. Keine schlechte Karriere. Was die Zahl der öffentlichen Belobigungen betraf an zweiter Stelle seit Bestehen des städtischen Polizeikorps. Narben, die Zeugnis ablegten für seinen Mut. Einige Reformen des Dienstreglements, von denen der normale Bürger nichts wußte, die aber seither fester Bestandteil der polizeilichen Ausbildung waren, gingen auf ihn zurück. Ihm war es zu danken, daß Verdächtigen die Hände auf dem Rücken gefesselt wurden. Nicht gerade zu vergleichen mit der Entdeckung der Schwerkraft oder der Atomenergie, aber immerhin wichtig. Jedenfalls für Polizeibeamte.

Er mochte nicht zugeben, daß er sich langweilte. Konnte denn jemand, der sich selbst einer so strengen Disziplin unterwarf und so selbstgenügsam war, an Langeweile leiden? Auf gelegentlichen Reisen mit seiner Frau vermied er es mit Bedacht, Kollegen in Fort Lauderdale, Florida, oder La Jolla, Kalifornien, zu behelligen; solche Besuche (noch dazu von Polizeibeamten im Ruhestand!) sind für eine stets unter Druck stehende Polizeibehörde nur lästig, einerlei ob in der Großstadt oder auf dem Lande.

Daheim, in dem Haus aus braunem Sandstein direkt neben dem 251. Revier (*seinem* ehemaligen Revier), gab er sich Mühe, Monica nicht im Wege zu sein, ihr auch nicht wie ein junger Hund auf Schritt und Tritt zu folgen, was er bei pensionierten Kollegen beobachtet hatte. Er las viel, besuchte Museen, schrieb Briefe an seine Kinder aus erster Ehe. Er ging mit Monica in Restaurants und ins Theater, lunchte mit seinen Stieftöchtern in deren Mittagspause, trank gelegentlich ein Glas mit ehemaligen Kollegen und hörte sich ihre Klagen und Probleme an. Er gab jedoch nur dann einen Rat, wenn er darum gebeten wurde. Man besuchte ihn, nachdem er pensioniert war, anfangs oft, später seltener.

Und er ging viel spazieren, durchstreifte ganz Manhattan, besuchte Viertel, die er seit seiner Zeit als Streifenpolizist nicht mehr gesehen hatte, und staunte immer noch von neuem darüber, wie sehr die Stadt sich verändert hatte, ja, sich immer noch veränderte – ein ständiges Fließen, das einem schwindlig machte, so schnell vollzog es sich: in einem jüdischen Mittelstandsviertel wohnten jetzt nur noch Portorikaner; eine Straße mit heruntergekommenen Reihenhäusern wurde von jungen Ehepaaren bezogen und sehr hübsch restauriert; Wolkenkratzer wurden abgerissen und machten Parkflächen Platz; wo früher eine Fabrik gestanden hatte, war jetzt eine Grünanlage; manche Straßen waren überhaupt ganz verschwunden; und wo ehedem ein Pelzhändler neben dem anderen gesessen hatte, gab es jetzt eine Unzahl von kleinen Kunstgalerien.

Indessen, man konnte nicht unentwegt Briefe schreiben, Bücher lesen, Spaziergänge machen. Es blieb ein Rest . . .

Such dir einen Job, hatte Monica vorgeschlagen. Als Detektiv in einem Warenhaus. Bau dir eine eigene Firma auf, Werkschutz oder so etwas Ähnliches. Könntest du nicht eine Auskunftei betreiben? Privatdetektiv sein? Wie im Fernsehen?

Nein, hatte er lachend gesagt und sie geküßt. Er konnte kein Privatdetektiv sein wie im Fernsehen.

Als der Nachmittag fortschritt und es im schönen Innenhof der Frick Galerie dunkler wurde, stand er auf und ging zum Ausgang, ohne einen Ausstellungsraum besucht zu haben. Er kannte die Gemälde. El Grecos *Heiliger Hieronymus* war eines seiner Lieblingsbilder, und in der Galerie hing ein Porträt, das Don Ameche ähnelte. Dieses Bild gefiel ihm gleichfalls. An der prachtvollen Orgel auf der Treppenempore vorüber ging er nach draußen.

Man erzählte sich, der alte Frick, dieser industrielle Raubritter, der den Palast erbaut hatte, habe, wenn er wieder einmal Arbeiter hatte niederknüppeln lassen oder einen Konkurrenten ruiniert hatte, in diesem traulichen Eigenheim die Füße hochgelegt und verträumt gelauscht, wenn sein Hoforganist ihm *Und wieder geht ein schöner Tag zu Ende* . . . vororgelte.

Bei dieser Vorstellung lächelte Edward X. Delaney und drückte dem Mann an der Garderobe, der ihm seinen schwarzen Homburg brachte, fünfundzwanzig Cent in die Hand.

Der Mann befühlte die Münze und sagte: «Vielen Dank, Chief.»

Überrascht und erfreut sah Delaney ihn an, sagte jedoch nichts. Doch als er das Gebäude verließ, dachte er: Man hat mich also nicht ganz vergessen! Erst nach einer Weile ging ihm auf, daß der Mann ‹Chief› gesagt haben konnte, wie man ‹Kumpel› sagt oder ‹Freund›. «Vielen Dank, Kumpel.» Vielleicht bedeutete es weiter nichts als das. Immerhin . . .

Auf der Fifth Avenue wandte er sich nach Süden und genoß den schwindenden Mainachmittag. Man konnte sagen, was man wollte, im richtigen Augenblick und an der richtigen Stelle war New York eine verdammt *schöne* Stadt. Die über dem Central Park sinkende Sonne hüllte die ragenden Hochhaustürme in einen goldenen Schimmer und ein Hauch von duftendem Grün wehte vom Park herüber. Die Bürgersteige der Fifth Avenue waren sauber, die Fußgänger fröhlich und wohlgekleidet. Der an- und abschwellende Verkehr gehörte einfach dazu. Er wurde von Jahr zu Jahr dichter, war bereits vor Delaneys Geburt dagewesen und würde noch da sein, wenn er längst unter der Erde lag. Dieser Gedanke hatte etwas Tröstliches für ihn, und das wiederum fand er komisch.

Er ging bis zur 55th Street hinunter und bahnte sich durch immer dichtere Menschentrauben den Weg nach Süden. Kauflustige. Touristen. Boten. Eine Gruppe von Hare Krishna-Jüngern. Ein junges Mädchen, das Zither spielte. Fliegende Händler. Bettler. Müßiggänger. Er sichtete Dirnen und Halbstarke auf der Pirsch, doch im wesentlichen war es eine harmlose, gutartige Menge. Pflastermaler (Schmetterlinge auf schwarzem Samt), politische und religiöse Fanatiker mit amerikanischen Flaggen, Demonstranten mit Spruchbändern, beäugt von einem Polizisten, der träge seinen Gummiknüppel schwang. Delaney fühlte sich zugehörig. Meine Familie, war er versucht zu denken. Doch das war, wie er zugeben mußte, einfach zu weit hergeholt und lächerlich.

Er war ein massiger, zum Grübeln neigender Mann. Mit seinen gerundeten Schultern machte er einen eher grobschlächtigen Eindruck. Gut aussehend, wenn auch schwer und gealtert, mit grauem Bürstenschnitt. Feierliches Gehabe; er neigte zu Schwermut, und man merkte es ihm an. Seine Hände waren Fäuste. Und sein wiegender Gang war der des altgedienten Streifenpolizisten.

Er trug einen dunklen Anzug aus schwerem Flanell, die Weste geschmückt mit einer dicken goldenen Uhrkette, die einst seinem Großvater gehört hatte. An einem Ende der Kette in der Westentasche eine Sprungdeckeluhr. Die hatte seinem Vater gehört und schon vor fünfzig Jahren aufgehört zu gehen. Zwanzig Minuten vor zwölf. Oder vor Mitternacht. Am anderen Ende der Kette die verzierte Miniatur seiner Dienstmarke, die seine Frau ihm zur Pensionierung geschenkt hatte.

Der schwarze Homburg saß auf seinem Kopf wie aus Gußeisen. Er trug ein weißes Hemd mit gestärktem Kragen, dazu eine kastanienbraune Krawatte aus Seidenrips. Ein weißes Taschentuch in der Brusttasche seines Jacketts, ein zweites in der linken Hosentasche. Beide frisch gewaschen. Und gebügelt. An den Füßen mattglänzende knöchelhohe Schnürstiefel aus schwarzem Känguruhleder mit dicker Sohle. War er müde, wurde sein Schritt stapfend.

Plötzlich wußte er, wohin er wollte. Er überquerte die 55th Street und wandte sich nach Osten.

«Chief!» rief jemand.

Er blickte auf. Der verkehrswidrig am Rinnstein geparkte Wagen, ein staubiger, blauer Plymouth, gehörte unverkennbar der Polizei. Ein weißer Zivilist stieg aus und grinste. Ein gleichfalls lächelnder

Schwarzer saß am Steuer und beugte sich vor, um zu Delaney hinaufzublicken.

«Wie geht's, Chief?» fragte der Weiße und streckte ihm die Hand hin. «Sie sehen ausgesprochen gut aus.»

Delaney schüttelte die dargebotene Hand und versuchte, sich zu erinnern.

«Shakespeare», sagte er plötzlich. «William Shakespeare. Wie kann man das nur vergessen.»

«Richtig», sagte der Detektiv und lachte. «Wir haben im Fall Lombard mit Ihnen zusammengearbeitet.»

«Und Sam Lauder», sagte Delaney. Er lehnte sich vor, um dem Schwarzen am Steuer die Hand zu geben. «Ihr beide seid also immer noch verheiratet?»

«Das sollte man meinen, wenn man hört, wie wir uns zanken.» Lauder lachte. «Was machen Sie denn so, Chief?»

«Ich kann mich nicht beklagen», sagte Delaney fröhlich. «Na ja, eigentlich doch – aber wer hört mir schon zu? Wie geht es Ihnen?»

«Ich bin befördert worden», sagte Shakespeare stolz. «Und Sam auch. Auf Ihren Vorschlag übrigens.»

Delaney wehrte ab.

«Ihr wart alle beide dran», sagte er. Er wies in Richtung Fifth Avenue, auf das elegante Hotel *Knickerbocker*, das letzte Hotel in New York mit einem Billardzimmer. «Was treibt ihr denn hier – kleiner Ausflug?»

«Ach wo», sagte Shakespeare. «Überwachungsauftrag. Sam und ich sind für den Sommer der Hotel-Abteilung von der East Side zugeteilt. Schon mal was von einem schrägen Vogel namens Al Kingston gehört?»

«Al Kingston?» wiederholte Delaney. Er schüttelte den Kopf. «Nein, nicht, daß ich wüßte.»

«Arthur King? Albert Kingdon? Alfred Ka . . .»

«Moment, Moment», fiel ihm Delaney ins Wort. «Arthur King. Da klingelt was bei mir. Hotelzimmer und Juwelierläden. Arbeitet allein oder mit einer jungen Schnepfe. Kommt und geht so unauffällig und so flink, daß kein Mensch ihn jemals festnageln konnte.»

«Genau der ist es.» Shakespeare nickte. «Wurde zwar schon 'n dutzendmal festgenommen, aber wir konnten ihm nie was anhängen. Miami hat ihn uns angekündigt, und wir haben ihn auch richtig auf dem Flughafen in Empfang genommen. Seither behalten wir ihn im Auge, aber ziemlich locker. Wir haben einfach nicht genug Leute.»

«Ich weiß», sagte Delaney mitfühlend.

«Immerhin: das hier ist sein dritter Besuch im *Knickerbocker*. Wir vermuten, daß er was ausbaldowert. Wenn er diesmal rauskommt, wollen wir ihn uns schnappen und 'n bißchen in die Mangel nehmen. Nicht besonders hart, gerade so, daß er abschwirrt nach Chicago oder Los Angeles. Egal wohin.»

«Das Hotel hat einen Lieferanteneingang», gab Delaney zu bedenken, «auf die 54th Street raus. Bewacht ihr den auch?»

«Von hinten und von vorn.» Shakespeare nickte. «Sam und ich behalten den Haupteingang zum Foyer im Auge. Der Bursche geht uns nicht durch die Lappen.»

«Das glaube ich aber doch», sagte Delaney jovial. «Vom Foyer aus führt nämlich eine Arkade den ganzen Block runter bis zu einem Drugstore an der Straße. Da könnte er mühelos entwischen.»

«Dieser *Hund*!» entfuhr es Shakespeare verbittert, und er flitzte los.

Sam Lauder kletterte aus dem Wagen und setzte mit schweren Schritten hinter seinem Kollegen her. Delaney sah ihnen nach und mußte feststellen, daß ihm, wie er zugab, wohler zumute war, als es ihm eigentlich hätte sein sollen. Er lächelte immer noch, als er die kleine, anheimelnde Bar des Hotels *Knickerbocker* betrat.

Es war ein dunkler, holzgetäfelter, schachtelartiger Raum. Die Mahagonibar war gute drei Meter lang, davor standen sechs Barhocker mit schwarzen, vinylbezogenen Polstern. Etwa ein Dutzend Bistro-Tischchen waren aufgestellt, jeder mit zwei Drahtstühlen davor, deren Sitze gleichfalls mit schwarzem Vinyl bezogen waren. Ein Gemälde aus den dreißiger Jahren hinter der Bar nahm die ganze Wand ein; eine entfernt an Art Deco erinnernde Montage aus Wolkenkratzern, Jazzmusikern, schnurrbärtigen Männern in taillierten Fräcken und blonden Frauen in glitzernden Abendkleidern, die nach irgendeinem irrsinnigen Rhythmus tanzten. Das Bild war in Weiß, Schwarz und Silber gehalten, nur die Noten glitten feuerwehrrot darüber hin. Oben drüber stand in krakeligen Buchstaben die Inschrift *Come along and listen to – the lullaby of Broadway*.

Delaney schwang sich auf einen der Barhocker. Er war der einzige Gast. Der große, spitzbäuchige Bartender ließ die *Daily News* sinken und trat heran. Er trug ein weißes Hemd mit Ärmelhaltern und eine kleine, schwarze, am Kragenknopf befestigte Lederfliege. Seine lange weiße Schürze reichte von der Brust bis zu den Knöcheln. Freundlich lächelnd plazierte er einen Aschenbecher, eine Schale mit gesalzenen Erdnüssen und eine Papierserviette mit aufgedrucktem Hotelwappen vor Delaney.

«Guten Tag, Sir», sagte er. «Was darf es sein?»

«Guten Tag», sagte Delaney. «Haben Sie Ale oder sonst ein dunkles Bier?»

«Dunkles Löwenbräu», sagte der Mann und starrte Delaney an.

«Dann hätte ich das gern.»

Der Mann schnippte mit den Fingern und hörte nicht auf, Delaney anzustarren.

«Ich kenne Sie», sagte er. «Ich *kenne* Sie . . .»

Delaney blieb stumm. Der Mann fuhr fort, ihn anzustarren und mit den Fingern zu schnippen.

«Delaney!» entfuhr es ihm dann. «Der Chief! Stimmt's?»

Delaney lächelte. «Stimmt», sagte er.

«Gleich als Sie reinkamen, wußte ich, daß Sie wer sind», erklärte der Bartender. «Ich wußte, ich hab Sie in der Zeitung oder im Fernsehen gesehen.» Sorgfältig wischte er die Hand an der Schürze ab und streckte sie Delaney hin. «Es ist mir ein Vergnügen, Chief. Glauben Sie mir! Ich heiße Harry Schwartz.»

Delaney schüttelte die ihm dargebotene Hand.

«Nichts mehr von wegen *Chief*, Harry», sagte er. «Ich bin pensioniert.»

«Hab ich gelesen, hab ich gelesen», sagte Schwartz. «Daß Sie nur lange was davon haben! Aber ein Präsident, wenn er abtritt, ist immer noch ‹Mr. President›. Stimmt's? Ein Gouverneur bleibt Gouverneur, bis er stirbt. Und bei einem Colonel in der Army ist das genauso. Mag er auch im Ruhestand leben – die Leute reden ihn immer mit ‹Colonel› an. Stimmt's?»

«Stimmt», Delaney nickte.

«Folglich sind Sie immer noch der Chief», sagte der Bartender. «Und ich, wenn ich mich mal zur Ruhe setze, bin immer bloß Harry Schwartz.»

Er entnahm einem Kübel mit zerstoßenem Eis eine Flasche dunkles Löwenbräu und wischte sie mit einem sauberen Tuch sorgfältig ab. Dann wählte er aus den Gläsern auf dem Regal hinter ihm eines aus und hielt es gegen das Licht. Nachdem er sich vergewissert hatte, daß es blitzblank war, stellte er das Glas vor Delaney auf die Papierserviette. Er machte die Flasche auf, füllte das Glas, bis sich etwa drei Finger hoch weißer Schaum absetzte. Dann stellte er die Flasche auf einen kleinen Bierfilz neben Delaney und wartete darauf, daß Delaney einen Schluck nahm.

«In Ordnung?» erkundigte er sich zuversichtlich.

«Wunderbar», sagte Delaney ganz aufrichtig.

«Gut», sagte der Bartender und lehnte sich mit verschränkten Armen auf die Bar. «Also jetzt müssen Sie mir erzählen, was Sie so treiben.»

«Mal dies, mal das», sagte Delaney ausweichend. «Ich gebe mir Mühe, nicht einzurosten.»

Der Bartender spreizte die Finger.

«Was sonst?» sagte er. «Daß man pensioniert ist, bedeutet noch lange nicht, daß man tot ist. Stimmt's?»

«Stimmt», sagte Delaney geduldig.

«Ich dachte, wenn sie erst mal pensioniert sind, gehen alle Polypen nach Florida und spielen dort Shuffleboard?»

«Viele tun das ja auch.» Delaney lachte.

«Mein Schwager, der war auch Polizeibeamter», sagte Harry Schwartz. «Wahrscheinlich kannten Sie den nicht. Draußen in Queens. Ein guter Mann. Hat sich nie schmieren lassen, na, höchstens ein kleines bißchen. Nach seiner Pensionierung ist er nach Arizona gegangen, weil meine Schwester Asthma hatte. Bringen Sie sie in 'n trockenes Klima, hat der Arzt ihm gesagt, sonst ist sie in einem Jahr tot. Deshalb hat sich mein Schwager – Pincus heißt er übrigens, Louis Pincus – vorzeitig pensionieren lassen, wissen Sie, und ist mit Sadie nach Arizona. Hat sich da 'n Haus gekauft. Mit Rasen und was so dazugehört. Nach den Bildern, die sie geschickt haben, muß es 'n schönes Haus gewesen sein. Und ein Jahr später – nur ein einziges Jahr, überlegen Sie mal! – fällt Louis beim Rasenmähen um.» Harry Schwartz schnippte mit den Fingern. «Einfach so. Die Pumpe. Da zieht er also Sadies Gesundheit wegen weit weg und fällt tot um, und sie ist kräftig wie ein Roß, bis auf den heutigen Tag. So ist das Leben. Stimmt's?»

«Stimmt», sagte Delaney mit kaum wahrnehmbarer Stimme.

«Ach ja!» Harry Schwartz seufzte. «Was will man machen? So geht's nun mal. Sagen Sie, Chief, was ist eigentlich mit diesen jungen Polizisten los, die man heutzutage so rumlaufen sieht. Ich meine die mit den Koteletten, den Schnurrbärten und den langen Haaren. Für meine Begriffe sehn die nicht mal *aus* wie Polizisten, verstehen Sie?»

Nach Delaneys Begriffen sahen sie auch nicht aus wie Polizisten, aber einem Zivilisten gegenüber würde er das nie zugeben.

«Hören Sie», sagte er, «vor hundert Jahren hatte in New York praktisch jeder Polizeibeamte einen Bart. Die meisten sogar richtige Walroßbärte. Damals mußte man sich geradezu einen Bart stehen lassen, wenn man zur Polizei wollte. Die Mode ändert sich, aber die Polizisten selbst ändern sich nicht. Das heißt, vielleicht sind sie heute ein bißchen schlauer als damals.»

«Kann sein», sagte Harry Schwartz. «Damit mögen Sie wohl recht haben. Noch eins?»

«Bitte. Das hier war nur zum Anfeuchten. Wie steht's mit Ihnen? Wollen Sie auch eins?»

«Nee», sagte Schwartz, «vielen Dank, aber nicht bei der Arbeit. Das darf ich nicht.»

«Nun, nun . . .»

«Na ja . . . vielleicht ein Bier. Ich stell's unter die Theke. Vielen Dank.»

Und er vollführte das ganze Ritual noch einmal und öffnete eine weitere Flasche Importbier für Delaney. Dann eine Flasche heimisches Bier für sich und füllte ein Glas. Wachsam in dem leeren Raum umherblickend, hob er rasch sein Glas und sagte: «Auf Ihr Wohl, Chief!»

«Auf das Ihre.»

Beide tranken einen kleinen Schluck, und der Bartender versteckte sein Glas geübt unter der Theke.

«Wenn man noch seine Gesundheit hat, was will man mehr, stimmt's?» sagte er.

«Stimmt.»

«Aber es ist schon ein beknackter Beruf, oder? Polizeibeamter sein, meine ich.»

Edward X. Delaney schaute in sein Glas. Dann hob er es von der feuchten Papierserviette, stellte es auf die polierte Theke und beschrieb kleine Kreise damit.

«Manchmal.» Er nickte zustimmend. «Manchmal ist es wirklich der beknackteste Beruf, den man sich vorstellen kann. Manchmal ist er aber auch ganz in Ordnung.»

«Das hab ich mir gedacht», sagte Schwartz. «Ich meine, man kriegt viel Schlimmes zu sehen – stimmt's? Aber andererseits kann man nützlich sein, und das ist gut.»

Delaney nickte.

«Ich hab auch mal dran gedacht, Polizist zu werden», erging Schwartz sich in Erinnerungen. «Ehrlich. Als ich mit heilen Knochen aus Korea rauskam und zurück nach New York, hab ich überlegt, was tun. Und da hab ich mir gedacht, vielleicht sollte ich Polyp werden. Ich mein, die Bezahlung, mit der ist es ja nicht weit her – zumindest war das damals so –, aber es war eine sichere Sache, wissen Sie, mit Pensionsberechtigung und allem. Aber im Grunde wußte ich, daß ich einfach nicht den Mumm hatte, Polyp zu sein. Ich meine, Mumm muß man dazu schon haben, oder?»

«O ja», stimmte Delaney zu.

«Na, sehen Sie. Da hab ich mir gedacht, was soll's, und es gelassen. Ich meine, wenn jemand auf mich schießen täte, würde ich wahrscheinlich in die Hosen machen. Ehrlich! Ein Held bin ich nicht. Und auf jemand schießen, das hätt ich nie fertiggebracht.»

«Sie haben doch aber in Korea auf Menschen geschossen, oder nicht?»

«Nee. Ich war Koch.»

«Ach», sagte Delaney seufzend, «Schießen und Erschossenwerden, das sind wirklich die Ausnahmen im Polizeidienst. Den meisten Menschen ist das nicht klar, aber es stimmt. Ein Polizeibeamter verbringt höchstens ein Prozent seiner Zeit mit dem Revolver in der Hand, vielleicht sogar noch weniger. Die meisten Polizisten reißen ihre dreißig Jahre ab und drücken außerhalb des Schießstandes kein einziges Mal auf den Abzug. Was Sie so im Fernsehen sehen oder in der Zeitung lesen, diese aufregenden Sachen, die kommen hin und wieder schon vor, klar. Aber auf jeden, der schießt, kommen Tausende, die Tag für Tag brav ihre Streife gehen, Familienstreit schlichten, für einen Herzkranken nach der Ambulanz telefonieren, die Betrunkenen von der Straße scheuchen und Fixer oder Prostituierte festnehmen.»

«Klar», erklärte Harry Schwartz, «weiß ich ja alles. Und ich stimme Ihnen hundertprozentig zu. Aber trotz und alldem stecken wir doch den Kopf nicht in den Sand: man drückt den Blauen doch nicht für nichts und wieder nichts einen Ballermann in die Hand, stimmt's? Ich meine, ein Polyp kann Jahr für Jahr Dienst machen, und nichts passiert, seine Kanone kann in ihrem Halfter anwachsen, so selten braucht er sie. Und trotzdem, plötzlich ist es soweit, jemand will ihn umlegen, und da muß er so einen Irren zuerst erledigen. Ich meine, so was passiert doch, oder?»

«Ja. So was passiert.»

«Und trotz und alledem», sagte Harry Schwartz. «Ich wette, Ihnen fehlt der Betrieb. Stimmt's?»

«Stimmt», sagte Edward X. Delaney.

Die Mülltonnen waren geleert worden und standen wie gewöhnlich am Straßenrand. Er schaffte sie in den kleinen Raum unter der Treppe und legte die Deckel wieder drauf. Nun hätte er das Haus durch die Kellertür betreten können, doch würde das bedeutet haben, zwei Vorhängeschlösser aufzuschließen und eine Sicherheitskette vorm eisernen Türgitter zu entfernen. Deshalb kehrte er um und stieg die elf Stufen zur Haustür hinauf.

Als Barbara und er das alte Reihenhaus vor fast dreißig Jahren renoviert hatten, war es gelungen, etwas von dem Reiz des alten Gebäudes zu erhalten oder wiederherzustellen; dazu gehörte die Haustür, die gewiß ein Dreivierteljahrhundert alt war. Als er sie jetzt aufschloß, bewunderte er sie aufs neue: Polierte Eiche mit Messingbeschlägen und einem diamantförmigen Spion aus konisch geschliffenem Glas.

Er betrat die erleuchtete Halle, drehte den Schlüssel von innen zweimal um und legte die Kette vor.

«Bin wieder zurück», rief er.

«Hier, Liebling», ließ sich seine Frau aus der Küche vernehmen.

Er hängte seinen Homburg an die Garderobe in der Halle und ging genüßlich schnuppernd den langen Korridor hinunter.

«Irgendwas riecht gut», sagte er, als er in die große Küche trat.

Lächelnd drehte Monica sich um. «Das Essen oder die Köchin?» fragte sie.

«Beides», sagte er und gab ihr einen Kuß auf die Wange. «Was gibt's?»

«Dein Leibgericht», sagte sie. «Rindfleisch mit Meerrettichsauce.»

Er hielt unvermittelt inne und sah sie mit großen Augen an.

«Na schön», sagte er. «Was hast du gekauft?»

Sie wandte sich wieder ihren Töpfen und Pfannen zu, ein wenig betreten zwar, aber immer noch lächelnd.

«Hör auf, den Detektiv zu spielen», sagte sie. «Soviel war's gar nicht. Neue Tagesdecken für die Betten der Mädchen.»

«Na, das geht ja noch», sagte er. Er nahm einen Stengel Sellerie von einer Platte mit Rohkost, ließ sich schwerfällig an dem großen Küchentisch nieder und kaute, daß es knirschte. «Wie war denn dein Tag?»

«Hektisch. Alle Kaufhäuser brechend voll. Die Kinder sagen, es hätte was Gutes zum Lunch gegeben, und du hättest zwei Gläser Whiskey getrunken.»

«Die lieben Kleinen», sagte er. «Sind sie zu Hause?»

«Ja. Oben. Machen Schularbeiten. Edward, sie brummen den Kindern an dieser Schule aber ganz schön Hausarbeiten auf!»

«Das wird sie nicht umbringen», sagte er.

«Und Ivar Thorsen hat angerufen. Er möchte dich sprechen.»

«Ach? Hat er gesagt, warum?»

«Nein. Er will heute abend um neun herkommen. Wenn es nicht paßt, sollst du in seinem Büro anrufen. Hört er nichts von dir, nimmt er an, daß es paßt.»

«Ich hab nichts dagegen. Du? Hast du was vor?»

«Nein. Auf Kanal dreizehn gibt es ein Programm, das ich mir ansehen möchte. Über Brustkrebs.»

«Da ziehe ich Thorsen vor», sagte er. «Soll ich den Tisch decken?»

«Schon erledigt. In einer Viertelstunde essen wir.»

«Dann helfe ich dir hinterher mit dem Geschirr», sagte er und stand auf.

«Sag den Kindern, sie sollen runterkommen», bat sie und kostete die Sauce.

Er legte ihr den Arm um die weiche Hüfte. Sie schmiegte sich an ihn, den großen Holzlöffel in der Hand.

«Habe ich dir schon gesagt, daß ich dich liebe?» fragte er sie.

«Nein, heute noch nicht.»

«Dann betrachte es als gesagt.»

«O nein, das könnte dir so passen, du Schlawiner. So leicht kommst du mir nicht davon.»

«Ich liebe dich», sagte er und küßte sie auf den Mund. «Umm», machte er dann. «Es geht doch nichts über einen Meerrettichkuß. Trinkst du zum Essen eine Flasche Bier?»

«Ich trinke einen Schluck von deinem.»

«Das wirst du nicht», sagte er. «Trink dein eigenes. Wenn's schon Suppenfleisch gibt, möchte ich meins *ganz*.»

Sie vollführte mit dem Kochlöffel eine patzige Geste, und er ging lachend hinaus.

Früher hatte sie Monica Gilbert geheißen, die Witwe von Bernard Gilbert, der ein Opfer des geisteskranken Mörders Daniel Blank geworden war. Damals leitete Delaney als Captain das Sonderkommissariat, das Blank jagte. Im Lauf der Ermittlungen lernte er Monica kennen. Ein Jahr, nachdem Barbara Delaney an einer Proteusinfektion gestorben war, heirateten sie. Monica war zwanzig Jahre jünger als er.

Wie gewöhnlich beherrschte das lebhafte Geplauder der beiden Mädchen das Abendessen. Mary und Sylvia waren elf und dreizehn und wußten selbstverständlich alles. Ein Großteil der Unterhaltung drehte sich um ihre Pläne für den Sommer und ob es richtig sei, wenn die Schwestern in dasselbe Sommerlager gingen oder lieber in verschiedene. Altklug redeten sie von ‹Geschwisterrivalität› und ‹innerfamiliärem Wettbewerb›. Delaney hörte mit ernster Miene zu, stellte sachliche Fragen, und nur Monica merkte, wie sehr ihn das im Grunde amüsierte.

Hinterher half er den Tisch abdecken, überließ alles andere aber seiner Frau und den Stieftöchtern. Er ging nach oben, legte Jacke und Weste ab, streifte einen abgetragenen Pullover über, zog die Stiefel aus, massierte die Füße und schlüpfte in leichte alte Hausschuhe. Auf dem Weg ins Wohnzimmer schaute er noch in die Küche hinein, um einen Eiskübel aus gehämmertem Silber zu füllen. Der Geschirrspüler brummte schon. Monica war gerade fertig, die Mädchen waren wieder hinaufgegangen in ihr Zimmer.

«Können wir es uns eigentlich leisten?» fragte sie besorgt. «Das Sommerlager, meine ich? Es ist teuer, Edward.»

«Das kann ich nicht entscheiden», sagte er. «Schatzmeister der Familie bist schließlich du.»

«Nun ja . . . vielleicht», sagte sie und runzelte die Stirn. «Wenn wir beide nicht verreisen.»

«Na und? Bleiben wir eben zu Hause. Schließen die Tür ab, lassen die Rollos runter, drehen die Klimaanlage an und pflegen den ganzen Sommer über der Liebe.»

«Angeber», spottete sie. «Das würdest du mit deinem Rücken nie aushalten.»

«Und ob ich das könnte», sagte er ungerührt. «Hauptsache, deine Perlenkette reißt nicht.»

Sie lachte laut heraus, und er schnitt ihr eine Grimasse.

Die Anspielung bezog sich auf ihre erste gemeinsame Liebesnacht, zwei Monate vor der Heirat. Er hatte sie zum Essen und ins Theater geführt. Hinterher war sie nur allzu bereit gewesen, noch auf einen Sprung mit zu ihm zu kommen und ein letztes Glas zu trinken, ehe sie in ihre nicht weit von der seinen gelegene Wohnung zurückkehrte, zu ihren Kindern und dem Babysitter.

Sie war eine große, üppige Frau, kräftig, mit enger Taille, schwerem Busen und breiten Hüften. Trotzdem hatte sie nichts Matronenhaftes. Immer noch jung, immer noch saftig. Ihre Augen verrieten eine klare, fast erfinderische Sinnlichkeit. Herzerwärmend und erwartungsvoll.

Sie trug ein dünnes schwarzes Kleid, zwar nicht gerade hauteng, aber doch anliegend, um den Hals mehrere Stränge übergroßer Perlen. Als er sie küßte, drängte, ja klammerte sie sich geradezu an ihn, Brust an Brust, Bauch an Bauch. Sie taumelten keuchend in sein Schlafzimmer, wo das Drama zur Farce entartete.

Sie lag quer über dem Bett, nackt bis auf diese verdammten Perlen. Hingegossen, rosig und erwartungsvoll. Er stand am Bett, packte sie bei den Hüften und beugte sich über sie. Als sie die Arme um seinen Hals warf, rissen die Schnüre, und unzählige Perlen rollten auf den Parkettboden. Doch sie waren wie von Sinnen vor Lust und . . .

«Du hast meine Perlenkette zerrissen», jammerte sie.

«Fick doch die Perlen», knurrte er.

«Nein, mich!» kreischte sie. *«Mich!»*

Die Perlen rollten durcheinander, gerieten ihm unter die nackten Füße, er verlor das Gleichgewicht, führte einen verrückten schottischen Tanz auf, eine irre Gavotte und einen Wahnsinnskadzotsky, bis beide vor Lachen nicht mehr konnten. Da mußten sie die Position ändern und noch einmal von vorn anfangen, was auch nicht zu verachten war.

Bei der Erinnerung an dieses Erlebnis lächelnd, gingen sie ins Wohnzimmer, wo er zwei Drinks zurechtmachte. Dann ließen sie sich behaglich nieder, die Beine weit von sich gestreckt.

Ivar Thorsen, der Stellvertretende Commissioner, kam pünktlich um neun. Monica blieb im Wohnzimmer, um ihr Fernsehprogramm anzusehen, die beiden Männer gingen ins Arbeitszimmer hinüber und machten die Tür hinter sich zu. Delaney kam nach ein paar Augenblicken noch einmal zurück, den Eisbehälter holen. Seine Frau saß auf der Kante des Sessels, vorgebeugt, die Ellenbogen auf den Knien, die Augen auf dem Bildschirm. Delaney lächelte und strich ihr übers Haar, ehe er hinüberging in sein Zimmer.

«Was soll's sein, Ivar?» fragte er. «Bourbon, Scotch oder was anderes?»

«Ein Scotch wäre mir recht, Edward. Aber nur Scotch, bitte, kein Wasser, kein Eis.»

Sie saßen sich in alten Klubsesseln gegenüber, deren Lederbezüge trocken und rissig waren, hoben die Gläser, um sich zuzuprosten, und nippten daran.

Thorsen wurde ‹Admiral› genannt und sah auch so aus: etwas dünnes, silbermeliertes Haar, durchdringende blaue Augen und eine Haltung, so aufrecht, daß man den Eindruck hatte, er sei erstarrt. Er war schlank, hatte zarte Knochen und wirkte stets ausgesprochen gepflegt.

Thorsen war ehedem Delaneys Mentor gewesen, sein ‹Rabbi›, wie man das nannte, und zwar ein guter, denn er besaß eine ausgesprochene Begabung für den politischen Nahkampf, geradezu einen sechsten Sinn, der ihn befähigte, in den blindwütigen Auseinandersetzungen, die immer wieder die Stadtverwaltung erschütterten, auf den Gewinner zu setzen. Ja, mehr noch: er genoß diese Welt, in der das allzu Menschliche mit dem Wortlaut des Gesetzes in Konflikt geriet. Geschickt tänzelte er zwischen den Trümmern hindurch und machte sich nie die Füße schmutzig.

«Wie geht's denn so?» erkundigte sich Delaney.

Thorsen drehte die Hand rasch hin und her.

«Immer dasselbe», sagte er. «Sie wissen ja wohl Bescheid über die Budgetkürzungen und das Gerangel um Prioritäten.»

«Nimmt die Kriminalität zu?»

«Nein, das ist ja gerade das Verrückte!» Thorsen lachte kurz auf. «Weniger Polizeibeamte und trotzdem weniger Verbrechen. Die Gewerkschaften waren fest davon überzeugt, daß die zunehmen würde. Ich übrigens auch.»

«Ich ebenfalls.» Delaney nickte. «Freut mich aber, daß es nicht so ist. Bernhardt macht seine Sache sehr gut.»

Bernhardt war Delaneys Nachfolger als Chief der Kriminalpolizei. Vor seiner Ernennung hatte er das Kommissariat von Brooklyn geleitet. Sein Schwiegervater saß im Aufsichtsrat einer höchst angesehenen New Yorker Bank, die Riesenpakete von Schuldverschreibungen und Anleihen der Stadt New York in ihrem Besitz hatte. Schaden tat ihm das nicht.

«Gut, schon», sagte Thorsen, «aber nicht überragend. Allerdings . . . Bernhardt hat auch so seine Probleme. Daß man ihm die Mittel zusammengestrichen hat, macht sich doch bemerkbar. Deswegen bin ich hier.»

«Soso?»

«Haben Sie von dem Mord gehört, vor einem Monat? An Victor Maitland? Dem Maler?»

«Selbstverständlich. Unten in Little Italy. Habe ich verfolgt. Allerdings war schon nach wenigen Tagen nichts mehr darüber in den Zeitungen zu lesen.»

«Damals gab's eine Menge andere Sensationen», sagte Thorsen. «Gott sei Dank! Außerdem hatten wir nichts vorzuweisen. Der Fall ist immer noch ungeklärt.»

«Für mich sah das nach Raubmord aus», sagte Delaney. «Ein vollgepumpter Süchtiger bricht ein. Maitland setzt sich zur Wehr und kriegt ein Messer in den Rücken.»

«Könnte sein», sagte Thorsen. «Ich kenne mich in den Einzelheiten nicht aus. In seinem Atelier war aber schon zweimal eingebrochen worden, und er hatte Sicherheitsriegel und Ketten anbringen lassen. Gewaltsam ist jedenfalls nicht eingedrungen worden. Wir meinen, er hat jemandem aufgemacht, den er kannte.»

«So? Fehlte denn was?»

«Nur eine Geldbörse. Aber viel Bargeld hatte er nie bei sich. Und seine Kreditkarten waren noch da. Außerdem stand ein teures Transistorgerät da, und das wurde nicht angerührt.»

«Ach?» sagte Delaney. «Vorgetäuschter Raub? So was hat's auch früher schon gegeben. Wer erbt denn?»

«Ein Testament gibt's nicht. Da werden eine Menge Anwälte einen Haufen Arbeit kriegen. Das Finanzamt hat alles versiegelt, denn der Bursche war schwerreich. Sein letztes Bild ist für hunderttausend weggegangen.»

«Ich kenne seine Bilder», sagte Delaney. «Mir gefallen sie.»

«Mir auch», sagte Thorsen. «Und Karen auch. Sie sagt, er war der größte Maler seit Rembrandt. Aber was hat das schon zu bedeuten. Wir tappen völlig im dunkeln. Keine heiße Spur. Im Grunde wär's ja nichts weiter als noch ein ungelöster Fall mehr, nur stehen wir ganz schön unter Beschuß.»

Delaney erhob sich, um Thorsen nachzuschenken. Bei der Gelegenheit ließ er noch zwei Eiswürfel in seinen Whiskey fallen.

«Unter Beschuß?» fragte er. «Aus welcher Richtung?»

«Schon jemals was von einem gewissen J. Barnes Chapin gehört?»

«Aber sicher. Ein Politiker. Senator des Staates New York. Stammt irgendwo aus dem Norden.»

«Richtig.» Thorsen nickte. «Sein eigentlicher Wahlbezirk ist Rockland County. Chapin hat seinen Sitz seit Menschengedenken. Ziemlich mächtig, der Bursche, und derzeit liegt dem Senat ein Entwurf vor betreffend einen Sonderkredit des Staates für die Stadt New York, für die Ordnungsbehörden, Polizei, Gerichte, den Strafvollzug, was Sie wollen. Chapin könnte dafür sorgen, daß er angenommen wird.»

«Und?»

«Chapin ist – oder war – Victor Maitlands Onkel.»

«Aha.»

«Das Verrückte daran ist, daß es Chapin im Grunde scheißegal ist, wer Maitland umgebracht hat. Nach allem, was wir erfahren haben, war Maitland ein Widerling ersten Ranges. Wie es so schön heißt: die Liste der Verdächtigen ist bis auf zehntausend zusammengeschrumpft. Jeder hat ihn aus vollem Herzen gehaßt, seine Frau und sein Sohn eingeschlossen. Alle Welt – bis auf seine Mutter. Das Mutterherz hat ihn gleich erkannt, tralala. Eine reiche alte Schachtel, lebt in der Nähe von Nyack. Eine Tochter, Maitlands Schwester, wohnt bei ihr. Das Mütterlein hat Chapin die Hölle heiß gemacht. Er ist ihr Bruder. Und er wiederum macht uns die Hölle heiß. Wir sollen endlich Victor Maitlands Mörder finden, damit er Ruhe vor seiner Schwester hat.»

Delaney war in Schweigen verfallen und starrte Thorsen an. Bedächtig nippte er an seinem Glas. Die Blicke der beiden Männer trafen sich.

«Warum ich?» fragte er leise.

Thorsen rutschte nach vorn und ließ die Schultern hängen. «Hören Sie, Edward», sagte er, «Sie brauchen mir nicht das kleine Einmaleins aufzusagen. Ich weiß sehr gut: Wenn ein Mord nicht innerhalb von achtundvierzig Stunden aufgeklärt wird, sinkt die Wahrscheinlichkeit, daß er überhaupt jemals geklärt wird, auf null. Alle Spuren sind kalt. Geschenkt! Und unter uns: den Mörder von Victor Maitland zu finden, ist nicht gerade eines der dringlichsten Anliegen der Behörde.»

«Ich verstehe.»

«Aber wir müssen wenigstens so tun als ob, ganz wie es die Vorschriften verlangen. Und das nur, um J. Barnes Chapin bei Laune zu halten. Damit der wiederum seine Schwester bei Laune halten und ihr einreden kann, daß wir am Ball bleiben.»

«Und damit Chapin für die Stadt Partei nimmt, wenn über diesen neuen Gesetzesentwurf abgestimmt wird.»

«Selbstverständlich.» Thorsen hob die Schultern. «Was sonst?»

«Nochmals», sagte Delaney. «Warum ausgerechnet ich?»

Thorsen seufzte, lehnte sich zurück, schlug die Beine übereinander und nippte an seinem Glas.

«Fabelhaft, der Scotch, Edward. Was für eine Marke?»

«Glenlivet.»

«Nun ja. Zunächst einmal hat Chapin ausdrücklich darum ersucht, daß wir Sie einspannen. Jawohl, das hat er getan. Er erinnert sich an den Fall Lombard. Tja, und dann haben wir einfach nicht genug Leute, um sie auf eine Sache anzusetzen, bei der wahrscheinlich sowieso nichts rauskommt. Die Spur könnte gar nicht kälter sein. *Sie* wissen das, *wir* wissen das. Wahrscheinlich ist es wirklich bei einem Einbruch zu Tätlichkeiten gekommen, wie Sie ja auch vermuten, und der Typ ist wohl längst in Kansas City. Wer zum Teufel will das wissen? Kein Mensch erwartet, daß Sie den Fall lösen. Mein Gott, Edward, seit Maitland ermordet wurde, hat es in der Stadt bestimmt hundert unaufgeklärte Morde gegeben. Wir können nicht mehr tun, als in unserer Macht steht.»

«Was wollen Sie denn von mir?» fragte Delaney unbewegten Gesichts.

«Daß Sie mal die Nase reinstecken, Edward. Ich weiß, Sie sind pensioniert; aber erzählen Sie mir nicht, Sie hätten zuviel zu tun. Das nehme ich Ihnen nicht ab. Riechen Sie bloß mal rein. Ihre Auslagen ersetzen wir Ihnen. Und außerdem stellen wir einen Mann ab, der Sie rumfährt und seine Dienstmarke zeigt, sobald das nötig ist. Sie kriegen Fotografien von allem, was wir haben, Akten, Fotos, Autopsieberichte, alles. Erwarten tun wir gar nichts, Edward. Nur mit der Sache befassen sollen Sie sich.»

«Damit Sie Chapin sagen können, der Mord an seinem Neffen wird wirklich untersucht?»

Thorsen setzte ein schwaches Lächeln auf.

«Genau darum geht es», sagte er. «Es ist für die Behörde, Edward.»

Delaney hob die Arme und führte eine groteske Pantomime auf, als bearbeite er eine Fiedel mit dem Bogen. Thorsen lachte.

«Ach, was soll's – ich dachte, es könnte Sie interessieren, könnte Sie geradezu reizen. Damit Sie nicht Monica dauernd im Weg stehen. Nichts zu machen?»

Delaney schaute in das Glas, das er zwischen den Fingern drehte.

«Ich möchte eine Nacht drüber schlafen», sagte er. «Mit Monica sprechen. Einverstanden? Morgen früh ruf ich Sie an und sag Ihnen, ob ich's mache oder nicht.»

«Klar», sagte Thorsen. «Das reicht mir völlig. Überlegen Sie sich's.»

Er leerte sein Glas und stand auf. Delaney schickte sich gleichfalls an aufzustehen, doch unvermittelt ließ Thorsen sich wieder in seinen Sessel zurückfallen.

«Da ist noch was», sagte er.

«Wie denn auch nicht», ächzte Delaney spöttisch.

«Erinnern Sie sich an einen Polizeibeamten namens Samuel Boone? Vor ungefähr fünfzehn Jahren?»

«Natürlich erinnere ich mich an ihn», sagte Delaney. «Erschossen haben Sie den armen Kerl. Ich bin zu seiner Beerdigung gegangen.»

«Richtig. Das war in South Bronx, damals mein Revier. Fast nur Juden wohnten da. Heute Schwarze und Portorikaner. Dieser Sam Boone war ein As. Ich meine das ehrlich: wirklich ein As. Die Leute haben ihn geliebt. Wenn er Geburtstag hatte, brachten alte Jüdinnen ihm Kuchen und Plätzchen auf die Wache. Ich schwöre, daß es so war. Er stammte irgendwo aus Kentucky oder Tennessee oder West Virginia, was weiß ich. Einen Akzent zum Steinerweichen; die Juden, die dort wohnten, wo er Streife ging, brachten ihm ein bißchen Jiddisch bei, und dann wiederholte er die Brocken, die sie ihm eingetrichtert hatten, mit seiner Popcorn-Aussprache, und sie wollten sich ausschütten vor Lachen. Na, wie dem auch sei, eines Tages fährt ein Wagen verkehrt rum in eine Einbahnstraße, und das bei dem Verkehr dort. Sam war in der Nähe und ging hin. Das Auto hatte Nummernschilder aus Michigan oder Illinois, ich weiß nicht mehr. So, wie ich Sam kannte, wollte er den Fahrer belehren, ihn wenden und mit einer Verwarnung weiterfahren lassen. Er beugt sich also runter, um mit dem Kerl zu sprechen, und päng! päng! päng! Drei Schüsse, ins Gesicht und in die Brust. Ein Idiot muß das gewesen sein, ein ausgemachter Idiot! Was hat er sich davon versprochen? Weiterfahren ging nicht, denn er stand Stoßstange gegen Stoßstange mit den entgegenkommenden Autos. Und zurück konnte er auch nicht, dazu ist zuviel Verkehr auf der Avenue. Er also raus aus dem Auto.

Edward, ich bin zehn Minuten, nachdem es passiert war, dagewesen. Die Straßen waren gedrängt voll. Trauben von Menschen standen auf den Bürgersteigen und sahen Sam hinfallen. Ich schwöre, wir mußten ihnen diesen Kerl *entreißen*. Hätte jemand zufällig ein Seil dabeigehabt, man hätte ihn glatt aufgeknüpft. Nie habe ich Menschen so wütend gesehen. Bis auf den heutigen Tag jagt es mir Angst ein, wenn ich daran denke. Der traurige Witz bei der Sache war, daß dieser Kerl in Michigan oder Illinois oder was weiß ich vors Schwurgericht sollte. Selbst wenn Sam ihn nach seinem Führerschein gefragt hätte – und wie ich Sam kannte, bezweifle ich, daß er das getan haben würde –, hätte der Kerl schlimmstenfalls drei bis fünf Jahre zu gewärtigen gehabt, hätte Sam ihn identifiziert, wahrscheinlich sogar weniger. Aber der dreht durch, und ich verliere den besten Streifenpolizisten in meinem Revier.»

Delaney nickte ernst und erhob sich, um nachzuschenken und Eiswürfel in sein Glas zu tun. Dann setzte er sich wieder Thorsen gegenüber. «Das ist nun mal der Lauf der Welt», sagte er. «Aber was hat das mit dem Mord an Maitland zu tun?»

«Nun . . .» meinte Thorsen. Dann holte er tief Atem. «Sam hatte einen Sohn, Abner Boone. Der ist gleichfalls zur Polizei gegangen, und ich habe ihn im Auge behalten. Ich fand, ich sei ihm das schuldig. Abner Boone. Er ist heute Sergeant bei der Kriminalpolizei. Kennen Sie ihn, Edward?»

«Abner Bonne?» sagte Delaney und runzelte die Stirn. «Ich erinnere mich vage an ihn. Ungefähr 1,85 m groß, sandfarbenes Haar, blaue Augen. Lange Arme und Beine. Lächelt immer freundlich, geht ein bißchen vornübergebeugt und sieht aus, als wären seine Ärmel und Hosenbeine zu kurz. Weiße Narbe auf der linken Halsseite. Setzt beim Lesen eine Brille auf. Ist er das?»

«Vage nennen Sie das? Ihr Gedächtnis möchte ich haben! Genau der ist es. Edward, Sie wissen doch, wenn der Sohn eines im Dienst getöteten Polizeibeamten zu uns kommt, müssen wir besonders wachsam sein. Möglich, daß er es nur tut, um sich zu rächen oder um zu beweisen, daß er genauso gut ist wie sein Daddy, oder *besser* als sein Daddy. So was kann ganz schön schiefgehen. Aber egal, ich hab diesen Abner Boone jedenfalls im Auge behalten und ihm geholfen, wo es ging. Der Junge hat sich fabelhaft gemacht. Hat es schließlich bis zum Sergeanten gebracht, und vor zwei Jahren hat man ihm eins dieser Sonderdezernate anvertraut, die aushelfen, wenn die Arbeit überhand nimmt oder wenn ein ganz großer Fall vorliegt.»

«Haben die sich denn bewährt?» fragte Delaney. «Diese Sonderderzenate?»

«Die endgültige Bewertung steht noch aus», sagte Thorsen. «Aber ich glaube nicht, daß man sie beibehalten wird. Sie erregen zuviel Mißgunst bei den regulären Einheiten. Das ist nur allzu verständlich. Aber wie dem auch sei, dieser Abner Boone bekam jedenfalls sein Dezernat und hat sich da offenbar sehr gut gemacht. Ein paar wichtige Festnahmen gehen auf sein Konto und außerdem noch dies und jenes. Aber dann fing er an zu trinken. Und zwar schlimm. Eine Zeitlang haben seine Untergebenen ihn gedeckt, doch dann ging es nicht mehr. Ich tat, was ich konnte – hab ihm gut zugeredet, ihn in ärztliche und psychiatrische Behandlung geschickt, zu den Anonymen Alkoholikern, alles Einschlägige –, aber geholfen hat nichts. Edward, der Junge strengt sich an. Ich weiß, daß er es tut. Er gibt sich *wirklich* Mühe. Aber wenn er noch mal versackt, ist er draußen.»

«Und das ist der Mann, den Sie mir für die Maitland-Ermittlungen zuteilen wollen? Einen Schnapsbruder?»

Thorsen stieß ein kurzes Lachen aus.

«Sie haben den Nagel auf den Kopf getroffen», sagte er. «Ich dachte, wir können J. Barnes Chapin bei Laune halten, indem wir die Ermittlung weiterführen, auch wenn dabei nichts herauskommt. Gleichzeitig könnte ich Abner Boone von seinem Schreibtisch wegkriegen und ihm einen Sonderauftrag geben, und vielleicht wird ihm das helfen, sich aus dem Sumpf zu ziehen. Immerhin lohnt sich der Versuch. Und selbst, wenn er wieder versackt, wer merkt das schon? Bloß Sie.»

Voller Verwunderung blickte Delaney ihn an. Vielleicht, dachte er, ist das das Geheimnis von Thorsens Erfolg. Menschen manipulieren, ihnen aber gleichzeitig haarklein auseinandersetzen, warum er es tut und wie. Leicht verwirrt durch Thorsens Freimütigkeit, gleichzeitig aber auch überwältigt von dem Ausdruck der Redlichkeit in den eisblauen Augen, erklären sie sich mit allem und jedem einverstanden. Es klingt ja alles so vernünftig.

«Ich werde eine Nacht drüber schlafen», wiederholte er.

Zwei Stunden später saß er mit Monica auf der Wohnzimmercouch. Der Fernsehapparat war ausgeschaltet. Sie tranken koffeinfreien Kaffee. Er berichtete ihr genau, was Ivar Thorsen gesagt hatte und ließ praktisch nichts aus.

«Was meinst du?» fragte er zum Schluß.

«Er ist Alkoholiker?»

«Abner Boone? Sieht so aus, nach allem, was Ivar gesagt hat. Oder er ist auf dem besten Weg, einer zu werden. Aber darum geht es nicht. Wenn Boone Mist macht, geben sie mir einen anderen. Die Frage ist: soll ich es übernehmen?»

«Möchtest du?»

«Ich weiß es nicht. In gewisser Weise schon, dann wieder nicht.

Was mich reizt, wäre die Chance, Maitlands Mörder festzunageln. Es geht nicht an, daß ein Menschenleben vernichtet wird und der Mörder ungeschoren davonkommt. Das ist nicht recht. Ich weiß, es hört sich simpel an, aber so empfinde ich nun mal. Mein Gott, wenn ... Hm ... Andererseits bin ich pensioniert, und nicht ich bin es, den der Schuh drückt, sondern die Behörde. Trotzdem ... Was meinst du?»

«Ich finde, du solltest es tun», sagte sie.

«Du möchtest mich aus dem Weg haben, was?» lächelte er. «Aus dem Haus? Ich soll wieder was um die Ohren haben?»

«Nein», sagte sie gedehnt. «Manchmal kannst du einem allerdings schon ganz schön auf die Nerven gehen.» Mit einem Ruck sah er auf. «Ich finde nur, das wäre was für dich. Aber es liegt wirklich bei dir. Du mußt da ganz allein entscheiden.»

Er machte eine einladende Handbewegung, und sie kam und setzte sich ihm auf den Schoß. Er legte ihr den Arm um die Taille, und sie schlang einen Arm um seinen Hals.

«Gehe ich dir wirklich manchmal auf die Nerven?» fragte er.

«Manchmal.» Sie nickte. «Ich dir aber auch. Das weiß ich. Jeder jedem. Manchmal. Ich meine, du solltest die Sache wirklich übernehmen, Edward. Ivar hat zwar gesagt, er erwartet keine konkreten Ergebnisse, aber das hat er doch nur getan, damit du annimmst. Er fordert dich heraus. Im Grunde glaubt er, du kannst den Fall lösen; und Chapin auch. Mir gefällt Chapin nicht; der ist ein bigotter Reaktionär. Meinst du, du könntest den Mörder von Maitland finden?»

«Ich weiß es nicht.» Er seufzte. «Von einer heißen Spur kann jedenfalls nicht die Rede sein.»

«Wenn jemand es schafft, dann du», sagte sie, und damit war die Sache erledigt, zumindest was sie betraf. «Kommst du mit zu Bett?» fragte sie.

«Bald», sagte er.

Sie stand auf, gab ihm einen Kuß und trug das Geschirr hinaus in die Küche. Er hörte Wasser fließen, dann ihre Schritte, als sie die Treppe hinaufging.

Eine halbe Stunde saß er noch allein; in sich zusammengesunken, dachte er nach. Es war zwar unfair Monica gegenüber, doch er überlegte, was wohl Barbara ihm geraten hätte, seine erste Frau. Er wußte es. Genau das, wozu auch Monica ihm riet. Er hatte Glück mit seinen Frauen. Merkwürdig, welche Gefühle sie bewegten, diese Lebenslust, ihre Leidenschaft für Kinder und Pflanzen. Selbstverständlich hatten sie recht, gestand er sich ein. Schließlich nährte man den Lebensfunken, man blies, damit er nicht ausging, bestrafte, wer den Funken austrat.

Abermals stieß er einen Seufzer aus, stand auf, reckte sich, begann seine Runde. Zuerst hinunter in den Keller, um nachzusehen, ob Fenster und Türen verschlossen waren. Dann nach oben, zwecks Prüfung von Vorlegeketten und Schlössern, die das Dunkel fernhielten. Mary und Sylvia schliefen unbeschwert und wohlbehütet. Das ganze Haus eine Insel der Sicherheit und der Geborgenheit.

So geräuschlos wie möglich zog er sich aus und schlüpfte ins Bett. Aber Monica war noch wach. Sie drehte sich um und kam in seine Arme. Warm und erwartungsvoll.

3

Die Unterlagen über den Fall Maitland wurden von einem neutralen Polizeifahrzeug kurz vor Mittag bei Delaney abgeliefert. Sie waren in drei arg mitgenommene Schnapskartons hineingestopft worden, und auf einem beigelegten Zettel schrieb Ivar Thorsen: «Tut mir leid, daß alles durcheinander ist, Edward, aber in so was sind Sie ja phantastisch. Boone meldet sich morgen bei Ihnen. Toi, toi, toi!»

Der Chief ließ die Kartons in sein Arbeitszimmer bringen und neben seinem Schreibtisch auf dem Boden aufeinanderstellen. Er ging in die Küche und bereitete zwei Sandwiches: Salami und spanische Zwiebeln (mit Mayonnaise) auf Roggenbrot; Schinken und Käse (mit Senf) auf einem Mohnbrötchen. Die Brote und eine geöffnete Flasche Heineken-Bier trug er hinüber in sein Arbeitszimmer, stellte sie sorgfältig auf einem Beistelltischchen ab und machte sich an die Arbeit.

Langsam und stetig wühlte er sich durch die drei Kartons und warf einen kurzen Blick auf jedes Dokument, bevor er es zwecks Vorsortierung auf einen von vier Stapeln tat:

1. Offizielle Berichte der mit der Untersuchung befaßten Beamten.
2. Unterschriebene Zeugenaussagen und Fotos.
3. Fotos des Opfers, lebend und der Leiche am Tatort, sowie Berichte des Gerichtsmediziners.
4. Verschiedene Zettel, meist formlose Anmerkungen zu Aussagen befragter Personen oder Vorschläge für weitere Ermittlungen.

Delaney arbeitete methodisch, aß nur gelegentlich einen Happen Brot und trank einen Schluck Bier und war um halb vier mit der ersten Sichtung des Materials fertig. Hierauf sah er jeden einzelnen Stapel nochmals durch, ordnete alles chronologisch, sortierte etliche Schriftstücke anders ein, behielt aber seine ursprüngliche Einteilung bei.

Er setzte die schwere Lesebrille auf und zog die Schreibtischlampe mit dem grünen Schirm heran. Dann nahm er auf seinem Drehstuhl Platz und begann mit den Fotos und dem Autopsiebericht, weil das der kleinste Haufen war. Nachdem er damit durch war, nahm er den Stapel mit den offiziellen Berichten in Angriff. Damit war er halb fertig, als Monica ihn zum Essen rief.

Er wusch die Hände und gesellte sich zu seiner Familie im Eßzimmer. Er gab sich Mühe, langsam zu essen und an der Unterhaltung teilzunehmen. Doch stand er früh vom Tisch auf, lehnte sogar den Nachtisch ab und nahm nur einen Becher schwarzen Kaffee mit ins Arbeitszimmer. Kurz nach neun war er mit der ersten Durchsicht fertig. Jetzt begann er mit der zweiten Lesung; diesmal ließ er sich Zeit und machte gelegentlich Notizen auf dem gelben Block, den er neben sich liegen hatte.

Um elf brachte Monica ihm eine Thermosflasche mit Kaffee und erklärte, sie wolle eine Stunde fernsehen und dann zu Bett gehen. Er lächelte abwesend, gab ihr einen Kuß auf die Wange und wandte sich wieder seiner Lektüre zu. Gegen ein Uhr schloß er die zweite Lesung ab, legte das gesamte Material in Aktendeckel ab und verstaute sie im untersten Fach eines verschließbaren Stahlschranks. Dann kramte er einen Stadtplan von Manhattan heraus und suchte den Tatort; die Mott Street, zwischen Prince Street und Spring Street.

Er kannte die Gegend; vor etwa zwanzig Jahren, er war noch Streifenpolizist, hatte man ihn dort während der Urlaubszeit vorübergehend als Vertretung hinbeordert. Damals wohnten in dieser Gegend, die einen Teil von Little Italy bildete, fast ausschließlich Italiener. Delaney erinnerte sich noch, wieviel Spaß ihm das San Gennaro-Fest in der Mulberry Street gemacht hatte, eines der großen Volksgruppenfeste, die in New York gefeiert werden.

Man teilte ihm Alberto Di Lucca als zweiten Mann zu. Big Al war ein dickbäuchiger, rotweintrinkender Spaghettivertilger und machte Delaney mit den Köstlichkeiten der italienischen Küche bekannt. Außerdem verdankte er ihm die Kenntnis vieler Tricks und Schliche, die man als Polizeibeamter beherrschen muß.

Im Juli jenen Jahres wurde ein Lagerhaus in der Elizabeth Street ausgeraubt. Vier maskierte und bewaffnete Männer brachen ein, fesselten den Nachtwächter und fuhren mit einem riesigen Laster voll importierten Olivenöls davon – für Di Lucca, dem nichts über *spaghetti al'olio* ging, ein Kapitalverbrechen.

«Eines mußt du wissen», erklärte er Delaney. «Wir haben eine ganze Menge böse Buben in diesem Revier. Aber für gewöhnlich gehen sie nach außerhalb, wenn sie ein Ding drehen oder sich amüsieren wollen. Das ist wie ein ungeschriebenes Gesetz: man scheißt nicht in das eigene Wohnzimmer. Aber egal wie – in diesem Fall hab ich das Gefühl, es waren doch Burschen von hier.»

«Wie kommst du darauf?» fragte Delaney.

«Nimm doch mal den Nachtwächter. Schwere Jungs, die nicht von hier stammen, hätten ihn erschossen, zusammengeschlagen, besinnungslos gemacht. Aber nein, dieser alte Mann wird höflich gebeten, sich auf einem Haufen Säcke niederzulegen und dann gefesselt; anschließend kleben sie ihm sehr behutsam ein Stück Heftpflaster über den Mund. Und ehe die Ganoven abziehen, fragen sie ihn noch, ob er auch recht bequem liegt. Ob er auch richtig atmen kann. Sie reißen sich ein Bein für ihn aus, fehlt nur, daß sie ihm das Frühstück ans Bett bringen. Ich glaube, er kannte sie, und sie kannten ihn. Vielleicht hat er die ganze Sache sogar eingefädelt. Er hat viele Verwandte und massenhaft junge, unternehmungslustige Neffen. Einer von denen, Anthony Scorese, ist ein besonders schlimmes Früchtchen. Er rennt mit drei Kumpels rum: Vito Gervase, Robert Scheinfelt – auch ein Italiener, nur dem Namen nach nicht – und einem sauberen Bürschchen namens Giuseppe. Wie der mit Nachnamen heißt, weiß ich nicht, aber alle nennen ihn Kid Stick.

Ich glaube, dieses Gaunerquartett hat das Ding gedreht. Hören wir uns mal um, ob sie die Spendierhosen anhaben.»

Di Lucca und Delaney hörten sich um, und in der Tat, die vier hatten Geld ausgegeben. Nicht besonders viel, aber immerhin genug, um den Schluß nahezulegen, daß sie plötzlich zu Wohlstand gekommen seien; teuren Wein und *Strega* zu den Mahlzeiten, schicke Bräute von Uptown und neue Alligatorschuhe.

«Jetzt werden wir ihnen die Gräten brechen», sagte Di Lucca zu Delaney. «Sie haben sich ewige Treue geschworen, auf dem Grab ihrer Mütter. Eher sterben sie, als daß sie reden. Das haben sie geschworen. Aber jetzt paß mal auf! Ich werde diesen *stupidi* den Hals abdrehen. Ich rede italienisch mit ihnen und sage dir nachher, wie es gegangen ist.»

Di Lucca knöpfte sich jeden einzelnen der vier Verdächtigen allein vor. So fragte er Anthony Scorese zum Beispiel, wo er zur Zeit des Diebstahls gewesen sei. «Im Bett», sagte Scorese und lachte dann. «Ich hab sogar 'ne Zeugin. Eine Blondine – die wird Ihnen das bestätigen.»

«Im Bett mit einer Blondine?» sagte Di Lucca und setzte ein rätselhaftes Lächeln auf. «Vito Gervase behauptet aber was anderes.»

Dabei ließ er es bewenden und nahm sich Gervase vor.

«Ich war draußen in New Jersey, bei meinem Onkel.»

«So?» sagte Di Lucca leise. «Scheinfelt sagt aber ganz was anderes.»

Und so weiter – ganze vierzehn Tage lang. Er bearbeitete sie, stellte Fragen über Fragen und spielte einen gegen den anderen aus. Sie glaubten zu wissen, was Di Lucca tat, aber sicher sein konnten sie nicht. Sie fingen an, aneinander mißtrauisch anzustarren. Dann konzentrierte Di Lucca sich auf Kid Stick und erklärte ihm, daß er aufgrund seines Alters noch nicht strafmündig sei und vermutlich auf Bewährung freigelassen würde, wenn er sich zur Zusammenarbeit entschlösse. Kid fing an, weich zu werden, doch war es Robert Scheinfelt, der als erster aufgab und sich auf einen Kuhhandel einließ.

«So muß man es machen», erklärte Di Lucca Delaney. «Ehre unter Dieben? Daß ich nicht lache! Die würden ihren eigenen Zwillingsbruder hochgehen lassen, wenn sie sich dafür Straferlaß einhandeln könnten.»

Jetzt, als er die Straße auf dem Stadtplan anstarrte, jene Straße, in der Victor Maitland erstochen worden war, erinnerte sich Delaney an Alberto Di Lucca und wünschte, er könnte ihn, der diese Gegend so gründlich kannte, um Rat fragen. Aber Big Al war schon vor langer Zeit in Pension gegangen und nach Neapel zurückgekehrt, wo er vermutlich an Herzverfettung starb, als er sich an einer letzten *costoletta di maiale alla napoletana* gütlich tat.

Delaney seufzte, knipste die Schreibtischlampe aus und machte seinen Inspektionsgang durch das Haus. Zwar war das, was er gelesen hatte, nicht sonderlich niederdrückend, aber erhebend war es auch nicht. Die Untersuchung des Mordfalles Maitland war zügig und umsichtig geführt worden, das mußte er zugeben. Gründlich, energisch und einfallsreich. Man hatte Klingeln gedrückt und Bürgersteige abgeklappert. Eine Menge Leute waren befragt worden. Viele Strafakten waren ans Licht gezogen und überprüft worden. Und doch war nichts dabei herausgekommen, war alles für die Katz gewesen, ganz und gar vergeblich.

Entdeckt worden war die Leiche von Saul Geltman, Inhaber der Galerie Geltman an der Madison Avenue, Victor Maitlands Agent. Maitland hatte versprochen, am Freitag um drei Uhr nachmittags in der Galerie zu sein, um mit Geltman und einem Designer Pläne für eine neue Ausstellung seiner Bilder durchzusprechen. Als er um vier immer noch nicht da war, rief Geltman erst in seinem Atelier in der Mott Street an, sodann in seiner Wohnung in der East 58th Street. Dort sprach er mit Alma Maitland, der Frau des Künstlers. Sie wußte nicht, wo Maitland war, sagte jedoch, er habe erwähnt, daß er um drei Uhr mit Geltman verabredet sei.

Weder seine Frau noch sein Agent machten sich ernsthafte Sorgen darüber, daß Maitland nicht erschienen war. Es war nicht das erste Mal, daß er eine Verabredung nicht einhielt. Allem Anschein nach war er völlig unzuverlässig, er fand nichts dabei, Verabredungen nicht einzuhalten oder tagelang zu verschwinden. Wenn er in seinem Atelier in der Mott Street arbeitete, hängte er gern den Telefonhörer ab oder ging einfach nicht an den Apparat. Ab und zu schlief er dort auch.

Saul Geltman gab an, den ganzen Sonnabend über vergeblich immer wieder versucht zu haben, Maitland in seiner Wohnung oder im Atelier zu erreichen. Außerdem hatte er auch noch Bekannte von

Maitland angerufen. Niemand wußte, wo der Künstler steckte. Schließlich, am Sonntag gegen Mittag, wurde Geltman doch so unruhig, daß er im Taxi zum Atelier fuhr. Die Tür war zwar zu, aber nicht verschlossen. Küchenschaben labten sich an Maitlands getrocknetem Blut. Geltman wurde speiübel, er wählte aber vom Apparat im Atelier die 911, den Notruf der Polizei.

Als erster kam ein Streifenwagen des Reviers mit zwei Mann. Die meldeten einen Mord; daraufhin setzte sich der Polizeiapparat in Bewegung. Innerhalb einer Stunde war das Mietshaus abgeriegelt. Im Atelier im fünften Stock wimmelte es von Beamten des Polizeireviers, von Detektiven der Mordkommission, in deren Zuständigkeit dieses Gebiet fiel, Gerichtsmedizinern, Labortechnikern, Fotografen, Vertretern der Staatsanwaltschaft und Leuten vom Sonderdezernat unter Abner Boone.

Im Autopsiebericht hieß es, Victor Maitland sei gestorben «infolge Blutverlustes nach Stichwunden». Und genauso war es auch. Die Tatwaffe wurde beschrieben als «einschneidiges Messer, etwa 12 bis 15 cm lang, mit spitz zulaufender Klinge». Die Untersuchung des Mageninhalts ließ darauf schließen, daß der Ermordete eine bescheidene Menge Whiskey getrunken hatte, und zwar kurz vor seinem Tod, der nach Schätzung des Gerichtsmediziners am Freitag zwischen zehn und fünfzehn Uhr eingetreten sein mußte. Auf genauere Angaben wollte er sich nicht festlegen lassen.

Jetzt begann eine Doppeluntersuchung. Ausgehend von der Annahme, daß der Maler von einem Dieb oder Einbrecher umgebracht worden war, sichtete eine Gruppe von Detektiven die Unterlagen über ähnliche Verbrechen, hörte sich bei den Nachbarn und den Ladenbesitzern in der Umgebung um und schrieb die Kennzeichen der nahebei parkenden Wagen auf, um deren Besitzer später auszufragen. Siele, Kanalisationsröhren, Mülltonnen und Abfalleimer in einem Umkreis von zehn Blocks wurden nach der Waffe abgesucht. Spitzel wurden ausgehorcht, die Unterlagen der Polizei sowie der Gerichte nach kürzlich erfolgten Entlassungen von Einbruchspezialisten durchgesehen, die Messer bei sich zu führen pflegten.

Eine zweite Gruppe, die von der Annahme ausging, daß Victor Maitland seine verschlossene Tür jemandem geöffnet hatte, den er kannte, und daß er von diesem Bekannten erstochen worden war, schnüffelte im Privatleben des Malers herum, fragte jeden aus, der

Maitland kannte und ihm möglicherweise den Garaus gemacht haben könnte. Am Schluß konzentrierten sich die Ermittlungen auf sieben Personen.

Bevor es dahin kam, mußte man sich mit einer erdrückend großen Zahl von Künstlern, Modellen, Kunsthändlern, Kunstkritikern, Prostituierten, Saufkumpanen und entfernten Verwandten des Malers beschäftigen, von denen keiner sonderlich darüber bedrückt zu sein schien, daß es Victor Maitland nicht mehr gab, und die kaum ein Hehl daraus machten, wie gleichgültig ihnen das war. Je nach Bildung und gesellschaftlicher Stellung der Befragten wurde der Tote als alles mögliche beschrieben, von einem «unangenehmen und abstoßenden Individuum» bis zu einem «Scheißkerl».

Nach dieser gründlichen Untersuchung, die etwa sechs Wochen dauerte und Tausende von Arbeitsstunden kostete, war die Polizei der Lösung des Falles nicht näher als an dem Tag, da Saul Geltman den Notruf wählte. Alles war um- und umgewendet worden. Man hatte andere Detektive beigezogen, auf daß unbefangene Augen sich mit dem zusammengetragenen Material befaßten. Die Ermittlungen wurden bis auf Maitlands zweijährige Militärdienstzeit, ja bis auf seine Schulzeit ausgedehnt in der Hoffnung, es könnte sich ein Motiv finden.

Nichts.

Einer der Beamten vom Sonderdezernat faßte die Gefühle aller Beteiligten zusammen. «Was soll's?» sagte er verdrossen. «Warum sagen wir nicht einfach, daß der Scheißkerl sich selbst in den Rükken gestochen hat und vergessen die ganze Sache?»

Donnerstags verrichtete Monica Delaney unbezahlte Hilfsarbeit im Krankenhaus. Ehe sie das Haus verließ, übergab sie Delaney eine Liste von Dingen, die erledigt werden mußten: wann und bei welcher Temperatur der Braten in den Ofen geschoben, die Kartoffeln in den Grill gelegt und der Sara Lee-Schokoladenpudding aus der Tiefkühltruhe genommen werden mußten. Ernsten Gesichts sah er die Liste durch, wobei ihm die Brille immer weiter herunterrutschte.

«Und anschließend putze ich die Fenster», sagte er.

Sie lachte und steckte ihm die Zunge heraus.

Er ging in sein Arbeitszimmer und setzte sich an den Schreibtisch. Die Tür ließ er offen. Er war allein im Haus und wollte jedes unbekannte Geräusch, jedes unerwartete Knistern oder Knarren hören.

Er nahm einen neuen braunen Aktenhefter aus der Schreibtischschublade. Erst hatte er vorgehabt, auf das Etikett zu schreiben: «Tötung des Malers Victor Maitland», doch dann zögerte er. War «Mord an Victor Maitland» nicht passender? Für sein Empfinden bestand ein feiner Unterschied zwischen Tötung und Mord, ein Unterschied, der hinausging über die juristische Definition des Mordes, die «niedrige Motive und Vorbedacht» verlangt.

Delaney versuchte, sich über sein Gefühl klarzuwerden und fand, daß Vorbedacht für ihn das ausschlaggebende Merkmal der Tötungshandlung sei. Der Soldat im Krieg tötet, er mordet nicht. Bei Mord hingegen ist der Vorsatz entscheidend, es sei denn, der Mörder war gedungen. Der Mörder handelt überdies nicht nur mit Vorbedacht, sondern auch aus Haß. Aus kaltem Haß.

War Victor Maitland umgebracht worden, weil er sich gegen einen Einbrecher wehrte, konnte Totschlag vorliegen. War er jedoch von jemand erstochen worden, der ihn kannte und die Tat aus welchen Gründen auch immer geplant und mit Vorbedacht begangen hatte, war es Mord. Delaney schüttelte bekümmert den Kopf. Entschied er sich für das eine oder das andere, würde das bestimmend für die Art und Weise sein, wie er den Fall anpackte, das wußte er. Kaum hatte er sich darauf eingelassen, sah er sich bereits der Frage gegenüber, an der die Polizei gescheitert war. Endlich holte er tief Atem und schrieb auf das Etikett des Hefters «Mord an Victor Maitland» und ließ es dabei bewenden.

Dann heftete er die beiden Blätter mit den Notizen ein, die er bei der Durchsicht der Akten gemacht hatte und entwarf anschließend seinen Schlachtplan. Noch versuchte er nicht, die Einfälle, die ihm dabei kamen, systematisch zu ordnen, er notierte sie ganz einfach so, wie sie ihm in den Sinn kamen.

Erst als ihm nichts mehr einfiel, machte er sich daran, sie methodisch zu ordnen. Methodik war ebenso wichtig wie die Einfälle selbst. Es kam darauf an, eine gewisse logische Stimmigkeit herzustellen, und das fiel ihm nicht leicht. Als das geschafft war, heftete er auch dieses Blatt ein. Nicht übel. Er besaß nun bereits eine eigene Akte, während die Akte Maitland bislang nur die Ergebnisse der Arbeit anderer festgehalten hatte. Während er dabei war, weitere

Hefter mit der Aufschrift OPFER, AGENT, EHEFRAU, MÄTRESSEN usw. zu versehen, klingelte das Telefon.

«Eduard X. Delaney», meldete er sich.

«Sergeant Abner Boone.»

Es folgte eine Pause; jeder wartete darauf, daß der andere etwas sagte. Schließlich fragte Delaney: «Thorsen hat mir gesagt, daß Sie sich melden würden. Wann können wir uns treffen?»

«Wann es Ihnen paßt, Sir.»

Die Stimme klang belegt, nicht ganz fest, die Wörter wurden deutlich artikuliert, doch die Erregung des Sprechenden war zu spüren, beherrscht zwar, aber zweifellos vorhanden.

Delaneys erste Regung war, den Mann zum Abendessen einzuladen. Fleisch und gebackene Kartoffeln reichten für einen Gast. Trotzdem überlegte er es sich anders. Klüger wäre es, die erste Begegnung mit Boone unter vier Augen stattfinden zu lassen. Er hatte dann einen Eindruck von dem Mann, bevor er ihn mit Frau und Kindern bekanntmachte.

«Würde Ihnen heute abend um neun passen, Sergeant?» fragte er. «Bei mir zu Hause? Oder haben Sie schon was vor?»

«Nein, Sir. Vor habe ich nichts. Neun würde mir gut passen. Wo Sie wohnen, weiß ich.»

«Gut. Dann sehen wir uns also um neun.»

Delaney holte die amtlichen Unterlagen aus seinem Aktenschrank und ordnete sie in seine neuen Hefter ein: OPFER, AGENT, EHEFRAU, MÄTRESSEN . . .

Zu Mittag aß er ein Sandwich, trank ein Glas Milch, machte hinterher einen kurzen Spaziergang durch das Revier Zwei-fünf-eins und rauchte dabei eine Zigarre. Am frühen Nachmittag kehrte er nach Hause zurück und setzte die Sichtung der Akten fort. Das war langweilige Routine, aber daraus besteht der größte Teil einer Ermittlung. Tatsächlich verschaffte es ihm Befriedigung, «Ordnung in die Dinge zu bringen».

Schließlich bestand die Arbeit der Polizei eben genau darin, Ordnung in einer ungeordneten Welt wiederherzustellen und aufrechtzuerhalten. Das galt nicht nur für die Gesellschaft, sondern auch für Individuen. Polizeibeamte nicht ausgenommen. Deshalb die Unmasse von Formularen, die ständig steigende Flut von Vorschriften. Deshalb auch das formalistische und bisweilen lächerliche

Kauderwelsch der Behörden. Ein Bulle nahm nie einen Gauner hoch. Zumindest nicht in seinem offiziellen Bericht oder einer Aussage vor Gericht. Da führte der Beamte die Festnahme eines Verdächtigen aus oder nahm einen Gesetzesübertreter in Gewahrsam.

«Sergeant, wann sind Sie dem Angeklagten zum ersten Mal begegnet?»

«Ich näherte mich dem Angeklagten um neun Uhr fünfzehn am Morgen des zweiten April dieses Jahres, als er in den Räumen der in der Lexington Avenue, Ecke Ninetieth Street, New York City, Borough of Manhattan gelegenen *Boogs Tavern* randalierte. Ich wies mich als Polizeibeamter aus, machte ihn vorschriftsgemäß auf seine Rechte aufmerksam und nahm ihn wegen besagten Deliktes fest. Sodann verbrachte ich den Angeklagten auf die Wache des Reviers Zwei-fünf-eins, wo er in Gewahrsam genommen wurde . . .»

Ein rührendes Verlangen, Ordnung in ein irrwitziges Chaos zu bringen.

So arbeitete Delaney denn an seinen Akten und versuchte, die Ermordung Victor Maitlands sinnvoll einzuordnen.

Das Abendessen war gut, das Roastbeef innen noch roh, wie Delaney es gern mochte. Monica und die Mädchen nahmen durchgebratene Scheiben; er persönlich liebte die saftigen aus der Mitte. Es gab roten Landwein aus Kalifornien; Mary und Sylvia durften jede ein Glas trinken, freilich mit Wasser verdünnt.

Die Mädchen gingen nach oben, ihre Schularbeiten machen. Delaney half Monica beim Abdecken, stellte die Reste in den Kühlschrank und räumte die Geschirrspülmaschine ein. Dann tranken beide im Wohnzimmer noch eine Tasse Kaffee. Er berichtete ihr vom Fall Maitland. Vor Jahren, als Barbara noch lebte, machte er die Erfahrung, daß es ihm half, einem aufmerksamen Zuhörer seine Fälle zu schildern. Selbst wenn der Zuhörer keinerlei konstruktive Vorschläge machen konnte, wiesen ihm dessen ungeschulte, doch kluge Fragen neue Wege für die Ermittlung oder zwangen ihn, seinen Standpunkt zu überdenken.

Monica lauschte gespannt. Ihre Augen funkelten zornig, als er beschrieb, was Victor Maitland zugestoßen war. Selbstverständlich dachte sie dabei an das Schicksal ihres ersten Mannes, Bernard Gilbert.

«Edward», sagte sie, nachdem er geendet hatte, «es könnte bei einem Einbruch passiert sein, nicht wahr?»

«Einem Einbruch?»

«Einbruch, Raubüberfall, etwas der Art.»

«Könnte sein», bestätigte er. «Aber was ist mit der unverschlossenen Tür? Nichts deutet auf gewaltsames Eindringen.»

«Vielleicht hat er bloß vergessen abzuschließen.»

«Vielleicht. Allerdings war schon zweimal bei ihm eingebrochen worden. Und er haßte es, beim Malen unterbrochen zu werden. Seine Frau und sein Agent bestätigen übereinstimmend, daß er in dieser Hinsicht geradezu krankhaft eigen gewesen ist. Er hat *immer* abgeschlossen.»

«Wie du», sagte sie.

«Ja.» Er lächelte. «Wie ich. Außerdem sind ihm unnötig viele Messerstiche zugefügt worden. Jemand hat sich viel Zeit damit genommen. Ein Gewaltverbrecher würde einmal zustechen oder auch zweimal, nicht aber immer und immer wieder auf ihn einstechen. Nachdem Maitland zu Boden gegangen und offensichtlich unfähig war, sich zu wehren, hätte ein Dieb sich darangemacht, das Atelier auszuplündern. Schön, möglicherweise hat der Einbrecher ihn getötet, damit Maitland ihn später nicht identifizieren konnte. Aber wenn Maitland ihn gesehen hätte, hätte er ihm gegenübergestanden, und die Stiche hätten ihn in der Brust erwischt. Verstehst du, was ich meine? Ich halte mich strikt an die Wahrscheinlichkeit. Die Geldbörse hat man ihm zwar abgenommen, doch das könnte auch auf den Versuch hindeuten, Raubmord vorzutäuschen. Sein teures Transistorgerät wurde nicht angerührt, und auf der Kommode stand gut sichtbar eine Schachtel *Poppers.*»

«Was sind *Poppers*?»

«Ampullen mit Amylnitrit. Das wird geschnüffelt und soll die Potenz stärken. Möchtest du, daß ich's mal versuche?»

«Nein, vielen Dank, Lieber. Ich glaube, das könnte ich nicht ertragen.»

«Gott sei Dank», sagte er. «Wie auch immer, *Poppers* werden durchaus legal bei der Behandlung von bestimmten Herzkrankheiten eingesetzt. Es gibt sie nur auf Rezept, aber selbstverständlich kann man sie auch unter der Hand kaufen. Maitland war nicht herzkrank, und sein Arzt hat ihm auch nie Amylnitrit verschrieben. Die mit der Sache befaßten Beamten haben einen halbherzigen Versuch unternommen herauszufinden, wo Maitland sich eindeckte, aber das war natürlich vergebliche Liebesmüh. Das ist eines von den Dingen, um die ich mich ein bißchen eingehender kümmern möchte.»

«Hältst du es für möglich, daß die Sache irgendwie mit Drogen zusammenhängt?»

«Nein. Aus dem Autopsiebericht geht klar hervor, daß keinerlei Sucht vorlag. Nein, ich glaube nicht, daß Drogen hier eine Rolle spielen. Die *Poppers* gehören zu den vielen kleinen Rätseln. Sie könnten uns vielleicht weiterhelfen. Ich hab was gegen kleine ungelöste Rätsel.»

«Hast du nicht gesagt, laut Autopsiebericht hätte er getrunken?»

«Aber an dem Vormittag nur in Maßen. Allerdings glaube ich, daß er gewohnheitsmäßig trank, denn seine Leber war ganz schön vergrößert. Es fand sich eine halbe Flasche Whiskey im Atelier. Die wurde auf Fingerabdrücke untersucht, aber es waren nur welche von Maitland zu erkennen und ein paar verwischte Abdrücke von jemand anderem, nicht deutlich genug, um was damit anzufangen. Das gleiche gilt für das Glas auf der Spüle. Es war Whiskey drin gewesen, dieselbe Marke wie in der Flasche. Was überhaupt nichts hergibt.»

«Vielleicht hat der Mörder nach der Tat etwas getrunken?»

«Möglich», sagte Delaney zweifelnd, «aber ich halte das für wenig wahrscheinlich. Die Flasche stand am einen Ende des Ateliers, und die Spüle befindet sich am anderen. Wenn der Mörder sich einen genehmigt hätte, würden Flasche und Glas vermutlich beieinander stehen. Du sagtest: ‹Der Mörder›. Wie wär's mit einer Frau? Frauen benutzen oft Messer. Jedenfalls lieber als Schußwaffen. Wiederum die Wahrscheinlichkeit.»

«Ich glaube nicht, daß eine Frau so oft auf ihn eingestochen hätte.»

«Warum nicht?»

«Ich weiß nicht . . . Es kommt mir nur so . . . grausig vor.»

«Ob Mann oder Frau, grausig war es. Das wilde Drauflosstechen läßt auf Wut schließen oder auf die Notwendigkeit, ganz, ganz sicher zu sein, daß Maitland wirklich tot war. Sonderbar ist, daß Maitland nicht gleich gestorben ist. Er hat nach einem Dutzend

Messerstichen immer noch gelebt. Die eigentliche Todesursache war Verblutung.»

«O Edward . . .»

«Tut mir leid», sagte er und streckte rasch die Hand aus, um Monica zu beschwichtigen. «Das regt dich auf! Ich hätte nicht davon anfangen sollen und werde in Zukunft den Mund halten.»

«Aber nein», verwahrte sie sich. «Ich möchte davon hören. Es ist interessant. Auf eine grauenhafte Weise faszinierend. Nein, sprich mit mir darüber, Edward. Vielleicht kann ich dir helfen.»

«Das kannst du. Schon allein dadurch, daß du zuhörst.»

Es klingelte zaghaft, und sie ging aufmachen.

«Ich glaube immer noch nicht, daß es eine Frau gewesen ist», sagte sie dabei.

Lächelnd blickte er ihr nach. Er glaubte es zwar auch nicht, allerdings aus anderen Gründen. Im Autopsiebericht hieß es nämlich, einige Stiche seien mit solcher Wucht geführt worden, daß die Klinge ganz eingedrungen sei und die Knöchel des Täters im Fleisch um die Einstichwunde Blutergüsse hervorgerufen hatten. Das deutete auf erhebliche Kraft hin, die Kraft eines Mannes. Freilich, denkbar war auch, daß es sich um eine besonders kräftige Frau gehandelt hatte. Oder eine Frau, die vor Wut völlig außer sich gewesen war . . .

Seine Erinnerung trog Delaney nicht: Sergeant Abner Boone war ein großgewachsener, schlanker Mann mit unbeholfenen Bewegungen und der Angewohnheit, den Kopf beim Sprechen ein wenig seitwärts zu neigen. Das Haar war mehr falb als sandfarben, die Haut blaß und mit Sommersprossen übersät. Delaneys Schätzung nach mußte er zwischen dreißig und fünfunddreißig sein, doch war es schwer, das zu beurteilen. Er besaß ein Gesicht, das sich auch mit sechzig noch nicht wesentlich verändert haben dürfte. Dann allerdings, unversehens, würde er alt werden.

Sein Gebaren hatte etwas Bäurisch-Linkisches, auch die Art, wie er sich vor Monica verbeugte und schüchtern «Freut mich sehr» murmelte. Sein Händedruck war, als er Delaney die Hand schüttelte, fest und trocken. Nachdem er auf einem der beiden Klubsessel Platz genommen hatte, wußte er mit seinen Händen nicht mehr wohin, mit den Füßen übrigens auch nicht. Immer und immer wieder schlug er die Beine übereinander, und endlich steckte er die Hände resolut in die Taschen seiner abgetragenen Tweedjacke. Vermutlich um das Zittern zu verbergen, dachte Delaney.

«Würden Sie gern einen Happen essen?» fragte der Chief. «Wir haben noch Roastbeef. Wie wär's mit einem Sandwich?»

«Nein, vielen Dank, Sir», sagte Boone mit schwacher Stimme. «Nichts zu essen. Einen Kaffee würde ich jedoch gern trinken. Schwarz, bitte.»

«Ich hole uns eine Thermosflasche», sagte Delaney.

Als er hinausging in die Küche, war Monica dabei, die Spülmaschine auszuräumen und das Geschirr ins Regal zu stellen.

«Wie findest du ihn?» fragte er leise.

«Mir gefällt er», sagte sie ohne zu zögern. «Er hat so was Unverdorbenes.»

«Unverdorbenes?»

«Nun, was Jungenhaftes meinetwegen. Sehr höflich. Ist er verheiratet?»

Er starrte sie an.

«Das werde ich feststellen», sagte er. «Falls nicht, kannst du Rebecca einen Wink geben. Kupplerin!»

«Warum nicht?» Sie kicherte. «Möchtest du nicht, daß die ganze Welt so glücklich ist wie wir?»

«Das könnte sie nicht ertragen», versicherte er ihr.

Wieder im Arbeitszimmer, schenkte er dampfenden Kaffee ein. Boone nahm seine Tasse mit beiden Händen vom Tablett. Jetzt war das Zittern unübersehbar.

«Ich nehme an, Sie wissen, worum es geht?» begann Delaney.

«Ich weiß nur, daß ich Ihnen für weitere Ermittlungen im Falle Maitland zugeteilt bin. Ich soll dabei meinen eigenen Wagen benutzen, die Auslagen werden ersetzt.»

«Richtig.» Delaney nickte. «Was für einen Wagen haben Sie?»

«Einen viertürigen schwarzen Pontiac.»

«Gut. Wenn's nur nicht gerade einer von diesen kleinen Sportflitzern ist. Ich streck im Auto gern die Beine aus.»

«Nein, besonders sportlich ist er nicht.» Boone setzte ein schwaches Lächeln auf. «Sechs Jahre alt, aber in ziemlich gutem Zustand.»

«Schön. Und jetzt . . .» Delaney hielt inne. «Wie soll ich Sie nennen? Boone? Abner? Am liebsten wäre mir Sergeant, wenn Sie nichts dagegen haben.»

Boone nickte dankbar.

«Ich will versuchen, mich an die normalen Dienststunden zu halten», sagte Delaney. «Es könnte aber sein, daß Wochenenden dazukommen. Kann Ihre Frau sich drauf einrichten?»

«Ich bin nicht verheiratet», sagte der Sergeant.

«Ach?»

«Geschieden.»

«So. Und Sie leben allein?»

«Ja.»

«Nun, lassen Sie mir Ihre Adresse und Telefonnummer da, ehe Sie gehen. Wieviel Zeit haben Sie auf den Fall Maitland verwendet?»

«Mein Dezernat war von Anfang an dabei», sagte Boone. «Ich stieß dazu, nachdem die Leiche gefunden worden war. Wir haben Verwandte, Freunde und Bekannte vernommen.»

«Wen sehen Sie als Täter? Jemand, den er kannte?»

«Das steht für mich fest. Maitland war groß und kräftig und bestimmt nicht zimperlich. Er hätte sich gewehrt. Aber er hat dem Täter den Rücken gekehrt, kannte ihn also.»

«Keine Anzeichen von einem Kampf?»

«Nicht die geringsten. Im Atelier sah's schlimm aus. Ich meine, ein heilloses Durcheinander. Aber der Agent sagte, das sei ganz normal. So habe dieser Maitland nun mal gelebt. Von Kampf jedenfalls keine Spur. Keine umgeworfenen Stühle oder beschädigtes Mobiliar, nichts. Er drehte sich um, kriegte sein Fett und ging zu Boden. So einfach war das.»

«Eine Frau?» fragte Delaney.

«Glaube ich nicht. Ist aber möglich.»

Delaney überlegte einen Augenblick.

«Ist Ihr Dezernat der Sache mit den *Poppers* nachgegangen?»

Boone war verwirrt und spielte nervös mit den Fingern.

«Tja, hm – ich weiß von den *Poppers* eigentlich gar nichts, Chief. Man hat mich von dem Fall abgezogen und versetzt. Hat Thorsen Ihnen nicht von meinen Schwierigkeiten erzählt?»

«Hat er», erklärte Delaney mitleidlos. «Er hat mir sogar gesagt, wenn Sie noch einmal Mist machen, sind Sie draußen.»

Boone nickte niedergeschlagen.

«Wann hat es angefangen?» fragte Delaney. «Mit der Scheidung?»

«Nein», sagte Boone. «Schon vorher. Die Scheidung war eine der Folgen, nicht die Ursache.»

«Es gibt eine ganze Menge Polizisten, die zur Flasche greifen», sagte Delaney. «Der Druck, der Schmutz.»

«Mit dem Druck hätte ich schon fertig werden können», sagte Boone und blickte auf. «Das habe ich ja fast zehn Jahre geschafft. Fertiggemacht hat mich der Dreck! Was die Menschen sich gegenseitig antun. Auch sich selber. Ich kam ganz gut damit zurecht – mit dem Abscheu davor, meine ich – aber dann geriet ich an eine Sex-Sache. Zwei wunderhübsche kleine Mädchen, Schwestern. Zerstükkelt. Verbrannt. Alles. Das hat mir den Rest gegeben. Das ist keine Entschuldigung, nur eine Erklärung. Meine einzige Möglichkeit war, mich zu verhärten oder mich zu betrinken. Ich konnte nicht mehr schlafen.»

«Sie sind religiös?»

«Nein», sagte Boone. «Ursprünglich war ich mal Baptist, aber das bedeutet mir nichts mehr.»

«Nun, Sergeant», sagte Delaney kalt, «erwarten Sie kein Mitgefühl von mir. Auch keinen Rat. Sie sind ein erwachsener Mann; es ist Ihre Entscheidung. Wenn Sie sich nicht am Riemen reißen können, muß ich es Thorsen sagen, damit er mir jemand anderen zuteilt.»

«Das weiß ich, Sir.»

«Gut, daß Sie sich darüber im klaren sind. Aber noch mal zurück zu Maitland . . . Ich habe die Akten durchgelesen, möchte aber Ihre persönlichen Reaktionen kennen. Wie zum Beispiel sehen Sie diesen Maitland?»

«Alle behaupten, er war der bedeutendste Maler Amerikas, zugleich aber auch ein ganz besonders mieser Typ. Dafür spricht zum Beispiel, daß er seine Frau verprügelt hat. Und sein Sohn haßte ihn. Tut es noch, wie ich annehme. Demütigte in aller Öffentlichkeit seinen Agenten. Geriet immer wieder in Streit und zettelte Schlägereien an, demolierte Bars und Restaurants. Und er war besonders bösartig, wenn er getrunken hatte. Ist selbst ein paarmal zusammengeschlagen worden. Einmal hat er eine Frau angequatscht, die mit einem zusammen war, der stärker war als Maitland. Reiner Wahnsinn! Als ob er *gewollt* hätte, daß er eins übergebraten kriegt und damit wär's aus. Einer, aus dem man nicht ohne weiteres schlau wird. Ich vermute, er war ungeheuer talentiert, aber als Mensch ziemlich mies.»

«Mies?» Delaney griff diesen Ausdruck auf. «Meinen Sie, ihm war mies zumute, traurig also oder vielmehr mies in dem Sinne, daß er eigentlich nicht verdiente, ein Mensch genannt zu werden?»

Boone überlegte eine Weile.

«Beides, möchte ich sagen», erklärte er schließlich. «Ein außerordentlich komplizierter Bursche. Ehe ich strafversetzt wurde, habe ich ein Buch mit seinen Bildern gekauft und bin in die Galerie Geltman und in die Museen gegangen. Ich dachte, wenn ich Zugang zu Maitland fände, würde mir das vielleicht helfen, den Kerl aufzuspüren, der ihn abgestochen hat, und dessen Motiv zu begreifen.»

Erstaunt und voller Bewunderung schaute Delaney ihn an.

«Gute Idee», sagte er. «Und hat Ihnen das geholfen?»

«Nein, Sir. Kein bißchen. Vielleicht lag's an mir. Ich verstehe nicht viel von Malerei.»

«Haben Sie das Buch noch? Das mit Maitlands Bildern?»

«Klar. Das muß noch irgendwo liegen.»

«Darf ich es mir ausleihen?»

«Selbstverständlich.»

«Vielen Dank. Morgen ist Freitag. Laut Autopsiebericht wurde er an einem Freitag umgebracht, zwischen zehn Uhr morgens und drei Uhr nachmittags. Könnten Sie mich morgen gegen neun abholen? Ich möchte runter in die Mott Street in sein Atelier und mich dort ein bißchen umsehen. Und auch in der Gegend. Wir werden von zehn bis drei dort sein, während der Tatzeit.»

Eindringlich sah Abner Boone ihn an.

«Haben Sie einen bestimmten Verdacht, Chief?» fragte er.

Delaney schüttelte den Kopf.

«Nicht den Schimmer einer Ahnung», sagte er. «Ich will einfach mal reinriechen. Irgendwo müssen wir schließlich anfangen.»

Er sah, wie die Miene des Sergeanten sich aufhellte, wie er sich straffte, als Delaney ‹wir› sagte.

Beide standen auf. Dann zögerte Boone.

«Chief, hat man Ihnen aus dem Büro des Leichenbeschauers die Liste der persönlichen Dinge geschickt, die Maitland bei sich getragen hat?»

«Ja, die habe ich.»

«Ist Ihnen da was Ungewöhnliches aufgefallen?»

«Nein», sagte Delaney gedehnt. «Sollte mir was entgangen sein?»

«Nichts, was draufgestanden hat», sagte Boone. «Vielmehr etwas, was fehlte.» Unversehens schoß ihm die Röte ins Gesicht. Die Sommersprossen verschwanden. «Der Kerl trug keine Unterwäsche.»

Verwundert blickte Delaney ihn an.

«Sind Sie Ihrer Sache ganz sicher?»

Boone nickte. «Ich hab das nachgeprüft, bei den Leuten, die die Leiche im Leichenhaus auszogen. Keine Unterwäsche.»

«Sonderbar. Was halten Sie davon?»

«Nichts», sagte Boone. «Ich war in Behandlung bei einem Polizeipsychologen – ich nehme an, Thorsen hat Ihnen das erzählt – und habe den so ganz nebenbei gefragt, was es zu bedeuten hat, wenn einer keine Unterwäsche trägt. Er hat mir die übliche Antwort gegeben, mit der man nichts, aber auch gar nichts anfangen kann; es könnte von Bedeutung sein, braucht aber nicht.»

Delaney nickte und sagte: «Das ist ja gerade das Schlimme. In einem Fall wie diesem ist man versucht, allen Fakten den gleichen Wert beizumessen. Auszusortieren, welche bedeutungslos sind, erfordert nun mal genauso viel Zeit, wie auf die zu kommen, die von Bedeutung sind. Nun, wir haben ja viel Zeit. Offenbar erwartet man keinen Durchbruch von uns. Wir sehen uns morgen früh, Sergeant.»

Boone nickte, und sie schüttelten einander nochmals die Hand. Der Sergeant schien ein wenig besser gestimmt und weniger niedergeschlagen. Er hinterließ Adresse und Telefonnummer. Delaney brachte ihn an die Haustür und legte die Kette vor.

Monica lag reglos im Bett, bewegte sich jedoch, als er anfing, sich auszuziehen.

«Nun?» fragte sie.

«Geschieden», berichtete er.

«Wie schön», sagte sie verschlafen. «Da werde ich gleich morgen früh Rebecca anrufen.»

4

Sie parkten den Wagen in der Houston Street und stiegen aus.

«Wollen Sie nicht das Schild ‹Polizeibeamter im Dienst› aufstellen?» fragte Delaney.

«Ich glaube, besser nicht, Chief», sagte Abner Boone. «Das letzte Mal, als ich es aufstellte, haben sie mir die Radkappen geklaut.»

Delaney lächelte und schaute sich um. Er erzählte Boone, daß er vor zwanzig Jahren in diesem Revier Streife gegangen war.

«Damals wohnten hier nur Italiener», sagte er. «Aber ich vermute, das hat sich geändert.»

Boone nickte. «Ein paar Schwarze und viele Portorikaner. Vor allem aber Chinesen, die von der Canal Street immer weiter hier heraufziehen. Die Mulberry Street ist aber noch italienisch. Gute Restaurants.»

«Ich erinnere mich», sagte Delaney. «Ich habe *cannelloni* gegessen, als wäre es meine letzte Mahlzeit.»

Sie schlenderten hinüber zur Mott Street und wandten sich dann nach Süden. Der Chief sah zu den Mietshäusern aus roten Backsteinen hinauf.

«So sehr verändert hat es sich gar nicht», sagte er. «Am ersten Tag, als ich hier Dienst machte, wurde ich von der Luftpost getroffen. Wissen Sie, was das ist?»

«Klar», sagte Boone grinsend. «Fliegender Müll. Man wirft ihn einfach zum Fenster raus.»

Als er grinste, trat das Jungenhafte, das Monica an ihm bemerkt hatte, deutlicher in Erscheinung. Er hatte richtige Pferdezähne, die gleichwohl das schmale, glatte Gesicht nicht entstellten. Seine wasserblauen Augen waren klein und sehr wach. Sein lockerer, federnder Gang wirkte neben Delaneys Spreizfußgeschiebe besonders jugendlich.

Es war ein warmer, diesiger Maimorgen und es würde wohl sehr heiß werden. Über New Jersey drohte allerdings eine dunkle Wolkenbank; es roch nach Regen.

«Wissen Sie, was für Wetter an jenem Freitag war?» fragte Delaney. «Damals, als Maitland starb?»

«Hell und klar, allerdings gegen zehn Grad kälter als heute. Am Samstag hat es geregnet. Als wir am Sonntag herkamen, war der Himmel grau und bedeckt. Naßkalt.»

An der Prince Street blieb Delaney stehen und blickte sich um.

«Viel Verkehr», sagte er. «Überhaupt viel los hier.»

«Das hat uns schwer zu schaffen gemacht», bestätigte Boone. «Hier herrscht eine solche Geschäftigkeit, daß kein Mensch etwas bemerkt hat. Vom Revier wurden spanisch sprechende Beamte von Tür zu Tür geschickt, um die Nachbarn auszufragen. Keiner hatte etwas zu sagen. Ich glaube auch nicht, daß man jemanden decken wollte; es hat wirklich keiner was bemerkt. Vermutlich war's ein Mann, der keine fünf Minuten brauchte, um reinzugehen und wieder zu verschwinden. Wem fällt so was schon auf?»

«Keine Schreie? Kein dumpfer Laut, kein ungewöhnliches Geräusch, als Maitland hinschlug?»

«In diesem Haus gibt es zehn Wohnungen. Alle Mieter waren entweder auf Arbeit oder beim Einkaufen, bis auf eine taube alte Frau im dritten Stock und einen Mann, der nachts arbeitet und tagsüber schläft im zweiten, und den Hausmeister und seine Frau im Souterrain. Keiner von ihnen hat was gesehen oder gehört. Sagen sie jedenfalls.»

«Der Eingang ist nicht verschlossen?»

«Eigentlich sollte er, ist aber so oft aufgebrochen worden, daß der Hausmeister es aufgab, das Schloß immer wieder zu reparieren. Jeder kann ins Treppenhaus.»

«Wie oft wird hier in der Straße eingebrochen?»

Boone kehrte die Handflächen nach oben.

«Im Schnitt nicht mehr und nicht weniger als anderswo auch.»

Sie überquerten die Prince Street, gingen gemächlich dahin, schauten sich um.

«Warum hatte Maitland sein Atelier eigentlich hier?» überlegte Delaney laut. «Er hätte sich doch bestimmt was Besseres leisten können, oder? Geld hatte er schließlich.»

«O ja, viel Geld sogar.» Boone nickte. «Daran besteht nicht der geringste Zweifel. Er gab es allerdings genauso rasch aus, wie er es einnahm – behauptet jedenfalls seine Frau. Wir haben auch seinen Agenten gefragt, warum er ausgerechnet hier arbeitete. Die Antwort war nicht gerade logisch, aber doch wohl zutreffend, wenn man bedenkt, was für ein Mensch er war. Hier hat er gelebt und gearbeitet, als er nach New York kam und anfing zu malen. Hier hat er die ersten Bilder gemacht, die sich verkauften. Er war abergläubisch und meinte, das Haus bringe ihm Glück. Deshalb behielt er das Atelier bei, als er heiratete und eine Wohnung weiter oben in der Stadt bezog. Außerdem ist es ein bißchen abgelegen. Er war ja ein Einzelgänger. Er hatte was gegen den Rummel im Künstlerviertel, etwa in Greenwich Village. Es hat ihn richtig geärgert, daß die Kunstgalerien sich nach SoHo ausbreiteten und immer mehr Maler hinter Lafayette und südlich der Houston Street und sogar in der Bowery Dachgeschosse mit Oberlicht als Ateliers mieteten. Seinem Agenten gegenüber hat er geäußert, die Scheißkerle kreisten ihn ein, und wenn es noch schlimmer würde, müßte er sich ein Viertel suchen, das die Kunstficker noch nicht entdeckt hätten. Das ist Maitlands Ausdruck: ‹Kunstficker›. Hier ist das Haus, Chief.»

Es war ein schmutzig aussehender roter Ziegelbau, der sich in nichts von den anderen in der Straße unterschied. Neun graue Steinstufen führten zur Haustür hinauf. Die staubigen Fenster der beiden Wohnungen im Parterre waren mit rostigen Eisengittern bewehrt.

«Den Grundriß kenne ich», sagte Delaney. «Obwohl er nicht bei den Unterlagen ist. Ich habe Hunderte von Apartmenthäusern wie dieses gesehen. Zwei Wohnungen in jedem Stock. Langer Korridor, der von vorn bis hinten durchgeht. Die Wohnung des Hausmeisters im Souterrain. Er kann durch die Tür im Gang unter der Treppe rein, doch für gewöhnlich hält er die verschlossen und benutzt den Hintereingang. Neben seiner Wohnung steht da unten noch der Boiler, dann gibt es einen Heizungskeller, Sicherungskästen und so weiter. Einen Abstellraum. Die Hintertür geht auf einen kleinen gepflasterten Hof hinaus. Maitlands Atelier im fünften Stock ist ein großer Raum, der das ganze Stockwerk einnimmt. Spülstein und Badewanne, das Klo jedoch auf dem Treppenabsatz. Stimmt alles?»

«Alles, Sir», sagte Boone voller Bewunderung. «Die Tür im Keller, die nach hinten rausgeht, ist immer abgeschlossen. Sie ist mit einer Eisenstange, einer Kette und einem Vorhängeschloß gesichert. Da ist unser Mann jedenfalls nicht reingekommen. Der Hausmeister sagt, das hätte er bestimmt gehört. Hat aber nicht.»

«Gehen wir rein», sagte Delaney.

Sie stiegen die Treppe hinauf. Die Haustür war nicht nur unversperrt, sondern nicht einmal ins Schloß gefallen; sie stand ein paar Zentimeter offen und pendelte hin und her. Delaney blieb stehen, um sich die Namen an den Briefkästen anzusehen.

«Meistens Italiener», bemerkte er. «Ein spanischer Name, ein chinesischer und ein ‹Smith›, ein Allerweltsname; könnte alles mögliche sein.»

Die Innentür war gleichfalls unverschlossen, der Türgriff fehlte.

«Den wollte der Hausmeister ersetzen», sagte Boone.

«Vielleicht hat er das sogar getan», bemerkte Delaney milde. «Nur hat jemand den neuen schon wieder geklaut.»

Zwei kurze Treppen führten jeweils von einem Stockwerk zum nächsten. Langsam stiegen sie hinauf. Sie befanden sich auf dem Treppenabsatz des dritten Stocks, als eine Tür soweit aufgerissen wurde, wie die Vorhängekette es gestattete, und eine wütende Frau ihr Gesicht hindurchsteckte. Sie hatte ihr brandrotes Haar auf extrem dicke Lockenwickler gedreht und trug einen grotesk bedruckten Morgenrock, den sie an ihrem faltigen Hals zusammenhielt.

«Ich hab euch rumschnüffeln sehen», geiferte sie. «Was wollt'n ihr? Ich ruf die Polizei.»

«Wir *sind* von der Polizei, Ma'm», sagte Boone sanft und zeigte ihr seine Dienstmarke. «Kein Grund zur Aufregung. Wir wollen uns bloß oben noch mal umsehen.»

«Habt ihr den Kerl immer noch nicht?» fragte die Frau.

«Noch nicht, nein.»

«Scheiße!» rief die Frau verächtlich und schlug die Tür zu. Man hörte, wie mehrere Schlüssel umgedreht wurden. Delaney und Boone setzten ihren Aufstieg fort.

«Wo die wohl war, als wir sie gebraucht hätten?» knurrte Delaney.

Auf dem obersten Treppenabsatz blieben beide schwer atmend stehen. Delaney warf einen Blick in das WC. Nichts als eine schmutzige Toilette: der Wasserkasten hoch oben unter der Decke, zum Ziehen ein Holzgriff, der an einer grünspanigen Messingkette hing. Die Toilette hatte nur ein kleines Fenster, das Milchglas war gesprungen.

«Keine Heizung», bemerkte Delaney. «Im Winter könnte man hier eine Verstopfung direkt genießen.»

Verdattert von dem Scherz seines Chiefs blickte Boone ihn an. Dann gingen sie bis zur Tür von Victor Maitlands Atelier. Ein blitzblanker neuer Riegel samt Vorhängeschloß war unterdessen angebracht worden. Außerdem ein Zettel: VERSIEGELT VON DER FINANZBEHÖRDE. Und in kleinerem Druck darunter wurde aufgezählt, was einem Eindringling alles blühen konnte: Gefängnis, Geldstrafe oder beides.

«Ach, verdammt», sagte Boone. «Was hat denn das zu bedeuten?»

«Er hat kein Testament hinterlassen», klärte Delaney ihn auf. «Folglich sorgt das Finanzamt dafür, daß es die ihm zustehende Scheibe vom Kuchen auch wirklich bekommt. Außerdem hatte er Steuerschulden und zankte sich jahrelang mit den Finanzbehörden. Hm . . . was machen wir jetzt?»

Boone sah sich um.

«Ich hab einen Satz Dietriche dabei», murmelte er. «Einverstanden?»

Delaney starrte ihn an.

«Sergeant», sagte er, «Sie gefallen mir von Minute zu Minute besser. Selbstverständlich bin ich einverstanden.»

Abner Boone holte aus der Innentasche seiner Jacke ein flaches schwarzes Wildlederetui. Er musterte das Vorhängeschloß, wählte dann einen der Dietriche aus, einen langen, dünnen Nachschlüssel aus rostfreiem Stahl mit winzigem Bart. Den steckte er in das Schlüsselloch, probierte behutsam und starrte dabei zur Decke. Der Dietrich faßte. Langsam vollführte Boone mit dem Handgelenk eine Drehung. Mit leisem Knacken sprang das Schloß auf.

«Sehr schön», sagte Delaney. «Und gleich auf Anhieb.»

Boone lächelte und steckte die Dietriche weg. Er stieß die Tür auf. Sie traten ein und schlossen die Tür hinter sich.

«Bleiben Sie hier stehen», befahl Delaney. «Sehen Sie sich genau um. Ist alles noch so, wie an dem Tag, als die Leiche gefunden wurde? Steht irgendwas woanders? Fehlt was? Lassen Sie sich Zeit.»

Geduldig wartete er, während Boone das Innere des Ateliers in Augenschein nahm. Sonnenlicht flutete durch das Oberlicht. Eine der Scheiben war zerbrochen und mit einem blauen Lappen verstopft worden. Über dem Oberlicht war Maschendraht gespannt, doch kein Ventilator zu sehen. Es roch ausgesprochen muffig.

Delaney warf einen Blick auf seine Uhr.

«Gleich ist es halb elf. So muß es hier vor sechs Wochen ausgesehen haben. Sie sagen, es war ein heller, klarer Tag, also wird er wohl nicht das Licht angeknipst haben. Selbstverständlich steht die Sonne jetzt höher, aber mehr oder weniger müßte es so sein wie damals.»

«Ich sehe nicht, daß etwas fehlt oder anders stünde», sagte Boone. «Ich habe das Gefühl, das Glas auf dem Spülstein stand näher am Ausguß als jetzt. Das wurde wohl nach dem Abnehmen der Fingerabdrücke etwas anders hingestellt. Und die Matratze auf der Liege ist abgeklopft worden. Alte Spermaflecken auf der Oberseite. Nichts Frisches. Sonst sieht es für mein Gefühl genauso aus.»

«Waren die Fenster offen?»

«Nein, Sir, die waren geschlossen, genauso wie jetzt.»

«Das Radio an?»

«Nein. Abgedreht. All das Zeugs da drüben, seine Farben und Pinsel und Leinwandrollen, das ganze Durcheinander, steht nicht mehr genauso da wie vorher, denn das haben wir alles durchsucht. Doch soweit ich weiß, wurde nichts weggenommen. Wir haben alles hiergelassen.»

«Keine Bilder?»

«Nein. Der Agent sagte, er habe gerade eine Serie vollendet gehabt und sie in die Galerie Geltman geschafft. Auf dem Boden liegen ein paar rohe Skizzen. Der Agent wollte sie mitnehmen, aber das haben wir nicht zugelassen. Er sagte, das könnten Maitlands letzte Arbeiten sein und sie gehörten zur Erbmasse.»

Delaney ging hinüber zu dem mit Kreide auf den Boden gezeichneten Umriß und starrte darauf. Das Holz war ringsum von einem nachgedunkelten Braun, stellenweise fast schwarz.

«Stimmt der Umriß ungefähr?» wandte er sich an Boone.

«So ziemlich. Der rechte Arm war nicht ganz ausgestreckt, sondern am Ellbogen abgewinkelt. Und auch die Knie waren ein bißchen angezogen. Er ist mit dem Gesicht voran zu Boden gegangen und hat alle viere von sich gestreckt.»

Delaney kniete neben dem rohen Umriß des toten Malers und starrte mit halbgeschlossenen Lidern hin.

«Hat sein Gesicht direkt auf dem Boden gelegen?»

«Vielleicht ein bißchen nach links gedreht, aber sonst nach unten.»

«Wissen Sie, wo er sein Portemonnaie trug?»

«Wir nahmen an, in der rechten Gesäßtasche. In der linken hatte er nämlich einen Kamm. Seine Frau und sein Agent bestätigten das.»

Der Chief erhob sich und klopfte die Hosenbeine an den Knien ab.

«Gerochen?» fragte er.

«Und ob», sagte Boone. «Es war ein feuchtwarmes Wochenende.»

«Nein, nein», sagte Delaney. «Ich meine, ob jemand auf die Knie gegangen ist und ihn beschnuppert hat.»

Abner Boone war verwirrt.

«Nicht, daß ich wüßte, Chief», sagte er. «Wozu?»

«Ach . . .» machte Delaney unbestimmt. «Man weiß ja nie . . .»

Er trat an den Spülstein, betrachtete das fleckige Becken und das Tropfbrett.

«Ist der Abfluß untersucht worden?»

«Klar. Der von der Badewanne auch. Und das Klo und der Wasserkasten.»

Die altmodische Badewanne auf Klauenfüßen war mit einer weißemaillierten Abdeckung versehen. Delaney hob sie hoch, um darunter zu blicken, und kauerte sich dann hin, um unter die Wanne zu sehen.

«Küchenschaben», berichtete er.

«Davon wimmelt's hier nur so.» Boone nickte. «Überall. Ein Saubermann war er bestimmt nicht.»

Delaney ging langsam in den vorderen Teil des Ateliers. Bei dem Podest unterm Oberlicht blieb er stehen.

«Was ist denn das hier?» fragte er.

«Der Agent sagte, ein Posierpodest. Darauf stand das Modell, wenn Maitland malte oder Skizzen machte.»

Delaney ging um das Durcheinander auf dem Boden herum, blieb stehen und blickte hinunter.

«Bei den meisten Sachen hier kann ich mir schon denken, wozu das alles dient. Aber Säge, Hammer und Nägel? Und das Ding da, die Klaue, was ist das?»

«Geltman sagt, Maitland habe seine Leinwände immer selbst aufgezogen und gespannt. Die Leinwand hat er rollenweise gekauft.

Dann hat er sich einen Holzrahmen gezimmert, die Leinwand darüber gezogen und sie mit Reißzwecken befestigt. Mit der Klaue hat er sie dann gespannt. Die kleinen Holzdinger an der Innenseite des Rahmens dienen zum Verkeilen und sorgen dafür, daß die Leinwand straff bleibt.»

«Und was ist das für schwarzes Zeug an der Wand? Die schwarzen Krümel?»

«Zeichenkohle. Der Agent hat uns geholfen, all dies hier zu identifizieren. Wie es scheint, benutzte Maitland zum Skizzieren Holzkohle. Die meisten Maler benutzen Bleistifte.»

«Und wozu all die vielen kleinen Stücke?»

«Holzkohle bricht leicht. Aber da ist ein Fleck an der Wand, da oben, rechts von Ihnen. Es sieht so aus, als ob Maitland den Stift an die Wand gepfeffert hätte. Geltman sagt, so was hat er manchmal getan.»

«Warum?»

«Das wußte er nicht; es sei denn, Maitland kam mit der Arbeit nicht gut voran und wurde sauer.»

Delaney hob die beiden Skizzen mit den Fingerspitzen vom Boden auf. Dann trat er näher ans Fenster, um sie zu betrachten.

«Es gibt noch eine dritte Skizze, auf dem Block, der da auf der Kiste liegt», sagte Boone. «Halb fertig. Und daneben liegt noch ein halber Kohlestift. Geltman meinte, es sähe so aus, als ob Maitland bei der dritten Skizze die Kohle zerbrach und er das Ende, das er in der Hand hielt, gegen die Wand geworfen hätte.»

Delaney ging nicht darauf ein. Betroffen schaute er die Skizzen an. Maitland hatte mit harten, kühnen Kohlestrichen einen dreidimensionalen Torso auf zweidimensionales Papier übertragen. Nichts von konventioneller Schattierung; die Linienführung selbst deutete die Modellierung des Fleisches an. Nur an zwei Stellen hatte er flüchtig mit Daumen oder Finger drüberhingeschmiert, um eine Mulde und einen Schatten anzudeuten.

Es handelte sich um den Körper eines jungen Mädchens, saftig und strotzend, das kam unmißverständlich zum Ausdruck. Sie stand in unnatürlicher Pose da, die Muskeln verkrampft, die Brüste herausgedrückt. Maitland hatte den Rückenschwung, die Hüftschwellung und das Weiche von Schulter- und Armwölbung meisterhaft getroffen. Das Profil des Gesichtes war kaum angedeutet, es wirkte unbestimmt orientalisch. Doch der Körper sprang von den Knien aufwärts förmlich heraus aus dem weißen Papier. Die schwarzen Linien schienen zu leben, zu zucken. Kein Zweifel, daß hier ein Herz pumpte, geatmet wurde, Blut pulsierte.

«Herrgott!» entfuhr es Delaney leise. «Egal, wie mies der Bursche gewesen ist, er dürfte nicht tot sein.» Dann, lauter, fragte er: «Konnte der Agent sagen, wann die Skizzen entstanden sind?»

«Nein, Sir. Möglicherweise am Vormittag. Vielleicht aber auch schon vor einer Woche. Er hatte sie nie zuvor gesehen.»

«Kannte er das Modell?»

«Er behauptet, nein. Die Skizzen hält er für die Vorbereitung einer größeren Arbeit. Versuche, wenn er ein neues Modell ausprobierte, um zu sehen, ob er festhalten konnte, was ihm vorschwebte. Angeblich schmiß er so was später weg.»

«Was! Diese hier aber nicht. Die nehme ich mit. Ich werde sie später den Erben aushändigen. Irgendwann. Wo ist die dritte?»

«Hier. Noch auf der Kiste.»

Delaney betrachtete das Stilleben auf der rohen Kiste: ein gegen die Terpentinkanne gelehnter Skizzenblock, die Hälfte von einem Stück Zeichenkohle, die Whiskeyflasche. Sein Blick wanderte vom Whiskey zum Ateliereingang und wieder zurück. Dann löste er die dritte Zeichnung vom Block und blätterte die noch verbleibenden Blätter durch, um sicherzugehen, daß nichts mehr darin sei. Der Block war leer. Sorgfältig rollte er die drei Skizzen zusammen.

«Mehr fällt mir nicht ein», sagte er. «Ihnen?»

«Nein, Chief. Ein Adressenbuch war nicht da. Überhaupt keine Bücher. Nur alte Zeitungen unterm Ausguß und ein paar Kataloge für Malerbedarf. Neben dem Telefon stehen einige Nummern an der Wand. Die haben wir überprüft. Ein Schnapsladen in der Nachbarschaft, der frei Haus liefert. Ein Feinkostladen drüben am Lafayette Square. Die Nummer eines Malerfreundes namens Jake Dukker. Der ist bei den Akten. Weiter war nichts. Keine Briefe, keine Rechnungen, nichts. Nur ein paar alte Klamotten in der Kommode. Seine Sachen hatte er ja in der Wohnung im Norden der Stadt. Nicht, daß uns das weitergeholfen hätte.»

Sie legten das Vorhängeschloß wieder vor und stiegen schweren Schritts nach unten. Die Rothaarige steckte wieder den Kopf zur Tür heraus.

«Na?» fragte sie.

«Auf Wiedersehen, Madam», grüßte Edward X. Delaney höflich und lüftete den Homburg.

Unten auf der Straße sagte Abner Boone: «Wenn die Steuerfritzen mißtrauisch werden, kann sie uns reinreißen.»

«Nichts als Vermutungen», sagte Delaney achselzuckend. «Sie hat uns ja nicht wirklich *im* Atelier gesehen. Keine Angst; notfalls bügelt Thorsen das für uns aus.»

Schweigend schlenderten sie zur Houston Street zurück. Boone ging um seinen Wagen herum und sah ihn sich genau an. Niemand hatte ihn berührt. Sie stiegen ein, und Delaney zündete sich eine Zigarre an. Boone fand im Handschuhfach ein Gummiband, das er über die Rolle mit den Skizzen streifte. Der Sergeant hatte in einem alten gelben Umschlag auch das Buch über Maitland mitgebracht. Delaney hielt es auf seinem Schoß, schlug es aber nicht auf.

Schweigend saßen sie eine Weile nebeneinander; die Atmosphäre des Vertrauens zwischen ihnen wurde stärker. Boone zündete sich eine Zigarette an. Seine Finger waren gelbbraun vom Nikotin.

«Ich versuche, weniger zu rauchen», erklärte er Delaney.

«Und schaffen Sie's?»

«Nein. Seit ich vom Alkohol runter bin, ist es noch schlimmer.»

Der Chief nickte und lehnte den Kopf an die Nackenstütze. Durch die Windschutzscheibe starrte er auf einen Verkehrspolizisten, der auf der Houston Street mit seinem weißen Stock ein mittägliches Ballett aufführte.

«Spielen wir das Ganze mal durch», sagte er verträumt, ohne Boone anzusehen. «Mal sehen, ob es hinkommt . . . Maitland trifft zufällig ein junges Mädchen, auf der Straße, in einer Bar, irgendwo. Vielleicht meint er, sie könnte ein gutes Modell abgeben – der Körper auf den Skizzen spricht dafür –, vielleicht geht es ihm auch bloß darum, sie aufs Kreuz zu legen. Jedenfalls erscheint sie am Freitagmorgen in seinem Atelier. Sie zieht sich aus. Er macht ein paar Skizzen von ihr. Ich weiß nicht, wie *er* die eingeschätzt hat; ich jedenfalls finde sie phantastisch. Bei der dritten Zeichnung bricht die Kohle. Das Ende, das er in der Hand hält, feuert er an die Wand. Vielleicht fuchst es ihn, daß es ausgerechnet jetzt bricht, vielleicht ist es aber auch bloß Übermut. Wer will das wissen? Er gibt der Kleinen was zu trinken, am Spülstein neben der Liege. Von ihr stammen die Teilfingerabdrücke auf dem Glas. Möglich, daß sie übers Honorar reden. Vielleicht bumst er sie, vielleicht auch nicht. Sie zieht ab. Er verschließt die Tür, geht mit der Flasche Whiskey in der Hand zurück zu der Kiste, sieht sich seine Skizzen an. Es klopft. Wer da? Jemand antwortet, eine Stimme, die er kennt. Er stellt die Flasche auf die Kiste, geht an die Tür, schließt auf. Die Tür öffnet sich. Der Besucher kommt rein. Maitland dreht sich um, wendet ihm den Rücken zu und entfernt sich von der Tür. *Fini.* Wie gefällt Ihnen das?»

«Motiv?»

«Himmelherrgott, Sergeant, ich hab nicht mal *angefangen* mich damit zu beschäftigen. Ich versuche mir bloß auszumalen, was sich an diesem Freitagvormittag abgespielt hat. Den Tathergang. Wie hört sich das an?»

«Möglich», sagte Boone. «Alles, was wir wissen, ist damit erklärt. Die beiden könnten ein, zwei Stunden rumgebumst haben. Der Mord selbst fand ja zwischen zehn und drei statt.»

«Richtig.»

«Nur läßt sich die Anwesenheit des Modells nichts zweifelsfrei beweisen. Die Skizzen könnten auch schon eine Woche vor Maitlands Tod entstanden sein. Keine Spur von Puder, keine Haarnadeln, keine Lippenstiftspuren am Glas. Nur eine Sicherheitsnadel.»

Delaney fuhr in die Höhe und wandte den Kopf. Starrte Boone an.

«Eine was?» fragte er wütend.

«Eine Sicherheitsnadel, Sir. Auf dem Boden in der Nähe der Liege. Stand davon nichts in den Akten?»

«Nein, verdammt noch mal, davon steht nichts in den Akten.»

«Hätte aber drinstehen müssen, Chief», sagte Boone leise. «Eine Sicherheitsnadel. Offen. Die Jungs vom Labor haben sie unter die Lupe genommen. Sie unterscheidet sich in nichts von Millionen anderen. Solche Sicherheitsnadeln werden in Tausenden von Läden verkauft.»

«Wie lang war sie?»

Boone hielt Daumen und Zeigefinger auseinander.

«So ungefähr. Drei Zentimeter. Fünf. Keine Fasern und keine Haare dran. Nichts, was den Schluß zugelassen hätte, daß sie Maitland oder der Puppe gehörte.»

«Glänzte sie?»

«O ja. Sie war erst vor kurzem benutzt worden.»

«Dann hat sie bestimmt einer Frau gehört», sagte Delaney. «Was sollte auch Maitland schon damit anfangen – die Unterwäsche zusammenstecken, die er nicht trug? Nein, an dem Vormittag war bestimmt ein junges Mädchen bei ihm.»

Auf der langen stockenden Fahrt nach Norden redeten beide nicht. Erst etwa auf der Höhe der Fourteenth Street sagte Delaney: «Sergeant, tut mir leid, daß ich Sie angeblafft habe, weil die Sicherheitsnadel in den Akten nicht erwähnt wurde. Ich weiß, das ist nicht Ihre Schuld.»

Boone wandte kurz den Kopf und bedachte ihn mit seinem jungenhaften Grinsen.

«Blaffen Sie nur, soviel Sie wollen, Chief», sagte er. «Ich hab Schlimmeres einstecken müssen.»

«Das haben wir wohl alle», sagte Delaney. «Hören Sie, ich habe nachgedacht . . . ich mache diesen Job nun schon seit sehr langer Zeit, und ich weiß, daß vieles bei den Berichten unter den Tisch fällt. Das kann ja nicht anders sein. Schließlich kann kein Kriminalbeamter *alles* schriftlich festhalten, sonst würde er sein Leben lang hinter der Schreibmaschine hocken und hätte keine Zeit mehr für die Ermittlung selbst. Die Erstellung eines Berichts ist ja schon Teil des Ermittlungsprozesses. Der Beamte wählt aus, was seiner Meinung nach bedeutsam ist, was irgendwelche Rückschlüsse zuläßt. Was er nicht erwähnt, ist etwa, daß derjenige, den er beschattet, Kaugummi kaut, oder die Frau, die er vernimmt, Chanel No. 5 benutzt. All den belanglosen Kram läßt er beiseite. Oder das, was er für belanglos *hält*. Verstehen Sie? Er berichtet nur das, was seiner Meinung nach wichtig ist. Oder noch richtiger: was seine Vorgesetzten seiner Meinung nach für wichtig erachten. Stimmen Sie mir zu?»

«Mit einer Ausnahme», sagte Boone vorsichtig. «Manchmal erwähnt ein Beamter etwas, was ihm selbst nicht besonders bedeutungsvoll vorkommt, was aber so ungewöhnlich oder sonderbar oder einfach befremdlich ist, daß er meint, seine Vorgesetzten müßten es erfahren.»

«Das ist dann schon ein sehr guter Beamter, denn genau das sollte er tun. Selbst wenn nichts dabei herauskommt. Erweist es sich dann, daß sein Tip heiß ist, hat er einen Stein im Brett. Stimmt's?»

«Stimmt, Sir. Da bin ich Ihrer Meinung.»

«Trotzdem.» Delaney ließ es nicht dabei bewenden. «Viele Dinge bleiben unerwähnt. Kleinigkeiten. Manches ist wirklich belanglos und sollte unerwähnt bleiben. Hin und wieder aber könnte ein Fall sehr viel früher abgeschlossen werden, wenn solche Lappalien in den Akten gestanden hätten. Ich hatte mal einen Mordfall, oben in Fünf-zwo. Jemand wurde erdrosselt, in einem riesigen Mietshaus. Zehn Wohnungen allein im Erdgeschoß. Selbstverständlich wurden die Nachbarn vernommen. Kein Mensch hatte etwas gehört; der Flur war mit einem dicken Läufer ausgelegt. Eine alte Dame erwähnte allerdings, an ihrer Tür habe ein Hund geschnuppert und leise gejault. Doch das bedeute wohl nichts, denn allein auf ihrem Stockwerk hätten vier Mieter einen Hund und führten ihn häufig aus. Also kam nichts davon in den Bericht. Vierzehn Tage später sind wir immer noch nicht weiter und fangen noch mal ganz von vorn an. Wieder erwähnt die alte Dame den Hund, der an ihrer Tür geschnüffelt hat. Diesmal kommt das in den Bericht, und der Lieutenant beauftragt mich, bei allen Hundebesitzern auf diesem Stockwerk nachzufragen. Keiner von ihnen hatte zur Tatzeit seinen Hund ausgeführt. Aber der Mann, der erdrosselt wurde, hatte einen ziemlich ruppigen Freund, und *der* hatte einen Hund. Ging nie ohne ihn aus. Eines führte also zum anderen, und schließlich konnten wir ihn festnageln. Wäre dieser schnüffelnde Köter gleich erwähnt worden, hätte uns das womöglich wochenlange Kopfschmerzen erspart. Und was den Fall Maitland betrifft, so haben viele Männer daran gearbeitet, und ich wette, das eine oder andere steht nicht in den Berichten. Ich mache den Männern keinen Vorwurf, ich weiß ja, wieviel sie zu tun haben. Aber es ist möglich, daß manches, was damals unerheblich schien, für Sie und mich jetzt von Nutzen wäre – jetzt, wo ich reichlich Zeit habe, mich um jede Kleinigkeit zu kümmern, weil uns keiner im Nacken sitzt.»

Boone schnappte sofort nach dem Köder.

«Was könnte ich dabei tun, Chief?»

«Sie kennen doch die meisten, die diesen Fall bearbeitet haben, und Sie können besser mit denen reden als ich. Fragen Sie also diese Kollegen, ob sie sich an irgendwas erinnern, was nicht in den Unterlagen steht. Egal was. Sie sollen keine Angst haben, daß sie sich damit in die Tinte setzen. Ich will nicht mal die Namen wissen.

Wirklich nicht. Aber bringen Sie sie dazu, ihr Köpfchen ein bißchen anzustrengen und in ihrer Erinnerung zu kramen. Irgendwer muß irgendwas gesehen oder gehört haben. Das braucht keine große Sache zu sein. Große Sachen werden ohnedies erwähnt. Wonach ich suche, das sind Kleinigkeiten, scheinbare Nichtigkeiten, ohne Belang. Verstehen Sie, Sergeant?»

«Klar», sagte Abner Boone. «Wann soll ich anfangen?»

«Heute nachmittag. Würden Sie mich bitte zu Hause absetzen? Ich habe Material genug, mich den Rest des Tages zu beschäftigen. Sie können derweil bei den Leuten auf den Busch klopfen, die mit dem Fall Maitland befaßt waren. Und wenn Sie schon dabei sind, erkundigen Sie sich im Labor, warum diese Sicherheitsnadel nicht aufgeführt wurde. Vielleicht hab ich's nur überlesen, aber das glaube ich nicht. Ich glaube eher, es ist einfach verschlampt worden, und das macht mir Angst, weil so was vielleicht mehr als einmal vorgekommen ist und ich manches nicht erfahre, solange ich ganz auf die Akten angewiesen bin. Deshalb bin ich froh über Ihre Hilfe.»

Sergeant Boone freute sich ebenfalls und machte kein Hehl daraus.

«Noch was», sagte Delaney. «Ich habe vor, einen Bericht über unseren Besuch in Maitlands Atelier zu schreiben. Was ich gesehen, was ich gefunden, was ich mitgenommen habe. Ich werde jeden Tag über meine Ermittlungen berichten, als wäre ich noch im Dienst. Und ich möchte, daß auch Sie Tagesberichte schreiben. Sie werden feststellen, daß die einem enorm helfen, alles fein säuberlich auseinanderzuhalten.»

«Ja, Sir», sagte Boone wenig überzeugt. «Wenn Sie meinen.»

Er setzte Delaney vor dessen Haus ab. Der Chief ging um den Wagen herum und lehnte sich zu Boones offenem Fenster hinunter.

«Hat Thorsen Ihnen aufgetragen, ihn privat über den Fortschritt meiner Untersuchung auf dem laufenden zu halten?» fragte er.

Boone senkte den Kopf. Abermals wurde er puterrot, und wieder verschwanden die Sommersprossen.

«Tut mir leid, Chief», murmelte er. «Es blieb mir keine Wahl.»

Delaney legte dem Mann eine Hand auf den Arm.

«Berichten Sie ihm», sagte er zu Bonne. «Tun Sie, was er Ihnen befohlen hat. Das ist schon in Ordnung.»

Er drehte sich um und stieg die Treppe zu seinem Haus hinauf. Boone sah ihm nach, bis die Tür sich hinter ihm schloß.

Delaney hängte den Homburg in die Dielengarderobe, trug die Zeichnungen und das Buch direkt in sein Arbeitszimmer, legte sie auf den Schreibtisch und ging dann zurück in die Diele.

«Monica?» rief er.

«Oben, Liebling», rief sie zurück. Dann kam sie an die Treppe. «Hast du zu Mittag gegessen?»

«Nein, aber ich bin auch nicht hungrig. Ich faste ganz gern mal. Vielleicht trinke ich ein Bier.»

«Wenn du ein Sandwich möchtest, Schinken und Käse sind im Kühlschrank. Aber nimm nichts vom Roastbeef, das ist für heute abend.»

Er ging in die Küche, nahm eine Dose Bier aus dem Kühlschrank und zog den Ringverschluß auf. Der Anblick des Roastbeefs vom Vortag war eine Versuchung; er starrte hin, klappte dann jedoch entschieden die Tür zu. Vor dem Arbeitszimmer blieb er stehen, lauschte, äugte nach oben. Keine Monica. Rasch in die Küche. Er nahm das Roastbeef heraus und erblickte, mit einem Zahnstocher ans Fleisch geheftet, einen Zettel: «Nur ein einziges Sandwich! M.» Er machte vergnügt sein Sandwich und trug es mit dem Bier ins Arbeitszimmer hinüber.

Er rollte die Skizzen auf und beschwerte die Ecken, damit das Papier sich nicht wieder aufrollte. Dann nahm er Sergeant Boones Buch über Maitlands Bilder aus dem Umschlag, machte es sich auf seinem Drehstuhl bequem und setzte die Lesebrille auf. Rasch durchblätterte er das Buch.

Er sah Schwarz-Weiß-Reproduktionen auf Glanzpapier und einige Farbdrucke von Maitlands Bildern. Der Text hielt sich in bescheidenen Grenzen: eine kurze Einführung, eine Biographie des Künstlers, ein Katalog seiner Werke und ein Essay von einem Kunstkritiker, der Maitlands Werk analysierte. Delaney kannte den Namen des Kritikers zwar nicht, doch wie der Einführung zu entnehmen war, offenbar ein Kenner. Delaney fing an zu lesen.

Die Biographie verriet ihm kaum mehr als das, was die Akten enthielten, die der Stellvertretende Commissioner Thorsen ihm geschickt hatte. Der Kritiker, obwohl um einen maßvollen Ton bemüht und auf Unvoreingenommenheit bedacht, war des Lobes voll.

Victor Maitland habe der Technik der großen italienischen Meister frisches Leben eingehaucht, den Marotten und Modeströmungen der Moderne den Rücken gekehrt, sei seinen eigenen Weg gegangen und habe den traditionellen Stil der Malerei mit einer Inbrunst und einer Leidenschaft erfüllt, wie man sie seit Jahrhunderten nicht mehr erlebt habe.

Delaney verstand nicht alles, was er da las, doch teilte er die Bewunderung, ja den heiligen Schauder, der den Kritiker angesichts von Maitlands Werken packte. ‹Heiliger Schauder› stand da wörtlich. Delaney reagierte so positiv, weil genau das die Empfindung gewesen war, die auch ihn packte, als er die rohen Skizzen in Maitlands Atelier betrachtete. Nicht nur heiliger Schauder ob des Talents, das dieser Mann besessen hatte, sondern auch Verblüffung und eine Art Schrecken angesichts einer Schönheit, von der er nicht gewußt hatte, daß es sie überhaupt gibt.

«Endlich», schloß der Kritiker, «hat Amerika einen Maler allerersten Ranges, der seine Kunst ganz dem Bemühen widmet, das Leben zu feiern.»

Allerdings nicht lange, dachte Delaney dumpf. Im Stehen, um die großformatigen Illustrationen besser sehen zu können, blätterte er langsam die Seiten mit den Bildern von Victor Maitland um.

Er blätterte sie zweimal durch, kehrte ein drittes Mal zu bestimmten Bildern zurück, deren einige ihn ganz besonders angerührt hatten. Dann klappte er das Buch behutsam zu und trat vom Schreibtisch weg. Er sah sein Sandwich und das Bier unberührt stehen, setzte sich in einen Sessel und aß und trank sehr nachdenklich. Das Bier war mittlerweile etwas warm und schal geworden, doch das kümmerte ihn nicht weiter.

In Sachen Kunstbetrachtung und Kunstgenuß war er ungeschult, ein Laie. Er gab sich da keinerlei Illusionen hin. Aber er liebte Bilder und Plastiken und die kühlen, imponierenden Ausstellungsräume, die Üppigkeit von Goldrahmen, die Eleganz marmorner Sockel. Er hatte versucht, sich zu bilden, indem er kunstgeschichtliche und kunstkritische Bücher las, fand jedoch die Sprache, in der sie abgefaßt waren, zumeist dermaßen abstrus, daß er argwöhnte, die Verfassen wollten die Uneingeweihten benebeln und verwirren. Allerdings mochte der Fehler auch bei ihm liegen, an seiner Unfähigkeit, Kunsttheorien zu begreifen und den prätentiösen Thesen von

Kubisten, Dadaisten, Abstrakten und all den anderen ‹Schulen› in der Kunst zu folgen, die einander in so rascher und erschreckender Folge ablösten.

So blieb ihm nichts übrig, als sich auf sein eigenes Auge und den eigenen Geschmack zu verlassen, auf das vielgeschmähte Klischee: ‹Ich weiß, was mir gefällt, wenn ich es sehe›, und er spürte dabei vage, daß es ebenso auf den Metzger zutraf, der seine Freude an gemalten Sonnenuntergängen auf schwarzem Samt hatte, wie auf den engagierten Kritiker, der hochtrabend von asymmetrischer Spannung, ovularer Erstarrung und außengeleiteter Verkrustung schwafelte.

Delaney mochte Bilder, auf denen etwas zu erkennen war. Ein Akt war ein Akt, ein Apfel ein Apfel und ein Haus ein Haus. Technisches Können fand er fesselnd und würdigte es; der Faltenwurf von Seidenstoffen auf den Gemälden von Ingres versetzte ihn in Entzücken. Technisches Können allein genügte jedoch nicht. Um ihm ganz und gar zu gefallen, mußte ein Bild ihn *anrühren*, mußte der Blick auf enthülltes Leben ihn bestürzen. Schön brauchte ein Bild nicht unbedingt zu sein; nur wahr. Dann war es auch schön.

Als er auf seinem Roastbeef-Sandwich herumkaute und an seinem schal gewordenen Bier nippte, kam ihm die Einsicht, daß die meisten von Victor Maitlands Bildern wahr waren. Das sah Delaney nicht nur, das spürte er. Wenige Stilleben, ein oder zwei Porträts und etliche Stadtansichten. Maitland hatte vor allem weibliche Akte geschaffen. Junge Frauen und Greisinnen, unschuldige Mädchen und alte Vetteln. Manches daran war ohne Zweifel häßlich, alles aber zeugte ausnahmslos von dieser ‹Feier des Lebens›, die dem Kritiker aufgefallen war.

Das jedoch war es nicht, was Delaney an Maitlands Werk am meisten beeindruckte, es war vielmehr die Auffassung des Künstlers, die Art, wie er sein Talent anwendete. Es lag darin etwas Getriebenes, fast etwas Wahnsinniges. Es war, dachte Delaney, ein übermenschliches Ringen darum, sich des Lebens immer wieder bewußt zu werden und es mit kalter Farbe auf rauhe Leinwand zu bannen. Es war die Besessenheit, die Gier, alles zu erfassen, alles zu besitzen und seine Beute zur Schau zu stellen.

5

«Ich treffe mich zum Lunch mit Rebecca», sagte Monica.

«Wie schön.» Delaney faltete seine *New York Times* als alter U-Bahnfahrer gewohnheitsmäßig der Länge nach.

«Und vielleicht gehen wir hinterher einkaufen», fuhr Monica fort.

«Ich höre, Liebling», sagte er und las, daß ein lateinamerikanischer Politiker der Mafia zehntausend Maschinenpistolen verkaufen wollte.

«Und dann kommen wir wahrscheinlich hierher, um Kaffee zu trinken. Gegen drei.»

Er ließ die Zeitung sinken und starrte sie an.

«Weißt du auch, was du da tust?» fragte er. «Der Mann ist ein schwerer Trinker, ein *sehr* schwerer Trinker.»

«Du hast doch gesagt, er hat aufgehört.»

«*Er* hat gesagt, er hat aufgehört. Willst du wirklich deine beste Freundin mit einem Alkoholiker verkuppeln?»

«Nun, es kann auf keinen Fall schaden, wenn sie sich kennenlernen. Rein zufällig. Das bedeutet doch nicht, daß sie gleich morgen heiraten müssen.»

«Ich wasche meine Hände jedenfalls in Unschuld», erklärte er ablehnend.

«Du bringst ihn also gegen drei her?» fragte sie.

Er stöhnte.

Sergeant Abner Boone wartete im Wagen vor Delaneys Haus und las in der *Daily News*. Als der Chief einstieg, warf Boone die Zeitung auf den Rücksitz.

«Morgen, Chief», sagte er.

«Morgen», sagte Delaney und mit einer Handbewegung auf die Zeitung weisend: «Was gibt's Neues?»

«Nicht viel. Ein Auto wurde aus dem East River gefischt. Und wer, meinen Sie, lag im Kofferraum? Der alte Sam Zuckerman. Mit einem Eispickel erledigt.»

«Zuckerman? Der ist mir kein Begriff.»

«Zuckerman betrieb Massagesalons auf der West Side. Ich nehme an, irgendwer wollte sich bei ihm einkaufen, und Sam hat sich quergelegt. Wir haben seit Jahren Katz und Maus mit ihm gespielt, sperrten ihn ein und ließen die Zellentür gleich offen, weil wir wußten, Sam ist schon nach einer Stunde wieder auf freiem Fuß. Er muß ein Vermögen für Anwälte ausgegeben haben. Aber das konnte er sich leisten. Und jetzt ist Sam in den Großen Massagesalon eingegangen.»

«Was haben Sie herausgekriegt?» fragte Delaney.

Boone holte ein kleines, in schwarzes Leder gebundenes Notizbuch hervor und blätterte darin.

«Was die Sicherheitsnadel betrifft», begann er, «so hat der Mann, der im Labor die Liste mit dem Beweismaterial zusammenstellte, einen Anruf der Mordkommission bekommen, die nach der Nadel fragte. Der Laborfritze sagte, es ist eine ganz gewöhnliche Sicherheitsnadel, keine Möglichkeit, ihre Herkunft festzustellen. Keine Fasern, keine Haare dran. Sie reden ein paar Minuten hin und her, und er legt auf. Dann mußte er seine Arbeit unterbrechen. Sagt er. Er hat nicht gesagt, ob er zum Essen gegangen ist, einen Anruf von seiner Frau erhalten hat oder aufs Klo mußte, aber ich hab auch nicht nachgefaßt. Anschließend tippte er die Liste weiter. Da ihm aber das Gespräch mit der Mordkommission noch so lebhaft in der Erinnerung ist, glaubt er, die Sicherheitsnadel bereits aufgeführt zu haben. Und hat sie einfach ausgelassen.»

Delaney schwieg. Boone blickte ihn von der Seite an.

«Es war menschliches Versagen, Chief.»

«Gibt es denn ein anderes Versagen?» fragte Delaney bitter. «Na schön, vergessen wir's. Haben Sie Kollegen angerufen, die am Fall Maitland gearbeitet haben?»

Boone saß einen Moment schweigend, klopfte mit dem Notizbuch aufs Knie und starrte vor sich hin.

«Chief», sagte er schließlich, «vielleicht bin ich nicht der richtige Mann für diese Aufgabe. Ich habe drei Kollegen angerufen, die an der Untersuchung beteiligt waren. Ich kenne sie seit Jahren. Sie waren zwar freundlich, aber reserviert. Alle wissen, wie tief ich in der Tinte sitze, und da wollten sie nicht gerade überfreundlich sein. Verstehen Sie? Als ob ich eine ansteckende Krankheit hätte . . .»

«Ich verstehe», sagte Delaney. «Eine begreifliche Reaktion. Das beobachte ich nicht zum erstenmal.»

«Das ist das eine», sagte Boone. «Das andere ist aber, alle wissen, daß ich im Fall Maitland mit Ihnen zusammenarbeite. Ich glaube, die Kollegen werden nicht allzu glücklich darüber sein, wenn wir diese Nuß knacken. Sie haben viel Zeit drangewendet, eine Menge Arbeit investiert und . . . Pustekuchen. Dann kommen wir und . . . im Handumdrehen ist der Fall gelöst. Das macht sich nicht gut. Wie stehen sie dann da? Folglich sind sie nicht allzu wild darauf, uns behilflich zu sein.»

Delaney seufzte.

«Nun ja . . .», sagte er. «Auch das ist eine normale Reaktion. Nehme ich jedenfalls an. Das hätte ich voraussehen sollen. Sie haben also nichts?»

«Ich habe drei Leute angerufen. Bei zweien war Sense, ja, sie fühlten sich sogar ein bißchen auf den Schlips getreten. Offenbar glaubten sie, ich unterstellte, daß ihre Angaben nicht vollständig gewesen wären, daß sie etwas ausgelassen hätten. Ich versuchte, ihnen klarzumachen daß das durchaus nicht der Fall sei, daß wir nur hinter Lappalien herjagten, auf die jeder bei seinen Ermittlungen stößt. Sie behaupteten, es gäbe nichts, was nicht in ihren Berichten drinstände. Der dritte war etwas verständnisvoller. Der hat jedenfalls begriffen, hinter was wir her sind, hat aber gemeint, er hätte nichts.»

«Das wär's dann wohl», sagte Delaney resigniert.

«Nein, nein», widersprach Boone. «Etwas ist doch dabei rausgekommen. Der dritte rief nämlich eine Stunde später zurück und sagte, er hätte noch mal nachgedacht und erinnere sich, etwas bemerkt zu haben, was er dann in seinem Bericht nicht erwähnt hat. Er gehört zu denen, die Jake Dukker unter die Lupe nahmen, Maitlands Freund, auch ein Maler. Dukker verdient eine Masse Geld, hat ein piekfeines Atelier am Central Park South und hält sich sogar eine Sekretärin. Die führte den Kollegen in ein Vorzimmer und sagte, Dukker kommt gleich. Während er wartet, sieht der Kollege sich ein bißchen um. Die Wände von Dukkers Atelier sind tapeziert mit Bildern und Zeichnungen, offenbar alle von seinen Freunden. Und da entdeckt der Kollege auch eine signierte Zeichnung von Victor Maitland unter Glas. Er erinnert sich daran, weil die Zeichnung durchgerissen war und die beiden Hälften in der Mitte dann noch mal durchgerissen. Die vier Teile waren mit Klarsichtstreifen zusammengeklebt und dann gerahmt worden. Der Kollege konnte sich keinen Vers drauf machen. Ich übrigens auch nicht.»

«Meinen Sie etwa ich?» sagte Delaney. «Jedenfalls im Moment nicht. Aber das ist genau, worauf ich gehofft habe. Bleiben Sie dran, Sergeant. Vielleicht erfahren wir doch noch das eine oder andere.»

«Wird gemacht.»

«Ich habe Maitlands Witwe und Paul Geltman angerufen und mich mit ihnen verabredet. Zuerst mit Mrs. Maitland, um zehn. Sie wohnt East Fifty-eighth Street. Sie kennen das Haus?»

«Selbstverständlich, Chief. Wieso haben Sie sie vorher angerufen? Wäre es nicht klüger gewesen, den beiden unangemeldet einen Besuch abzustatten und ihnen keine Zeit zu lassen, sich was zurechtzulegen?»

«Normalerweise ja», stimmte Delaney zu. «Aber jeder, der in diesen Fall verwickelt ist, wurde schon ein dutzendmal ausgequetscht. Die haben ihre Geschichte alle parat. Egal, ob sie stimmt oder nicht. Fangen wir einfach mal an.»

Boone fuhr hinüber zur Second Avenue und von dort nach Süden. Der Vormittagsverkehr war dicht; sie schienen mehr oder weniger an jeder Straßenecke auf Rot zu treffen. Delaney gab dazu keinen Kommentar ab. Er war ganz vertieft in sein kleines schwarzes Notizbuch, in dem er hin- und herblätterte.

«Wie sind Sie bei den Vernehmungen vorgegangen?» erkundigte er sich bei Boone.

«Genau nach Vorschrift. Mehrere Befragungen durch jeweils einen anderen Vernehmer. Die setzten sich dann mit dem Lieutenant zusammen und verglichen ihre Notizen. Wer den besten Kontakt zum Vernommenen hatte, übernahm das Schlußverhör.»

«Auf wen waren Sie angesetzt?»

«Ich persönlich? Einmal auf Mrs. Maitland, einmal auf Geltman und zweimal auf Belle Sarazen, die Frau, mit der Maitland gerade ein Verhältnis hatte. Dann wurde ich versetzt.»

Delaney erkundigte sich nicht nach Boones Reaktion auf diese Zeugen, und von sich aus sagte Boone nichts.

Die Wohnung von Maitlands umfaßte zwei Stockwerke, und zwar die beiden oberen Etagen einer großen alten Villa an der East 58th Street zwischen First Avenue und Sutton Place. Es war ein vornehmes Haus mit livriertem Portier und strengen Sicherheitsvorkehrungen. Boone nannte ihrer beider Namen und zeigte seine Dienstmarke vor. Sie warteten eine Weile, während der Portier sie über die Sprechanlage anmeldete. Dann zeigte er ihnen den Fahrstuhl seitlich der kleinen Eingangshalle.

«Vierter Stock ganz hinten, meine Herren», sagte er, doch Delaney rührte sich nicht vom Fleck.

Der Portier war groß, fleischig und hatte ein rotes Gesicht. Die Livree mochte ihm vor Jahren gepaßt haben. Jetzt barst die Jacke mit den Messingknöpfen beinahe.

«Wir untersuchen den Mord an Maitland», sagte Delaney.

«Immer noch?» fragte der Mann.

«Sie haben ihn gekannt?» fragte Delaney.

«Klar hab ich ihn gekannt und das schon einem Dutzend Polypen erzählt.»

«Erzählen Sie es mir noch mal», sagte Delaney. «Was für ein Mensch war Maitland?»

«Wie ich schon den anderen gesagt habe, schwer in Ordnung, der Typ. Gab große Trinkgelder. Sehr große.»

«Haben Sie ihn jemals betrunken gesehen?»

«Selbstverständlich hab ich ihn betrunken gesehen. Oft sogar. Und wenn er schwer geladen hatte, half ich ihm aus'm Taxi raus, brachte ihn zum Fahrstuhl und bis an seine Wohnungstür. Dann hab ich für ihn geklingelt. Am nächsten Tag gab er mit dann immer ein bißchen was extra.»

«Haben Maitlands eigentlich viele Freunde?» fragte Delaney. «Gäste? Haben sie oft Einladungen gegeben?»

«Nicht so viele», antwortete der Portier. «Mrs. Maitland hat ein paar Freundinnen. Ein- oder zweimal im Jahr gaben sie auch 'ne Party. Aber nicht so wie Jacobson im zweiten Stock. Bei dem geht's dauernd rund.»

«Hat Maitland jemals eine Frau mit nach Hause gebracht?»

Die Kinnlade des Pförtners klappte zu; seine ohnehin gerötetes Gesicht wurde womöglich noch röter.

«Nun haben Sie sich mal nicht so», drängte Delaney ihn.

«Einmal!» flüsterte der Mann. «Nur ein einziges Mal. Da hat er 'ne wirklich schnuckelige Schnepfe angeschleppt, aber nach fünf Minuten flog sie wieder raus. Mrs. Maitland hat einen Riesenzirkus gemacht.»

«Wann war das?»

«So ungefähr vor einem Jahr. Das einzige Mal, seit ich hier Dienst mache. Und das werden im Juli sieben Jahre.»

«Bringt der Sohn jemals Mädchen mit nach Haus?»

«Nicht, daß ich wüßte. Es kommt schon mal vor, daß er mehrere einlädt, aber nie eine allein.»

«Rauchen Sie Zigarren?» fragte Delaney.

«Was?» der Portier schien erschrocken. «Klar rauch ich Zigarren.»

Delaney griff in die Innentasche seines Jacketts und holte ein schweinsledernes Etui hervor, ein Weihnachtsgeschenk von Monica. Er nahm die Kappe ab und hielt dem Portier das gefüllte Etui hin.

«Nehmen Sie sich eine», sagte er.

Der Portier griff mit spitzen Finger etwas geziert eine heraus.

«Danke», sagte er. «Ob Sie's glauben oder nicht, es ist das allererste Mal in meinem Leben, daß ein Polyp mir was schenkt.»

«Glaub ich gern», sagte Delaney.

Alma Maitland erwartete sie vor der Tür ihrer Wohnung im vierten Stock. «Ich dachte schon, Sie hätten sich verirrt», sagte sie kühl lächelnd.

«Der Aufzug war unterwegs», sagte Delaney und nahm seinen Homburg ab. «Mrs. Maitland? Ich bin Edward Delaney. Und dieser Herr hier ist Sergeant Abner Boone.»

Sie reichte beiden eine kühle Hand.

«Sergeant Boone kenne ich schon», sagte sie.

«Ja», sagte Delaney. Er gab sich gewichtig, geradezu weltmännisch. Was er sagte, klang bombastisch. «Es ist außerordentlich zuvorkommend von Ihnen, uns von einem Augenblick auf den anderen zu empfangen. Wir wissen das sehr wohl zu schätzen. Gestatten Sie, daß wir eintreten?»

«Selbstverständlich», sagte sie, beeindruckt von der Gewichtigkeit seines Auftretens. Sie ging voran und schloß die Tür. «Ich habe gedacht, am besten unterhalten wir uns im Wohnzimmer. Dort ist es am gemütlichsten.»

Wenn Mrs. Maitland ihr Wohnzimmer gemütlich fand, mochte Delaney sich ausmalen, wie es anderswo in der Wohnung aussah. Der karge Raum, in den Mrs. Maitland sie führte, sah aus wie eine

Schaufensterdekoration. Alles war so präzise arrangiert, so genau aufeinander abgestimmt, so bar jeden Hinweises darauf, daß hier gewohnt wurde, daß Zigarettenasche oder ein Furz Blasphemie gewesen wären.

Sie nahmen in unleugbar teuren, aber unbequemen Sesseln aus hellem Holz Platz und legten die Hüte auf einem Cocktailtisch ab, der aussah, als bestünde er aus einer frei schwebenden Glasplatte. Es roch ganz leicht nach einem Luftreiniger mit Zitronenduft. Das Zimmer besaß den Charme eines Operationssaals. Was Delaney erwartet hatte, waren flammende Bilder von Maitland an den Wänden. Was er erblickte, waren Stahlstiche, die Londoner Straßenhändler darstellten.

«Mrs. Maitland», erklärte er förmlich, «darf ich zunächst einmal meiner aufrichtigen Anteilnahme am tragischen Tod Ihres Gatten Ausdruck verleihen?»

«Ich danke Ihnen», murmelte sie. «Das ist sehr freundlich von Ihnen.»

«Er war ein großer Künstler.»

«Der allergrößte», sagte sie laut, hob den Kopf und blickte ihn direkt an. «Im Nachruf der *Times* hieß es, er sei der größte amerikanische Künstler seiner Generation.»

Sie war, wie Delaney jetzt bemerkte, eine stattliche Frau und saß in betont straffer Haltung auf der Kante der mit beiger Wolle bezogenen Couch, ohne sich anzulehnen. Die Hände hielt sie sittsam im Schoß gefaltet, die Knie eng aneinander, die Beine leicht seitlich gestellt.

Sie trug ein hochgeschlossenes Kleid mit langen Ärmeln aus schwarzer Rohseide. Strümpfe oder Strumpfhose glänzten schwarz. Schwarze Schuhe. Kein Schmuck. Wenig Make-up. Was sie davor bewahrte, ein reines Schwarz-Weiß-Bild abzugeben, war ihr üppiges kupferrotes Haar, das sie, zu einem Zopf geflochten, mehrmals um den Kopf gewunden hatte. Diese Haarkrone gab ihr, im Verein mit ihrer majestätischen Haltung, das Aussehen einer Königin.

Ihre Züge wirkten auf Delaney schön, ohne indes anziehend zu sein. Allzu spröde. Allzu korrekt. Allzu vollkommen in ihrer marmornen Glätte. Ein Pickel hätte dieses Gesicht vielleicht sympathischer erscheinen lassen. Doch ihr Teint war makellos wie altes Porzellan. Große Augen, wie gewässerte Steine. Eine Miene von nahezu stumpfsinniger Gelassenheit. Unter dem schwarzen Kleid die Andeutung eines vollen Busens und üppiger Hüften. Gesicht, Haltung und Betragen verrieten eine geradezu exemplarische Humorlosigkeit. Sie hätte ihrem Mann bestimmt nie mit dem Zahnstocher einen Zettel ans Roastbeef geheftet.

«Mrs. Maitland», hob Delaney an. «Ich bedauere, daß es sich als notwendig erweist, Sie in Ihrem Kummer noch einmal zu behelligen, doch die Untersuchung des Mordes an Ihrem Gatten geht weiter, und ich bezweifle keinen Moment, daß Sie jede Unbequemlichkeit auf sich nehmen werden, wenn es darum geht, jene Person oder Personen der Gerechtigkeit zu überantworten, die für dieses heimtückische Verbrechen verantwortlich sind.»

Er bediente sich ganz bewußt einer hochgestochenen, preziösen Ausdrucksweise, weil er vermutete, bei dieser Frau damit das beste Resultat zu erzielen. Sein Instinkt trog ihn nicht.

«Alles», sagte sie und hob das Kinn. «Alles, was ich vermag.»

«Mrs. Maitland, ich habe Ihre in den Akten festgehaltenen Aussagen sorgfältig gelesen. Ich möchte mir erlauben, Ihnen jetzt eine kurze Zusammenfassung dieser Aussagen zu geben und bitte Sie, mir anschließend zu sagen, ob meine Darstellung korrekt ist. An jenem Freitag, an dem Ihr Gatte ermordet wurde, verließ er diese Wohnung ungefähr gegen neun Uhr früh. Er sagte zu Ihnen, er gehe ins Atelier, habe am Nachmittag um drei eine Verabredung in der Galerie Geltman und werde zwischen sechs und sieben Uhr abends wieder zu Hause sein. Sie selbst verließen die Wohnung etwa gegen zehn Uhr und waren den Vormittag über mit Einkäufen beschäftigt. Um halb zwei trafen Sie sich in *Le Provençal* in der East Sixty-second Street mit einer Freundin zum Mittagessen. Nach dem Essen nahmen Sie ein Taxi und fuhren hierher zurück. Gegen vier Uhr nachmittags rief Saul Geltman an und fragte, ob Sie wüßten, wo Ihr Gatte sei. Ist das soweit zutreffen?»

«Ja, Mr. Delano», bestätigte sie, «ich be . . .»

«Delaney», unterbrach er sie. «Edward X. Delaney.»

«Verzeihung», sagte sie. Ihre Stimme hatte ein tiefes Timbre, rauh, doch eigentümlich trocken. «Ich nehme an, Mr. Delaney, Sie haben meine Aussagen nachgeprüft?»

«Das haben wir.» Er nickte ernst. «Der Portier bestätigt die Zeit

Ihres Ausgangs. Ihre Freundin bestätigt, daß sie zur angegebenen Zeit und am angegebenen Ort mit Ihnen zu Mittag gegessen habe. Und in jenem Restaurant erinnert man sich gleichfalls daran. Leider ist es uns nicht gelungen, Zeugen zu finden, die bestätigen könnten, daß Sie zwischen zehn und halb zwei wirklich Einkäufe machten.»

«Ich bin bei *Sak*, *Bonwit*, *Bergdorf* und *Gucci* gewesen», sagte sie. «Allerdings habe ich nichts gekauft. Und ich kann mir auch nicht vorstellen, daß jemand dort sich an mich erinnert; die Geschäfte waren so voll.»

«Ganz recht», sagte er. Es entstand eine kleine Pause, und er beugte sich mit gewichtiger Miene etwas vor. «Das ist aber durchaus verständlich, Mrs. Maitland. Sie haben schließlich nichts gekauft, keine Kleider anprobiert, mit keiner Verkäuferin gesprochen. Also ist es ganz natürlich, daß niemand sich Ihrer Anwesenheit in diesen Geschäften erinnert. Sie haben doch keine Kleider anprobiert, nicht wahr?»

«Nein, das habe ich nicht. Ich habe nichts gesehen, was mir gefallen hätte.»

«Ganz recht. Und sind Sie zwischen zehn und halb zwei jemandem begegnet, den Sie kannten? Einer Verkäuferin, einer Bekannten, einer Freundin?»

«Nein. Niemandem.»

«Oder haben Sie während dieser Zeit vielleicht jemanden angerufen?»

«Nein.»

«Post aufgegeben?»

«Nein.»

«Mit überhaupt keinem Menschen gesprochen?»

«Nein.»

«Aha. Bitte, verstehen Sie, Mrs. Maitland, wir dürfen nicht die geringsten Nebensächlichkeiten außer acht lassen. Mir scheint, Sie haben sich völlig normal verhalten. Ich hoffe sehr, meine Fragen haben Sie nicht verletzt.»

«Durchaus nicht, Mr. Delaney.»

«Hat Ihr Mann Sie betrogen?» fragte er plötzlich überraschend schroff.

Wenn er sie geschlagen hätte, die Wirkung hätte nicht dramatischer sein können. Sie fuhr zurück, ihr Gesicht übergoß sich mit Röte, und sie hob abwehrend die Hände.

«Bitte, glauben Sie mir, Mrs. Maitland», fuhr Delaney nun wieder in seinem salbungsvollen Ton fort, «ich bedaure unendlich, eine so indiskret scheinende Frage über Ihr Privatleben stellen zu müssen. Aber Sie begreifen gewiß, daß das unvermeidlich ist.»

«Mein Mann war der zärtlichste und gütigste Mensch, den man sich vorstellen kann», erklärte sie steif. Ihre Lippen waren weiß. «Ich versichere Ihnen, daß er mir treu war. Er liebte mich, und ich liebte ihn. Er gab dieser Liebe häufig Ausdruck, mit Worten und auf andere Weise. Wir haben eine sehr glückliche Ehe geführt. Eine vollkommene Ehe. Victor Maitland war ein ganz großer Künstler, und ich empfand es als Auszeichnung, seine Frau zu sein. Selbstverständlich kenne ich den schändlichen Klatsch, der über ihn umging, aber ich versichere Ihnen, er war als Ehemann und Vater ebenso vorbildlich wie als Künstler. Das dürfen Sie mir glauben.»

«Und Ihr Sohn teilt diese Auffassung, Mrs. Maitland?»

«Mein Sohn ist jung, Mr. Delaney. Im Augenblick macht er eine Identitätskrise durch. Ist er älter und verständiger, wird er begreifen, daß sein Vater ein bedeutender Mann war.»

«Ein bedeutender Mann, ja. Wie wahr, Mrs. Maitland. Wie treffend! Was ich übrigens noch fragen wollte: Wo ist Ihr Sohn? Ich hoffte, ihn hier vorzufinden.»

«Im Moment? In der Schule.»

«Er will gleichfalls Maler werden, nicht wahr?»

«Etwas in der Art», wich sie aus. «Gebrauchsgraphiker.»

«Wohingegen Ihr Gatte ein richtiger Maler war, Mrs. Maitland. Der sich auf weibliche Akte spezialisierte. Er war häufig mit unbekleideten Frauen allein in seinem Atelier. Hat Sie das nie gestört?»

«Ach, du liebe Güte!» Sie lachte, ein schrilles Lachen, das nicht übel zu dieser sterilen Umgebung paßte. «Sie haben recht bürgerliche Vorstellungen von Malern, Mrs. Delaney. Ich versichere Ihnen, daß der nackte Frauenkörper für die meisten Maler nicht aufregender ist als eine Schale mit Früchten oder ein Blumenstrauß.»

«Gewiß, gewiß.»

«Der Körper ist nur ein Objekt, das sie malen. Ich möchte Ihnen etwas zeigen. Nein, bleiben Sie sitzen, ich hole es.»

Mit einem Ruck war sie auf den Füßen und eilte aus dem Zimmer. Sergeant Boone sah Delaney fassungslos an.

«Donnerwetter», sagte er. «Jetzt sind Sie schon wieder jemand anderer, Chief. Erst Samthandschuhe, dann eine Ohrfeige. Die haben Sie ganz schön aus der Fassung gebracht.»

«Das war auch dringend nötig», knurrte Delaney. «Sie gibt eine Vorstellung. Haben Sie das nicht mitgekriegt? Solange er lebte, spielte sie die betrogene Frau, und jetzt, wo er tot ist, spielt sie die untröstliche Witwe. Haben Sie schon mal solchen Stuß gehört? Pst! Sie kommt.»

Mrs. Maitland kam herein und blätterte dabei in den Seiten eines großformigen Buches. Delaney bewunderte die Art, wie sie sich bewegte; energisch, zielstrebig, kraftvoll. Sie fand die Seite, nach der sie gesucht hatte, drehte das Buch um und reichte es Delaney. Boone erhob sich und trat hinter ihn, um dem Chief über die Schulter zu sehen.

Es war das gleiche Buch, das der Sergeant seinem Chief geliehen hatte. Die aufgeblätterte Reproduktion war ein Mehrfarbendruck. Ein weiblicher Akt auf einem rohen Brett, der Rücken dem Betrachter zugewandt. Die Wölbung der angehobenen Schulter, die schmale Taille, die schwellende Hüfte und die abwärts laufende Linie der Beine, all das hatte etwas Fließendes. Das Modell ruhte. Die besten Aktbilder Maitlands strotzten von Lebenskraft und Bewegung, schienen im Begriffe aufzuspringen, ja zu bersten. Auf diesem Bild sah Delaney nur die Flamme des kupferfarbenen Haares, das in üppiger Pracht über das Brett bis an den Rand des Bildes flutete.

«Das bin ich!» verkündete Mrs. Maitland stolz und reckte abermals das Kinn. «Dafür habe ich Modell gestanden. Vor Jahren. Und zu vielen anderen Bildern. Ich war Victors erstes Modell. Sie können also versichert sein, Mr. Delaney, wenn ich von Malern und ihren Modellen rede, dann weiß ich, wovon ich spreche. Ich habe vielen Malern Modell gestanden. Mein Körper galt als klassisch. Klassisch!»

«Wunderschön!» murmelte Delaney. «Wirklich sehr schön», und überlegte gleichzeitig, warum dies der einzige Akt war, dessen Gesicht nicht gezeigt wurde.

Er klappte das Buch zu und legte es beiseite. Dann ergriff er seinen Homburg und erhob sich.

«Mrs. Maitland», sagte er, «ich danke Ihnen für Ihre wertvolle Hilfe. Ich kann nur hoffen, daß ich Ihnen nicht ungebührlich lästig gewesen bin.»

«Nicht im geringsten», sagte sie, offensichtlich froh, daß er sich zum Gehen anschickte.

«Und ich hoffe ferner, daß Sie mir im Verlauf unserer Ermittlungen noch mehr Zeit gewähren, sollte das notwendig sein. Sie haben diesem bedeutenden Künstler am nächsten gestanden, und darum sind wir für gewisse Informationen, die niemand sonst uns geben kann, auf Sie angewiesen.»

«Ich will Ihnen nach besten Kräften behilflich sein, den Menschen zu finden, der der Welt ein solches Talent geraubt hat», erklärte sie feierlich.

Sergeant Boone blickte die beiden fassungslos an. Das waren ja zwei Verrückte.

Delaney blieb unvermittelt an der Tür stehen.

«Übrigens, Mrs. Maitland, wie ist Ihr Gatte von hier in sein Atelier gekommen?»

«Für gewöhnlich hat er sich ein Taxi genommen. Manchmal ist er aber auch mit der U-Bahn gefahren.»

«Mit der U-Bahn? Hat er die häufig benutzt?»

«Gelegentlich. Er sagte, er sähe sich gern die Gesichter an.»

«Der Portier sagte aus, daß Ihr Gatte das Haus an jenem Freitag gegen neun Uhr verließ. Er hat ihn nicht gebeten, ein Taxi zu rufen, sondern ist einfach in westlicher Richtung weggegangen. Wir haben keinen Taxifahrer aufgetrieben, der einen Fahrgast in der Mott Street abgesetzt hätte. Es mag also sein, daß er an diesem Morgen mit der U-Bahn gefahren ist. Hat er Ihnen gesagt, was er vorhatte?»

«Nein. Ich nahm an, daß er arbeiten wollte.»

«Er hat von keinem bestimmten Bild oder Modell gesprochen?»

«Nein.»

«Hat er im Laufe des Tages angerufen?»

«Das Mädchen sagt, nein. Ich war, wie Sie wissen, nicht hier.»

«Natürlich, natürlich.»

Delaney machte eine Pause, überlegte eine Weile und starrte auf den braunen Samtteppich.

«Noch etwas, Mrs. Maitland . . . Was halten Sie persönlich von Saul Geltman?»

Er blickte auf. Ihre Miene verhärtete sich.

«Meine Meinung über Mr. Geltman möchte ich lieber für mich behalten», sagte Alma Maitland kalt. «Es mag Ihnen genügen, wenn ich Ihnen sage, daß ich meinen Anwalt beauftragt habe, von der Galerie Geltman eine vollständige und korrekte Abrechnung der Summen zu fordern, die gezahlt worden sind oder noch ausstehen. Ich beziehe mich auf den Nachlaß meines Mannes.»

«Ich verstehe», sagte Delaney leise. «Nochmals vielen Dank, Mrs. Maitland.»

Als sie das Haus verließen, stand der Portier draußen, die Hände auf dem Rücken verschränkt, und nickte den beiden Männern zu.

«Haben Sie die entzückende Mrs. Maitland angetroffen?» fragte er.

«Das haben wir», sagte Delaney. «Übrigens . . . Sie haben angegeben, Maitland habe das Haus damals gegen neun Uhr verlassen. Um welche Zeit ist er denn sonst weggegangen?»

Der Portier starrte ihn an und zwinkerte vielsagend. «So früh er konnte», sagte er. «So früh er konnte.»

Im Auto fragte Sergeant Boone: «Nun?»

«Sie wußte, daß er sie betrog», erklärte Delaney. «Jeder wußte, daß er mit allem ins Bett ging, was da kreucht und fleucht. Sie strickt emsig daran, einen Übermenschen aus ihm zu machen, den Großen Mann ohne Fehl und Tadel. Sie stellt den Kerl bereits auf einen Denkmalsockel!»

«Glauben Sie ihr, was sie über Maler und Modelle gesagt hat?»

«Aber ich bitte Sie», sagte Delaney. «Wenn Sie Maler wären und eine nackte Schönheit allein im Atelier hätten, würden Sie in der nur ein Objekt sehen?»

«Und ob!» Boone lachte. «Ein Sexualobjekt. Chief, im großen und ganzen hab ich schon verstanden, was Sie mit allem bezweckten. Bloß die letzte Frage, die nach Saul Geltman nicht. Was hatte es damit auf sich?»

Delaney erzählte ihm von Alberto Di Lucca in Little Italy, und wie es dem gelungen war, den Einbruch ins Lagershaus aufzuklären, indem er einen Verdächtigen gegen den anderen ausspielte.

«In abgewandelter Form habe ich diese Technik immer wieder angewandt», erklärte er Boone. «Und keineswegs mit schlechten Resultaten. Ich hätte es bei Mrs. Maitland noch weiter treiben können, aber für den Anfang hat sie mir Munition genug geliefert. Jetzt werde ich Geltman fragen, was er von ihr hält. Schließlich bringen wir die beiden soweit, daß sie sich die Augen auskratzen möchten; die lachenden Dritten sind dann wir. Wie fanden Sie das Bild, das Maitland von ihr gemalt hat?»

«Hübscher Hintern.»

«Richtig», sagte Chief Delaney. «Aber ihr Gesicht hat er nicht gemalt. Warum wohl nicht?»

«Weiß ich nicht, Chief. Sie ist eine wirklich schöne Frau.»

«Hmm.»

«Und kräftig.»

«Ach, das ist Ihnen also aufgefallen? Jawohl, eine große, starke Frau. Meinen Sie, sie könnte ihn ermordet haben?»

«Wer könnte das nicht?» gab Sergeant Boone zu bedenken.

Sie aßen bei *Moriarty's* in der Third Avenue zu Mittag. Boone betrachtete die Lampenschirme aus Seidenflor und ließ den Blick auf der langen Mahagoni-Bar ruhen.

«Hübsch hier, Chief», sagte er.

«Kein Chi-chi», sagte Delaney. «Anständiges Essen, Drinks, die nicht verwässert sind. Bestellen Sie, was Sie mögen; zahlen tut die Behörde.»

Beide bestellten Steak-Sandwiches mit Bratkartoffeln. Delaney trank Ale, Boone Eistee. «Sie ist die einzige, deren Alibi sich nicht so recht nachprüfen läßt», meinte der Sergeant beiläufig und rieb das Gesicht mit den Handflächen.

«Wo waren Sie gestern abend?» fragte Delaney.

«Wie bitte?»

«Wo Sie gestern abend waren», wiederholte Delaney geduldig.

«Warum?»

«Antworten Sie einfach.»

«Ich war zu Hause, Sir.»

«Allein?»

«Was sonst?»

«Was haben Sie getan?»

«Schecks ausgeschrieben, ferngesehen, in Illustrierten geblättert.»

Boone zog eine Grimasse.

«Okay, Chief», sagte er, «ich verstehe, worauf Sie hinauswollen.»

«Alibis sind wie Fingerabdrücke», sagte Delaney. «Gibt es welche, kann man sie überprüfen. Schön und gut. Aber meistens bekommt man nur Teilabdrücke, und die sind weder Fleisch noch Fisch. Vielleicht ist Alma Maitland wirklich einkaufen gewesen. Bloß – Frauen verabreden sich gewöhnlich zum Einkaufen und gehen anschließend essen. Oder sie treffen sich zum Lunch und gehen hinterher zusammen einkaufen. Sie behauptet, sie sei allein einkaufen gegangen, habe sich dann mit ihrer Freundin zum Lunch getroffen und sei von da nach Hause gefahren. Das gefällt mir nicht so recht. Ich hab Namen und Adresse dieser Freundin in meinen Unterlagen. Ob Sie sich wohl noch mal um die kümmern? Fragen Sie einfach, warum sie an diesem Freitagvormittag nicht mit Mrs. Maitland einkaufen war.»

«Mach ich, Chief. Oh, da kommt unser Essen . . .»

Sie aßen in aller Ruhe, tauschten Polizeiklatsch aus und sprachen über Fälle, an denen sie gearbeitet hatten.

«Wer kassiert eigentlich im Fall Maitland, Sir?» erkundigte sich der Sergeant.

«Gute Frage. Er hat kein Testament hinterlassen. Ich muß mich bei unseren Juristen umhören. Vermutlich fällt nach Abzug der Steuern alles der Witwe zu. Zumindest hat sie Anspruch auf die Hälfte, das steht fest. Ob der Sohn ebenfalls erbt, muß ich erst noch herausbekommen.»

«Sie wissen ja, daß wir Kopien von Maitlands Kontoauszügen haben», sagte Boone, «und daß nicht viel drauf war. Ein Schließfach haben wir nicht gefunden. Und die einzigen unverkauften Bilder scheint Geltman in seiner Galerie zu haben.»

«Apropos Galerie», sagte Delaney, «wir machen uns besser auf die Socken. Wir können zu Fuß hin; es ist ganz nahe.»

Die Galerie Geltman nahm das Erdgeschoß eines modernen Bürohauses an der Madison Avenue ein. Enorme Spiegelglasscheiben, vom Bürgersteig etwas zurückgesetzt, schlossen einen langgestreckten Raum zur Straße hin ab, der hoch genug war, eine Empore aufzunehmen, die über eine eiserne Wendeltreppe zu betreten war. Büro und Depot lagen nach hinten hinaus. Man trat von der Straße unmittelbar in den Ausstellungsraum.

Delaney und Boone sahen, daß die großen Scheiben von innen mit Vorhängen aus Rupfen verhängt waren. Ein Plakat verriet, daß die Galerie Geltman zwecks Vorbereitung der Victor-Maitland-Gedächtnisausstellung mit den bisher nicht gezeigten letzten Bildern des Künstlers vorübergehend geschlossen sei. Interessenten wurden gebeten, nach dem 10. Juli wiederzukommen. «Es wird uns eine Ehre sein, Ihnen dann die letzten Werke des bedeutendsten amerikanischen Malers zu zeigen.»

Der Haupteingang war also geschlossen. Ein Zettel wies Lieferanten auf einen Seiteneingang hin. Delaney und Boone fanden diesen unverschlossen. Arbeiter mit Rigipsplatten, Kabeln für die Beleuchtung und Kartons mit schwarzen und weißen Vinylplatten gingen ein und aus. Sie traten ein und blickten sich in dem emsigen Durcheinander um; Rufe, hämmernde Männer, ein junger Mann mit einem Tuch um den Hals rannte aufgeregt mit Blaupausen umher. Als sie noch etwas ratlos in diesem Gewimmel standen, trat eine überschlanke junge Frau heran.

«Wir haben geschlossen», erklärte sie atemlos. «Die Ausstellung wird erst am . . .»

«Ich bin mit Mr. Geltman verabredet», fiel Delaney ihr ins Wort. «Mein Name ist . . .»

«Bitte, keine Interviews mehr!» Sie runzelte die Stirn. «Und keine Fotos. Absolut keine! Eine Pressekonferenz mit anschließendem Empfang findet . . .»

«Edward X. Delaney», beendete er mit Nachdruck seinen Satz. «Chief der Kriminalpolizei. Ich bin auf ein Uhr mit Saul Geltman verabredet.»

«Oh», sagte sie. «Oh! Warten Sie hier, bitte!»

Sie verschwand in dem Durcheinander. Die Wände, bisher in einem Delfter Blau gehalten, wurden schlicht weiß gestrichen, der Boden mit schwarzen und weißen Platten belegt. Leichte Stellwände gliederten den riesigen Raum in Abteilungen unterschiedlicher Größe, Leuchtkörper aus mattpoliertem Stahl in Tropfenform wurden an den Wänden angebracht.

«Das muß ja ein Vermögen kosten», sagte Boone.

Daleney nickte.

Nach ein paar Minuten kam die junge Frau zurück.

«Hier entlang, wenn ich bitten darf», sagte sie nervös. «Mr. Geltman erwartet Sie. Bitte, Vorsicht! Es liegt alles so . . .»

Sie führte die Herren nach hinten. Beide setzten ihre Schritte behutsam und gelangten ohne Zwischenfall zum Büro. Der Mann hinterm Schreibtisch telefonierte; er lächelte ihnen zu und winkte ihnen, näherzutreten. Dabei redete er weiter und deutet auf Sessel ohne Armlehnen vor seinem Schreibtisch. Die Sessel – schwarzes Leder über Stahlrahmen – sahen aus wie Schleudersitze eines Düsenjägers, erwiesen sich jedoch als überraschend bequem.

«Ja, meine Teure», sagte Saul Geltman gerade. «Das kann ich Ihnen nur nachdrücklich empfehlen! . . . Ja . . . Schreiben Sie sich das in Ihr kleines lila Notizbuch . . . Neunter Juni, von acht Uhr an . . . Selbstverständlich . . . Ich darf Sie also erwarten? Wunderbar!» Er schmatzte Küßchen ins Telefon.

Die beiden Kriminalisten sahen sich um. Ein taubengrau gehaltener quadratischer Raum. Hinter Geltmans Schreibtisch ein Fenster mit dem Blick aufs Meer, dessen Wellen sich an einer felsigen Küste brachen. Ein atemberaubender Anblick, ein wahres Wunder von *trompe l'œil.* In die Wand war ein echter Fensterrahmen eingelassen. Auch die Scheiben waren echt. Gardinen aus feinstem Nylongewebe hingen davor. Die Küste war ein riesiges, durchsichtiges Foto, von hinten beleuchtet. Die Wirkung war unglaublich realistisch. Gleichsam als Tüpfelchen aufs I war die untere Hälfte des Fensters etwas hochgeschoben, und ein unsichtbarer Ventilator blähte die Gardinen.

Beide Männer lächelten; ein glänzender Einfall, vortrefflich gemacht. Die Wände des Büros zeigten weder Bilder noch Radierungen oder Stiche. Das gesamte Mobiliar bestand aus weißem und schwarzem Leder, Vinyl auf Chrom und rostfreiem Stahl. Die Schreibtischplatte offenbar Zinn (über Holz?) auf einem gußeisernen Gestell. Die Schreibtischgarnitur – Löscher, Federhalterständer, Brieföffner usw. – antik und aus Perlmutt. In einer Ecke des Raums ein altmodischer Safe auf gewaltigen Rollen, bestimmt über hundert Jahre alt, schwarz lackiert. Die Tür schmückte ein amerikanischer Adler, der seine Schwingen über zwei Drehschlösser und zwei blitzende Messinggriffe breitete.

«Schwarz und weiß», sagte Geltman ins Telefon. «Die Wände weiß . . . Sie kennen doch Maitlands Farben, Darling! Unübertrefflich . . . Richtig . . . Überlassen wir das Halston, der weiß schon, was er macht . . . Ja, Teuerste . . . Wir sehn uns also dann. Auf bald!»

Er legte auf und schnitt eine Grimasse.

«Reiche, einsame Witwen», sagte er betrübt. «Die Geschichte meines Lebens.»

Federnden Schrittes kam er hinter dem Schreibtisch hervor und reichte beiden die Hand. Jetzt erst bemerkten sie, wie klein er war.

«Behalten Sie Platz, behalten Sie Platz», sagte er dabei drängend und winkte ihnen, sitzen zu bleiben. «Kostet Sie mindestens fünf Minuten, sich aus diesen Sesseln hochzurappeln. Sergeant Boone, freut mich, Sie wiederzusehen. Und Sie müssen Mr. Delaney sein?»

«Richtig. Nett von Ihnen, daß Sie uns empfangen. Man sieht, daß Sie sehr beschäftigt sind.»

«Hören Sie, Chief», sagte Geltman und eilte wieder hinter seinen Schreibtisch. «Ich bin jeden Wochentag für Sie zu sprechen und sonntags zweimal, wenn Sie wollen. Hauptsache, die Behörden vergessen Victor Maitland nicht.»

«Wir haben ihn nicht vergessen», versicherte Delaney.

«Das freut mich zu hören.» Geltman legte die Zeigefinger zusammen, betupfte die Lippen, richtete sich auf und stieß einen Seufzer aus. «Der Ärmste!»

«Was für ein Mensch war er eigentlich?» fragte Delaney.

«Was für ein Mensch?» wiederholte Geltman. Er sprach schnell, versprühte dabei gelegentlich etwas Speichel. «Rein menschlich betrachtet ein gräßliches und erschreckendes, niederträchtiges, verachtenswertes, herzloses Ungeheuer. Als Künstler ein Riese, ein Heiliger, ein Gott, das einzige echte Genie, dem ich in den letzten zwanzig Jahren in meinem Beruf begegnet bin, unter lauter Blendern. In hundert Jahren bin ich ein Nichts, meine Herren. Staub. Victor Maitland aber ist dann wer. Seine Bilder in den Museen. Bücher über ihn. Unsterblich. Wie David und Rubens. Mein voller Ernst.»

«Dann haben Sie sich also seiner Begabung zuliebe mit seinem miesen Charakter abgefunden?» erkundigte Delaney sich.

«Nein.» Geltman lächelte. «Mit seinem miesen Charakter habe ich mich des Geldes wegen abgefunden, das er mir einbrachte. Vor fünfzehn Jahren hatte ich eine Galerie in der Macdougal Street in Greenwich Village. Was heißt Galerie: ein Loch in der Wand! Ein paar schlechte Originale hab ich für ein Ei und ein Butterbrot verkauft, vor allem aber hab ich billige Reproduktionen verscherbelt.

Van Goghs Sonnenblumen und Monets Seerosen. Dann trat Victor Maitland in mein Leben, und heute habe ich eine Viertelmillion Schulden, drei Prozesse am Hals, und meine geschiedene Frau droht mit einer Unterhaltsklage. So was nennt man Erfolg . . . oder etwa nicht?»

Sie lachten mit ihm; es war schwer, dem zu widerstehen. Seine sprühende Vitalität ließ den kleinen Mann größer erscheinen als er war. Er zappelte unentwegt, rutschte in sich zusammen, reckte sich, gestikulierte, trommelte mit den Fingern auf die Schreibtischplatte, schlug die Beine übereinander, um sich am Fußgelenk zu kratzen, zupfte am Ohrläppchen, glättete die grau-braunen Strähnen, die nur noch an den Seiten wuchsen und den sonst kahlen Schädel notdürftig bedeckten.

Er trug einen hervorragend gearbeiteten saloppen Anzug aus feinstem braunen Tuch und einen glänzenden weißen Rollkragenpullover. Seine kleinen Füße steckten in bequemen Slippern von Gucci, und Delaney entging nicht das goldene Armband aus schweren Kettengliedern, das locker um sein schmales Handgelenk hing.

Sein Kopf schien übermäßig groß, die Züge wenig ausgeprägt. Ein großflächiges Gesicht, aber kleine Augen, kleine Nase und kleiner Mund, ein Kürbis, in den man mit einem Taschenmesser kleine Öffnungen geschnitten hatte. Die Stimme jedoch, mit der dieses zwar häßliche, doch nicht abstoßende Männchen dröhnend sprach, klang herzlich, zutraulich und voller Humor; offenbar konnte er über sich selbst lachen.

«Es stimmt nicht ganz», fuhr er fort und verhaspelte sich beinahe in seinem Eifer, «daß ich mich nur des Geldes wegen mit Maitlands Gemeinheiten abgefunden habe. Teilweise schon, doch nicht ganz. Mein Einkommen verdanke ich hauptsächlich ihm, das leugne ich nicht. Aber ich habe auch noch andere Maler unter Vertrag und komme ganz gut zurecht. Hätte Maitland mich sitzengelassen, ich wäre keineswegs verhungert. Er ist ja nun auch tot, aber mein Geschäft läuft weiter. Die Provision von seinen Bildern war mir sehr willkommen, das gebe ich gern zu. Aber das ist noch nicht alles . . . Als Junge wollte ich Geiger werden.» Er streckte eine Hand aus, den Handteller nach oben gekehrt. «Ein zweiter Yehudi Menuhin wollte ich werden, so wahr mir Gott helfe. Ich hab geübt und geübt, aber eines Tages, mitten in einem Violinkonzert von Bach, legte ich plötzlich die Fiedel beiseite und hab sie nicht mehr angerührt. Womit ich nicht sagen will, daß ich schlecht gewesen wäre, ich hatte nur nicht das Zeug dazu; zum Glück aber soviel Grips, das selbst zu erkennen. Niemand hat es mir sagen müssen. Üben reicht nicht. Wem es nicht angeboren ist, der bleibt Durchschnitt, egal, wieviel Mühe er sich gibt. Maitland war der geborene Maler. Der hatte nicht bloß Talent, der war ein Genie, und Genie ist zu selten, als daß man es sausen läßt, bloß weil der geniale Maler einen vor allen Leuten schlecht macht und behandelt, als wäre man Dreck. Ich habe, wie gesagt, andere Maler unter Vertrag. Gute Maler. Aber Maitland war der einzige geniale, den ich hatte und wahrscheinlich jemals haben werde. Nun . . . Sie wollen bestimmt nicht, daß ich diese Platte immer weiterlaufen lasse. Was möchten Sie wissen?»

«Nein, nein, Mr. Geltman», sagte Delaney. «Reden Sie ruhig weiter. Es könnte uns von Nutzen sein. Erzählen Sie, wie Ihre finanziellen Abmachungen mit Maitland aussahen. Wie wurde das gehandhabt?»

«Geld», sagte Geltman. Abermals glättete er sein Haar, dann lehnte er sich in seinem Sessel zurück. «Sie möchten wissen, wie das mit dem Geld war. Zuerst lassen Sie mich aber ein Wort über den Kunsthandel sagen. Wie in jeder anderen Branche kauft man möglichst billig und verkauft teuer. Das ist die Grundregel. Aber bei Kunst – ich rede jetzt von Originalgemälden, Zeichnungen, Plastiken und so weiter – ist es doch anders als sonst im Handel. Warum? Kellogg schmeißt jährlich zigmillionen Kartons Corn-Flakes auf den Markt. Alle diese Kartons sind gleich, und jeder einzelne wirft einen geringen Profit ab. Nun denken Sie sich einen Schriftsteller. Er schreibt ein Buch, und wenn er Glück hat, werden davon eine Million Exemplare abgesetzt. Oder einen Musiker. Ein Geiger bespielt eine Platte, und auch davon läßt sich vielleicht eine Million verkaufen. Aber ein Maler? Ein einziges Bild. Mehr nicht. Eins. Gewiß, Künstler wie Norman Rockwell und Andy Wyeth schließen Verträge über den Verkauf von Reproduktionen. Zeichnungen, Radierungen und Stiche lassen sich in begrenzter Zahl auflegen. Aber ich rede jetzt von Ölgemälden. Originalen. Von denen es nur ein einziges Exemplar gibt. Vielleicht sitzt der Maler ein ganzes Jahr oder noch länger daran. Er möchte für seine Arbeit, seine Zeit und sein Talent bezahlt werden. Das ist verständlich. Normal. Aber wie viele Leute in Amerika oder anderswo kaufen schon Originalgemälde oder Originalplastiken? Vor allem von Künstlern, die noch keinen Namen haben? Raten Sie mal, wie viele?»

«Das kann ich unmöglich raten», erklärte Delaney. «Nicht viele, möchte ich sagen.»

«Damit haben Sie recht.» Saul Geltman verschränkte die Hände im Nacken. «Dreitausend. Viertausend vielleicht. In der ganzen Welt. Leute, die einen guten Preis für ein Originalkunstwerk zahlen. Und damit sind wir beim Agenten. Ein guter Agent kennt diese drei- oder viertausend Leute. Nicht alle, versteht sich, aber immerhin genügend. Können Sie mir folgen? Ein Agent macht sich selbst einen Namen, er arbeitet an seiner Reputation. Die reichen Kunstsammler vertrauen ihm. Nur sehr wenige verlassen sich auf ihren eigenen Geschmack, sie verlassen sich lieber auf einen Agenten. Vielleicht wollen sie Bilder nur als Kapitalanlage kaufen, das tun viele. Ich könnte Ihnen Geschichten von Profiten erzählen, die Sie einfach nicht *glauben* würden. Oder es geht ihnen darum, was Passendes zu ihren Vorhängen zu finden. Sehr wenige lieben Kunstwerke wirklich – ich zum Beispiel. Die möchten in ihren Häusern gern schöne Bilder aufhängen. Möchten mit Kunst *leben*. Ein guter Agent kennt alle Arten von Käufern. Davon lebt er schließlich. Das ist der Dienst, den er den Künstlern anbietet, die er vertritt. Gegen dreißig Prozent. Soviel habe ich von Victor Maitland bekommen.» Geltman grinste fröhlich. «Der Anfang ist immer so schwierig, daß kein Mensch dreißig Prozent übertrieben findet. Vom Kaufpreis. Nähme ich heute einen neuen Maler unter Vertrag, ich würde vielleicht fünfzig Prozent verlangen. Ein bißchen darüber, ein bißchen darunter, je nachdem, was für Sachen der Betreffende macht, was die Kritiker davon halten, wie produktiv er ist und so weiter.»

«Dreißig bis fünfzig Prozent», wiederholte Delaney. «Gilt das für die meisten Kunsthändler?»

Geltman wedelte mit der Hand.

«Vielleicht ein bißchen mehr, ein bißchen weniger. Bei den Mieten, die wir hier an der Madison Avenue zahlen müssen, würde ich fünfzig Prozent für durchaus angemessen halten.»

«Und was bestimmt den Kaufpreis eines Bildes?» erkundigte Delaney sich.

«Oh-ho!» Saul Geltman machte unvermittelt einen Ruck nach

vorn. «Da geraten wir schon ins nächste Minenfeld. Ist der Maler bekannt? Hat er gute Kritiken bekommen? Arbeitet er schnell, oder sitzt er lange an einem Bild und vergießt Ströme von Schweiß dabei? Ist er von Museen angekauft worden? Hat er was zu sagen? Hat er eine neue Art, es zu sagen? Haben prominente Sammler was von ihm gekauft? Steht eine gute Galerie hinter ihm? Hat er eine Gemeinde, die unbesehen alles kauft, was er malt? Und so weiter und so weiter. Der Preis wird nicht von einem einzigen Faktor bestimmt, sondern von einem ganzen Bündel. Ich nehme, was der Markt hergibt, und zwar unter Berücksichtigung dieser Faktoren.»

«Ich habe gelesen, daß ein Maitland für hunderttausend weggegangen ist», sagte Delaney. «Was macht seine Bilder so gefragt? Zufällig gefallen mir seine Sachen, aber wie kommt es, daß sie soviel wert sind?»

«Ganz recht, ich habe *Studie in Blau* für hunderttausend verkauft», sagte Geltman. «Er brachte das Bild, ich habe einmal telefoniert, und es war weg, ohne daß der Käufer es auch nur gesehen hätte. Folglich hab ich mit einem einzige Telefongespräch dreißigtausend verdient. Aber es hat mich zwanzig Jahre gekostet, zu wissen, wen ich anrufen mußte . . .»

Er fuhr auf seinem Drehsessel herum, bis er der künstlichen Küstenlandschaft gegenübersaß, und betrachtete die reglosen Wellen. Der Lufthauch bewegte sein Haar.

«Was die Frage betrifft», sagte er, als spreche er zur Wand, «wieso Victors Bilder für so viel Geld weggehen . . . Er war einfach altmodisch. Ein Dinosaurier, wenn Sie wollen. Er wußte, was sich in Amerika in den fünfziger und sechziger Jahren auf dem Gebiet der Malerei tat. Abstrakter Expressionismus, Pop-Art, Minimal-Art, Op-Art, Weniger-ist-mehr, Flachismus . . . lauter avantgardistische Spielereien. Maitland hat sich keinen Deut darum geschert. Er ist seinen Weg gegangen. Ganz traditionell, gegenständlich. Wenn er einen Busen malte, dann war das ein Busen. Und Sie würden überrascht sein, wenn Sie wüßten, wie vielen Menschen daran liegt, zu erkennen, was sie auf einem Bild sehen. An Bildern, die was mitteilen. An *schönen* Bildern eben. Und Maitland konnte wunderschön malen. Seine Farbgebung war hinreißend. Ein phantastischer Zeichner. Ein Maler, der was von Anatomie verstand.»

«Aber es kann doch nicht ausschließlich an der Technik liegen», sagte Delaney. «Es muß doch mehr dran sein.»

«O ja.» Geltman nickte. «Sehr viel mehr sogar. Ich will nicht intellektualisieren, was Maitland machte, aber ich meine, es springt einem geradezu in die Augen, daß er das Sinnliche in gewisser Hinsicht vergeistigt hat. Oder vielleicht sollte ich sagen, daß er Sinnenlust auf unsinnliche Weise bildhaft machen konnte. So daß seine Akte den Betrachter ebensowenig lüstern machen wie die Venus von Milo.»

«Finden Sie?» fragte Delaney trocken.

Geltman lachte kurz auf.

«Nun, sagen wir mal, mir geht es so. Für mich haben Maitlands Arbeiten überhaupt nichts Fleischliches. Er gibt einem zurück, was man seiner Kunst entgegenbringt, und bestätigt einem seine geheimsten Träume.»

Er wirbelte wieder herum; seine Augen schimmerten feucht.

«Was soll ich noch sagen?» Es klang, als habe er einen Kloß im Halse. «Meine Einstellung zu ihm war so zwiespältig. Ich haßte ihn aus tiefster Seele. Aber wenn ich genügend Geld hätte, ich würde alles kaufen, was er geschaffen hat, es für mich persönlich kaufen, an meine Wände hängen, die Tür abschließen, mich einfach hinsetzen und die Bilder ansehen.»

Delaney blätterte in seinem Notizbüchlein. Die Tränen beeindruckten ihn weder so noch so. Er erinnerte sich an einen Mann, der angeklagt war, jemand mit der Axt erschlagen zu haben; der fand diesen Vorwurf so ungeheuerlich, daß er buchstäblich mit dem Kopf gegen die Zellenwand rannte. Dabei hatte er das Verbrechen tatsächlich begangen.

«Mr. Geltman», sagte er, «ich weiß, man hat Sie schon x-mal befragt. Mir ist nur darum zu tun, noch einmal zu rekapitulieren, was Sie von jenem Freitag, an dem Maitland getötet wurde, getan haben, bis Sie am Sonntag die Leiche entdeckten. Einverstanden?»

«Natürlich», sagte Geltman. «Schießen Sie los!» und gleich darauf: «Das sollte man zu einem Polizisten wohl nicht sagen!»

Delaney ging auf diesen matten Witz nicht ein.

«Unseren Unterlagen zufolge haben Sie am Freitagnachmittag eine Verabredung mit Maitland gehabt. Er sollte um drei Uhr mit Ihnen und einem Innenarchitekten die Pläne für eine neue Ausstellung durchgehen.»

«Stimmt. Jetzt wird eine Gedächtnisausstellung daraus. Der Innenarchitekt ist die Schwuchtel, die da draußen als Cowboy verkleidet durch die Gegend fegt.»

«Lassen Sie mich bitte erst zum Ende kommen.»

«Verzeihung.»

«Fangen wir mit dem Freitag an. Sie trafen so gegen neun, möglicherweise etwas vor neun hier in der Galerie ein. Sie redeten mit Ihren Angestellten, schickten nach Kaffee und Gebäck, erledigten ein paar Telefongespräche und sahen die Vormittagspost durch. Gegen zehn gingen Sie um die Ecke in die Kanzlei Ihrer Anwälte, *Simon and Brewster*. Ihr Anwalt ist J. Julian Simon. Sie waren für zehn mit ihm verabredet und blieben bis ungefähr halb zwei bei ihm. Zum Mittagessen sind Sie nicht weggegangen, Sie beide haben sich gegen halb eins Sandwiches bringen lassen. Roastbeef auf Weißbrot.»

«Und kalorienarme Dr. Peppers' Limonade», bestätigte Geltman ernsthaft. Delaney ging nicht darauf ein.

«Sie und Simon besprachen Persönliches, Steuerfragen, die gegen Sie anhängigen Prozesse und so weiter. Bis halb zwei. Ungefähr. Dann sind Sie direkt hierher zurückgekommen. Um drei kam verabredungsgemäß der Innenarchitekt, Maitland jedoch nicht. Sorgen haben Sie sich deswegen aber keine gemacht; er verspätete sich häufig.»

«Immer.»

«Gegen vier fingen Sie immerhin an, sich Gedanken zu machen. Der Innenarchitekt hatte eine andere Verabredung und konnte nicht länger warten. Sie riefen in Maitlands Atelier in der Mott Street an. Niemand ging an den Apparat. Sie riefen bei ihm zu Hause an. Seine Frau wußte nicht, wo er war. Sie haben am Freitag noch fünf weitere Anrufe in dieser Sache getätigt, und Ihrer Schätzung nach am Sonnabend mindestens ein Dutzend. Jetzt wandten Sie sich auch an Maitlands Freunde und Bekannte. Keiner wußte, wo er steckte. Niemand hatte von ihm gehört. Am Sonntagmorgen riefen Sie wieder bei ihm zu Hause an. Dort hatte man gleichfalls nichts von ihm gehört. In seinem Atelier antwortete niemand. Sie fuhren im Taxi hin und fanden ihn. Gegen zwanzig nach eins am Sonntagnachmittag. Irgendwelche Ergänzungen, Richtigstellungen, Kommentare?»

«Nein», sagte Geltman einsilbig und mit bleichem Gesicht. «Das war's in etwa.»

«In *etwa*?»

«Nein, nein. Das *war's*. Genau so. Herrgott, die Erinnerung daran . . . Sie haben das selbstverständlich überprüft?»

«Selbstverständlich. Ihre Angestellten haben Sie am Freitagvormittag hier gesehen – zwischen neun und zehn. Ihr Anwalt sagt, Sie sind zwischen zehn und halb zwei bei ihm gewesen. Angestellte und Kunden sahen Sie von halb zwei bis sechs hier. Die Leute, die Sie angerufen haben, bestätigen das. Wir haben sogar den Taxichauffeur aufgestöbert, der Sie am Sonntag in die Mott Street fuhr. Ja, wir haben das überprüft. Ich hatte nur gehofft, Sie hätten noch etwas hinzuzufügen. Nach schön . . . Kommen wir also noch einmal zu den finanziellen Abmachungen mit Maitland», sagte Delaney. «Ich versuche, mir vorzustellen, wie das funktionierte. Angenommen, Maitland beendete in seinem Atelier ein neues Bild. Haben Sie es dann dort abholen lassen, oder brachte er es hierher?»

«Normalerweise brachte er es in einem Taxi hierher. Und dann haben wir uns darüber unterhalten.»

«Sie haben ihm gesagt, ob es Ihnen gefiel?»

«Oh, mein Gott, nein!» wehrte Geltman ab und wurde wieder lebendig. «Das hätte ich nie gewagt. Für Maitlands Bilder hatte ich einen Standardkommentar. Ich sagte immer: ‹Victor, das ist das Tollste, was du je gemalt hast.› Danach unterhielten wir uns darüber, wie es gerahmt werden sollte, falls es auf eine Ausstellung ging, oder ob wir es ungerahmt lassen sollten, auf dem Keilrahmen.»

«Keilrahmen?»

«Das ist der hölzerne Innenrahmen, über den die Leinwand gespannt ist und an dem sie mit Heftzwecken festgemacht wird. Maitland stellte seine Keilrahmen selber her.»

«Und was geschah, wenn Sie über das Rahmen gesprochen hatten?»

«Danach trug ich das Bild ins Buch ein. Ich führe für jeden Künstler, den ich vertrete, ein Hauptbuch. Ich sage sogar immer wieder, sie sollen selbst ein solches Buch für sich führen: eine Liste ihrer Bilder, wann sie damit angefangen haben und wann es beendet wurde, Titel, Format, kurze Beschreibung und so weiter. Das würde eine große Hilfe sein, falls jemals Fragen über Herkunft oder Fälschung eines Bildes auftauchen sollten. Aber die meisten Künstler sind nun mal außerordentlich schlechte Geschäftsleute und führen keine Bücher. Maitland auch nicht. Wenn er ein neues Bild anbrachte, ließ ich zunächst mal eine Farbaufnahme davon machen, die ich in das Hauptbuch einklebte; dazu notierte ich das Datum, an dem es abgeliefert wurde, den Titel, Format in Zentimetern und so weiter. Wurde es verkauft, kam das neue Datum hinzu, außerdem Name und Adresse des Käufers, der erzielte Preis sowie Nummer und Datum des Schecks, den ich Maitland schickte. Kommen Sie, lassen Sie mich Ihnen zeigen . . .»

Geltman sprang auf die Füße, eilte mit weit ausgreifenden Schritten zu dem altmodischen Geldschrank, stellte die Kombination auf beiden Zahlenschlössern ein und riß die schwere Tür auf. Im Inneren befand sich noch eine zweite verschlossene Stahltür, die mittels eines Schlüssels geöffnet wurde. Geltman nahm ein großes, in Leinen gebundenes Kontobuch mit roten Lederecken heraus und trug es zu seinem Schreibtisch. Delaney und Sergeant Boone stellten sich links und rechts neben ihn, wodurch der ohnehin kleine Mann gleichsam zum Zwerg wurde.

«Hier haben wir eins, das wir *Klatschmohn* nannten. Geliefert am 3. März 1971. Die Polaroidaufnahme. Format. Verkaufsdatum. Erzielter Preis. Scheck. Nur zu, sehen Sie sich's an. So verfahre ich mit meiner gesamten Ware.»

«Wer setzte den Kaufpreis fest?»

«Ich. Allerdings im Einvernehmen mit Maitland. Ich vergewisserte mich jedesmal, daß er einverstanden war, ehe ich ein Geschäft abschloß.»

«Hat er jemals Einwände erhoben. Mehr gewollt?»

«Das ist ein paarmal vorgekommen. Ich habe aber nie mit ihm gestritten. Einmal verlangte er mehr für ein Bild, und wir bekamen auch mehr. In allen übrigen Fällen war er mit meiner Empfehlung einverstanden.»

Delaney blätterte das Buch durch. Für jedes Bild war eine Seite reserviert; seine Aufmerksamkeit galt vornehmlich den Kaufpreisen.

«Es ist ihm nicht schlecht gegangen», bemerkte er. «Ständig steigende Erlöse. Angefangen hat er mit hundert Dollar, und am Schluß bekam er hunderttausend.»

«Ja, aber jetzt sehen Sie sich mal dies hier an», sagte Geltman und blätterte weiter. «Seine neuen Arbeiten, die auf dieser Ausstellung gezeigt werden. Noch unverkauft. Sehen Sie sich dieses hier an. Prachtvoll! Für dieses bekomme ich bestimmt zweihunderttausend, da bin ich ganz sicher. Mindestens.»

«Und wenn die hier verkauft sind?» wollte Delaney wissen. «Gibt es dann keine Maitlands mehr?»

«Nun, das kann ich natürlich nicht mit Sicherheit sagen», erklärte Geltman vorsichtig. «Sie wissen ja, die meisten Künstler sind irgendwie verrückt. *Wirklich* meschugge. Malen Bilder und horten sie irgendwo wie die Eichhörnchen. Falls mal schlechte Zeiten kommen, falls sie krank werden oder nicht mehr arbeiten können. Oder um etwas zu haben, was sie der Frau oder den Kindern hinterlassen können. Ihr Erbe.»

«Meinen Sie, Maitland hat das getan?»

«Das weiß ich nicht», sagte Geltman und trat unbehaglich von einem Fuß auf den anderen. «Gesagt hat er nie was davon. Einmal hab ich ihn rundheraus danach gefragt, doch er hat bloß gelacht. Ich weiß es also nicht wirklich.»

«Mich überrascht, daß Mrs. Maitland Sie diese Ausstellung machen und seine letzten Arbeiten verkaufen läßt.»

«Was ist daran so erstaunlich?»

«Sie hat uns gesagt, sie hätte eine Klage gegen Sie eingereicht», sagte Delaney und blickte ihn dabei an.

Geltman lachte, trat hinter seinen Schreibtisch und ließ sich in den Drehsessel plumpsen.

«Damit wird sie sich abfinden müssen», sagte er unbekümmert. «Frauen und Witwen von Künstlern sind der Fluch meines Gewerbes. Falls man so was überhaupt ein Gewerbe nennen kann. Die glauben durch die Bank alle, daß wir ihre armen, hilflosen Männer aufs Kreuz legen. Nun, hier ist das Hauptbuch. Ich habe Alma gesagt, sie kann jederzeit mit ihrem Anwalt herkommen und es sich ansehen. Maitland hat alle meine Schecks eingelöst. Was sie herauszufinden fürchtet und worauf sie selbstverständlich stoßen wird, ist, daß er Bilder gemalt hat, von denen er ihr nichts erzählt hat. Die

Schecks hat er persönlich in Empfang genommen oder per Post in sein Atelier in der Mott Street zugestellt bekommen. Sie wußte nichts davon – aber sie hatte so ihren Verdacht. Das Geld hat er selber verbraucht.»

«Wofür?» fragte Delaney.

«Wein, Weib und Gesang. Für Gesang allerdings nur sehr wenig.»

Delaney und Boone ließen sich vorsichtig wieder in ihre Sessel sinken.

«Mr. Geltman», fragte Delaney, «was halten Sie persönlich von Mrs. Maitland?»

«Von der guten Alma? Ich habe sie in Greenwich Village gekannt, wissen Sie. Vor zwanzig Jahren. Sie hat sich eine Zeitlang als Malerin versucht, es dann aber aufgegeben. Sie war schrecklich. Einfach schrecklich. Viel schlimmer als ich auf der Geige. Und so beschloß sie, durch Modellstehen das Ihre zur Kunst beizutragen. Ich muß zugeben, sie hatte einen unglaublichen Körper. Groß, junonisch, Maillol hätte seine Freude daran gehabt. Aber wissen Sie, wie man sie damals im Village genannt hat? Eisjungfrau. Sie wollte nicht vögeln. Wollte-nicht-vögeln. Ich hab mich oft gefragt, ob sie nicht 'ne verkappte Lesbe war. Und Maitland hat sie geheiratet, weil das die einzige Möglichkeit war, mit ihr zu schlafen, ohne sich eine Klage wegen Vergewaltigung einzuhandeln.»

«Sie hat uns gesagt, sie sei sein erstes Modell gewesen.»

«Quatsch!» kam es explosiv von Saul Geltman. «Er hatte haufenweise Modelle, ehe sie ihm über den Weg lief. Und mit allen hat er was gehabt: mit jungen, alten, dicken und dünnen, schönen und häßlichen. Das war ihm völlig egal. Der Mann war ein Hengst. Und nachdem er Alma geheiratet hatte, erzählte er aller Welt, sie sei im Bett die schlimmste, die er je gehabt habe.»

«Kaum ein Gentleman.»

«Das hat Victor Maitland auch nie jemand vorgeworfen.»

«Warum haben sie sich denn nicht scheiden lassen?»

«Ja, warum nicht? Er hatte jemand, der ihn bekochte und ihm die Farben mischte, zum Laden an der Ecke lief und ihm seinen Schnaps holte und ihn pflegte, wenn er seinen Kater hatte. Außerdem hatte er ein Modell, dem er nichts zu bezahlen brauchte. Sie hatte einen Körper, der ihm gefiel. Für ihn war das ein gutes Geschäft.»

«Und wie steht es mit ihr?» fragte Delaney. «Was hat sie von ihm gehabt?»

Geltman lehnte sich zurück, verschränkte die Hände im Nacken und starrte an die Decke.

«Sie dürfen nicht vergessen, daß die Eisjungfrau eine ausgesprochene Schönheit war. Viele Männer haben sich in sie verliebt. Oder bildeten sich das ein. Kann sein, daß ich auch darunter war. Früher mal. Das mochte sie. Es gefiel ihr, daß Männer verrückt nach ihr waren. Daß sie auf jeder Party Aufmerksamkeit erregte. Die professionelle Jungfrau. Ich glaube, es hat ihr ein Machtgefühl verliehen, daß alle mit einem Steifen um sie herumscharwenzelten. Sie bildete sich ein, es gäbe keinen Mann, der nicht in sie verliebt sei. Für sie war das eine Selbstverständlichkeit.»

«Und hat Maitland sie geliebt?»

«Aber, aber, Chief. Das sollten Sie inzwischen besser wissen. Vermutlich hat er ihr gesagt, er liebe sie. Er hat einer Frau *alles* gesagt, bloß um sie ins Bett zu kriegen. Und außerdem fing er an, seine Bilder zu verkaufen, woraufhin sie sich wohl einredete, er sei eine gute Partie. Er hat sie natürlich unglücklich gemacht. Er hat alle unglücklich gemacht. Sie konnte es einfach nicht fassen, daß er abends nicht nach Hause kam, weil er auf einer Sauftour war oder eine Frau pimperte, die älter und häßlicher war als sie. Sie wollte ihn ganz für sich. Ich meine, ganz und gar. Aber ich muß Ihnen was Komisches sagen. Naja, vielleicht ist es gar nicht komisch. Wäre er ein guter Ehemann gewesen, und hätte er sie nicht betrogen und auch dem Alkohol abgeschworen, sie wäre immer noch nicht zufrieden gewesen. Sie hätte dann immer noch mehr und noch mehr und noch mehr von ihm haben wollen, bis sie ihn ganz gehabt hätte, mit Haut und Haar. Und dann, nehme ich an, hätte sie sich jemand anderem zugewandt.»

«Ein Barrakuda», sagte Sergeant Boone plötzlich und errötete, als die beiden ihn verwundert ansahen.

«Genau, Sergeant», sagte Geltman sanft. «Ein wunderschöner Barrakuda. Nur, daß Victor sich wehrte. Er kannte ihre Habgier, hatte aber keine Lust, sich auffressen zu lassen. Zumindest sehe ich das so.»

«Interessant», erklärte Delaney tonlos. Er ließ sein Notizbuch zuschnappen und rappelte sich abermals aus dem verdammten Sessel hoch. Sergeant Boone folgte seinem Beispiel. «Vielen Dank, Mr. Geltman, daß Sie uns soviel von Ihrer kostbaren Zeit geopfert haben. Ich hoffe, Sie werden uns wieder empfangen, falls es sich als nötig erweisen sollte.»

«Ich habe Ihnen schon gesagt: jederzeit. Darf ich jetzt *Sie* etwas fragen?»

«Selbstverständlich.»

«Diese drei Skizzen, die im Atelier waren, was ist aus denen geworden?»

«Im Augenblick habe ich sie», sagte Delaney. «Sie werden Mrs. Delaney irgendwann einmal zurückgegeben werden.»

«Wie gefielen sie Ihnen?» fragte Geltman.

«Ich hielt sie für sehr gut.»

«Nicht nur das», sagte der Agent. «Ich habe viele Vorarbeiten für Bilder von ihm gesehen: Zeichnungen, Bildentwürfe. Aber diese sind etwas Besonderes. Roh, schnell hingeworfen, aussagekräftig. Da ist was Elementares drin.»

«Haben Sie eine Ahnung, wann die entstanden sind?»

«Nein. Jedenfalls erst vor kurzem, möchte ich meinen. Vielleicht kurz bevor er umgebracht wurde.»

«Sie haben gesagt, Sie hätten das Modell nicht erkannt?»

«Habe ich auch nicht. Sehr jung. Sah für meine Begriffe wie eine Spanierin aus. Naja, vielleicht auch Portorikanerin oder Kubanerin. Womöglich südamerikanisch.»

«Spanierin?» fragte Delaney. «Ich tippe auf Orientalin.»

«Dafür war sie zu üppig, Chief. Ich würde auf einen lateinischen Typ setzen. Vielleicht Italienerin oder Griechin.»

«Interessant», ließ sich Delaney abermals vernehmen und ging zur Tür. «Nochmals vielen Dank, Mr. Geltman.»

«Übrigens!» entfuhr es dem Agenten, und er schnippte mit den Fingern. «Vor der Eröffnung gebe ich hier einen großen Empfang: halb Presse, halb interessiertes Publikum. Eine Art Leichenschmaus, wenn man so will. Selbstverständlich kommen auch wichtige Kunden. Wie wär's, hätten Sie und Sergeant Boone Lust zu kommen? Um acht, am 9. Juni? Bringen Sie Ihre Frauen mit. Oder Ihre Freundinnen. Zu essen und zu trinken gibt's reichlich. Nun?»

Delaney bedachte den Agenten mit einem Lächeln.

«Das ist sehr freundlich von Ihnen, Mr. Geltman», sagte er sanft.

«Ich würde sehr gern kommen.» Er sah Boone an. Der Sergeant nickte.

«Gut, gut, gut», Saul Geltman rieb sich die Hände. «Ich sorge dafür, daß Sie eine Einladung erhalten. Und noch was: Sie können ruhig Uniform tragen, wenn Sie wollen. Vielleicht verschwinden dann nicht so viele Aschenbecher.»

Sie kehrten zu Boones Wagen zurück, den sie an der Lexington Avenue abgestellt hatten.

«Ziemlich wortkarg, das Bürschchen, was?» sagte der Sergeant spöttelnd.

«Ach, ich weiß nicht», meinte Delaney. «Es hat uns weitergebracht. Wir haben eine Menge erfahren.»

«Haben wir das, Sir?»

Im Auto warf Delaney einen Blick auf die Uhr.

«Mein Gott», stöhnte er. «Fast drei. Wo bleibt die Zeit nur? Können sie mich nach Hause bringen?»

«Aber natürlich, Chief. In zehn Minuten sind wir da.»

Unterwegs sagte Delaney: «Werden Sie noch bei anderen Kollegen anfragen, die am Fall Maitland mitgearbeitet haben? Um festzustellen, ob sie sich nicht an was erinnern, was nicht in den Berichten steht?»

«Richtig», sagte Boone. «Allerdings weiß ich bald keine mehr, die ich kenne. Könnten Sie mir nicht ein paar Namen aus den Akten geben?»

«Selbstverständlich. Kommen Sie mit rein. Ich möchte Ihnen auch noch Namen und Adresse von Mrs. Maitlands Freundin geben, mit der sie geluncht hat. Damit Sie sich erkundigen, warum die beiden nicht zusammen einkaufen gegangen sind.»

«Wird gemacht.»

Kurz vor Delaneys Haus sagte der Chief: «Wissen Sie, so schwächlich, wie er aussieht, ist er nicht. Ich habe dieses Hauptbuch in der Hand gewogen. Es ist schwer, aber er ist damit umgegangen, als wär's federleicht. Und haben Sie bemerkt, wie er die Safetür aufgerissen hat? Das müssen mindestens fünfzehn Zentimeter Stahl gewesen sein. Ihm machte das überhaupt keine Mühe.»

«Vielleicht war die Tür gut austariert und gut geölt, Chief.»

«Nein, dazu ist der Safe zu alt», widersprach Delaney. «Das erforderte viel Kraft.»

Sie verbrachten ein Weilchen in Delaneys Arbeitszimmer. Während Sergeant Boone Namen und Adressen in sein Notizbuch schrieb, ging der Chief *sein* Notizbuch durch, überprüfte die Anmerkungen, die er während der Unterhaltung mit Alma Maitland und Saul Geltman rasch hingekritzelt hatte.

«Mehr Fragen als Antworten», brummelte er. «Wir müssen nochmal zu diesen Leuten. Aber mir wäre es lieb, ich wäre mit allen Hauptbeteiligten durch, ehe wir mit der zweiten Runde anfangen.»

Boone sah auf.

«Was Geltman da über seine finanziellen Verhältnisse gesagt hat», fragte er, «die Schulden, die Prozesse, die gegen ihn anhängig sind und so weiter . . . entsprach das der Wahrheit?»

«Offenbar», sagte Delaney. «Das steht auch in den Akten. Aber vielleicht ist es nicht ganz so schlimm, wie er es dargestellt hat. Er sitzt schon auf ein paar drückenden Schulden. Aber bei den Prozessen handelt es sich um Kinderkram. Einer klagt gegen ihn, weil er ein Bild zurückgeben möchte, das seiner Frau nicht gefällt, und Geltman will ihm sein Geld nicht wiedergeben. Er scheint ein gutes Einkommen zu haben, was aus seinen Kontoauszügen allerdings nicht hervorgeht. Man sollte denken, daß ein Mann, der bloß den Hörer aufzuheben braucht und schon hat er dreißigtausend verdient, irgendwas auf die hohe Kante gelegt hätte, aber es sieht so aus, als ob Mr. Geltman chronisch an Geldmangel litte. Möchte mal wissen, wohin das ganze Geld geht? Wenn wir ihn das nächste Mal besuchen, wollen wir in seine Wohnung gehen. Ich will sehen, wie er wohnt.»

«Chief . . .» Boone zögerte und verstummte.

«Was wollten Sie sagen?»

«Halten Sie es für möglich, daß er ein verkappter Schwuler ist?»

Neugierig sah Delaney ihn an.

«Wie kommen Sie darauf?»

«Lauter Kleinigkeiten.» Boone runzelte die Stirn. «Jede für sich bedeutungslos, aber zusammengenommen . . . Er ist mächtig etepetete. Das Armband. Daß er den Innenarchitekten eine Schwuchtel nannte. Das war doch nicht nötig. Es sei denn, um sich seine eigene Männlichkeit zu beweisen und uns obendrein. Er ist geschieden, sagt er. Die Art und Weise, wie er sich übers Haar fährt. Angeblich hat er Alma Maitland auch mal geliebt. ‹Früher›. Und das vorgetäuschte Fenster.»

«Sie sind fabelhaft», sagte Delaney. «Das sind Sie wirklich! Fabelhaftes Auge, fabelhaftes Gedächtnis.»

Boone errötete vor Freude.

«Aber ich weiß nicht recht», sagte Delaney zweifelnd. «Wie Sie sagen: jedes für sich genommen ist harmlos. Alles zusammen hingegen . . . Die Frage ist nur: Was ist schon dabei?»

«Vielleicht war er in Maitland verliebt und konnte die Vorstellung nicht ertragen, daß der Kerl dauernd was mit Weibern hatte.»

«Originelle Idee. Immerhin eine Möglichkeit. Das ist das Schlimme an der ganzen Sache: lauter nebulöses Zeug, nichts Handfestes. Morgen sehen wir uns Jake Dukker und Belle Sarazen an. Dann bleiben nur noch Maitlands Sohn, seine Mutter und seine Schwester in Nyack. Wenn wir mit denen geredet haben, setzen wir uns hin und versuchen . . . «

Nun wurde an die geschlossene Tür des Arbeitszimmers geklopft, und Monica Delaney steckte den Kopf herein.

«Hallo, Liebling», sagte sie zu ihrem Mann. «Rebecca und ich haben gerade . . . Ach, Sergeant Boone! Wie reizend, Sie wiederzusehen!»

Sie trat rasch ins Zimmer, Abner Boone erhob sich mit einem Ruck, ergriff die ihm dargebotene Hand und verbeugte sich.

«Es ist mir ein Vergnügen, Madam», murmelte er.

Delaney verkniff sich ein Grinsen, als er sah, welche Wirkung der umwerfende Charme seiner Frau auf den Sergeant ausübte. Der war einfach wehrlos.

«Edward», sagte Monica strahlend und wandte sich ihm zu, «Rebecca und ich sind Einkaufen gewesen, und sie ist auf eine Tasse Kaffee mit reingekommen. Unterwegs sind wir ins *Eclair* gegangen und haben dort *Petits Fours* gekauft, die du so gern magst. Warum kommt ihr nicht auf ein paar Minuten rüber und trinkt Kaffee mit uns? Einfach in der Küche. Ohne große Umstände.»

«Ich hätte nichts dagegen», sagte Delaney, um dann pflichtschuldigst zu fragen: «Und wie steht's mit Ihnen, Sergeant?»

«Sehr gern.» Boone nickte.

Armes Schwein, dachte Delaney. Er hat ja keine Chance.

Sie saßen auf Holzstühlen um den Küchentisch und lachten über Monicas drollige Schilderung der Beschwernisse des Einkaufens in überfüllten Kaufhäusern.

«Und was noch das schönste ist», schloß sie, «und was du bestimmt gern hörst, ist, daß wir nichts, aber auch gar nichts gekauft haben. Stimmt's, Becky?»

«Nicht das geringste», bestätigte Becky Hirsch.

Becky war eine rundliche, fröhliche Person mit sanften Augen in einem Puttengesicht. Ihr Teint schien durchsichtig und so fein, daß man das Gefühl hatte, schon ein Fingerdruck könnte einen Bluterguß hervorrufen. Ihr schimmerndes schwarzes Haar trug sie in der Mitte gescheitelt, und es fiel ihr locker auf die Schultern. Ihr Körper war, das konnte man nicht leugnen, recht pummelig, aber Hand- und Fußgelenke waren zierlich, Hände und Füße schmal. Sie bewegte sich mit kraftvoller Anmut.

Selbst in ihrem Jackenkleid wirkten Busen und Hüften ehrfurchtgebietend. Sie hatte etwas rosig Schimmerndes, und wenn sie auch nicht eigentlich schön genannt werden konnte, ihr gefälliger Anblick hatte etwas Beruhigendes, und ihre Art sich zu geben, war ohne Arg. Sie sprach mit heller, ein wenig flötender Stimme; ihr Lachen jedoch war eher kernig. Delaney machte es viel Spaß, sie zu necken. Nicht boshaft, sondern nur, um zu sehen, wie ihre Knopfaugen aufblitzten und ihre arglose Miene humorvolle Empörung ausdrückte.

Die Unterhaltung plätscherte so dahin. Kein Wort von einem Maler, der in seinem Atelier in der Mott Street verblutet war. Nur übers Wetter, über die neuesten Verlautbarungen der Töchter, über Rebeccas Dauerfehde mit dem Vorarbeiter in der chemischen Reinigung, in der sie wöchentlich vier Tage arbeitete, über die horrenden Preise für Flunderfilets und die Schwierigkeit, Karten für die Theater am Broadway zu bekommen.

«Das Problem», sagte Rebecca Hirsch sehr ernst, «das Problem besteht doch darin, daß es heutzutage praktisch unmöglich ist, spontan zu handeln und irgendwelchen Impulsen zu folgen. Da möchte man am Abend gern ins Theater gehen oder sich einen neuen Film ansehen und erfährt, daß man die Karten Wochen im voraus besorgen oder drei Stunden vorm Kino Schlange stehen muß. Habe ich recht, Sergeant Boone?»

«Hm», machte er.

«Oder verreisen», stimmte Monica rasch zu. «Dieses umständliche Planen, wenn man Ferien machen will!»

«Ja.» Delaney nickte ernst. «Die Planerei . . .»

Seine Frau blickte ihn verständnislos an.

«Was wolltest du sagen, Liebling?» fragte sie.

«Ganz meine Meinung», sagte er liebenswürdig, «ganz meine Meinung.»

Nach einer Weile, der Kaffee war ausgetrunken, die *Petits Fours* vertilgt, stand Rebecca Hirsch auf.

«Ich muß jetzt gehen: Ein Hund, zwei Katzen, drei Usambaraveilchen und ein schlechtgelaunter Kakadu, der gefüttert werden will, warten auf mich. Monica, Edward, vielen Dank für das Festmahl!»

«Festmahl!» wehrte Monica ab. «Das bißchen!»

«Die Kalorien!» sagte Rebecca. «Sergeant Boone, freut mich, Sie kennengelernt zu haben.»

«Ich gehe auch», sagte er. «Ich habe mein Auto vor der Tür. Kann ich Sie irgendwo absetzen?»

Sie gingen gemeinsam. Monica und Edward Delaney winkten ihnen nach. Monica machte die Haustür zu.

«*Siehst du*!» sagte sie triumphierend.

Als Delaney nach dem Abendbrot allein in seinem Arbeitszimmer saß, schrieb er einen umfassenden Bericht über die Befragung von Mrs. Maitland und Saul Geltman. Zweimal stand er auf, um sich ein Glas Whiskey einzugießen. Er vergewisserte sich gelegentlich anhand seiner Notizen, daß er richtig zitierte, verließ sich jedoch im allgemeinen, was Inhalt, Stimmung und den Unterton des Gesprächs betraf, auf sein Gedächtnis.

Als er fertig war, las er das Geschriebene noch einmal durch, brachte etliche kleine Korrekturen an und fügte noch eine Liste von Fragen hinzu, die er bei späterer Gelegenheit zu stellen gedachte. Er heftete die Aufzeichnungen in den entsprechenden Ordnern ab und überlegte, ob es wohl nützlich sei, Sergeant Boone um Durchschläge seiner Berichte zu bitten. Er entschied sich dagegen, zumindest vorerst. Dann ging er schlafen.

Kurz nach Mitternacht klingelte das Telefon neben seinem Bett. Delaney war augenblicklich wach. Er nahm den Hörer von der Gabel, bevor es zum zweitenmal klingelte, und bewegte sich sehr behutsam, um Monica nicht zu stören.

«Edward Delaney», meldete er sich leise.

«Chief, hier spricht Boone. Tut mir leid, daß ich Sie um diese Stunde störe. Ich hoffe, Sie sind noch auf? Es wäre mir schrecklich . . .»

«Was gibt's?» fragte Delaney und überlegte, ob Boone wohl getrunken habe.

«Ich habe mit vier Kollegen gesprochen, die den Fall Maitland bearbeitet haben. Ich hab zwar nichts von ihnen erfahren, immerhin waren sie einigermaßen freundlich. Doch deswegen ruf ich nicht an. Ich bin endlich bis zu Susan Hemley vorgedrungen. Das ist die Freundin von Mrs. Maitland. Diejenige, mit der sie an dem bewußten Freitag zu Mittag gegessen hat.»

«Ich weiß.»

«Der Grund, warum ich so spät noch anrufe, ist, daß sie eine Verabredung hatte und gerade erst nach Hause gekommen ist. Und der Grund, warum sie an dem bewußten Freitagvormittag nicht mit Alma Maitland Einkaufen ging, ist, daß sie das gar nicht gekonnt hätte. Sie ist nämlich berufstätig.»

«Eine einfache Erklärung.» Delaney gähnte. «Das hätten wir uns denken können.»

«So einfach auch wieder nicht», sagte Abner Boone. «Ganz nebenbei hab ich sie nämlich gefragt, wo sie denn arbeitet? Und jetzt kommt's! Halten Sie sich fest. Bei *Simon and Brewster*, den Anwälten auf der Sixty-eighth Street. Sie ist die Sekretärin von J. Julian Simon, Saul Geltmans Anwalt.»

Schweigen.

«Chief?» fragte Boone. «Sind Sie noch da?»

«Ja, bin ich. Ich hab's gehört. Irgendwelche Ideen?»

«Keine Ahnung! Bin völlig durcheinander. Und Sie?»

«Lassen Sie uns morgen früh darüber reden. Vielen Dank, daß Sie angerufen haben, Sergeant.»

Er legte auf und rollte sich vorsichtig wieder unter die Decke, aber Monica regte sich.

«Was ist los?» murmelte sie.

«Ich weiß es nicht», sagte er.

6

Sergeant Boone entschuldigte sich wegen des späten Anrufs. «Ich hätte warten können, Chief», gab er zu. «So wichtig war es ja auch wieder nicht. Aber ich war so aufgeregt. Es war schließlich das erste *Neue*, auf das wir gestoßen sind. Es steht doch nicht in den Akten, oder?»

«Nein», sagte Delaney. «Nein, das tut es nicht. Ich habe heute morgen noch einmal nachgesehen.»

Sie saßen in Boones Auto vor Delaneys Haus. Beide hatten ihr schwarzes Notizbuch aufgeschlagen.

«Ich hab die halbe Nacht wachgelegen und versucht, dahinterzukommen, was es zu bedeuten hat», sagte der Sergeant. «Doch dann hab ich gedacht, ach, was soll's, die beiden sind gute Bekannte, das ist alles. Warum sollte Mrs. Maitland nicht mit der Sekretärin von Geltmans Anwalt befreundet sein? So haben sie sich wahrscheinlich kennengelernt. Aber dann mußte ich daran denken, wie bösartig Mrs. Maitland Geltmans Namen aussprach. Also benutzt sie die Sekretärin vielleicht als private Informationsquelle, um auf dem laufenden über das zu bleiben, was der Knirps vorhat. Was meinen Sie?»

«Könnte sein.» Delaney nickte. «Außer, daß die beiden in *Le Provençal* zu Mittag gegessen haben, in der East Sixty-second Street, und das ist nicht weit von der Galerie Geltman. Falls Mrs. Maitland mit dieser Susan Hemley befreundet ist, sie vielleicht sogar für Informationen bezahlt, hätte sie bestimmt ein Lokal gewählt, wo keine Gefahr besteht, Geltman zufällig in die Arme zu laufen.»

«Vermutlich.» Boone seufzte. «Im Augenblick ergibt es überhaupt keinen Sinn, man kann es drehen und wenden wie man will.»

«Eines steht aber fest», erklärte Delaney ingrimmig. «Wir werden uns mit diesem J. Julian Simon und dieser Hemley unterhalten müssen.»

«Heute?»

«Wenn die Zeit reicht. Zuerst Belle Sarazen. Punkt zehn. Dann, heute nachmittag um zwei, Jake Dukker. Wir werden sehen, wie es läuft. Sie wissen, wo die Sarazen wohnt?»

«Ja, Sir», grinste Boone. «Sie sollten mal ihre Wohnung sehen! Das reinste persische Hurenhaus.»

Behutsam reihte er sich in den Verkehr ein und fuhr dann Richtung Norden bis zur 85th Street, um dort durch den Central Park auf die West Side zu kommen. Feiner warmer Dunst hing in der Luft, doch sie hatten die Fenster runtergekurbelt. Matt schimmerte die Sonne hinter einem grauen Schleier; es sah aus, als ob sie bis Mittag durchbrechen könnte.

«In bezug auf Belle Sarazen waren meine Unterlagen ziemlich kärglich», meinte Delaney. «Ich hatte das Gefühl, als ob alle auf Eiern gingen. Sie sagen, Sie hätten sie zweimal befragt. Was für einen Eindruck hatten Sie?»

«Erinnern Sie sich noch an den Fall Canfield?» fragte Abner Boone. «In Virginia? Vor ungefähr zehn, fünfzehn Jahren?»

«Canfield?» wiederholte Delaney. «War das nicht der Erbe eines Tabakimperiums, dem der Kopf weggeschossen wurde? Und dessen Frau behauptete, sie hätte gemeint, auf einen Einbrecher zu ballern?»

«Richtig. Und die Frau mit der Kanone ist unsere Belle. Rehposten, also sehr grober Schrot. Der arme Hund wurde zu Brei geschossen. Damals hieß sie Belle Canfield. Junge Frau, betagter Ehemann. Geerbt hatte er schon, aber in der Firma wollten sie ihn nicht haben. Schwerer Trinker und leidenschaftlicher Spieler. Es hatte etliche Einbruchsversuche gegeben; daran ist nicht zu rütteln. Die Flinte hatte er selber gekauft und ihr beigebracht, damit umzugehen. Trotzdem: sie wußte, daß er an diesem Abend mit seinen Freunden aus war und drückt auf den Abzug, ohne auch nur einmal zu fragen: ‹Bist du das, Liebling?› Die Geschworenen unter dem Coroner, oder was sie sonst da unten haben, bezeichneten es als ‹tragischen Unglücksfall›, und sie tanzte mit fast zwei Millionen ab.»

«Und der Staatsanwalt ging ein Jahr später in Pension an die Riviera.»

«Davon weiß ich zwar nichts», sagte Boone lachend, «aber Canfields gehörte praktisch die ganze Gegend. Sie sind mit der Hälfte des Geldadels in Virginia versippt. Die Sarazens hatten zwar kein Geld, dafür aber einen alten Namen: eine der ältesten Familien in Virginia. Belle verkaufte die alte Plantage und die Pferde und ging nach Paris. Und bei ihrer Jagd durch Europa hat sie eine ansehnliche Strecke gemacht: französische Dichter, englische Rennfahrer, italienische Fürsten und spanische Stierkämpfer. Ich glaube, irgendwo war auch noch ein polnischer Gewichtheber dazwischen. Das Geld reichte für fünf Jahre und drei Ehen. Dann kam sie zurück in die Staaten und heiratete einen Abgeordneten.»

«Jetzt erinnere ich mich!» sagte Delaney. «Burroughs aus Ohio. Derjenige, der tot zusammenbrach, als er gegen den staatlichen Gesundheitsdienst wetterte.»

«Richtig. Aber solange er lebte, war Belle die populärste Gastgeberin in Washington. In der Regenbogenpresse hieß es, John F. Kennedy, ich zitiere, genoß ihre Gastfreundschaft, Zitat zu Ende. Aber egal wie: nachdem der Abgeordnete Burroughs das Zeitliche gesegnet hatte, kam sie nach New York. Sie hat immer noch einen Haufen Freunde unter Politikern.»

«Hm.» Delaney nickte. «Jetzt geht mir allmählich auf, warum man so überaus vorsichtig war. Aber sie trägt nicht den Namen eines ihrer Ehemänner; deshalb ist mir wahrscheinlich nicht aufgegangen, um wen es sich handelt.»

«Nein, sie heißt jetzt schlichtweg Belle Sarazen, aus Raccoon Ford im hintersten Virginia. Dabei rauscht sie immer noch mit vollen Segeln vorm Wind und ist bildhübsch. Sie ist eine von Saul Geltmans herrlichen Menschen, gehört zum *Jet Set*. Gibt verschwenderische Parties. Eine große Nummer in der Kunst- und Museumswelt. Unterstützt finanziell die Demokraten. Spielt bei Modeschauen für wohltätige Zwecke Mannequin und läßt sich manchmal für Modezeitschriften fotografieren, steht aber ab und zu auch Malern und Fotografen Modell.»

«Sie muß aber stark auf die Vierzig zugehen», sagte Delaney. «Mindestens!»

«Mindestens», pflichtete Boone ihm bei. «Hat aber den Körper einer Achtzehnjährigen. Sie werden ja sehen.»

«Und woher kommt das Geld für diese verschwenderischen Parties und die Parteispenden?» erkundigte Delaney sich.

«Ich glaube, sie geht sozusagen auf den Strich», sagte Boone und lachte, als er Delaney aus den Augenwinkeln anblickte und die erschrockene Miene des Chiefs bemerkte. «Kein Flachs, Chief. Ich hab sie rundheraus gefragt. Ich sagte: ‹Was ist Ihre Haupteinkommensquelle, Miss Sarazen?› Und sie sagte: ‹Ich bekomme Geschenke von Männern.› ‹Geldgeschenke?› Woraufhin sie antwortete: ‹Gibt es denn andere?› Vielleicht wollte sie mich auf den Arm nehmen, aber das bezweifle ich. Es ist ihr ganz einfach piepegal.»

«Hat Maitland ihr Geld geschenkt?»

«Sie behauptet, ja. Viel sogar. Ob sie zusammen geschlafen haben? Ja. Ob sie ihn geliebt hat? O Gott, nein, sagt sie; er sei ein ganz Wüster gewesen. Allerdings fand sie ihn amüsant. Das ist ihr eigenes Wort: amüsant.»

«Stimmt. Das habe ich in Ihrem Bericht gelesen. Woher wissen Sie all die anderen Dinge über sie? Den allgemeinen Hintergrund, meine ich?»

«Aus ihrer Sammlung. Sie hat drei Alben mit Presseberichten über sich. Und Illustriertenartikel. Fotos mit Berühmtheiten. Briefe von Politikern und gekrönten Häuptern. Ich durfte darin solange herumschnüffeln, wie ich wollte.»

«Irgendwas von Maitland? Oder über Maitland?»

«Nichts, Sir! Und ich habe sehr sorgfältig nachgesehen.»

«Das glaube ich Ihnen, Sergeant. Das Haus da drüben muß es sein. Dieser Wolkenkratzer gegenüber vom Lincoln Center. Hören Sie, bei unseren Unterhaltungen mit Mrs. Maitland und Geltman haben Sie kaum den Mund aufgemacht. Haben Sie bitte keine Angst, auch mal was zu sagen. Und wenn Ihnen etwas einfällt, was ich vergessen habe, fragen Sie's!»

«Mir ist es aber lieber, Sie behalten die Führung, Sir. Zunächst einmal lassen sich die Leute aller Wahrscheinlichkeit nach von Ihnen wesentlich mehr einschüchtern als von einem Sergeant. Und außerdem studiere ich Ihre Vernehmungstechnik.»

«Meine Technik?» Delaney lächelte. «Jetzt bin aber ich amüsiert.»

Die Tür zum Penthouse im 29. Stock wurde von einem Filipino-Diener geöffnet, der eine Livree von ungewöhnlicher Farbe trug: Blaugrau mit einem Stich ins Rote. Nicht Lila, Fliederfarben oder Violett, sondern eine Mischung aus allen dreien zusammen. Als Delaney sich in diesem persischen Hurenhaus umsah, erkannte er, daß nicht nur die Wände, Draperien und Gardinen im gleichen Ton gehalten waren, sondern auch die Möbelpolster, Sitzpuffs, Kissen und Bilderrahmen. Das Ganze hatte etwas von einer pur-

purübergossenen Grotte, einer Höhle, in der es nur eine einzige Farbe gab, die sogar auf die Haut, ja selbst auf die Luft abzufärben schien.

«Ich werde Sie Miss Sarazen melden», sagte der Diener eine Spur lispelnd.

Er verschwand in einem angrenzenden Zimmer. Den Hut in der Hand, standen sie unbehaglich da und blickten sich in dem farbig überhauchten Raum um.

«Ist die ganze Wohnung so?» flüsterte Delaney.

«Nein», flüsterte Boone zurück. «Jeder Raum ist in einer anderen Farbe gehalten. Das Schlafzimmer in Blutrot. Ich mußte aufs Klo; das ist schwarz wie die Sünde. Jedenfalls das, auf dem ich war. Sie sagte mir, die Wohnung hätte drei Bäder.»

«Prostitution muß ganz schön was einbringen», murmelte Delaney.

Der Filipino war gleich darauf zurück und führte sie in einen Korridor hinunter, dessen Wände mit Fotos samt Unterschrift der Abgelichteten bedeckt waren. Er ließ sie ein Schlafzimmer betreten und schloß die Tür hinter ihnen. Auch dies Zimmer war in einer einzigen Farbe gehalten: blutrot die Wände, Draperien, Gardinen, die Tagesdecke überm Bett, der Teppich, die Möbel – alles. Den einzigen Kontrast bildeten das knappe weiße Trikot, das silberne Haar und die gebräunte Haut einer Frau, die vor den bis auf den Boden reichenden Fenstern Gymnastik machte.

«Setzt euch hin, wo ihr wollt, ihr Schätze», rief sie, ohne in ihren langsamen, stetigen Bewegungen innezuhalten. «Dort auf dem Cocktailtischchen stehen Champagner und Orangensaft. Oder drückt auf den Knopf der Gegensprechanlage neben dem Bett, falls ihr was Stärkeres oder Schwächeres möchtet.»

Behutsam nahmen sie auf roten Sesseln mit schwellenden roten Polstern gegenüber den Fenstern Platz. Die Frau saß im hereinflutenden Licht. Sie schien in eine Aureole gehüllt; ihre Züge zu erkennen, war schwierig.

Die Beine zum Spagat gespreizt, saß sie auf dem Boden. Aus den Hüften heraus beugte sie sich vor und berührte mit der rechten Hand den nackten linken Zeh, dann mit der linken Hand den rechten Zeh, wobei ihre Arme windmühlenflügelgleich durch die Luft wirbelten. Sie trug ein hautenges, tief bis zu den Hüftknochen ausgeschnittenes und im Schritt straff anliegendes weißes Trikot. Dort zeichnete sich deutlich der Venushügel ab.

Sie hatte den Körper einer Tänzerin: lange Beine, flacher Bauch, muskulöse Schenkel, sehnige Arme, kleine Brüste, deren Warzen sichtbar waren, eine sehr schmale Taille. Ihre Übungen erforderten Kraft und Geschmeidigkeit – beide Männer hätten nichts dergleichen zustande gebracht –, doch kam sie beim Reden nicht außer Atem, und Delaney konnte auf dem Trikot auch keine Schweißflekke entdecken.

Das silberne Haar war kurz geschnitten, links gescheitelt, und bedeckte den wohlgeformten Schädel wie eine Kappe: keine Welle, kein Löckchen, keine ungebärdigen Strähnen, eng anliegend und schimmernd wie gehämmertes Metall.

Sie machte Schluß und stand auf, ohne sich mit den Händen abzustützen. Delaney hörte Sergeant Boone vor Neid tief seufzen.

«Ich möchte Ihnen dafür danken, Miss Sarazen», sagte Delaney mechanisch, «daß Sie uns so prompt empfangen haben.»

Sie stellte die Füße etwa einen halben Meter auseinander, reckte die Arme über den Kopf und neigte den Rumpf seitwärts, ohne die Hüften zu bewegen.

«Nennen Sie mich Belle», sagte sie. «Alle meine Freunde nennen mich Belle. Selbst der Kranich nennt mich so. Stimmt's, Kranich?»

Ein etwas gequältes Lächeln um den Mund, sagte Boone zu Delaney: «Der Kranich bin ich.»

«Ich hoffe, wir werden Freunde», sagte sie, ohne sich beim Rumpfbeugen beirren zu lassen. «Ich möchte gern mit dem berühmten Edward X. Delaney befreundet sein.»

«So berühmt nun auch wieder nicht», sagte der, ohne die Stimme zu heben.

«Aber berühmt genug. Ich bin nämlich ein Fan von Ihnen. Ich glaube, ich weiß Dinge über Sie, die sogar Sie selbst schon vergessen haben.»

«Wirklich?» fragte er voller Unbehagen, weil er fürchtete, daß ihm die Zügel entglitten.

«Aber ja», sagte sie. «Der Fall Durkee ist mein Lieblingsfall.»

Er war betroffen. Der Fall Durkee war zwanzig Jahre alt. Ganz gewiß waren die New Yorker Zeitungen voll davon gewesen, doch bezweifelte er, daß irgendwer in Raccoon Ford oder überhaupt in Virginia davon gelesen hatte.

Ronald Durkee, ein Automechaniker aus Queens, war eines Sonntags in aller Herrgottsfrühe trotz Sturmwarnung zum Angeln auf den Long Island Sound hinausgefahren. Als er um Mitternacht noch nicht zurück war, informierte seine verzweifelte junge Frau die Polizei. Durkees Boot wurde kieloben ein paar hundert Meter vom Strand gefunden. Von Ronald Durkee keine Spur.

Der Vermißte hatte eine Lebensversicherung über zwanzigtausend Dollar abgeschlossen, war schwer verschuldet und als besonders ausdauernder Schwimmer bekannt. Als seine Frau nach sehr kurzer Zeit die Auszahlung der Versicherungssumme verlangte, witterte Delaney einen Betrugsversuch. Und geknackt hatte er die Nuß, indem er der Frau suggerierte, ihr Mann habe eine Freundin gehabt; er hielt ihr sogar ein Foto unter die Nase.

«Das hier ist die Frau, Mrs. Durkee, nicht wahr? Offenbar hat er sie während der Mittagspause und nach der Arbeit besucht. Er ist doch gelegentlich spät von der Arbeit nach Hause gekommen, nicht wahr? Wir haben die Aussagen von Nachbarn, die Ihren Mann identifiziert haben. Er hat sie häufig besucht. Es ist mir zwar schrecklich, Ihnen das sagen zu müssen, Mrs. Durkee, aber wir sind der Meinung, daß er mit ihr durchgebrannt ist. Nach Florida, vermutlich. Wirklich schlimm, Mrs. Durkee. Nun, es heißt ja, die Ehefrauen sind immer die letzten, die von so etwas erfahren.»

Und so weiter. Nach einer Woche brach sie zusammen, und Delaney holte Ronald Durkee in einem Motel in der Nähe des La Guardia-Flughafens ab, wo er sich einen Bart hatte wachsen lassen und geduldig darauf wartete, daß seine Frau mit dem Versicherungsgeld auftauchte. Delaney war nicht besonders stolz auf seine Rolle in diesem Fall, aber man arbeitete nun mal mit dem, was man hatte.

Jedenfalls berichtete die Presse ausführlich darüber, und sein Name wurde bekannt. Ein Jahr später wurde er zum Lieutenant befördert.

«Der Fall Durkee?» sagte er. Er konnte es nicht über sich bringen, sie Belle zu nennen. «Das war lange, bevor Sie nach New York kamen. Sie müssen Informationen über mich eingeholt haben.»

«Genauso wie Sie über mich», sagte sie. Ihre Stimme hatte etwas

Fröhliches. Ihre Sprechweise erinnerte nur ganz von fern an ihre Herkunft aus dem Süden. «Das haben Sie doch, oder?»

«Selbstverständlich. Sie scheinen keine Geheimnisse zu haben.»

«O nein, die habe ich nicht.»

Sie reckte sich noch höher und beugte sich nun aus den Hüften herunter, bis sie den Boden mit der ganzen Handfläche berührte. Jetzt erst konnte er sehen, was für einen schlanken, federnden Körper sie besaß. Schmunzelnd erinnerte er sich an eine Szene aus einem alten Film, der ihm sehr gefallen hatte: Spencer Tracy betrachtet Katherine Hepburne und sagt: «Nicht viel dran, aber was da ist, ist lecker.»

«Dann wissen Sie auch, daß ich meinen Mann getötet habe», sagte Belle Sarazen beiläufig. «Meinen ersten Mann. Vor vier Ehen. Ein tragischer Unfall.»

«Ja, ich weiß.»

Sie fragte spöttisch: «Wie hätten Sie in diesem Fall die Ermittlungen geführt?»

«Die übliche Routine», sagte er kalt, ihres leichtfertigen Geschwätzes überdrüssig. «Zuerst hätte ich nachgeprüft, ob Ihr Mann an diesem Abend wirklich mit Freunden aus war oder nicht vielleicht doch bei einer anderen Frau. Mich hätte interessiert, ob Sie eifersüchtig genug waren, blindlings auf einen Eindringling zu feuern, der sehr wohl Ihr Mann sein konnte.»

«Wie spät ist es?» fragte sie unvermittelt.

Abner Boone blickte auf die Uhr.

«Gleich halb elf, Belle», sagte er.

«Dann reicht's für heute», sagte sie. «Das ist mein tägliches Pensum.»

Sie hörte mit ihren Übungen auf, knipste eine Bodenlampe (mit blutrotem Schirm) an und gab dem Chief die Hand.

«Edward X. Delaney», sagte sie, «es ist mir ein Vergnügen. Freut mich, Sie wiederzusehen, Kranich. Ich trinke jetzt Sekt mit Orangensaft zur Belohnung für meine Mühe. Ein bißchen fade, aber gut für kleine Mädchen am frühen Morgen. Möchten Sie auch was? Kaffee vielleicht?»

«Sehr gern», sagte Delaney. «Und Sie, Sergeant?»

Boone nickte. Belle bestellte Kaffee über die Gegensprechanlage neben ihrem Bett. Niemand sagte etwas, bis der Diener mit silbernem Tablett, Kaffeekanne, Zuckerdose und Sahnekännchen, zwei Tassen, Untertassen und Kaffeelöffeln eintrat. Belle schenkte ein. Beide lehnten Zucker und Sahne ab. Delaney neigte sich vor, um das Tablett zu begutachten.

«Hübsch», sagte er. «Sehr alt, nicht wahr?»

«Soviel ich weiß, ja», sagte sie unbekümmert. «Daddy behauptet, es hat Thomas Jefferson gehört, aber wer weiß? Wenn man die Virginier so reden hört, muß Thomas Jefferson sechstausend Silbertabletts besessen haben.»

Sie ließ sich im Lotussitz auf den Boden nieder und nippte an ihrem Champagnerglas, aus dem sie während des Niedersitzens keinen Tropfen verschüttet hatte.

«Joga», sagte sie. «Haben Sie das jemals ausprobiert?»

«Ich nicht», sagte Delaney. «Sie, Sergeant?»

«Nein, Sir.»

«Hält das Rückgrat elastisch», sagte sie. «Und kräftigt das Bekken. Das kommt dem Beischlaf zustatten.» Sie zwinkerte ihnen zu.

Jetzt konnte Delaney ihr dreieckiges Gesicht genau begutachten. Hochangesetzte Jochbeine – Indianerblut? –, straffe Haut, geschlitzte, weit auseinanderstehende Augen. Offene, erstaunte Augen. Dünne, mittels Schminke ein wenig über die Kontur hinaus erweiterte Lippen, was den Eindruck erweckte, sie seien sanft geschwungen und voll. Hartes Kinn. Kleine, freiliegende Ohren. Schmale Nase, patrizierhaft, mit ovalen Nüstern. Nicht die geringste Falte, kein besonderes Merkmal, keine Unvollkommenheit. Sie spürte, daß Delaney sie anstarrte.

«Ich arbeite aber auch daran», erklärte sie lakonisch.

«Und zwar mit Erfolg», versicherte er ihr und meinte es aufrichtig.

«Sie möchten über Victor Maitland reden?» fragte sie. Es war mehr eine Feststellung als eine Frage. «Immer mal wieder?»

«Nicht eigentlich», sagte Delaney. «Ich würde gern etwas über Jake Dukker hören. Was halten Sie persönlich von ihm?»

Es erfüllte ihn mit einer gewissen Genugtuung, als er sie überrascht zusammenfahren sah. Er hatte sie aus der Fassung gebracht.

«Jake Dukker», wiederholte sie. «Nun, Jake ist Maler.»

«Das wissen wir.»

«Sehr geschickt, ein Könner. Die Polizei kann von Glück reden, daß er kein Falschmünzer geworden ist. Jake kann *jeden* Stil nachmalen. Rembrandt, Picasso, Andy Warhol . . . wen Sie wollen.»

«Könnte er auch Victor Maitland nachmachen?»

«Natürlich könnte er das. Wenn er wollte. Aber warum sollte er? Jakes eigene Sachen gehen sehr gut.»

«Und was macht er?»

«Alles, was sich verkauft. Oberflächliches Zeugs. Das jeweils Modernste. Gibt es was Neues, womit sich Geld machen läßt, stürzt Jake sich darauf: auf Abstrakte, Kalligraphie, Pop-Art, Op-Art, Fotorealismus, er hat sich an allem versucht. Wissen Sie, womit er sich gerade jetzt beschäftigt? Darauf kommen Sie nie. Er malt einen Akt von mir auf Alufolie! Lassen Sie sich das zeigen. Phantastisch! Er ist zwar noch nicht fertig, aber schon verkauft.»

«Wer hat ihn gekauft?» erkundigte Sergeant Boone sich rasch.

«Ein Freund von mir», sagte sie und nahm einen Schluck Sekt mit Orangensaft. «Eine sehr prominente Persönlichkeit.»

«Stehen Sie häufig Modell?» fragte Delaney.

Sie nickte. «Meistens für Aktbilder. Das macht mir Spaß. Für Maler und für Fotografen.» Sie sah an ihrem Körper herunter, strich über die kleinen, harten Brüste, die Taille, die Hüften, die nackten Schenkel. «Nicht schlecht für eine Frau von Fünfunddreißig, was? Ein Freund von mir möchte unbedingt einen Gipsabguß von mir machen. Vom ganzen Körper. Aber ich weiß nicht recht. Nach allem, was ich höre, wird es höllisch heiß unterm Gips, wenn der trocknet. Stimmt das?»

«Woher soll ich das wissen?» sagte Delaney ablehnend. «Haben Sie jemals für Victor Maitland Modell gestanden?»

«Nein», sagte sie. «Nie. Ich war nicht sein Typ. Sein Typ *Modell*, meine ich. Was er mochte, das waren die Üppigen. Strotzende Brüste, ausladender Hintern. Mich hat er die Venus des Computerzeitalters genannt. So will Jake Dukker meinen Akt auf Alufolie nennen: *Venus des Computerzeitalters.*»

«Könnte Dukker Maitland umgebracht haben?» frage Delaney direkt.

Wieder brachte er sie aus dem Gleichgewicht. Er kam zu dem Schluß, daß dies genau die richtige Taktik war: sie immer wieder aus dem Gleichgewicht zu bringen, von einem Thema zum anderen springen, ehe sie sich auf eines einstellen konnte. Folgte er einem logischen Gedankengang, würde sie ihm immer zwei Fragen voraus sein.

«Jake?» fragte sie. «Jake Dukker Maitland umbringen?»

So reagieren Menschen, wenn sie Zeit zum Nachdenken brauchen: sie wiederholen einfach die Frage.

«Vielleicht», sagte sie. «Sie waren zwar Freunde, aber Victor hatte etwas, was Jake nie haben wird. Und das machte ihn rasend.»

«Und das wäre?»

«Seine Integrität», sagte sie. «Ein altmodisches Wort, aber ich wette, Sie lieben altmodische Wörter, Mr. Delaney. Jake ist der bessere Maler. Hören Sie, ich verstehe was vom Malen, wirklich. Dafür habe ich weiß Gott mit genug Malern geschlafen. Jake ist besser als Maitland jemals war – technisch, meine ich. Und genauso schnell. Aber Victor hat sich einen Scheißdreck um das gekümmert, was gerade gefragt war, was dem Trend entsprach, was sich verkaufte. Eines weiß ich genau: hätte Victor Maitland nie auch nur ein einziges Bild in seinem Leben verkauft, er hätte um kein Haar anders gemalt. Da war er absolut konsequent. Jake ist das überhaupt nicht und wird es nie sein. Er hat Victors künstlerische Integrität gehaßt. *Gehaßt*! Und gleichzeitig wollte er sie haben, wünschte er sie sich so sehr, daß er die Wände hochging. Das weiß ich. Er hat es mir einmal selbst gesagt und dann losgeheult. Jake läßt sich gern züchtigen.»

Beide Herren waren perplex und wußten nicht, ob Belle das buchstäblich meinte oder im übertragenen Sinne. Delaney beschloß, nicht weiter nachzufragen.

«Sergeant Boone hat mir erzählt, Sie hätten zugegeben, mit Victor Maitland intim gewesen zu sein.»

«‹Mit Victor Maitland intim gewesen zu sein›», äffte sie ihn nach. «Sie reden wie Daddy. Ich hab immer 'ne Schwäche für ältere Männer gehabt. Das bestätigen mir alle meine Therapeuten. Im tiefsten Herzensgrunde bin ich eine Vaterfickerin. Klar hab ich mit Victor gebumst. Er hätte öfter mal ein Bad nehmen sollen, aber auch so hatte es einen gewissen Reiz. Ein Wüstling war er.»

«Und hat er Sie bezahlt?»

«Er hat mir Geschenke gemacht, ja», sagte sie unbekümmert.

«Geld?»

«Meistens. Einmal ein kleines Bild, das ich für zehntausend verkauft habe.»

«Hat es Ihnen nicht gefallen?»

«Das Bild? Geliebt habe ich es. Ein kleines Stilleben. Eine einzelne Mohnblüte in einer Kugelvase aus Kristall. Allerdings sind mir Banknoten noch lieber.»

«Haben Sie Maitland gesagt, daß sie sein Bild verkauft hatten?»

«Selbstverständlich.»

«Und wie hat er reagiert?»

«Er hielt das für einen Riesenjux! Er sagte, ich hätte mehr dafür bekommen, als Geltman je dafür bekommen haben würde.»

«Maitland war offensichtlich ein großzügiger Mann.»

«Kleinlich war er jedenfalls nicht», gab sie zu.

Delaney rieb sein Kinn und sah blinzelnd hinaus. Der Dunst wurde langsam weggefressen. Schatten fielen auf die geflieste Terrasse.

«Haben Sie Maitland jemals Frauen vermittelt?» fragte er.

Es folgte ein Moment des Schweigens, kurz, bedeutsam.

«Frauen vermittelt? Das Wort gefällt mir nicht. Ich habe ihn gelegentlich auf Modelle aufmerksam gemacht, von denen ich meinte, daß er etwas mit ihnen anfangen könnte.»

«Hat er Sie für diese Dienste bezahlt?»

«Selbstverständlich, und ich habe das in meinen Steuererklärungen angegeben. Ich bin sauber.»

«Kein Zweifel», sagte er milde. «Kommen wir noch einmal zu jenem Freitag, an dem Maitland getötet wurde. Sie sagten, Sie hätten Ihre Wohnung gegen halb elf verlassen und seien für eine Stunde zu Ihrer Joga-Klasse gegangen.»

«Joga und Meditation», sagte sie. «Zwanzig Minuten sitzen wir nackt auf dem Boden und sagen *Uuuum.*»

«Danach sind Sie zu Jake Dukker in sein Atelier am Central Park gegangen. Haben Sie ihm für den Akt auf Alufolie Modell gestanden?»

«Nein, Jake war gerade dabei, eine Fotoserie vorzubereiten. Er ist nämlich auch Fotograf, und zwar ein guter. Meistens Mode. Seine Bilder erscheinen in *Vogue* und *Town & Country*. Ich hab nur rumgesessen und ihm gute Ratschläge gegeben, bis zur Mittagspause.»

«Das war um zwölf?»

«Gegen zwölf.»

«Und dann?»

«Danach gingen Jake und ich nach oben. Er hat eine Wohnung, die über zwei Stockwerke geht, wissen Sie. Jake machte uns was zu essen. Er hält sich für einen tollen Koch. Dabei kocht er erbärmlich. Ich habe in Paris gelebt und weiß, was ein guter Koch kann. Die Kräuteromelette, die er brutzelte, war kaum genießbar. Aber er hatte wenigstens einen guten eisgekühlten spanischen Weißwein.»

«Und hatten Sie Verkehr?»

Ohne zu begreifen, sah sie ihn an.

«Sexuellen Verkehr», sagte er. «Während Sie in seiner Wohnung waren? Vor, während oder nach dem Mittagessen?»

«Sie werden's nicht glauben», sagte sie, «aber ich weiß es nicht mehr. Ich kann mich wirklich nicht erinnern.»

«Das glaube ich gerne», sagte er. «Schließlich ist es sechs Wochen her.»

Sie brach in perlendes Lachen aus. «Ach, Mr. Delaney, Sie sind mir ein ausgebuffter Vogel! Schön, ich erinnere mich an die ungenießbare Kräuteromelette, aber ich erinnere mich nicht mehr, ob wir gebumst haben oder nicht. Wahrscheinlich nicht.»

«Warum ‹wahrscheinlich nicht›?»

«Weil seine Helfer und Mannequins unten auf ihn warteten. Und Modelle werden stundenweise bezahlt. Jake ist sehr geschäftstüchtig.»

«Auch als Künstler?»

«Das dürfen Sie mir glauben. Sollte die Hudson-Schule jemals wieder modern werden, sitzt Jake bestimmt draußen an den Palisaden und malt den Fluß, mit Bäumen, Wolken und Indianern im Kanu.»

«Also sind Sie und Dukker nach dem Essen wieder hinuntergegangen ins Atelier, und er fing gegen halb zwei an, weiterzuknipsen. Ist das so richtig?»

«Ja, das stimmt.»

«Wie lange sind Sie geblieben?»

«Ach, noch etwa eine Stunde. Ich hatte einen Termin bei meinem Friseur.»

«Wie viele Fotomodelle waren bei dieser Sitzung in Dukkers Atelier?»

«Das weiß ich nicht mehr.»

«Eins?»

«Nein, zwei oder drei, möchte ich sagen.»

«Vielleicht auch vier? Oder sogar fünf?»

«Möglich ist es», sagte sie. «Ist das wichtig?»

«Was wurde denn vorgeführt?»

«Unterwäsche.»

«Warum waren Sie dabei? So was ist doch eher langweilig, nicht wahr?»

Sie zuckte mit den Achseln. «Ich bin einfach geblieben, weil ich die Zeit bis zum Friseur totschlagen wollte.»

«Nicht, um sich nach Frauen umzusehen, für Ihre Freunde, diese bedeutenden Männer?»

Schon glaubte er, ins Schwarze getroffen zu haben. Sie zuckte zurück, die schmalen Lippen entblößten ihre feuchten Zähne. Er meinte, ein schwaches Zischen zu vernehmen. Aber sie faßte sich und lächelte sanft.

«Mr. Delaney», sagte sie. «Guter alter Edward X. Delaney. Ich betreibe keinen Call-Girl-Ring!»

«Das weiß ich», sagte er. «Etwas so Durchsichtiges und Ordinäres würden Sie nie tun.»

Er merkte, daß Boone neben ihm unruhig hin- und herrutschte und fragte: «Sergeant? Ist was?»

«Sie haben also Maitland mit Modellen versorgt?» fragte Boone.

«Gelegentlich», sagte sie kurz angebunden. «Und ich habe ihn auch nicht damit *versorgt*. Ich habe ihn auf sie aufmerksam gemacht.»

«Haben Sie ihn jemals auf ein sehr junges Mädchen hingewiesen, eine Portorikanerin? Oder Italienerin?»

Sie legte die Stirn in Falten und dachte einen Augenblick nach. «Im Augenblick fällt mir keine ein», sagte sie. «In letzter Zeit?»

«Sagen wir, ein paar Wochen vor seinem Tod.»

«Nein», erklärte sie entschieden. «Ich habe Victor mindestens seit einem halben Jahr kein Mädchen mehr geschickt. Um wen geht es?»

Boone sah Delaney an. Der Chief sah keinerlei Grund, Belle Sarazen nicht zu erzählen, warum sie daran interessiert waren. Er beschrieb ihr die drei Skizzen, die in Maitlands Atelier gefunden worden waren und die wohl kurz vor seiner Ermordung entstanden sein mußten, vielleicht sogar am Vormittag des Mordtages.

«Wo sind sie denn jetzt?» fragte sie.

«Die habe ich», sagte Delaney.

«Bringen Sie sie doch mal her», schlug sie vor. «Ich seh sie mir an. Vielleicht kann ich sie identifizieren. Ich kenne die meisten Modelle, die Victor benutzte, und noch viele andere.»

«Gut», sagte Delaney. Er erhob sich und steckte das Notizbuch weg. Sergeant Boone tat das gleiche. Sie dankten Belle Sarazen für ihre Hilfsbereitschaft und fragten, ob sie wiederkommen dürften, falls sich noch Fragen ergäben.

«Jederzeit», sagte sie. «Ich bin immer hier.»

Sie klingelte nach dem Filipino, stellte Delaney aber noch ganz überraschend eine Frage: «Sie glauben nicht wirklich, daß ich wußte, es war mein Mann, auf den ich damals geschossen habe, nicht wahr?» Ihr Lächeln hatte etwas Kokettes, beinahe Keckes.

«Wer könnte das jetzt noch sagen?» antwortete er.

In Boones Wagen verglichen sie ihre Notizen und ergingen sich in weiteren Spekulationen.

«Bei ihrer Vernehmung kamen Drogen nicht zur Sprache», überlegte Delaney. «Keine Hausdurchsuchung. Aber eine Frau, die ein solches Leben führt, wie sie, nimmt bestimmt Drogen. Ich möchte wetten, daß sie schnupft. Vielleicht stammen die *Poppers* in Maitlands Atelier von ihr.»

«Könnte sein», stimmte Boone zu. Vielleicht beliefert sie auch ihre prominenten Freunde. Sie sind aber verdammt unsanft mit ihr umgesprungen, Chief. Glauben Sie nicht, man wird uns die Hölle heiß machen?»

Delaney überlegte einen Augenblick.

«Möglich», gab er zu. «Vielleicht läßt sie sich vom gesamten Haushaltsausschuß vögeln; mich würde das kein bißchen wundern. Wenn ich heute abend einen Anruf von Thorsen bekommen, weiß ich, daß wir in die Scheiße getreten haben. Welches Motiv sehen Sie bei ihr?»

«Maitland umzubringen?»

«Nein. Zu leben, wie sie es tut.»

«Geldgier», sagte Boone sofort. «Alles für Geld.»

«Der Meinung bin ich nicht», widersprach Delaney, ohne zu zögern. «Das mag auf Saul Geltman zutreffen. Ist Ihnen übrigens aufgefallen, daß er die Kunstwerke, die er verkauft, seine ‹Ware› nennt? Nein, ich glaube nicht, daß das bei der Sarazen zutrifft.

Geld? Klar braucht sie Geld. Das tun wir ja alle. Aber als Mittel zum Zweck; nicht Geld um des Geldes willen.»

«Warum denn?»

«Ich sehe sie folgendermaßen: ein munteres Mädchen aus guter Familie, die bessere Zeiten gesehen hat. Heiratet einen reichen älteren Mann. Großes Haus, Pferde, viele Gäste, der ganze Sums. Jetzt *ist* sie wer! Er geht fremd, und sie ist stolz und hat Temperament, also legt sie Canfield um. Das macht Schlagzeilen, ihr Name und ihr Bild gehen durch die Presse. Das gefällt ihr. Sie schwirrt nach Paris ab, gibt das Geld mit vollen Händen aus, kommt sich fabelhaft vor, eine gerissene Frau, die es geschafft hat, einen Mord zu begehen, ohne erwischt zu werden. Aber Europa ist voll von Aasgeiern, die noch geriebener und noch gerissener sind als sie; nach fünf Jahren ist das Geld futsch, und wer ist schon eine Belle Sarazen aus Raccoon Ford, Virginia? Wenn sie in Europa bleiben will, muß sie sich billig verkaufen. Folglich kommt sie nach Hause zurück und angelt sich den Abgeordneten Burroughs als Ehemann. Jetzt ist sie wieder wer und führt in Washington ein großes Haus. Schmeißt Parties. Hat den Präsidenten zu Gast. Burroughs kostet das nicht so viel. Ich weiß, wie so was in Washington, D. C., läuft; Lobbyisten und PR-Leute zahlen mit Vergnügen ihre Rechnungen, wenn sie die richtigen Leute einlädt und auf heikle Abstimmungen im Parlament Einfluß nehmen kann. Dann kratzt Burroughs ab, und sie verliert ihre Machtbasis. In Washington wimmelt es von Abgeordnetenwitwen. Folglich geht sie nach New York und mischt sich unter Künstler und Museumsleute. Hält ihre Freundschaft mit Politikern aufrecht. Versorgt sie mit Frauen und – falls nötig – auch mit ein bißchen Koks oder ein paar *Poppers*. Stellt ihre Wohnung für Jux und Tollerei zur Verfügung. Nimmt dafür Geschenke an, Geldgeschenke, und hat wieder Protektion. Wichtiger noch, sie kommt in die Klatschspalten: Gastgeberin, stadtbekannte Frau, Modell berühmter Maler und Modefotografen; sie ist immer noch *wer.*»

«Aber *warum?*» wollte Boone wissen.

«Wenn schon nicht berühmt, dann wenigstens berüchtigt», sagte Delaney düster. Es war fast, als spreche er zu sich selbst. «Solange die Welt nur weiß, daß es Belle Sarazen gibt. Die Mappe mit den Zeitungsausschnitten ist typisch. Sie muß sich immer wieder vergewissern, daß sie wer ist. Manche Menschen brauchen das. Sie haben eine so geringe Meinung von sich, daß sie um jeden Preis in den Augen der Menschen ein anderes Bild von sich aufbauen müssen. Sie ist eine Spiegelfrau. Jetzt kann sie in diesen Spiegel schauen, und was sie dort sieht, ist eine sexige Schönheit mit einem unverbrauchten Gesicht und einem Körper, der so bleibt, wie er war. Aus den Zeitungsausschnitten erfährt sie, wer sie ist. Gäbe es diesen ganzen Publicityrummel nicht, würde die Welt nicht auf sie reagieren, wäre nichts da, wenn sie in den Spiegel schaute. Deshalb ist sie bereit, alles für ihre prominenten Freunde zu tun. Sie muß sich an denen festklammern, die die Welt bewegen. Um sich zu beweisen, daß auch sie prominent ist. Armes Flittchen!»

«Chief, glauben Sie wirklich, sie wußte, daß es Canfield war, als sie losballerte?»

«Selbstverständlich. Sie hat sich verraten, als sie sagte, ihr Lieblingsfall sei der Fall Durkee. Den haben wir dadurch gelöst, daß wir eine eifersüchtige Frau unter Druck setzten, eine Frau, die sich einbildete, ihr wären Hörner aufgesetzt worden. Damit konnte Belle sich identifizieren; schließlich ist sie selbst betrogen worden.»

«Aber könnte sie auch Maitland erstochen haben?»

«Ich denke schon. Falls er ihre Selbstachtung bedrohte, das Wunschbild, das sie von sich hatte. Die Kraft dazu besitzt sie ganz bestimmt!»

«Oder um des Kitzels willen», sagte Boone sinnend. «Vielleicht hat sie es auch nur um des Kitzels willen getan.»

«Auch dazu wäre sie imstande», sagte Delaney unbewegt. «Einmal ist sie damit durchgekommen. Und wer so was mal geschafft hat, glaubt, er könnte dem lieben Gott gegen das Schienbein treten.»

«Hören Sie, Chief», sagte der Sergeant zögernd. «Wenn ich mir das mit den Mädchen und den prominenten Freunden so überlege, muß ich sagen, daß sie durchaus in der Lage wäre, jemand auch politisch zu erpressen.»

Delaney schüttelte den Kopf.

«Nicht unsere Belle», sagte er. «Ich habe Ihnen ja gesagt: geldgierig ist sie nicht. Ihr kommt es bloß darauf an, mit Senatoren auf du und du zu stehen.»

Sie hatten noch etwas Zeit vor ihrer Verabredung mit Jake Dukker und überlegten, wo sie essen wollten.

«Irgendwas Einfaches», sagte Delaney. «Und Leichtes. Sie nehmen die Hauptmahlzeit doch auch am Abend, oder?»

«Für gewöhnlich», sagte Boone. «Die Ärzte haben mich auf eine eiweißreiche Diät gesetzt. Meistens koche ich zu Hause. Steaks, Fisch, Hamburger und so.»

«Wie kommen Sie denn zurecht?» fragte Delaney, den Blick starr geradeaus gerichtet.

«Mit der Trinkerei?» fragte Boone ruhig. «Bis jetzt ganz gut. Es gibt keinen Augenblick, wo ich nicht das Verlangen hätte, aber ich habe es geschafft, trocken zu bleiben. Und die Beschäftigung mit dem Fall Maitland hilft dabei.»

«Stört es Sie, wenn jemand in Ihrer Gesellschaft trinkt? Wie gestern, als ich zu Mittag Ale trank und Sie Eistee?»

«Nein, das stört mich nicht», sagte der Sergeant. «Was mich stört ist, wenn Leute Witze darüber machen. Ich kann das nicht mehr so komisch finden. Eine Zeitlang hat es mich wahnsinnig viel gekostet, die nächste Stunde ohne Alkohol durchzustehen. Jetzt rechne ich schon in Tagen, und ich finde, das ist ein Fortschritt.»

Delaney nickte. «Ich weiß, es ist kein Trost, was ich sage, aber Sie müssen da schon selbst durch. Das kann Ihnen keiner abnehmen, nicht mal helfen kann man.»

«Ach, ich weiß nicht, Chief», sagte Boone gedankenvoll. «Sie helfen mir sehr.»

«Wirklich?» Delaney war erfreut. «So was hört man gern.» Er fragte nicht, womit und wie er geholfen habe.

Die Sonne strahlte jetzt mit voller Kraft, der Himmel klarte rasch auf, und eine angenehme Brise wehte aus dem Westen herüber. Sie beschlossen, den Wagen irgendwo in der Nähe des Columbus Circle abzustellen, auf der Straße Würstchen und etwas zum Trinken zu kaufen und ihr Mittagessen auf einer Bank im Central Park einzunehmen. Danach wollten sie zu Jake Dukkers Atelier hinübergehen.

Sie hielten in einer Parkverbotszone unweit des Circle, Boone steckte ein Schild mit der Aufschrift POLIZEIBEAMTER IM DIENST hinter die Windschutzscheibe und hoffte das Beste. Beim Maine-Denkmal kauften sie in einer Bude Würstchen mit Sauerkraut, Gewürzgurken, Zwiebeln, Senf und eine Dose Fruchtsaft. Delaney ließ es sich nicht nehmen, alles zu bezahlen. Dann trugen sie ihr in Papierservietten gewickeltes Mittagessen in den Park und fanden auf einer kleinen, mit spärlichem Gras bewachsenen Kuppe eine leere Bank. Vorgeneigt und die Knie gespreizt, um sich nicht zu bekleckern, aßen sie.

«Wenn ich es recht sehe», sagte Sergeant Boone mit vollem Mund, «haben die Sarazen und Dukker für anderthalb Stunden ein gemeinsames Alibi. Dukkers Personal sagt aus, daß beide in der Zeit bis um zwölf und ab halb zwei unten im Atelier waren. Aber anderthalb Stunden waren die beiden oben allein zusammen. Behaupten sie.»

«Sie meinen, daß einer den anderen deckt?»

«Oder daß sie beide gemeinsame Sache gemacht haben. Die Zeitangaben sind doch nur Annäherungswerte. Sie wissen ja, wie unzuverlässig Zeugen sind, sobald es um genaue Zeitangaben geht. Vielleicht waren sie auch länger als anderthalb Stunden nicht im Atelier. Vielleicht bis zu zwei Stunden.»

«Reden Sie weiter. Ich höre.»

«Ein Taxi haben sie wahrscheinlich nicht genommen. Wir haben ja Tausende von Fahrtenbüchern überprüft und alle Fahrer befragt, die zwischen zehn und drei am Freitag in der Nähe der Mott Street jemand abgesetzt haben. Mal angenommen, die beiden hatten irgendwo einen Privatwagen. Ich glaube, man könnte von Dukkers Atelier aus innerhalb von neunzig Minuten oder ein bißchen mehr in die Mott Street und zurück fahren.»

«Das setzt voraus, daß sie nicht unten durchs Atelier rausgehen mußten. Gibt es oben eine Tür ins Treppenhaus?»

«Das weiß ich nicht, Sir. Das müßte man nachprüfen. Aber nehmen wir mal an, es gibt eine, dann verlassen sie das Atelier um zwölf, gehen nach oben, verdrücken sich durch diese Tür und holen ihren Wagen. Oder aber sie fahren im Wagen oder mit einer Taxe rüber zur Lexington Ecke 59th Street und dann mit der U-Bahn weiter. An der Spring Street ist eine Haltestelle, keine zwei Blocks von Maitlands Atelier entfernt. Sie fahren mit der U-Bahn und riskieren auf diese Weise nicht, im Verkehr steckenzubleiben. Ich glaube, hin und her könnten sie es in anderthalb bis zwei Stunden schaffen – fünf oder zehn Minuten für den Mord an Maitland inbegriffen.»

«Ich weiß nicht recht», sagte Delaney zweifelnd. «Damit wird der Spielraum verdammt eng.»

«Soll ich die Zeit mal stoppen, Sir?» fragte Boone und wurde ganz aufgeregt bei dem eigenen Einfall. «Ich fahre von Dukker zu Maitland und zurück, und dann versuch ich's noch mal mit der U-Bahn.»

«Gute Idee.» Delaney nickte zustimmend. «Und zwar beides zwischen zehn und drei an einem Freitag; dann werden auf der Straße und in der U-Bahn annähernd die gleichen Verhältnisse herrschen wie damals.»

«Mach ich», sagte Boone eifrig.

Sie schwiegen eine Weile und verzehrten ihre fetttriefenden Würstchen.

«Na, dann wollen wir uns mal Jake Dukker ansehen», sagte Delaney. «Wir können zu Fuß rübergehen . . .»

Das hohe, schmale und verrußte Gebäude war eines der ältesten am Central Park South. Es war eigens erbaut worden, um Malern und Bildhauern, Musikern und Sängern Ateliers und Platz zum Arbeiten und Üben zu bieten. Die einzelnen Räume hatten hohe Dekken, es stand viel Raum zur Verfügung, und die Mauern waren dick. Fenster, die vom Boden bis unter die Decke gingen, gewährten gleichbleibendes Nordlicht und einen schönen Blick auf den Park: ein englisches Landhaus inmitten einer Stadt aus Stahl und Beton.

Jake Dukker hatte den vierten und fünften Stock für sich. Das untere Geschoß war umgebaut worden und beherbergte Empfangsräume, Arbeitsräume oder Ateliers, Umkleideräume für die Modelle, eine Dunkelkammer, einen Raum zur Unterbringung von Kulissen und anderen Utensilien, ein Klo und eine winzige Teeküche mit Eisschrank, Ausguß, Herd und einem kleinen Apparat, der Eiswürfel produzierte, die er hin und wieder klirrend in einen Behälter spuckte.

Das Atelier war rein funktional eingerichtet: Rollen mit Endlospapier und Leinwand, eine Batterie Flutlichter und Punktstrahler, Starkstromkabel, eine Bühne, Posierpodest, Deckenbeleuchtung wie im Theater, Spiegel, Reflektoren aus rostfreiem Stahl und weißem Tuch, Staffeleien, ein Arbeitstisch, übersät mit Farben, Paletten, Mischbehältern . . . Die Wände tapeziert mit gerahmten Bildern, Drucken, Stichen, Lithos und Zeichnungen, die meisten signiert.

Der fünfte Stock, den man über eine Wendeltreppe erreichte, beherbergte die Wohnräume des Künstlers: einen Riesenraum mit genug Sofas, Sesseln und Sitzkissen, um eine interkonfessionelle Orgie zu veranstalten. Zwei Schlafzimmer, zwei Bäder, eine wohlausgestattete Küche – an den Wänden hingen Pfannen und Töpfe mit Kupferboden sowie ein gewaltiges Gewürzregal – und ein Eßtisch mit Glasplatte, der zwölf Personen bequem Platz bot.

Im Wohnbereich bissen sich die Farben; es herrschte ein überraschend wohltuendes und reizvolles Durcheinander von Proben der kurzlebigen Begeisterung des Besitzers für verschiedene Kunststile und -richtungen: Bauhaus, skandinavische Möbel, Art Deco, New Yorker Victoriana und Jugendstil, ja Traktorensitze als Hocker und Trommeln für Fernmeldekabel als Cocktailtischchen.

Der Eigentümer dieses Sammelsuriums war selber ein Potpourri modischer Trends. Er trug ausgebleichte Bluejeans, von einem superbreiten Ledergürtel mit einer abgewetzten Messingschließe gehalten, welche das Firmenzeichen von Wells Fargo aufwies. Ungeachtet dieser Symbole rauher Männlichkeit steckten seine langen, schmalen Füße in weichen schwarzen Ballettschuhen. Sein Hemd bestand aus indischem Baumwollgespinst, bis kurz über dem Nabel offen; die Schultern waren mit Rosengirlanden bestickt und die weiten Ärmel so gebauscht, daß jeder Zigeuner bei ihrem Anblick seine Geige hätte schluchzen lassen. Auf der nackten Brust baumelte an einer dicken Goldkette ein blinkendes Medaillon.

Der Mann selbst war groß und schlaksig, und seine schlanke Grazie wurde nur durch ein wohlgenährtes Bäuchlein beeinträchtigt, groß wie eine halbe Kegelkugel, die den Ledergurt stark beanspruchte und Wells Fargo zu sprengen drohte. Man hatte weniger den Eindruck, daß er sich bewegte, als daß er in rascher Folge eine Reihe von Posen einnahm: nach außen gedrehte Füße, die Arme in die Seiten gestemmt, den Kopf zur Seite gelegt, die Knie eingeknickt. Er glich einem ruckweise ablaufenden Film, klick, klick, klick, klick, bei dem jedes Weiterrucken ein anderes Arrangement von Zügen und Gliedern freigab. Es fehlte der Fluß der Bewegung.

Die bereits im ehemündigen Alter stehende Empfangsdame sagte den Beamten, sie sollten nur ins Atelier hineingehen. Als Jake Dukker mit zwei Kameras um den Hals auf sie zukam, um sie zu begrüßen, war das erste, was Delaney auffiel, ein Stalinschnauzbart von buschig-borstigem Wuchs sowie finstere, feuchte und dem Anschein nach unstete Augen. Seine Nase war ein scharfer Zinken, und seine Zähne waren so regelmäßig, gemeißelt wie kleine Grabsteine, mit leicht gelblichen Flecken darauf. Die eingefallenen Wangen bildeten Gruben mit Schatten darin; gut rasiert war er nicht. Schwarzes Haar, im Mod-Stil frisiert, üppig, gebürstet und mit Spray in Form gehalten, bedeckte die Ohren. Im Gegensatz zu Geltman wirkte er weder adrett noch gepflegt oder auch nur reinlich. Aber das konnte, wie Delaney nachsichtig zugestand, auch an der Hitze der Atelierbeleuchtung liegen.

Nach der Vorstellung sagte Dukker: «Ich möchte eben noch fertigmachen. Nur ein paar Aufnahmen. Sehen Sie sich um. Und stolpern Sie nicht über die Kabel.»

Auf einem Podest, vor einer Rolle violettem Kreppapier, posierte ein junges Fotomodell mit dem Körper eines Teenagers; sie wandte den Scheinwerfern und Reflektoren, die von Dukkers Assistenten bedient wurden, den Rücken zu. Sie trug das Unterteil eines leuchtend roten Bikinis; ihr Oberkörper war nackt. Auf dem Kopf saß ein überdimensionaler, breitrandiger weißer Strohhut mit lila Band. Sie stand in Sprungpose, hatte beide Arme nach einer Seite ausgestreckt und umfaßte den Griff eines geschlossenen rosa Sonnenschirms.

Jake Dukker hob eine seiner Kameras, eine Nikon, und kauerte sich in Schußposition hin . . .

«Hintern höher, Süße», rief er. «Prachtvoll! Stütz dich auf den Schirm! Sensationell! Das Profil mir zuwenden! So ist's richtig! Sexig lächeln! Großartig! Gewicht auf das Bein da, und den Hintern noch mehr raus! Das wär's . . .»

Das Mädchen verblieb in dieser Haltung; Dukker richtete sich auf, ging in die Hocke, lehnte sich vor, streckte sich, ging näher heran, entfernte sich wieder, klickte, drehte den Film weiter. Er wechselte blitzschnell die Kamera, fuhr in seinen turnerischen Verrenkungen fort, machte dabei kaum eine Pause, klick, klick, klick, klick, bis er sich schließlich aufrichtete, die Schultern zurücknahm und das Kinn reckte, um den Rücken zu strecken.

«Das wär's», rief er seinen Assistenten zu. «Macht Schluß!»

Sämtliche Scheinwerfer erloschen. Einer der Assistenten nahm Dukker die Kamera ab. Das Modell entspannte, nahm den Hut ab, schüttelte das blonde Haar frei. Dann drehte sie sich um und zeigte dabei kleine Brüste mit überraschend großen braunen Höfen.

«Okay, Jake?» fragte sie.

«Unglaublich, Süße», sagte er. «Sexy und doch sauber. Gretchen hat einen Scheck für dich. Zieh dich an und iß nicht so viel. Noch fünf Pfund, und du bist nicht mehr im Geschäft.»

Er wandte sich Delaney und Boone zu; Schweiß strömte über sein ausgemergeltes Gesicht.

«Soll ein Schutzumschlag für ein Taschenbuch werden», erklärte er. «Bißchen wenig Titten, aber immer noch genug, um angenehm zu erregen.» Er griff nach einem schmutzigen Handtuch und wischte Gesicht und Hände ab. «Eigentlich haben wir 'ne Klimaanlage», sagte er, «aber sobald die Scheinwerfer an sind, merkt man davon nichts mehr.»

«Sie arbeiten hart, Mr. Dukker», sagte Delaney.

«Wem sagen Sie das! Ich mach alles: Mode, Buchumschläge, Plattenhüllen, Ölbilder, Zeitschriftenillustrationen, Poster, Anzeigen. Was Sie wollen. Heute morgen hat einer einen Satz Spielkarten bestellt. Ist das noch zu fassen?»

«Pornographische?» fragte Delaney.

Dukker fuhr kaum merklich zusammen. «Hart am Rande», sagte er und versuchte zu lächeln. «Verdammt hart am Rande. Ich hab übrigens abgelehnt. Möchten Sie sich umsehen, bevor wir raufgehen?»

«Nur ganz kurz», sagte Delaney und trat an die Wand, um die gerahmten Kunsterzeugnisse zu betrachten. «Sie haben ein paar wunderschöne Dinge hier. Kennen Sie alle diese Künstler persönlich?»

«Alle», antwortete Dukker. «Schlechte Freunde und als Feinde hinterhältig bis dorthinaus. Sehen Sie sich das da an. Die Zeichnung da drüben neben dem Fenster, die in dem schmalen Goldrahmen. Die könnte Sie interessieren.»

Gehorsam stellten Delaney und Boone sich davor. Die Skizze war zweimal durchgerissen, die vier Stücke dann mit durchsichtigem Klebestreifen zusammengeklebt und unter Glas geglättet worden. In einer Ecke eine hingekritzelte, aber leserliche Signatur: Victor Maitland.

«Ein Maitland-Original», sagte Delaney.

Es war die mit harten Strichen rasch hingeworfene Zeichnung einer laufenden Frau. Der Kopf im Profil. Schwellende nackte Brüste und ein üppiges Gesäß, eingefangen in einer einzigen anmutigen s-förmigen Linie, ausgeführt mit Zeichenkohle. Eine Andeutung von hochgereckten Knien, flammendem Haar, alles strotzend vor Leben, Bewegung, dem Reiz der Jugend und ungebrochener Vitalität.

«O nein», sagte Jake Dukker. Sie drehten sich um und sahen ihn an. «Ein *signierter* Maitland. Aber ein original Dukker!»

Als er die Verblüffung in ihren Gesichtern las, bleckte er wieder die Zähne: ein Pirat. «Kommen Sie hierher», bedeutete er ihnen. «Ich erklär's Ihnen.»

Sie folgten ihm in eine Ecke des Ateliers, ein an drei Seiten geschlossenes Geviert aus Lochpappe. Daran festgepinnt waren Fotodrucke und Kontaktabzüge, Skizzen, Ausschnitte aus Zeitungen und Illustrierten, Schriftsatzmuster, verwischte Fotos, Farbmuster von Papier und Stoffen. Beherrscht wurde der kleine Raum von einem Zeichentisch mit verstellbarer Platte, langer Reißschiene, Bechern mit Bleistiften, Öl- und Pastellkreiden, Geodreiecken aus Plastik und Kurvenlinealen, einer Dose mit Flüssigkleber, einem abgenutzten Behälter voll Wasserfarben und überquellenden Aschenbechern.

Hinter dem Zeichentisch, dem Fenster gegenüber, stand eine robuste Werkbank. Darin eingeklemmt ein sonderbarer Apparat: ein Prisma am Ende eines mit Gelenken versehenen Chromarms, zwischen einem vertikalen und einem horizontalen Zeichenbrett.

«Sehen Sie das hier?» fragte Dukker. «So was nennt man eine *Camera lucida*, kurz *Luci* genannt. Eine Art visueller Storchschnabel. Mal angenommen, Sie möchten einen Akt zeichnen. Sie fotografieren eine nackte Frau und stellen einen Achtmalzehn-Abzug her. Den pinnen Sie an das vertikale Brett. Dann schauen Sie durch das Prisma am Ende des Gelenkarms. Sie sehen das Foto und gleichzeitig auch den flach daliegenden Zeichenblock. Sie können das Foto mit Blei, Feder oder Kreide, Holzkohle, Pastellkreide oder was weiß ich sonst noch nachziehen. Dann haben Sie eine echte Zeichnung.»

Sie sahen ihn an und brachen in Lachen aus.

«Lachen Sie nicht», sagte er. «Es braucht viel zuviel Zeit und Aufwand, wenn man so arbeiten will wie früher, mit Sitzungen und allem. Selbst wenn der Künstler oder Illustrator Talent hätte und es überhaupt könnte. Die meisten haben ja gar nicht mehr das Zeug dazu. Aber was ich sagen wollte: Eines Abends war ich dabei, ein Gruppenbild mit meiner *Luci* nachzuzeichnen, als stinkbesoffen Maitland auftauchte. Er fängt an, mich wüst zu beschimpfen – ich sei ein Klempner, könne keine anständige Linie zeichnen, sei ein jämmerlicher Stümper und so weiter und so fort. Er hat wirklich kein gutes Haar an mir gelassen.»

Dukker verstummte und starrte auf das leere Zeichenbrett. Dann stieß er einen Seufzer aus und fuhr fort:

«Endlich reichte es mir, und ich sagte: ‹Du Scheißer, das laß ich mir von dir nicht bieten. Ich kann besser zeichnen als du, und um das zu beweisen, werde ich jetzt einen originalen Victor Maitland machen, dessen Echtheit jeder Kunstexperte in der Welt beschwören wird.› Er lachte, aber ich griff nach einem Zeichenblock und einem Stück Holzkohle und legte die Zeichnung hin, die Sie dort sehen: den laufenden Akt. Victor war ein schneller Arbeiter, aber ich bin noch schneller. Ich bin Spitze. Es kostete mich nicht mehr als drei Minuten, dann zeigte ich ihm das Blatt. Er sah es an, und ich glaubte, er würde mich umbringen. Ich hatte ehrlich Schiß. Er wurde leichenblaß, seine Hände fingen an zu zittern. Ich hab wirklich gedacht, jetzt wird er gewalttätig. Es brauchte ja nie viel, ihn soweit zu bringen, daß er aus der Haut fuhr. Ich sah mich nach etwas um, womit ich mich hätte wehren können. Nur mit meinen Fäusten wäre ich diesem Wahnsinnskerl niemals gewachsen gewesen; der hätte mich zu Brei geschlagen.»

Dukker hielt inne und kratzte sich zwischen den Beinen; dabei blickte er nachdenklich zur Decke.

«Dann riß er meine Zeichnung in vier Teile und warf mir die ins Gesicht. Ich bot ihm zu trinken an, und später an diesem Abend klebten wir die Zeichnung zusammen, und er signierte sie. Im Augenblick hielt er das für einen Riesenjux. Es war zwar meine Zeichnung, doch er gestand, daß er sich nicht schäme, seinen Namen darunter zu setzen. Ach, verdammt, sie ist besser als so manches, was er gemacht hat. Und ich hab's auch nicht von einem Foto abgezeichnet. Einfach hingehauen hab ich's. So bedeutend war er nun auch wieder nicht. Ich hätte . . . Jeder glaubt . . . Nun, gehen wir nach oben und machen es uns bequem. In einer Stunde oder so habe ich die nächsten Aufnahmen. Ich muß einfach weitermachen. Kann nicht aufhören.»

Ehe er sie die Wendeltreppe hinaufführte, grapschte er eine braune Baskenmütze von der mit allen möglichen Dingen übersäten Werkbank und zog sie verwegen über ein Auge. Sie sahen ihm dabei zu, sagten jedoch kein Wort. Sie waren Polizeibeamte; Verrücktheiten ließen sie kalt.

Oben fragte er, ob er etwas anbieten dürfe. Als sie ablehnten, bestand er darauf, wenigstens frischen Kaffee zu machen. Den bereitete er in einem exotischen Glasbehälter mit einem Tauchmechanismus, mit dessen Hilfe ein Sieb voll Kaffeemehl durch heißes Wasser gezogen wurde.

«Der wird Ihnen schmecken», versicherte er. «Besser als gefilterter Kaffee. Und die Mischung mache ich selber aus Mokka, Java und Kolumbianischem, den ich ungemahlen in einem hinreißenden kleinen Laden an der Lower East Side kaufe. Ich mahle ihn jeden Morgen frisch. Er schmeckt rund und hat einen besonders feinen Duft.»

Delaney hatte nie schlechteren Kaffee getrunken, und Boone, nach dessen Gesichtsausdruck zu urteilen, ebenfalls nicht. Immerhin schlürften sie höflich davon.

Sie saßen ziemlich unbequem auf einem kurzen, blutroten Samtsofa, geformt wie zwei menschliche Lippen. Jake Dukker lag hingelümmelt ihnen gegenüber in einem Ledersessel, der einem Baseballhandschuh nachgebildet war.

«So . . .» sagte er. «Was kann ich für Sie tun?»

Sie zogen ihre Notizbücher hervor. Delaney rekapitulierte Dukkers Aktivitäten am Tage des Mordes. Seine Empfangsdame und seine Assistenten waren gegen neun erschienen und hatten die Tagesarbeit vorbereitet. Gegen zehn waren die Modelle gekommen, eine halbe Stunde später begannen die Aufnahmen. Belle Sarazen erschien gegen halb zwölf. Um zwölf ging sie mit Jake Dukker nach oben, etwas essen.

«Eine hinreißende Omelette», unterbrach Dukker ihn.

Um halb zwei waren sie wieder unten, und Belle Sarazen verließ das Atelier nach etwa einer Stunde, vielleicht auch etwas später. Kurz vor drei war die Knipserei zu Ende, die Modelle gingen. Dukker blieb bis sieben in seiner Wohnung; dann setzte er sich ins Auto und fuhr zu einer Dinnerparty bei Freunden in Riverdale.

«In Ihrem eigenen Wagen?» fragte Delaney.

Dukker nickte. «Weggeworfenes Geld, wenn man's recht bedenkt. Für gewöhnlich nehme ich ein Taxi. In Manhattan einen Parkplatz suchen, ist Wahnwitz. Die meiste Zeit über steht der Wagen in der Garage. West 85th Street. Möchten Sie Namen und Adresse der Garage?»

«Nein danke, Mr. Dukker», sagte Delaney. «Die haben wir bereits. Was war mit Belle Sarazen?»

«Was soll mit ihr gewesen sein?»

«Hatten Sie Verkehr mit ihr?»

Dukker tat einen tiefen Schluck aus seiner Tasse und feixte.

«O Gott, ja», sagte er. «Wie die halbe Stadt. Belle verschenkt ihre Gunst ohne Ansehen von Rasse, Glauben, Hautfarbe oder Herkunft.»

«Sie sagt, Sie haben Victor Maitland gehaßt?» fragte Delaney mit ausdrucksloser Stimme.

«*Das* hat sie gesagt? Das kann ich nicht glauben.»

«O ja.» Daleney nickte und vertiefte sich in sein Notizbuch. «Sie sagte, Sie haben ihn gehaßt, weil Sie Maitland um seine künstlerische Integrität beneideten. Das ist ihr Ausdruck ‹künstlerische Integrität›, nicht meiner.»

«Dieses Luder!» sagte Dukker und lehnte sich in seinem Sessel zurück. «Beneidet, vielleicht. Ja, hab ich wohl. Aber gehaßt? Das glaube ich nicht. Ganz bestimmt nicht genug, um ihn umzubringen. Ich hab geweint, als ich hörte, daß er tot ist. Ob Sie es glauben oder nicht, es hat mir wirklich einen Schlag versetzt.»

«Nun, das ist etwas anderes», sagte Delaney. «Sie sind der erste nahe Bekannte von Maitland, der bei seiner Vernehmung ein Wort des Bedauerns gesagt hat. Ausgenommen höchstens sein Agent Geltman.»

«Sein *Agent*?» wiederholte Dukker. Völlig unerwartet lachte er. «Agent nennen sie ihn?»

«Er war doch schließlich Maitlands Agent, oder?»

«Hm . . . ja, war er wohl.» Dukker lächelte immer noch. «Aber diese Leute hören es nicht gern, wenn sie Agenten genannt werden. Sie bevorzugen ‹Kunsthändler›.»

«Wir hatten ein längeres Gespräch mit Geltman über Kunst-Agenten», sagte Delaney eigensinnig. «Wieviel sie verdienen, worin ihre Aufgaben bestehen, welche Verantwortung sie haben und so weiter. Geltman hat nicht ein einziges Mal Einspruch dagegen erhoben, Maitlands Agent genannt zu werden.»

«Vielleicht wollte er bei Ihnen keinen falschen Eindruck erwekken», sagte Dukker achselzuckend. «Aber glauben Sie mir: sie wollen Kunsthändler genannt werden. So wie eine Putzfrau Raumpflegerin.»

«Haben Sie einen Agenten, Mr. Dukker?» fragte Sergeant Boone, «oder einen Kunsthändler?»

«Du liebe Güte, nein», wehrte Dukker ab. «Wozu? Ich verkaufe direkt. Die Leute kommen zu mir; ich brauche nicht auf Kundenfang zu gehen. Warum sollte ich einem Parasiten dreißig Prozent vom Bruttoerlös zahlen, der nichts tun kann, was ich selbst nicht ebensogut kann? Meine Sachen verkaufen sich von selbst. Ich bin Spitze.»

«Das haben Sie uns schon mal gesagt», murmelte Delaney. «Um nochmal auf Belle Sarazen zurückzukommen: Können Sie uns etwas über ihre Beziehungen zu Victor Maitland sagen?»

«Sie hat ihn gehaßt», kam es augenblicklich von Dukker. Er setzte seine halbvolle Tasse ab, rutschte noch tiefer in den Sessel und faltete die Hände über dem Kugelbauch. «Haßte ihn aus tiefster Seele. Vic verachtete alles Unechte, verabscheute schönen Schein und Heuchelei jeder Art und in jeder Verpackung. Und Belle ist in dieser Beziehung nun mal oberfaul.»

«Ist sie das wirklich?» fragte Delaney.

«Da können Sie Gift drauf nehmen!» sagte Dukker lebhaft und rieb sein stoppeliges Kinn. «Vic Maitland war ein ruppiger Bursche. Wenn er fand, jemand redete Stuß, dann sagte er das, ohne ein Blatt vor den Mund zu nehmen und egal, wer zuhörte. Ich erinnere mich, daß Belle mal in ihrer Wohnung für lauter prominente Leute eine Party schmiß, zu der später auch Maitland kam. Kann sein, er war gar nicht eingeladen. Aber er hörte irgendwie davon und kam auch uneingeladen. Das war ihm egal. Er wußte, daß ihn im Grunde keiner haben wollte, weil's immer Stunk gab. Er wurde leicht handgreiflich, prügelte sich mit Kunstkritikern und schüttete Leuten, die er nicht mochte, Drinks ins Gesicht. So was. Belle also schmiß diese elegante Party, und Vic kam wie üblich betrunken. Aber er hielt die Klappe, glotzte die feinen Leute nur an. Belle erzählte, was für eine große Nummer sie in Washington gewesen ist, wie sie den Präsidenten zu Gast gehabt, mit Botschaftern getanzt, mit Senatoren Tennis gespielt, den Frauen von Abgeordneten Joga beigebracht hat. All solchen Scheiß, und jeder wußte, es ist alles Angabe, aber keiner mochte sie unterbrechen. Immerhin ist sie ganz schön einflußreich. Bloß Maitland, der hat's ihr gegeben, und zwar so laut, daß alle es hörten. Die größte Pimmellutscherin der Welt, hat er sie genannt; erst bläst sie ihrem Mann den Kopf weg, dann pustet sie in Europa ihr Vermögen in die Luft und lutscht schließlich dem gesamten Obersten Gerichtshof einen ab.»

Delaney und Boone lächelten in ihre Notizbücher.

«Er hatte durchschlagenden Erfolg.» Dukker grinste in der Erinnerung. «Wir haben uns vor Lachen gebogen. Er hatte ein unverschämtes Mundwerk, richtig dreckig, dabei aber gleichzeitig urkomisch. Umwerfend! Manchmal.»

«Und wie hat Belle Sarazen darauf reagiert?» fragte Delaney.

«Sie hat versucht, lachend darüber hinwegzugehen.» Dukker zuckte die Achseln. «Was blieb ihr schon übrig? Aber innerlich hat sie gekocht, das konnte ich sehen. Hat ihn in diesem Augenblick gehaßt. Hätte ihn umbringen können. Ich wußte, daß sie das niemals vergessen würde.»

«Warum hat Maitland das getan? Solche Dinge gesagt?»

«Warum? Das habe ich Ihnen doch schon erzählt. Weil er keine Affereien ausstehen konnte. Kein Getue und keine Heuchelei.»

«Nun . . .» Delaney seufzte. «Manchmal benutzen Leute rückhaltlose Ehrlichkeit zum Vorwand, sadistisch zu sein.»

Neugierig sah Jake Dukker ihn an. «Nur weiter Chief», sagte er. «Auch das war in Maitland angelegt. Es machte ihm Spaß, Menschen zu verletzen. Ohne jeden Zweifel. Das nannte er, ihren Ego-Ballon anpieksen. Aber es war mehr als nur das. Zumindest glaube ich es. Er konnte ausgesprochen bösartig sein, legte es darauf an, den Leuten alle Selbstachtung, alle Illusionen über sich selbst zu nehmen. Wie Belle an jenem Abend. So jemanden kann man schon hassen, jemand, der einem die letzte Maske runterreißt, daß man nackt dasteht.»

Die beiden Polizeibeamten kritzelten eifrig in ihre Notizbücher.

«Sie sagten, Mrs. Sarazen übe beträchtlichen Einfluß aus», sagte Delaney und blickte auf. «Was meinen Sie damit?»

«Ach . . . Sie verstehen», antwortete Dukker. «Politischen Einfluß. Sie kennt wirklich ein paar bedeutende Leute. Weiß, wo so mancher Hund begraben liegt. In der New Yorker Kunstwelt ist sie eine echte Betriebsnudel. Sie kann die Ausstellung eines erbärmlichen Karikaturisten zu einem künstlerischen Ereignis hochjubeln und ihren reichen Freunden gräßliche Ölschinken aufschwatzen. Was Publicity und Werbung betrifft, ist sie ganz groß. Sie schmeißt Parties, kennt Gott und die Welt. Sie kann einem Maler sehr nützlich sein. Kunsthändlern und Sammlern übrigens auch.»

«Meinen Sie, sie hat Sinn für Qualität?» fragte Delaney. «Ich meine, hat sie, was Kunst betrifft, Geschmack?»

Jake Dukker brach in Gelächter aus. «Geschmack?» krächzte er. «Belle Sarazen? Ich bitte Sie! Sie findet im Village irgendein Bürschchen mit'm langen Dideldong, schleppt seine Sachen bei mir an und sagt: ‹Ist er nicht phan-ta-stisch? Ist er nicht groß-artig?› Und ich sage zu ihr: ‹Belle, der Bursche hat nun mal nicht das Zeug dazu. Der ist das Allerletzte.›

Einen Monat später hat das Bürschchen seine Ausstellung in einer Galerie an der Madison Avenue, und noch einen Monat später ist er erledigt, passé, kein Mensch hört je wieder was von ihm. Was um so besser ist, als er ohnehin von vornherein nichts vorzuweisen hatte. Alles Belles Werk! Sie gabelt den jungen Spund auf, verschafft ihm 'ne Ausstellung und läßt ihn genauso rasch wieder fallen. Nachdem sie ihm ein paar Stellungen gezeigt hat, die Sie nicht mal im Ka-ma Sutram finden. Dann jagt sie schon hinter einem anderen her, und unser Bürschchen ist wieder im Village, frettet sich weiter durch wie zuvor und fragt sich, was zum Teufel ihm widerfahren ist. Kunst ist für Belle nichts weiter als ein großer Wirbel.»

«Aber Sie mögen sie?» fragte Delaney und starrte Dukker ausdruckslos an. «Sie mögen Belle Sarazen?»

«Belle?» wiederholte Dukker. «Sie mögen? Na ja . . . vielleicht mag ich sie. Gleich und gleich gesellt sich gern. Wir sind ja beide Talmi. Ich könnte ein . . . na, lassen wir das, hat ja doch keinen Sinn, darüber zu reden. Belle und ich, wir wissen, wer wir sind und was wir sind.»

«Aber Victor Maitland war echt?» fragte Abner Boone leise.

«Goldecht», erklärte Dukker trotzig. «Er war alles mögliche – bloß Talmi, das war er nicht. Er war ein armes Schwein! Er war nämlich alles andere als glücklich, wissen Sie. Außerdem war er ein

Getriebener! Er war genauso gierig wie wir alle. Aber gierig auf anderes.»

«Worauf?» fragte Delaney.

«Ach . . . ich weiß nicht», wich Dukker aus. «Er war ein verflucht guter Maler. Nicht so gut wie ich. Technisch, meine ich. Aber er hatte etwas, was ich nie gehabt habe! Oder vielleicht hatte ich's mal, und dann hab ich's verloren. Das werde ich nie genau wissen. Aber er war nicht so gut, wie er sein wollte. Vielleicht war das der Grund, warum er so hart und so schnell gearbeitet hat. Er wurde von irgendwas getrieben.»

Eine Weile herrschte Schweigen, und Delaney und Boone blätterten ihre Notizbücher durch. Von unten hörten sie Stimmen, das Geschepper von Kulissen und Geräten; Dukkers Assistenten waren offensichtlich dabei, alles für die nächste Sitzung aufzubauen.

«Mr. Dukker», sagte Delaney, «haben Sie Maitland jemals Modelle besorgt oder ihm welche vorgeschlagen?»

«Modelle? Ein- oder zweimal. Meistens hat er sie selbst gefunden. Große, muskulöse Frauen. Nicht der Typ, auf dem ich stehe.»

«Haben Sie ihm in letzter Zeit jemand vorgeschlagen? Ein sehr junges Mädchen? Eine Portorikanerin oder einen anderen südländischen Typ?»

Dukker dachte einen Augenblick nach.

«Nein.» Er schüttelte den Kopf. «Jedenfalls nicht so eine. Überhaupt keine in den letzten sechs Monaten oder so. Vielleicht vor einem Jahr. Warum?»

Delaney erzählte ihm von den Skizzen, die man in Maitlands Atelier gefunden hatte. Dukker war interessiert.

«Bringen Sie sie mal vorbei», schlug er vor. «Die würde ich mir gern ansehen. Vielleicht kann ich das Mädchen identifizieren. Ich beschäftige eine Menge Modelle. Fotomodelle und welche zum Zeichnen. Und zum Malen natürlich auch. Obwohl – davon immer weniger. Das große Geld liegt in der Werbefotografie. Außerdem komme ich mehr und mehr ins Filmgeschäft rein. Werbefilme. Da ist viel Geld zu holen.» Er stand auf. «Ich muß nach unten. Was dagegen?»

Die beiden Polizeibeamten sahen einander an. Delaney nickte leicht. Sie ließen die Notizbücher zuschnappen und erhoben sich.

«Vielen Dank, daß Sie so hilfsbereit waren, Mr. Dukker», sagte Delaney. «Wir wissen das zu schätzen!»

«Jederzeit», entgegnete der Künstler und vollführte eine ausladende Geste. «Wissen Sie, Chief, Sie haben ein sehr interessantes Gesicht. Eindrucksvoll. Das würde ich gern mal zeichnen. Vielleicht tu ich's, wenn Sie mit den Skizzen von Maitland wiederkommen.»

Delaney nickte nochmals, ohne zu lächeln.

«Können wir hier oben raus?» fragte Sergeant Boone wie beiläufig. «Oder müssen wir erst nach unten?»

«O nein», sagte Dukker. «Sie können auch hier raus. Durch die Tür da drüben. Die geht auf den Korridor im fünften Stock, zum Aufzug.»

«Ach, noch etwas», sagte Delaney. «Belle Sarazen hat uns erzählt, Sie seien dabei, ein Bild von ihr zu malen. Ein Akt auf Alufolie.»

«Belle redet zuviel», sagte Dukker ungehalten. «Das spricht sich rum, und dann macht's jeder, ehe ich noch damit fertig bin.»

«Könnten wir es sehen?» bat Delaney. «Wir würden keinem Menschen was davon erzählen.»

«Gewiß. Warum nicht. Kommen Sie, es ist unten.»

Man wartete unten im Atelier auf Dukker, die Empfangsdame mit einem Stoß Zettel, die Assistenten hinter ihren Lampen, ein Modell auf einem hohen Hocker. Sie trug einen ganz leichten geblümten Kimono, kaute Kaugummi und blätterte in *Harper's Bazaar.* Hinter ihr, auf der Bühne, hatten die Assistenten eine Boudoir-Szene aufgebaut: eine Chaiselongue mit Brokatdecke darüber, einen Kippspiegel, einen Frisiertisch, beladen mit Kosmetika, ein Messingbett mit schwarzen Seidenlaken.

«Hallo, Jake», rief sie, als Dukker die Treppe herunterkam. «War das dein Ernst? Soll das hier wirklich für ein Kartenspiel sein?»

Dukker würdigte sie keiner Antwort. Die Polizeibeamten konnten sein Gesicht nicht sehen. Er führte sie zu einem Stapel Bilder, zog eines heraus und stellte es auf eine Staffelei. Sie traten näher.

Er hatte Aluminiumfolie auf eine Holzfaserplatte geklebt und die Oberfläche so behandelt, daß sie Temperafarben annahm. Der Hintergrund war ebenholzschwarz und ging zur Bildmitte hin in Zinnoberrot über, ein Rot, das glänzte wie alte Lackarbeiten. Davor Belle Sarazen, auf Händen und Knien.

Delaney kam sie vor wie ein lauernder Jagdhund, der Rücken gewölbt und starr, der Kopf witternd vorgereckt, die Arme steif, die Schenkel gestrafft. Dukker hatte auf Hauttöne zugunsten der unbearbeiteten Aluminiumfolie verzichtet. Umrisse und Körperschatten waren mit zügigen violetten Pinselstrichen herausgearbeitet, die scharfen Gesichtszüge mehr angedeutet als ausgeführt.

Eine verblüffende *Tour de Force*. Die Meisterschaft des Künstlers war unverkennbar, seine neue Technik erstaunlich. Gleichwohl hatte das Bild eine bedrückende Wirkung, etwas Eiskaltes und Seelenloses. Der durchtrainierte, muskulöse Körper der Frau wirkte verderbt.

Diese Wirkung war offenbar gewollt, und Dukker hatte sie erreicht, indem er die Folie zerknitterte. Sie war, bevor er sie auf die Hartfaserplatte klebte, wieder glattgestrichen worden, doch die Haut, eben die Folie ohne Farbe, wies ein feines Netz von Runzeln auf, Hunderte von Runzeln, die den Anschein hervorriefen, als sei das Fleisch vom Alter verheert, durch allzu viele Hände gegangen. Delaney konnte nicht begreifen, warum Belle Sarazen so stolz auf ein Porträt war, das sie in dem Augenblick zu zeigen schien, bevor sie in winzige Partikel zerbrach, zu Staub zerfiel.

«Sehr schön», sagte er zu Dukker. «Wirklich sehr schön.»

Tief in Gedanken ging er mit Boone zum Wagen.

«Ist das mit der Garage überprüft worden, Chief?» fragte Boone.

«Ja», sagte Delaney. «Angeblich holte Dukker seinen Wagen an jenem Abend um sieben. Aber überprüfen Sie's noch mal.»

«Wird gemacht», versicherte der Sergeant. «Wissen Sie, diese Leute sind mir unheimlich.»

«Unheimlich?»

«Jawohl, Sir», sagte Boone stirnrunzelnd. «Ich bin diesen Typ nicht gewöhnt. Bislang hatte ich immer nur mit Vorbestraften zu tun, mit Süchtigen, Mehrfachtätern, Profis. Sie verstehen? Diese Typen sind mir fremd. Die *denken* nämlich.»

«Sie schlafen aber auch», sagte Delaney steinernen Gesichts. «Und essen und spielen, und einer von ihnen hat gemordet. Ich will damit sagen, einer hat eine sehr primitive Tat begangen, ein typisches Gewaltverbrechen. Gedankenlos wie einer, der bis obenhin mit Rauschgift vollgepumpt ist. Geben Sie nicht allzuviel auf dieses ‹Denken›. Wir fassen ihn schon. Oder sie.»

«Glauben Sie, der Mörder hat durchgedreht?»

«Das bezweifle ich», sagte Delaney. «Ich hoffe ganz einfach auf einen Zufall. Etwas, was man nicht vorhersehen oder einplanen kann. Dabei fällt mir Evelyn Forrest in Chilton ein, das ist ein Nest unweit der Militärakademie West Point. Forrest vertritt die Polizei in Chilton, mutterseelenallein. Ein altgedienter Mann, der Bier über alles liebt. Ich hoffe, er lebt noch.

Der hat mir mal von einem sehr hübschen Fall erzählt. Ein emeritierter Professor kaufte für sich und seine zweite Frau und seine Stieftochter in der Nähe von Chilton ein altes Farmhaus mit etwas Land drum herum. Der Professor schreibt an einer Biographie von Thoreau, treibt es nebenher aber mit der Stieftochter. Er beschließt, die Frau um die Ecke zu bringen und das Ganze als Unfall hinzustellen. Die Voraussetzungen sind günstig: auf dem Grundstück haben sie einen kleinen Apfelgarten, der von Kindern aus der Nachbarschaft und auch von Fremden gern geplündert wird. Die holen nicht etwa Fallobst, sondern pflücken die Äpfel vom Baum. Also kauft unser Professor eine Schrotflinte, und wenn jemand bei ihnen Äpfel klaut, ballert er in den Garten. Nur so, zur Abschreckung, um den Gören Angst zu machen. Der Frau zeigt er, wie sie mit der Flinte umgehen soll, wenn er mal nicht da ist. Eines Spätnachmittags nun macht er mit seiner Frau einen kleinen Rundgang durch den Garten und erschießt sie dabei aus nächster Nähe. Er trägt Handschuhe, drückt ihr die Flinte in die Hand, damit ihre Fingerabdrücke dran sind, rennt zurück ins Haus, versteckt die Handschuhe und telefoniert nach der Polizei. Seine Frau sei gestolpert, behauptet er, dabei sei die Flinte losgegangen und das Unglück geschehen. Forrest kommt und sieht sich um. Er hält die Sache für nicht ganz koscher, kann die Behauptungen des Professors aber nicht widerlegen. Tage später bringt ein Farmer aus der Gegend sein völlig verängstigtes Kind zu ihm, und das erzählt die Geschichte ein bißchen anders. Der Knabe hatte nämlich in einem Baum gehockt, Äpfel geklaut und alles gesehen. Soviel zum Thema umsichtige Planung . . .»

An diesem Abend, die Mädchen übernachteten bei Freundinnen, aßen Monica und Delaney allein in der Küche. Monica versuchte, ein Gespräch anzuknüpfen, als er sich entschuldigte, in sein Arbeitszimmer ging und die Tür hinter sich zumachte. Sie kannte seine Stimmungen. Er spürte sein Alter, es lastete auf ihm, machte ihm zu schaffen. Seine Gelenke knackten. Ihm war, als versinke er in seinem Sessel, so beschwert und lustlos fühlte er sich. Unversehens erschien vor seinem geistigen Auge das junge Mädchen, das sich auf einen rosaroten Sonnenschirm stützte. Die gebräunte Haut ihres nackten Rückens. Er schüttelte den schweren Schädel und machte sich verbissen daran, die Gespräche mit Belle Sarazen und Jake Dukker zu Papier zu bringen.

Als er damit fertig war, nahm er die drei in Victor Maitlands Atelier gefundenen Skizzen, befestigte sie auf einer Korktafel und drehte die Schreibtischlampe, bis ihr Schein auf die Zeichnungen fiel. Dann setzte er sich und starrte sie an.

Jugend. Saft und Kraft. Strotzendes Leben. Eingefangen von den harten, nervösen Strichen eines rastlosen Malers, der danach gierte, es zu besitzen und der es zur Anschauung bringen wollte. Ein Getriebener sei Maitland gewesen, hatte Dukker gesagt. Das glaubte Delaney ihm gern. Nach allem, was er gehört hatte, konnte er den Mann, der jetzt tot war, allmählich vor sich sehen, den Maler, den Künstler Victor Maitland. Diese begabte Hand, die jetzt verweste und vor noch gar nicht langer Zeit zugepackt hatte. Möglich, daß er ein Scheusal gewesen war, boshaft, oft betrunken, womöglich sadistisch. Aber kein Gesetz schreibt vor, daß nur Heilige Talent haben dürfen.

Bestürzt gestand Delaney sich ein, daß er Sympathie empfand, nicht nur für das Opfer, sondern auch für andere, die mit diesem Mord zu tun hatten. Einer davon, das glaubte er fest, hatte mit der Klinge zugestoßen. Und doch, irgendwie fand er sie sympathisch – Mrs. Maitland, Saul Geltman, Belle Sarazen, Jake Dukker. Und vermutlich würde er auch Maitlands Sohn, seine Mutter und seine Schwester mögen, wenn er sie kennenlernte.

«Sie *denken*», hatte Sergeant Boone gesagt. Aber es war mehr als nur das ... Es handelte sich um leidenschaftliche, intelligente, gierige Menschen, mit ihrem Hunger und ihren Illusionen durchaus zu begreifen. Niemand, den er hätte hassen können. Keiner, den er gern des Mordes überführt hätte.

Sein Mitgefühl verunsicherte ihn. Ein Polizeibeamter wurde nicht dafür bezahlt, daß er Mitgefühl hatte. Ein Polizeibeamter hatte die Dinge schwarz und weiß zu sehen. Unbedingt! Erklärungen und

Rechtfertigungen waren Sache der Ärzte und Psychiater, Soziologen, Richter und Geschworenen. Sie wurden dafür bezahlt, auch die Schatten, das Grau wahrzunehmen und in Rechnung zu stellen.

Für den Kriminalisten hingegen gab es nur Ja und Nein. Weil . . . nun, weil es eben einen unerschütterlichen Standard, ein eisernes Gesetz geben mußte. Danach hatte ein Polizeibeamter sich zu richten; er konnte es sich nicht erlauben, Trost zu spenden, jemandem auf die Schulter zu klopfen und Tränen zu trocknen. Das taten die anderen, diejenigen, die es sich leisten durften, Erbarmen zu zeigen. Sie verwässerten den Standard, glätteten die Kanten, fanden mildernde Umstände. Handelte die Polizei ebenso, würde von vornherein alles geglättet, verwässert, gemildert, die Gesellschaft löste sich auf zu einem warmen Brei: keine Kanten mehr, nichts Unverrückbares, und wer konnte schon in einer solchen Welt leben? Das wäre die Anarchie, der Dschungel!

Er zog seinen gelben Block heran, setzte die starke Lesebrille auf und machte Notizen. Es galt nach wie vor, den Mörder von Victor Maitland zu finden.

Gegen Mitternacht klingelte der Apparat auf seinem Schreibtisch. Er griff mit der Linken nach dem Hörer und schrieb mit der Rechten weiter.

«Delaney», meldete er sich.

«Edward, hier spricht Ivar . . .»

Der Stellvertretende Commissioner Thorsen plauderte ein wenig, erkundigte sich nach dem Wohlergehen von Monica und den Kindern und fragte dann wie beiläufig: «Und wie macht sich Boone?»

«Ganz gut», sagte Delaney. «Er gefällt mir.»

«Freut mich zu hören. Er ist weg vom Schnaps, oder?»

«Soweit ich weiß, ja. Wenn ich ihn sehe, ist er immer völlig nüchtern.»

«Kein Kater?»

«Nein.» In dieser Rolle sah Delaney sich gar nicht gern; er war schließlich nicht Boones Aufpasser; es bereitete ihm keineswegs Vergnügen, über das Verhalten des Mannes zu berichten.

«Irgendwelche Fortschritte, Edward?»

«Was den Fall betrifft? Noch nichts Definitives. Ich fange erst an, mir ein Bild von den Vorgängen und von den Menschen zu machen, die damit zu tun haben. Das braucht seine Zeit.»

«Ich will Sie nicht unter Druck setzen, Edward», beeilte Thorsen sich zu sagen. «Nehmen Sie sich Zeit. Nur nichts überstürzen.»

Danach entstand eine kleine Pause. Delaney ahnte, was nun kommen würde, wollte Thorsen aber nichts ersparen.

«Ah . . . Edward», sagte Thorsen zögernd, «Sie haben heute die Sarazen vernommen?»

«Ja.»

«Gehört sie zu den Verdächtigen?»

«Verdächtig sind alle», sagte Delaney kühl.

«Hm, tja, wir sind da in einer etwas heiklen Lage, Edward.»

«Wirklich?»

«Die Dame hat einflußreiche Freunde. Und findet offenbar, daß Sie wenig zartfühlend mit ihr umgesprungen sind.»

Delaney sagte nichts dazu.

«Stimmt das, Edward?»

«Vermutlich hat sie es so empfunden.»

«Ja, das hat sie. Und sie hat ein paar Leute angerufen, um sich zu beschweren. Sie hat gesagt . . .» Thorsen verstummte.

«Möchten Sie, daß ich den Fall abgebe?» fragte Delaney unbeeindruckt.

«Um Himmels willen, nein!» sagte Thorsen rasch. «Nichts dergleichen. Ich wollte nur, daß Sie Bescheid wissen.»

«Dessen bin ich mir durchaus bewußt.»

«Und Sie werden . . .»

«Ich werde sie behandeln wie alle anderen auch», schnitt Delaney ihm das Wort ab.

«Mein Gott, Edward, Sie sind ein Starrkopf. Sie lassen sich durch nichts erweichen. Hören Sie, wenn die Dame schuldig ist, dann wird es mir ein Vergnügen sein zu sehen, wie sie an den Füßen zuerst aufgehängt und ihr das Fell über die Ohren gezogen wird. Ich bitte Sie nicht, irgendwas zu vertuschen. Ich bitte Sie nur, ein bißchen Feingefühl walten zu lassen.»

«Ich mache es auf meine Art», sagte Delaney hölzern. «Genau diese Dinge haben mich dazu bewogen, vorzeitig in Pension zu gehen. Ich hab' es jetzt nicht mehr nötig, falsche Rücksichten zu nehmen.»

«Ich weiß, Edward», sagte Thorsen und seufzte. «Ich weiß. Na schön . . . machen Sie's auf Ihre Weise. Ich werde sehen, daß ich Sie aus der Schußlinie rauskriege. Irgendwie. Brauchen Sie etwas? Vielleicht noch einen oder zwei Mann zur Hilfe?»

«Im Augenblick nicht, Ivar», sagte Delaney und taute etwas auf. «Aber vielen Dank für das Angebot.»

«Nun . . . bleiben Sie am Ball. Rufen Sie mich an, falls sich was ergibt oder falls Sie was brauchen. Und vergessen Sie, was ich gesagt habe, ich meine die Sarazen und die Glacéhandschuhe.»

«Hab ich schon», sagte Delaney.

Thorsen lachte und legte auf.

Delaney saß, den Hörer in der Hand, und starrte das Telefon an. Dann wanderten seine Blicke beinahe widerwillig zu den Skizzen an der Wand. Die letzte Schöpfung des Opfers. Seine letzte Lebensäußerung . . .

Delaney legte auf und suchte, einer Eingebung folgend, die Telefonnummer von Victor Maitlands Atelier in der Mott Street heraus. Sie stand nicht im Telefonbuch, fand sich aber in den Akten.

Er wählte die Nummer. Es klingelte und klingelte. Er lauschte lange. Aber selbstverständlich antwortete niemand.

7

«Abendessen punkt sieben», sagte Monica Delaney bestimmt. «Ich erwarte, daß du und Sergeant Boone dann wieder zurück seid.»

«Wir fahren schließlich nur aufs Land hinaus und nicht ins Ausland», lachte Delaney gutmütig. «Wir werden lange vor sieben wieder hier sein. Was gibt's denn?»

«Londoner Steaks und neue Kartoffeln.»

«Gut. Soll ich von unterwegs noch was mitbringen?»

«Nein, das heißt, wir haben kaum noch Bier. Oder willst du Wein trinken?»

«Weder, noch. Aber ich werde etwas Bier mitbringen, für alle Fälle.»

«Er hat doch nichts dagegen, wenn andere trinken, oder?»

«Ich habe ihn gefragt, und er sagt nein.»

«Na schön, Liebling. Gute Fahrt. Und ein *sehr* leichtes Mittagessen.»

«Einverstanden. Ich kenne ein gutes Gasthaus in der Nähe von Dobbs Ferry. Dort gibt's hervorragende Londoner Steaks und neue Kartoffeln.»

Sie lachte und goß ihm und sich die zweite Tasse Kaffee ein.

Sergeant Boone wartete draußen auf ihn. Sämtliche Wagenfenster waren runtergekurbelt, und Boone fächelte sich mit einer zusammengefalteten Zeitung Kühlung zu.

«Es wird heiß heute, Sir», sagte er gutgelaunt. «Schon jetzt sind es dreiundzwanzig Grad.»

Delaney nickte und warf seinen Homburg auf den Rücksitz. Dann holten beide ihre Notizbücher hervor und unterzogen sich dem morgendlichen Ritual des Notizenvergleichens.

«Ich habe Dukkers Garage überprüft», sagte Boone. «Dort ist nicht bekannt, daß er sein Auto vor dem Abend geholt hätte. Der Portier bei der Sarazen sagt, sie hat kein Auto, zumindest nicht in der Garage dort. Ich glaube auch nicht, daß sie eins hat; ich hab den Computer abgefragt, sie hat keinen Führerschein. Der Portier erzählte, daß sie manchmal einen Wagen mit Chauffeur nimmt. Er erinnerte sich an den Autoverleih, und ich habe dort nachgefragt. An jenem Freitag hat sie keinen Wagen geliehen. Selbstverständlich hätte sie anderswo einen Wagen mieten können. Soll ich das überprüfen?»

«Nein», sagte Delaney. «Warten Sie damit. Die Wahrscheinlichkeit ist zu gering.»

«Die U-Bahn hätten sie benutzen können», sagte Boone nachdenklich. «Morgen probier ich's mal aus.»

«Sie meinen immer noch, die beiden sind's gewesen?»

«Möglich ist es schon.» Boone nickte. «Entweder einer von ihnen oder beide zusammen. In zwei Stunden hätten sie es bis zur Mott Street und zurück schaffen können.»

«Einverstanden», sagte Delaney. «Gehen Sie der Sache nach, bis Sie so oder so überzeugt sind. Ich behaupte nicht, daß Sie unrecht haben. Thorsen hat gestern abend angerufen. Die Sarazen hat sich bei ihren Freunden beschwert.»

«War Thorsen sauer?»

«Nicht besonders. Das bügelt er für uns aus. Darin ist er groß.»

«Noch was», sagte Boone und blickte von seinen Notizen auf. «Ich hab mit ein paar Kollegen gesprochen, die an diesem Fall mitgearbeitet haben. Einer von ihnen war draußen in Nyack, um die Mutter und die Schwester zu überprüfen. Beide behaupten, an dem bewußten Freitag von zehn bis drei zu Hause gewesen zu sein. Sie haben eine Haushälterin, doch die hatte gerade ihren freien Tag. Niemand hat sie dort gesehen; keiner hat gesehen, ob sie das Haus verließen.»

«Haben sie ein Auto?»

«Ja. Einen alten Mercedes. Fahren tun beide, Mutter wie Schwester. Woran dieser Kollege sich jedoch erinnerte und was nicht in seinem Bericht gestanden hat, war, daß die Mutter ihn, als er fortging, am Ärmel packte und ungefähr sagte: ‹Finden Sie den Mörder meines Sohnes. Das ist sehr wichtig für mich.› Der Kollege fand das eigentlich ein bißchen sonderbar. ‹Sehr wichtig *für mich*›, hat sie gesagt, und das ist bei ihm haften geblieben.»

«Ja», sagte Delaney und nickte. «Schon merkwürdig, das so auszudrücken. Aber vielleicht hat sie damit sagen wollen, es ginge darum, den Namen der Familie Maitland zu rächen oder was weiß ich. Nun, unterhalten wir uns mal mit der Dame. Wie wollen Sie fahren?»

«Ich dachte, wir fahren zunächst den Franklin Delano Roosevelt Driveway, dann über die George Washington-Brücke auf den Palisades Parkway und von dort über die 9 W nach Nyack. Einverstanden, Sir?»

«Mir soll's recht sein.»

«Ich will nur noch die Jacke ausziehen und es mir bequem machen», sagte der Sergeant. «Und Sie, Chief?»

«Ich fühle mich so sehr wohl», erklärte Delaney.

Als Boone seine leichte Flauschjacke auszog und sie auf den Rücksitz legte, sah Delaney, daß er einen 38er Colt Polizeirevolver trug. Während Boone den Wagen durch den dichten Stadtverkehr zur FDR-Schnellstraße hinüberlenkte, unterhielten sich die beiden über Schußwaffen.

Auf der George Washington-Brücke lichtete sich der Verkehr endlich, sie konnten entspannen und die Fahrt genießen. Es wurde zwar noch wärmer, aber durch die offenen Fenster kam eine kühle Brise vom Hudson herauf, und die Luft war glücklicherweise ziemlich frei von Abgasen. Sie konnten die neuen Apartmenthäuser auf dem Ufer von Jersey scharf in den klaren, blauen Himmel ragen sehen. Auf dem Hudson fuhren gemächlich einige Lastkähne. Über ihnen dröhnten Düsenflugzeuge durch die Luft. Ein schöner Tag . . .

«Chief, war Ihr Vater auch bei der Polizei?» fragte Abner Boone.

«Nein», antwortete Delaney, «er hatte eine Kneipe an der Third Avenue in Höhe der 68th Street; später machte er unweit der 84th noch eine auf, auch an der Third Avenue. Als ich die Abendschule besuchte, habe ich nachmittags oft hinterm Tresen gestanden.»

«Mein Vater war bei der Polizei», sagte Boone.

«Ich weiß», sagte Delaney. «Ich bin auf seiner Beerdigung gewesen.»

«Wirklich?» fragte Boone. Er schien erfreut. «Das habe ich nicht gewußt.»

«Ich war damals Sergeant und führte die Kollegen vom 23. Revier rüber.»

«Ich war tief beeindruckt», sagte Boone. «Es kamen ja sogar welche aus Boston und aus Philadelphia. Der Bürgermeister war auch da. Er hat meiner Mutter eine Plakette überreicht.»

«Ja», sagte Delaney. «Lebt Ihre Mutter noch?»

«Nein, sie ist gestorben. Ich habe noch Verwandte unten in Tennessee, aber die habe ich seit Jahren nicht mehr gesehen.»

«Sie hatten keine Kinder mit Ihrer Frau?»

«Nein», entgegnete Boone. «Heute bin ich froh darüber.»

Schweigend fuhren sie eine Weile. Dann sagte Delaney: «Ich möchte, daß Sie mir einen Gefallen tun, aber ich möchte nicht, daß Sie mich mißverstehen.»

«Bestimmt nicht», versprach Boone. «Um was geht's, Chief?»

«Hm, ich will Maitlands Sohn ein paar Fragen stellen, wie heißt er doch noch? Theodore, Ted genannt. Und zwar allein.»

«Aber gewiß doch, Chief», sagte Boone. Er nahm die Augen nicht von der Straße. «Das ist okay.» Aber Delaney wußte, daß er verletzt war.

«Ich möchte das aus folgendem Grund tun», erklärte er. «Aus den Akten und aus dem, was seine Mutter sagte, schließe ich, daß der Junge ein Klugscheißer ist. Eine von diesen Rotznasen, die uns ‹Polypen›, ‹Bullen› oder ‹Schweine› nennen. Deshalb glaube ich, wenn wir ihn uns zu zweit vorknöpfen, wird er meinen, wir wollten Druck auf ihn ausüben. Wohingegen, wenn ich allein mit ihm rede, ganz ruhig und behutsam, und den verständnisvollen älteren Mann spiele, den Vater, den er nie gehabt hat, geht er vielleicht ein bißchen aus sich heraus.»

Erstaunt sah Boone zu ihm hinüber. «Das hat was für sich», sagte er. «Aber ich wäre im Traum nicht drauf gekommen.»

«Dafür möchte ich», sagte Delaney, «daß Sie sich Ihrerseits an Susan Hemley allein ranmachen. Wie klang sie am Telefon? Jung? Alt?»

«Eher jung», sagte Boone. «Allerdings sehr selbstsicher. Tiefe Stimme, offenes Lachen.»

«Dann schlage ich folgendes vor», sagte Delaney. «Ich treffe mich morgen mit dem jungen Maitland. Sie stoppen währenddessen, wie lange man mit der U-Bahn von Dukkers Wohnung bis ins Atelier in der Mott Street braucht. Vorher oder nachher gehen Sie zu Simon and Brewster rauf und unterhalten sich mit Susan Hemley. Als Grund geben Sie an, Sie hätten nur mal reingeschaut, um eine Verabredung für uns mit ihrem Boß, J. Julian Simon zu treffen. Irgendwann nächste Woche, morgens oder nachmittags, wie's ihm am besten paßt.»

«Verstanden», sagte Boone. Offensichtlich war ihm jetzt wohler zumute. «Sie möchten also, daß ich mit ihr flirte, hab ich recht?»

«Wenn Sie das fertigbrächten.» Delaney nickte. «Finden Sie mal raus, wie sie so ist. Zeigt sie sich zugänglich, laden Sie sie zum Mittagessen ein. Sie sind dann unter vier Augen mit ihr, und wir erfahren mehr. Kommt sie mit zum Lunch, lassen Sie sie reden. Keinen Druck. Sie verstehen schon. Eine kleine Plauderei. Ob sie Maitland gekannt hat, und ob sie es nicht entsetzlich findet, was ihm zugestoßen ist und so weiter. Sie wissen schon. Sie können doch zuhören, oder?»

«Ich bin ein guter Zuhörer», sagte Boone.

«Schön. Mehr sollen Sie auch nicht sein. Sie sollen nichts Bestimmtes aus ihr rausholen. Freunden Sie sich bloß ein bißchen mit ihr an.»

«Und was sage ich, wenn sie sich nach dem Stand der Ermittlungen erkundigt?»

«Speisen Sie sie mit Kleinkram ab, der nach was klingt. Verraten Sie ihr, Maitland habe keine Unterwäsche getragen. Dann glaubt sie, sie erfährt Dinge, die nur Eingeweihten bekannt sind, die nicht in der Zeitung stehen. Vielleicht kriegen wir später raus, ob sie Mrs. Maitland das erzählt hat. Daran können wir sehen, wie vertraut die beiden Frauen miteinander sind, was für eine Beziehung überhaupt zwischen ihnen besteht. Aber der Hemley gegenüber alles unterm Siegel der Verschwiegenheit. Äußerst vertraulich. Sie neigen sich zu ihr rüber und flüstern: ‹Sie müssen mir aber versprechen, keinem Menschen ein Sterbenswörtchen davon zu verraten.› Da wird sie bestimmt ganz aufgeregt und vertraut Ihnen womöglich auch ein Geheimnis an. Meinen Sie, das schaffen Sie?»

Boone holte tief Atem und stieß die Luft geräuschvoll wieder aus. «Selbstverständlich schaffe ich das», sagte er. «Aber eines muß ich schon sagen, Chief: wenn ich mal jemand abmurkse, dann hoffe ich nur, daß nicht Sie den Fall bearbeiten.»

In Nyack hielten sie, um sich durchzufragen; kurz nach zwölf fuhren sie gemächlich am Maitlandschen Besitz vorbei und nahmen alles genau in Augenschein.

Das Grundstück war von beeindruckender Größe: eine ausgedehnte Rasenfläche führte von der Straße bis ans Haus hinauf. Begrenzt wurde sie durch einen dichten Eichenhain, eine Reihe von Ahornbäumen und etlichen Fichten. Die Auffahrt war mit Kies bestreut; sie führte zunächst zu einem überdachten Seiteneingang und dann zu den Toren eines kleineren Gebäudes, das aussah, als habe es ursprünglich als Scheune gedient und sei dann zu einer Garage umgebaut worden. Ein alter schwarzer Mercedes stand unter dem Vordach der Seitentür.

Das Haus selbst war ziemlich verschachtelt, zweistöckig, und wies zum Fluß hin eine Galerie auf. Es stand auf einem kleinen Hügel. Die Aussicht auf den Fluß war nicht von Bäumen verstellt und mußte prachtvoll sein.

Der Haupteingang wurde von vier Holzsäulen flankiert, welche bis zum Dach des Hauses emporreichten und dort ein spitzes Giebelfeld trugen. Man sah Dachfenster, Türmchen und viele Ornamente an Fenster- und Türrahmen. Die Veranda, von der man den abfallenden Hang überblickte, war mit Fliegendraht versehen. Ein Erker, der nicht benutzt schien, bot Ausblick auf die Bäume.

«Wenn ich raten soll: fünfundsiebzig Jahre alt», sagte Delaney. «Vielleicht sogar hundert. Sieht aus, als hätte man zuerst nur das Haupthaus aufgeführt und die Flügel später hinzugefügt. Aber die Scheune ist alt.»

«Maitlands sind angeblich reich», sagte Boone, «bloß aussehen tut's nicht danach. Zumindest geben sie für die Erhaltung nicht viel aus.»

Die Rasenflächen mußten dringend gemäht, die Bäume ausgeschnitten, das Unterholz gelichtet werden. Etliche Erkerfenster waren zerbrochen. Die kiesbestreute Auffahrt wies kahle Stellen auf. In den Rabatten ums Haus wuchsen ungepflegte Blumen, die von Unkraut mehr oder weniger erstickt wurden. Die Farbe des Hauses und der Scheune blätterte stellenweise ab und legte ein verwittertes Grau bloß, das geradezu silbrig schimmerte.

«Heruntergekommen», stellte Delaney fest. «Das Haus scheint ganz in Ordnung, aber auch eine ganze Kompanie von Hilfskräften würde einen Monat brauchen, um das Anwesen wieder in Schuß zu bringen. Der Blick freilich ist durch nichts zu verderben. Nun ja, fahren wir hin . . .»

Langsam rollten sie die Auffahrt entlang und stellten den Wagen vor dem Eingang ab, zu dem drei Stufen hinaufführten. Sergeant Boone zog die Jacke an, ehe sie zur Tür gingen. Die Farbe war abgesprungen, der Klopfer aus Messing voller Grünspan. Delaney klopfte zweimal sehr energisch.

Die Tür wurde augenblicklich geöffnet. Die große Frau, die sie anfunkelte, war hager, knochig, fast ausgemergelt, die Haut war tief gebräunt. Ein großflächiges Bauerngesicht. An den Füßen hatte sie schmutzige Hausschuhe aus Filz; die Fersen waren so heruntergetreten, daß aus den Hausschuhen regelrechte Schlappen geworden waren. Das glänzende schwarze Kleid wies an Ärmeln und Hals verschmutzte Rüschen auf. Vor dem flachen Busen trug die Frau eine Kamee und am Handgelenk völlig unerwartet eine goldene Herrendigitaluhr.

«Ja?» fragte sie krächzend und schroff.

«Mrs. Maitland?»

«Nein», sagte die Frau. «Sind Sie von der Polizei?»

«Ja, Madam», sagte Delaney leise und versuchte zu lächeln. «Mrs. Maitland erwartet uns.»

«Hier längs», befahl die Frau. «Sie sitzen auf der Veranda.»

Delaney konnte die gedehnte Aussprache nicht recht unterbringen. Möglicherweise von der Küste Virginias, dachte er.

Sie hielt die Tür gerade weit genug auf, um Delaney und Boone einen nach dem anderen eintreten zu lassen. Beide folgten ihr über den langen, schmalen, läuferlosen Parkettboden des Korridors, der bis zur Flußseite des Hauses führte. Die Polizeibeamten hielten die Augen offen und erhaschten einen raschen Blick auf dunkle, schwere Möbel, getrocknete Blumen unter Glasstürzen, staubige Samtportieren, Schondeckchen, abgewetzte Fußbänke, düstere, mit glanzlosem Mahagoni verkleidete Wände und fleckige Tapeten. Ein modriger Geruch, dazwischen ein Hauch von Katze, schweres Parfum und Möbelpolitur.

Der Korridor endete vor der Veranda, die auf den Fluß hinausging. Die Fenster waren nach innen geöffnet und wurden von primitiven Haken und Ösen gehalten. Die Veranda, offenbar nach Errichtung des Hauptgebäudes angebaut, war ungefähr sechs Meter lang und zweieinhalb Meter breit, möbliert mit schäbigen Korbmöbeln, die einmal weiß gewesen und mit verblichenen Chintzkissen belegt waren. Auf dem Dielenboden lag ein schon recht fadenscheiniger Teppich. Ein kleiner tragbarer Fernsehapparat stand auf einem der Stühle, auf einem anderen saß eine fette, verschlafene, buntscheckige Katze.

Die beiden Frauen auf der Veranda hatten ihre Sessel dicht an einen etwas wackeligen Korbtisch herangerückt, auf dem ein schwarzes Lacktablett mit einem Krug stand, der offenbar Limonade enthielt. Drum herum standen vier hohe, anmutig sich verjüngende Gläser; jedes sah anders aus. Delaney vermutete, daß es sich bei dem Saftservice um ein wertvolles Stück aus der Jahrhundertwende handelte.

Keine der Frauen erhob sich, um die Besucher zu begrüßen.

«Mrs. Maitland?» fragte Delaney liebenswürdig.

«Ich», erklärte die ältere der beiden Frauen, «bin Dora Maitland.»

Sie reichte ihm die Hand wie zum Kuß. Delaney trat vor und drückte sie kurz. Eine feste, trockene Hand.

«Edward X. Delaney von der New Yorker Polizei», sagte er. «Es ist mir ein Vergnügen.»

«Und das hier», sagte Mrs. Maitland und streckte den Finger aus wie eine Schmetterlingssammlerin, die auf ein seltenes Exemplar zeigt, «ist meine Tochter Emily.»

Gehorsam reichte die Jüngere ihre Hand. Delaney stellte fest, daß sie sich rundlich, weich und feucht anfühlte.

«Miss Maitland, sehr erfreut. Darf ich Ihnen meinen Mitarbeiter, Sergeant Abner Boone, vorstellen?»

Boone unterzog sich der Zeremonie des Händeschüttelns und murmelte dabei Unverständliches. Dann standen die beiden Polizeibeamten verlegen da.

«Bitte die Stühle heranzuziehen, meine Herren», sagte Mrs. Maitland mit sonorer Stimme. «Am besten vielleicht die beiden Sessel dort in der Ecke. Ich bitte, die Katze nicht zu stören. Ich fürchte, sie ist heiß und nicht besonders gut gelaunt. Ich habe diesen Krug Limonade richten lassen. Ich nehme an, Sie sind durstig nach der langen Fahrt.»

«Sehr freundlich, Ma'am», sagte Delaney, während die beiden Polizisten die unerwartet schweren Korbsessel herbeitrugen.

«Es ist schwül heute.»

«Martha», sagte Mrs. Maitland herrisch, «würden Sie bitte einschenken!»

«Ich hab Wäsche zusammenzulegen», kam es quengelig von der ausgemergelten Frau, die unter der Tür gestanden hatte, sich aber jetzt abrupt umdrehte und davonschlurfte.

«Es hält heutzutage schwer, gute Dienstboten zu bekommen», sagte Mrs. Maitland unerschütterlich. Diesen Diesen Satz, ging es Delaney durch den Kopf, hatte er seit zwanzig Jahren nicht mehr gehört. «Emily», wies sie ihre Tochter an, «schenk du ein.»

Die Jüngere sprang auf. «Ja, Mama.»

Sie trug einen ärmellosen Kittel mit Stehkragen, doch nicht einmal dieses wallende Gewand konnte ihre Korpulenz verbergen, die üppigen Schwellungen von Busen und Hüften. Ihre nackten bloßen Arme hätten zu einer Metzgersgattin gepaßt; dreifach gepolstert ruhte das Kinn auf dem hohen Kragen. Selbst ihre Finger waren wurstförmig; dicke Zehen entquollen ihren Riemensandalen.

Sie besaß die makellose Haut vieler dicker Frauen, und wenn ihr Gesicht auf den ersten Blick kleinmädchenhaft und leer schien, so war es doch freundlich und ohne Arg. Als sie die Limonade einschenkte, verschüttete sie ein paar Tropfen, sagte: «Ach, du meine Güte!» und errötete so, daß sie in ihrer Verwirrung geradezu hübsch wirkte. Delaney schätzte sie auf etwa zweiunddreißig und überlegte, was für ein Leben sie wohl führen mochte, mit diesem Faß von Körper und hier, wo die Füchse sich Gutenacht sagten.

Als sie ihm seine Limonade reichte, betrachtete er ihre braunen Augen und erkannte darin überrascht so etwas wie pfiffige Intelligenz. Bei aller Körperfülle waren ihre Bewegungen doch sicher und anmutig, fast zierlich. Auch ihre Stimme klang hell, jünger als ihr Alter vermuten ließ und hatte dabei einen warmen, koketten Unterton. Als sie Boone sein Glas reichte, lächelte sie freundlich und sagte: «Da, bitteschön, Sergeant!», und Delaney bemerkte, daß sie es so einzurichten verstand, daß beider Finger einander kurz berührten.

Die Limonade bestand aus frisch gepreßtem Zitronensaft, war leicht gezuckert und wunderbar kühl. Sie war köstlich, und Delaney sagte Mrs. Maitland das auch. Königlich neigte sie das Haupt.

Sodann bewunderte er den Ausblick und beobachtete, wie ein Segelboot zwischen bewaldeten Ufern langsam von New York her in Richtung Bear Mountain kreuzte. «Prachtvoll», bemerkte Delaney, und Mrs. Maitland sagte: «Vielen Dank», als ob das Panorama das Werk ihrer Hände wäre.

Nach diesem Austausch von Artigkeiten fragte sie forsch: «Mr. Delaney, was genau wird eigentlich unternommen, um den Mörder meines Sohnes zu finden?»

«Ma'am», sagte Delaney, lehnte sich vor und blickte ihr dabei tief in die Augen, «ich kann Ihnen nur versichern, daß im Augenblick alle verfügbaren Kräfte der New Yorker Polizei auf der Suche nach dem Mörder Ihres Sohnes sind. Es bleibt nichts ungetan, was geeignet sein könnte, den oder die dafür Verantwortlichen zu finden. Sergeant Boone und ich sind von allen anderen Aufgaben entbunden worden, damit wir uns ganz und gar auf diesen Fall konzentrieren können. Uns stehen der enorme Personalbestand sowie der ganze technische Apparat der Polizei zur Verfügung. Glauben Sie mir, was Sergeant Boone und mich betrifft, so hat die Suche nach dem Mörder Ihres Sohnes Vorrang vor allem anderen. Der Fall ist noch nicht abgeschlossen, wir arbeiten mit Hochdruck.»

Sein Eifer schien Mrs. Maitland zu beeindrucken. Es dauerte einige Augenblicke, bis ihr aufging, daß Delaney nichts, aber auch gar nichts gesagt hatte.

«Aber was wird *getan*?» wollte sie wissen. «Gibt es schon einen Verdächtigen?»

«Wir verfolgen ein paar heiße Spuren», sagte Delaney. «Sehr vielversprechende. Ich wünschte, ich könnte Ihnen mehr sagen, Mrs. Maitland, doch das kann ich nicht, ohne möglicherweise unschuldige Menschen in Verdacht zu bringen. Aber ich versichere Ihnen, wir kommen gut voran.»

«Und Sie meinen, Sie finden den Mörder?»

«Ich glaube, die Aussichten dafür sind sehr gut.»

«Wann ist mit einer Festnahme zu rechnen?»

«Bald», sagte er leise. «Es ist ein außerordentlich verzwickter Fall, Mrs. Maitland, ich kann mich nicht erinnern, es je mit einem schwierigeren oder wichtigeren zu tun gehabt zu haben. Sie, Sergeant?»

«Nein», kam es ohne Zögern von Boone. «Es ist schon ein außerordentlich vertrackter Fall. Äußerst kompliziert.»

«Kompliziert.» Delaney griff das Wort mit Nachdruck auf. «So ist es. Das ist auch der Grund, warum wir von New York heraufgefahren sind, um Sie und Ihre Tochter zu sprechen, Mrs. Maitland. Wir hoffen, Sie können uns Informationen liefern, die uns helfen, Licht in den äußerst verwickelten Tatbestand zu bringen.»

«Wir sind aber schon vernommen worden», sagte sie pikiert. «Wir haben unsere Aussagen zu Protokoll gegeben und unterschrieben und alles gesagt, was wir wissen.»

«Selbstverständlich, selbstverständlich», begütigte er. «Aber das war gleich nach dem Tod Ihres Sohnes, als Sie beide, was nur allzu verständlich ist, vor Schmerz, Schock und Entsetzen noch wie gelähmt waren. Doch jetzt, wo etwas Zeit vergangen ist, können Sie sich vielleicht an etwas Wichtiges erinnern, was Ihnen damals nicht gegenwärtig war.»

«Ich wüßte nicht, was ...»

«Ach, Mama», sagte ihre Tochter, lächelte entgegenkommend und zeigte dabei Zähne, so glänzend und weiß wie junger Mais, «warum antwortest du Mr. Delaney nicht einfach auf seine Fragen, damit wir es hinter uns bringen?»

Erbost fuhr ihre Mutter sie an: «Du hältst den Mund!» Dann wandte sie sich wieder den beiden Beamten zu. «Noch etwas Limonade? Bitte, bedienen Sie sich.»

Sergeant Boone erhob sich, um der Aufforderung nachzukommen und schenkte zunächst den Damen nach.

«Vielen Dank, Sir», sagte Emily Maitland keck.

Während Boone sich mit den Gläsern zu schaffen machte, hatte Delaney Gelegenheit, Dora Maitland genauer in Augenschein zu nehmen. Er fand, ihr Gesicht hätte gut als Etikett auf eine Zigarrenkiste gepaßt. Ihre Haut wies die Farbe matten Elfenbeins auf, sie hatte dunkle, funkelnde Augen und tiefschwarz glänzendes Haar, das ihr in großer Fülle auf die Schultern fiel. Das mußte eine Perükke sein, doch paßte sie so gut zu ihrer exotischen Erscheinung, daß Delaney sich fragte, ob sie nicht aus ihrem eigenen Haar gearbeitet sein könnte, das die Kunst des Friseurs dunkler getönt, geölt und zu schimmernden Locken aufgedreht hatte.

Ihr Alter schätzte er auf etwa sechzig Jahre; Gesicht und Haar sah man das nicht an, doch die Hände waren verräterisch. Sie trug ein nicht allzu sauberes Hauskleid aus flaschengrüner Seide. Das Oberteil war wie ein Herrenhemd gearbeitet; der Kragen stand offen und ließ einen prachtvollen, faltenlosen Hals sehen; die Schultern dürften demnach nicht minder glatt sein. Zwar konnte man auch sie durchaus üppig nennen, doch war sie nicht korpulent wie ihre Tochter.

Beide Männer waren sich des Moschusduftes bewußt, der von ihr ausging, und bewußter womöglich noch der reifen Üppigkeit ihres ungeschnürten Körpers. Sie ging barfuß, und ihre Fußnägel zeigten das gleiche Rot wie Fingernägel und Lippen. Knapp unterhalb eines Mundwinkels saß ein kleiner Leberfleck; es hätte aber genausogut eine samtene *mouche* sein können.

Sie bewegte sich nur selten, besaß die Gabe natürlicher Ruhe, nicht unähnlich der Katze, die gleichmütig auf dem Stuhl in der Nähe schlief. Sie verströmte eine sehr ursprüngliche Sinnlichkeit, die nicht weniger beeindruckte, weil sie teilweise Folge eines Kunstgriffs war. Ihre Erscheinung war so vorsätzlich stilisiert wie die der Kleopatra auf ihrer Staatsgaleere und sie wirkte nicht minder selbstsicher. Dieses Auftreten hätte bei einer jüngeren Frau, die weniger begabt und von der Natur weniger reichlich bedacht worden war, möglicherweise zum Lachen gereizt. Doch keiner der beiden Besucher hatte Lust, über Dora Maitland zu lachen; sie wirkte überzeugend.

«Nun gut, Mr. Delaney, was wünschen Sie zu wissen?»

Ihre Stimme klang tief und kehlig, fast ein wenig krächzend. Zwar hatte sie sich, seit die Besucher hier waren, noch keine Zigarette angezündet, doch hielt Delaney sie für eine starke Raucherin.

Er holte das Notizbuch hervor, und Sergeant Boone folgte seinem Beispiel. Delaney setzte auch noch umständlich seine Lesebrille auf.

«Mrs. Maitland», begann er, «Sie haben ausgesagt, an dem Tag, an dem Ihr Sohn ermordet wurde, wären Sie in der Zeit zwischen zehn Uhr morgens und drei Uhr nachmittags mit ihrer Tochter hier in diesem Haus gewesen. Ist das richtig?»

«Ja.»

«Und daß an diesem Freitag Ihre Haushälterin nicht dagewesen sei, da sie ihren freien Tag hatte?»

«Das stimmt.»

«Die Haushälterin ist Martha, die Dame, die uns eingelassen hat?»

«Ja.»

«Hatten Sie während dieser Zeit irgendwelchen Besuch?»

«Nein.»

«Haben Sie irgendwelche Anrufe gemacht oder bekommen?»

«Ich erinnere mich nicht. Ich glaube nicht. Nein, ich habe während dieser Zeit nicht telefoniert. Emily, du?»

«Nein, Mama.»

«Sind Sie mit Ihrem Auto irgendwohin gefahren?» fragte Delaney. «Zum Einkaufen vielleicht oder um einen Besuch zu machen? oder einfach, um etwas herumzufahren?»

«Nein, wir sind an diesem Freitag nirgendwohin gefahren. Ich hatte furchtbare Kopfschmerzen und habe den größten Teil des Tages gelegen. War es nicht so, Emily?»

«Ja, Mama. Ich habe dir sogar das Essen auf dein Zimmer gebracht.»

«Mir liegt daran, daß Sie sich meine nächste Frage sehr genau anhören», sagte Delaney gewichtig, «und sehr gut überlegen, ehe Sie antworten. Kennen Sie jemand, der aus irgendeinem realen oder eingebildeten Grund etwas gegen Victor Maitland hatte oder ihn so sehr haßte, daß er imstande war, ihn umzubringen?»

Einen Moment sahen die beiden Frauen einander an.

«Ich bin überzeugt, daß es Menschen gegeben hat, die meinen Sohn nicht mochten oder ihn sogar haßten», erklärte Dora Maitland schließlich. «Er war ein außerordentlich erfolgreicher Maler; auf diesem Gebiet herrscht viel Konkurrenz, und es gibt ja immer welche, die andere um ihr Talent beneiden. Davon verstehe ich ein bißchen was, wissen Sie. Ich war nämlich beim Theater, ehe ich Mr. Maitland heiratete, recht erfolgreich und daher persönlich Gegenstand bitteren Neides, häßlichen Geredes und aller möglichen bösartigen Gerüchte. Aber als schöpferischer Mensch ist man daran gewöhnt. Unbegabte Menschen werden dermaßen frustriert, daß ihre Eifersucht sie bisweilen zu Bosheiten und Grausamkeiten treibt.

Ich bin überzeugt, daß mein Sohn viele solcher Angriffe hat über sich ergehen lassen müssen.»

«Kennen Sie jemand, der fähig gewesen wäre, ihn umzubringen, oder jemand, der ihn bedroht hat?»

«Nein, ich nicht. Emily?»

«Ich auch nicht, Mama.»

«Ihr Sohn hat nie erwähnt, daß er bedroht wurde?»

«Nein, das hat er nicht», sagte Dora Maitland.

«Sie haben Ihren Sohn häufig gesehen?»

Ein kaum wahrnehmbares Zögern, dann sagte sie: «Nicht so oft, wie ich es gewünscht hätte.»

«Und wie oft hat Ihr Sohn Sie besucht, Mrs. Maitland?»

Abermals ein Zögern. «So oft er konnte.»

«Wie häufig? Einmal die Woche? Einmal im Monat? Öfter oder weniger oft?»

«Ich sehe wirklich nicht, was das mit der Entlarvung des Mörders meines Sohnes zu tun hat, Mrs. Delaney», sagte sie kalt.

Er stieß einen Seufzer aus, und lehnte sich Vertrauen heischend vor: «Mrs. Maitland, ich habe nicht die Absicht, Ihnen Schmerz zu-

zufügen oder mich ungebührlich für die Beziehung zu interessieren, die zwischen Ihnen und Ihrem Sohn bestanden hat. Schließlich hat es sich um eine normale Mutter-Sohn-Beziehung gehandelt, oder?»

«Selbstverständlich», sagte sie.

«Selbstverständlich hat es das», wiederholte er. «Er liebte Sie, und Sie liebten ihn?»

«Ja.»

«Miss Maitland, würden Sie dazu vielleicht etwas sagen wollen?»

«Was Mama sagt, stimmt», antwortete die jüngere der beiden Frauen.

«Selbstverständlich.» Delaney nickte. «Wenn ich Sie also frage, wie oft Ihr Sohn Sie besuchte, dann nicht, um Zweifel an dieser Beziehung zu äußern; es handelt sich vielmehr darum, daß wir uns über seine Lebensgewohnheiten klar werden müssen. Wen er besuchte und wann. Wo er hinfuhr und wie oft. Kam er einmal im Monat hier herauf, Mrs. Maitland?»

«Weniger oft», sagte sie kurz angebunden.

«Einmal im Jahr?»

«Vielleicht. Wenn er es einrichten konnte. Er war ein vielbeschäftigter, erfolgreicher Künstler.»

«Selbstverständlich», sagte Delaney. «Selbstverständlich.» Er nahm die Brille ab und blickte hinaus auf den dunklen Strom, der sich träge dem Meer entgegenwälzte. «Ein sehr erfolgreicher Künstler», sagte er sinnend. «Wußten Sie, daß Ihr Sohn ein einziges Bild für hunderttausend Dollar verkauft hat?»

«Ich habe davon gelesen», sagte sie unbewegt.

«Das muß man sich einmal vorstellen!» rief Delaney. «Hunderttausend Dollar für ein Bild!» Dann blickte er sie direkt an. «Hat er Ihnen von diesem Geld etwas geschickt, Mrs. Maitland?»

«Nein.»

«Hat er zu Ihrem Lebensunterhalt beigetragen? Hat er jemals seine Mutter an seinem finanziellen Erfolg teilnehmen lassen?»

«Er hat uns nie auch nur einen Cent gegeben», brach es aus Emily Maitland hervor, und alle wandten sich ihr zu. Sie errötete und nahm einen Schluck Limonade. «Du meine Güte!» sagte sie. «Ich habe mich gehenlassen. Aber es stimmt doch, nicht wahr, Mama?»

«Ich habe ihn nie um was gebeten», sagte Mrs. Maitland.

«Ich bin selbst nicht ganz mittellos, Mr. Delaney. Wäre ich in

Not gewesen, Victor hätte freudig und großzügig angeboten, uns zu helfen.»

«Ich bin überzeugt, daß er das getan hätte», murmelte Delaney. «Sie haben ein gutes Auskommen, Mrs. Maitland?»

«Ein recht gutes», erwiderte sie. «Der verstorbene Mr. Maitland . . .» Sie sprach nicht weiter.

«Wann ist Ihr Gatte gestorben, Mrs. Maitland?» fragte Sergeant Boone gedämpft.

«Ach . . .» murmelte sie. «Schon vor einiger Zeit.»

«Im November werden es sechsundzwanzig Jahre», sagte Emily Maitland.

«An einer Krankheit?» Boone ließ nicht locker.

«Nein», antwortete Dora Maitland.

«Mein Vater hat Selbstmord begangen», sagte Emily. «Mama, sieh mich nicht so an! Du meine Güte, das finden sie doch auch so raus! Mein Vater hat sich in der Scheune erhängt.»

«Jawohl», bestätigte Dora Maitland. «In der Scheune. Und das ist der Grund, warum wir sie nie benutzen. Die Türen sind zugenagelt.»

Delaney machte sich mit seinem Notizbuch zu schaffen, senkte den Blick und fuhr dann fort: «Nur noch ein paar Fragen, meine Damen, dann bin ich fertig. Fürs erste jedenfalls. Ich möchte jetzt einige Namen nennen. Bitte, sagen Sie mir, ob Sie diese Personen kennen oder Ihren Sohn von ihnen haben sprechen hören. Der erste wäre Jake Dukker. D-u-k-k-e-r. Ein Maler.»

«Ich habe noch nie von ihm gehört», sagte Dora Maitland. «Du Emily?»

«Nein, Mama.»

«Belle Sarazen. S-a-r-a-z-e-n.»

Dora Maitland schüttelte den Kopf.

«Ich habe Victor nie von ihr reden hören», sagte Emily Maitland, «aber ich habe von ihr gelesen, Ist das nicht die wunderschöne schlanke Blondine, die immer so viele Parties gibt? Bei Wohltätigkeitsveranstaltungen auftritt und Malern und Fotografen nackt Modell steht?»

«Emily! Wo hast du solche Dinge gelesen?»

«Ach Mama, davon sind die Zeitungen und Illustrierten doch voll. Außerdem ist sie in Talkshows im Fernsehen aufgetreten.»

Dora Maitland brummelte etwas Unverständliches.
«Ja, das ist die Dame.» Delaney nickte.
«Dame!» kam es explosiv von Mrs. Maitland.
«Sie haben Ihren Sohn den Namen nie erwähnen hören?»
«Nein, nie.»
«Und Sie auch nicht, Miss Maitland?»
«Nein.»
«Wie steht es mit Saul Geltman? G-e-l-t-m-a-n. Der Agent Ihres Sohnes. Oder sein Galerist. Kennen Sie ihn oder wissen Sie von ihm?»
«Saul? Selbstverständlich kenne ich ihn», sagte Dora Maitland. «Ein reizender, herzensguter kleiner Mann. Er hat uns hier sogar besucht.»
«Ach», staunte Delaney. «Oft?»
«Nein, oft nicht. Gelegentlich.»
«Wie oft?»
«Vielleicht zwei- oder dreimal im Jahr. Vielleicht auch öfter.»
«Häufiger als Ihr Sohn?» Das war eine Feststellung, keine Frage.
«Ach, Mama.» Emily ließ ein kurzes, helles Lachen vernehmen. «Du sagst das so, daß die Herren denken könnten, Saul Geltman sei uns besuchen gekommen.» Lächelnd wandte sie sich Delaney zu. «Das hat er natürlich nicht getan. Saul hat Freunde in Tuxedo Park, die er oft besucht. Er fährt mit dem Auto von New York herauf, und auf dem Weg kommt er bei uns vorbei und sagt guten Tag. Aber bleiben tut er nie lange.»
«Wissen Sie, wie seine Freunde in Tuxedo Park heißen?» fragte Boone beiläufig.
Emily Maitland dachte einen Moment nach, ehe sie antwortete. «Nein, Sergeant, ich glaube nicht, daß er ihren Namen je erwähnt hat. Einfach ein paar nette Jungs, sagte er, die viele Parties geben. Er meinte, ich würde mich dort vermutlich langweilen. Wahrscheinlich hat er damit recht.»
Delaney nickte und ließ Dora Maitland nicht aus den Augen, als er sagte: «Der letzte Name auf der Liste ist der von Alma Maitland, der Witwe Ihres Sohnes. Ich frage mich, ob Sie uns nicht etwas über Ihre Schwiegertochter erzählen könnten, Mrs. Maitland?»
Sie sah ihn steinern an.
«Ihnen was erzählen?» fragte sie mit rauher Stimme.

«Nun, fangen wir mit Ihrer persönlichen Beziehung zu ihr an. Stehen Sie auf freundschaftlichem Fuß?»

«Eine enge Beziehung ist es kaum. Sie geht ihrer Wege und wir die unseren.»

«Ich nehme an, sie hat ihren Mann nicht begleitet, wenn er Sie hier besuchen kam?»

«Ihre Annahme ist zutreffend.» Rauhes, bellendes Lachen. «Aber machen Sie sich keine falschen Vorstellungen, Mr. Delaney. Es herrscht kein Streit zwischen Alma und mir. Kein offener Kriegszustand.»

«Mehr eine Art bewaffneter Friede?»

«Ja», stimmte sie zu. «So etwas Ähnliches. Kaum ein ungewöhnlicher Zustand zwischen Schwiegermutter und Schwiegertochter.»

«Das stimmt», gab er zu. «Hätten Sie was dagegen, mir den Grund für ihr – nun ja – Zerwürfnis zu nennen?»

«Mir paßte nicht, wie sie Ted erzogen hat, und daraus habe ich nie ein Hehl gemacht. Der Junge brauchte eine feste Hand, und die bekam er nicht. Wir haben seither nur selten miteinander gesprochen.»

«Aber wir bekommen jedes Jahr eine Weihnachtskarte von ihr, Mama», bemerkte Emily boshaft, woraufhin ihre Mutter sie anfunkelte.

«Noch eine letzte Frage, Mrs. Maitland», sagte Delaney. «Wenn Ihr Sohn Sie hier besuchte, wie ist er hergekommen? Mit dem Zug oder dem Bus? Oder mit dem Auto?»

«Mit dem Auto.»

«Ach? Ich dachte, er hätte kein Auto gehabt? Nun, vielleicht hat er sich einen Mietwagen genommen.»

«Nein», sagte sie. «Für die Fahrt hierher hat er Saul Geltmans Wagen geliehen.»

«Es ist ein Kombi, Mama.»

«So? Ich verstehe nicht viel von Autos.»

Delaney erhob sich langsam, verstaute Notizbuch und Brille und ging zur Tür. Sergeant Boone tat desgleichen.

«Mrs. Maitland», sagte der Chef sehr ernst und betont höflich, «Miss Maitland, wir danken Ihnen beiden für Ihre Gastfreundlichkeit und für Ihre Geduld. Ihre Bereitwilligkeit, uns anzuhören, war eine große Hilfe für uns.»

«Ich wüßte nicht wie», versetzte Dora Maitland.

Delaney ging nicht weiter darauf ein.

«Eine letzte Bitte . . .» sagte er. «Hätten Sie etwas dagegen, daß wir uns auf Ihrem herrlichen Anwesen ein wenig umsehen? Es kommt nicht oft vor, daß wir aus der Stadt herauskommen, und es ist eine große Freude für uns, reine Luft zu atmen und einen so bezaubernden, friedlichen Besitz zu sehen. Dürfen wir uns noch ein wenig umschauen, bevor wir zurückfahren?»

Ohne es zu ahnen, hatte er ihre Sympathie gewonnen, als er sagte: «. . . ein so bezaubernder, friedlicher Besitz». Es kam Leben in sie, und sie bestand darauf, geflochtene Sandalen anzulegen und mit den beiden Polizeibeamten einen Rundgang zu machen. Mrs. Maitland ging mit Delaney, Emily mit Boone. Die Haushälterin ließ sich nirgends blicken, doch das Radio plärrte in einem Seitenflügel des Hauses.

Dora Maitland zeigte Delaney die ungepflegten Blumenbeete mit Pfingstrosen, Iris und Lilien; von einer knorrigen Eiche behauptete sie, sie sei hundertfünfzig Jahre alt; ein zerbrochenes Vogelbad, halb im Gestrüpp verborgen; wucherndes Immergrün auf dem Abhang, der zum Fluß führte; auf einer kleinen Sandsteintafel im Fundament des Hauses die Inschrift ‹T. M. 1898›, nur mit Mühe zu entziffern.

«Der Vater meines Mannes, Timothy Maitland, begann in jenem Jahr mit dem Bau des Hauses», erklärte sie Delaney. «Er starb noch vor Fertigstellung an TB. Seine Frau, meine Schwiegermutter, vollendete das Haupthaus und baute die Flügel an. Sie hat den größten Teil des Gartens selbst angelegt. Mein Mann und ich haben dann den Erker angebaut, die Auffahrt machen lassen und im Innern manches modernisiert. Selbstverständlich müßte viel daran getan werden, das sehen Sie ja selbst. Ich hatte vor, alles in seinem ursprünglichen schönen Zustand wiederherzustellen, doch seit Victor tot ist, habe ich keine rechte Freude mehr daran. Allerdings spüre ich, daß meine Kraft und meine Entschlossenheit zurückkehren, und ich werde es wohl doch tun. Es ist nämlich mein Traum, verstehen Sie? Ach, Mr. Delaney, Sie hätten das Anwesen sehen sollen, wie es war, als ich als junge Braut hier über die Schwelle des Hauses getragen wurde. Eines der schönsten und bezauberndsten Häuser weit und breit, mit einem Blick, dem nichts in Rockland County gleichkam. Ein samtener Rasen. Alles proper und blitzblank. Der schimmernde Fluß. Die Luft. Die Vögel und die Blumen. Genau wie Sie, kam auch ich aus dem Straßengewirr der Stadt. Mir kam dieser Besitz wie das Paradies vor. Und ich bin entschlossen, ihn wieder zu einem Paradies zu machen. Oh, ja! Alles ist vollständig erhalten! Ich habe keinen einzigen Morgen Land verkauft. Was wir für Steuern zahlen müssen, würden Sie nicht *glauben*! Die Struktur des Hauses ist gesund. Ich möchte es wieder so schön herrichten, wie es war, als ich es das erste Mal sah.»

«Ich bin sicher, daß Sie das tun werden», murmelte er.

Drängend packte sie ihn am Ärmel.

«Sie werden ihn doch finden, nicht wahr?» flüsterte sie, Verzweiflung in der Stimme. «Den Mörder, meine ich.»

«Ich werde mein Bestes tun. Das verspreche ich Ihnen.»

Sie gingen noch einmal die Front des Hauses entlang. Emily und Sergeant Boone waren gerade zwischen Garage und Erker. Sie redete angeregt, doch konnte Delaney nicht hören, was gesprochen wurde. Der Sergeant ging leicht gebeugt, hielt den Kopf gesenkt und lauschte aufmerksam.

Dora Maitland und Delaney warteten am Eingang auf die beiden. Mrs. Maitland verschränkte dramatisch die Arme vor dem Busen und hob die Augen zum klaren Himmel. «Was für ein göttlicher Tag!» rief sie hingerissen aus.

Delaney glaubte gern, daß sie einst auf der Bühne gestanden hatte.

Beim Abschied unterzogen sich die beiden Polizeibeamten abermals der Zeremonie des Händeschüttelns, des Nickens und Lächelns. Dann fuhren sie die gekieste Auffahrt hinunter.

«Haben Sie die Tore gesehen?» fragte Delaney.

«Ja», antwortete Boone. «Sie sind wirklich vernagelt.»

«Sie hatten recht mit Geltman», sagte Delaney. «Er ist wirklich schwul.»

«Und sie ist Alkoholikerin», bemerkte Boone dumpf.

«Sind Sie sicher?»

«Man muß selbst einer sein, um einen zu erkennen», erklärte Boone sachlich.

«Woran haben Sie es gemerkt?»

«Die rauhe Stimme, die kommt vom Whiskey, nicht vom Rauchen.»

«Ihre Finger waren nikotingefärbt», bemerkte Delaney.

«Aber sie hat nicht gewagt, sich eine anzustecken; dann hätten wir nämlich gesehen, wie sie zittern. Darum trug sie den Kopf auch so betont hochgereckt, sonst hätte er womöglich gewackelt und wär runtergerollt. Ich kenne das Gefühl. Sie hielt auch die Armlehnen umklammert, um das Zittern zu verbergen. Und zwei Gläser Limonade hat sie getrunken, um den Brand zu löschen.»

«Sie meinen, sie hat sich ein paar genehmigt, ehe wir kamen?»

«Nein», sagte Boone, «sonst wär sie weniger verkrampft gewesen. Sie wollte stocknüchtern sein, auch wenn das wehtat. Sie wollte nicht riskieren, womöglich was auszuplappern.»

«Das hat sie dann aber doch getan», erwiderte Delaney. «Am Schluß.»

«Als sie meinte, die Gefahr sei vorüber», erklärte Boone. «Glauben Sie mir, Chief, sie ist eine Schnapseule.»

«Sie ist das, was man früher ‹ein Prachtweib› nannte», sagte Delaney.

«Und ist es immer noch, wenigstens was mich betrifft. Massenhaft Holz vor der Tür, Sir. Können wir irgendwo halten und was essen?»

«Mein Gott, ja», rief Delaney. «Ich bin halb verhungert. Aber lassen Sie noch Platz fürs Abendbrot, sonst krieg ich's mit meiner Frau zu tun. Es gibt übrigens Londoner Steaks und neue Kartoffeln.»

«Möchten Sie, daß ich Rebecca abhole?»

«Nicht nötig», sagte Delaney. «Sie wird zeitig rüberkommen und Monica helfen.»

Sie hielten beim ersten Imbiß, den sie trafen. Dort war es überfüllt und laut, doch hatten sie immerhin Glück; die Schinken-Rührei-Sandwiches waren gut. Gesättigt schlenderten sie zum Wagen zurück. Boone lutschte an einem Zahnstocher mit Pfefferminzgeschmack. Delaney setzte sich hinters Steuer.

Der Chief fuhr vorsichtig, bis er mit dem Wagen vertraut war. Nachdem sie die Brücke hinter sich hatten, entspannte er sich, fuhr knapp unter dem Tempolimit auf der rechten Fahrbahn und ließ die Geschwindigkeitsnarren vorüberflitzen.

«Was haben Sie denn aus dem Mädchen herausbekommen?» fragte er Boone. «Ich weiß eigentlich nicht, warum ich sie Mädchen nenne, sie ist mindestens zweiunddreißig.»

«Fünfunddreißig», erwiderte Boone. «Das hat sie von sich aus gesagt; es bedeutet vermutlich achtunddreißig. Haben Sie das mit der ‹festen Hand› für den Enkel mitgekriegt? Mir scheint, sie hat auch eine sehr feste Hand für die eigenen Kinder. Nur, daß Victor es nicht ausgehalten hat und ausgebrochen ist. Emily hingegen blieb unter Mamas Fuchtel.»

«Da bin ich nicht so sicher», sagte Delaney gedehnt. «Das Mädchen hat Mumm; gebrochen ist sie nicht. Vielleicht ist das mit dem Trinken ziemlich neu, und Mama verliert die Kontrolle. Warum der Alte sich wohl davongemacht hat? Haben Sie irgendwas erfahren?»

«Er war Sägewerksbesitzer. Baustoffe und so. Ging recht gut. Hat in der Lokalpolitik mitgeredet. Nur meinte er, er könnte auf die schnelle zum großen Geld kommen. Hat auf Pferde gesetzt und sonst noch dies und das. Schließlich mußte er den Strick nehmen. Er hat nur das Grundstück hinterlassen und Wertpapiere, von deren Ertrag die beiden Frauen gerade eben so leben können. Von Victor kriegen sie nichts. Sie nagen zwar nicht am Hungertuch, aber wohlhabend sind sie nicht.»

«Komisch», sagte Delaney. «Thorsen meinte, sie wäre eine reiche alte Schachtel.»

«Emily sagte, dafür hielten sie alle. Aber sie ist es nicht. Kommt nur grade so eben längs.»

«Für eine Haushälterin reicht's immerhin noch», gab Delaney zu bedenken. «Das kann man kaum arm nennen. Das Land muß ja Gold wert sein. Sie kratzt irgendwie die Steuern zusammen und gibt keinen Quadratmeter Land her.»

«Warum nicht?» fragte Boone.

«Ihr Traum ist, alles wieder herzurichten, wie es einmal war. Ein Paradies. Vögel und Blumen. Das muß sie einfach haben.»

«Nein», sagte Boone. «Das habe ich nicht gemeint. Ich meine, erwartet sie etwa, plötzlich zu Geld zu kommen? Eine Erbschaft vielleicht?»

«Ah», sagte Delaney. «Das ist eine gute Frage. Mit allen Wassern gewaschen, diese Dame. Haben Sie das von den bösartigen Gerüchten mitgekriegt, als sie noch Schauspielerin war? Ich lege die Hand dafür ins Feuer, daß das stimmt! Und diesen ganzen Schmus hat sie uns nur erzählt, um uns zuvorzukommen, falls wir nachbohren. Nun, der Vormittag hat sich jedenfalls gelohnt.»

«Wirklich, Sir?» fragte Boone. «Inwiefern?»

«Wir haben jetzt eine Menge zu tun. Und wir werden nicht das letzte Mal hiergewesen sein. Wenigstens einmal müssen wir noch hin. Und zwar an einem Freitag, wenn die Haushälterin ihren freien Tag hat. Wie sie heißt und wo sie wohnt, werden wir schon vom Postboten oder so jemand erfahren. Ich möchte, daß Sie die mal genauer unter die Lupe nehmen.»

«Ich?»

«Wie ordnen Sie ihren Akzent ein? Ich dachte an Virginia.»

«Noch weiter südlich, Chief. Vielleicht Georgia.»

«Deshalb möchte ich ja, daß *Sie* sie ausholen. Sie haben den Akzent drauf.»

«Hab ich das?» fragte Boone. «Das hätte ich nicht gedacht.»

«Haben Sie aber», sagte Delaney freundlich. «Nicht sehr ausgeprägt, aber vorhanden. Und wenn Sie ihn rauskehren, klingt er bestimmt überzeugend.»

«Sie möchten gern wissen, wie oft Victor Maitland und Saul Geltman dort zu Besuch waren?» mutmaßte Boone.

«Richtig.» Delaney nickte. «Das wäre ein Anfang. Und alles, was sonst so unterläuft. Wie's zum Beispiel mit Doras Trinkerei steht und ob die pummelige Emily geldgierige Freunde hat, Männer, meine ich.»

«Sonst noch was?»

«Wie es um ihr Bankkonto bestellt ist, kriege ich schon so raus. Was ich dazu brauche, weiß ich nicht; vielleicht einen Gerichtsbeschluß, vielleicht bedarf es dazu aber auch bloß eines Anrufs oder eines Briefes von Thorsen an die lokalen Behörden. Wir müssen vorsichtig sein. Schließlich ist J. Barnes Chapin Doras Bruder, und daß der gereizt wird, ist das allerletzte, was wir wollen. Allerdings, das Konto müssen wir uns ansehen, da kommen wir nicht drum herum.»

«Glauben Sie allen Ernstes, Chief, daß Dora oder Emily oder beide gemeinsam an jenem Freitag nach New York gefahren sind, um . . .? Wegen seines Geldes?»

«Es ist möglich. Er hat kein Testament hinterlassen, aber vielleicht bekommt die Mutter was ab. Das ist noch etwas, was ich in Erfahrung bringen muß. Aber selbst wenn sie es nicht selbst getan haben, eine größere Abhebung vom Konto in, sagen wir, in den letzten sechs Monaten, wäre immerhin ein Alarmzeichen.»

Boone dachte eine Weile nach.

«Sie hätten jemand gedungen?»

«Könnte sein», sagte Delaney. «So was passiert alle Tage.»

«Himmelherrgott, Chief! Sie ist seine *Mutter*!»

«Na und?» Delaney war ungerührt. «Früher gingen fünfundsiebzig Prozent aller Morde aufs Konto von Verwandten, Freunden oder Bekannten des Opfers. Das hat sich in den letzten fünf Jahren geändert; die Zahl der ‹Fremd-Morde› hat zugenommen. Trotzdem sind bei zwei Dritteln aller Morde immer noch Verwandte und Freunde die Täter. Das gehört nun mal zu den Grundtatsachen. Und zu den Grundregeln. Bei jedem Mordfall sieht man sich zunächst einmal die Familie an.»

Abner Boone stieß einen tiefen Seufzer aus. «Das ist deprimierend.»

Delaney blickte ihn von der Seite her an.

«Sergeant», sagte er, «ich glaube, Sie sind ein Idealist. Wir arbeiten mit dem, was wir haben. Es wäre Torheit, wenn wir die Statistik außer acht ließen. Und ich glaube, sowohl Dora als auch Emily sind kräftig genug, sie hätten es tun können. Zu Anfang habe ich nicht gedacht, daß es eine Frau wäre. Monica glaubt es auch jetzt noch nicht. Ich hingegen ziehe es immerhin in Erwägung. Wie stark muß man eigentlich sein, um jemand ein Messer reinzurammen?»

«Jedenfalls stärker als ich», sagte Sergeant Boone.

Sie hatten die Stadt erreicht und fuhren auf der Columbus Avenue nach Manhattan Süd hinunter. Delaney parkte in der zweiten Reihe. «Es dauert nur eine Minute», sagte er und ging in eine Bodega, um eine Sechserpackung gut gekühltes Ballantine-Ale zu kaufen. Als er wiederkam, bat Boone ihn, einen Moment zu warten, und sprang über die Straße in einen Blumenladen. Mit einem Strauß kleiner weißer Chrysanthemen in grünem Seidenpapier kam er zurück.

«Für Ihre Frau.»

«Das wäre aber nicht nötig gewesen», sagte Delaney erfreut.

Sie mußten in einem für Polizeifahrzeuge reservierten Streifen vor dem 251. Revier parken, doch inzwischen war Boones Wagen den Kollegen dort bekannt, und so bestand keine Gefahr, daß er einen Strafzettel bekam oder abgeschleppt wurde. Um ganz sicher zu gehen, steckte er das Schild ‹Polizeibeamter im Dienst› hinter die Windschutzscheibe.

Die Frauen waren in der Küche, lachend und mit geröteten Gesichtern. Das lag zum Teil an den Martinis, die Monica vorbereitet hatte. Delaney schenkte sich einen Doppelten ein und fügte ein Stück Zitronenschale hinzu. Boone bekam eine kleine Flasche Tonic Water auf Eis, mit einem Schuß Limonensaft.

Die beiden Männer hätten sich gern zum Plaudern in die Küche gesetzt, doch die Damen verscheuchten sie. Sie gingen also in Delaneys Arbeitszimmer, ließen sich dankbar in die abgewetzten Klubsessel fallen und streckten die Beine aus. Schweigend und behaglich saßen sie eine Weile da.

«Ich erinnere mich an einen Mordfall, mit dem ich vor vielleicht zwanzig Jahren zu tun hatte», begann Delaney. «Das Ganze sah recht eindeutig aus. Ein junger Mann von, sagen wir, fünfundzwanzig behauptete, er hätte seinen Vater erschossen. Der Junge hatte aus Korea seine Armeepistole mitgebracht. Der Vater war ein wahrer Schrecken. Prügelte seine Frau, war überhaupt gewalttätig. Sie beklagte sich zwar häufig, scheute aber vor einer Strafanzeige zurück. Der Junge konnte das nicht mit ansehen und griff, wie er sagte, zur Pistole. Herrgott, das Zimmer hätten Sie mal sehen sollen. Die Wand mußte neu verputzt werden. Ein ganzes Magazin war abgefeuert worden, die meisten Geschosse trafen den Vater. Er war *Brei*. Der Junge kam aufs Revier und legte die Pistole auf den Tisch. Der diensthabende Wachtmeister wäre fast ohnmächtig geworden. Der Sohn gestand alles. Aber irgendwie paßte es nicht zusammen. Der Junge war bei der Militärpolizei gewesen und alles andere als ein Dummkopf. Er wußte genau, wie er mit so einer Pistole umzugehen hatte. Und hätte nicht einfach wild drauflos geballert. Eine Kugel hätte es auch getan.»

«Also die Mutter», sagte Boone mit düsterer Miene.

«So sah es aus.» Delaney nickte. «Der Sohn wollte die Schuld auf sich nehmen. Dachte jeder. Und wer wollte ihr schon einen Vorwurf machen? Nachdem sie so viel hatte erleiden und erdulden müssen. Was würde sie schon bekommen? Kein Mensch steckt eine alte Frau ins Kittchen, weil sie einen Mann umlegt, der mit den Fäusten auf sie losgeht. Was hatte sie also zu befürchten? Einen Klaps auf die Finger. Bewährung wahrscheinlich. Jeder wußte es; und jeder war es zufrieden.»

Delaney hielt inne und nippte an seinem Martini. Boone sah ihn an und wurde nicht schlau aus ihm. Der Gesichtsausdruck des Chiefs verriet nichts.

«Und?» fragte Boone. «Worauf wollen Sie hinaus, Sir?»

«Worauf ich hinauswill?» fragte Delaney beinahe schroff, das Kinn tief auf der Brust. «Darauf, daß ich's den beiden nicht abkaufen wollte. Hab mich also 'n bißchen umgehört. Der Junge hatte Gelegenheit, sich in eine Kfz-Werkstatt einzukaufen, aber der Vater wollte ihm das Geld dafür nicht vorstrecken. Hatte es zwar, wollte dem Sohn aber keine Chance geben. ‹Ich mußte für jeden Penny, den ich habe, hart arbeiten. Das kannst du auch.› In der Tonart etwa. Unentwegt Streit. Da hat der Sohn ihn am Ende blindwütig erschossen, allerdings so blindwütig nun auch wieder nicht, es sollte nämlich so aussehen, als ob die Mutter es getan hätte. Er wußte ja, daß sie mehr oder weniger ungeschoren davonkommen würde. In Wahrheit war es dann doch der Sohn gewesen. Er nahm an, daß wir denken würden, er wolle seine Mutter decken. Ich habe Ihnen ja gesagt, daß er kein Dummkopf war.»

«Dieser gemeine Hund», sagte Boone langsam. «Und was geschah?»

«Ich berichtete meinem Vorgesetzten, und der hätte mich am liebsten umgebracht. Er hatte sich in den Kopf gesetzt, die alte Frau vor Gericht zu bringen. Jetzt lag es an ihm, ob gegen den Sohn Anklage erhoben wurde oder nicht. Am Ende beschloß er, sich doch an die Mutter zu halten. Er vergrub meinen Bericht und sagte mir, was er zu tun gedachte; wenn ich wollte, könnte ich ihn verpfeifen. Ich hab's nicht getan. Er war ein guter Polizist. Na ja, so gut vielleicht nun auch wieder nicht, aber immerhin menschlich. Folglich ließ er meinen Bericht über den Sohn verschwinden, die alte Frau wurde angeklagt und mit Bewährung verurteilt, ganz wie erwartet. Es gab ein bißchen Geld von der Versicherung, der Junge kaufte sich in die Werkstatt ein und lebte fortan glücklich und zufrieden. Machte sich nie wieder die Hände schmutzig, wich nie vom Pfad der Tugend ab. Aber wo bleibt die Gerechtigkeit in diesem Fall?»

«Ich finde das Ende durchaus gerecht», sagte Boone unerschüttert. «Ein Tuchnichtgut wird umgelegt, eine Frau wird aus einer Ehe befreit, die für sie die Hölle gewesen ist, und der Sohn kann sich eine Existenz aufbauen.»

«Sehen Sie das wirklich so?» fragte Delaney und runzelte die Brauen. «Ich habe seither fast täglich bereut, mich damals nicht doch durchgesetzt zu haben. Ich hätte mir den Sohn vorknöpfen und meinen Chief schlimmstenfalls hochgehen lassen müssen. Sergeant, dieser junge Mann hat einen Menschen umgebracht. Das darf man niemandem durchgehen lassen. Es ist nicht richtig. Ich habe Fehler gemacht; dies war einer davon.»

Boone sagte eine Weile nichts und starrte die brütende, müde im Sessel zusammengesunkene Gestalt an.

«Sind Sie da ganz sicher, Sir?» fragte er leise.

«Ja, da bin ich sicher.»

Boone seufzte und nahm einen großen Schluck von seinem Tonic Water.

«Wie sind Sie darauf gekommen, daß es nicht die mißhandelte Frau war, die den Mann umgelegt hat?»

«Sie hätte es gar nicht tun können. Sie liebte ihn.»

Nach einem Weilchen fragte Delaney: «Warum habe ich Ihnen diese Geschichte eigentlich erzählt? Ach so . . . jetzt weiß ich es wieder. Ich hatte überlegt, ob wohl irgendwer Victor Maitland geliebt hat.»

Rebecca Hirsch stieß die Tür auf, stellte sich, ein Küchenhandtuch überm Arm, in Positur und verkündete: «Meine Herren, es ist angerichtet.»

Sie lachten, rafften sich aus den Sesseln hoch und gingen ins Eßzimmer. Es war für sechs gedeckt, die Kerzen brannten bereits und Sergeant Boones Blumen prangten in einer großen Vase in der Mitte. Delaney setzte sich ans Kopfende, Monica an die Schmalseite gegenüber; links und rechts saßen jeweils Mary und Rebecca und Sylvia und Boone.

Als Vorspeise gab es Kaviar, von dem jeder wußte, daß es Seehasenrogen war, was jedoch niemandem etwas ausmachte. Angemacht war er mit saurer Sahne, gehackten Zwiebeln, Kapern und einer Scheibe Zitrone. Zum Hauptgericht gab es Endivien- und Tomatensalat und als Beilage zum Londoner Steak nicht nur neue Kartoffeln, sondern auch noch frische Bohnen und eine Schüssel gepfefferten Blattspinat mit Schinkenwürfeln.

Es war eine gute Mahlzeit, und es wurde ein schöner Abend. Zwei, drei, ja sogar vier Unterhaltungen liefen gleichzeitig. Das

Londoner Steak wurde einstimmig für etwas zäh, aber äußerst schmackhaft erklärt. Jeder nahm zweimal, was die Köchin freute. Der Salat wurde aufgegessen und die Flasche Beaujolais geleert. Kartoffeln, grüne Bohnen und Spinat wurden pflichtschuldigst fast restlos verzehrt, und als der Nachtisch, eine Limonencreme, aufgetragen wurde, war der Appetit der Esser längst gestillt, und sie ließen sich Zeit.

Die Mädchen gaben Monica, Rebecca und ihrem Stiefvater einen Gutenachtkuß und schüttelten Sergeant Boone feierlich die Hand und verschwanden kichernd mit ihrem Nachtisch und einem Glas Milch nach oben auf ihr Zimmer. Delaney ging um den Tisch und schenkte Kaffee ein. Er blieb bei seiner Frau stehen, und gab ihr einen Kuß auf die Wange. «Das Essen war großartig, Liebling.»

«Wirklich phantastisch, Mrs. Delaney», stimmte Boone begeistert zu. «Ich kann mich nicht erinnern, jemals besser gegessen zu haben.»

«Freut mich, daß es Ihnen geschmeckt hat.» Sie lächelte froh. «Wo habt ihr denn zu Mittag gegessen?»

«In einem Schnellimbiß», sagte Boone.

«Das sollten Sie nie tun», schalt Rebecca. «Davon kriegt man nur Sodbrennen oder gar Magengeschwüre.»

Jetzt saßen sie und Boone einander gegenüber. Wenn ihre Blicke sich trafen, wandten sie die Augen wie zufällig ab. Sie redete ihn mit ‹Sergeant› an, und er vermied es, sie direkt mit Namen anzusprechen. Sie waren förmlich, von kühler Freundlichkeit.

Diese Schlawiner, dachte Delaney plötzlich, die haben miteinander geschlafen!

Abner Boone hatte bereits angesichts der Cocktails und des Weins gelitten, und Delaney hatte nicht das Herz, sich einen Cognac einzugießen. Deshalb trank er mit demonstrativem Genuß seinen Kaffee, schwieg und hörte zu, wie Boone und die Frauen sich darüber unterhielten, wie man am besten eine Gans brät.

Die Unterhaltung verlief leise, fast halblaut, wiewohl dafür kein Grund vorlag. Es war einfach nicht nötig, laut zu reden. Jeder hoffte, daß sich die anderen genauso wohl fühlten wie er: ein gutes Essen, alle Bedürfnisse befriedigt. Frieden, der sich einstellt, sobald das Begehren gestillt ist, wenn auch nur vorübergehend.

«Rebecca», fragte Delaney fast träge, «lebt deine Mutter eigentlich noch?»

«Aber ja doch. In Florida. Gott sei Dank!»

«Warum ‹Gott sei Dank›? Weil sie noch am Leben ist oder weil sie in Florida lebt?»

Sie lachte und senkte den Kopf so tief, daß ihr schönes langes Haar das Gesicht verbarg. Dann warf sie den Kopf zurück, und das Haar fiel wieder, wie es fallen sollte. Unruhig rutschte Sergeant Boone auf seinem Sessel hin und her.

«Ich hätte das nicht sagen sollen», gestand sie, «aber sie ist schwer zu ertragen. Eine Mutter, wie sie im Buche steht. Als sie noch hier in New York lebte, bin ich manchmal die Wände hochgegangen. Selbst von Florida kommen immer noch Ermahnungen. Was ich essen soll, was anziehen, wie mich verhalten.»

«Sie will über dein Leben bestimmen?»

«Darüber bestimmen? Als ob es ihr eigenes wäre!»

Monica sah ihn an.

«Edward, wieso dieses Interesse an Rebeccas Mutter?»

Er seufzte, überlegte, was er sagen sollte und was nicht. Immerhin, sie waren Frauen, ihre Intuition erwies sich vielleicht als nützlich. Er machte von jedermann Gebrauch, ohne sich jemals dafür zu entschuldigen.

«Der Fall, an dem Sergeant Boone und ich arbeiten . . .» sagte er. «Wir sind da heute zufällig in eine interessante Situation hineingeraten. In eine Mutter-Tochter-Beziehung . . .»

So präzise er konnte, beschrieb er Dora und Emily Maitland, ihr Alter, ihre Erscheinung, das Haus, in dem sie lebten, ihre Stimmen, ihre Art, sich zu geben. «Finden Sie, daß ich sie zutreffend beschrieben habe, Sergeant?» wandte er sich zum Schluß an Boone.

«Jawohl, Sir, das würde ich sagen. Nur, daß Sie in Emily mehr Vitalität vermuten als ich. Ich halte die Mutter für übermächtig.»

«Hmm», machte Delaney. Doch dann, ohne Rebecca und Monica zu verraten, daß die beiden Frauen, über die sie sprachen, bei ihren Ermittlungen als mordverdächtig galten (was Monica freilich ahnte), lehnte er sich zurück und fragte sie rundheraus: «Wie seht ihr eine solche Beziehung? Vor allem, warum hat die Tochter sich immer noch nicht von zu Hause gelöst? Warum ist sie nicht abgeschwirrt? Und beherrscht die Mutter die Tochter oder umgekehrt?»

«Wohin abgeschwirrt?» wollte Monica Delaney wissen. «Womit denn? Mama hat doch die Hand auf dem Portemonnaie, oder? Was soll die Tochter denn machen – nach New York kommen und in der Fifth Avenue auf den Strich gehen? So, wie du sie beschrieben hast, kann ich mir nicht vorstellen, daß sie dort besonders viel Erfolg hätte. Hat sie denn irgendwas gelernt? Kann sie eine Stellung annehmen?»

«Warum ist sie nicht schon vor fünfzehn Jahren von daheim fortgegangen und hat gelernt, für sich selbst aufzukommen?» fragte Rebecca. «Vielleicht gefällt es ihr dort? Im schönen, sicheren Käfig?»

«Das meine ich ja auch, Chief», sagte Sergeant Boone. «Wenn sie so viel Chutzpe hätte wie Sie . . .»

«Hoo-hah!» ließ Rebecca sich vernehmen. «Chutzpe! Hör sich das einer an!»

Boone errötete und lächelte.

«Na ja . . .» sagte er lahm. «Wenn diese Emily so viel Mumm hätte, wie Sie annehmen, Chief, dann wäre sie schon vor Jahren abgehauen.»

«Vielleicht hat sie Angst», sagte Monica.

«Angst?» fragte Delaney. «Wovor?»

«Vor der Welt», meinte seine Frau. «Oder vor dem Leben.»

«Sie haben gesagt, sie ist übermäßig dick», gab Rebecca zu bedenken. «Kann sein, sie fühlt sich einsam. Glauben Sie mir, ich kenne das! Man ist unglücklich, also ißt man. Und allein da draußen mit der verrückten Mutter, was soll sie schon machen als essen? Sie möchte womöglich was anderes, was Besseres. Aber wie Monica schon sagte, sie hat Angst. Vor der Veränderung. Und von Jahr zu Jahr wird es schwerer, den Absprung zu finden.»

«Vielleicht wartet sie auch darauf, daß die Mutter stirbt», sagte Monica. «So was kommt vor. Manchmal dauert es aber so lange, daß die Tochter, wenn es endlich geschieht, unterdessen längst selber die Rolle der Mutter übernommen hat. Versteht ihr?»

«Ich weiß, was du meinst.» Delaney nickte. «Aber ich zweifle in diesem Fall daran. Die alte Frau ist nicht tot. Ich meine, innerlich ist sie nicht tot. Sie fühlt immer noch was. Sie hat Wünsche, Sehnsüchte, Begierden. Meine Frage ist: Warum hat die Tochter nichts unternommen, sich das zu verschaffen, was sie will?»

«Vielleicht hat sie das», sagte Rebecca. «Vielleicht arbeitet sie gerade jetzt an der Verwirklichung dessen, was sie will, und du hast keine Ahnung davon.»

«Das ist möglich», gab Delaney zu. «Sehr gut möglich sogar. Eine andere Erklärung wäre, daß sie träge ist. Ich weiß, das klingt simpel, aber manchmal unterstellen wir den Menschen kompliziertere Motive als überhaupt da sind. Vielleicht ist die Frau einfach antriebsarm und liebt dieses gemächliche, träge Leben, das sie dort draußen führt.»

«Glauben Sie das wirklich, Sir?» fragte Boone.

«Nein», antwortete Delaney, «das tue ich nicht. Das ist es ja gerade. Die Tochter ist nicht dumm. Und sie läßt sich auch nicht bloß gehen. Dem Anschein nach hat die Mutter die Tochter unterm Daumen. Aber irgendwie werde ich das Gefühl nicht los, daß es möglicherweise umgekehrt ist.»

«Das wäre mal eine schöne Umkehrung», sagte Rebecca.

«Aber verständlich», fuhr Delaney fort. «Wie wäre folgendes: zuerst war die Mutter diejenige, die Druck ausübte. Hat die Kinder mit fester Hand und eiserner Disziplin geführt. Doch dann wird sie älter, mithin auch schwächer, und die Tochter spürt das. Die Mutter scheint von Jahr zu Jahr mehr in der Vergangenheit zu leben. Es entsteht ein Machtvakuum. In das sickert die Tochter ein. Ganz allmählich. Vergeßt nicht, es ist kein Mann im Haus. Die Energie der alten Dame läßt nach, die der Tochter nimmt zu. Die Mutter ist es müde, für alles zu sorgen, den Schein aufrechtzuerhalten. Sie träumt sich in ihre Vergangenheit zurück. Mit der Gegenwart wird sie nicht fertig. Es gibt ein bestimmtes Quantum von Entschlußfreudigkeit, nennen wir es mal X, und was der Mutter abgeht, gewinnt die Tochter hinzu. Wie im Stundenglas. Der Sand läuft von einem Behältnis ins andere. Die Mutter verliert, die Tochter gewinnt. Nun . . .» Er lachte kurz auf. «Es mag weit hergeholt sein, aber mir kommt es so vor.»

«Die Mutter will ihren Traum verwirklichen», sagte Boone. «Das Haus wieder herrichten, den Garten in Schuß bringen. Alles so wiederherstellen, wie es war, als sie die junge Braut war. Zugegeben. Aber was will die Tochter?»

«Fliehen», behauptete Delaney.

Mit sonderbarem Ausdruck sahen die drei ihn an.

«Edward», fragte seine Frau, «arbeiten so Detektive? Versuchen sie wirklich zu erraten, warum Menschen tun, was sie tun?»

«Für gewöhnlich nicht. Normalerweise arbeiten wir mit handfesten Beweisen. Harten Tatsachen. Statistiken, Waffen, Zeugenaussagen, mit Dingen, die man abwägen, unter ein Mikroskop legen kann. Aber manchmal, wenn nichts dergleichen vorliegt, oder das, was ist, nicht ausreicht, einen Fall zu klären, muß man sich den Menschen zuwenden. Wie du ganz richtig sagst: man muß versuchen, ihre Motive zu erraten. Dann versetzt man sich an ihre Stelle. Was wollen sie erreichen? Jeder will was. Aber manche Menschen können sich nicht beherrschen. Da werden Wünsche zu notwendigen Bedürfnissen. Und ein Bedürfnis, ich meine echte Gier, die einen Tag und Nacht nicht losläßt, reicht als Motiv für praktisch jedes Verbrechen.»

Seine Zuhörer schwiegen verstört. Delaney sah den Sergeanten an. Boone sprang sofort auf. «Es wird spät. Morgen gibt's viel zu tun. Ich muß mich auf die Socken machen.»

Nun entstand das übliche Aufbruchsdurcheinander. «Noch etwas Creme?» «Oh, nein! Vielen Dank!» «Kaffee?» «Keinen Schluck!» Dann gingen Abner Boone und Rebecca Hirsch gleichzeitig. Delaney schloß hinter ihnen zu, half dann seiner Frau den Geschirrspüler einräumen und stellte die Reste weg.

«Sie haben was miteinander, nicht wahr?» fragte er wie beiläufig.

«Ja.» Sie nickte.

«Hoffentlich muß sie es nicht bitter bereuen.»

Seine Frau zuckte mit den Achseln. «Sie ist eine erwachsene Person, Edward. Sie kann selbst auf sich aufpassen.»

8

Es war nicht das erste Mal, daß Sergeant Abner Boone darüber nachsann, welche Ähnlichkeit die Polizeiarbeit mit dem Theater hat. Auf die getarnt arbeitenden Polizisten in ihrer Verkleidung, mit ihrem Ganovenjargon, den Rollen, die sie spielten, traf das selbstredend am meisten zu. Aber auch Kriminalbeamte hatten etwas von Schauspielern, sogar die uniformierten Polizisten. Man lernte rasch, Gefühle vortäuschen, lernte, mit den Worten anderer reden und die Rolle spielen, die am besten zur jeweiligen Situation paßte.

«Aber, aber», begütigt ein Straßenpolizist und klopft dem erregten Ehemann auf die Schulter. «Ich weiß genau, was in Ihnen vorgeht. Hab ich das nicht selber auch durchgemacht? Ich weiß, ich weiß. Aber ihr die Nase einschlagen, hilft gar nichts. Seien Sie vernünftig und geben Sie den Ziegelstein her! Ich sage Ihnen doch, ich weiß, wie es in Ihnen aussieht. Ich weiß genau, wie Ihnen zumute ist.»

«Ich weiß ja, daß Sie nichts damit zu tun haben», sagt der Kriminalbeamte betreten. «Hören Sie, mir ist es persönlich schrecklich, Sie zu belästigen. Eine Frau, die so intelligent ist und so gut aussieht wie Sie! Für einen wie den sind Sie viel zu gut! Das sieht doch jeder. Aber ich muß Ihnen diese Fragen leider stellen, verstehen Sie? Ich möchte es nicht, aber es ist nun mal mein Job. Na also . . . war er *wirklich* bei Ihnen, als dieser Laden ausgeräumt wurde?»

Nicht immer verständnisvoll, versteht sich. Braucht man einen Vorschlaghammer, bitte, auch der wird geliefert . . .

«Du bist dran, du Spatzenhirn! Dich haben wir verpackt, frankiert und verfrachtet! Da führt kein Weg mehr dran vorbei. Drei bis fünf Jahre Knast sind dir sicher! Und in einer Woche machen die dich fix und fertig. Eingelocht mit lauter schwulen Böcken! Die orgeln dich in der ersten Nacht durch, Gruppensex! So ist das nun mal, Freundchen! Und deine Alte will auch nicht die ganze Zeit Daumen lutschen. Kapiert? Du kannst mit dem Leben abschließen, Freundchen! Aber sag mir, wer sonst noch dabei war, und vielleicht kann ich ein gutes Wort für dich einlegen. Es gibt immer Mittel und Wege . . .»

Und so weiter und so fort. Die Rolle, den Umständen angepaßt. Folglich kleidete Abner Boone sich an diesem Freitagmorgen mit besonderer Sorgfalt. Keine auffällige Hose und großkarierte Jacke, sondern konservativer Anzug aus hellbraunem Popelin, weißes Hemd und schwarze Strickkrawatte. Ein Aufzug, der die Sekretärin eines Rechtsanwalts nicht verprellte. Außerdem rasierte er sich sorgfältig und benutzte sein bestes Eau de Cologne – *Zizanie*. Und puderte die Achselhöhlen. Mit seinem kurzen, fahlblonden Haar war nicht viel Staat zu machen, immerhin war es frisch gewaschen.

Seine Jacke legte er säuberlich hinten auf dem Rücksitz zusammen, fuhr dann Richtung Central Park South und parkte in der zweiten Reihe vor Jake Dukkers Atelier. Der Portier trat heran, und Boone mußte seine Dienstmarke vorweisen. Geduldig wartete er, bis es auf seiner Uhr genau zehn war, und rauchte dabei an diesem Vormittag seine dritte Zigarette. Dann rollte er los.

Er fuhr in östlicher Richtung bis zur Park Avenue und wandte sich dann nach Süden. Er hatte vor, bis dort zu fahren, wo sie früher Fourth Avenue geheißen hatte, ehe sie in Park Avenue umgetauft worden war. Von da aus wollte er über die 14th Street zum Broadway, hinunter bis zur Spring Street und weiter bis zur Mott Street, in der Victor Maitland sein Atelier gehabt hatte. Er hätte ein Dutzend andere Routen nehmen können, aber eine war so gut oder so schlecht wie die andere.

Er beachtete sämtliche Verkehrsvorschriften, überfuhr kein einziges Rotlicht, und wenn er in Staus geriet, versuchte er nicht, mit Gewalt vorwärtszukommen. Es dauerte genau dreiundvierzig Minuten, bis er das Atelier in der Mott Street erreichte. Er notierte das gewissenhaft, parkte zehn Minuten vor dem Haus, rauchte in aller Gemütsruhe noch eine Zigarette und machte sich dann auf den Rückweg. Punkt 11 Uhr 53 erreichte er wieder Dukkers Atelier und Wohnung am Central Park South. Der Verkehr in Richtung Norden war besonders zähflüssig gewesen, und in Höhe der 42th Street war er auch noch für drei Minuten in einen Stau geraten. Trotzdem hatte er es hin und zurück in einer Stunde und dreiundfünfzig Minuten geschafft, worin die zehn Minuten für den Mord an Victor Maitland enthalten waren. Jake Dukker oder Belle Sarazen oder beide zusammen hätten an dem bewußten Freitag das gleiche tun können. Zumindest hatte er bewiesen, daß es in weniger als zwei Stunden zu schaffen war. Ob Delaney sich wohl darüber freuen oder ob er enttäuscht sein würde? Wahrscheinlich weder das eine noch das andere. Es war eine weitere Tatsache, die zu den Akten genommen werden konnte.

Hinterher fuhr Boone erst in östlicher und dann in nördlicher Richtung und fand in der East 68th Street einen Parkplatz, einen Block vom Büro von Simon and Brewster entfernt. Er zog die Jacke an, verschloß den Wagen und lutschte eine Chlorophylltablette. Zu Fuß ging er zum Rechtsanwaltsbüro hinüber, hielt sich dabei betont gerade und bemühte sich, das Bild eines angenehmen, jungenhaften Polizeibeamten abzugeben, dem man sich gern anvertraut.

Sie saß allein im Vorzimmer und tippte mit hinreißender Geschwindigkeit auf einer elektrischen Maschine. Sie arbeitete noch einen Augenblick weiter, als er schon eingetreten war und sich vor ihrem Schreibtisch mit der Glasplatte aufgebaut hatte. So blieb ihm Zeit zu einer Bestandsaufnahme: eine große, magere Blondine ohne auch nur die Andeutung von Busen. Kein bißchen! Nun hörte sie zu tippen auf und sah ihn an.

«Miss Hemley?» fragte er lächelnd. «Susan Hemley?»

«Ja?» Sie legte verwirrt den Kopf zur Seite.

«Ich habe neulich abends am Telefon mit Ihnen gesprochen.» Lächeln. «Sergeant Abner Boone.»

Er faltete seinen Ausweis auseinander und reichte ihn ihr. Sie nahm ihn und las ihn sorgfältig durch, was die Leute nur selten taten.

«Sind Sie gekommen, mich zu verhaften?» fragte sie neckisch.

«Ja, natürlich», sagte er lächelnd. «Wegen Ausübung unerlaubter Attraktivität auf Polizeibeamte im Dienst. Doch im Ernst: es handelt sich praktisch nicht um einen offiziellen Besuch, Miss Hemley. Ich wollte Ihnen nur für Ihre Hilfsbereitschaft danken. Und gleichzeitig eine Verabredung mit Mr. Simon treffen. Für den Chief, Mr. Delaney.»

«Den Chief? Ach du liebe Güte, das klingt ja angsterregend.»

«Das braucht es nicht. Nur ein paar Routinefragen, damit unsere Unterlagen komplett sind.»

«Im Fall Maitland?» fragte sie mit belegter Stimme.

Er nickte, unentwegt lächelnd. «Würde es Mr. Simon irgendwann nächste Woche passen? Vormittags oder nachmittags ist egal.»

«Einen Augenblick, Sergeant. Da muß ich nachfragen.»

Sie erhob sich und ging zu einer Tür im Hintergrund, klopfte einmal, trat ein und schloß die Tür hinter sich. Boone war dankbar; sein Gesicht fühlte sich verkrampft an vom vielen Lächeln. Sie war gleich darauf wieder da. Er bemerkte, daß sie sich recht graziös bewegen konnte. Sie hatte hübsche, lange Beine, ein glattes, unauffälliges Gesicht. Das blonde Haar fiel in kurzen, dichten Locken. Ihre schwarze Schildpattbrille wirkte irgendwie sexy. Er meinte, sie könnte im Bett ein wahrer Schrecken sein, schreien und bis zur Bewußtlosigkeit in den Laken strampeln.

«Wie wär's mit Dienstagmorgen um zehn?» fragte sie.

«Einverstanden», sagte er und lächelte wieder. «Wir werden hier sein.»

Er schickte sich an zu gehen, zögerte und wandte sich noch mal um.

«Wenn Sie mir noch eine Auskunft geben wollten?» fragte er lächelnd. «Wo kann ein hungriger Polizist hier in der Gegend anständig essen?»

Zwanzig Minuten später saßen sie einander in einem Lokal auf der Madison Avenue gegenüber.

«Ich fürchte nur, es gibt hier nichts Alkoholisches», entschuldigte sie sich.

«Das macht nichts», versicherte er ihr. «Bestellen Sie, was Sie mögen. Lassen wir mal die Stadt dafür bezahlen. Sie sind schließlich Steuerzahlerin, oder?»

«Und ob ich das bin!» sagte sie, und beide lachten.

Er hütete sich, sie zu bedrängen, und so kamen sie wunderbar miteinander aus. Sie unterhielten sich über das Thema, das ihnen beiden am meisten am Herzen lag: sie. Er hatte nicht übertrieben, als er zu Delaney sagte, er verstehe sich aufs Zuhören. Das tat er wirklich, und ehe der Eistee und das Halbgefrorene serviert wurden, wußte er eine ganze Menge über sie: Sie kam aus Ohio, hatte die Handelsschule absolviert, konnte den Juristenjargon stenografieren, hatte elf Jahre Erfahrung in Anwaltsbüros gesammelt. Was bedeutete, wie er rasch überschlug, daß sie zwischen sieben- und achtunddreißig sein mußte. Gutes Gehalt, viel Urlaub und Vergünstigungen, die mit ihrer Stellung verbunden waren; es sei nur eine kleine Praxis, sagte sie, aber man könne dort in Ruhe arbeiten.

J. Julian Simon sei ein Prachtmensch. Das waren ihre Worte: «Er ist ein Prachtmensch.» Boone nahm an, es sei eine Freude, für ihn zu arbeiten.

«Und wie steht es mit Ihnen?» fragte sie zum Schluß. «Sie bearbeiten den Fall Maitland?»

Er nickte, sah vor sich nieder und schob das Besteck hin und her.

«Ich weiß, daß Sie darüber nicht reden dürfen», sagte sie.

Daraufhin sah er sie an. «Ich darf eigentlich nicht. Aber . . .»

Vorsichtig blickte er sich um, weil die Kellnerin dabei war, den Nachbartisch abzuräumen.

«Wir sind ziemlich nahe dran», flüsterte er.

«Wirklich?» flüsterte sie zurück, rückte mit ihrem Stuhl näher, pflanzte die Ellenbogen auf den Tisch und neigte sich zu ihm vor. «Das letzte, was ich in der Zeitung gelesen habe, war, daß die Polizei keinerlei Spuren hat.»

«Ach, die Zeitungen!» tat er verächtlich. «Wir binden ihnen schließlich nicht alles auf die Nase. Sie verstehen?»

«Selbstverständlich», sagte sie eifrig. «Es gibt also doch dies und das?»

Wieder nickte er, sah sich vorsichtig um und lehnte sich abermals vor.

«Haben Sie ihn eigentlich gekannt?» fragte er. «Victor Maitland, meine ich? Sind Sie ihm jemals begegnet?»

«Aber ja», sagte sie. «Ein paarmal sogar. Im Büro. Und einmal bei einer Party in Mr. Geltmans Wohnung.»

«Ach», sagte Boone. «Im Büro? Ist Mr. Simon denn auch sein Anwalt?»

«Nicht richtig», sagte sie. «Er kam nur ein- oder zweimal, zusammen mit Mr. Geltman. Ich glaube nicht, daß er überhaupt einen Anwalt hatte. Einmal sagte er zu Mr. Simon: ‹Man müßte zunächst einmal sämtliche Advokaten umbringen.› Ich fand das nicht sonderlich taktvoll.»

«Nein», pflichtete Boone bei, «das war es bestimmt nicht. Aber ich nehme an, Maitland war nun mal kein besonders taktvoller Zeitgenosse. Kein Mensch scheint ihn gemocht zu haben.»

«Ich bestimmt nicht», sagte sie entscheiden. «Ich fand ihn rüde und ungehobelt.»

«Ich weiß», sagte er verständnisvoll. «Das behauptet jeder. Ich nehme an, seine Frau hat einiges auszustehen gehabt.»

«Das kann man wohl sagen. Dabei ist sie eine so bezaubernde Person!»

«Das finden Sie auch?» stimmte er begeistert zu. «Ich habe sie kennengelernt, und genau das dachte ich auch: was für eine bezaubernde Frau. Und mit diesem Scheusal verheiratet! Haben Sie gewußt» – er senkte die Stimme und lehnte sich noch weiter vor. Susan Hemley kam ihm entgegen, bis ihre Köpfe sich fast berührten. «Haben Sie gewußt – nun ja, das hat nicht in der Zeitung gestanden. Sie müssen versprechen, daß Sie mit keinem Menschen darüber reden und es für sich behalten!»

«Das verspreche ich.» Sie nickte eifrig. «Ich sage kein Wort.»

«Ich vertraue Ihnen», sagte er. «Nun, als er aufgefunden wurde, trug er keine Unterwäsche.»

Mit einem Ruck fuhr sie zurück, ihre Augen weiteten sich. «Nein!» hauchte sie. «Wirklich?»

Die Handfläche nach außen, hielt er eine Hand in die Höhe.

«Die Wahrheit!» sagte er. «So wahr mir Gott helfe. Wir wissen bis jetzt noch nicht, was dahintersteckt, aber er hat keine Unterwäsche getragen.»

Wieder lehnte sie sich vor. «Ich habe Ihnen ja gesagt, daß er abstoßend war. Das beweist es.»

«O ja», sagte er. «Sie haben recht. Wir wissen, daß er zu Mr. Geltman ausgesprochen häßlich war.»

«Das kann man wohl sagen», erklärte sie. «Sie hätten mal hören sollen, wie Maitland mit Saul umgesprungen ist. In aller Öffentlichkeit. Im Beisein von Kunden. Er war so niederträchtig!»

«Und wenn man bedenkt, daß Geltman zu der Zeit, als Maitland umgebracht wurde, in Ihrem Büro war», sagte Boone kopfschüttelnd. «Das macht einen nachdenklich. Wer weiß, ob wir ihn nicht verdächtigt hätten, wenn er nicht dort gewesen wäre. Aber er war ja wirklich dort, nicht wahr?»

«Sicher war er das», bestätigte sie und nickte so heftig, daß die blonden Locken flogen. «Ich habe ihn hereinkommen sehen. Und noch mit ihm gesprochen, ein oder zwei Minuten, ehe er in Mr. Simons Büro ging.»

«Das war so um zehn Uhr», sagte Boone nachdenklich. «Und dann haben Sie ihn gegen halb zwei Uhr wieder rauskommen sehen. Stimmt's?»

«O nein», sagte sie. «Um halb zwei habe ich mit Alma zu Mittag gegessen. Mit Alma Maitland. Wissen Sie das nicht?»

«Ach ja, natürlich!» Boone schnipste mit den Fingern. «Wie konnte ich das nur vergessen? Nun, jedenfalls haben die anderen im Büro ihn rauskommen sehen, oder?»

«Nein», sagte sie gedehnt. «Nur. Mr. Simon. Mr. Brewster war den ganzen Tag über bei Gericht, und unser Bürovorsteher, Lou Broniff, lag mit einer Grippe zu Hause.»

«Nun», sagte er, «Mr. Simon hat uns gesagt, wann er fortgegangen ist, und das genügt.»

«Das sollte es auch. Mr. Simon ist ein Prachtmensch.»

«Mr. Geltman spricht in den höchsten Tönen von ihm», log Boone ganz geläufig.

«Das will ich aber auch meinen.» Sie lachte. «Sie sind seit Jahren befreundet. Ich meine, sie sind mehr als nur Anwalt und Mandant. Sie spielen Handball zusammen. Und schließlich sind beide geschieden.»

«Also enge Vertraute.»

«Das kann man wohl sagen. Mr. Geltman ist ein so netter kleiner Mann. Er sagt immer so komische Sachen. Ich mag ihn.»

«Ich auch», stimmte Boone zu. «Eine starke Persönlichkeit. Schade, daß er und Mrs. Maitland nicht miteinander auszukommen scheinen.»

«Ach, das», meinte Susan Hemley. «Das beruht eigentlich auf einem Mißverständnis. Maitland hat ein paar Bilder gemalt und Geltman veranlaßt, sie zu verkaufen, ohne seiner Frau davon zu erzählen. Ich habe Alma gesagt, daß es nicht Sauls Schuld ist. Schließlich mußte er verkaufen, was Maitland ihm brachte, oder? Das ist ja sein Beruf. Und was Maitland mit seinem Geld machte, ging Saul nichts an, oder? Wenn Maitland seiner Frau nicht sagte, wieviel er verdiente, sollte sie das wirklich nicht Mr. Geltman zum Vorwurf machen.»

«Da bin ich ganz Ihrer Meinung», stimmte Boone zu. «Und das haben Sie Alma Maitland auch gesagt?»

«Natürlich habe ich das getan. Aber sie scheint zu denken, daß das nicht alles war.»

«Nicht alles?» fragte Boone nach. «Ich verstehe nicht. Was meinte sie damit?»

«Ach, du meine Güte!» rief Susan Hemley. «Sehen Sie nur, wie spät es schon ist. Ich muß zurück ins Büro. Haben Sie vielen Dank für das Essen, Sergeant. Es hat mir wunderbar geschmeckt. Ich hoffe, wir sehen uns mal wieder.»

«Bestimmt.» Wieder lächelte er. «Am Dienstagmorgen um zehn. Mit Mr. Delaney.»

Er kehrte zu Jake Dukkers Atelier am Central Park South zurück. Es war fast vierzehn Uhr, nicht genau die Tatzeit, aber seiner Meinung nach immerhin annähernd genug, einen Versuch mit der U-Bahn zu rechtfertigen.

Auf der Nordseite der 59th Street fand er einen Parkplatz, verschloß seinen Wagen und schaute auf die Uhr. Dann beschloß er, kein Taxi zu nehmen, sondern zu Fuß zum U-Bahnhof Lexington Avenue zu gehen. Er schlug eine rasche Gangart ein, schlängelte sich durch die Menge, wich gelegentlich in die Gosse aus, um Zeit zu gewinnen. Wie jemand, der auf Mord erpicht ist, schoß er bei Rotlicht über die Straße und kümmerte sich weder um das Gehupe, noch um die Verwünschungen zeternder Taxifahrer.

Auf dem Bahnhof an der 59th Street mußte er fast vier Minuten auf einen Expreßzug in Richtung Süden warten. An der 14th Street stieg er in einen Lokalzug um, fuhr damit bis zur Spring Street, stieg aus und eilte hinüber zu Maitlands Atelier in der Mott Street. Dann sah er auf die Uhr; sechsundvierzig Minuten waren vergangen, seit er Dukkers Atelier verlassen hatte.

Gemächlich ging er einmal um den Block, um die zehn Minuten hinter sich zu bringen, die er für die Ermordung Maitlands ansetzte, und fuhr dann dieselbe Strecke zurück. Diesmal mußte er lange auf den Lokalzug warten. Ungeduldig sah er zwei Expreßzüge auf dem Nebengeleise vorüberdonnern. Als sein Zug endlich kam, beschloß er, damit bis zur 59th Street weiterzufahren. Der Zug wurde fast fünf Minuten zwischen der 14th und der 23th Street aufgehalten, einer jener unerwarteten Aufenthalte, für die den schwitzenden Fahrgästen nie eine Erklärung gegeben wird.

An der Haltestelle 59th Street sprang er vom Zug, drängelte sich, die Ellbogen gebrauchend, durch die Menschenmassen und eilte westwärts quer durch die Stadt zu Dukkers Atelier. Keuchend und mit durchgeschwitztem Popelinanzug stand er unter der Markise vor dem Haus und schaute auf die Uhr: eine Stunde und neunundvierzig Minuten. Er konnte es kaum glauben. Zu Fuß und mit der U-Bahn hatte er es schneller geschafft als mit dem Auto. Das bewies nun mit Sicherheit, daß seine Theorie durchaus etwas für sich hatte: Dukker oder die Sarazen hätten die Fahrt ohne weiteres machen, Maitland töten und zurückkehren können, ohne daß ihre Abwesenheit von den Fotomodellen und Assistenten unten im Atelier bemerkt worden wäre. Was allerdings bedeuten würde, daß die beiden unter einer Decke steckten.

Er zog die Jacke aus, riß mit einem Ruck Schlips und Kragen auf und fuhr zufrieden nach Hause in die 85th Street. Er wohnte in einem verhältnismäßig neuen Apartmenthaus. Die Miete für die Wohnung und den Garagenplatz sorgte dafür, daß er ständig am Rand der Pleite entlangschlidderte, doch konnte er sich nach der Scheidung nicht entschließen auszuziehen. Hätte Phyllis Unterhalt verlangt, wäre ihm allerdings nichts anderes übriggeblieben, als sich eine billigere Wohnung zu nehmen. Glücklicherweise gehörte sie jedoch zu den emanzipierten Frauen, hatte sich mit einer einmaligen Abfindung von fünftausend auf die Hand und dem größten Teil der Möbel zufriedengegeben, und so waren sie als gute Freunde auseinandergegangen. Es war alles mit Anstand über die Bühne gebracht worden. Und war so entsetzlich gewesen, daß ihm noch jedesmal, wenn er daran dachte, die Tränen kamen.

Er holte seine Post – Rechnungen und Reklamesendungen – aus dem Briefkasten und fuhr allein zu seiner Wohnung im 18. Stock hinauf. Nach Phyllis' Auszug war sie nur karg möbliert, doch hatte er immerhin noch eine Couch, einen Sessel und einen niedrigen Tisch im Wohnzimmer stehen, und das Schlafzimmer war mit einem Bett, einer Kommode und einem Kartentisch ausgestattet, den er mit einem Safaristuhl davor als Schreibtisch benutzte. Rebecca Hirsch hatte ein kleines eichenes Nachttischchen herübergebracht und fürs Wohnzimmer ein paar Poster in leuchtenden Farben. Die halfen. Rebecca sprach immer wieder von Vorhängen und Gardinen; vermutlich würde er sich irgendwann dazu entschließen müssen. Aber im Augenblick taten Jalousetten es durchaus.

Er stellte die Klimaanlage an und zog sich bis auf die Unterhose aus. Aus dem Eisschrank holte er eine Dose Diätbrause, dann setzte er sich im Schlafzimmer an den Kartentisch, um den Bericht zu schreiben, solange ihm das Gespräch mit Susan Hemley noch lebendig in der Erinnerung stand. Den Bericht tippte er rasch auf einer alten Underwood-Maschine, die seine Ex-Frau ihm dagelassen hatte.

Nachdem er mit dem Hemley-Treffen fertig war, schrieb er noch je einen Bericht über die beiden Kontrollfahrten und entnahm seinem Notizbuch die genauen Zeiten. Dann heftete er alles in den Ordner für den Fall Maitland ab und überlegte zum x-ten Mal, ob wohl je jemand darin lesen oder wenigstens nachschlagen würde. Delaney hatte ihm jedoch eingeschärft, er solle täglich seinen Bericht schreiben, und das tat er denn auch. Er fand, das sei er dem Chief schuldig.

Er duschte lauwarm, trocknete sich vor der Klimaanlage ab und fühlte sich wesentlich besser. Er machte sein zweites Päckchen Zigaretten auf und dachte flüchtig daran, sich einen Whiskey mit Eis zu machen. Dann riß er eine zweite Dose Diät-Brause auf.

Er überprüfte den Inhalt seiner Brieftasche, überschlug rasch, wieviel er bis zum nächsten Zahltag ausgeben konnte und stellte im Geist eine Liste seiner Gläubiger auf, jener, die er einschüchtern oder hinhalten konnte, und jener, die sofort befriedigt werden mußten. Er wußte, wie leicht es für einen Polizeibeamten war, ein Darlehen zu bekommen, aber auf so was wollte er sich gar nicht erst einlassen.

Zuletzt rief er Rebecca Hirsch an. Sie schien froh, von ihm zu hören, und sagte, sie könne ihm einen Thunfischsalat bieten, falls er den möge. Er behauptete, schon den ganzen Tag von Thunfischsalat geträumt zu haben und werde gleich da sein. Nach dem Essen könnten sie dann spazierenfahren, ins Kino gehen, fernsehen oder was immer.

Sie sagte, sie persönlich sei für was immer.

9

Während Sergeant Abner Boone am Freitagvormittag die Fahrtzeiten stoppte, saß Delaney in seinem Arbeitszimmer und notierte auf einem Zettel alles, was keinen Aufschub duldete. Sodann nahm er Maitlands Skizzen von der Wand, rollte sie auf und streifte ein Gummiband darum. Er rief Monica zu, er werde zum Mittagessen nicht zu Hause sein und machte sich auf den Weg. Den Hausschlüssel drehte er zweimal hinter sich im Schloß.

Zunächst bestellte er in einer Druckerei in der Second Avenue, die auch Fotokopien machte, je einen Abzug von den drei Maitland-Skizzen im Format 30×35 cm. Der Angestellte betrachtete die drei Aktzeichnungen, grinste seinen Kunden schmierig an, bekam es aber mit der Angst, als er Delaneys kalt starrenden Blick begegnete. Er versprach, die Kopien bis Mittag fertig zu haben.

Sodann schlenderte der Chief die East 58th Street hinunter; er war für elf Uhr mit Theodore Maitland verabredet. Nach dem vielen Sitzen in Boones Wagen tat die Bewegung ihm gut. Anfangs atmete er tief durch und hielt die Luft an, bis er zwölf gezählt hatte, dann atmete er ebenso langsam wieder aus. Diese Übung hielt er zwei Straßenzüge lang durch, fühlte sich aber davon kein bißchen besser. Also atmete er wie immer und wanderte in gleichbleibend gemäßigtem Tempo nach Süden. Er beobachtete das vormittägliche Leben der Stadt und überlegte, wann er im Fall Maitland wohl endlich auf etwas Handfestes stoßen würde, was ihm die Richtung weisen und ihn weiterbringen könnte.

Aus Erfahrung wußte er, daß die ersten Stunden und Tage einer Ermittlung die anstrengendsten sind. Da sammelten sich die widersprüchlichsten Informationen an, Beweismaterial häufte sich, Zeugen sagten die Wahrheit oder logen – aber wie zum Kuckuck war das alles zu bewerten? Man mußte sich alles anhören, mußte einen kühlen Kopf bewahren, durfte nicht aus der Haut fahren; es hieß gelassen zusehen, wie das Durcheinander immer größer wurde in der Hoffnung, endlich darin doch so etwas wie ein System zu erkennen. Es hatte Ähnlichkeit mit dem Verkehrsstau, auf den er Ecke Second Avenue und 66th Street stieß. Steckengebliebene Autos hupten, rotgesichtige Fahrer brüllten sich an und fuchtelten mit den Armen. Dann gelang es einem Verkehrspolizisten, den Wagen, der den Stau verursacht hatte, zum Weiterfahren zu bringen, und innerhalb weniger Minuten löste das Chaos sich auf, der Verkehr lief wieder in einigermaßen geordneten Bahnen. Wann jedoch würde *er* auf die entscheidende Tatsache stoßen, die ihm im Fall Maitland die Augen öffnete? Vielleicht heute, vielleicht morgen. Und vielleicht, so dachte er verdrossen, war er bereits darauf gestoßen, hatte sie nur nicht als solche erkannt.

Mrs. Alma Maitland ließ sich nirgends blicken, und dafür war Delaney dankbar. Das portorikanische Hausmädchen führte ihn in die bekannte kalte Pracht, wo er, den Homburg auf den Knien, auf dem Rand des Sofas Platz nahm. Er wartete nahezu fünf Minuten; darin äußerte sich wohl die Feindseligkeit des Sohnes. Delaney litt geduldig.

Selbstverständlich kannte er Fotos von Victor Maitland und war, als der Sohn endlich auftauchte, von der Ähnlichkeit verblüfft. Der gleiche stämmige Körper, die gleichen massigen Schultern. Großer, vorgereckter Kopf, struppiges Rothaar. Der finstere Blick. Mächtige Hände mit spatelförmigen Fingern. Stampfender Schritt. Das Auffallendste am Gesicht des jungen Mannes waren dichte, dunkle Brauen und volle Lippen, die wie gemeißelt wirkten. Später mochte es gröbere Züge und tiefe Falten aufweisen, die Lippen schmaler, der Mund eine verzerrte Grimasse. Jetzt jedoch verriet es die weiche Verletzlichkeit der Jugend. Auf Delaney wirkte es zornig, gekränkt und gierig.

Er stand auf, doch Ted Maitland machte keinerlei Anstalten, ihn zu begrüßen, geschweige denn, ihm die Hand zu schütteln. Er warf sich vielmehr in einen der hellen Lehnsessel, kauerte sich darauf zusammen und kaute wütend an der Nagelhaut eines Daumens. Er trug Jeans und ein rotes, fast bis zum Nabel offenstehendes Baumwollhemd, um den Hals die unvermeidliche Kette aus indischen Perlen; nackte Füße in Mokassins, ums Handgelenk einen Reifen aus Türkissplittern, in gehämmertes Silber gefaßt.

«Ich weiß nicht, warum ich überhaupt mit Ihnen rede», sagte der Junge frech. «Ich tue das nur, weil meine Mutter es von mir verlangt. Ich hab die ganze Geschichte schon hundertmal mit hundert anderen Polypen durchgekaut.»

Die Stimme war ein Schock für Delaney: hoch und schrill. Er fragte sich unwillkürlich, ob der Junge wohl am Zusammenklappen sei. Seine Bewegungen und seine Gesten hatten das Ruckhafte und Fahrige, das der Chief bei Menschen beobachtet hatte, die in Stacheldraht rannten oder zu schreien anfingen und nicht mehr aufhören konnten.

Folglich nahm er behutsam Platz, legte den Hut behutsam neben sich, sprach behutsam, leise und beschwichtigend in der Hoffnung, er möchte Vertrauen einflößen.

«Das weiß ich, Mr. Maitland, und es tut mir leid, Ihnen das noch einmal zumuten zu müssen. Aber Akten lesen oder mündlich berichtet bekommen, reicht nicht. Es ist immer am besten, aus der Quelle zu schöpfen. In einem Gespräch unter vier Augen läuft man weniger Gefahr, etwas mißzuverstehen, finden Sie nicht?»

«Wen interessiert schon, was ich finde und was nicht?» Theodore Maitland hielt die Augen auf den abgekauten Daumennagel gerichtet, sah auf den Teppich, zur Decke, auf die Wände, nur nicht auf Delaney. Er wollte oder konnte dessen Blick nicht standhalten.

«Ich weiß, was Sie durchgemacht haben», sagte der Chief begütigend. «Glauben Sie mir. Es dauert auch nicht lange. Nur einige wenige Fragen. Ein paar Minuten . . .»

Der Junge schnaubte verächtlich und schlug die Beine übereinander. Auf seine Art ein hübscher Junge, ganz der Sohn seines Vaters, zwar offensichtlich nervös, doch durchaus männlich, und Delaney fragte sich, ob er eine Freundin habe. Er hoffte es.

«Mr. Maitland», begann er, unterbrach sich aber, um zu fragen: «Hätten Sie was dagegen, wenn ich Sie Ted nenne?»

«Nennen Sie mich, wie Sie wollen», sagte der Junge barsch.

«Schön.» Delaney sprach immer noch langsam, leise und ruhig. «Dann also Ted. Lassen Sie mich kurz wiederholen, was Sie an dem Tag getan haben, an dem Ihr Vater getötet wurde, und sagen Sie mir, ob ich alles richtig wiedergebe. Einverstanden, Ted?»

Maitland stieß einen Laut aus, der weder Zustimmung noch Ablehnung verriet, schlug die Beine andersherum übereinander und drehte sich auf seinem Sessel so, daß er Delaney die Schulter zeigte.

«Sie haben diese Wohnung an jenem Freitag um halb zehn verlassen», begann der Chief. «An der 59th Street nahmen Sie die U-Bahn nach Manhattan Süd. Ausgestiegen sind Sie am Astor

Place. Von zehn bis zwölf hatten Sie zwei Unterrichtsstunden am Cooper Union College. Um zwölf haben Sie sich mit Ihren Kommilitonen auf der Treppe unterhalten, Sandwiches und eine Dose Bier gekauft und sind damit zum Washington Square Park rübergegangen. Dort blieben Sie bis gegen halb zwei. Sie waren wieder rechtzeitig im Institut, um von zwei bis vier am Unterricht teilzunehmen. Danach sind Sie direkt heimgefahren. Stimmt das?»

«Ja.»

«Im Park haben Sie allein gegessen?»

«Habe ich ja gesagt.»

«Und niemanden getroffen, den Sie kannten, Ted?»

Maitland fuhr herum und funkelte ihn an.

«Nein, ich habe niemanden getroffen, den ich kenne», schrie er fast. «Ich habe allein zu Mittag gegessen. Ist das ein Verbrechen?»

Delaney hielt die Hände hoch, die Handflächen nach außen gekehrt.

«Uff», sagte er. «Kein Verbrechen. Kein Mensch beschuldigt Sie! Ich versuche doch nur, zu rekonstruieren, was Sie an diesem Tag getan haben, Sie und alle anderen, die Ihren Vater kannten. Das ist doch zu verstehen, oder? Nein, es ist kein Verbrechen, sein Mittagessen allein in einem Park zu sich zu nehmen. Und ich bezweifle nicht einmal, daß Sie niemand getroffen haben, den Sie kennen. Ich bin gerade eben zu Fuß von der 79th Street hierhergekommen und habe auch keinen Menschen getroffen, den ich kannte. Das ist natürlich und normal. Essen Sie mittags für gewöhnlich allein, Ted?»

«Manchmal. Wenn mir danach ist.»

«Häufig?»

«Zwei-, dreimal die Woche. Warum? Ist das wichtig?»

«Ach, Ted», meinte Delaney leichthin, «bei einer Ermittlung wie dieser ist alles wichtig. Was studieren Sie am Cooper Union?»

«Gebrauchsgraphik», murmelte Maitland.

«Dekorationsmalerei und Drucktechniken?» fragte Delaney. «Solche Sachen?»

«Ja.» Der Junge setzte ein säuerliches Grinsen auf. «Solche Sachen.»

«Anatomie?» fragte Delaney. «Kunstgeschichte und Kunsttheorie? Layout und Design?»

Zum erstenmal begegnete Ted Maitland seinem Blick.

«Ja», sagte er widerwillig. «All das. Wieso weiß ein Polyp so was?»

«Ich bin nur Amateur.» Delaney tat das achselzuckend ab. «Ich verstehe nicht viel davon, aber . . .»

«Sie wissen, was Ihnen gefällt», feixte der Junge.

«Ja, richtig, das stimmt», erklärte Delaney nachsichtig. «Zum Beispiel gefallen mir die Sachen Ihres Vaters. Wie finden Sie seine Bilder, Ted?»

«Lächerlich», sagte Maitland verächtlich auflachend. «Altmodisch. Spießig. Langweilig. Überholt. Antiquiert. Verblasen. Gefühlsduselig. Unreif. Melodramatisch. Reaktionär. Reicht Ihnen das?»

«Saul Geltman behauptet, Ihr Vater sei ein bedeutender Zeichner gewesen, ein Mann, der sich fabelhaft auf Anatomie verstand, ein großer . . .»

«Saul Geltman!» fiel Maitland ihm heftig ins Wort und verschluckte sich fast an dem Namen. «*Den* Typ kenne ich.»

«Und was für ein Typ ist das?» fragte Delaney.

«Sie haben ja keine Ahnung von der Rolle, die die Kunst in der modernen Gesellschaft spielt», versetzte der Junge voller Abscheu. «Sie sind blöde!»

«Dann erklären Sie es mir», bat Delaney. «Ich möchte lernen.»

Theodore Maitland wandte ihm offen das Gesicht zu, lehnte sich vor, stützte die Arme auf die Knie. Die dunklen Augen flammten. Das Gesicht war von Intensität ganz verzerrt, er bebte vor Begierde, sich mitzuteilen, und zitterte förmlich vor Wut.

«Eine umgekehrte Pyramide. Verstehen Sie? Die auf der Spitze steht. Und oben drauf lauter Arschlöcher wie Saul Geltman. Händler. Museumsfritzen. Kritiker. Reiche Sammler. Blutegel wie Belle Sarazen. Trendbewußte Geschäftemacher wie Jake Dukker. Verleger von Kunstbüchern und Reproduktionen. Plagiatoren. Gewissenlose Aasgeier. Neunmalkluge, die jede Vernissage besuchen und sich auf Wohltätigkeitsveranstaltungen drängen. Die ganze verdammte Schickeria! Die Kunstliebhaber! Leute, die alles tun, um einen Sitz in der vordersten Reihe zu ergattern! Die einen neuen Stil kreieren, ein neues Talent entdecken und es groß rausbringen! Dann verkaufen, den Profit einstecken und das nächste Wunderkind entdecken. Blutsauger! Darin sind sie alle gleich, durch die Bank! Und wissen Sie, worauf die Spitze der Pyramide ruht? Auf dem schöpferischen Künstler! O ja! Der steht unten und trägt dieses ganze Geschmeiß. Aber ohne ihn wäre nichts! Er ist der Mann, der sein Talent hergibt, weil er weiter nichts hat. Ihm verdankt das Parasitengesindel, daß es in Champagner baden kann. Jawohl! Dem armen Schwein, das versucht, etwas zu Papier oder auf die Leinwand zu bringen, in Holz oder Metall zu machen. Und darüber lachen sie sich tot. Na, mein Vater hat's ihnen gezeigt! Und wie er es ihnen gezeigt hat! Mein Vater hat in ihnen die Dreckskerle gesehen, die sie in Wirklichkeit sind. Schmarotzer! Schiß hatten sie vor ihm! Ich meine, wirklich Schiß! Aber er war so gut, daß sie ihn einfach nicht ignorieren konnten. Er durfte auf sie scheißen, und sie mußten es hinnehmen! Weil sie wußten, was in ihm steckte, nämlich alles das, was ihnen fehlt, und was sie nie haben werden. Mein Vater war ein Genie. Ein Genie!»

Erstaunt blickte Delaney ihn an. Kein Zweifel, die Leidenschaft des Jungen war echt. Sie brannte in seinen Augen, zeigte sich in seinen geballten Fäusten und seinen zitternden Knien.

«Eben haben Sie mir doch gesagt, Sie hätten für die Arbeiten Ihres Vaters nichts übrig.»

Ted Maitland ließ sich rücklings in den Sessel fallen und streckte Arme und Beine von sich. Angewidert sah er Delaney an.

«Ach, du lieber Gott», sagte er kopfschüttelnd. «Sie haben kein Wort von dem begriffen, was ich gesagt habe. Kein einziges Wort. Polyp mit'm Brett vorm Kopf!»

«Lassen Sie mich's mal versuchen. Vielleicht mochten Sie die Arbeiten Ihres Vaters nicht, seinen Stil, die Bilder, die er gemalt hat, was alles aber nicht seine Könnerschaft betrifft. *Die* erkennen Sie an und bewundern sie. Nur gefällt Ihnen nicht, was er damit angefangen hat. Das war nicht nach Ihrem Geschmack. Aber daß er ein Genie war, kann keiner leugnen, und Sie schon gar nicht. Ist das ungefähr richtig?»

«Ja», sagte Maitland so leise, daß Delaney ihn kaum verstand. «Ja, das trifft es einigermaßen . . . einigermaßen . . .»

«Und Sie?» fragte Delaney sanft. «Besitzen Sie das Können Ihres Vaters?»

«Nein.»

«Werden Sie es sich aneignen? Wäre das möglich? Ich meine, wenn Sie sich Mühe geben und arbeiten . . .»

«Nein», erklärte der Junge. «Niemals. Das weiß ich. Und das bringt mich um! Ich möchte . . . ach, scheiß drauf!»

Er sprang auf, machte kehrt und eilte im Sturmschritt aus dem Zimmer. Delaney sah ihm nach, unternahm aber keinen Versuch, ihn festzuhalten. Eine Weile saß er auf der Couch und starrte die Tür an. Jeder giert nach etwas, nach dem, was er nicht haben kann, oder nach mehr von dem, was er hat. Bedauernswerte, unbefriedigte Geschöpfe allesamt. Talent, Geld, Ruhm, Besitz, Integrität, das alles immer gerade eben außer Reichweite der grapschenden Hände, die unvermeidlich leer blieben. Das dürfte jeden um den Verstand bringen . . .

Der Chief wollte gerade gehen, als Alma Maitland ins Zimmer gefegt kam, eine rächende Amazone, den Kopf hochgereckt, die Hände geballt. Einen Moment konnte er die Fülle ihres hochgetürmten kupferroten Haars bewundern, das maßgeschneiderte Kleid aus rostrotem Wollstoff, die Üppigkeit ihres Körpers und ihre schöne, glatt schimmernde Haut.

Dann verstellte sie ihm den Weg. Er glaubte schon, sie wolle ihn schlagen.

«Mrs. Maitland . . .» murmelte er.

«Was haben Sie Ted angetan?» schrie sie. «Was haben Sie ihm *angetan?*»

«Nichts, gar nichts», sagte Delaney hart. «Wir haben uns darüber unterhalten, was er an jenem Tag tat, als sein Vater ermordet wurde. Wir haben über Kunst und über Teds Gefühle gesprochen, darüber, was er von den Arbeiten seines Vaters hält. Wenn ihn das aus dem Gleichgewicht gebracht hat, tut es mir leid, Madam.»

Unversehens sackte sie in sich zusammen, ließ Kopf und Schultern hängen. Sie knüllte ein kleines Taschentuch zusammen und zupfte daran. Delaney sah sie kalt an.

«Wird dem Jungen eigentlich ärztlicherseits geholfen?» fragte er. «Von einem Psychologen? Oder Psychiater?»

«Nein. Ja. Er geht . . .»

«. . . zu einem Psychiater?»

«Nicht regelmäßig . . .»

«Wie oft?»

«Drei Nachmittage in der Woche. Aber er zeigt . . .»

«Wie lange geht das jetzt schon so?»

«Fast drei Jahre. Aber sein Analytiker sagt . . .»

«Ist er jemals gewalttätig geworden?»

«Nein. Na ja, er . . .»

«Seinem Vater gegenüber? Hat er seinen Vater jemals bedroht oder angegriffen?»

«Sie lassen mir ja keine Zeit zu antworten», rief sie gehetzt.

«Die Wahrheit braucht keine Zeit», versetzte er bissig. «Möchten Sie, daß ich mich bei dem Mädchen erkundige? Dem Portier? Den Nachbarn? Hat Ihr Sohn seinen Vater jemals angegriffen?»

«Ja», flüsterte sie.

«Wie oft?»

«Zweimal.»

«Im Laufe des letzten Jahres?»

«Ja.»

«Schlimm? Ist einer von beiden dabei verletzt worden?»

«Nein, es war bloß . . .»

«Mrs. Maitland!» herrschte er sie an.

Sie ließ sich in einen Sessel fallen und kauerte sich darin zusammen. Im entging aber nicht, daß es ein anmutiges Fallen war und daß sie auch in dieser Haltung einen angenehmen Anblick bot; die Knie zusammengenommen und zur Seite gewendet, die Fußgelenke züchtig übereinandergelegt. Der gebeugte Kopf mit der flammenden Haarkrone ließ eine reizvolle Nacken- und Schulterlinie erkennen. Victor Maitland, ging es Delaney durch den Sinn, war nicht der einzige Künstler in der Familie.

«Nun?» fragte er.

«Einmal haben sie sich geprügelt», sagte sie benommen. «Victor hat ihn zu Boden geschlagen. Es war schrecklich.»

«Und das andere Mal?» Er ließ nicht locker.

«Da hat Ted ihn angegriffen. Unerwartet. Ohne jeden Grund.» Ihre Worte überstürzten sich.

«Ihn angegriffen? Mit den Fäusten? Mit einer Waffe?»

Sie konnte oder wollte nicht anworten.

«Mit einem Messer», sagte Delaney. Es war eine Feststellung, keine Frage.

Sie nickte, ohne aufzublicken.

«Was für ein Messer? Ein Jagdmesser? Ein Schnitzmesser?»

«Ein Küchenmesser», murmelte sie. «Ein harmloses Ding. Zum Gemüseputzen.»

«Ist Ihr Mann verletzt worden?»

«Es war nur eine kleine Schnittwunde am Oberarm. Nicht tief. Nicht der Rede wert.»

«Wurde ein Arzt gerufen?»

«O nein. Nein. Es war ja nur ein Kratzer. Nichts. Victor wollte keinen Arzt. Ich . . . ich habe ihn desinfiziert und verbunden. Mit Heftpflaster. Es war wirklich nichts weiter . . .»

«Wie heißt Ihr Hausarzt? Und wo hat er seine Praxis?»

Sie sagte es ihm, und er notierte sich sorgfältig Namen und Anschrift.

«Besitzt Ihr Sohn ein Messer? Ein Jagdmesser, Klappmesser, Taschenmesser? Irgend etwas dergleichen?»

«Nein», sagte sie und schüttelte den Kopf. «Er hatte eines, ein Schweizer Taschenmesser mit rotem Griff. Aber ich habe es ihm fortgenommen, nachdem er so . . . so . . .»

«Sie haben es ihm fortgenommen?»

«Ich meine, ich habe es aus seiner Nachttischschublade genommen.»

«Wo ist es jetzt?»

«Ich habe es weggeworfen. In den Müllschlucker.»

Delaney erhob sich schwerfällig, starrte auf sie herab, holte tief Luft und seufzte.

«Na schön, ich glaube Ihnen.»

Nun hob sie den Kopf und sah ihn an. Er entdeckte keine Spur von Tränen.

«Er war es nicht», sagte sie. «Ich schwöre Ihnen: Ted war es nicht. Er hat seinen Vater angebetet.»

«Ja», versetzte Delaney ungerührt. «Das hat er mir auch gesagt.»

Woraufhin er sich abwandte und zur Tür ging. Er drehte sich aber noch einmal um.

«Kannten Sie übrigens die Modelle, mit denen Ihr Mann gearbeitet hat, Mrs. Maitland?»

Erschrocken sah sie ihn an.

«Die Frauen, die Ihrem Mann Modell standen», erklärte Delaney geduldig. «Haben Sie die eine oder andere persönlich gekannt? Mit Namen?»

Sie schüttelte den Kopf. «Früher schon. Aber nicht mehr in letzter Zeit. Seit mindestens fünf Jahren nicht mehr.»

«Ich denke dabei an ein junges Mädchen, eine Portorikanerin oder Italienerin. Jedenfalls einen lateinischen Typ.»

«Nein. Warum fragen Sie?»

Er erzählte ihr von den drei Skizzen, die in Victor Maitlands Atelier gefunden worden waren.

«Sie gehören selbstverständlich Ihnen», sagte er. «Oder vielmehr zum Nachlaß Ihres Mannes. Im Augenblick habe ich sie und gebe sie zurück, sobald die Ermittlungen abgeschlossen sind.»

Sie nickte; offenbar war es ihr egal. Er machte eine kleine Verbeugung und ging.

Gemächlich stapfte er zur Third Avenue hinüber und weiter nach Norden. Es war eine Einkaufsgegend mit Warenhäusern, eleganten Boutiquen und Schnellrestaurants, die ihre Mittagskunden abfütterten. Wer profitierte eigentlich von Maitlands Tod? Und lautete die klassische Frage korrekt *Qui bono* oder *Cui bono*? Letzteres war wohl richtig.

Cui bono? Das ist die erste Frage, die sich in einem Mordfall stellt. In Frage kamen der gestörte Sohn des Toten, der den Vater um sein Können beneidete. Eine an Sex offensichtlich nicht interessierte Ehefrau, die wütend war über die Seitensprünge ihres Mannes. Ein Kunsthändler, der sich in aller Öffentlichkeit hatte demütigen und beschimpfen lassen müssen. Ein Freund, der gleichfalls Maler und eifersüchtig auf die Integrität des Ermordeten war. Eine abgelegte Mätresse, die ihn haßte, weil er sie verachtete. Eine vernachlässigte Mutter und Schwester, die Mühe hatten, über die Runden zu kommen.

Es gab eine ganze Reihe von einleuchtenden Mordmotiven – aber: *cui bono?*

Edward X. Delaney ging gemächlich nach Norden und überlegte, ob er seine Ermittlungen wirklich auf die sieben Verdächtigen beschränken dürfe. Allerdings hatte die Polizei alle übrigen möglicherweise der Tat Verdächtigen bereits gründlich und gänzlich ergebnislos unter die Lupe genommen. Folglich blieben Delaney nur diese sieben. *Cui bono?*

Er holte die Fotokopien ab und bat um eine Quittung. Die Belege für seine Ausgaben brauchte er, um sich die Spesen ersetzen zu lassen. Eine Entlohnung erwartete er nicht, aber er wollte verdammt sein, wenn er für das Vergnügen, der New Yorker Polizei zu helfen, auch noch bezahlte.

Das Haus war bei seiner Rückkehr leer. Mittels Magnetknopf hatte Monica am Eisschrank einen kleinen Zettel befestigt: «Bin zum Einkaufen in den Supermarkt. Du brauchst neue Hemden.»

Er lächelte. Es stimmte: die Kragen an einigen seiner Hemden fransten aus. Er entsann sich noch der Zeiten, als Krägen gewendet wurden. Das machten entweder die Frauen oder kleine Flickschneider, die Schilder im Fenster hatten, auf denen stand: *Wir wenden Kragen*. Darunter konnte sich heute kaum noch jemand was vorstellen.

Er trug eine Dose kaltes Bier in sein Arbeitszimmer, zog die Jacke aus und hängte sie über die Stuhllehne. Den Schlips lockerte er allerdings nicht, und auch die Manschetten krempelte er nicht um. Er pinnte Maitlands Kohlezeichnungen wieder an die Korkwand mit dem Stadtplan darauf und verstaute die Fotokopien in der unteren Schreibtischschublade. Jake Dukker und Belle Sarazen erkannten womöglich das Modell.

Er trank einen Schluck Bier und wählte dann die Nummer vom Büro des Stellvertretenden Commissioner, Ivar Thorsen. Der war zwar nicht da, aber Delaney erklärte seinem Assistenten, was er brauchte: ein Gutachten von der Rechtsabteilung darüber, wie nach den Gesetzen des Staates New York der Nachlaß von Victor Maitland aufgeteilt werden würde.

«Der Mann hat kein Testament hinterlassen, dafür aber eine Witwe und einen achtzehnjährigen Sohn. Dazu eine Mutter und eine Schwester. Ich möchte gern wissen, wer was bekommt. Verstanden?»

«Verstanden, Chief, ich schreib's mir auf. Frau und Sohn, achtzehn. Mutter und Schwester. Ist die Schwester minderjährig?»

«Nein», sagte Delaney, dankbar dafür, es mit einem verständigen Beamten zu tun zu haben. «Sie muß in den Dreißigern sein. Wie bald kann ich damit rechnen?»

«Das dauert mindestens ein paar Tage. Aber ich will versuchen, die Angelegenheit zu beschleunigen.»

«Gut. Danke. Und noch was, Sergeant – gibt es die Sonderabteilung Kunstdiebstahl und Fälschungen noch?»

«Soweit ich weiß, ja. Es sind nur ein paar Leute, zwei oder drei. Aber sie arbeiten nicht hier im Präsidium. Wollen Sie die Nummer?»

«Ja, bitte.»

«Bleiben Sie am Apparat.»

Nach kurzer Zeit erhielt Delaney Telefonnummer und Namen des Abteilungsleiters, Lieutenant Bernard Wolfe.

Delaney notierte alles, dankte und legte auf. Noch zwei Schluck Bier. Dann rief er bei der Sonderabteilung Kunstdiebstahl und Fälschungen an. Dort war besetzt. Noch einen Schluck. Wieder das Besetztzeichen. Mehr Bier. Endlich kam er durch, doch der Lieutenant war nicht da. Er hinterließ Namen und Telefonnummer und bat, Wolfe möge ihn so bald wie möglich zurückrufen.

Er trank sein Bier aus und schrieb den Bericht über seine Gespräche mit Theodore und Alma Maitland. Er war fast fertig damit, als das Telefon klingelte; er schrieb noch weiter, als er den Hörer aufnahm.

«Hier Delaney.»

«Chief, hier ist Lieutenant Bernard Wolfe. Sonderdezernat Kunst. Man hat mir gesagt, Sie hätten angerufen?»

«Jawohl, Lieutenant, das habe ich. Ich arbeite in halbamtlicher Eigenschaft an der Aufklärung des Falles Victor Maitland.»

«Davon habe ich gehört.»

«Urwaldtrommeln im Präsidium?»

«Weniger innerhalb des Präsidiums, als innerhalb des Kunsthandels. Es ist nur eine kleine Welt, Chief, und so was spricht sich rum.»

«Das kann ich mir vorstellen», sagte Delaney. «Und ich nehme an, Sie kennen sich gut aus in dieser kleinen Welt. Ich meine, Sie könnten mir eine große Hilfe sein, Lieutenant. Ich möchte mich gern mal mit Ihnen zusammensetzen.»

«Mit Vergnügen», sagte Wolfe. «Sagen Sie, wann und wo.»

Delaney wollte bereits eine Verabredung treffen, doch dann fiel ihm ein, daß Sergeant Boone gerade eine Zusammenkunft mit J. Julian Simon für ihn ausmachte.

«Könnte ich Montag früh einen Termin vorschlagen?» fragte er. »Ich rufe so gegen zehn an. Paßt Ihnen das?»

Wolfe war einverstanden.

10

Wie gewöhnlich traf Abner Boone am Montag um neun Uhr ein. Delaney ging in Hemdsärmeln hinaus, um den Sergeant ins Haus zu bitten.

«Ich dachte, heute arbeiten wir mal alles auf, was wir haben», sagte er zu Boone. «Bringen unsere Unterlagen auf den neuesten Stand und so weiter. Und überlegen, wie wir jetzt weiter vorgehen.»

«Einverstanden, Chief. Ich habe meine Aufzeichnungen vom Freitag mitgebracht.»

Sie setzten sich in Delaneys Arbeitszimmer, und ein paar Minuten später brachte Monica Tassen und eine Thermosflasche Kaffee sowie einen Teller mit zimtbestreutem Schmalzgebäck. Sie sprach ein paar Worte mit Boone und ließ die beiden Männer dann allein.

Als erstes wollte Delaney wissen, ob eine Verabredung mit J. Julian Simon vereinbart sei. Boone sagte, Dienstag früh, zehn Uhr. Der Chief notierte.

Während sie schwarzen Kaffee tranken und sich ihr Schmalzgebäck schmecken ließen, berichtete Boone über die Fahrten von Dukkers Wohnung und Atelier zu Victor Maitlands Atelier in der Mott Street. Delaney machte dabei Notizen. Keiner von beiden hielt es für nötig, sich über die Bedeutung dieser Ergebnisse auszulassen.

Um zehn rief Delaney den Lieutenant Wolfe vom Sonderdezernat Kunst an und verabredete sich mit ihm zum Mittagessen für Dienstag in KEEN'S ENGLISH CHOP HOUSE in der West 36th Street.

«Sind Sie da jemals gewesen?» fragte er Boone, nachdem er aufgelegt hatte.

«Nein, nie, Sir.»

«Es gibt dort phantastische Lamkoteletts, falls Sie die mittags schon vertragen.»

«Was versprechen Sie sich von Wolfe?»

«Nichts Bestimmtes. Einiges Nützliche über die New Yorker Kunstszene. Vielleicht kann er sich für uns auch unter der Hand ein bißchen umhören und erfährt irgendwas über Maitland. Im augenblicklichen Stadium nehme ich alles, Gerüchte, Tips, Hinweise, egal was. Aber nun zu Ihnen: Was haben Sie bei der Hemley in Erfahrung gebracht?»

Boone konnte sich weitgehend auf sein Gedächtnis verlassen und brauchte nur gelegentlich sein Notizbuch zu konsultieren. Er erstattete genau Bericht über sein Mittagessen und die Unterhaltung mit Susan Hemley. Nachdem er geendet hatte, saßen die beiden Männer ein Weilchen schweigend und starrten Löcher in die Luft.

«Interessant», sagte Delaney schließlich. «Sie hat Ihnen also gesagt, Mrs. Maitland meine, Zitat: Es ist mehr dran als nur das, Zitat zu Ende. Und als Sie deswegen nachhakten, mußte sie plötzlich zurück ins Büro. Was für einen Eindruck hatten Sie? Wußte sie was und gebrauchte eine Ausrede? Oder wußte sie nichts und mußte tatsächlich zurück an den Schreibtisch? Was meinen Sie?»

«Ich weiß es nicht», sagte Boone voller Unbehagen. «Ich hab mir darüber die ganze Zeit den Kopf zerbrochen, aber ich kann mich nicht eindeutig für das eine oder das andere entscheiden.»

«Aber was nehmen Sie an?»

«Ich nehme an, daß sie keine Ahnung hatte, wovon Alma Maitland sprach.»

«Schön. Belassen wir es vorläufig dabei. Wie steht es mit dem Alibi von Geltman? Sie hat ihn gegen zehn reingehen sehen, aber sie hat ihn gegen halb zwei nicht rauskommen sehen?»

«Richtig, Chief. Da aß sie mit Alma Maitland zu Mittag oder war auf dem Weg von dort zurück ins Büro.»

«Und sonst hat niemand im Büro Geltman rauskommen sehen?»

«Stimmt. Das Büro war leer. Alle fort. Infolgedessen hat Geltman wirklich nur ein Ein-Mann-Alibi; er stützt sich voll und ganz auf J. Julian Simon.»

«Wie wäre folgendes: Von Simons Büro bis zum *Provençal*, wo die Hemley mit Alma Maitland aß, ist es schließlich nicht weit. Nehmen wir mal an, sie verläßt das Büro gegen viertel nach eins. Nun ist die Bahn frei. Geltman schleicht sich raus, fährt nach Manhattan Süd und bringt Maitland um. Nein, nein, nein. Das können Sie streichen. Das kommt nicht hin. Die Angestellten von Geltman und seine Kunden haben ihn ja schon um halb zwei wieder in der Galerie gesehen. Folglich kann er's nicht getan haben.»

«Dieser Schlawiner!» sagte Boone bitter, und als Delaney ihn anstarrte, errötete der Sergeant.

«Verzeihung, Sir», sagte er. «Die Büros von Simon & Brewster liegen in der Mitte eines langen Korridors. Eine holzgetäfelte Tür führt ins Vorzimmer, wo Susan Hemleys Schreibtisch steht. Sie sagte, sie habe sich an diesem Freitag ein paar Minuten mit Geltman unterhalten, und dann sei er in Simons Arbeitszimmer verschwunden. Dort ist sie auch hineingegangen, um die Verabredung für Sie festzumachen. Es kann aber sein, daß auch vom Korridor eine Tür direkt in Simons Büro führt, und ich Trottel habe nicht nachgesehen.»

Delaney plinkerte zweimal und lächelte dann.

«Das wäre nichts Ungewöhnliches. Anwälte verschwinden gern ungesehen, wenn Leute in ihrem Vorzimmer sind, die sie nicht empfangen wollen. Boten mit Zustellungsurkunden zum Beispiel oder Polizeibeamte mit Haftbefehl.»

«Richtig!» sagte Boone. «Falls Simons Arbeitszimmer einen Separateingang auf den Gang hat, könnte Geltman um zehn eingetroffen und gleich wieder weggegangen sein. Dann hätte er reichlich Zeit gehabt, runterzufahren zur Mott Street, Maitland ins Jenseits zu befördern und entweder in Simons Arbeitszimmer zurückzukehren oder direkt in seine Galerie zu fahren. Tut mir leid, daß ich das mit der Tür nicht nachgeprüft habe, Chief.»

«Das macht ja nichts. Wir können's morgen gleich nachholen. Die Hemley hat gesagt, Geltman und Simon seien alte Freunde?»

«Ja. Sie spielen beide Handball.»

«Reizend. Daß sie zusammen Ball spielen, meine ich. Na ja . . . wir werden sehen. Was für eine Frau ist diese Hemley eigentlich? Hübsch?»

«Attraktiv, schon. Aber nicht schön. Sehr dünn. Und auch nicht mehr allzu jung. Klein, blond, Kraushaar. Weder Busen noch Po. Dafür gute Beine. Nicht übermäßig gescheit.»

«Sexy?»

Boone überlegte einen Augenblick.

«Ich finde, ja. Sie hat irgendwas. Als ob sie, wenn sie sich erstmal dazu durchringt, nicht mehr zu halten wäre.»

«Falls Geltman recht damit hat, daß Alma Maitland eine verkappte Lesbe ist – könnte was zwischen ihnen sein?»

Abermals dachte Boone nach, dann sagte er seufzend: «Möglich wärs schon. Jedenfalls nicht ausgeschlossen. Aber ich kann's einfach nicht sagen. Welcher Mann kann das schon!»

«Ich bestimmt nicht», knurrte Delaney. «Aber auf Sie ist sie angesprungen? Ich meine, wie eine Frau auf einen Mann? Hat sie kokettiert? Es drauf angelegt, sich ein zweites Mal mit Ihnen zu treffen?»

«Nein», sagte Boone gedehnt. «Eigentlich nicht. Sie war höflich und freundlich, aber drauf angelegt hat sie es nicht. Vielleicht habe ich es nicht geschafft, sie scharf zu machen. Ich kann Ihnen bloß sagen, was für ein Gefühl ich hatte: wenn ich sie zu einer Orgie aufgefordert hätte, würde sie gelacht und ‹warum nicht› gesagt haben!»

«Wir sehen sie ja morgen früh, und da verschaffe ich mir dann selber einen Eindruck. Jetzt will ich Ihnen von meiner kleinen Sitzung mit Ted und Alma Maitland berichten.»

Er erzählte Boone alles, was sich während der Befragung der beiden zugetragen hatte. Der Sergeant hörte aufmerksam zu, machte sich gelegentlich Notizen, unterbrach Delaney jedoch nicht. Als dieser fertig war, sah Boone ganz aufgeregt von seinem Notizbuch auf:

«Donnerwetter!» sagte er. «Das ist ja hochinteressant! Und alles neu. Davon, daß Ted gewalttätig ist, hat ja nichts in den Berichten gestanden, oder?»

«Nein. Kein Wort.»

«Ob es uns gelingt, den Psychiater zum Sprechen zu bewegen?»

«Das wohl kaum. Er wird zuschnappen wie eine Auster. Ärztliche Schweigepflicht!»

«Ted hat also auf dem Washington Square allein zu Mittag gegessen. Behauptet er zumindest. Sie sind sich darüber im klaren, was das bedeutet, Chief? Alma behauptet, sie sei allein zum Einkaufen gegangen. Sarazen und Dukker behaupten, sie seien zusammen gewesen. Folglich könnte jeder der Täter sein. Sogar die Mutter und die Schwester hätten von Rockland runterfahren können und reichlich Zeit gehabt, sich dieses kleine Privatvergnügen zu leisten. Saul Geltmans windiges Alibi hängt ganz von J. Julian Simon ab, seinem guten Sportsfreund. Zu schön! Sie sind alle schuldig. Was machen wir jetzt?»

«Was wir jetzt machen», sagte Delaney, «ist folgendes: wir stellen eine Zeittafel auf. Die Namen schreiben wir untereinander, die Zeiten im Viertelstundenabstand daneben. Daran lesen wir auf einen Blick ab, wo die Verdächtigen sich zwischen neun Uhr morgens an diesem Freitag und, sagen wir, fünf Uhr nachmittags befanden. Oder wo sie behaupten, gewesen zu sein. Ich muß hier irgendwo Millimeterpapier rumliegen haben; damit können wir erstmal anfangen.»

Kaum hatten sie angefangen, ihre Zeittafel aufzustellen, rief Monica zum Mittagessen. Sie hatte zwar im Eßzimmer gedeckt, doch gab es nur kalte Küche, und sie mußten sich ihre Brote selbst streichen. Säuerliches Roggenbrot, schwarzer Pumpernickel, lockerer Challeh-Blätterteig. Salami, Schwartenmagen, Braunschweiger, Puterbrust, Tomaten, Radieschen, Pfeffergurken, Scheiben von Gemüsezwiebeln. Hering in saurer Sahne. Oliven. Dillgurken. Kartoffelsalat und kalte gebackene Bohnen. Dunkles Bier für Delaney und Eistee für Boone. Monica setzte sich zu ihnen, naschte hier und dort und ließ nicht zu, daß sie über Berufliches redeten. Folglich blieb ihnen nichts übrig, als zu essen und zu essen. Hinterher halfen sie abräumen.

«Genau richtig», sagte Delaney und gab ihr einen Kuß auf die Wange. «Du hast genau das Richtige getroffen.»

«Wunderbar, Mrs. Delaney», sagte Boone. «So gut esse ich nicht oft.»

Er meinte zu hören, wie sie brummelte: «Könnten Sie aber», doch war er nicht ganz sicher.

Die beiden Männer kehrten zurück ins Arbeitszimmer und machten sich wieder an die Zeittafel. Als sie fertig waren, hielten sie eine hübsche graphische Darstellung in Händen, die von Viertelstunde zu Viertelstunde zeigte, wo die Tatverdächtigen am Mordtag gewesen waren. Farbzeichen machten deutlich, ob die Verdächtigen nur behaupteten, da und da gewesen zu sein, oder ob das von einem Zeugen oder mehreren bestätigt wurde.

Bewiesen war damit selbstverständlich nichts, doch das erwarteten sie auch nicht. Immerhin stand ihnen jetzt bildlich vor Augen, was sich zugetragen hatte, und nachdem sie die Tafel neben Maitlands Skizzen an der Korkwand festgepinnt hatten, betrachteten sie sie wohlgefällig. Die Tafel schien alles in den richtigen Blickwinkel zu rücken.

Der Chief ging in die Küche und kam mit einer Dose Bier für sich und einer Flasche Tonic Water für Boone zurück. Dann setzten sie sich, betrachteten wieder die Tafel, rauchten und kramten in Erinnerungen.

«Ich habe mal an einem Fall mitgearbeitet ...» sagten sie beide gleichzeitg, hielten gleichzeitig inne und lachten.

«Sie zuerst», sagte Delaney.

«Ach, was Besonderes war das gar nicht, Sir», sagte Boone. «Ich war damals gerade zur Kriminalpolizei versetzt worden. Die Reviere hatten ihre eigenen Kriminalabteilungen, und ich arbeitete für Zwo-Null. Am Broadway gab es einen eleganten Juwelierladen; der Inhaber verkaufte vor allem gute antike Sachen. Es kamen immer wieder Stücke abhanden. Ganz regelmäßig. Vielleich ein oder zwei Stücke die Woche. Da nur er und seine Frau im Laden arbeiteten, meinten wir, es müßte sich um Ladendiebstahl handeln. Einbruch schied aus. Folglich brachten wir im Hinterzimmer einen Mann unter, der durch ein Loch die Kunden im Laden beobachtete. Aber niemand klaute was. Es war ein Rätsel. Eines Tages fährt unser Juwelier mit dem Bus die Fifth Avenue runter. Ihm gegenüber sitzt eine wunderhübsche kleine Schnepfe, die eines von den Stücken trägt, die ihm abhanden gekommen sind, eine Rubinbrosche in Form einer Rose, eine viktorianische Arbeit; er glaubte nicht, daß es irgendwo auf der Welt noch ein zweites Stück dieser Art gäbe. Na ja, er war nicht auf den Kopf gefallen, sagte zu der Schnepfe kein Wort, sondern folgte ihr nach Hause, und dann rief er uns. Um es kurz zu machen: Das Mädchen hatte die Rubinbrosche von ihrem Freund geschenkt bekommen. Und woher hatte der sie? Von der Frau des Juweliers. Ist das zu fassen? Der Freund war ein Gigolo, er bediente die alte Dame, solange von ihr was zu holen war. Ich mußte es dem Juwelier beibringen, und das war alles andere als angenehm. Worauf ich hinauswill, ist folgendes: Wären der Juwelier und die Schnepfe sich nicht zufällig im Fifth Avenue-Bus begegnet, ich bezweifle, daß wir jemals dahintergekommen wären, bis der Juwelier ausgenommen gewesen wäre wie eine Weichnachtsgans. Es war Zufall, reiner Zufall.»

Delaney nickte. «Meine Geschichte ist ähnlich, nur, daß die Lösung mehr auf der Dummheit des Täters beruhte als auf einem Zufall. Es ging um Erpressung. Der Kerl verlangte gar nicht viel: nur fünfhundert Dollar, in kleinen Scheinen. Lachhaft, wenn man bedenkt, was er dabei riskierte. Er schrieb Briefe, in denen er fünfhundert Dollar verlangte, sonst würde er Frau und Kindern des Erpreßten Säure ins Gesicht schütten. Reizend, nicht wahr? Der Himmel mag wissen, wie viele schon bezahlt hatten, ehe einer genug gesunden Menschenverstand und den Mumm hatte, uns zu rufen. Und ob Sie's glauben oder nicht: der Erpresserbrief war durch eine Frankiermaschine gelaufen. Vermutlich hatte der Idiot das Porto sparen wollen und ihn daher in seinem Büro unter die Post gegeben. Als er es vier Tage später nochmals mit einem Brief versuchte, haben wir ihn gefaßt. Ich erinnere mich, daß er sagte, er brauche das Geld, weil er sich in Abendkursen für die Aufnahmeprüfung an der Polizeischule vorbereitete. Ich glaube nicht, daß er die geschafft hätte. Sie meinen also, wir kommen der Lösung nur durch einen Zufall auf die Spur, und ich meine das auch, hoffe aber immer noch, daß der Mörder einen Fehler gemacht hat, der ihn verrät.»

Abner Boone grinste.

«Sie gehen immer noch davon aus, daß wir schlauer sind als die Verbrecher?»

«Wenn Sie daran jemals zweifeln», sagte Delaney ernst, «dann wechseln Sie lieber Ihren Beruf.»

11

Am Dienstagmorgen hörte sich der Chief in Boones Auto vor seinem Haus an, was der Sergeant über seine erfolglosen Versuche zu berichten hatte, die Erinnerungen von Polizeibeamten aufzufrischen, die die Ermittlungen im Fall Maitland ursprünglich geführt hatten.

«Lauter Nieten», sagte Boone umdüstert. «Sie behaupten durch die Bank, alles, was sie gesehen, gehört oder erfahren haben, steht in ihren Berichten. Ich fürchte, da kommen wir nicht weiter, Chief.»

«Ich glaube trotzdem, daß es ein guter Einfall war», beharrte Delaney eigensinnig. «Ist noch jemand übrig, den Sie nicht haben erreichen können?»

«Zwei», sagte der Sergeant. «Ich werde es noch mal versuchen. Einer kommt heute aus dem Urlaub, und der andere muß gerade jemand beschatten; sein Lieutenant will mir nicht sagen, wo. Fahren wir jetzt zu Simon & Brewster?»

«Ja. Als erstes sehen wir uns die Türen an . . .» Er hielt inne und sagte: «Moment mal!», stieg aus, kehrte ins Haus zurück und ging in die Küche. Monica saß auf einem Hocker an der Frühstücksthe-ke, trank ihre dritte Tasse Morgenkaffee, stellte ihre tägliche Einkaufsliste zusammen und lauschte dabei dem Transistorgerät. Als er eintrat, blickte sie auf.

«Was vergessen, Liebster?»

«Kreppband», sagte er. «Ich weiß, daß wir irgendwo eine Rolle haben.»

«In der letzten Schublade», sagte sie. «Zwischen Sicherungen, Batterien, Taschenlampe, Hammer, Schraubenziehern, Zange, Gummibändern, Klebstoff, Kerzen, Heftpflaster, alten Korken, Pinseln, einem Fläschchen . . .»

«Schon gut, schon gut», lachte er. «Ich habe versprochen, aufzuräumen, und ich tue es auch.»

Er fand die Rolle Kreppband und schnitt ein etwa drei Zentimeter langes Stück davon ab, das er mit einer Ecke auf ein Stück Papier klebte.

«Was hast du vor?» fragte sie neugierig.

«Berufsgeheimnis», beschied er sie großspurig. «Schließlich binde ich dir nicht alles auf die Nase.»

Rasch gab er ihr einen Kuß und ging.

«Ist mir doch egal!» rief sie laut hinter ihm her.

Als er wieder im Auto saß, zeigte er Sergeant Boone das Stück Papier mit dem Kreppband.

«Diesen Trick habe ich von einem ausgefuchsten Einsteigdieb», erklärte er. «Mal angenommen, Sie wollen eine von mehreren Milchglasscheiben kennzeichnen, um sie später rauszuschneiden. Die sehen alle gleich aus, klebt man aber von innen ein Stück Kreppband dran, ist das von draußen zu sehen, sobald Licht durchfällt. Falls Julian Simon eine eigene Bürotür mit Milchglasscheibe zum Korridor hat, werden wir diesen Trick anwenden, und zwar umgekehrt. Ich zeig Ihnen, wie es funktioniert.»

Boone fuhr nach Manhattan Süd zum Büro Simon & Brewster.

Drei Straßenzüge entfernt fanden sie eine freie Parkuhr und legten den Rest des Weges zu Fuß zurück.

Das Anwaltsbüro lag im sechsten Stock eines modernen zehnstöckigen Bürohauses. Saubere Eingangshalle, kein Portier, Aufzug mit Selbstbedienung. Delaney las die Firmenschilder.

«Rechtsanwälte, Kunsthändler, drei Stiftungen, eine Theaterzeitschrift, jemand, der Geigen repariert. Wohl kein großer Publikumsverkehr.»

Der Aufzug war klein, aber schnell. Und leise. Im sechsten Stock stiegen sie aus. Noch immer war ihnen niemand begegnet. Boone zeigte den Korridor hinunter. Vor der walnußgetäfelten Tür mit den goldenen Buchstaben Simon & Brewster, Rechtsanwälte, blieb er stehen. Fragend sah er Delaney an. Der Chief flüsterte ihm zu:

«Als Susan Hemley zu Simon hineinging, in welche Richtung ging sie?»

Boone überlegte einen Augenblick, orientierte sich und zeigte dann weiter den Korridor hinunter. In dieser Richtung gingen sie bis zu einer Tür mit Milchglasscheibe, die nur eine Nummer aus Messing aufwies. Sie gingen daran vorbei, fanden eine zweite, ebensolche Tür, ebenfalls mit einer Zahl gekennzeichnet. Delaney sah Boone fragend an, doch der Sergeant zuckte hilflos mit den Achseln.

Der Chief machte kehrt, stellte sich so neben die erste Tür, daß sein Schatten von innen nicht gesehen werden konnte, und klebte das Kreppband rasch in Augenhöhe nahe am Rahmen aufs Glas.

«Hier brennt Licht», flüsterte er dabei. «Wenn das die Tür zu Simons Arbeitszimmer ist, sehen wir das Krepp-Papier von innen und wissen, es ist nicht die Klotür oder die zum Archiv, sondern die richtige. Los jetzt . . .»

Er ging voran und nahm seinen flachen Strohhut ab. Es war der erste Juni.

«Da sind wir, Miss Hemley.» Boone lächelte. «Pünktlich wie bestellt.»

«Das sind Sie wirklich, eher ein bißchen zu früh. Mr. Simon telefoniert gerade. Sobald er fertig ist, sage ich ihm, daß Sie da sind.»

«Miss Hemley, ich möchte Sie mit Mr. Delaney bekanntmachen. Mr. Delaney, dies ist Miss Susan Hemley.»

Sie reichte ihm die Hand, über die Delaney sich sehr artig beugte, fast als wolle er ihr einen Handkuß geben.

«Miss Hemley, freut mich, Sie kennenzulernen. Jetzt kann ich die Begeisterung meines Sergeanten verstehen.»

«Ach, wenn Sie wüßten! Das ist ein großes Ereignis für mich! Ich habe so oft von Ihnen in der Zeitung gelesen. Sie sind doch berühmt!»

«Na, na.» Er machte eine wegwerfende Gebärde. «Was die Zeitungen so schreiben . . . Journalisten übertreiben immer. Wie lange arbeiten Sie schon bei Mr. Simon?»

«Fast sechs Jahre», sagte sie. «Er ist ein Prachtmensch.»

«So heißt es. Nun, lange werden wir ihn nicht in Anspruch nehmen. Ehe Sie sich's versehen, sind wir wieder aus Ihrer bezaubernden Gegenwart verschwunden.»

Unwillkürlich hob sich ihre Hand, und sie fingerte an den eng gewickelten Locken. Die Augen hinter der schwarzen Hornbrille leuchteten.

«Es geht um den Fall Maitland, nicht wahr?» fragte sie atemlos.

Er nickte ernst, legte den Zeigefinger vor die geschlossenen Lippen.

«Ich verstehe», sagte sie. «Von mir erfährt keiner ein Wort.»

Ein Lämpchen erlosch auf ihrem Apparat mit den sechs Knöpfen. Sie sah es gleich.

«Er hat aufgelegt. Ich melde Sie an.»

Sie stand auf und ging federnd zur Tür von Mr. Simons Arbeitszimmer. Der weite Rock wogte um ihre hübschen Beine. Sie klopfte einmal, machte die Tür auf, trat ein, und schloß sie hinter sich. Ein Ballett.

«Sie haben recht», murmelte Delaney. «Sie hat ein gewisses Etwas.»

Gleich darauf war sie zurück.

«Mr. Simon läßt die Herren bitten», verkündete sie strahlend.

Sie schloß die Tür sanft und mit Bedauern hinter den Besuchern. Der Mann am Schreibtisch stand auf, kam lächelnd und mit ausgestreckter Hand auf sie zu.

«Mr. Delaney», sagte er. «Sergeant. Ich bin J. Julian Simon.»

Simon, der sich glatt und selbstsicher bewegte, bat sie auf einem grünen Ledersofa Platz zu nehmen, zog einen mit Laufrollen versehenen dazu passenden Ledersessel heran und setzte sich ihnen gegenüber. Er bot Zigaretten aus einem silbernen Etui an und steckte es wieder in seine Jackentasche, als sie ablehnten. Er selber rauchte nicht. Er lehnt sich zurück und schlug nonchalant die Beine übereinander.

«Meine Herren», fragte er, «wie kann ich Ihnen behilflich sein?»

Er wirkte wie auf Hochglanz poliert; silbriges Haar, sorgfältig gebürstet, schimmerte wie ein Spiegel. Ein weißer gestutzter und gewachster kleiner Schnurrbart. Rosig-weiße Gesichtshaut, in welche Gesundheit hineinmassiert schien. Zähne, zu ebenmäßig, um echt zu sein. Augen wie Scheiben von Himmelblau. Farblos gelackte Nägel. Armbanduhr, Krawattennadel und Ringe aus Gold, einer mit einem viereckigen Diamanten, ein winziger Eiswürfel.

Und der Anzug! Glattes, graues Kammgarn mit spitzen Aufschlägen. Wasserblaues Hemd. Eine Krawatte, wie aus Chromblech gestanzt. Schwarze Mokassins mit Bommeln, buschig wie Rasierpinsel und so glänzend, daß sie wie geölt wirkten. Seine Manieren waren ebenso kunstvoll stilisiert wie seine Erscheinung. Tiefe, klangvolle Stimme, dröhnendes Lachen, Gesten, so fließend, langsam und gemessen wie die eines Tiefseetauchers. Ernster Ausdruck in den Augen. Aufrichtigkeit in dem strahlenden Lächeln. Eleganz in der Art, wie er eine weiße Augenbraue hob oder nonchalant den Fuß vom übergeschlagenen Bein hängen ließ. Alles in allem ein Prachtstück.

«Verzeihen Sie, daß ich Sie nochmals mit Fragen zum Fall Maitland behellige, Mr. Simon», sagte der Chef, «aber wir können die Sache nicht einfach auf sich beruhen lassen.»

«Selbstverständlich nicht», tönte der Advokat. «Wir brennen darauf, daß der Fall gelöst und der Gerechtigkeit Genüge getan wird.»

«Ein wunderschönes Büro haben Sie hier», sagte der Chief und blickte sich um. Seitlich vom Sofa, wo sie saßen, befand sich eine Tür, die leider nicht gut zu sehen war.

«Freut mich, daß es Ihnen gefällt, Mr. Delaney.» Simon ließ den Blick selbstgefällig über seine getäfelten Wände, die Bücherregale und die gerahmten Drucke von Spy schweifen. «Es geht doch nichts über Eichenholz und Leder, wenn man Mandanten beeindrucken will – stimmt's?»

Er lachte volltönend, und sie lächelten pflichtschuldig.

«Ich nehme an, Sie möchten etwas über Saul Geltman hören»,

fuhr er fort, «denn der stellt ja meine einzige Verbindung zum Fall Maitland dar. Wie ich schon zuvor gesagt habe, betrat er mein Büro, dieses Zimmer hier, um etwa zehn Uhr vormittags an dem Tag, da Victor Maitland, wie ich höre, ermordet wurde. Saul und ich sind vielbeschäftigte Männer, und wir hatten unsere Konferenz schon mehrmals verschoben.»

«Sie beraten ihn in allen Rechtsfragen, Sir?» erkundigte sich Boone. «Auch die Galerie betreffend?»

«Ja, so ist es. Und in seinen Steuersachen. Ich habe auch sein Testament aufgesetzt. Gelegentlich gebe ich ihm einen Tip, wie er sein Geld anlegen soll, doch befolgt er den nicht immer.» Sein Mund klappte auf, Jackettkronen blitzten. «Deshalb hatten wir viel zu bereden, als wir an diesem Freitagvormittag endlich zusammenkamen. Um es noch einmal zu wiederholen: Er traf gegen zehn Uhr ein. Wir sprachen über verschiedene Dinge, und gegen zwölf ließ ich Sandwiches und etwas zu trinken kommen. Wobei mir einfällt: Ich vergesse meine Pflichten als Gastgeber. Dabei habe ich eine zwar kleine, doch wohlbestückte Bar hier. Darf ich Ihnen etwas anbieten?»

«Vielen Dank, nein», lehnte Delaney ab. «Sehr freundlich von Ihnen. Und nach dem Essen besprachen Sie sich weiter?»

«Nun, natürlich haben wir auch beim Essen geredet. Die Besprechung dauerte bis gegen halb zwei; um diese Zeit ging Saul von hier fort und zwar, soviel ich weiß, in seine Galerie. Das ist alles, was ich Ihnen erzählen kann, meine Herren.»

«Er verließ Sie um Punkt halb zwei, Mr. Simon?» fragte Delaney.

«Oh, nicht Punkt halb zwei.» Sich genau festzulegen, wies Simon mit einer Handbewegung weit von sich; so wichtig konnte das nicht sein. «Fünf Minuten früher, fünf Minuten später. Soweit ich mich erinnere.»

«War Mr. Geltman zwischen zehn und halb zwei irgendwann einmal nicht in diesem Büro?»

«Nein, er war an diesem Freitagvormittag zwischen etwa zehn Uhr vormittags und gegen halb zwei nachmittags ständig bei mir. Oh, Moment mal!» Er schnippte mit den Fingern. «Einmal ist er aufs Klo gegangen. Dort hinten.» Er zeigte mit dem Daumen über die Schulter auf eine massive Holztür in der Wand zwischen den Bücherregalen. «Aber er blieb höchstens zwei, drei Minuten fort.»

«Abgesehen davon war er aber ununterbrochen hier bei Ihnen?»

«Ja, das war er.»

«Haben Sie vielen Dank», sagte Delaney unvermittelt, klappte sein Notizbuch zu und stand abrupt auf. «Sie haben uns sehr geholfen, und wir danken Ihnen.»

Sergeant Boone stand auf, desgleichen J. Julian Simon. Der Anwalt schien überrascht von dem unerwarteten Ende der Befragung, angenehm überrascht. Er strahlte, wurde womöglich noch zuvorkommender; es fehlte nicht viel, und er hätte den Polizeibeamten die Arme um die Schultern gelegt.

«Es ist mir stets ein Vergnügen, den tüchtigen Männern von der New Yorker Polizei zu helfen», tönte er herzhaft «Hat Miss Hemley den Imbiß hereingebracht?» fragte Delaney überraschend scharf.

«Was?» fragte Simon erschrocken. «Ich verstehe nicht.»

«Sie haben Sandwiches für sich und Geltman kommen lassen. Hat Miss Hemley die in Ihr Büro gebracht?»

«Wieso – ah – nein, das hat sie nicht.»

«Dann also der Bote aus dem Delikatessenladen?»

«Nein, das war ganz anders.» Simon hatte sich wieder gefaßt. «Miss Hemley sagte mir über die Gegensprechanlage, der Botenjunge mit dem Essen sei draußen. Ich ging hinaus, bezahlte und brachte die Sachen selber herein. Aber ich begreife nicht, wieso . . .»

«Nichts, nichts», beschwichtigte Delaney ihn. «Ich bin ein altes Weib; ich geb's ja zu. Ich möchte immer alles ganz genau wissen, mir vorstellen können, wie sich etwas zugetragen hat. Jetzt weiß ich es. Ihr Büro ist wirklich sehr schön, Mr. Simon.» Er machte einen kleinen Rundgang, und Sergeant Boone folgte ihm dabei. Der Chef besah sich die Karikaturen an der Wand, strich über ein eichenes Bücherregal und über die Marmorplatte eines Abstelltischchens. Und sah zur Tür mit der Milchglasscheibe hinüber. Sergeant Boone ebenfalls. Beide bemerkten das kleine Stück Kreppband, das sich dank der Korridorbeleuchtung deutlich auf der Scheibe abzeichnete.

Nochmals wurde Dankeschön gesagt, nochmals wurden reihum Hände geschüttelt. Das gleiche im Vorzimmer bei Susan Hemley. Auf dem leeren Korridor ließ Delaney den Sergeanten warten, bis er das Krepp-Papier von der Milchglasscheibe entfernt hatte. Er drehte es zwischen den Fingern zu einer Kugel und steckte sie in die Tasche.

«Vernichtung von Beweismaterial», sagte er dabei, «eine strafbare Handlung.»

Sie waren nicht allein im Fahrstuhl, konnten also nicht reden. Unterwegs zum Wagen sagte Delaney: «Ich glaube nicht, daß er gelogen hat, als er beschrieb, wie er selber die Sandwiches in sein Arbeitszimmer geholt hat, überprüfen Sie das aber trotzdem in dem Laden, der ihn beliefert hat. Stellen Sie fest, ob der Botenjunge Geltman oder Susan Hemley gesehen hat und ob wirklich alles so abgelaufen ist, wie Simon behauptet. Fragen Sie die Hemley, ob sie Geltman gesehen hat, während die Tür offenstand. Laden Sie sie ruhig noch mal zum Essen ein.»

«Kann ich das nicht telefonisch erledigen, Chief?» fragte Boone.

Überrascht blickte Delaney ihn von der Seite an.

«Mögen Sie sie nicht?» fragte er.

«Sie jagt mir Angst ein», gestand der Sergeant.

«Laden Sie sie trotzdem zum Essen ein.» Delaney lächelte. «Sie wird schon nicht beißen.»

«Da bin ich mir gar nicht so sicher», sagte Boone beklommen.

Sie kurbelten alle Fenster herunter, blieben eine Weile im geparkten Wagen sitzen und warteten darauf, daß es kühler wurde. Schweigend dachten sie über die Perspektiven nach, die sich da möglicherweise eröffneten.

«Geltman hätte also fortgehen können», sagte Boone schließlich, «ohne von der Hemley gesehen zu werden.»

«Richtig», stimmte Delaney zu. «Riskant, aber möglich. Mithin müssen wir ein weiteres Alibi streichen. Jetzt hat überhaupt keiner mehr eines, das hieb- und stichfest ist.»

Düster nickte Boone.

«Sergeant», sagte Delaney gedankenverloren, «ich bin voreingenommen.»

Boone drehte sich um und sah ihn an.

«Wie das, Sir?»

«Ich lasse mich durch nichts von zwei völlig unvernünftigen Vorurteilen abbringen. Erstens verabscheue ich Rosenkohl. Und zweitens ...» er machte eine gewichtige Pause, «zweitens traue ich Männern nicht, die am kleinen Finger einen Ring tragen.»

«Ach das», grinste Boone.

«Ja», sagte Delaney. «Das. Forschen Sie mal nach, ja? Vielleicht ist er vorbestraft.»

«Julian Simon?» fragte Boone ungläubig. «Vorbestraft?»

«Ganz recht.» Delaney nickte. «Das könnte gut sein.»

«Donnerwetter!» staunte Boone und bewunderte die Tonpfeifen, die auf einem Sims in Kopfhöhe aufgereiht waren. «Diese Kneipe muß ja tausend Jahre alt sein.»

«Nicht ganz», sagte Delaney. «Allerdings hat sie auch nicht erst gestern aufgemacht.»

Sie saßen in *Keen's English Chop House* und warteten auf Lieutenant Bernard Wolfe. Der Chief hatte eine Nische reservieren lassen. Als der alte Kellner fragte: «Einen Aperitif, die Herren?» bestellte der Chief einen trockenen Gibson und schaute Boone fragend an.

«Für mich bloß Tomatensaft», sagte der Sergeant dumpf.

Der Kellner nickte verständnisvoll.

«Falls dieses Lokal jemals schließt», sagte Delaney und sah sich um, «ist das für mich das Ende. Das *Pavillon* und das *Chauveron* und ähnliche Restaurants gibt's zwar auch nicht mehr, in denen war ich aber nie. Leid tut es mir um Lokale wie *Steuben's Tavern*, *Blue Ribbon* und *Connolly* an der Twenty-third Street. Das waren gute, solide Speiselokale. Facettenfenster, Lampen mit Stoffschirmen, eine Bar aus Mahagoni. Das *Enrico* und das *Paglieri* im Village. *Moscowitz* und *Lupowitz* an der Second Avenue. Sie würden es nicht glauben, wie gut das Essen da war. Richtig schlemmen konnte man, für wenig Geld. Rindfleisch mit Merrettichsauce, Pökelfleisch und Weißkohl, und Wild, natürlich nur während der Jagdsaison. Einmal habe ich bei *Steuben's* Wildschweinsteak gegessen. Können Sie sich das vorstellen? Drinks, die nicht verwässert waren. Kellner, die ihr Geschäft verstanden. Das alles verschwindet nach und nach, Sergeant», endete er bekümmert. «Dies Lokal ist eines von den letzten. Wenn auch das noch zumacht, gibt es nirgendwo mehr anständiges Hammelfleisch, oder können Sie mir sagen, wo ich dann essen gehen soll?»

«Leider nein, Sir», sagte Boone betrübt, und Delaney lachte.

«Ich werde sentimental. Aber es ist schon traurig anzusehen, wie die alten, guten Restaurants eins nach dem anderen schließen. Allerdings werden immer wieder neue aufgemacht, darunter ausgesprochen gute. Das ist ja das Schöne an New York. Es verjüngt sich immer wieder. Na, da kommen unsere Drinks. Aber wo bleibt Wolfe?»

Der stand aber schon an ihrem Tisch, nur wollten sie ihren Augen nicht trauen.

Groß und gertenschlank, trug er einen schwarzen Spitzbart und ein Schnurrbärtchen. Sein flaschengrüner Samtanzug war übertrieben tailliert, die Rockschöße weit. Dazu trug er ein rostfarbenes Hemd mit offenem Kragen und einen auffällig gemusterten Seidenschal um den muskulösen Hals. Ein dunkler Typ, mit funkelnden Augen und einem gewinnenden Lächeln, scharf wie eine Messerklinge, auf kühle Art attraktiv, gefährlich für alle Frauen und gut die Hälfte aller Männer. Er registrierte die Verblüffung seiner Kollegen, warf den Kopf zurück und ließ die weißen Zähne blitzen.

«Lassen Sie sich von diesem Aufzug nicht täuschen», begrüßte er sie. «Das ist meine Arbeitskluft. Daheim in Brooklyn trage ich schmutzige Khakihosen und Tennisschuhe. Sie müssen der Chief sein? Ich bin Lieutenant Bernie Wolfe. Bleiben Sie sitzen!»

Sie gaben einander die Hand, Wolfe ließ sich neben Boone nieder und bestellte einen Kir. Das lasterhafte Lächeln schien auf seinen Zügen festgefroren, er konnte es wohl nicht mehr ablegen.

«Toll hier.» Er musterte die verräucherten Wände und die uralte Einrichtung. «Ich nehme Spanferkel auf Toast. Ob Sie's glauben oder nicht, als ich das letzte Mal hier war, habe ich einen Heiratsantrag gemacht.»

«Und seit wann sind Sie verheiratet?» fragte Delaney.

«Der Antrag wurde abgelehnt, aber wir schlafen gelegentlich miteinander.»

Diesen Ton behielt er während der ganzen Mahlzeit bei, zu der er und Delaney dunkles englisches Bier aus Zinnkrügen tranken. Der Chief und sein Gehilfe genossen die frische, unbekümmerte Art, wie er erzählte. Eben erst hatte er einen besonders hübschen Fall abgeschlossen.

«Auf der East Side wohnt ein Ganove in einem schicken Penthouse. Jede Menge Moos, er hat nämlich seine Finger in allem möglichen, Import, Export, handelt mit allem und jedem. Aber plötzlich geht ihm der Kies aus. Vielleicht hat er sich verspekuliert – was weiß ich. Jedenfalls ist er von einem Tag auf den nächsten blank, die Banken rücken nichts mehr raus, und vor Geldverleihern hat er einen Heidenschiß. Immerhin bleibt ihm noch eine hübsche Sammlung von Matisse- und Picasso-Zeichnungen. Die Dinger sind echt, er hat Expertisen, hat sie schon häufig an Ausstellungen verliehen. Sie sind über jeden Zweifel erhaben, völlig koscher. Und für hunderttausend versichert. Aber das reicht ihm nicht; er braucht mehr, um wieder flott zu werden. Nun muß man wissen, daß moderne Arbeiten, solche Krakeleien auf weißem Papier, kinderleicht zu fälschen sind, wohingegen einen Rembrandt zu fälschen schon schwieriger ist. Aber Kritzeleien von Miro fälschen, das schafft auch ein Klempner. Na schön. Unser Schlaumeier beauftragt ein paar dunkle Typen damit, ihm seine Sammlung zu klauen, alle Blätter auf einmal. Während unser Freund Gäste zum Dinner hat, platzen diese Typen rein, fuchteln mit ihren Kanonen rum, nehmen die Bilder von den Wänden und hauen wieder ab. Alles vor Zeugen. Er rechnet sich aus, daß ihm das hunderttausend von der Versicherung einbringt und weiß, daß die Blätter nie wieder aufzutreiben sein werden, weil er den Brüdern mit den Strumpfmasken eingebläut hat, sie sollen das Zeug verbrennen. Was sie da mitgenommen haben, sind nämlich Fälschungen, die er selbst gemacht hat. Die echten Blätter läßt er in Genf verscherbeln. So kann er zweimal kassieren: einmal von der Versicherung und dann noch mal von den Käufern der echten Zeichnungen. Kapiert? Und wie ist nun dieser schöne Plan geplatzt? Dreimal dürfen Sie raten.» Er sah grinsend von einem zum anderen; Delaney und Boone überlegten.

Schließlich fragte der Sergeant: «Interpol hat Sie aus Genf darüber informiert, daß die echten Zeichnungen dort an den Mann gebracht werden?»

«Nix da», sagte Lieutenant Bernard Wolfe. «So gut klappt die internationale Zusammenarbeit längst noch nicht. Wir geben uns zwar Mühe, und wenn ein Leonardo geklaut worden wäre, hätte man uns vielleicht informiert. Aber nicht wegen einer Mappe mit modernen Zeichnungen. Was meinen Sie, Chief?»

«Haben die Männer mit den Strumpfmasken vielleicht versucht, die Fälschungen zu verhökern, statt sie zu verbrennen?»

«Richtig!» sagte Wolfe. «Für den Diebstahl hatten sie fünftausend Eier bekommen. Aber dann fingen sie an nachzudenken, was ein Fehler war, denn sie sind keine großen Lichter. Sie sagten sich: warum bloß fünftausend Scheinchen? Warum nicht mit der Versicherung Kontakt aufnehmen und von der nochmal zehn- oder zwanzigtausend kassieren? Das spuckt die doch bestimmt aus, wenn sie die Bilder bekommt. Sie vereinbaren einen Treff, der Mann von der Versicherung bringt einen Experten mit, um sicherzugehen, daß er auch wirklich die echten Blätter kriegt. Der Experte wirft einen Blick darauf und lacht sich schier zu Tode. Und die Versicherung steckte mir die Sache. Da sind sie denn allesamt richtig hochgegangen. Und womit kann ich Ihnen jetzt im Falle Maitland behilflich sein?»

Inzwischen waren sie beim Dessert angekommen, amerikanischer Kaffee und Erdbeeren für Delaney und Boone, Espresso und Kirsch für Wolfe.

«Die Kunstszene», sagte der Chief verdrossen. «Da kennen wir uns zuwenig aus. Für uns ist das eine ganz neue Welt. Saul Geltman, Maitlands Kunsthändler . . . kennen Sie den übrigens?»

«Aber gewiß doch», sagte Wolfe fröhlich. «Netter kleiner Kerl. Nur ziehn Sie Ihre Ringe ab, ehe Sie ihm die Hand schütteln.»

«Oh-ho», machte Delaney. «So einer ist das? Na ja, Geltman hat uns erzählt, wie Kunsthändler mit ihren Klienten verfahren. Hat uns Einblicke in die Geschäfte und Praktiken der Galeristen tun lassen. Von Ihnen möchte ich hören, wie sich das Geschäft vom Standpunkt des Malers ausnimmt.»

«Ja, das liebe Geld!» Wolfe nickte. «Darum dreht sich alles. Vom Standpunkt des Malers? Okay. Ein Maler, der keinen Erfolg hat, ist und bleibt ein Hungerleider. Dazu ist weiter nicht zu sagen. Aber ein Maler, der Erfolg hat, der gerät in Schwulitäten, bevor er sich's versieht. Nehmen wir mal einen wie Maitland, der den großen Durchbruch geschafft hat. Vor zehn, fünfzehn Jahren hat er seine Bilder für ein Butterbrot verkauft. Heute bringen seine Sachen vielleicht zweihunderttausend. Schön, aber was passiert mit den frühen Arbeiten, für die er praktisch nur Almosen gekriegt hat, weil er keinen Namen hatte? An denen verdienen jetzt die Schlitzohren, die sie fast umsonst bekommen haben. Für hundert gekauft, für hunderttausend verkauft. Ein ungeheurer Profit. Und davon bekommt der Maler keinen Penny. Der guckt in die Röhre. Ist das gerecht? Selbstverständlich ist es nicht gerecht, aus der Arbeit eines anderen solche Profite zu schlagen. Das wurmt die Maler denn auch mächtig.»

«Ich nehme an, die schreien Zeter und Mordio», vermutete Delaney.

«Klar tun sie das. Nur, was nützt es Ihnen? Billig einkaufen, teuer verkaufen. Dagegen gibt es kein Gesetz. Praktisch ist es das elfte Gebot. Jetzt wehren sie sich allerdings dagegen. Wer heute ein Bild kauft, soll unterschreiben, daß der Künstler Prozente kriegt, wenn es teuer weiterverkauft wird. Sagen wir zehn oder fünfzehn Prozent vom Gewinn. Und das soll auch für Zweit- und Dritterwerber gelten, *in infinitum.*»

«Mir leuchtet das ein», sagte Boone.

«Selbstverständlich leuchtet das ein», pflichtete Wolfe ihm bei. «Das augenblickliche System ist niederträchtig. Der Künstler müßte an der Wertsteigerung seiner Werke beteiligt werden, aber dagegen sträuben sich die Kunsthändler, die Galeristen und die Museumsfritzen. Es würde ja ihren Gewinn schmälern, wenn jetzt auch noch der Künstler was davon abhaben will. Eine beschissene Situation, das dürfen Sie glauben. Wie ist wohl einem Maler zumute, der vor Jahren ein Bild für, sagen wir, fünfhundert Dollar verkauft hat, und der jetzt in der Zeitung liest, daß es für eine halbe Million weiterverkauft worden ist?»

«Ist das Maitland auch passiert?» fragte Delaney.

«Sicher», sagte Wolfe. «Ich hab ihn mal kennengelernt. Als Mensch war er unausstehlich, aber daß er wegen dieser Verhältnisse tobte, kann man ihm nicht verdenken. Könnte ich noch was zu trinken haben, Chief? Von dem vielen Reden kriegt man ja eine ganz trockene Kehle.»

«Selbstverständlich», sagte Delaney. «Die Behörde zahlt. Noch einen Kirsch?»

«Nein, lieber ein Bier. Es rinnt so schön durch die Kehle. Sie trinken gar nichts, Sergeant?»

«Heute nicht.»

«Da tun Sie gut dran», sagte Wolfe. «Ich verbringe die Hälfte meiner Zeit auf Vernissagen und Cocktailparties. Die Folgen merkt man erst später. Schlecht für die Leber. Aber was opfert man nicht alles dem öffentlichen Wohl – stimmt's?»

Für Delaney und Wolfe wurde frisches Bier gebracht. Der Lieutenant nahm einen tüchtigen Schluck und neigte sich dann über den Tisch zu Delaney hin, feinen Schaum im schwarzen Bart.

«Ein erfolgreicher Maler wie Maitland wird aber auf zweierlei Weise angeschissen. Zum einen erzielen seine frühen Bilder, die er für lächerliche Summen verkauft hat, Millionen, und er kriegt nichts davon ab. Zum anderen nimmt ihn auch noch die Steuerbehörde aus. Und das geht so: Denken Sie sich einen jungen Maler, der gerade anfängt. Er schuftet wie besessen, und vor lauter Einfällen kann er kaum schlafen. Hat er Glück, verkauft er vielleicht eines von zehn Bildern. Die anderen stapeln sich in seinem Atelier, im Keller, auf dem Boden, in den Wohnungen von Freunden. Vielleicht verschenkt er welche, bloß um sie los zu sein. Oder er bezahlt damit für eine Mahlzeit oder sein Atelier. Es vergehen Jahre, der Maler heiratet, hat Kinder, und, oh Wunder, seine Sachen lassen sich plötzlich verkaufen. Die Preise für seine Bilder steigen. Er hat noch die frühen unverkäuflichen Bilder und behält sie, weil sie ein Vermögen darstellen, das er seinen Angehörigen hinterlassen kann, falls er mal tot umfällt. Eines Tages fällt er wirklich tot um, hinterläßt seiner Frau ein paar Dollar, aber ein Atelier, randvoll mit unverkauften alten Sachen. Das ist sein Nachlaß, und der wird nun von der Steuerbehörde bewertet. Die geht dabei vom derzeitigen Marktwert aus, ohne Rücksicht darauf, wann die Sachen entstanden sind. Das bedeutet: Auch ein früher Maitland ist hunderttausend wert, falls die letzten Maitlands für hunderttausend weggegangen sind. So errechnet sich dann die Erbschaftssteuer, und die Hinterbliebenen sollen gefälligst sehen, wie sie die auftreiben. Dabei können sie sich total ruinieren, weil sie nämlich gezwungen sind, zu jedem Preis zu verkaufen. Ein erbauliches Beispiel dafür, wie Künstler von der Gesellschaft angeschissen werden. Können Sie was anfangen mit dem, was ich da erzähle?»

«Sehr viel sogar, Lieutenant», versicherte Delaney. «Wir haben eine Menge Stoff zum Nachdenken. Aber erklären Sie mir noch eines . . . Warum verkauft ein Maler nicht auch seine frühen Sachen, wenn die Preise steigen? Warum macht er sie nicht zu Bargeld? Und hinterläßt seiner Witwe das Geld im Schließfach?»

«Dafür gibt es eine ganze Reihe von Gründen», sagte Wolfe. «Vielleicht hat sich sein Stil vollkommen gewandelt, er betrachtet seine frühen Arbeiten als Schund, schämt sich ihrer. Vielleicht rät ihm auch sein Kunsthändler, er soll den Markt nicht verstopfen. Der Händler erzielt nur hohe Preise, wenn die Ware knapp ist. Wirft ein Künstler plötzlich seinen ganzen Lagerbestand auf den Markt, purzeln die Preise. Stehen nur wenige Stücke zum Verkauf, steigt der Preis, mindestens hält er sich. Warum hätte Picasso sonst so viele Bilder hinterlassen? Außerdem haben viele Künstler keine Ahnung von der Erbschaftssteuer; sie sind eben keine Geschäftsleute. Da bildet sich so ein armer Tropf ein, er hinterläßt Frau und Kindern ein hübsches Vermögen und ahnt nicht, daß es von der Steuer fast ganz aufgefressen wird! Es kommt ja auch vor, daß manche seiner Sachen ihm so gut gefallen, daß er sie nicht verkaufen mag. Er hängt sie an die Wand und betrachtet sie. Bringt im Laufe der Jahre womöglich Veränderungen an. Er behält sie jahrelang, trennt sich vielleicht nie davon. Wenn Sie es mit Künstlern zu tun haben, Chief, haben Sie es mit Verrückten zu tun. Von denen dürfen Sie kein logisches Verhalten, keinen gesunden Menschenverstand erwarten. Der geht ihnen einfach ab. Denn wenn sie gesunden Menschenverstand hätten, wären sie Fernfahrer oder Schuhvertreter. Es ist schon ein verdammt hartes Brot, und die meisten gehen dabei elend zugrunde.»

«Ich frage nach dem Verbleib der frühen Arbeiten», erklärte Delaney, «weil sich in Maitlands Atelier keine Bilder fanden, als die Leiche entdeckt wurde.»

Lieutenant Bernard Wolfe war wie vom Donner gerührt. Er blickte ungläubig von Delaney zu Boone.

«Keine Bilder? Keine angefangenen Sachen? Keine halbfertigen Leinwände? Nichts auf der Staffelei? Keine Stapel von fertigen Gemälden? Nichts, was zum Trocknen dahing? Nichts von seinen Sachen an der Wand?»

«Ölbilder überhaupt nicht», antwortete Delaney geduldig. «Kein einziges.»

«Himmelherrgott!» entfuhr es Wolfe. «Das kann ich nicht glauben! Ich bin schon in Tausenden von Malerateliers gewesen, und jedes war vollgestopft mit Bildern in allen Stadien der Fertigstellung. Das einzige, was ich mir vorstellen kann, ist, daß da jemand gehörig abgestaubt hat. Vielleicht der, der ihn abgemurkst hat. Er hätte zumindest *ein* Bild da haben müssen. Er stand im Ruf, ein schneller Arbeiter zu sein. Aber *gar nichts*? Das stinkt.»

«Was wir gefunden haben, sind drei Kohlezeichnungen», sagte Sergeant Boone. «Geltman meint, es wären vermutlich Versuche, Maitland habe ein neues Modell ausprobiert.»

«Möglich.» Wolfe nickte. «So was ist durchaus üblich. Ein paar Skizzen von einem neuen Modell, um zu sehen, ob es ihm liegt.»

«Das ist auch so eine Sache», sagte Delaney. «Kennen Sie viele Modelle?»

«Na ja, ein paar schon.» Wolfe grinste. «Möchten Sie, daß ich mir die Skizzen mal daraufhin ansehe, ob ich das Modell kenne?»

«Damit würden Sie uns einen großen Gefallen tun.»

«Mit Vergnügen. Sie brauchen bloß Bescheid zu sagen, wann und wo. Ich bin selten im Büro, eigentlich dauernd unterwegs, aber Sie können ja eine Nachricht hinterlassen.»

Delaney nickte und ließ die Rechnung kommen. Er zahlte, dann gingen sie. Draußen auf dem Bürgersteig schüttelten sie dem Lieutenant die Hand und dankten ihm für seine Hilfe. Er tat das mit einer Handbewegung ab und dankte ihnen für das Mittagessen.

«Prüfen Sie mal gründlich, warum im Atelier keine Bilder waren», empfahl er zum Abschied.

Es war noch nicht Mitternacht, man hätte noch gemütlich plaudern, einen Happen essen können. Jedenfalls waren beide wach, im Augenblick ganz gesättigt, da schlug das Telefon auf dem Nachttisch an.

Er räusperte sich und nahm ab.

«Delaney.»

Es war Rebecca Hirsch, und sie überfiel ihn mit einem schrillen, fast betäubendem Wortschwall. Er bat sie, langsam und verständlich zu sprechen, doch war sie viel zu aufgeregt. Sie schluchzte und antwortete nicht auf seine Fragen. Er ließ sie ausreden und versuchte, sich ein Bild aus dem zu machen, was er hatte verstehen können.

Abner Boone hatte Rebecca vor einer Stunde angerufen, offensichtlich betrunken. Es sollte ein Abschied sein; er wollte sich mit seinem Dienstrevolver erschießen. Rebecca, schon im Bett, hatte sich hastig angezogen und war im Taxi hingefahren. Boone war derzeit immer noch schwer betrunken, hatte eine noch fast volle Flasche in der Hand und redete irre. Als sie versuchte, ihm die Whiskeyflasche wegzunehmen, hatte er sich im Badezimmer eingeschlossen. Er wollte nicht rauskommen und gab keine Antwort.

«Bleib da», sagte Delaney steinernen Gesichts. «Kommt er raus, versuch nicht, ihm die Flasche wegzunehmen. Rede ganz ruhig mit ihm. Und laß dich nicht anfassen. Ich bin gleich da. Sieh unterdessen nach, ob irgendwo noch eine Flasche versteckt ist. Oder ein zweiter Revolver. Ich komme, so schnell ich kann.»

Er legte auf und stieg aus dem Bett. Während er sich anzog, berichtete er Monica, was geschehen war. Ihr Gesicht wurde aschfahl.

«Du hattest also doch recht», sagte sie.

«Ich schicke Rebecca mit einer Taxe her. Gib auf sie acht. Ich werde die Nacht dort verbringen. Ich ruf dich an.»

«Edward, sieh dich vor», warnte sie.

Er nickte und schloß die Schublade mit seinem alten Handwerkszeug auf. Darin lagen seine Waffen samt Munition und Reinigungsgerät, eine Pistolentasche, zwei Schulterhalfter, Handschellen, eine Stahlkette, ein Satz Dietriche. Er nahm jedoch nur einen lederbezogenen, etwa fünfundzwanzig Zentimeter langen Schlagstock heraus. Der schaute zwar aus der Gesäßtasche, wurde aber von der Jacke verborgen. Sorgfältig verschloß er die Schublade wieder.

«Sieh dich vor, Edward», wiederholte sie.

«Komm mit runter und leg die Kette vor, wenn ich draußen bin. Mach nur für Rebecca auf. Gib ihr heißen Kaffee und vielleicht einen Brandy.»

«Sieh dich vor, Edward», warnte sie noch einmal.

Draußen blieb er stehen, bis er hörte, wie drinnen die Kette vorgelegt wurde. Dann überlegte er, wie er wohl am schnellsten hinkam, zu Fuß oder mit einem Taxi. Er entschied sich für ein Taxi, eilte zur First Avenue und wartete fast fünf Minuten. Dann trat er einem Taxi in die Fahrbahn, dessen Zeichen unbeleuchtet war. Es bremste im letzten Moment, und der wütende Fahrer lehnte sich heraus: «Können Sie nicht . . .» bellte er.

«Fünf Dollar, wenn Sie mich zur East Eighty-Fifth Street rüberfahren», sagte Delaney und wedelte mit der Banknote.

«Steigen Sie ein», sagte der Fahrer.

In dem Apartmenthaus, in dem Boone wohnte, saß der Nachtportier hinter der Theke. Als Delaney hereinkam, blickte er auf.

«Wohin?» fragte er.

«Zu Mr. Boone.»

«Sie heißen? Ich muß erst oben anrufen. Das ist hier Vorschrift.»

«Delaney.»

Der Portier griff nach dem Telefon und wählte eine dreistellige Nummer.

«Ein Mr. Delaney für Mr. Boone.»

Er legte auf und sah den Chief an.

«Eine Frau war am Apparat», sagte er argwöhnisch.

«Meine Tochter», erklärte Delaney kalt.

«Ich will keine Scherereien.»

«Ich auch nicht», antwortete Delaney. «Ich werde sie still und ohne jedes Aufsehen hier rausbringen, und Sie haben nichts gesehen.»

Die Hand des Portiers schloß sich um den hingehaltenen Zehndollarschein.

«Jawohl, Sir.»

Als Delaney aus dem Aufzug stieg, wartete Rebecca händeringend im Korridor auf ihn. Sie machte keinen guten Eindruck: käseweiß im Gesicht, das Haar zerzaust und verklebt, die Pupillen geweitet und die Lippen zerbissen. Er kannte die Symptome.

«Schon gut, schon gut», sagte er leise und legte ihr begütigend den Arm auf die Schulter. «Ist ja schon gut!»

«Ich konnte nicht . . .» stotterte sie, «er wollte nicht . . . und ich konnte nicht . . .»

«Schon gut, schon gut», wiederholte er, zog sie in die Wohnung und schloß die Tür. «Ist er immer noch im Bad?»

Sie nickte benommen. Dann fing sie an zu zittern, ihr weicher Körper bebte. Er trat einen Schritt zurück, ließ sie aber nicht los, tätschelte ihre Schulter, streichelte ihre Arme, drückte ihre Hände.

«Schon gut, schon gut», fuhr er in seiner Litanei fort. «Ist ja schon gut, schon gut. Es kommt alles wieder in Ordnung.»

«Er kann nicht . . .» Sie würgte.

«Ist ja schon gut», tröstete er. «Natürlich. Jetzt setz dich mal hin. Nur für einen Augenblick. Lehn dich an mich. So ist's richtig. So ist's richtig. Und tief Luft holen, durchatmen! Und jetzt die Luft anhalten. Gut. Gut.»

Er saß eine Weile neben ihr, bis sie weniger krampfhaft atmete und das Zittern aufhörte. Er brachte ihr ein Glas Wasser aus der Küche. Hastig trank sie in großen Schlucken, und Wasser lief ihr übers Kinn. Durchs Schlafzimmer ging er hinüber an die Badezimmertür und legte das Ohr an die dünne Türfüllung. Er vernahm Gebrummel, ein paar unzusammenhängende Worte. Sanft drückte er die Klinke herunter; die Tür war immer noch verschlossen.

Er kehrte zu ihr zurück, setzte sich neben sie und nahm abermals ihre Hände.

«Rebecca?» fragte er. «Besser?»

Sie nickte.

«Gut, das ist gut. Du siehst auch schon besser aus. Hast du noch eine Flasche gefunden?»

Heftig schüttelte sie den Kopf, und ihre Haare flogen.

«Eine Schußwaffe?»

Wieder das Kopfschütteln.

«Na, gut. Ich brauche jetzt deine Hilfe. Glaubst du, du bist dazu imstande?»

«Was?» fragte sie. «Er wird doch nicht . . .»

«Wir müssen ihm den Whiskey wegnehmen», erklärte er geduldig und sah ihr dabei in die Augen. «Und den Revolver. Verstehst du?»

Sie nickte.

«Ich will versuchen, ihm die Flasche wegzunehmen. Ich werfe sie dir zu. Dann kommt der Revolver dran. Aber für die Flasche bist du verantwortlich, lauf damit weg, kipp sie ins Spülbecken oder sonstwohin. Hauptsache, sie wird leer. Traust du dir das zu, Rebecca?»

«Ich . . . ich glaube schon. Du tust ihm doch nichts an, oder?»

«Selbstverständlich nicht. Kümmere du dich um den Schnaps und achte nicht auf mich.»

«Einverstanden», flüsterte sie. «Bitte, tu ihm nicht weh, Edward. Es geht ihm schlecht.»

«Ich weiß», sagte er finster. «Und es wird ihm noch viel schlechter gehen.»

Die Hand unter ihrem Ellenbogen führte er sie zur Badezimmertür und trat vor sie. Dabei bugsierte er den Schlagstock in seine rechte Jackentasche und hoffte, sie sähe es nicht. Dann rief er barsch:

«Hier ist Delaney! Kommen Sie raus, Boone!»

Man vernahm Gebrummel, dann ein undeutliches: «Hau ab!»

«Hier ist Delaney», rief der Chief noch einmal, hob das rechte Knie fast bis ans Kinn und trat mit dem Fuß unmittelbar über Klinke und Schloß gegen die Tür. Es splitterte und krachte, die Tür sprang auf, knallte gegen die geflieste Wand, und Delaney war drinnen. Boone hockte in sich zusammengesunken auf dem geschlossenen Klosettdeckel. Er hielt die Flasche am Mund und reagierte nur matt. Delaney nahm ihm die Flasche weg und warf sie hinter sich, wo Rebecca sie vermutlich auffing. Er blickte sich nicht um.

Boone hob den Kopf, und es wirkte komisch, wie sich auf seinen Zügen erst Verblüffung, dann Wut malten. Delaney holte aus und versetzte ihm eine kräftige Ohrfeige. Boones Kopf flog herum; er bibberte und lief rot an.

«Arschloch», sagte Delaney, ohne die Stimme zu heben.

Er trat zurück ins Schlafzimmer und wartete gespannt, die Knie leicht eingeknickt, den Schlagstock in der Rechten hinterm Rücken verborgen. Er hörte in der Küche Wasser laufen, hörte Rebecca schluchzen.

Mit wütendem Gebrüll stürzte Boone aus dem Bad, die Arme ausgestreckt. Delaney lehnte sich zurück, und als Boone an ihm vorbeiwollte, traf ihn der Schlagstock seitlich am Schädel. Es war kein Schlag, eher ein Antippen, behutsam, beinahe liebevoll. Der Schlag des erfahrenen Streifenpolizisten: nicht heftig genug, um die Haut platzen zu lassen, eine Gehirnerschütterung oder einen Knochenbruch hervorzurufen. Eine Sache der Erfahrung. Sehr wirksam. Boones Knie gaben nach, und er verdrehte die Augen. Mit dem Gesicht voran fiel er auf den Schlafzimmerteppich.

Rasch beugte der Chief sich hinunter, nahm ihm den Revolver weg und ließ ihn in die eigene Tasche gleiten. Dann steckte er den Schlagstock ein, in die Gesäßtasche, wo Rebecca ihn nicht sah. Die kam aus der Küche, ratlos, die leere Whiskeyflasche in der Hand. Sie sah Boone auf dem Boden liegen, das Gesicht nach unten gekehrt und jammerte:

«Ist er . . .?»

«Nur ohnmächtig», sagte Delaney knapp und nahm ihr die Flasche aus der schlaffen Hand. «Das hast du fabelhaft gemacht. Wirklich fabelhaft. Hast du Geld?»

«Was?» fragte sie.

«Ob du Geld hast?» wiederholte er geduldig. «Wo ist dein Portemonnaie?»

Sie fanden die Handtasche auf dem Fußboden neben der Couch. Sie hatte etwas Kleingeld und einen Fünfdollarschein.

«Nimm ein Taxi und fahr zu Monica», schärfte Delaney ihr ein. «Warte unten in der Halle, bis der Portier das Taxi besorgt hat. Gib ihm einen Dollar. Hast du verstanden? Und fahr zu Monica. Sie wartet schon. Alles klar?»

«Ist er . . .? Wird er . . .?»

«Tu, was ich gesagt habe. Monica wartet.»

Sie nickte, bekam wieder den verschwommenen Blick. Er hängte ihr die Handtasche über den Arm und schob sie sanft zur Tür. Als sie fort war, schloß er hinter ihr ab, legte die Kette vor, suchte nach einer weiteren Flasche, einer zweiten Waffe. Nichts. Boone fing an, sich zu regen, er murmelte, würgte, als wäre ihm übel.

Delaney rief Monica an und erstattete knapp Bericht. Er sagte, Rebecca sei unterwegs, sie solle ihn anrufen, falls sie in zwanzig Minuten nicht da sei. Sodann ließ er die Jalousien herunter, zog sich bis auf die Unterhose aus. Boone würgte ächzend. Delaney packte ihn an Hemd- und Jackenkragen und schleifte ihn durchs Schlafzimmer ins Bad; die Zehen des Sergeanten hinterließen Furchen im Velourteppich. Delaney hob ihn hoch und ließ ihn mit dem Gesicht nach unten in die Wanne gleiten. Boones Kopf, seine Arme, Schultern und ein Teil des Oberkörpers befanden sich in der Wanne. Sein Bauch ruhte auf dem Wannenrand, während Hüften und Beine außerhalb blieben.

Der Sergeant fing sogleich an zu erbrechen: Essen, Whiskey, Galle quollen als dickliche Masse stoßweise aus ihm heraus. Spaghetti, Klopse, Schleim. Es stank scheußlich, aber Delaney war Polizeibeamter. Er hatte schon Schlimmeres gerochen.

Er drehte die Brause auf, bis ein harter, kalter Strahl herauskam, den er auf Boones Kopf und Schultern lenkte. Das Erbrochene wurde weggespült, der Abfluß war sogleich verstopft. Das Schmutzwasser staute sich. Delaney packte Boones rechtes Handgelenk. Die Hand hing schlaff herunter. Mit Boones fühllosen Fingern machte er den verstopften Abfluß frei, und der Dreck lief gurgelnd ab. Ihm wurde nicht übel.

Er drehte die Brause zu, legte Boone auf den Schlafzimmerteppich, ließ ihn abtropfen, drehte ihn um. Jetzt keuchte und prustete der Sergeant, doch schien seine Speiseröhre einigermaßen frei: sein Atem ging laut und röchelnd.

Delaney kniete neben ihm und zog ihm mühselig die nassen Sachen aus. Das dauerte seine Zeit, und als der Chief ihn bis auf die verschmutzte Unterhose ausgepellt hatte, schwitzte er heftig. Er hievte Boone aufs Bett, ließ ihn auf das zerknitterte Laken und die leichte Wolldecke fallen. Für seine Begriffe atmete der Sergeant normal; er brummelte nur gelegentlich was, wälzte sich und drosch mit dem Kopf links und rechts aufs Bett.

Delaney ging in die Küche und suchte Papierservietten. Damit entfernte er die letzten Brocken aus der Badewanne und warf alles in die Toilette. Boone lag unverändert. Delaney duschte in der Unterhose und seifte alles ein. Er wrang die Unterhose aus und hängte sie auf einen Wäschetrockner. Mit einem Handtuch von Boone rubbelte er sich trocken, schlang es um die Hüfte und patschte barfuß zurück ins Schlafzimmer. Boone schnarchte offenen Mundes, und zwischen seinen Augenbrauen hatte sich eine harte Falte eingegraben.

Delaney rief nochmals Monica an, und sie unterhielten sich eine Weile. Es war ihr gelungen, Rebecca zu beruhigen und sie zu bewegen, sich im Gästezimmer hinzulegen. Er sagte, er habe alles unter Kontrolle und werde am Morgen nach Hause kommen. Sie sprachen wenig; beide waren betrübt, und beide sagten: «Ich liebe dich», bevor sie auflegten. Das tat ihnen gut.

Das Handtuch um die Hüfte, durchsuchte Delaney nochmals die Wohnung, fand aber weder Schnaps, noch eine zweite Pistole. Das einzige, was er fand, waren Fläschchen mit Rasierwasser und Desinfektionsmitteln. Er leerte alles in den Ausguß und warf die Flaschen in den Mülleimer. Dann suchte er nach Geld, fand jedoch nur Boones Portemonnaie in der Gesäßtasche seiner feuchten Hose. Es enthielt insgesamt fünfzehn Dollar in Fünfdollar- und Eindollarscheinen. Delaney schob es unter ein Couchkissen im Wohnzimmer.

Boone war immer noch unruhig. Er schnarchte, wälzte sich, stöhnte. Delaney ließ ihn liegen, fand ungebügelte Laken und Kopfkissenbezüge in der Wäschekommode, breitete ein Laken über die Wohnzimmercouch und legte einen Kissenbezug auf die Armlehne. Mit einem zweiten Laken deckte er sich zu. Ehe er sich hinlegte, schob er noch den Schlagstock und Boones Revolver so unter die Couch, daß er sie ohne große Mühe erreichen konnte. Dann legte er den Kopf auf die harte Armlehne. Er konnte Boone im Schlafzimmer hören. Rasselnder Atem, Schlucken und Stöhnen. Gelegentlich Husten und ein Schluchzen.

Delaney döste. Leichter Schlaf. Wach. Leichter Schlaf. Hellwach. Dann, viel später, hörte er, wie Boone sich stöhnend bewegte. Delaney griff nach dem Schlagstock, stand auf. Behutsam tappte er zur Schlafzimmertür und steckte den Kopf hindurch. Im Dämmerlicht sah er Boone auf dem Bettrand sitzen. Er fummelte mit Bleistift und Block auf dem Nachttisch und sprach halblaut vor sich hin. Übertrieben sorgfältig notierte er etwas, die Zunge zwischen den Zähnen, mit der Umständlichkeit des Betrunkenen, und brummelte dabei unaufhörlich vor sich hin. Dann fiel er wieder zurück aufs Bett und schnarchte.

Lautlos trat Delaney ein, hob Boones Beine auf das zerknüllte Leintuch und deckte ihn mit der Wolldecke zu. Der Mann stank penetrant. Delaney nahm den Schreibblock mit hinüber ins Badezimmer und knipste das Licht an. Er las, was Boone gekritzelt hatte. «Mon zwei sau». Delaney legte den Block beiseite und löschte das Licht. Dann tappte er zurück zu der durchgelegenen Couch und versuchte, wieder einzuschlafen.

Als er am nächsten Morgen zu früher Stunde erwachte, blickte er sich ärgerlich in der ungewohnten Umgebung um. Er gedachte mit Widerwillen des nächtlichen Auftritts, war aber dankbar dafür, daß es nicht schlimmer ausgegangen war. Zerschlagen stand er auf und ging hinüber, um nach Boone zu sehen. Der Sergeant schlief auf der Seite liegend, den Kopf eingezogen, das Rückgrat gekrümmt, die Knie angewinkelt wie ein Fötus.

Delaney trottete ins Bad. Er wusch das Gesicht mit kaltem Wasser und spürte die Bartstoppeln. Dann schaute er in den Spiegel. Weiß. Der Bart eines alten Mannes. Boones Rasierzeug fand sich im Medizinschränkchen, doch benutzte der Chief es nicht. Er drückte etwas Zahnpasta auf den Zeigefinger und verrieb sie an den Zähnen. Er benutzte Boones Kamm und Bürste.

Dann wanderte er in die Küche. Die Kärglichkeit der Vorräte und der Einrichtung bekümmerten ihn. Wie konnte ein Mann nur so leben! Eine teure Wohnung, kaum möbliert und nichts im Kühlschrank außer einer Käserinde, einer angebrochenen Packung Würstchen und zwei angefaulten Tomaten.

Im Schrank über der Spüle fand Delaney eine Dose Nescafé. Er tat etwas daraus in eine Tasse, machte sich aber nicht die Mühe, Wasser zum Kochen zu bringen, sondern ließ einfach heißes aus der Leitung rinnen.

Er nahm kleine Schlucke und brütete mürrisch vor sich hin, als Boone eintrat. Der Sergeant trug einen schäbigen Bademantel und ging barfuß. Keiner der beiden Männer sagte etwas oder sah den anderen auch nur an. Boone tat, was Delaney getan hatte, er bereitete mit Wasser aus der Leitung Kaffee. Außerdem nahm er ein Röhrchen aus dem Schränkchen überm Ausguß, schüttelte zwei Aspirin heraus und schluckte sie trocken. Dann setzte er sich an den wackeligen Tisch, Delaney gegenüber.

Boone konnte die volle Tasse nicht halten. Er lehnte sich vor und schlürfte etwas von dem heißen Getränk. Erst dann hob er mit zitternden Händen behutsam die Tasse. Vorsichtig brachte er sie an die Lippen, den Kopf weit vorgeneigt.

«Sie Scheißkerl!» sagte Delaney ohne Bewegung. «Sie Hurenbock. Sie elendes Arschloch. Sie verkommenes Subjekt, Sie. Von mir aus können Sie in die Flasche kriechen und den Korken hinter sich zustöpseln. Aber wenn Sie eine Frau kränken, die Ihnen vertraut, eine Frau, die ich mag, und die ich bewundere, dann geht auch mich das was an. Und was Sie erst meiner eigenen Frau angetan haben! Wir haben Sie zu uns eingeladen. Sie haben an unserem Tisch gegessen. Und Ivar Thorsen hat für Sie gutgesagt. Nicht einmal, sondern ein dutzendmal. Und Sie scheißen einfach auf uns, Sie Abschaum!»

Da sah Boone zu ihm auf, mit müden, geschwollenen Augen, Schlaf in den Winkeln, dunkle Ringe darunter.

«Hören Sie auf», sagte er. Die Stimme kam schwach, heiser. «Sie lassen bloß Dampf ab. Sie haben ja keine Ahnung.»

«Dann klären Sie mich gefälligst auf.»

«Wenn ich nicht zähle, zählt niemand.»

«So?» sagte Delaney. «So ist das also?»

«Ja.»

«Und warum zählen Sie nicht?»

«Das ist nun mal so. Ich bin nichts, ein Niemand.»

«Das behaupten *Sie*», sagte Delaney erbost. Und da er nicht wußte, wie er das widerlegen sollte, ohne den Mann zu loben, den er gerade verdammt hatte, sagte er nichts mehr.

Beide saßen schweigend. Nach einer Weile goß Delaney sich noch einen Kaffee auf. Als er wieder saß, stand Boone auf und tat das gleiche. Diesmal schaffte er es, die Tasse mit einer Hand an die Lippen zu führen.

«Fliege ich raus?» fragte er mit belegter Stimme.

«Das liegt bei Thorsen.»

«Und Sie werden's ihm sagen?»

«Selbstverständlich. Ich decke Sie nicht. Ich sage ihm, was passiert ist.»

«Er wird aber auf Sie hören», sagte Boone hoffnungsvoll. «Fliege ich nun oder nicht?»

Delaney gab keine Antwort.

«Wenn ich Ihnen sagte, ich tu's nie wieder, würden Sie mir dann glauben?»

«Nein.»

«Das kann ich Ihnen nicht verdenken», sagte Boone kläglich. «Es wär nämlich gelogen. Ich kann solch ein Versprechen nicht abgeben.»

Mitleidig sah Delaney ihn an.

«Was, in Gottes Namen, hat Sie denn bloß dazu gebracht?»

«Ich hab einen der Beamten angerufen, die den Fall Maitland bearbeiteten. Er war gerade von einem Sonderauftrag zurück und machte sich mit zwei Kollegen einen lustigen Abend in Yorkville. Ich dachte, es wäre eine gute Gelegenheit, ihn auszuholen und bin hin. Sie tranken Bier und Klare, waren aber nicht angesäuselt. Noch nicht. Also setzte ich mich mit an den Tisch. Ich hatte schon ganz vergessen, wie gut so was sein kann; vier Bullen, die einen trinken, rauchen und sich gegenseitig frotzeln. Nach einer Weile fiel ihnen auf, daß ich nichts trank, und sie behaupteten, ich sei ein Spielverderber. Nicht, daß ich ihnen die Schuld geben will. Gezwungen hat mich niemand. Jedenfalls trank ich ein Bier, das beste, was ich je getrunken habe. Eiskalt, fingerbreiter Schaum und dieser herbe, salzige Geschmack. Nach einer Weile trank ich Klaren zum Bier wie die anderen. Dann waren wir alle sternhagelvoll. Ich weiß nicht mehr, wie ich nach Hause gekommen bin. Ich erinnere mich nur, daß Rebecca hier war.»

«Die haben Sie angerufen!»

«Muß ich wohl», sagte Boone bekümmert. «Und irgendwie erinnere ich mich auch, daß Sie hier waren. Habe ich Sie auch angerufen?»

«Nein. Das hat Becky getan.»

«Das meiste weiß ich nicht mehr», gestand Boone. «Jesus!» sagte er und betastete den Schädel hinterm Ohr. «Da hab ich eine Schwellung. Tut unheimlich weh. Ich muß gefallen sein.»

«Nein», sagte Delaney, «gefallen sind Sie nicht. Ich hab Ihnen eins mit dem Schlagstock übergezogen.»

«Mit dem Schlagstock? Na, dann muß es wohl nötig gewesen sein.»

«Das kann man wohl sagen», versetzte Delaney grimmig.

Er stand auf, ging steifbeinig ins Badezimmer hinüber und kam mit einem Zettel wieder, den er Boone hinhielt.

«Was zum Teufel soll das hier heißen?» wollte er wissen. «Das haben Sie heute nacht geschrieben. Nachdem ich Sie ins Bett geschafft hatte. Sie waren erst ohnmächtig, dann haben Sie sich aufgerappelt und das hier hingekritzelt. Gleich darauf haben Sie weitergeschlafen. ‹Mon zwei sau›. Was soll das bedeuten?»

Abner Boone starrte den Zettel an. Dann legte er die Hand an die Stirn.

«Mon zwei sau», wiederholte er und blickte dann auf. «Richtig. Ja, jetzt erinnere ich mich. Bevor wir richtig in Fahrt kamen, fragte ich den Kollegen, der den Fall Maitland bearbeitet hatte, ob er was wisse, was nicht in die Akten gekommen ist. Anfangs verneinte er das, dann aber schnippte er plötzlich mit den Fingern und sagte: ‹Da war doch was. 'ne Kleinigkeit. Die Leiche wurde Sonntag gefunden, stimmt's? Und der ganze Block abgeriegelt. Die Kollegen vom nächsten Revier übernahmen den Absperrdienst. Von Montag an durften die Hausbewohner frei passieren; nur Maitlands Atelier wird noch bewacht. Drinnen arbeitet einer von den Jungs aus dem Labor, und draußen auf dem Korridor steht ein Streifenpolizist.›»

Sergeant Boone stand auf, ging zum Spülstein, schüttete zwei Gläser Wasser in sich hinein, trug ein drittes zum Tisch und setzte sich wieder.

«Ein paar Tage später – der Mann, von dem ich das habe, sagt, es dürfte Mittwoch oder Donnerstag gewesen sein, er kann sich nicht mehr genau erinnern – meldet ihm der Beamte, der Maitlands Atelier bewacht hat, am Montag früh wollten zwei Frauen die Treppe zu Maitlands Atelier rauf. Er fragte, wen sie suchen, und die ältere von den beiden sagt, sie suchen Arbeit als Putzfrauen. Der Kollege sagt ihnen, sie dürfen nicht rauf, da wohnt keiner mehr. Folglich ziehen sie ab.»

«Die ältere von beiden?» fragte Delaney. «Dann war also auch eine jüngere dabei? Wie alt waren die beiden, ungefähr?»

«Das wußte der Kollege nicht. Er sagte nur, der Polizist habe von zwei Frauen gesprochen, eine älter als die andere.»

«Akzent?»

«Weiß er nicht.»

«Weiß? Farbig? Was?»

«Auch das weiß er nicht. Der Polizeiposten hat es offenbar nicht erwähnt.»

«Warum hat der Beamte so lange gewartet, bevor er damit rausrückte?»

«Weil er gemeint hat, es hat weiter nichts zu bedeuten. Zwei Frauen eben, die Arbeit suchten. Als er dann hörte, daß wir nicht weiterkamen, meinte er, es könnte vielleicht doch wichtig sein.»

«Kluges Köpfchen.»

Boone nickte. «Er sagte sich wohl auch, wenn er es der Kriminalpolizei meldet, ist er die Sache los; sollen die sich doch darum kümmern.»

«Richtig. Konnte Ihr Kollege sich an den Namen des Beamten erinnern?»

«Nein. Er hat ihn weder vorher noch nachher gesehen, wußte bloß noch, daß es ein Schwarzer war.»

«Ist er der Sache nachgegangen? Hat er nach den beiden Frauen gesucht?»

«Nein. Er hielt es für unwichtig, nahm an, es wären wirklich zwei Putzfrauen auf Arbeitssuche gewesen.»

«Na schön», sagte Delaney. «Sie gehen jetzt rüber zum Revier, zu dem die Mott Street gehört und sehen die Dienstpläne nach Namen und Adresse und Dienstnummer des Beamten durch, der damals vor dem Atelier von Maitland Wache geschoben hat. Unternehmen Sie nichts weiter, stellen Sie nur fest, wer es war. Alles weitere überlassen Sie mir. Und dann gehen Sie nochmals in die Mott Street, in Maitlands Haus, untertags, auch abends, wenn die meisten Mieter zu Hause sind. Fragen Sie, ob um die Zeit herum, als Maitland ermordet wurde, zwei Frauen im Haus nach Arbeit gefragt haben. Und rufen Sie mich heute abend an. Alles klar?»

«Jawohl, Sir. Bedeutet das, daß ich noch im Dienst bin?»

«Heute jedenfalls noch», sagte Delaney. «Sobald ich Thorsen berichtet habe, sehen wir weiter, Sie Blödkopf.»

Als Delaney geduscht, rasiert, in frischer Unterwäsche und angetan mit seiner Lieblingshose (Flanell, mit doppelten Abnähern am Bund) in der Küche erschien, legte Monica letzte Hand an sein spätes Frühstück: Rührei, Zwiebeln und Lachs, aufgebackene Krapfen mit Streichkäse und Kaffee, der anders schmeckte als der bei Boone.

Sie setzte sich zu ihm, naschte an einem Krapfen und trank Kaffee. Dabei erzählte sie ihm von der Nacht mit Rebecca.

«Sie wollte alle fünf Minuten anrufen, weil sie meinte, du hättest ihn verletzt. Das hast du doch nicht, Edward, oder?»

«Nicht genug», knurrte Delaney.

«Sie wird inzwischen bei ihm sein. Sie ist sofort losgefahren, nachdem ich ihr sagte, du kommst. Sie will sich davon überzeugen, daß ihm nichts fehlt.»

«Gar nichts fehlt ihn», versicherte Delaney. «Aber sie ist schön blöde. Es gibt keine Garantie, daß er's nicht wieder tut. Das hat er selbst zugegeben.»

«Hast du ihm seinen Revolver zurückgegeben?»

«Ja. Er ist schließlich Polizeibeamter und braucht ihn im Dienst. Es spielt auch keine Rolle; wenn er sich das Leben nehmen will, findet er Mittel und Wege, ob er eine Kanone hat oder nicht. Rebecca sollte ihn sich vom Leibe halten. Ihn einfach aufgeben. Die Sache bringt ihr nichts ein.»

«Was wirst du denn seinetwegen unternehmen?»

«Das weiß ich noch nicht. Wenn ich Thorsen sage, er soll mir einen anderen Mann besorgen und warum, spült der ihn durchs Klosett.»

«Jeder hat Anrecht auf eine zweite Chance, Edward.»

Sein Kopf ruckte in die Höhe; er starrte sie an.

«Ach nein! Glaubst du das wirklich? Mörder und notorische Gewaltverbrecher? Terroristen, die Flugzeuge in die Luft sprengen und kleine Kinder umbringen? Alle die haben ein Anrecht auf eine zweite Chance?»

«Hör gefälligst auf damit!» rief sie ärgerlich. «Zu der Kategorie zählt Abner nicht, und das weißt du auch ganz genau.»

«Ich will dich ja nur darauf aufmerksam machen, daß dein ›Jeder hat Anrecht auf eine zweite Chance‹ nicht in jedem Falle gilt. Gewiß, es hört sich menschenfreundlich und nach christlicher Nächstenliebe an, aber ich kann darauf verzichten, wenn das zur Regel wird. Außerdem hat Boone eine zweite Chance gehabt und auch noch eine dritte und vierte und so weiter. Thorsen hat ihm jede Menge Chancen eingeräumt.»

«Aber du nicht», sagte Monica leise. «War das, was er getan hat, wirklich so schlimm? An der Ausübung seines Dienstes hat es ihn schließlich nicht gehindert, oder?»

«Nein», sagte er kurz angebunden, «aber wenn er es nochmal macht, könnte es dazu kommen.»

«Du bist enttäuscht von ihm», sagte sie. Und als sie seine finstere Miene sah, fügte sie eilends hinzu: «Und ich auch. Aber kannst du ihn nicht trotzdem behalten, Edward? Ich weiß, ich glaube, ich habe das Gefühl, wenn du ihn jetzt fallen läßt, wäre es für ihn das Ende. Wirklich das Ende. Keine Hoffnung mehr.»

«Ich will es mir überlegen», sagte er widerstrebend. Er schob seinen Stuhl ein wenig zurück, um die Beine übereinanderschlagen zu können und zündete eine Zigarre an, die er mit der letzten Tasse Kaffee genießen wollte. Er blies eine Rauchwolke in die Luft und sah Monica an, die bedrückt in ihre Tasse schaute.

Morgensonne glänzte auf ihrem Haar. Er sah die anmutige Linie von Wange und Hals. Das Fleisch straff und voller Leben. Alles an ihr ausgesprochen fraulich. Und welche Kraft!

Dann sah er sich in der warmen, von einem angenehmen Duft durchzogenen Küche um. Möbel und Beschläge abgenutzt, aber blitzsauber. Krümel auf der Tischdecke. Eine gefüllte Speisekammer. All die geliebten und vertrauten Dinge des schönsten Raumes im Hause. Der Herd. Die Zugbrücke aufgezogen, der Burggraben mit Wasser gefüllt.

Sie bemerkte die Veränderung in seinem Gesicht und fragte: «Woran denkst du?»

«An einen leeren Kühlschrank», antwortete er und erhob sich, um ihr einen Kuß zu geben.

Abner Boone hatte geduscht und sich rasiert und musterte finster seine tiefliegenden Augen und die eingefallenen Wangen im Spiegel. Er zog sich an, prüfte, ob er Dienstausweis und Revolver bei sich hatte und stieß vor der Tür auf Rebecca Hirsch, die eben hereinkommen wollte. Sie starrten einander an, und sie ließ die Hand sinken.

«Ich wollte nur . . .» sagte sie mit belegter Stimme, schöpfte dann jedoch Mut. «Ich wollte nur nachsehen, ob alles mit dir in Ordnung ist.»

«Das ist es», nickte er. «Komm rein.»

Er machte ihr die Tür auf. Sie trat zögernd ein, setzte sich auf den äußersten Rand der Couch. Er nahm am anderen Ende des Zimmers Platz.

«Du wolltest gerade gehen?» fragte sie. «Dann gehe ich auch lieber.»

«Das hat Zeit. Ich muß mit dir reden. Ich bedauere von ganzem Herzen, was gestern vorgefallen ist, aber das will nicht viel besagen, Rebecca. Ich glaube, es ist besser, wir sehen uns nicht mehr.»

«Du möchtest mich nicht mehr sehen?»

«Das habe ich nicht gesagt. Aber es führt zu nichts Gutem. Das hat sich gestern abend erwiesen.»

«Warum tust du so was, Abner?»

«Dafür gibt's eine ganze Menge Gründe. Dem Chief hab ich gesagt, es ist wegen all dem Dreck, den ich als Polizist zu sehen bekomme. Das ist einer der Gründe, ehrlich. Daß meine Frau mich verlassen hat, ist ein anderer. Auch das stimmt. Möchtest du noch einen weiteren Grund hören? Ich trinke gern Whiskey. Und Bier und Wein. Es schmeckt mir. Und es hilft.»

«Wie hilft es dir?»

«Es betäubt meine Ängste. Alles sieht weniger schlimm aus. Es hilft auf zweierlei Weise: entweder man schöpft wieder Hoffnung, oder man findet sich damit ab, daß es keine Hoffnung mehr gibt. Jedenfalls hilft es, so oder so. Kannst du das verstehen?»

«Nein», sagte sie, «das verstehe ich nicht.»

«Ich begreife, daß du es nicht verstehst. Ich erwarte das gar nicht und mache dir keinen Vorwurf daraus. Es ist meine Schuld, das weiß ich.»

«Versuch es doch mal bei den Anonymen Alkoholikern. Mit Medikamenten, mit Psychotherapie.»

«Hab ich alles ausprobiert», sagte er steinernen Gesichts. «Ich kann's nun mal nicht packen. Das Beste ist, du gehst.»

«Es gäbe noch eine Möglichkeit», sagte sie.

Er schüttelte den Kopf. «Das glaube ich nicht. Demnächst werde ich bei den Schnapsleichen unter den Brücken enden.»

«Himmel!» entfuhr es ihr. «Sag so was nicht!»

«Es stimmt aber! Steig aus, solange du noch kannst.»

Sie starrten einander an, zwei Menschen von ganz unterschiedlicher Art – sie strotzend vor Gesundheit, er angekränkelt von seiner Niederlage.

«Wenn du mich lieben könntest . . .» begann sie.

«Erlöst durch die Liebe einer guten Frau?» Er lächelte traurig. «Du bist wirklich großartig.»

«Das habe ich nicht gesagt», widersprach sie aufgebracht. «Meine Liebe hast du bereits. Das weißt du genau. Die hat dich aber nicht gehindert . . . Nein, ich meine, du sollst mich lieben. Und wissen, daß du mich verlierst, wenn es nochmal passiert. Das könnte helfen, vorausgesetzt, du kannst mich wirklich lieben.»

«Das ist nicht schwer», behauptete er.

«Sagst du», spottete sie. «Ich hingegen glaube, es könnte doch schwer sein. Für dich. Leicht wäre es jedenfalls nicht. Du müßtest dir Mühe geben.»

Er sah sie forschend an.

Sie schüttelte das Haar in den Nacken, glättete es mit beiden Händen an den Schläfen.

«Sieh mich nur an. Ich handle aus sehr egoistischen Motiven. Allerdings, wenn es dich vom Trinken abhielte, wenn du deinen Job behalten könntest, dann wären deine Motive genauso egoistisch, oder?»

«Du bist eine jüdische Jesuitin», sagte er.

«Meinst du? Nein, nicht wirklich. Ich bin nur eine Frau, die weiß, was sie will, und die versucht, es zu bekommen. Heute nacht habe ich lange wach gelegen und darüber nachgedacht. Man sollte es auf einen Versuch ankommen lassen. Meinst du nicht, es könnte sich lohnen?»

Er blieb stumm.

«Es sei denn, der Gedanke, unrettbar verloren zu sein, erscheint dir verlockender.»

Heftig schüttelte er den Kopf. «Alles andere als verlockend! Das schwöre ich dir! Wirklich nicht! Der macht mir eher Angst!»

«Also dann?»

«Na gut!» Er nickte. «Unter der Bedingung, daß du Schluß machst, wenn du es für richtig hältst. Einverstanden?»

«Einverstanden», sagte sie.

«Noch etwas», sagte er. «Bitte, versuch nicht, ein gutes Wort beim Chief für mich einzulegen. Schmeißt er mich raus, dann schmeißt er mich raus, und damit hat sich's.»

«Ich verstehe», sagte sie ernst.

«Gut», sagte er und lächelte zaghaft. «Ich möchte nämlich nicht, daß die Frau, die mich liebt, für mich betteln geht.»

Zum erstenmal lächelte sie; ihre Augen schimmerten.

«Siehst du?» sagte sie. «Es funktioniert schon.»

Gemeinsam fuhren sie mit dem Aufzug hinunter und schmiedeten Pläne. Als sie sich auf der Straße trennten, küßte er ihre Finger, und sie legte die Hand an seine Wange.

12

Als Delaney am nächsten Morgen mit den zusammengerollten Skizzen unterm Arm in Boones Auto stieg, vermieden die beiden Männer es tunlichst, einander anzusehen.

«Morgen, Sir», sagte der Sergeant.

«Morgen», sagte der Chief. «Sieht aus, als ob es Regen gäbe.»

«Im Radio hieß es: zeitweise bewölkt», meinte Boone.

«Meine Hühneraugen sagen Regen», erklärte Delaney, und damit war das erledigt.

Beide Männer schlugen ihre Notizbücher auf.

«Zwei Dinge», sagte Delaney. «Was die Erbfolge beim Fehlen eines Testaments betrifft, habe ich von der Rechtsabteilung nur das übliche Blah-blah erfahren: es kann so sein oder auch anders. Nach den Gesetzen des Staates New York bekommt die Witwe zweitausend in bar oder Sachwerten und die Hälfte vom Nachlaß. Die andere Hälfte geht nach Abzug der Steuern an das überlebende Kind, in diesem Fall an Ted Maitland.»

«Dann wäre also Alma Maitland die große Gewinnerin?»

«Dem Anschein nach, ja», bestätigte Delaney. «Aber die Bankguthaben, ein paar Wertpapiere und die Eigentumswohnung in der East Five-eight Street machen zusammen nicht mehr als Hunderttausend aus. Der große Brocken in der Hinterlassenschaft sind die unverkauften Gemälde, die Geltman in seiner Ausstellung zeigt. Hier sind übrigens zwei Einladungen. Gestern gekommen. Jede gilt für zwei Personen.»

Boone nahm seine Karte und fuhr mit dem Finger über den Druck.

«Hübsch», sagte er. «Geltman läßt sich das was kosten.»

«Sie gehen mit Rebecca hin?» fragte Delaney.

Boone nickte.

«Monica wird sie anrufen», sagte der Chief. «Wir essen vorher alle gemeinsam irgendwo zu Abend, und hinterher gehen wir rüber in die Galerie. Einverstanden?»

«Gern. Um welchen Betrag wird sich die Erbschaft Ihrer Meinung nach vergrößern?»

«Hat nicht Geltman gesagt, eines der Bilder würde eine Viertelmillion bringen? Selbst wenn er übertrieben hat, alle zusammen sollten schon eine Million abwerfen, mindestens.»

«Die wären als Motiv besser als hunderttausend», meinte Boone.

«O ja», stimmte Delaney ihm zu. «Vielleicht hat der Mörder darauf spekuliert, daß die Bilder im Preis heraufgehen, wenn Maitland tot ist. Selbstverständlich wird sich das Finanzamt eine schöne Scheibe vom Kuchen abschneiden und der Staat New York auch. Aber es sollte doch soviel übrigbleiben, daß Alma Maitland nicht gerade der Fürsorge zur Last fällt.»

«Sie halten Mrs. Maitland für verdächtig?» fragte der Sergeant.

«Zuzutrauen wäre es ihr schon», brummelte Delaney. «Sehr sogar. Aber Ted Maitland nicht minder. Im Moment sind sie diejenigen, die am meisten profitieren. Ich habe Thorsen gebeten zu veranlassen, daß man uns in Dora Maitlands Bankauszüge in Nyack Einsicht nehmen läßt. Thorsen möchte vermeiden, daß ein Gerichtsbeschluß beantragt wird. Damit würde man bloß J. Barnes Chapin auf die Hühneraugen treten, und das wollen wir ja nun gerade nicht. Thorsen versucht, die Sache über befreundete Politiker in Nyack einzufädeln. Vielleicht können die die Bank bewegen, mit uns zusammenzuarbeiten. Ich gehe dann ganz unauffällig rein, mache mir ein paar Notizen, und kein Mensch erfährt was.»

Der Sergeant schwieg. Der Chief wußte, was Boone bedrückte: Hatte Delaney mit Thorsen über ihn gesprochen? Hatte er Boone verpfiffen? Delaney schwieg sich aus. Mochte der Sergeant ruhig noch ein wenig schmoren. Das konnte ihm nur guttun.

«Und was gibt's bei Ihnen Neues?»

«Eine ganze Menge», sagte Boone und schlug sein Notizbuch auf. «Einiges davon ist hochinteressant. Ich hab bei dem Laden nachgefragt, der die Sandwiches lieferte, als Saul Geltman seine Besprechung mit J. Julian Simon hatte. Der Bote sagt aus, es hat sich genauso abgespielt, wie Simon behauptet: der Anwalt kam aus seinem Arbeitszimmer, zahlte und nahm die Sandwiches mit rein. Der Bote hat keinen im Büro gesehen außer Simon und Susan Hemley. Ich hab sie angerufen und mich zum Mittagessen mit ihr verabredet. Um rauszukriegen, ob sie Geltman in Simons Büro sah, als ihr Chef rauskam, um die Sandwiches zu holen.»

«Oder zu irgendeinem anderen Zeitpunkt zwischen zehn und halb zwei», fügte Delaney hinzu.

«Richtig», sagte Boone und machte sich eine Notiz.

«Noch was?»

«Ja, Sir. Noch was. Und jetzt wird's interessant. Ihr Vorurteil gegen Ringe am kleinen Finger zahlt sich aus. J. Julian Simon ist vorbetraft.»

«Hab ich's doch gewußt», meinte Delaney voller Genugtuung. «Was hat er ausgefressen: illegale Adoptionen vermittelt?»

«Nicht ganz, Sir. Im übrigen liegt das alles schon über zwanzig Jahre zurück, genauer gesagt: vierundzwanzig Jahre. Die Autobus-Gesellschaften in Manhattan und in der Bronx bekamen damals aus heiterem Himmel eine Flut von Unfallklagen an den Hals. Weit mehr als normalerweise. Es sah plötzlich aus, als wären die Fahrer lauter Trunkenbolde und führen wahllos Fußgänger über den Haufen.»

«Berufsunfallopfer», sagte Delaney.

«Richtig», bestätigte Boone. «Die Versicherungen, die dafür aufkommen mußten, taten sich zusammen und verglichen ihre Unterlagen. Etwa fünfundzwanzig Prozent der Schadenersatzklagen liefen über J. Julian Simon und zwei Ärzte, die er am Bändel hatte. Und dazu noch eine ganze Kompanie Berufsunfallopfer, versteht sich, Burschen mit den passenden Leiden, die gute Röntgenbilder abgeben. Er wurde angezeigt und wäre beinahe aus der Anwaltskammer ausgeschlossen worden. Beim Lesen der alten Akten hatte ich das Gefühl, daß irgendwer ganz fürchterlich geschmiert worden sein muß. Jedenfalls behielt er seine Zulassung. Und nun sitzt er in einem feudalen Büro mit Ledersesseln und Eichenmöbeln, nicht weit von der Madison Avenue, bleckt einem ein sündhaft teures Gebiß entgegen und trägt wahrscheinlich seidene Unterwäsche mit dem Aufdruck: ‹Hier wohnt ein großer Riese›.»

«Ich sag's ja, ich sag's ja.» Delaney lächelte bitter. «Ein Gauner in der Anwaltsrobe. Wer hätte das gedacht!»

«Sie, Sir», erklärte Boone. «Meinen Sie, er macht immer noch krumme Sachen?»

«Aller Wahrscheinlichkeit nach ja. Manche Gauner bessern sich und weichen nie mehr vom Pfad der Tugend ab. Aber drauf verlassen würde ich mich nicht. Die meisten finden Geschmack am Verbrechen. Na gut, ein Minuspunkt für Rechtsanwalt Simon. Und was haben Sie unten in Manhattan rausgefunden?»

«Ich habe mit jedem Mieter in der Mott Street gesprochen. Kein einziger hat eine Putzfrau. Und kein einziger konnte sich erinnern, daß Putzfrauen nach einem Job gefragt hätten. Vor, während und nach dem Tod von Maitland. Man hat mich angeglotzt wie einen Irren. Da wohnen ziemlich arme Leute, Chief. Wer von denen kann sich schon eine Putzfrau leisten?»

«Genau das hatte ich mir schon gedacht», nickte Delaney. «Die ältere der beiden Frauen war offenbar geistesgegenwärtig und hat dem Kollegen die Hucke vollgelogen. Haben Sie rausgefunden, wer's war?»

«Ja, habe ich», sagte Boone und sah in seinem Notizbuch nach. «Hier ist er . . . Jason T. Jason. Seine Freunde nennen ihn Jason Zwo, weil's in dem Revier noch einen Jason gibt, Robert Jason. Jason Zwo ist Schwarzer, ein wahrer Riese, seit drei Jahren bei der Polizei, zwei Belobigungen, begründete Festnahmen und sehr hilfsbereit. Diese Woche geht er Streife. Heute hat er die Tour von acht bis vier.»

«Gut», sagte Delaney. «Spendieren wir ihm mal ein Mittagessen.»

«Früher hieß das Lokal *Ye Old Canal Inn*», sagte der Chief und blickte sich in dem gut besuchten Restaurant um. «Und davor hieß es, ich weiß nicht wie. Jedenfalls war hier schon eine Kneipe oder ein Restaurant, als die Canal Street noch zur Oberstadt gehörte. Übrigens gibt es wirklich einen Kanal, allerdings jetzt unter der Erde. Für mich einen Cheeseburger mit Pommes Frites und Weißkrautsalat.»

Den anderen hatte er gesagt, sie sollten bestellen, was sie wollten, die Rechnung zahle die Behörde. Doch sie folgten seinem Beispiel. Jason T. Jason saß Delaney und Boone am Tisch in der Nische gegenüber. Der schwarze Polizeibeamte war so groß und massig, daß er die Hälfte der Sitznische füllte.

«Sie sehen so aus, als ob Sie zwei Cheeseburgers vertragen könnten», sagte Sergeant Boone. «Oder sogar drei.»

«Oder vier.» Jason grinste. «Nur versuch ich grade, weniger zu essen. Haben Sie das letzte Rundschreiben gelesen, betreffend Polizisten mit Übergewicht? Mein Sergeant läßt mir einen Monat, um zwanzig Pfund abzunehmen. Ich versuch's, aber leicht ist es nicht.»

Er war fast einsfünfundneunzig, schätzte Delaney, und mochte mehr als zwei Zentner wiegen. Seine Haut war tiefbraun und matt wie Samt. Ein wie mit dem Lineal gezogenes Bärtchen bedeckte die Oberlippe, seine Pranken glichen geräucherten Schinken, und die Füße waren, wie Delaney bemerkte, noch größer als seine eigenen.

Der Mann war wahrhaft überwältigend. Revolver, Funksprechgerät und die übrige Ausrüstung hingen an ihm wie winzige Kugeln an einem Christbaum. Der kann einen allein mit seinem Gewicht glatt umwerfen, überlegte Boone, und wem sein Leben lieb ist, der hebt am besten die Hände hoch und ruft: «Ich ergebe mich, ich ergebe mich!»

«Football?» fragte Delaney.

«Ach wo», sagte Jason T. Jason. «Groß genug war ich ja, aber nicht schnell genug. Ich hab's probiert, aber der Trainer sagte: ‹Jason, du läufst zu lange auf demselben Fleck.› Chief, kann mir aus meinem Verhalten im Fall Maitland einen Strick drehen?»

«Ganz im Gegenteil», versicherte Delaney. «Sie haben genau das Richtige getan, als sie es dem Mann von der Mordkommission erzählten. Wenn da wer was vermasselt hat, dann der, einfach, weil er der Sache nicht nachgegangen ist. Allerdings ist im Grunde auch ihm kein Vorwurf zu machen. Vermutlich mußte er hundert andere Hinweise nachprüfen und hielt Ihren Tip für unwichtig.»

«Vielleicht hat es ja auch wirklich nichts zu besagen, Jason», warf Boone ein. «Wir wissen es einfach nicht. Allerdings möchten wir auf Nummer sicher gehen.»

«Da kommt unser Essen», sagte Delaney. «Sollen wir bis nachher unterbrechen?»

«Ich rede lieber beim Essen weiter», sagte Jason. «Ich werde nervös, wenn ich nicht draußen auf Streife bin.»

«Das Gefühl kenn ich.» Delaney nickte. «Hören Sie, wenn Sie für den Rest des Tages mit Ihrer Streife Schluß machen möchten, ich kann das mit Ihrem Lieutenant klären.»

«Nein, nein», wehrte Jason ab. «Es wird ja nicht lange dauern. Soviel gibt's da gar nicht zu erzählen. Na schön, woll'n wir mal sehen ... Am fraglichen Montagvormittag wurde ich vom Streifendienst entbunden und vor der Tür von Maitlands Atelier postiert. Von acht bis vier.»

«Abgesperrt war das Haus nicht mehr?» fragte Boone.

«Nein. All das war vorbei. Ich stellte mich auf den obersten Treppenabsatz unmittelbar vor seine Tür. Die Jungs vom Labor nahmen drinnen die Abflußrohre auseinander, saugten Staubproben zusammen und solche Sachen. So was muß man erlebt haben! Selbst aus dem Klo haben sie was rausgekratzt, um es zu untersuchen! Ab kurz vor elf stand ich draußen im Korridor.»

«Sind Sie ganz sicher, was die Zeit betrifft?» fragte Delaney.

«Absolut. Ich hatte grade auf die Uhr gesehen, um festzustellen, wie lange es noch bis Mittag dauern würde. Zwei Kollegen hatten mir versprochen, mir um zwölf Sandwiches und Kaffee zu bringen. Also gegen elf kamen zwei Frauen die Treppe rauf, sahen mich und blieben stehen.»

«Waren sie überrascht von Ihrem Anblick?» wollte der Chief wissen.

«Ja, keine Frage.»

«Hatten sie Angst?»

Jason T. Jason biß einen gewaltigen Happen von seinem Cheeseburger ab, kaute einen Augenblick und überlegte.

«Könnte sein», sagte er dann. «Aber ich glaube nicht, daß das zählt. Ich ein schwarzer Riese in Polizeiuniform samt Schlagstock. Ich jage vielen Leuten Angst ein. Das hilft.»

Er grinste.

«Das will ich meinen», sagte Boone. «Waren es Weiße oder Schwarze?»

«Bestimmt welche aus der Karibik, darauf können Sie sich verlassen. Aber ob aus Portoriko oder aus Kuba oder aus der Dominikanischen Republik oder sonstwoher, könnte ich nicht sagen. Grelle Kleidung, Rot und Rosa und Orange. Der Stil.»

Jetzt war er der einzige, der aß; Delaney und Boone machten sich Notizen. Jason T. Jason schien es zu genießen, so wichtig genommen zu werden.

«Könnten Sie die beiden beschreiben?» fragte Delaney.

«Die Ältere muß so fünfzig, fünfundfünfzig gewesen sein und war dick wie ein Butterfaß. Mindestens hundertvierzig Pfund, dabei klein. Einssechzig, fünfundsechzig. Ich hab sie ja von oben gesehen, verstehen Sie, und von oben ist das schwer zu schätzen. Außerdem liegt das an die zwei Monate zurück.»

«Sie machen Ihre Sache wunderbar», versicherte Delaney ihm.

«Reden tat die Ältere; ich bin sicher, daß ihre Muttersprache Spanisch ist. Außerdem hatte sie was Nuttenhaftes. Aber dafür war sie eigentlich zu alt und zu fett. Könnte höchstens noch in der Bowery auf den Strich gehen. Strähniges Haar, aber brandrot gefärbt. Die andere war noch 'n Kind. Zwölf, höchstens fünfzehn, würd ich schätzen. So um den Dreh. Vielleicht einssechzig, einssiebzig groß. Gut gewachsen, soweit ich sehen konnte. Langes Haar bis auf den Rücken.»

«Hübsch?» fragte Boone.

«Ja, hübsch. Die brauchte man bloß in die Badewanne zu stecken und ihr das Haar ein bißchen ordentlich zu richten, ihr anständige Kleider anziehen und ein bißchen Make-up auftragen, und sie wär 'ne Schönheit gewesen.»

Delaney schrieb eilig. «Wie verlief denn das Gespräch?»

«Soll ich 'ne Minute Pause machen, damit Sie was essen können?» fragte Jason Zwo.

«Nein, nein, kümmern Sie sich mal nicht um uns. Erzählen Sie ruhig weiter. Was haben Sie gesagt, und was haben die gesagt?»

«Das Reden hat die Alte besorgt. Die Kleine hat den Mund nicht aufgemacht. Ich fragte sie, was zum Teufel sie hier wollten. Und die Frau sagte, sie klappern alle Wohnungen im Haus und in den Nebenhäusern ab, weil sie Arbeit als Putzfrauen suchen.»

«Hat sie sofort geantwortet, als Sie gefragt haben?»

Die Frage kam von Delaney. Jason T. Jason hielt beim Essen inne, legte die Stirn in Falten und versuchte, sich zu erinnern.

«Das kann ich nicht mit Bestimmtheit sagen», erklärte er.

«Probieren Sie es mal», drängte Boone.

«Mir ist, als hätte sie ein, zwei Sekunden gezögert, bevor sie antwortete.»

«Daß sie Ihnen was vormachte, auf die Idee sind Sie nicht gekommen?»

«Nicht gleich. Später, als ich darüber nachdachte, fiel mir ein, daß sie gelogen haben könnte. Wissen Sie, ich bin jetzt seit drei Jahren Polizist, aber mir geht erst jetzt allmählich auf, daß wir von allen angelogen werden. Einfach so zum Spaß, auch wenn es gar nicht nötig ist, wenn es keinen Sinn hat. Das geht schon rein automatisch. Wird man in Zivil auch ständig angeschwindelt?»

«Wenn man als Kriminalbeamter erkannt wird, ist es kein bißchen anders», bestätigte Delaney. «Die Frau sagte also, sie suchten Arbeit. Was haben Sie daraufhin gemacht?»

«Ich hab gesagt, im obersten Stock gäb's bestimmt keine Arbeit für sie, und sie sollten sich verdrücken. Die Frau ging aber nicht weg; sie wüßte, ganz oben wohnt ein Mann, der wen zum Putzen sucht. Woraufhin ich ihr sagte, der ist mausetot, und wenn sie nicht gerade Lust hätte, 'ne Blutlache aufzuwischen, täte sie besser daran zu verschwinden. Vielleicht hätt ich das nicht sagen sollen, aber ich wollte mich nicht mit ihr rumstreiten. Jedenfalls half das. Sie sagte kein Wort mehr. Die beiden machten kehrt und stiegen die Treppe wieder runter.»

«Haben Sie sie jemals wiedergesehen?» fragte Boone.

«Nein», erklärte Jason Zwo. «Niemals!»

«Können Sie uns noch irgendwas über die beiden sagen?» fragte Delaney. «Irgendwelche Kleinigkeiten, an die Sie sich erinnern?»

«Mal überlegen . . .» brummelte Jason T. Jason und vertilgte den Rest seines Weißkrautsalats. «Die Alte hatte einen Goldzahn. Hilft das?»

«Könnte sein», sagte Delaney.

«Das junge Mädchen hatte so was, irgendwas Komisches . . .»

«Was Komisches?» bohrte Boone.

«Nicht zum Lachen komisch», sagte Jason, «sondern komisch im Sinne von merkwürdig. Sie hatte so einen leeren Ausdruck. Starrte ständig in die Luft, als ob sie auf Wolken ginge.»

«Drogen?» fragte Boone.

«Glaub ich nicht. Machte mehr den Eindruck, als ob sie ein bißchen zurückgeblieben wäre oder nicht ganz richtig im Kopf. Sie hat kein Wort geredet, und da ist es schwierig, zu urteilen, aber ich hatte das Gefühl, als ob sie nicht ganz da war. Irgendwo ganz anders.»

«Würden Sie sie wiedererkennen?» fragte Delaney.

«Ist der Papst katholisch?» lautete Jason T. Jasons Gegenfrage.

«Gut», sagte der Chief. Er riß ein leeres Blatt aus seinem Notizbuch und kritzelte seine und Boones Telefonnummern darauf. «Hier haben Sie unsere Telefonnummern. Und halten Sie auf der

Straße die Augen offen. Wenn Sie sie sehen, rufen Sie uns an. Oder hinterlassen Sie eine Nachricht.»

«Soll ich sie festnehmen?»

«Nein, nein, das nicht, aber lassen Sie sie nicht mehr aus den Augen, auch wenn Sie Ihren Streifenbezirk deshalb verlassen müssen. Ich bringe das auf Ihrem Revier schon in Ordnung.»

«Verstanden.» Er faltete den Zettel und steckte ihn in die Brieftasche.

«Ich mach mich jetzt besser wieder auf die Socken. Vielen Dank für das Essen und die Unterhaltung. Hoffentlich kommt was dabei raus.»

«Das hoffen wir auch», sagte Boone. Er und Delaney erhoben sich halb von ihren Stühlen, um Jason Zwo zum Abschied die Hand zu schütteln. «Vielen Dank. Sie haben uns sehr geholfen.»

«Falls ich noch was für Sie tun kann, lassen Sie mich's nur wissen.»

Sie sahen ihm nach. Er mußte sich seitwärts durch die Tür quetschen.

«Guter Beamter», sagte Delaney. «Genauer Beobachter. Und jemand, der nicht so leicht was vergißt.»

«Wären Sie in seinem Revier gern Handtaschendieb oder Räuber?» fragte Boone. «Sie schlagen zu, klemmen sich die Beute unter den Arm, fegen um die Ecke und begegnen Jason T. Jason.»

«Das würde mir wenig gefallen», sagte Delaney. «Mein Gott, wie groß diese Kerle heutzutage werden! Na, essen wir erst mal. Möchten Sie noch Kaffee?»

Sie bestellten frischen Kaffee und aßen die inzwischen kalt gewordenen Cheeseburgers und Pommes Frites, ohne zu murren.

«Meinen Sie, das junge Mädchen war das Modell, das wir auf den Skizzen von Maitland gesehen haben?» fragte Boone.

«Hinkommen tät's schon.» Delaney nickte. «Aber es ist auch denkbar, daß unsere erste Mutmaßung zutrifft. Maitland begegnet am Freitag einer jungen Person, bloß ist die nicht allein. Die Frau ist nach der Beschreibung zu alt, um ihre Mutter zu sein, aber vielleicht ist sie eine Verwandte oder Bekannte.»

«Oder eine Kuppelmutter», gab der Sergeant zu bedenken. «Jason hat gesagt, ausgesehen hat sie danach. Vielleicht führt sie die Kleine auf den Strich.»

«Könnte sein. Nun gehen alle drei am Freitag in sein Atelier rauf. Das Mädchen zieht sich aus, und Maitland macht seine Skizzen.»

«Während die Alte sich einen hinter die Binde gießt und ihre Abdrücke auf Glas und Flasche hinterläßt.»

«Richtig. Maitland gefällt, was er da malt, und bestellt das Mädchen für Montagmorgen um elf. Das würde hinkommen, nicht wahr?»

«Soweit ich sehe, ja. Die Alte könnte ihn nicht schon am Freitag abgemurkst haben, oder? Weil er sich an die Kleine herangemacht hat?»

«Nein, ausgeschlossen», sagte Delaney kopfschüttelnd. «Wenn das geschehen wäre, hätten sie sich am Montag nicht noch mal blikken lassen. Nein, ich glaube, als die beiden das Atelier verließen, war Maitland noch quietschfidel. Sie waren vermutlich die letzten, die ihn lebend gesehen haben.»

«Bis auf den Mörder», sagte Boone.

«Bis auf den Mörder.» Delaney nickte. «Ich würde die beiden Frauen gern finden. Vielleicht haben sie was gesehen. Vielleicht kam der Bursche, nach dem wir fahnden, an jenem Freitag die Treppe rauf, als sie runtergingen.»

«Die Aussicht, sie zu finden, ist aber nicht gerade groß, Chief.» Boone seufzte. «Es sei denn, Jason T. Jason hat das Glück, ihnen auf der Straße zu begegnen.»

«Es sind schon merkwürdigere Dinge passiert», sagte Delaney. «Sind Sie fertig? Dann wollen wir mal nach Norden rauffahren. Zunächst werden wir uns Alma Maitland vorknöpfen.»

Abermals wurden sie in die kalte Pracht gebeten, wo es diesmal leicht nach Maschinenöl roch. Sie hatten sich noch nicht einmal gesetzt, als Alma Maitland hereingefegt kam, den Hut auf dem Kopf und im Begriff, weiße Handschuhe überzustreifen.

«Wirklich, Mr. Delaney», sagte sie wütend. «Ich wollte gerade ausgehen. Das paßt mir gar nicht.»

Er starrte sie kalt an.

«Es paßt Ihnen nicht, Madam?»

Sie begriff, was er andeuten wollte, wurde kreideweiß und preßte die Lippen zusammen.

«Selbstverständlich möchte ich helfen», sagte sie. «Nach bestem Vermögen. Aber Sie hätten vorher anrufen können.»

Beide Beamte sahen sie mit unbewegtem Gesicht an. Eine bewährte Technik: selber kein Wort sagen und die anderen reden und reden lassen. Manchmal gruben sie sich selbst ihr Grab, sagten zuviel, weil sie das Schweigen nicht ertragen konnten.

«Außerdem habe ich Ihnen alles gesagt, was ich weiß», behauptete sie und reckte das Kinn.

«Wirklich?» fragte Delaney und hüllte sich wieder in Schweigen.

Schließlich forderte sie die Herren mit verkniffenem Gesicht auf, Platz zu nehmen. Sie wählten die Couch und saßen da Schulter an Schulter, wie eine Phalanx. Mrs. Maitland nahm in damenhafter Haltung auf dem Sessel Platz: kerzengerade, die Fußgelenke übereinandergelegt, die Knie zur Seite gewendet, die behandschuhten Hände sittsam im Schoß gefaltet.

«Sie kommen mit Ihrer Schwiegermutter und Ihrer Schwägerin nicht sonderlich gut zurecht, nicht wahr?» fragte Delaney plötzlich. Es war mehr eine Feststellung als eine Frage.

«Wer hat das behauptet?» wollte sie wissen.

«Ich frage Sie», erklärte Delaney.

«Besonders nahe stehen sie mir nicht», gab sie zu und ließ ein grelles Lachen vernehmen. «Das ist umgekehrt wohl auch der Fall.»

«Und Ihr verstorbener Mann? Wie nahe stand der seiner Mutter und seiner Schwester?»

«Sehr nahe», erklärte sie steif.

«Ach?» machte der Chief. «Er hat sie doch aber nur ein- oder zweimal im Jahr gesehen?»

«Unsinn», sagte sie scharf. «Mindestens einmal im Monat. Manchmal sogar jede Woche. Sie sind dauernd runtergekommen, haben mit ihm zu Mittag oder zu Abend gegessen.»

Weder Delaney noch Boone ließen sich ihre Überraschung anmerken.

«Und Sie haben an diesen Mahlzeiten nicht teilgenommen, Mrs. Maitland?» fragte der Sergeant.

«Nein, das habe ich nicht.»

«Haben Mutter und Schwester ihn in seinem Atelier in der Mott Street besucht?»

«Keine Ahnung.»

«Er hat nie von einem solchen Besuch erzählt?»

«Nein, niemals. Worauf wollen Sie eigentlich hinaus?»

Delaney fragte: «Hat Ihr Mann jemals zum Lebensunterhalt seiner Mutter und Schwester beigetragen? Soweit Sie wissen?»

Sie lachte verächtlich auf. «Das bezweifle ich stark. Mein Mann hat selten Geld ausgegeben, wenn das nicht seinem eigenen Vergnügen diente.»

«Belle Sarazen hielt ihn für einen sehr großzügigen Mann.»

«Das kann ich mir denken», erklärte Alma Maitland erbost. «Während ich geknausert und gespart habe, um auszukommen.»

Delaney blickte sich im Zimmer um.

«Das hier zeugt nicht gerade von Armut», bemerkte er nachsichtig. «Mrs. Maitland, sind Sie sich darüber im klaren, daß Sie und Ihr Sohn die Alleinerben Ihres Mannes sind, falls sonst niemand Ansprüche stellt?»

«Erben! Wovon wohl? Die Wohnung können wir bei den heutigen Preisen nicht einmal mehr für das verkaufen, was wir ursprünglich dafür bezahlt haben. Auf der Bank ist kaum genügend Geld, alle Schulden zu bezahlen.»

«Die unverkauften Bilder . . .» murmelte Boone.

«Ach ja», sagte sie, und in ihrer Stimme klang so etwas wie Verzweiflung. «Wieviel bleibt wohl übrig, wenn Saul Geltman seine Kommission und die Steuer ihren Teil bekommen haben? Ich kann Ihnen versichern, mein Mann hat mich nicht als wohlhabende Witwe zurückgelassen. Weit gefehlt!»

Delaney sah sie eindringlich an.

«Sie besitzen selbst Vermögen?»

«Einiges», gab sie widerstrebend zu. «Das geht Sie zwar nichts an, aber ich vermute, Sie können es leicht herausbekommen, falls Sie es nicht ohnehin schon wissen. Mein Vater hat mir Städtische Anleihen überlassen. Der war sich seiner Verantwortung jedenfalls bewußt.»

«Wie hoch ist Ihr Einkommen daraus?» fragte Delaney. «Wie Sie ganz richtig gesagt haben, wir können das jederzeit herausfinden.»

«Ungefähr zwanzigtausend im Jahr.»

«Wußte Ihr Mann von diesem Einkommen?»

«Selbstverständlich wußte er davon.» Sie seufzte. «Vor zwanzig Jahren war das noch ein Vermögen. Heute ist es gar nichts mehr.»

«Ein bißchen mehr als gar nichts denn wohl doch», versetzte Delaney trocken. «Aber darüber möchte ich nicht streiten. Mrs. Maitland, ich habe die drei Skizzen mitgebracht, die wir im Atelier Ihres Mannes gefunden haben. Ich weiß, Sie haben mir gesagt, Sie kennten keines seiner Modelle aus der letzten Zeit, aber es wäre mir lieb, wenn Sie sich diese Blätter einmal ansähen. Mag sein, Sie können das Mädchen doch identifizieren. Ich gebe zu, das Gesicht ist kaum angedeutet, aber womöglich reicht es.»

Er stand auf, entrollte unter Sergeant Boones Mithilfe die Skizzen und hielt sie so, daß Alma Maitland sie betrachten konnte.

«Sie sind sehr gut», sagte die Frau leise.

«Nicht wahr? Erkennen Sie das Mädchen?»

«Nein. Ich kenne weder sie noch irgend jemand, der ihr ähnlich sieht. Wann kann ich die haben? Sie gehören schließlich zum Nachlaß.»

«Dessen bin ich mir durchaus bewußt, Madam. Sie werden Ihnen zurückgegeben, sobald die Ermittlungen abgeschlossen sind.»

«Und wann wird das sein?» wollte sie wissen.

Er gab ihr keine Antwort, sondern rollte die Zeichnungen zusammen und streifte das Gummiband darüber. Er gab Boone ein Zeichen. Sie gingen gemeinsam zur Tür. Doch der Chief machte noch einmal kehrt.

«Mrs. Maitland», sagte er, «noch eines . . . Finden Sie es nicht merkwürdig, daß die einzigen Arbeiten, die wir im Atelier Ihres Mannes gefunden haben, diese drei Zeichnungen sind?»

«Merkwürdig?» wiederholte sie verwirrt. «Wieso merkwürdig?»

«Sie haben uns erzählt, Sie hätten als Modell gearbeitet; infolgedessen müssen Sie in den Ateliers vieler Künstler gewesen sein. Die meisten Maler haben für gewöhnlich einen Haufen Bilder in ihren Ateliers herumstehen. Unverkaufte Bilder. Halb fertige. Alte Sachen oder welche, die sie nicht verkaufen wollen. Im Atelier Ihres Mannes wurden aber nur diese drei Skizzen gefunden. Kommt Ihnen das nicht sonderbar vor?»

«Nein, überhaupt nicht. Mein Mann war als Künstler außerordentlich erfolgreich. Seit er berühmt ist, hat er alles verkauft, was er malte. Er war kein bißchen sentimental; er bewahrte nichts auf, was ihn an seine Anfänge erinnerte. Und sein Stil hat sich nur sehr wenig gewandelt; seine frühen Sachen waren genauso gut wie seine späten. Sobald er mit einem neuen Bild fertig war, wurde es zum Verkauf zu Saul Geltman gebracht. Das geschah ohne mein Wissen», setzte sie verbittert hinzu.

«Ich verstehe.» Delaney wurde nachdenklich. «Wir danken Ihnen sehr dafür, daß Sie uns noch einmal so freundlich empfangen haben. Beabsichtigen Sie, an der Eröffnung der Gedächtnisausstellung teilzunehmen, die Geltman für Ihren Mann plant?»

«Selbstverständlich», antwortete sie leicht verwundert.

«Ihr Sohn auch?»

«Gewiß. Wir wollen beide hingehen. Warum fragen Sie?»

«Weil wir das Vergnügen haben werden, Ihnen dort zu begegnen. Guten Tag, Mrs. Maitland.»

Auf der Fahrt zu Jake Dukkers Atelier bemerkte der Chief gedankenverloren: «Was dieser Jason gesagt hat, daß nämlich alle Welt die Polizei belügt, ist leider nur allzu wahr. Und nicht nur belogen wird man, sondern man bekommt nicht einmal die belanglosesten Informationen. Denken Sie an Dora und Emily Maitland in Nyack. Die haben gesagt, Victor hat sie im Laufe des Jahres hin und wieder besucht. Damit haben sie zwar meine Frage beantwortet, aber mehr irreführend als hilfreich. Wenn man nicht die genau richtigen Fragen stellt, führen die Antworten einen in die Irre. Ich hatte da draußen den Eindruck gewonnen, daß Victor ein kaltherziger Schuft von Sohn war, der so wenig wie möglich mit Mutter und Schwester zu tun haben wollte. Ging es Ihnen nicht auch so?»

«Haargenau so», bestätigte Boone.

«Und das bloß deshalb, weil ich nicht gefragt habe: Wie oft haben Sie Victor gesehen, sondern: Wie oft hat Victor Sie hier draußen besucht. Jetzt hören wir von Alma, daß Mutter und Schwester häufig in New York waren, mit Victor zum Essen gingen, kurzum, daß sie ein Herz und eine Seele gewesen sind. Verdammte Scheiße! Das ist ganz allein meiner Dummheit zuzuschreiben.»

«Es hat ja nicht geschadet, Chief.»

«O doch», widersprach Delaney wütend. «Nicht nur haben Dora und Emily uns nicht die Wahrheit gesagt, sie halten uns jetzt für Trottel und werden es bei nächster Gelegenheit wieder versuchen. Na, da irren sie sich. Die sollen was erleben!»

Nach einem Weilchen fragte Boone etwas schüchtern: «Spielt es für die Aufklärung des Falles eigentlich eine Rolle, daß die Maitland ein eigenes Einkommen von zwanzigtausend im Jahr hat?»

«Nein», sagte Delaney, der immer noch schäumte. «Es beweist nur, daß Victor Maitland ebenso habgierig war wie die ganze aalglatte, geizige und raffgierige Mischpoke. Jetzt wissen wir aber wenigstens, warum er die Eisjungfrau geheiratet hat.»

In dem alten Lift, der sie ächzend, aber verbissen zu Jake Dukkers Atelier hinaufzog, kündigte Delaney an: «Jetzt beginnt die zweite Runde. Ohne Vorwarnung. Das Überraschungmoment nutzen. Alma hat geistesgegenwärtig reagiert. Glauben Sie, diese Person wollte wirklich gerade in die Stadt?»

«Wollte sie das nicht?» fragte Boone.

«Ich möchte wetten, nein», erwiderte Delaney. «Sie hörte uns, schnappte sich Hut und Handschuhe und segelte zu uns rein. Keine sehr intelligente Frau, aber gerissen. Nun wollen wir mal sehen, wie Jakie-Boy reagiert.»

Der tat, als bekäme er alle Tage Besuch von Polizeibeamten, die einen Mordfall untersuchten. Er begrüßte sie liebenswürdig, sagte, er wolle nur rasch eine Fotositzung zu Ende bringen und werde in ein paar Minuten bei ihnen sein, bot ihnen Kaffee an und verschwand. Er trug einen enganliegenden, schwarzledernen Hausanzug mit vielen schimmernden Nieten aus Metall. Seine eingefallenen Backen waren schweißnaß, sein Händedruck feucht.

Wie versprochen, bat er sie zehn Minuten später in sein Atelier. Die Assistenten bauten gerade eine Kulisse ab, die offenbar das Wohnzimmer einer Mittelstandsfamilie in einem Vorort darstellen sollte. Modelle waren keine zu sehen, doch hörten sie von irgendwoher Hundegebell.

«Flohspray», erklärte Dukker. «Eine Anzeigenkampagne. ‹Achtung – Fido läßt was springen – in Ihre Sessel!› Darum: ‹Flohweg›! Mit den Kötern war leichteres Arbeiten als mit Modellen. Kommen Sie, gehen wir nach oben und machen es uns gemütlich.»

Er stieg die Wendeltreppe voran und bot ihnen wieder die wie ein Lippenpaar geformte Couch an, doch nahmen sie lieber auf herkömmlicheren Stühlen Platz; Dukker sank in den dick gepolsterten Baseball-Handschuh.

«Wie kommen Sie voran?» fragte er unbekümmert. «Irgendwas Neues?»

Sie sahen ihn an. Er war tief in den Sessel gerutscht, hatte die Finger über dem Kugelbauch gefaltet. Sein schwarzer Hausanzug glänzte, desgleichen sein Gesicht und seine bloßen Unterarme. Er lächelte sie aufmunternd an und zeigte dabei nikotinfleckige Zähne.

«Wir haben die Zeit gestoppt, die man braucht, um von hier zu Maitlands Atelier in der Mott Street zu kommen», sagte Delaney. «Sie hätten es schaffen können.»

Das Lächeln blieb, doch war aller Frohsinn daraus plötzlich verschwunden. Unversehens war da nichts weiter als ein breitgezogener Mund und feuchte Zähne, die ein Stalinschnauzbart umrahmte.

«Ich habe Ihnen doch gesagt, daß ich mit Belle Sarazen hier oben war», erklärte Dukker heiser.

«Das behaupten Sie.» Boone zuckte mit den Achseln. «Und sie behauptet es auch. Aber das bedeutet nichts.»

«Was soll das heißen: bedeutet nichts?» fragte Dukker empört. «Glauben Sie wirklich . . .»

«Sie behauptet, Sie ließen sich gern schlagen», sagte Delaney. «Ist das auch die Wahrheit?»

«Und daß Sie ihn beneidet hätten», sagte Boone. «Gehaßt sogar, weil er nur tat, was er wollte, während Sie dem Dollar hinterherjagen.»

«Dies Miststück!» entfuhr es Jake Dukker. Mit einem Ruck rutschte er an den vordersten Rand seines Sessels. «Sie werden doch nicht etwa glauben, was so eine . . . Ich sage Ihnen, die . . . Glauben Sie wirklich, daß ich . . . Sie hat ihm Drogen verschafft. Hat sie Ihnen das auch erzählt? Das weiß ich genau. Poppers! Sie hat für Nachschub gesorgt. O ja! Ganz genau weiß ich das! Und da hat sie verdammt noch mal die Traute . . .»

Unversehens hielt er inne, ließ sich in den Baseball-Handschuh zurückfallen, preßte die Knöchel gegen die Zähne.

«Ich hab's nicht getan», murmelte er. «Ich schwöre bei Gott, ich hab's nicht getan. Ich hätt ihn nicht umbringen können! Ich könnte so was gar nicht.»

«Warum nicht?» fragte Boone.

«Nun, weil –» sagte Dukker – «weil ich einfach nicht so bin.»

Die beiden Polizeibeamten sahen einander an. Ein einzigartiges Alibi.

«Wir haben überlegt, daß Sie und Belle Sarazen vielleicht unter einer Decke stecken», sagte der Chief mit sanfter, sinnender Stimme. «Gründe hatten Sie beide. Verrückte Gründe zwar, aber Sie sind schließlich beide nicht das, was ich normale Bürger nennen würde. Sie sind an dem bewußten Freitag beide zum Mittagessen hier heraufgekommen. Die Fotomodelle und Ihre Assistenten sind unten. Sie schleichen sich hier raus, fahren mit dem Aufzug nach unten, dann entweder mit dem Auto oder mit der U-Bahn nach Süd-Manhattan, machen Maitland kalt und kommen wieder zurück. Schaffen hätten Sie es können.»

«Mit Leichtigkeit», sagte Boone. «Ich hab's gestoppt. Persönlich.»

«Ich glaube das nicht.» Jake Dukker wiegte den Kopf Von einer Seite zur anderen. «Ich kann es nicht glauben. Herrgott!»

«Möglich ist es.» Delaney lächelte. «Hab ich nicht recht? Kommen Sie, geben Sie's schon zu. Es ist möglich.»

«Wollen Sie mich verhaften?» fragte Dukker.

«Heute nicht», sagte Delaney. «Sie haben uns gefragt, was es Neues gibt. Wir erzählen Ihnen, daß wir dahintergekommen sind, daß Sie es hätten tun können. Möglicherweise. Das gibt's Neues.»

Ernst beobachteten sie, wie er sich allmählich beruhigte und aufhörte, auf seinen Knöcheln herumzubeißen. Er versuchte zu lächeln, was jedoch nicht recht gelang.

«Ich verstehe. Sie versuchen, mir Angst einzujagen, stimmt's?»

Sie blieben ihm die Antwort schuldig.

«Nichts dran an der ganzen Geschichte, stimmt's?»

«Sind Sie überhaupt mal in Maitlands Atelier gewesen?» fragte Sergeant Boone.

«Aber selbstverständlich», sagte Dukker nervös. «Ein- oder zweimal. Aber das ist schon Monate her. Vielleicht ein ganzes Jahr.»

«Hatte er damals Bilder in seinem Atelier?» wollte Delaney wissen.

«Was?» fragte Dukker. «Ich verstehe nicht.»

Die Fragen kamen so rasch und waren so verschiedenartig, daß er nicht mitkam.

«In Maitlands Atelier», wiederholte Delaney. «Standen da Bilder an den Wänden? Wie hier? Nichtverkaufte Arbeiten? Bilder, an denen er noch arbeitete? Werke älteren Datums?»

«Nein», sagte Dukker. «Er verkaufte alles. Er hatte nichts rumstehen. Geltman wurde alles schnell los.»

«Sie haben gesagt, er hat rasch gearbeitet», stieß Boone nach. «Ein schneller Arbeiter. Er hat alles verkauft?»

«Klar hat er das. Er konnte . . .»

«Sind Sie auf irgendeinem Trip?» fragte Delaney. «Hasch? Pillen? Oder was Stärkeres? Was von Belle Sarazen?»

«Was? Verdammt noch mal, nein! Ab und zu ein bißchen Gras. Aber nicht von ihr.»

«Aber sie dealt?» fragte Boone.

«Das weiß ich nicht. Jedenfalls nicht genau. Das schwöre ich. Aber ich hab so einiges gehört.»

«Bei den Poppers scheinen Sie aber ziemlich sicher gewesen zu sein», sagte Delaney. «Warum ausgerechnet an Maitland? War er süchtig?»

«Lieber Himmel, nein! Bloß, um sich ab und zu mal ein bißchen aufzuputschen. Man fängt ein Bild an, da muß man in Stimmung sein.»

«Nicht für Sex?»

«Vic? Dafür hatte der nichts nötig. Der war ein Bulle, sag ich Ihnen, ein richtiger Bulle!»

«Liegt gegen Sie was vor?» fragte Boone. «Sind Sie vorbestraft?»

«Sie machen wohl Witze, was?»

«Wir können das selber rausfinden. Es war nur eine höfliche Frage.»

«Mal ein Strafmandat wegen Falschparken, solche Sachen. Und . . .»

«Und?» fragte Delaney nach.

«Eine Party. Bei der es um Drogen ging. Man hat uns alle wieder laufenlassen. Ich weiß nicht mal, ob unsere Namen notiert wurden. Ich sag's Ihnen trotzdem. Ich habe nichts zu verheimlichen.»

«Hat man Ihnen dabei Fingerabdrücke abgenommen?»

«Nein. Das kann ich beschwören.»

«Bezahlen Sie Belle Sarazen für den abartigen Geschlechtsverkehr?» fragte Boone. «Dafür, daß sie Sie auspeitscht?»

«Niemals! Niemals!»

«Aber Sie haben quasi Hand in Hand gearbeitet, stimmt's?» sagte Delaney. «Sie sah sich Ihre Modelle an. Vielleicht für Treffs mit ihren prominenten Freunden. Und vielleicht hat Belle auch Modelle für Sie besorgt. Für die pornographischen Spielkarten. Das Ganze beruht auf Gegenseitigkeit. Und sie hat auch noch für Sie Modell gestanden. Für das Bild auf Alufolie, zum Beispiel. Ein Freund von ihr hat es gekauft. Und den Gewinn teilten Sie sich, stimmt's? Echte Freunde. Richtig nett. Mädchen. Drogen auf Vorbestellung. Vielleicht sogar Jungs, wer weiß? Alle möglichen tollen Sachen. Orgien womöglich? Nacktparties? Und was es so Einschlägiges mehr gibt? Reiche Spinner und ein Haufen Geld. So ähnlich doch wohl, stimmt's?»

«Ich schwöre . . .» flüsterte Dukker. «Ich schwöre . . .»

«Mr. Dukker», sagte Delaney förmlich, «ich möchte fragen, ob Sie uns wohl einen Gefallen täten?»

«Was? Was? Aber ja . . . gewiß.»

«Sehen Sie sich bitte diese Zeichnungen an. Es sind die Skizzen, die wir in Maitlands Atelier gefunden haben. Wir wüßten gern, ob Sie das Modell kennen.»

Der Chief und Boone hielten dem völlig benommenen und verwirrten Dukker die Skizzen vor die Nase. Mit verglastem Blick sah er sie an.

«Dieser Teufelskerl!» brummelte er. «Konnte der zeichnen! Ohne zu überlegen. Direkt vom Auge in die Hand. Nichts dazwischen. Das lief glatt durch.»

«Erkennen Sie das Mädchen?»

«Nein, habe ich nie gesehen.»

«Gehen wir nach unten», sagte Delaney. «Einverstanden?»

Im unteren Stockwerk ging der Chief gleich zum Zeichentisch. Er breitete die Skizzen aus und beschwerte die Ecken, damit sie flach lagen.

«Sie haben behauptet, Sie seien genauso gut wie Maitland», sagte er zu Dukker. «Sie haben gesagt, Sie könnten seinen Stil nachmachen. Sie haben eine Maitland-Zeichnung eigener Herstellung an der Wand, die so gut war, daß er fuchsteufelswild wurde, als er sie sah. Und die er dann doch signierte. Was ich mir jetzt von Ihnen wünsche, ist folgendes: Sehen Sie sich bitte diese drei Skizzen an und zeichnen sie das Mädchen zu Ende. So, wie Victor Maitland es getan hätte. Nur das Gesicht. Gesichtsform und Züge hat er angedeutet. Sie sollen jetzt die Einzelheiten ausführen.»

«Himmelherrgott», sagte Dukker. «Sie verlangen aber gar nicht viel, was? Da ist doch kaum was zu sehen, wonach ich mich richten könnte.»

«Tun Sie, was Sie können», sagte Delaney. «Wir wissen, daß Sie mit Freuden bereit sind, uns zu helfen.»

Der Künstler nahm einen großformatigen Zeichenblock zur Hand und wählte nach kurzem Zögern einen weichen Zimmermannsbleistift. Er sah sich die drei Skizzen an und fing an zu zeichnen. Tastend zuerst, dann mit größerer Sicherheit.

Gebannt sahen sie ihm zu. Mit kühnen Strichen ließ er den Umriß des Mädchengesichts entstehen, sodann ergänzte er die Züge. Höhlungen, Schatten, Rundungen. Blitzende Augen. Kinnpartie und Brauenbogen.

«Dieser Teufelskerl!» rief er begeistert. «Eine Schönheit! So hätte Vic sie gemalt. Jung. Vielleicht vierzehn. So um den Dreh. Unschuldig. Und beschränkt. Kein Grips, nur Schönheit. Das ist sie. Da haben Sie sie!»

Nicht einmal drei Minuten, schätzte Delaney, und er hatte das Porträt eines schönen, jungen Mädchens mit leeren Augen. Eine Fülle schwarzen Haares, das sich ringelte. Sinnlicher Mund. Die Lippen so weit geöffnet, daß schimmernde Zähne zu sehen waren. Hohe Backenknochen. Alles strotzend vor Jugend und doch leer. Unberührt.

Er nahm die drei Skizzen von Maitland sowie die Zeichnung von Dukker und rollte sie sorgsam auf.

«Haben Sie vielen Dank. Wir werden wiederkommen.»

«Bald», fügte Sergeant Boone noch hinzu.

Mit schlaffem Mund und weichen Knien ließen sie Jake Dukker zurück. Als sie hinunterfuhren, sagte Delaney: «Wie wir zusammenarbeiten, das haut ganz schön hin.»

«Genau das habe ich auch gerade gedacht, Chief.» Boone grinste. «Jetzt wird er Belle Sarazen anrufen und sie beschimpfen.»

«O ja.» Delaney nickte. «Die beiden dürften sich jetzt gegenseitig die Augen auskratzen. Ich glaube, wir haben so ziemlich, was wir brauchen.»

Verwundert sah Boone ihn an.

«Sie meinen, Sie wissen . . .»

«Wer's getan hat?» fragte Delaney amüsiert. «Nein, keineswegs.

Ich behaupte nur, daß wir die großen Stücke jetzt haben. Sie zusammenzusetzen, ist etwas anderes. Die Sarazen wird auf der Hut sein. Ich geh nach der Holzhammermethode vor, Sie spielen den Verständnisvollen. Wir lassen sie nicht mehr zu Atem kommen.»

«Das gefällt mir», sagte Abner Boone.

«Es hat schon was für sich», sagte Delaney. «Unsaubere Leute! Verkorkste Existenzen.»

Der Filipino-Hausboy zeigte keinerlei Überraschung, als er sie vor der Tür stehen sah. «Hier längs, meine Herren.»

Er ging voran in einen kleinen Raum, eine Art Verbindungsgang zwischen dem blutroten Schlafzimmer und einem Marmorbadezimmer mit vergoldeten Armaturen. In diesem Durchgang stand ein Massagetisch, und an einer Schiene unter der Decke hing eine ganze Batterie von angeknipsten Ultraviolettstrahlern. Ihr kaltes, bläulichweißes Licht erfüllte den ganzen Raum. Man kam sich vor wie in einem Aquarium.

Der Massagetisch war mit einem geblümten Laken bedeckt. Das Gesicht nach unten, lag Belle Sarazen darauf; ihre Wange ruhte auf einem Unterarm. Offenbar war sie nackt; ein rosa Handtuch war über die Mitte des Körpers gebreitet. Sie trug eine kleine schwarze Brille; die beiden Scheiben aus halbdurchsichtigem Glas wurden von einem Gummiband festgehalten.

Eine ähnliche Schutzbrille trug auch der athletisch gebaute junge Mann, der, über den Tisch gebeut, ihre Oberarm- und Schultermuskeln kraftvoll massierte. Er trug weiße Tennisschuhe, weiße Baumwollhosen, ein weißes T-Shirt, das offensichtlich enger gemacht worden war, um das Spiel seiner Brustmuskeln vorteilhaft zur Geltung zu bringen. Sein schwellender Bizeps und die ausgeprägten Deltamuskeln waren die eines Gewichthebers. Das flachsblonde Haar war in kunstvolle Löckchen gelegt, und ein paar hinreißend geringelte Strähnen fielen ihm in die Stirn.

«Hallo, Darlings!» flötete Belle Sarazen, ohne den Kopf zu heben. «Kommt nicht herein, sonst werdet ihr womöglich blind oder impotent oder sonstwas. Dieser göttliche Muskelprotz hier ist Bobbie. Bobbie, sag diesen reizenden Herren guten Tag; sie kommen von deinem Freund und Helfer, der Polizei.»

Bobbie wandte ihnen die blinden Brillengläser zu und bleckte seine Zähne, die das Ebenmaß weißer Zuckerwürfel aufwiesen.

«Mach einen kleinen Spaziergang, Bobbie», sagte Delaney mißlaunig. «Oder polier dir die Nägel oder sonstwas.»

Ein klingendes Lachen entstieg Belle Sarazens Kehle.

«Verzieh dich, Bobbie», riet sie ihm. «Spiel mit Ramon. Aber bleib noch da. Es wird nicht lange dauern. Nicht war, Edward Delaney?»

Er würdigte sie keiner Antwort.

Der schutzbrillenbewehrte Bobbie ging, nicht ohne seine mächtige Brust aufzupumpen und seine Oberarmmuskeln spielen zu lassen, als er an den beiden Beamten vorüberglitt. Sie standen an der Schlafzimmertür, außerhalb des Wirkungsbereichs der Bräunungslampen. Belle Sarazens Kopf wies in ihre Richtung, aber ihr Gesicht konnten sie nicht erkennen. Nur den langen, geölten Rücken und die Muskelstränge ihrer Ober- und Unterschenkel. In ihrer Reichweite stand ein kleines Tischchen mit hohen Gläsern, in denen Fruchtstückchen in Orangensaft schwammen, von Kohlensäure umperlt.

«Armer Jake», murmelte sie. «Er hat mich angerufen. Ich fürchte, Sie haben ihn ganz durcheinandergebracht.»

«Sie haben Maitland Poppers verkauft», sagte Delaney zornig.

«Verkauft? Unsinn. Er war oft hier oben bei mir. Vielleicht hat er ein paar aus meinem Medizinschränkchen mitgehen lassen.»

«Haben Sie ein Rezept dafür?» wollte Delaney wissen.

«Selbstverständlich, mein Lieber», sagte Belle Sarazen träge. «Ich kann Ihnen den Namen meines Arztes geben. Falls Sie das überprüfen möchten.»

«Und ob ich das überprüfen werde, verdammt noch mal», donnerte Delaney.

«Aber, aber, Chief», sagte Boone nervös. «Nun regen Sie sich mal nicht so auf.»

«Ach, laß ihn doch bellen, Kranich», sagte sie. «Er wird wüten und schäumen, aber er wird mein Haus nicht zum Einsturz bringen.»

«Sie hätten es ohne weiteres von Dukkers Atelier bis zu Maitlands Atelier schaffen können», fuhr Delaney fort. «Wir haben das nachgeprüft. Sie und Dukker hätten klammheimlich zum Aufzug verschwinden, zur Mott Street fahren, Maitland kaltmachen und auf die gleiche Weise zurückkommen können, ohne daß irgendwer unten etwas davon gemerkt hätte.»

«Aber warum sollte ich so etwas Dummes tun, Mr. Delaney?»

«Weil Sie ihn gehaßt haben wie den Teufel!» schrie er sie an. «Er hat Sie in aller Öffentlichkeit eine Hure geschimpft. Und Sie sind ein Mensch, der das nicht hinnimmt. Und vielleicht hat er . . .»

«Chief», sagte Boone eindringlich, «um Gottes willen, jetzt kommen Sie endlich zur Vernunft. Wir wollen doch nicht . . .»

«Nein, bei Gott», erklärte Delaney, «ich will sie festnageln. Vielleicht wollte Maitland sie wegen ihrer kleinen Geschäfte verpfeifen. Wegen ihrer Call-Girls, ihrer Drogen, ihrer Sex-Shows und was weiß ich sonst noch alles. Als Motiv würde das durchaus reichen.»

«Nun hören Sie mal», sagte Belle Sarazen, hob den Kopf und gab ihre schnippische Art auf. «Welches Recht haben Sie eigentlich . . .»

«O ja!» Delaney nickte. «Dukker hat uns viel erzählt. Er hat uns Dinge erzählt . . . na, das hat er Ihnen selbstverständlich nicht auf die Nase gebunden. Wir wissen alles über die Modelle und Ihre prominenten Freunde. Und Bobbie? Dieser muskelbepackte Fatzke? Steckt der auch mit drin? Ich möchte fast darauf wetten. Wir haben . . .»

«Nichts als Vermutungen», sagte sie schneidend. «Sie und Ihre dreckige Phantasie. Nichts als Mutmaßungen.»

«Wie oft ist Maitland hergekommen?» wollte Delaney wissen. «Einmal die Woche? Dreimal? Jeden Tag? Wir können das beim Portier nachprüfen, also versuchen Sie nicht, uns was vorzumachen.»

«Warum sollte ich Ihnen was vormachen?» fragte sie, und ihre Stimme wurde immer heller und schneidender. «Victor Maitland war ein echter Freund von mir, ein ganz besonders enger. Ist es ein Verbrechen, wenn Freunde einen besuchen kommen?»

«Hat er Ihnen Geld gegeben?»

«Geschenke hat er mir gemacht. Das habe ich Ihnen doch schon erzählt.»

«Geschenke! Das ist gut! Wirklich! Vielleicht haben Sie bestimmt, wieviel diese Geschenke zu kosten hatten. Vielleicht wollte er Schluß damit machen. Vielleicht hat er . . .»

«Chief! Chief!» stöhnte Boone. «Nun mal langsam! Bitte! Wir haben keine Beweise. Sie ballern nur einfach drauflos! Wir haben gar keine Möglichkeit . . .»

«Das ist mir egal!» schrie Delaney. «Sie hat einmal jemand umgebracht und ist damit durchgekommen! In meinem Revier laß ich das nicht zu! In meinen Augen ist sie schuldig! Wenn nicht des Mordes, dann wegen Zuhälterei und Drogenhandel. Ich will ihr schon das Handwerk legen. Ich schwöre, daß ich sie ans Messer liefern werde.»

Jetzt hatte Belle Sarazen sich etwas aufgerichtet und starrte ihren Peiniger mit leeren, bebrillten Augen an. Sie stützte sich auf die Unterarme. Die beiden Männer sahen ihre kleinen muskulösen Brüste; sie waren wie harte Schilde mit schimmernden rosa Knöpfen.

«Sie stochern auf gut Glück mit einer Stange im Nebel herum! Ich werde dafür sorgen, daß ganz New York über Sie lacht. Ich hänge Ihnen einen Prozeß an, und glauben Sie mir, ich kann mir die besten Anwälte im ganzen Land leisten. Wenn ich mit Ihnen fertig bin, können Sie froh sein, wenn man Ihnen noch Ihre Pension beläßt. Ich mache Sie fix und fertig.»

«Sie sind erledigt», schrie er sie an. «Will das nicht in Ihr Spatzenhirn rein? Es ist aus, aus, meine Teure. Sie sind erledigt, und ab geht's durchs Klosett.»

Er drückte Boone die Rolle mit Maitlands Skizzen in die Hand, fuhr herum und stapfte davon. Sie hörten seine harten Schritte, dann eine Tür zuknallen. Durch ihre Schutzbrille starrte Belle Sarazen den Sergeanten an.

«Donnerwetter!» sagte der. «So hab ich ihn noch nie erlebt.»

Sie sprang vom Massagetisch und schlang sich das große Handtuch um, das sie von den Brüsten bis zu den Oberschenkeln bedeckte, schaltete die Höhensonne aus und riß sich die Brille ab.

«Dieser Schuft!» zischte sie. «Dieser miese Mistkerl! Na warte, dich krieg ich!»

«Ich möchte mich entschuldigen, Miss Sarazen», sagte Boone ernsthaft. «Er wird nichts von allem tun, womit er gedroht hat. Er steht in letzter Zeit unter immensem Druck. Bitte, vergessen Sie doch, was geschehen ist . . .»

«Vergessen?» Sie lachte – oder versuchte es. Das Lachen blieb ihr in der Kehle stecken. «Nichts zu machen, Baby! Der Herr Chief Edward X. Delaney hat ja keine Ahnung, was ich durchsetzen kann, wenn ich wirklich will. Er ist erledigt, er weiß es bloß noch nicht.»

Sie schob sich an ihm vorbei ins Schlafzimmer. Dort ließ sie sich in einen blutroten Sessel fallen, schwang ein Knie über die Lehne und wippte wie verrückt mit dem Fuß. Erregt saugte sie an ihrem Daumen, wie ein Kind, das völlig außer sich ist und an einem nagelbewehrten Schnuller Befriedigung sucht.

«Hören Sie, Miss Sarazen», legte Boone sich ins Mittel, «er ist schon im Ruhestand. Das wissen Sie doch. Sie können ihm nichts anhaben. Ich hingegen stehe noch im aktiven Dienst. Sie mobilisieren Ihre einflußreichen Freunde, und der letzte, den die Hunde beißen, das bin ich. Man wird mich beim Schlafittchen kriegen und strafversetzen. Zum Streifendienst nach Richmond. Das wissen Sie doch ganz genau. Ich finde, er hat's wirklich übertrieben. Aber soll meine Karriere zum Teufel gehen, bloß weil er sich nicht beherrschen kann? Hören Sie, ich stehe auf Ihrer Seite. Wir haben überhaupt nichts gegen Sie in der Hand. Nicht so viel. Er hat bloß große Töne gespuckt.»

Endlich hörte das wilde Fußwippen auf, der Daumen fuhr mit einem Schmatzlaut aus dem Mund, und sie lächelte Boone an.

«Kranich, Sie gefallen mir. Holen Sie mir ein Glas von nebenan.»

Gehorsam holte er ihr das Glas mit Fruchtstückchen. Bedächtig trank sie und überlegte. Der Sergeant setzte sich behutsam, den Oberkörper vorgebeugt, die Hände bittend zusammengelegt.

«Stimmt das?» fragte sie. «Sie haben nichts gegen mich in der Hand?»

«Ja, das stimmt», versicherte Boone. «Alles nur Klatsch und Gerede. Auch, was Jake Dukker uns über Sie erzählt hat. Ich meine, das mit den Drogen, den Mädchen und so weiter. Wie können wir das verwenden? Er hängt mit drin, nicht wahr?»

«Und ob!»

«Na, sehen Sie!» sagte der Sergeant und lehnte sich zurück. «Sie können also ganz beruhigt sein, daß er keine Aussage in dieser Hinsicht unterschreiben wird; schließlich liefert er sich damit selbst ans Messer. Hab ich nicht recht?»

«Ja, doch», nickte sie. «Jake ist ein Schlappschwanz; ich habe das immer gewußt. Man braucht bloß ein bißchen Druck auf ihn auszuüben, und er sagt keinen Pieps mehr. Und ich habe Mittel und Wege, dafür zu sorgen, daß er die Klappe hält.»

«Versteht sich, versteht sich», stimmte Boone aufmunternd zu. «Und daß Maitland Sie für den Geschlechtsverkehr bezahlt hat, na ja, das ist Ihre Privatangelegenheit. Damit geht niemand zum Kadi.»

«Vic hätte mich bezahlt?» Belle Sarazen legte den Kopf in den Nacken und lachte, ein so herzerfrischendes Lachen, daß das Handtuch verrutschte. «Der Tag müßte rot angekreuzt werden, an dem Victor Maitland für einen Fick bezahlt. Nein, nichts zu machen, Kranich. Vic und ich, wir waren geschäftlich miteinander verbunden. Man könnte sagen, wir waren Partner. Alles ganz seriös.»

«Das zu hören, freut mich wirklich», sagte Boone und lächelte. «Ich habe Sie auch nie für so eine gehalten, Belle. Trotz allem, was Delaney gesagt hat.»

«Dieser Schuft!» knurrte sie.

«Wenn sich alles auf rein geschäftlicher Basis abspielte –» seufzte der Sergeant – «was waren denn das für Geschäfte, die Sie gemeinsam gemacht haben?»

«Ich hab ihm ein paarmal geholfen», erwiderte sie achselzuckend. «Ich habe reiche Freunde. In den ganzen Vereinigten Staaten, überall, und in Europa auch.»

«Verstehe.» Boone nickte immer noch lächelnd. «Sie meinen, Sie haben ihn gefördert? Sein Renommee aufgebaut? Ihm geholfen, seine Bilder zu verkaufen?»

«So ähnlich», sagte sie.

«Dagegen ist ja nichts einzuwenden», erklärte Boone. «So was ist vollkommen legal. Ich nehme an, Sie kennen viele Leute in der Kunstwelt.»

«Jeden, Baby. *Jeden!*»

«Auch Sammler?»

«Das können Sie mir glauben! Besonders die schwer betuchten Sammler.»

«Nun, da konnten Sie einem Künstler schon eine echte Hilfe sein. Ich hatte immer angenommen, einzig Saul Geltman habe sich um Maitlands Sachen gekümmert?»

«Teils ja, teils nein», sagte Belle Sarazen unbestimmt. «Es gibt mehrere Möglichkeiten, einer Katze das Fell über die Ohren zu ziehen. Hören Sie, Kranich, sind Sie sicher, daß alles, was Delaney gesagt hat – all dieser Scheiß von wegen Zuhälterei und Drogen und so

– nur Bluff war? Er hat wirklich nichts in der Hand, womit er zum Staatsanwalt gehen könnte?»

«Keine Angst», versicherte der Sergeant. «Alles bloß warme Luft! Er ist nur so wahnsinnig versessen darauf, diese Nuß zu knacken. Sagen Sie mal, ganz unter uns, waren Sie damals wirklich jeden Augenblick mit Jake Dukker zusammen? So zwischen zwölf und zwei Uhr nachmittags an dem Freitag, als Maitland umgebracht wurde? Ich frage, weil Jake Dukker im Augenblick unser Hauptverdächtiger ist.»

Sie starrte ihn lange an und tippte mit den Bügeln ihrer Brille gegen die Vorderzähne. Dabei nahm sie ihn gar nicht wahr, sondern ihr Blick ging durch ihn hindurch, verlor sich in der Ferne . . .

Endlich stieß sie einen Seufzer aus, leerte ihr Glas, fischte ein Stück Ananas heraus und kaute darauf herum. Er wartete geduldig.

«Vor Gericht könnte ich's nicht beschwören», sagte sie traumverloren. «Könnte ja sein, daß ich da oben eingeschlafen bin. Ich weiß tatsächlich nicht, was er getan hat, während ich schlief. Wirklich, schwören könnte ich nicht.»

«Vielen Dank, Belle», sagte er sanft. «Haben Sie vielen Dank. Nur noch eines . . . ich habe die Skizzen bei mir, die wir in Maitlands Atelier fanden. Würden Sie sich die bitte mal ansehen und mir sagen, ob Sie das Modell kennen?»

Er streifte das Gummiband von der Rolle und reichte ihr die Zeichnungen. Aufmerksam betrachtete sie eine nach der anderen.

«Hübsch», sagte sie. «Die könnte ich alle verkaufen, dazu bedürfte es nur eines Anrufs.»

«Das, fürchte ich, geht nicht», sagte er. «Sie gehören zum Nachlaß.»

«Was für ein Körper! Alle zehn Finger würde mancher sich danach lecken. Und was ist das hier, der fertige Kopf?»

«Den hat Jake Dukker vervollständigt. So, wie er meint, daß das Modell ausgesehen hat, und wie er glaubt, daß Maitland es gezeichnet hätte. Erkennen Sie das Mädchen?»

«Nein. Die habe ich noch nie gesehen. Ich würde Ihnen gern weiterhelfen – Sie sind so reizend gewesen –, aber ich kann es nicht. Tut mir leid.»

«Na, es hätte ja sein können», sagte er achselzuckend und rollte die Skizzen wieder zusammen. «Nun will ich mich mal wieder auf die Socken machen . . .»

«Schicken Sie Bobbie rein, wenn Sie gehen», trug sie ihm auf. «Ihr Kerle habt mich bei meiner Massage unterbrochen. Zum Schluß reibt er mich mit einem Nerzhandschuh ab. Sind Sie jemals mit Nerz frottiert worden? Das ist eine wahre Wonne.»

«Nein», sagte er und erhob sich, «noch nie.»

«Nun . . .» sie sah ihn abschätzend an, «seien Sie nur weiter lieb und erzählen Sie mir, was sich so tut. Wer weiß, vielleicht . . .»

Delaney saß geduldig im Auto. Er lag zurückgelehnt auf dem Sitz, den Strohhut halb über die Augen gezogen und rauchte eine Zigarre. Als Boone einstieg, schob er den Hut zurück.

«Na, wie ist es gelaufen?» fragte er.

«Nicht schlecht, Chief. Sie sind ihr dermaßen auf die Zehen getreten, daß ich den Beichtvater spielen konnte.»

«Und was haben Sie erfahren?»

«Zunächst einmal: das Mädchen auf den Skizzen kennt sie nicht. Behauptet, sie hätte es noch nie gesehen. Was Drogen und Prostitution betrifft, arbeiten Dukker und sie zusammen. Genauso, wie wir es uns gedacht hatten. Aber vermutlich haben sie die Sache erstmal aufgesteckt, solange wir rumschnüffeln.»

«Nur vorübergehend», sagte Delaney.

«Selbstverständlich», stimmte Boone zu. «Außerdem ist sie bereit, Dukker den Wölfen zum Fraß vorzuwerfen. Behauptet jetzt, möglicherweise sei sie oben bei ihm eingeschlafen und könne nicht beschwören, daß er die ganze Zeit über da gewesen ist.»

«Oh-ho!» ließ sich der Chief vernehmen. «Ist sie nicht eine reizende Zeitgenossin? Das hat Dukker nun davon, daß er uns das mit den Poppers gesteckt hat.»

«Aber das wichtigste ist folgendes, Chief: Maitland hat sie nicht für ihre Dienste bezahlt. Sagt sie jedenfalls. Sie behauptet, sie hätten Geschäfte miteinander gemacht. Worum genau es dabei ging, konnte ich nicht herausbekommen. Klang aber etwa so, als hätte sie ihre reichen Freunde bewogen, seine Bilder zu kaufen, und dabei hat sie kassiert.»

Delaney überlegte einen Augenblick.

«Saul Geltman wurde also beschissen?» fragte er.

«Genau darauf läuft es wohl hinaus, Chief. Sie behauptet, sie kenne sämtliche reichen Sammler in den Staaten und in Europa. Vielleicht haben die beiden Geltman dabei übergangen.»

«Möglich.» Delaney nickte. «Wir müssen überprüfen, ob Maitland und Geltman so etwas wie einen Exklusivvertrag miteinander hatten oder überhaupt etwas Schriftliches. Hören Sie, Sergeant, wir wissen, daß Maitland Bilder verkaufte, von denen er seiner Frau nichts sagte. Da ist es genausogut möglich, daß er auch welche verkaufte, von denen er Geltman nichts erzählte.»

«Damit hätte unser kleiner Saul wirklich ein fabelhaftes Motiv», sagte Boone. «Oder . . .»

«Oder was?» wollte Delaney wissen.

«Woran ich denke, wäre schon eine irrsinnige Sache, Chief.»

«Nur zu, lassen Sie hören.»

«Es sind nichts weiter als Mutmaßungen . . . Wir wissen, daß Jake Dukker Maitlands Stil nachmachen kann. Mein Gott, das hat er uns doch praktisch vorgeführt! Jetzt nehmen Sie mal an . . .»

«Schon kapiert», fiel Delaney ihm ins Wort. «Vielleicht hat Dukker falsche Maitlands gemalt. Und die Sarazen hat sie an ihre reichen Sammlerfreunde vermittelt. Maitland ist dahintergekommen, und da haben sie ihm ein für allemal den Mund gestopft.»

«Richtig», sagte Boone.

«Das ist alles weit hergeholt», sagte der Chef, «aber ich werde Wolfe bitten, sich umzuhören, ob er jemand findet, der einen Maitland nicht über Saul Geltman gekauft hat. Was uns bestätigen würde, daß entweder Maitland seine Sachen hinter Geltmans Rücken verkaufte oder daß Dukker gefälschte Maitlands abgesetzt hat. Ein guter Einfall, Sergeant.»

«Vielen Dank, Sir.»

«Und jetzt», sagte Delaney gähnend, «muß ich wohl darauf gefaßt sein, daß Thorsen mir vorhält, die prominenten Freunde von Belle Sarazen seien höchst ungehalten über die rüde Art meines Umgangs mit der Dame.»

«Nein, das glaube ich nicht», sagte Boone. «Ich habe ihr eingeredet, Sie hätten nichts Handfestes gegen sie vorzubringen, und wenn sie jetzt Zeter und Mordio schreit, wäre ich derjenige, der darunter leiden müßte. Ich glaube nicht, daß sie den Mund aufreißt.»

«Dafür stehe ich in Ihrer Schuld», sagte Delaney.

Boone wollte erwidern: «Dann sind wir jetzt quitt», tat es jedoch nicht.

Nach dem Besuch bei Jake Dukker und Belle Sarazen saßen Monica und Delaney abends noch bei einem Glas Whiskey gemütlich im Arbeitszimmer, und er berichtete, was er den Tag über getan hatte. Monica lag zurückgelehnt in dem abgeschabten alten Ledersessel, die Füße auf seinem Schreibtisch. Edward saß auf seinem Drehstuhl und konsultierte gelegentlich sein Notizbuch.

Er war jetzt bei Jason T. Jasons Begegnung mit den beiden spanisch sprechenden Frauen im Treppenhaus vor Maitlands Atelier angelangt und zeigte Monica die Zeichnung, die Jake Dukker nach den Skizzen von Maitland vom Gesicht des Modells gemacht hatte. Monica schätzte das Mädchen auf fünfzehn, sechzehn. Sie fragte ihren Mann, ob er vorhabe, Abzüge von dieser Zeichnung an die Polizeireviere der Stadt zu schicken, um so vielleicht das Mädchen zu finden.

Delaney stand auf, um die Zeichnung an die Korkwand neben Maitlands Skizzen zu pinnen. Er und Boone hätten diese Möglichkeit bereits ins Auge gefaßt, antwortete er auf Monicas Frage; Ein Zeichner der Polizei solle mit Hilfe von Jason Phantombilder der beiden Frauen anfertigen.

Delaney beschrieb ihr dann, wie Boone und er sich bei Belle Sarazen die Bälle zugespielt hatten. Er meinte, die Ergebnisse rechtfertigten diesen Trick, mußte jedoch zugeben, daß Boone in Zukunft wahrscheinlich allein mit der Sarazen fertigwerden müsse. Monica meinte, die Sarazen sei anscheinend ein furchtbares Frauenzimmer, woraufhin Delaney sagte, vermutlich werde Monica Gelegenheit haben, nicht nur Belle Sarazen bei Saul Geltmans Vernissage persönlich kennenzulernen, sondern auch die übrigen Verdächtigen; Monicas Urteil über sie würde ihn sehr interessieren.

Monica fragte, ob er Belle Sarazen wirklich für ausreichend motiviert halte, Victor Maitland umzubringen. Ob zum Beispiel eine Jury glauben würde, daß eine Frau dazu fähig sei, einen Mann zu erstechen, nur weil der sie in der Öffentlichkeit beleidigt hatte. Monica selbst glaube das nicht.

Delaney meinte, ein zusätzliches Motiv könne in jenen «Geschäftsbeziehungen» zwischen Belle Sarazen und Maitland liegen. Doch selbst wenn kein weiteres Motiv zutage komme, halte er die

Sarazen immer noch für fähig und imstande, aus Rachsucht jemanden umzubringen, der ihrer Eigenliebe zu nahe getreten sei, – egal, ob das wirklich geschehen sei oder ob sie es sich bloß einbilde. Er sagte, Monicas Zweifel rührten daher, daß sie davon ausgehe, Belle Sarazen sei ein vernunftbegabter Mensch und handle also auch vernünftig. In Wahrheit jedoch sei sie eine ungefestigte Persönlichkeit, die ein alles andere als geradliniges Leben geführt und dabei eine Fülle von vernunftwidrigen Dingen getan habe.

Für einen Polizeibeamten – ihn eingeschlossen – sei es immer wieder überraschend, daß Menschen häufig nicht nur gegen die Gesetze verstießen, sondern wider jede Vernunft und gegen den ganz normalen Menschenverstand handelten. Polizisten begriffen das häufig nicht, sagte Delaney, weil sie nach Logik und Vernunft suchten in einer Welt, die sich nur allzuoft als vernunftwidrig und unlogisch erweise. Sie seien außerstande, das ausgesprochen *Verrückte* im Menschen zu verstehen. Der Chief erzählte Monica von einem Mord, den er als Lieutenant in Greenwich Village untersucht hatte . . .

Ein junger Mann aus dem Mittleren Westen, College absolviert, gute Herkunft, vermögend, wollte partout Schauspieler werden, und seine Eltern waren bereit, ihn zwei Jahre lang finanziell zu unterstützen. Er kam also nach New York, nahm Unterricht an einer Schauspielschule und sah sich hier um.

Das «freie Leben», das in den sechziger Jahren im Künstlerviertel Greenwich Village herrschte, machte ihn im wahrsten Sinne des Wortes schier verrückt. Drogen und Sex, soviel er wollte. Er wurde damit nicht fertig. Zwar geriet er nie wirklich an harte Drogen, LSD, Pillen und Alkohol machten ihn aber dauernd high. Er bezog mit fünf, sechs Männern und Frauen einen Speicher. Jeden Abend in anderer Besetzung, immer das gleiche Stück. Er vögelte, was da kreuchte und fleuchte, machte alles mit. Das hielt er für den Weg zur Offenbarung und zur großen Kunst. Nach einiger Zeit konnte er nicht einmal mehr zwischen Männlein und Weiblein unterscheiden.

Eines Abends erwürgte er ein junges Mädchen, mit dem er Analverkehr hatte. Es hätte ebensogut ein Mann oder ein Kind sein können; an diesem Abend war es zufällig eine Frau. Als er ausgenüchtert war, fragte man ihn, warum er die Tat begangen habe. Er war fassungslos und wußte es nicht. Es wußte es wirklich nicht! Das Opfer war für ihn fast eine Fremde gewesen. Er hatte einfach nur Lust gehabt, sie umzubringen, einfach so, um auch diese Erfahrung zu machen.

Es sei die Freiheit, sagte Delaney bedrückt zu Monica, zum Teil auch die Drogen, das müsse er zugeben, aber vor allem diese grenzenlose Freiheit ohne alle Beschränkungen. Keine Regeln, keine Gesetze, keine Verbote. Moralische Anarchie. Der junge Mann war ernstlich überrascht, als ihm schließlich aufging, daß er für seine Tat bestraft werden sollte. Er konnte das nicht verstehen. In seinen Augen war das keine so große Sache.

Der Chief erklärte Monica, es ergehe Menschen häufig so, die mit der Freiheit nicht umgehen könnten. Selbstzucht sei ihnen fremd. Sie handelten nur nach Lust und Laune, gäben dem Impuls des Augenblicks nach. Es sei ihnen unmöglich, das Vergnügen von heute der Befriedigung von morgen zu opfern. Er meinte, vielleicht sei es bei Belle Sarazen ebenso. Sie lebe in einer Welt, in der man leicht einmal zu Geld kam, in der man bedenkenlos hinter Vergnügungen her war und sie sich rücksichtslos verschaffte. Keine Regeln, keine Gesetze, keine Verbote. Totale Freiheit und die Gier nach Nervenkitzel. Es würde schwer halten, wie Delaney zugab, den Geschworenen das als Motiv einsichtig darzustellen. Geschworene hielten für gewöhnlich Ausschau nach handfesteren Motiven: Rache, Haß, Wollust, Eifersucht. Es sei nicht leicht, vernünftige Leute davon zu überzeugen, daß jemand nur so, ohne zwingendes Motiv, einen Menschen umbringen könne. Trotzdem komme das vor, ja, es komme immer öfter vor.

Das Motiv sei also wichtig, erklärte er Monica, jedoch würde ein erfahrener Polizeibeamter eine Tat ohne erkennbares Motiv nicht von vornherein ausschließen; so wichtig war es wiederum nicht. Belle Sarazen verhökerte Drogen und Mädchen; das lag auf der Hand. War der Sprung von diesem Punkt zum nächsten, nämlich jemandem, der einen ärgerte, ein Messer in den Leib zu stoßen, so groß? Zumal wenn man glaubte, daß es so etwas wie Unrecht gar nicht gibt und alles erlaubt ist?

Monica lief es kalt über den Rücken. Ob das bedeute, Belle Sarazen sei nun die Hauptverdächtige, fragte sie ihren Mann. Seine Antwort lautete Nein; was er über sie gesagt habe, treffe auf Jake Dukker genauso zu. Und Alma Maitland, Ted Maitland und Saul Geltman hätten handfestere, konventionellere Motive.

Und die Mutter, die Schwester? wollte Monica wissen. Hatten die auch Motive?

Delaney erwiderte, im Moment wären zwar keine zu erkennen, doch bedeute das keineswegs, daß es keine gäbe.

Monica seufzte; nach einer Weile fragte sie ihn, ob ihm nicht vielleicht das ganze Menschengeschlecht verleidet sei, weil er ein Leben lang als Polizist ständig mit der Schlechtigkeit der Menschen zu tun gehabt habe?

Er dachte lange darüber nach und sagte dann, nein, das glaube er nicht. Er habe gelernt, nicht zuviel von den Menschen zu erwarten, und es auf diese Weise vermieden, dauernd enttäuscht zu werden. Abner Boone hingegen sei ein heimlicher Romantiker. Was vermutlich ein Grund für sein Trinken sei. Boone schiebe es auf die «dreckige» Polizeiarbeit; was er jedoch meine, sei das Böse im Menschen. Er erwarte soviel Gutes und finde so wenig davon.

Er hingegen erwarte wenig und erlebe daher gelegentlich angenehme Überraschungen. Auf diese Weise bewahre er sich sein inneres Gleichgewicht. Außerdem sei es wichtig, fügte Delaney mit Nachdruck hinzu, daß das eigene, das persönliche Leben in geordneten Bahnen und in sich stimmig verlaufe. Darin liege für einen Polizeibeamten das Heil.

Monica sprach die Hoffnung aus, Rebecca Hirsch könne Abner Boone dazu verhelfen, und der Chief sagte, das hoffe er auch. Dann tranken beide noch einen Whiskey, berieten, wo die Mädchen die Sommerferien verbringen sollten und stritten sich schläfrig darüber, ob an Kartoffelpufferteig geriebene Zwiebeln gehören.

13

Sie bestellten Kaffee und Nachtisch, dann stand Delaney auf und murmelte eine Entschuldigung. Boone folgte ihm gleich darauf. Monica und Rebecca Hirsch sahen ihren Männern nach, wie sie sich entfernten: der Chief mit wiegendem Gang, Boone mit forschem Schritt.

«Nimmt er sich zusammen?» fragte Monica.

«Bis jetzt ja», sagte Rebecca.

«Trauen kannst du ihm nie», warnte Monica streng. Dann lächelte sie traurig. «Jetzt rede ich schon wie Edward.»

Rebecca legte ihre Hand auf die von Monica. «Ist schon in Ordnung. Wir wissen das. Vorläufig freuen wir uns über jeden Tag.»

Monica befreite ihre Hand und sah auf die Uhr.

«Machst du dir Sorgen wegen der Mädchen?» fragte Rebecca.

«Es ist das erste Mal, daß wir sie abends allein lassen. Irgendwann müssen sie's ja lernen. Aber ich glaube, ich rufe sie doch lieber an, um ihnen gute Nacht zu sagen. Sobald die Männer wieder da sind.»

In der Toilette standen Delaney und Boone an zwei Becken nebeneinander.

«Ich bin mit der Hemley essen gegangen», sagte Boone leise. «Sie hat Geltman nicht mehr gesehen, nachdem er das Büro gegen zehn betreten hat. Als Simon rauskam, um die Sandwiches zu holen, machte er die Tür seines Zimmers hinter sich zu.»

«Vertrackte Sache», sagte Delaney.

«Glauben Sie, die beiden hätten den Mumm, so was zu tun?»

«Bestimmt», antwortete der Chief gleichmütig. «So groß war das Risiko auch wieder nicht.»

«Außerdem hat mich Jason T. Jason angerufen», fuhr Boone fort, als sie die Reißverschlüsse hochzogen und sich die Hände wuschen. «Er ist auf eigene Faust und in Zivil losgezogen und hat nach der Karibin und dem Mädchen Ausschau gehalten. Jeden Tag ein paar Stunden – außerhalb der Dienstzeit.»

«Nett von ihm.»

«Er meint, sie könnten aus dem Viertel östlich der Bowery kommen. Vielleicht um die Orchard Street rum. Da wohnen eine Menge

Portorikaner, sagt er. Ich weiß nicht, aber ich hatte das Gefühl, als wollte er uns nahelegen, ihn vom normalen Streifendienst befreien zu lassen, damit er die ganze Zeit nach den Frauen suchen kann.»

«Hm . . . noch nicht», sagte Delaney. «Er ist ehrgeizig. Dagegen ist nichts zu sagen. Ich werde eine Liste von Maitlands Lieblingskneipen zusammenstellen, die kann Jason überprüfen. Vielleicht hat Maitland die Frau in einer Bar oder in der Nähe einer Bar aufgegabelt. Kommt Susan Hemley zur Vernissage?»

«Sie hat gesagt, ja.»

«Weiß Rebecca, daß Sie mit ihr essen gegangen sind?»

«Ja, Sir. Ich habe es ihr erzählt.»

«Das ist gut», sagte Delaney und lächelte. «Wäre schade, wenn sie's in die falsche Kehle kriegte, falls die Hemley was sagt. Wenn Emily Maitland auftaucht und Sie zufällig mit ihr reden können, lassen Sie durchblicken, wir wüßten sehr wohl, daß sie und ihre Mutter häufig mit Victor in der Stadt gegessen haben.»

Boone starrte ihn einen Augenblick an, dann gingen sie zu den Frauen zurück.

«Ich kapiere», sagte er nach einer Weile. «Sie möchten wissen, ob die beiden den Bus oder den Zug genommen haben oder ob sie mit dem alten Mercedes gekommen sind.»

«Richtig», sagte Delaney. «Sie denken allmählich ebenso wie ich.»

Als Delaney sah, wie die Menschenmassen sich in der Galerie Geltman drängten und alle Augenblicke noch neue Gäste eintrafen, wandte er sich zu den anderen und sagte: «Falls wir in der Menge getrennt werden – wie wär's, wenn wir uns um Mitternacht hier auf dem Bürgersteig treffen? Wir hätten dann über zwei Stunden. Das sollte reichen, alles zu sehen.»

Sie erklärten sich einverstanden und stürzten sich ins Gewühl.

Delaney erkannte die mephistophelischen Züge von Lieutenant Bernard Wolfe. Er trug einen reverslosen schwarzen Samtanzug, ein malvenfarbenes Rüschenhemd mit glitzernden Knöpfen sowie Manschettenknöpfe, die aussahen wie Glasaugen. Tief beugte der Lieutenant sich über Monicas Hand.

«Nimm dich vor diesem Schlawiner in acht», riet Delaney seiner Frau gutmütig, «er ist gefährlich.»

«Das will ich gern glauben», sagte sie und sah Wolfe bewundernd an. «Dabei hatte ich gedacht, alle Polizisten kauften ihre Sachen von der Stange.»

«Das Kostüm ist bloß Verkleidung», sagte Wolfe und grinste sie an. «Im Grunde bin ich jemand, der braune Schuhe und weiße Socken trägt.»

«Das können Sie mir nicht weismachen», frotzelte sie.

«Und Sie kennen alle diese Leute?» Delaney hatte Mühe, nicht abgedrängt zu werden.

«Die meisten. Möchten Sie jemand Bestimmten kennenlernen?»

«Im Augenblick nicht», sagte Delaney. «Könnten Sie Geltman wohl mal beiseite nehmen und ihn fragen, ob Belle Sarazen ihm jemals Käufer für Maitlands Sachen vermittelt hat? Aber ganz beiläufig. Und ohne mich zu erwähnen.»

«Betrachten Sie's als bereits geschehen», sagte Wolfe. «Mrs. Delaney, hinten ist ein kaltes Büfett, und es gibt dort auch was zu trinken. Soll ich Ihnen etwas holen?»

«Ich komme mit», sagte sie. «Ich muß sowieso die Runde machen. Befehl von oben!»

«Und Ihr Mann vertraut Ihnen?» fragte der Lieutenant und bedachte Delaney mit seinem durchtriebensten Lächeln.

«Ja, das tut er», sagte Monica. «Leider.»

«Edward X. Delaney!» Der Chief hörte ein gurrendes Lachen, und als er sich umwandte, stand er vor Belle Sarazen. Sie war glatt wie ein Stahlrohr, ihr silbriges Haar lag eng am Kopf an und glänzte, und ihr biegsamer Körper steckte in einem metallischen Futteralkleid, das wie aufgesprüht wirkte.

«Wofür steht das X eigentlich?» wollte sie wissen.

«Das X markiert den Tatort», sagte er; diesen «Witz» hatte er ohne jeden Humor mit einer gewissen Selbstüberwindung sein Leben lang wiederholt.

«Ihr beiden habt mich neulich gleich doppelt reingelegt, stimmt's?» sagte sie und zeigte ihre makellosen Zähne.

Er neigte den Kopf.

«Ganz schön schlitzohrig.» Sie musterte ihn jetzt neugierig. «Bin glatt drauf reingefallen. Dabei hatte ich mich für klüger gehalten.»

«Ich auch», sagte er.

Sie lachte und zog ihn am Arm näher, so daß er ihre harten Brüste spürte.

«Soll ich Sie mit irgendwem bekannt machen?» fragte sie.

«Nein, vielen Dank. Allerdings würde ich gern die Bilder sehen.»

«Die Bilder?» Ein übertrieben ungläubiger Scheinblick traf ihn. «Wer kommt schon zu einer Vernissage, um Bilder zu sehen?»

«Mrs. Maitland», sagte Boone, «freut mich, Sie wiederzusehen. Darf ich Sie mit Rebecca Hirsch bekanntmachen?»

Die beiden Frauen maßen einander mit den Blicken.

«Mein Sohn Ted», sagte Alma Maitland. «Mrs. Hirsch. Sergeant Boone von der New Yorker Polizei.»

Wortlos starrte Ted Maitland sie an.

«Wir versuchen, an die Bilder ranzukommen», sagte Boone. «Aber die vielen Leute . . .»

«Wie finden Sie die Bilder?» fragte Rebecca Ted Maitland.

Mit einem fast haßerfüllten Blick funkelte er sie an.

«Sie würden das doch nicht verstehen», sagte er.

Delaney bahnte sich mit den Ellbogen den Weg zur Wand. Zuletzt drückte die Menge ihn fast dagegen. Er wurde in eine der kleinen, aus drei Trennwänden bestehenden Nischen geschoben. Drei Bilder. Jedes einzelne, wie er bemerkte, in der rechten unteren Ecke deutlich signiert: Victor Maitland, 1978. Die Signatur überraschte ihn. Nicht der kühn geschwungene Namenszug, den er erwartet hatte, sondern eine saubere Unterschrift, in schwarzen Druckbuchstaben, wie von der Hand eines Buchhalters. Name und Datum. Fast ehrpusselig in seiner Genauigkeit und Lesbarkeit.

Drei Ansichten offenbar ein und desselben Modells: en face, von hinten, im Profil. So präsentiert, vermittelten sie das Gefühl, das Mädchen von allen Seiten zu sehen. Eine sinnlich-fleischige Frau mit kastanienbraunem Haar. Trotzige Augen, schmollender Mund. Beherrschter Zorn in den geballten Fäusten, den muskulösen Schenkeln. Sie sprang einem förmlich aus der Leinwand entgegen.

«Sehen Sie sich an, wie dick er die Farbe aufgetragen hat!» sagte jemand. «Da ist ja für mindestens hundert Dollar Farbe drauf.»

«In einem Jahr wird die rissig», sagte ein anderer. «Er ließ seine Bilder nie richtig trocknen. Schnelle Ware, schnelles Geld.»

«Dynamisch depressiv», bemerkte eine dritte Stimme. «Die zornige Erdmutter. Konnte dieser Kerl zeichnen! Allerdings, eine ganz oberflächliche Wirkung; auf die kann ich verzichten.»

«Das möchte ich dir auch geraten haben, mein Lieber», sagte eine Frau. Sprödes Gelächter. «Sonst müßte man dich mit der Schaufel zusammenkratzen.»

Delaney hörte nur mit halbem Ohr hin. Er starrte den trotzigen Akt an. Er vernahm gemurmelte Geistreicheleien. Was er sah, war eingefangenes Leben, gebannt in vibrierende Farben, die dem Auge weh taten und ihn zu sehen zwangen, was er sonst nie gesehen hatte.

«Gefällt es Ihnen?» fragte Jake Dukker und reckte den Kopf, um Delaney ins Gesicht zu sehen. «Ich kenne das Modell. Ein kesser Vater!»

«Wirklich?» fragte Delaney. «Sie ist schön. Maitland hat den Zorn getroffen.»

«Und das Untergestell.» Dukker lachte. «Sehen Sie sich diese Kastriermaschine an! Haben Sie das Mädchen schon gefunden? Das junge Mädchen, auf den Zeichnungen, meine ich.»

«Nein», sagte Delaney. «Bis jetzt noch nicht.»

«Ich hab Sie mit Delaney reinkommen sehen», sagte Belle Sarazen. «Sind Sie seine Frau?»

«Ja. Monica Delaney. Sie müssen Belle Sarazen sein.»

«Ach, Sie wissen?»

«Mein Mann hat Sie mir beschrieben. Er hat gesagt, Sie sind wunderschön.»

«Das finde ich aber lieb von Ihnen. Und er hat Ihnen alles von mir erzählt?»

«Ach, leider nur sehr wenig. Mein Mann spricht nie mit mir über seine Fälle.»

«Zu schade! Ich stelle es mir aufregend vor mit einem Polizisten im Bett. Ihm zuzuhören, wenn er erzählt.»

«Es ist sogar aufregend, wenn er nicht spricht.»

«Wir sehen uns noch, Schätzchen.»

«Nett, Sie wiederzusehen, Miss Maitland», sagte Abner Boone. «Ist Ihre Mutter auch da?»

«Sie muß hier irgendwo sein», sagte Emily Maitland atemlos. «Meine Güte, ist das nicht aufregend? Ich finde es himmlisch!»

«Die Bilder?»

«Die auch. Vic war ein so unartiger Junge! Aber diese vielen Leute! So viele Berühmtheiten! Haben Sie jemals so viele schöne Menschen gesehen?»

«Männer oder Frauen?» fragte er.

«Alle», seufzte sie. «So rank und so schlank!»

«Sind Sie mit dem Auto hergekommen?» fragte der Sergeant und wünschte, sie hätte nicht ausgerechnet ein so unkleidsames geblümtes Wickelkleid angezogen.

«O ja», sagte sie und schaute mit großen, glänzenden Augen um sich, «wir kommen immer mit dem Auto.»

«Auch, wenn Sie Ihren Bruder besuchten?» Er ließ nicht locker.

«Ach, sehen Sie nur!» rief sie atemlos. «Dieser hinreißende Mann mit dem Samtanzug und den Rüschen am Hemd. Toll!»

«Möchten Sie ihn gern kennenlernen?» fragte Boone. «Ich werde Sie miteinander bekannt machen.»

«Wirklich?» fragte sie aufgeregt. «Vielleicht läßt er sich nach Nyack entführen, und ich stelle ihn mir dort unter einen Glassturz.»

Abner Boone sah sie an.

«Nun, amüsierst du dich gut?» fragte Delaney. «Hast du zu trinken bekommen? Den Kaviar probiert?»

«Mir geht's gut», versicherte Monica ihm. «Ich verstehe, was du mit diesen Bildern meinst, Edward. Sie sind sehr stark, nicht wahr? Sie sind irgendwie . . .»

«Irgendwie was?» fragte er.

«Ein bißchen verrückt?» fragte sie vorsichtig.

«Ja», stimmte er ihr zu. «Ein bißchen verrückt. Er wollte alles erleben, alles haben und darstellen. Auf die Weise gehörte es ihm dann.»

Sie verstand nicht genau, was er meinte.

«Ich habe Belle Sarazen kennengelernt», sagte sie.

«Und . . .?»

«Sehr sexy. Sehr hart. Ein Luder.»

«Aber könnte sie jemanden umbringen?»

Monica sah ihn an.

«Ich glaube schon», sagte sie langsam. «Sie ist sehr unglücklich.»

«Nein», erklärte er. «Nur habgierig. Würdest du mir einen Gefallen tun?»

«Selbstverständlich. Was denn?»

«Siehst du den jungen Burschen dort drüben? Da ganz allein unter der Wendeltreppe? Das ist Ted Maitland. Victors Sohn. Geh hin und unterhalte dich mit ihm. Und sag mir, was du von ihm hältst.»

«Könnte er . . .?»

«Das sollst *du* mir sagen.»

«Ich hab mit Saul geredet.» Wolfe grinste. Die Menge schob ihn hautnah gegen Delaney.

«So?» sagte Delaney und erwiderte sein Grinsen mit einem breiten Lächeln. Zwei Freunde, die miteinander über einen gelungenen Witz lachen.

«Er sagt, er arbeitet mit der Sarazen zusammen, wie die Hälfte aller Kunsthändler an der Madison Avenue. Sie findet Käufer. Hier und in Europa. Und kassiert zehn Prozent.»

«Vom Händler oder vom Künstler?»

«Wolln Sie mich auf den Arm nehmen? Vom Künstler, natürlich. Ein Händler gibt von seiner Provision niemals was ab.»

«Dann haben sie gemeinsam Maitlands Sachen verkauft?»

«Gelegentlich, sagt er.»

«Spitzen Sie weiter die Ohren, Lieutenant, ja? Vielleicht haben nämlich sie und Maitland ihn ab und zu übergangen.»

«Oh-ho! So also war das?»

«Könnte zumindest sein.»

«Mal sehen, was ich rauskriege. Übrigens hätte ich Lust, mit Ihrer Frau durchzubrennen.»

«Dagegen hätte ich aber was», sagte Delaney. «Sie ist nämlich eine fabelhafte Köchin. Möchten Sie mal zum Essen kommen?»

«Sie brauchen nur zu sagen, wann.»

Boone lehnte sich mit dem Rücken gegen die Wand. Er hielt sein Glas Ginger-Ale in Brusthöhe und starrte mit leerem Lächeln vor sich hin. Gäste schoben sich vorüber, traten ihm auf die Zehen, sorgten immer wieder dafür, daß sein Glas überschwappte. Er achtete nicht darauf; er beobachtete Saul Geltman und die Maitlands – Mutter und Tochter. Der Galerist hatte die beiden Frauen in eine Ecke gedrängt und redete rasch und gestikulierend auf sie ein. Emily hörte mit gesenktem Kopf aufmerksam zu. Dora schien nicht bei der Sache zu sein, lehnte sich zurück, wiegte sich mit geschlossenen Augen hin und her.

Dem Sergeanten kam es so vor, als ob Geltman versuchte, ihnen etwas plausibel zu machen. In seinem Eifer, sie zu überzeugen, kochte er schier über. Er griff Dora bei der Schulter, schüttelte sie sanft. Ihre Lider klappten auf. Geltman rückte näher und sprach direkt in ihr Gesicht hinein. Ihre Hand ballte sich zur Faust, hob sich langsam. Einen Augenblick glaubte Boone, sie wolle den Mann schlagen, ihm die Faust in den Mund stoßen oder ihm eins auf den Kopf geben. Aber Emily Maitland nahm ihre Mutter beim Arm, begütigte sie, bemächtigte sich der drohenden Hand. Sie zwang die Faust sogar auf, bog die Finger gerade und lächelte dazu, lächelte und lächelte . . .

«Chief!» Saul Geltmans Stimme klang gequält. «Freut mich, daß Sie gekommen sind. Sie kennen Mrs. Dora Maitland? Victors Mutter?»

«Ich hatte schon das Vergnügen», sagte Delaney und verneigte sich. «Und es ist mir wieder ein Vergnügen, Madam. Eine schöne Ausstellung. Die Bilder Ihres Sohnes sind wunderbar.»

«Wunderbar.» Sie nickte feierlich.

Betrunken, dachte Delaney. Boone hatte recht, sie war Trinkerin.

«Entschuldigen Sie mich einen Augenblick», sagte Geltman. «Die Kritiker. Die Fotografen. Es läuft gut, finden Sie nicht?»

Er wandte sich zum Gehen, doch Delaney griff ihn am Arm und hielt ihn fest.

«Nur rasch eine Frage», sagte er. «Hatten Sie eigentlich einen Vertrag mit Maitland?»

Verwirrt sah Geltman ihn an. Dann erhellte sich sein Gesicht und er lachte.

«Nein, keinen Vertrag. Nicht einmal durch Handschlag besiegelt. Er hätte jederzeit aussteigen können, wenn er gewollt hätte. Falls er meinte, ich machte meine Sache nicht gut. Manche Künstler wechseln ihre Galeristen wie Hemden. Das sind die zweitklassigen, immer hinter dem schnellen Erfolg her. Immer im Trab . . .»

Er verschwand. Delaney stützte Mrs. Maitland mit fester Hand am Ellbogen, steuerte sie geschickt zur Wand, wo sie einigermaßen sicher stand. Ein Kellner kam vorüber, und Delaney nahm einen Drink von seinem Tablett. Er legte Dora Maitlands Finger um das Glas; sie starrte ihn aus glasigen Augen an.

«Scotch?» fragte sie.

«Ist doch egal, was», sagte er. «Wie sehr habe ich den Besuch auf Ihrem bezaubernden Anwesen genossen!»

Sie hob die dunklen, schwimmenden Augen und versuchte, ihn ins Blickfeld zu bekommen. Beugte sich näher. Ihre geölten Ringellocken berührten sein Gesicht. Er roch den Moschusduft, den sie verströmte.

«Sie werden sehen», sagte sie mit heiserer Stimme. «Wie es mal war. Wenn ich das Geld bekomme . . .»

«Ach», sagte er leichthin, «ich kann mir gut vorstellen, wie Sie alles ausbessern und renovieren lassen. Wenn Sie erstmal das Geld haben. Aber wird es nicht sehr kostspielig werden, Haus und Garten wieder in Schuß zu bringen?»

«Nur keine Sorge», sagte sie und tätschelte mit schlaffen Fingern seinen Arm. «Eine Menge . . .»

«Da bist du ja, Mutter», sagte Emily Maitland munter. «Ich hatte mich schon gewundert, wo du wohl geblieben seist. Mr. Delaney, wie reizend, Sie wiederzusehen. Meine Güte, ist das heiß! Ich hätte zu gern ein Glas Bowle! Chief? Bitte!»

«Es ist mir ein Vergnügen», sagte Delaney und drängte sich zur Bar. Doch als er mit der Bowle zurückkam, waren die Damen Maitland nicht mehr da. Suchend sah er sich nach ihnen um.

«Wenn Sie keinen Abnehmer finden», sagte Susan Hemley, «dann her damit.» Damit nahm sie ihm das Glas aus der Hand. «Erinnern Sie sich noch an mich? Susan Hemley? Meine Frisur gefiel Ihnen so gut.»

«Wie könnte ich Sie jemals vergessen», versetzte er galant. «Amüsieren Sie sich gut?»

«Es sind massenhaft warme Brüder hier», sagte sie. «Sie und der Sergeant sind die einzigen richtigen Männer, die ich hier sehe.»

«Sehr freundlich von Ihnen», sagte er ohne Ironie. «Und die Bilder? Wie finden Sie die?»

«Alma sagt . . .» sie kicherte, setzte dann noch einmal an. «Alma findet sie vulgär und schmutzig. Zuviel Nacktes! Alma findet, na ja, Sie wissen schon, lauter Schweinkram.»

«So, wirklich?» Er lächelte. «Das meint also Alma Maitland. Und was meinen Sie?»

«Leben und leben lassen», entgegnete sie achselzuckend.

«Genau das meine ich auch», stimmte er ihr zu. «Tut mir leid zu hören, daß Mrs. Maitland so gar nicht mit den Werken ihres Mannes einverstanden ist. Früher hat sie doch für ihn Modell gestanden, oder?»

«Das ist schon sehr, sehr lange her», sagte Susan Hemley. «Sie hat sich geändert.»

«Und jetzt mag sie keine Akte mehr?»

«Ja und nein.» Susan Hemley beließ es im Ungefähren. «Alma hat was gegen so viel nacktes Fleisch. Immerhin verkauft sich so was, oder? Und wer kann schon gegen Geld an?»

«Ich bestimmt nicht», versicherte er ihr.

«Das sollte doch wohl ein Witz sein, oder?» fragte Jake Dukker den Sergeanten.

«Ein Witz? Was für ein Witz?»

«Was Sie und der Chief erzählt haben. Daß ich ein Tatverdächtiger bin.»

«Ach, das», sagte Boone. «Nein, ein Witz war das nicht. Miss Sarazen behauptet, sie sei um Mittag mit Ihnen nach oben gegangen. An dem bewußten Freitag. Aber dann sei sie eingeschlafen. Sagt sie. Folglich könne sie nicht beschwören, daß Sie bis halb zwei oder zwei immer da waren. Sie weiß nicht, was Sie gemacht haben.»

Dukkers Gesicht wurde kreideweiß, die Grübchen auf seinen Wangen würden zu schwarzen Flecken. Sein Mund schnappte auf und zu.

«Sie . . .» war das einzige, was er hervorbrachte.

«O ja», sagte Boone und nickte. «Sie kann sich an nichts mehr erinnern.»

Lächelte und ging weiter.

«Ich habe mich mit Ted Maitland unterhalten», sagte Monica. «Zumindest habe ich es versucht.»

«Und?» fragte der Chief.

«Nichts. Er hat nur gegrunzt. Hast du den Verband bemerkt?»

«Was für einen Verband?»

«Aha!» sagte Monica triumphierend. «Ich bin ein besserer Detektiv als du.»

«Habe ich das jemals abgestritten? Was für ein Verband?»

«An Teds Handgelenk.»

«Rechts oder links? Oder an beiden?»

«Am linken. Unter der Manschette.»

«So.» Delaney lächelte düster. «Der Junge hat eine Schwäche für scharfe Klingen.»

«Vielleicht war es ein Unfall», sagte Monica.

«Vielleicht war es sein Schuldgefühl», sagte der Chief. «Ich werde Ted und Alma danach fragen, weiß aber schon jetzt, was ich von ihnen zu hören bekommen werde. Schmus!»

Das Marihuana störte ihn nicht; er roch es nicht zum erstenmal. Auch Parfum und deodorantüberdeckten Schweiß konnte er einordnen und akzeptieren. Es war etwas anderes; kein Parfumduft, sondern etwas in der Luft, das durchdringender war als das laute Geschnatter und kehlige Lachen, das ihn umgab.

Vielleicht lag es daran, daß diese Leute sich einen Dreck aus Victor Maitlands Bildern machten; oder daß sie mit kaltem Blick über deren Wert in harten Dollars redeten. Flüchtig sah er die verlorene Gestalt von Theodore Maitland nicht weit von dem höchst agilen J. Julian Simon, und erinnerte sich daran, daß der Junge gesagt hatte, die Kunstwelt sei eine auf den Kopf gestellte Pyramide, Talmiglanz und Geldgeklimper stützten sich allein auf die Werke von Künstlern, die, vom Schicksal zur Kreativität verurteilt, ganz unten standen und über die man sich insgeheim lustig machte. Diesen Laffen wäre es lieber, Kunst entstünde anders als durch individuellen Schmerz. In einer Fabrik vielleicht. Mittels Computer. Auf eine Weise, die sie verstehen und in den Griff bekommen konnten. Das ungebärdige Genie hingegen schreckte sie; damit verglichen wirkte das eigene brutale Leben jämmerlich. Man schmarotzte am Können und den harten Mühen begabter

Menschen und verbarg Neid und Unvermögen hinter abfälligen Bemerkungen.

Das war es, was hier stank: die Habgier von überheblichen Blutsaugern. Ihre Anmaßung hing in der Luft, und den gequälten, flammenden Bildern an der Wand kehrten sie den Rücken zu. Sie wußten alles und wußten doch nichts. Diese laute, unverfroren lachende Menge erinnerte ihn stark an die gierige Meute, die sich vor einem Hotel drängelt, weiße Gesichter und triefende Lefzen nach oben richtet, wo jemand am Fenstersims steht, und aus voller Kehle schreit: «Spring doch, spring endlich!»

Delaney und Boone standen ein wenig abseits und tauschten aus, was sie erfahren hatten.

«Wir müssen noch einmal nach Nyack», sagte der Chef. «Dora rechnet mit Geld. ‹Eine Menge Geld›, hat sie gesagt. Woher? Von wem? Sie erbt schließlich nichts.»

«Sie sind mit dem Auto hergefahren», berichtete Boone. «Auch wenn sie sich mit Victor trafen. Emily hat das zwar nicht ausdrücklich gesagt, aber ich weiß es. Mein Gott, ist das ein Sumpf!»

«Nein», sagte Delaney. «Kein Sumpf. Nur ein heilloser Wirrwarr. Überhaupt keine Ordnung zu erkennen. Was wir haben . . .»

Doch da kreischte eine Frau. Bewegung. Die Menge drängte zur Bar. Schreie! Gekreisch! Dann Gelächter! Weinen.

«Was, zum Teufel, ist das?» sagte Delaney. «Sehen wir uns das an!»

Der Druck erhitzter Körper wurde immer stärker. Die beiden Männer drängelten und schoben, benutzten die Ellenbogen und bahnten sich den Weg zur Bar. Es wurde sehr laut geredet, alle schnatterten durcheinander. Aufregung. Glitzernde Augen.

«Er hat sie geschlagen», sagte ein Mann vergnügt.

«Mitten in die Visage. Sie ist in die Bowle gefallen. Ich hab's gesehen. Toll!»

Boone packte ihn bei der Schulter.

«Wer?» fragte er mit rauher Stimme. «Wer hat wen geschlagen?»

«Wen?» sagte der Mann. «Jake Dukker die Sarazen. Mitten in die Visage! Hab ich selbst gesehen! Die ist zusammengeklappt wie ein Taschenmesser. Ein göttlicher Anblick. Tolle Party!»

Delaney legte Boone die Hand auf den Arm.

«Halten wir uns da raus», flüsterte er, den Mund dicht an Boones Ohr.

«Das geht auf mich zurück», grinste Boone. «Ich hab ihm gesagt, sie hätte ihn den Geiern zum Fraß hingeworfen.»

«Gut.» Delaney nickte. «Vielleicht besuchen wir beide noch einmal. Nur um zu hören, was sie zu sagen haben. Wir suchen jetzt unsere Frauen und gehen nach Hause. Ich hab genug für heute.»

«Haben Sie die Gemälde gesehen, Chief?»

«Ein paar. Ich komme in ein paar Tagen wieder, wenn man wirklich was sehen kann. Allein.»

Sie blieben noch eine Weile in Boones Auto sitzen und unterhielten sich über die Ereignisse des Abends, erzählten sich gegenseitig, was sie gesehen und gehört hatten. Delaney und der Sergeant hörten aufmerksam zu, als Monica und Rebecca Hirsch ihre Meinung über die Menschen austauschten, die sie kennengelernt hatten, subjektive Reaktionen auf Aussehen, Gehabe, die Art, sich zu kleiden und aufzutreten.

«Und was ist mit Alma Maitland», fragte Delaney, «mit der Witwe?»

«Was soll schon mit ihr sein?» fragte Monica zurück.

Delaney bemühte sich um eine vornehme Umschreibung.

«Na ja . . . interessiert sie sich – hm – für Frauen?»

Die beiden Frauen sahen einander an und brachen dann in schallendes Gelächter aus.

Monica nahm die Hand ihres Mannes in die ihre.

«Was bist du doch prüde!» sagte sie. «Manchmal. Ob sie Lesbierin ist? Meinst du das?»

«Ja», sagte er dankbar.

Monica überlegte einen Augenblick.

«Könnte sein», sagte sie. «Ist dir in der Hinsicht was aufgefallen, Becky?»

«Ich meine, sie ist eine.» Rebecca nickte. «Vielleicht weiß sie es selber nicht, aber sie ist eine Lesbe. Und Saul Geltman ist schwul; das sieht doch jeder. Belle Sarazen ist ein hartherziges Luder. Freut mich richtig, daß sie eine gescheuert bekommen hat. Jake Dukker spinnt bloß. Aber wer mir wirklich Angst macht, das ist Ted Maitland.»

«Wieso das?» fragte Boone.

«Unterdrückte Gewalttätigkeit», sagte Rebecca, ohne lange zu überlegen. «Er steht auf der Kippe. Habt ihr seine Fingernägel gesehen? Abgekaut bis zum Geht-nicht-mehr.»

«Hat eine von euch Mutter und Tochter kennengelernt?»

«Ich nicht», sagte Rebecca.

«Ich die Tochter», sagte Monica. «Eine einsame Frau. Aber unter dem ganzen Geschwabbel eine Menge Energie und Ehrgeiz.»

«Träume?» fragte Delaney.

«Ganz bestimmt», sagte seine Frau. «Große Erwartungen. Ungemein interessiert an Kleidern. Sie sagte: ‹Das gefällt mir. So was werde ich mir auch anschaffen.› Und als ich sie fragte, wann, sagte sie: ‹Bald.› Sie weiß, was sie will.»

«Interessanter Abend», sagte der Chief. «Fahren wir nach Hause. Wie wär's, wenn Sie beide noch auf einen Kaffee und einen kleinen Happen zu uns kämen?»

«Happen?» fragte Rebecca. «Ich hab heute schon schwer genug gesündigt.»

«Nichts von Happen», sagte Monica. «Oder doch . . . ich hab einen Kuchen in der Tiefkühltruhe.»

«Warum nicht», sagte Delaney. «Getoasteter Kuchen! Ich hätte nichts dagegen. Wir ziehen die Schuhe aus, und die Manöverkritik geht weiter.»

Einen Parkplatz fanden sie erst einen Block weiter. Von dort gingen sie zu Fuß, die beiden Männer voran, die Frauen hinterher; alle plauderten.

Die Männer stapften die Steinstufen hinauf, immer noch in ihr Gespräch vertieft. Delaney holte seine Schlüssel hervor. Plötzlich blieb er stehen. Boone, der nicht aufgepaßt hatte, prallte gegen ihn, setzte zu einer Entschuldigung an, schwieg dann jedoch. Auch er sah es.

Die Haustür – die schöne alte Eichentür – stand ein paar Zentimeter auf. Der Lichtschein der Lampe, die sie in der Diele hatten brennen lassen, fiel heraus. Am Schloß und am Türknauf war die Tür eingedrückt und zersplittert. Ein Stück Holz war herausgebrochen und lag auf dem Boden.

«Bleiben Sie hier», sagte Delaney zu Boone.

Der Chief ging den Frauen entgegen, stellte sich ihnen in den Weg, packte Monica bei den Armen.

«Hör mir zu», sagte er mit kalter, unbewegter Stimme. «Tu genau, was ich dir sage.»

«Edward, was . . .»

«Man hat bei uns eingebrochen. Die Tür ist aufgestemmt worden.»

«Die Kinder!» entfuhr es ihr klagend. Er verstärkte den Griff.

«Ich möchte, daß du mit Rebecca jetzt ganz ruhig nach nebenan aufs Revier gehst. Nicht laufen! Nicht rufen. Keinen Lärm schlagen. Einfach hineingehen. Sag dem Diensthabenden, wer du bist, und berichte ihm, was geschehen ist. Sag ihm, er soll jemand rüberschicken, alle Leute, die er entbehren kann. Verstanden?»

Benommen nickte sie.

«Sag ihm, daß Boone und ich im Haus sind. Das ist sehr wichtig. Ich möchte nicht, daß sie reinkommen und wild um sich schießen. Hast du das verstanden, Monica?»

Abermals nickte sie. Rebecca trat dicht zu ihr, Delaney machte einen Schritt zurück. Die beiden Frauen hakten einander ein. Delaney lächelte seiner Frau aufmunternd zu.

«Also», sagte er, «los jetzt!»

Sie zögerte einen Augenblick.

«Ist schon in Ordnung», versicherte er ihr. «Geh jetzt und hol Hilfe.»

Die Frauen wandten sich zum Gehen. Delaney sah ihnen nach, wie sie gemessen den Weg zum Revier antraten. Dann machte er kehrt und nahm mit Boone seitlich von der Haustür Aufstellung.

«Haben Sie eine Waffe bei sich?» flüsterte Boone.

Delaney schüttelte den Kopf.

Der Sergeant zog den Revolver aus dem Halfter unter seiner Anzugjacke.

«Gibt's eine Hintertür?» fragte er leise.

«Nur in den Hof. Kein Ausgang.»

Boone nickte, entsicherte.

«Sie bleiben hier», befahl er. «Ich laufe ins Haus. Weg von der offenen Tür, Sir.»

Delaney sagte nichts. Boone machte sich fertig. Ging halb in die Hocke, sprang geduckt los, stieß die Schulter gegen die Tür, die weit auf flog, gegen die Innenwand prallte, wieder zurückschwang.

Doch da war der Sergeant schon im Haus. Lag flach auf dem Boden, rollte sich gegen die Wand, hielt die Waffe mit beiden Händen, kniete hin, den Revolver im Anschlag.

Nichts. Kein Laut. Keine Bewegung.

«Ich komme», rief Delaney. «Nach oben! Zweite Tür rechts. Da ist mein Revolver. Sie voran. Fertig? Dann los!»

Sie stürmten vorwärts, Boone als erster, die Treppe hinauf. Delaney mit schweren Schritten hinterher. Den Flur entlang. Bis zur halboffenen Schlafzimmertür.

Wieder ließ Boone sich hineinrollen. Schußbereit. Wenige Sekunden darauf kam Delaney vom Flur herein. Knipste das Licht an. Sah sich nach allen Seiten um. Nichts. Hatte die Schlüssel bereits in der Hand, schloß die Nachttischschublade auf, in der er seine Waffen verwahrte, nahm den geladenen Smith & Wesson 38 heraus, einen Trommelrevolver mit sechs Zentimeter kurzem Lauf, legte die Sicherung um.

«Sie übernehmen Erdgeschoß und Keller», sagte er. «Knipsen Sie sämtliche Lampen an und lassen Sie sie brennen. Alles durchsuchen. Sehen Sie in die Schränke, hinter Portieren und Vorhänge, unter die Möbel – Sie wissen schon. Und nicht vergessen, daß die Männer vom Revier kommen.»

Der Sergeant nickte und war schon unterwegs.

Delaney ging vorsichtig zum Kinderschlafzimmer, den Revolver im Anschlag. Hoch aufgereckt bot er ein nicht zu verfehlendes Ziel. Es war ihm egal. Sein Magen zog sich zusammen – vor Wut und ohnmächtiger Angst. Er hatte Kupfergeschmack im Mund.

Das Licht im Schlafzimmer brannte. Die Waffe voran, trat er durch die Tür, ohne sich zu ducken. Wäre ihm in diesem Augenblick der Eindringling vor Augen gekommen, er hätte ihn getötet, das wußte er.

Das Zimmer war leer, das Bett zerwühlt, Decken und Laken verstreut. Langsam drehte der Chef sich um. Er ließ sich auf ein Knie nieder, um unter dem Bett nachzusehen. Schob die Vorhänge zur Seite. Trat ins Bad. Leer.

Zurück ins Schlafzimmer. Aus dem Einbauschrank ein Laut. Leise, wie ein Miauen. Er stellte sich seitlich vom Schrank hin, packte den Türknopf, riß die Tür weit auf, schob den Revolver vor.

Sie lagen unten auf dem Boden: Mary und Sylvia. Hinter den Kleidern verborgen. Sie klammerten sich eng aneinander, weinten.

Mit weit aufgerissenen Augen und zitternden Lidern sahen sie zu ihm auf.

Er stöhnte, ließ sich auf die Knie fallen. Schloß sie in seine Arme und weinte mit ihnen. Drückte sie an sich, bedeckte sie mit Küssen. Und so weinten alle drei gemeinsam, schmiegten die tränennassen Wangen aneinander, redeten alle auf einmal, hielten sich umfangen, tätschelten und streichelten einander.

Er hörte Schritte die Treppe raufkommen, den Korridor entlang. Und Monicas verzweifelten Ruf: «Edward! Edward!»

«Hier!» rief er lachend und hielt die Mädchen an sich gepreßt. «Wir sind hier. Alles in Ordnung. Alles in Ordnung!»

Eine Stunde später war das Haus zweimal gründlich durchsucht worden. Man fand nichts, was auf den Eindringling hingewiesen hätte. Die Männer vom Revier gingen wieder und schüttelten den Kopf ob der Chutzpe eines Einbrechers, der sich ausgerechnet das Haus neben einem Polizeirevier aussuchte!

Delaney hatte darauf bestanden, selbst eine Durchsuchung vorzunehmen, hatte in jeder Ecke eines jeden Raumes nachgesucht, auf dem Boden und im Keller und im Hof hinterm Haus. Während die Angst sich mehr und mehr legte, wuchs die kalte Wut in ihm. Am stärksten war das Gefühl von Ekel. Die Gewißheit, daß das eigene Haus, die geheiligte Stätte, die privateste und intimste Zuflucht gewaltsam betreten und geplündert worden war. Als ob der eigene Körper von einem Fremden angefaßt, abgetastet, ausspioniert worden wäre. Und – schwer zu begreifen – auch Scham war dabei. Als ob man irgendwie der eigenen Ausplünderung Vorschub geleistet hätte.

Nachdem die Kinder sich beruhigt und in den mütterlichen Armen ihre Fassung wiedergewonnen hatten, erzählten sie eine merkwürdige Geschichte. Sie hatten im Bett gelegen, geschlafen und nichts gehört. Doch dann war das Licht im Schlafzimmer angeknipst worden und ein Mann hatte unter der Tür gestanden. Er trug eine Skimaske vorm Gesicht. Mary meinte, er sei groß gewesen, Sylvia hingegen fand ihn eher klein. Einig waren sie sich nur darin, daß er einen Regenmantel trug und etwas in der Hand hatte. Eine Eisenstange, aber am einen Ende abgeflacht.

Der Eindringling hatte ihnen befohlen, in den Schrank zu gehen, und gedroht sie umzubringen, falls sie aus dem Schrank herauskämen oder Lärm machten. Dann machte er die Schranktür zu. Sie hatten sich eng umschlungen hingekauert, weinend und zu Tode erschrocken, nicht gewagt, sich zu rühren.

Monica und Rebecca waren außer sich. Sie brachten die Mädchen wieder zu Bett und blieben bei ihnen sitzen. Delaney und Boone gingen mit bebenden Nerven in die Küche. Mittlerweile war es nahezu zwei Uhr morgens. Jetzt endlich kamen sie zu ihrem Kaffee und ihrem Kuchen und hoben die Tassen mit zitternden Händen. Sie redeten über das *Warum*. Denn gestohlen war offensichtlich nichts. Alles, was offen herumstand, Transistorradio, tragbares Fernsehgerät, Silbersachen, war am alten Platz. Nichts angerührt, nichts mitgenommen.

Rebecca Hirsch kam mit weißem Gesicht in die Küche und hörte den letzten Teil ihrer Unterhaltung.

«Vielleicht hat ihn was erschreckt und er ist geflohen», meinte sie nervös. «Erst dringt er gewaltsam ein, sperrt die Mädchen in den Schrank. Dann kam vielleicht eine Streife vom Revier vorbei, oder er sah einen Funkwagen vorm Haus oder hörte eine Sirene, und hat sich verdrückt.»

«So könnte es natürlich gewesen sein», sagte Sergeant Boone langsam und sah Delaney dabei an. «Ein Süchtiger mit'm Jibber, der sinn- und kopflos irgendwo einbricht.»

«Das wird's wohl gewesen sein», sagte der Chief, überzeugter, als er wirklich war. «Irgendein armes Schwein, das Geld für den nächsten Schuß klauen wollte. Unser Pech. Er bricht die Tür auf, dann kriegt er es mit der Angst und haut ab. Ohne den Mädchen etwas zu tun. Unser Glück! Ich werde dem morgen nachgehen. Vielleicht ist irgendwo anders in der Nachbarschaft eingebrochen worden.»

Keiner von ihnen glaubte daran.

Rebecca schwieg. Den Kopf tief zwischen den Schultern und in sich zusammengesunken saß sie da, die Hände zwischen den Knien gefaltet. Ihre Gesichtsfarbe gefiel Delaney überhaupt nicht.

«Ich glaube, ein Brandy würde uns allen guttun», sagte er munter. «Ein kleiner Schluck vom alten Seelentröster.»

Rebecca hob den Kopf. «Ich werde Monica ein Glas raufbringen. Und warme Milch für die Kinder.»

Der Chief erhob sich, ging in sein Arbeitszimmer hinüber. Es war das dritte Mal, daß er in der letzten Stunde hier hereinkam, aber jetzt erst sah er es. Er holte die anderen. Bestand darauf, daß sie alle ins Arbeitszimmer hineingingen und zeigte auf die Korkwand, auf der nur noch der Stadtplan zu sehen war.

«Das war's», sagte er. «Die drei Skizzen von Maitland, die wir in seinem Atelier gefunden haben. Und Jake Dukkers Zeichnung von dem jungen Modell. Deshalb also ist er gekommen. Und hat gekriegt, was er suchte.»

«Himmelherrgott!» stöhnte Boone.

14

Der Chief saß am Samstagmorgen in seinem Arbeitszimmer, las die *Times* und wartete geduldig, daß es endlich neun Uhr wurde, weil er meinte, früher könne er Ivar Thorsen unmöglich zu Hause anrufen. Doch dann klingelte sein eigenes Telefon schon eine Viertelstunde vor dieser Zeit.

«Hier spricht Edward X. Delaney.»

«Edward, hier ist Ivar. Ich habe gerade gehört, was passiert ist. Mein Gott, und das unmittelbar neben einem Polizeirevier! Alles in Ordnung mit euch? Monica? Die Kinder?»

«Es geht allen gut, Ivar. Vielen Dank. Keinem ist was passiert.»

«Gott sei Dank! Was wurde gestohlen?»

Delaney sagte es ihm. Einen Augenblick herrschte Schweigen am anderen Ende der Leitung. Dann . . .

«Wie reimen Sie sich das zusammen, Edward?»

«Es könnte sein, daß es dem Einbrecher ausschließlich um den reinen Verkaufswert von Maitlands letzten Zeichnungen geht. Aber das bezweifle ich. Dukkers Zeichnung hat er nämlich auch mitgehen lassen. Ich glaube, es war der Mörder oder jemand, den der Mörder gedungen hat. Hat Boone Ihnen berichtet, Ivar?»

Wieder ein kurzes Schweigen. Dann: «Ja, hat er, Edward. Ich wollte Sie nicht belästigen . . .»

«Ist schon in Ordnung. Dann kann ich mich kurz fassen. Der Einbruch fand während der Vernissage der Maitland-Gedächtnisausstellung in der Galerie Geltman statt. Es waren alle dort versammelt, die irgendwie mit dem Fall zu tun haben. Aber es war ein fürchterliches Durcheinander. Jeder, den wir verdächtigen, hätte sich zwischendurch verdrücken, mit dem Taxi hierherfahren und innerhalb einer halben Stunde wieder zurücksein können. Wenn er nicht jemand beauftragt hat.»

«Irgendwie riskant. Unmittelbar neben einer Polizeiwache.»

«Sicher ist es riskant. Also war es wohl wichtig. Ich glaube übrigens, es ist genau das geschehen, was wir gehofft hatten: diese spanisch sprechende Frau mit dem jungen Mädchen hat den Mörder an dem bewußten Freitag gesehen. Entweder im Umkreis des Ateliers oder sogar im Haus, vielleicht auf der Treppe. Der Mörder sieht die Skizzen, erinnert sich an die Frauen und weiß, daß die ihn möglicherweise beschreiben können. Deshalb holt er sich die Skizzen und meint, wir hätten keine Chance mehr, die Zeugen zu finden. Allerdings weiß er nichts von den Fotokopien, die ich habe machen lassen, und ahnt nichts von Jason, der die Frauen am Montag gesehen hat.»

«Wer wußte denn von den Skizzen?»

«Alle, wie sie da sind», sagte Delaney. «Bis auf Dora und Emily Maitland, und die könnten es von irgendwem erfahren haben.»

«Da Sie Dora und Emily gerade erwähnen . . .» sagte Thorsen. «Ich hab da was für sie. *Könnte* jedenfalls was sein. Unser Verbindungsmann zu J. Barnes Chapin hat angerufen. Dora liegt im Hospital. Emily hat sie heute morgen am Fuß einer Klippe gefunden. Hinter ihrem Haus.»

«Ich kenne die Stelle. Ein steiler Abhang, der sich zum Fluß runterzieht.»

«Ob sie gefallen ist oder hinabgestoßen wurde, weiß unser Gewährsmann nicht. Aber immerhin hat die Dame eine Prellung am Arm und eine Bänderzerrung im Bein. Und etliche Schürfwunden und blaue Flecke.»

«Als ich sie bei Geltmans Fete sah, war sie voll wie eine Strandhaubitze.»

«Das muß ja eine ziemlich feucht-fröhliche Party gewesen sein, Edward.»

«Sie sagen es.»

«Dann wäre sie also gestürzt?»

«Nicht unbedingt», sagte Delaney und mußte an die Szene zwischen Saul Geltman und Dora und Emily Maitland denken, die Boone aus der Ferne mitangesehen hatte. «Vielleicht hat jemand ein bißchen nachgeholfen.»

Thorsen seufzte. «Ich werde die Kollegen von Nyack bitten, sich etwas eingehender damit zu beschäftigen. Tja, und was machen wir jetzt weiter?»

«Ich hatte Sie anrufen wollen», sagte Delaney. «Folgendes muß getan werden . . .»

Er sprach ohne Unterbrechung nahezu fünf Minuten lang und erklärte die Gründe für seine Bitten. Nachdem er geendet hatte, erklärte Thorsen sich mit allem einverstanden.

Jason T. Jason sollte vom Streifendienst entbunden und bei den Ermittlungen im Fall Maitland eingesetzt werden. Seine erste Aufgabe sollte darin bestehen, gemeinsam mit einem Zeichner von der Polizei ein Phantombild der Karibin und des jungen Mädchens anzufertigen, die er gesehen hatte. Abzüge davon sollten an sämtliche Polizeireviere von Manhattan verteilt werden mit dem Vermerk, die Betreffenden «zwecks Einvernahme» festzuhalten.

«Und wie steht es mit den Zeitungen und dem Fernsehen?» fragte Thorsen. «Das würde helfen, Edward. Würde zumindest J. Barnes Chapin beweisen, daß wir am Ball sind und weiterkommen.»

Delaney dachte einen Augenblick nach.

«Ja», stimmte er schließlich zu. «Die einzige Gefahr besteht darin, daß der Mörder eher an die Frauen rankommt als wir. Dann sind wir zwei Zeugen los. Aber das Risiko will ich eingehen, wenn es dazu führt, daß der Mörder Angst bekommt und etwas Unüberlegtes tut. Bis jetzt hat er, soweit ich sehe, noch keinen Fehler gemacht. Geben wir ihm oder ihr eine Chance dazu. Und wie steht es mit den Banken von Nyack?»

«Ich hab getan, was ich konnte, wirklich, Edward. Aber solche Sachen brauchen ihre Zeit, das wissen Sie selber. Ich hoffe, Montag kann ich Ihnen Genaueres sagen.»

«Das reicht. Falls die nicht mitmachen, holen wir uns eben einen Gerichtsbeschluß und pfeifen auf J. Barnes Chapin.»

«Ist es denn so wichtig?»

«Jawohl», erklärte Delaney steinern, «so wichtig ist das.»

«Schön, Sie Sturkopf», seufzte Thorsen. «Es ist nicht das erste Mal, daß ich mich für Sie auf einen schwankenden Ast rausgewagt habe.»

«Aber abgesägt hab ich ihn nie, stimmt's?»

«Nein.» Thorsen lachte. «Bis jetzt nicht. Wie macht Boone sich denn?»

«Gut.»

«Bleibt er trocken?»

Nach einer winzigen Pause sagte Delaney: «Soweit ich weiß.»

Kaum hatte Thorsen aufgelegt, rief der Chief den Sergeant an und unterrichtete ihn über das weitere Vorgehen.

«Das mit Jason machen Sie», befahl er. «Bringen Sie ihn Montagmorgen als erstes zu einem Polizeizeichner. Nehmen Sie die Fotokopien mit, die ich Ihnen gegeben habe. Falls der Zeichner nichts Vernünftiges zustande bringt, gehen Sie mit den Kopien zu Jake Dukker und lassen ihn noch einmal zeichnen.»

«Dazu ist der bestimmt bereit», sagte Boone.

«Das glaube ich auch», bemerkte Delaney trocken. «Selbst wenn er derjenige ist, der sich die Maitlands geholt hat. Er ahnt ja nicht, daß wir Abzüge haben. Wenn Sie zu ihm gehen, passen Sie auf, was für ein Gesicht er macht, wenn Sie ihm die Abzüge zeigen. Seine Reaktion würde mich interessieren.»

«Wird gemacht», sagte Boone. «Sonst noch was?»

«Sorgen Sie dafür, daß Jason T. Jason genau weiß, was er zu tun hat. Bis Montagmorgen habe ich die Liste von Maitlands Lieblingskneipen fertig. Sie können hier vorbeikommen und sie abholen. Ich glaube, das ist so ziemlich alles.»

«Chief, soll Jason in Uniform arbeiten oder in Zivil?»

«Das überlasse ich Ihnen», sagte Delaney. «Und ihm. Er soll tun, wovon er sich das meiste verspricht. Und versuchen Sie mal die Adresse von Martha herauszukriegen, der Haushälterin von Mrs. Maitland in Nyack. Wenn alles gut läuft, werden wir nächsten Freitag noch mal dorthin fahren.»

Nachdem all das erledigt war, schnitt Delaney sorgfältig den Bericht über die Vernissage in der *New York Times* aus. Die Überschrift lautete: Erstochener Maler durch Galaempfang geehrt. Darunter waren ein kleines Foto von Saul Geltman sowie ein großes von Belle Sarazen zu sehen. Sie stand neben einem der Bilder von Maitland, und der Kontrast zwischen ihrer harten, silbrigen Schlankheit und der üppigen Nackten auf dem Bild war frappierend. Die Bildunterschrift lautete: «Belle Sarazen, die bekannte Kunstmäzenin». Delaney grunzte.

Monica und die Mädchen machten allerletzte Besorgungen für Mary und Sylvia, die am Montag ins Sommerlager fuhren. Die Fenster standen weit offen; eine warme Brise wehte herein. Ein strahlender Junitag kündigte sich an, eines jener seltenen Wunder: weiter Himmel, saubere Wolken, eine dunstige Sonne und klare, nach Grün riechende Luft.

Delaney genoß die Stille und das Alleinsein, überlegte, ob es noch zu früh sei für ein kühles Bier und kam zu dem Schluß, daß dem so sei. Er stapelte die Akten Maitland auf seinem Schreibtisch, setzte sich und begann, eine Liste der Bars, Restaurants, Kabaretts und anderer Etablissements aufzustellen, die das Opfer mit Vorliebe besucht hatte. Damit konnte Jason T. Jason dann . . .

Doch wie in anderen Fällen auch schon, ertappte er sich dabei, daß er sämtliche Unterlagen noch einmal durchlas. Nicht etwa in der Hoffnung, etwas zu entdecken, was ihm vorher entgangen war; nein, Akten faszinierten ihn ganz einfach. Noch die lakonischste polizeiliche Meldung war eine Zwiebel, zu diesem Schluß kam Delaney, eine gottverdammte Zwiebel. Zog man die Häute ab, wurde das Ding kleiner und immer kleiner, bis man nichts weiter in der Hand hatte als einen kleinen weißen Kern, den man gerade zwischen Daumen und Zeigefinger halten konnte. Und was hatte man da? Die Wahrheit? Darauf konnte man sich keinesfalls verlassen.

Zum drittenmal las er den Obduktionsbefund. Und unter «Nebenbemerkungen», ein Titel, der zum Überspringen geradezu einlud, stieß er auf eine Lebervergrößerung; Anhaltspunkte für einen normal verheilten Armbruch; einige alte, gleichfalls normal ausgeheilte Lungenflecken; einen kleinen Herzklappenfehler, gleichfalls ausgeheilt. Und gleichsam im nachhinein hatte der Polizeiarzt wie beiläufig vermerkt: «Möglicherweise Polymyositis (multiple Muskelentzündung).»

Delaney stutzte, als er das las, und legte den Bericht beiseite.

Seit Beginn seiner Ermittlungen im Fall Maitland hatte er sechs kleine Notizbücher vollgeschrieben (und nahm an, daß Sergeant

Boone das gleiche getan hatte). Methodisch wie er war, hatte Delaney vorn in jedes Notizbuch eine Art Inhaltsverzeichnis geklebt, damit er nicht jedesmal alles durchblättern mußte, wenn er etwas Bestimmtes suchte. So dauerte es nicht lange, bis er jenes Notizbuch fand, das seine Aufzeichnungen über die zweite Einvernahme von Alma Maitland enthielt und den Namen von Maitlands Hausarzt.

Dr. Aaron Horowitz, stand da, und dahinter die Adresse der Praxis in der East 58th Street, nicht weit von Maitlands Wohnung.

Er suchte Horowitz' Nummer aus dem Telefonbuch von Manhattan heraus, wobei er sich eines Vergrößerungsglases bediente, um die kleine Schrift lesen zu können. Er wählte, und da es Samstag war, meldete sich der Auftragsdienst. Als die Telefonistin ihn fragte, ob er eine Nachricht hinterlassen wolle, hatte Delaney keinerlei Bedenken, ihr zu sagen, es handle sich um einen Notfall, es gehe um Leben und Tod, die Polizei sei eingeschaltet; Dr. Horowitz müsse ihn umgehend anrufen.

Kaum hatte er sich zurückgelehnt, die Cellophanhülle von seiner heutigen ersten Zigarre abgestreift und das Ende angebohrt, schrillte sein Apparat. Er fand, schon das Läuten klinge erbost, doch vielleicht kam es ihm erst hinterher so vor, nachdem er die Stimme von Dr. Aaron Horowitz gehört hatte.

«Was zum Teufel soll das heißen?» schrie der Arzt, als Delaney sich zu erkennen gegeben hatte. «Was heißt da ‹Notfall›? Was heißt denn, ‹es geht um Leben und Tod›, wie? Was soll dieser ganze Unsinn?»

«Doktor, Doktor», sagte Delaney so beschwichtigend wie irgend möglich. «Es handelt sich wirklich um einen Notfall, und es geht um Leben und Tod, und die Polizei *ist* eingeschaltet. Es geht um einen Ihrer Patienten, um . . .»

«Haben Sie denn überhaupt keinen Grips im Kopf?» fuhr Dr. Horowitz ihn an. «Haben Sie noch nie was von ärztlicher Schweigepflicht gehört? Von mir werden Sie kein Wort über einen Patienten hören.»

Delaney holte tief Luft. «Es handelt sich um einen Patienten, der längst tot ist», schrie er Horowitz an. «Da gibt es keine ärztliche Schweigepflicht mehr, an die Sie sich halten müßten, Sie haben verdammt noch mal kein Recht, der Polizei Informationen über einen verstorbenen Patienten vorzuenthalten.»

«Wer behauptet das?» schrie der Arzt zurück.

«Die Gerichte behaupten das», donnerte Delaney und log dann das Blaue vom Himmel herunter. «In soundso vielen Fällen, der letzte war Johnson gegen den Staat New York, haben die Gerichte entschieden, daß ein Arzt weder durch Gesetz, noch aufgrund von Präzedenzfällen berechtigt ist, Polizeibeamten in Ausübung ihres Dienstes wichtige Informationen über einen verstorbenen Patienten vorzuenthalten.» Es war erstaunlich, wie man gebildete Männer einwickeln konnte.

«Um welchen Patienten handelt es sich denn?» fragte Dr. Horowitz widerstrebend. Immerhin schrie er jetzt nicht mehr.

«Victor Maitland.»

«Ach . . . der.»

«Jawohl, der!» sagte Delaney streng. «Ich erwarte ja nicht mehr, als daß Sie fünf Minuten Zeit für mich haben. Können Sie nicht fünf Minuten vom Golfspielen erübrigen?»

«Von wegen – Golfspielen!» sagte Dr. Horowitz bitter. «Sehr komisch! Ich kann mich vor Lachen kaum halten. Damit Sie es wissen, mein lieber Mr. Delaney, ich bin im Roosevelt-Hospital bei einem Jungen, der im Sterben liegt. Was er hat? Das weiß keiner. Vielleicht Hirnhautentzündung. Von wegen Golfspielen!»

«Wenn ich jetzt gleich zu Ihnen rüberkomme», sagte Delaney, «können Sie mir dann fünf Minuten opfern?»

«Hat das nicht Zeit bis Montag?»

«Nein», sagte Delaney, «hat es nicht. Fünf Minuten sind alles, was ich brauche. In einer halben Stunde bin ich da.»

«Wie kann ich Sie davon abhalten herzukommen?» kapitulierte Dr. Horowitz.

Delaney nahm das als Zustimmung. Er knallte den Hörer auf die Gabel, griff Lesebrille und Notizbuch und war schon unterwegs.

Neben seiner ganz normalen Abneigung gegen Krankenhäuser im allgemeinen hatte Delaney eine besondere Aversion gegen die Roosevelt-Klinik: dort war seine erste Frau dahingesiecht und schließlich gestorben. Zwar gab er zu, daß es unsinnig war, ein Gebäude dafür verantwortlich zu machen, aber so sah es nun mal in ihm aus. Und sollte er – was Gott verhüten möchte! – jemals auf den Stufen des Roosevelt-Hospitals vom Schlag getroffen werden, würde er denen, die ihm zu Hilfe kommen wollten, als allererstes zurufen: «Um Gottes willen, bringt mich ins Mount Sinai-Krankenhaus, verdammt noch mal!»

Dr. Aaron Horowitz trieb er im Arztzimmer auf, einem kleinen, freudlosen Raum mit einem Fernsehapparat, einer Couch und zwei Sesseln, die mit orangefarbenem Plastikstoff bezogen waren, einem Kartentisch, vier Klappstühlen und sonst fast nichts.

Dr. Horowitz entpuppte sich als klein, mindestens einen Kopf kleiner als Delaney, aber etwa ebenso alt, wenn nicht älter. Er hatte ein verkniffenes, desillusioniertes Gesicht und trug eine Stahlbrille. Zwar hatte er rings um den Hinterkopf einen Kranz weißer Haare, doch der größte Teil seines Kopfes war kahl, braungebrannt und sommersprossig. Er trug einen weißen Ärztekittel und hatte den Mundschutz locker um den Hals hängen. Da er keinerlei Anstalten machte, Delaney die Hand zu reichen, blieb dieser in einiger Entfernung stehen.

«Nerven haben Sie», sagte der Arzt zornig. «Was zum Donnerwetter ist denn so wichtig an Victor Maitland, daß es nicht bis Montag warten könnte?»

«Haben Sie ihn jemals einer Schnittwunde wegen behandelt, die von einem Messer herrührte?» fragte Delaney. «Am Arm?»

«Nein. Ist das der Notfall, bei dem es um Leben oder Tod geht?»

«Das ist nicht alles», sagte Delaney. «Im Obduktionsbefund heißt es: Möglicherweise Polymyositis.»

«Möglicherweise?» schnaubte Dr. Horowitz verächtlich. «Das soll wohl ein Witz sein? Sie machen mir Freude!»

«Dann haben Sie also davon gewußt?» fragte Delaney.

«Davon gewußt? Selbstverständlich habe ich davon gewußt. Der Mann war schließlich mein Patient, oder?»

«Was ist das – Polymyositis?» fragte Delaney. «So was wie Arthritis oder Gastritis?»

«So kann man es auch ausdrücken», sagte Horowitz. «Wenn Sie Sterben mit Ohnmächtig-werden gleichsetzen.»

Einen Augenblick starrte Delaney ihn an; er begriff nicht.

«Sterben? Soll das heißen, so was führt zum Tode?»

«Bei Victor Maitland, ja. Oder hätte dazu geführt, wenn ihn nicht jemand vorher umgebracht hätte.»

Delaney trat einen kleinen Schritt zurück.

«Zum Tode?» wiederholte er mit belegter Stimme. «Sind Sie ganz sicher?»

Dr. Aaron Horowitz warf verzweifelt die Hände in die Höhe. «Warum lassen Sie mich nicht vor der Ärztekammer befragen?» höhnte er. «Ob ich sicher bin? Was ist das für eine saudumme Frage? Möchten Sie Maitlands Krankenblatt sehen? Möchten Sie die Untersuchungsergebnisse erfahren? Daß die Corticosteroid-Therapie nicht anschlug? Interessiert Sie die Meinung von zwei weiteren . . .»

«Schon gut, schon gut», beeilte Delaney sich zu sagen. «Ich glaube Ihnen. Wie lange litt er schon daran?»

Horowitz dachte einen Augenblick nach.

«Ich glaube, so an die fünf Jahre», meinte er. «Aber um Genaueres sagen zu können, müßte ich in den Unterlagen nachsehen.»

«Wie lange hätte er denn noch zu leben gehabt?»

«Eigentlich hätte er schon seit einem Jahr tot sein müssen . . . Der Mann hatte die Konstitution eines Ochsen.»

«Wie lange würde er denn noch gelebt haben, wenn er nicht ermordet worden wäre? Nur Ihre Meinung, Doktor. Sie sollen keine Aussage vor Gericht darüber machen. Ich schreibe auch nichts auf.»

«Meiner Meinung nach? Na, vielleicht noch ein Jahr. Zwei, höchstens drei. Wissenschaftlich exakt ist das nicht zu beantworten, wissen Sie. Die Menschen sind verschieden.»

«Hat er es gewußt? Haben Sie es ihm gesagt?»

«Daß er sterben mußte? Selbstverständlich habe ich ihm das gesagt.»

«Und wie hat er darauf reagiert?»

«Er hat gelacht.»

Delaney starrte den Arzt an.

«Gelacht?»

«Richtig. Was ist daran so ungewöhnlich? Manche Leute weinen, andere brechen zusammen, wieder andere tun überhaupt nichts. Die Menschen sind verschieden. Maitland hat gelacht.»

«Hat er jemals irgendwem erzählt, daß er todkrank war?»

«Ja, woher um alles in der Welt soll ich das wissen?»

«Sie jedenfalls haben es keinem anderen anvertraut? Seiner Frau zum Beispiel?»

«Ich habe es niemandem gesagt. Nur Maitland. Ihre fünf Minuten sind um.»

«Schon gut, Doktor», sagte Delaney. «Ich danke Ihnen dafür, daß Sie mir soviel Zeit geopfert haben.» Er wandte sich zum Gehen und hatte die Tür zum Korridor bereits geöffnet, als er sich noch einmal umdrehte. «Wie steht es mit dem Jungen, von dem Sie gesprochen haben?» erkundigte er sich.

«Der ist vor zwanzig Minuten gestorben.»

«Das tut mir leid», sagte Delaney.

«Soll dir der Bauch platzen!»

«Soll'n dir Zwiebeln aus dem Arsch wachsen», erwiderte Delaney einem wie vom Donner gerührten Dr. Aaron Horowitz.

Der Chief ging in der Eingangshalle des Krankenhauses augenblicklich in eine Telefonzelle und suchte die Nummer von Saul Geltman heraus. Der Kunsthändler war zu Hause und, wie Delaney spürte, nicht gerade erbaut, an diesem so hellen, sonnigen Juninachmittag von einem Polizeibeamten angerufen zu werden. Trotzdem erklärte er sich einverstanden, ihn zu empfangen, und lud ihn ein, in seine Wohnung zu kommen. Wie sich herausstellte, wohnte Geltman ziemlich weit weg im Osten der Stadt, in einem der neuen, hohen Apartmenthäuser, von denen man über den East River und weit nach Brooklyn sehen kann. Delaney nahm ein Taxi und kam endlich dazu, jene Zigarre zu rauchen, die er sich schon vor einer Stunde zurechtgemacht hatte. Im Taxi klebten überall Plakate mit der Aufschrift: Bitte nicht rauchen! Fahrer ist allergisch! Delaney zündete sie sich trotzdem an, und der Fahrer sagte kein Wort, was in Anbetracht der Stimmung, in der der Chief sich befand, nur klug war.

Delaney hatte zu Boone gesagt, er sei gespannt, Saul Geltmans Wohnung kennenzulernen, weil es nach seiner Meinung keine bessere Möglichkeit gab, den Charakter eines Menschen zu beurteilen, als sich dessen Wohnung anzusehen. Eine Wohnung war eine Zuflucht, in der jemand, wenn er wollte, die Maske fallen lassen konnte, die er draußen trug. Sie verriet etwas über seine Neigungen und Abneigungen, seine Bedürfnisse und Wünsche, seine Stärken und seine Schwächen. Wenn jemand viele Bücher hatte, so sagte das eine Menge über den Betreffenden aus. Die Buchtitel verrieten noch mehr. Und wenn er überhaupt keine Bücher hatte, war das noch aufschlußreicher.

Wenn schon das Vorhandensein oder Fehlen einer Privatbibliothek einen Schlüssel zur Persönlichkeit eines Menschen darstellte, so war Delaney aufrichtig davon überzeugt, konnte man sich auf Grund von Bildern, Teppichen, Aschenbechern ein womöglich noch besseres Bild von einem Menschen machen – davon war Delaney überzeugt. Und wenn all diese Dinge von der Frau oder einem Innenarchitekten ausgesucht worden waren, verriet auch das eine Menge.

Noch mehr als für Bilder, Aschenbecher und Bücher interessierte Delaney sich für die Atmosphäre, in der ein Mensch hauste. War sie kalt und künstlich oder warm und fröhlich? War sie so chaotisch wie der Geist des Bewohners oder so heiter wie seine Seele? Der Chief hörte nie auf, sich darüber zu wundern, wie viele Verbrecher in Hotels, möblierten Zimmern und Motels lebten; ihr wurzelloses Dasein spiegelte sich in der Zufälligkeit und Austauschbarkeit ihrer Umgebung. Wie die meisten Polizeibeamten kannte Delaney alte Berufsverbrecher, die in spartanisch eingerichteten Kammern wohnten: Lagerstatt, Kommode und Stuhl. Und das nicht, weil sie sich nichts Besseres leisten konnten, sondern weil sie versuchten, um sich herum jene Gefängniskargheit zu reproduzieren, nach der sie sich letztlich sehnten und in die sie zuletzt unweigerlich zurückkehrten.

Die Wohnung Saul Geltmans lag auf der Ostseite eines vielgeschossigen Apartmenthauses im siebzehnten Stock. Das Haus selbst bestand aus hellgrün glasierten Ziegeln, dazwischen lagen als breite Streifen große Panoramafenster. Die Eingangshalle war klein, gefliest, und bis auf eine abstrakte Plastik aus rostfreiem Stahl ganz leer.

Das Wohnzimmer der Geltmanschen Wohnung, so schätzte Delaney, maß mindestens sechs mal zwölf Meter. Die Ostwand bestand nur aus Fenstern und Glastüren, davor eine Terrasse von der Breite des Zimmers, jedoch nur halb so tief. Es gab außerdem zwei Schlafzimmer, zwei Bäder, eine Küche mit Eßplatz, dazwischen eine Theke mit Hirnholzplatte. Sämtliche Räume waren wohlproportioniert, luftig und heiter. Die Decke war höher als Delaney erwartet hatte; der Fußboden Parkett.

Was den Chief jedoch völlig bezauberte, war die Art und Weise, wie diese lichte Wohnung eingerichtet war. Da standen in bunter

Auswahl antike Kostbarkeiten, vorzugsweise französische Bauernmöbel aus hellem Kiefernholz. Eine Fülle schimmernder Gefäße aus Kupfer, Messing und Zinn. Ein zinkbeschlagener Eßtisch auf gußeisernen Füßen. Polierte Eichenkaryatiden trugen eine Konsole aus schwarzem Marmor. Alte persische und türkische Brücken auf dem Parkett. Die Möbelbezüge und Vorhangstoffe zeigten in harmonischem Kontrast Karomuster, Streifen und wollige Noppen in allen Regenbogenfarben.

Und all das makellos und schimmernd, geradezu überwältigend in seiner Vollkommenheit. Fast hatte man den Eindruck, in der Modellwohnung eines großen Kaufhauses zu stehen. Delaney bemerkte auch sehr wohl die gewollte «elegante Nachlässigkeit», wie sie durch herumliegende Kunstzeitschriften auf dem niedrigen Teakholztisch mit der genarbten Platte hervorgerufen wurde, durch die kunstvolle Unordnung im Bücherregal, wo einige Bildbände aufrecht standen, andere lagen. Doch insgesamt war das Arrangement eine Augenweide, und der Chief fragte sich, ob Kunst ohne Künstlichkeit eigentlich denkbar sei.

«Wunderschön», sagte er zu Saul Geltman, der ihm die Wohnung mit viel Stolz zeigte, ihm sagte, wie alt bestimmte Stücke waren (und nicht selten auch, wieviel sie gekostet hatten), ihn auf besonders amüsanten Nippes hinwies, ihn insbesondere auf einen Tisch aus dem siebzehnten Jahrhundert aufmerksam machte, der sechs Geheimfächer besitzen sollte, wiewohl Geltman nur fünf hatte entdecken können, und auf zwei Buchstützen aus geschnitztem Walnußholz, die, zusammengefügt, einen alten Mann darstellten, der mit einer Ziege Unzucht trieb.

«Nicht schlecht für einen armen Jungen aus der Essex Street, was?» Saul Geltman lachte. «Jetzt brauch ich nur noch dafür zu bezahlen.»

«Sie haben die Wohnung selbst ausgestattet?» erkundigte Delaney sich.

«Jedes einzelne Stück habe ich persönlich ausgesucht», sagte der kleine Kunsthändler stolz. «Jeden Stoff, jede Brücke, jeden Aschenbecher – alles. Ich bin immer noch nicht fertig. Wenn ich etwas entdecke, was mir besonders gefällt, kaufe ich es, bringe es hierher und trenne mich dafür von etwas anderem. Sonst würde die Wohnung ein Lagerhaus werden.»

«Nun, was Sie hier geschaffen haben, ist phantastisch», sagte der Chief. «Ich sehe kein einziges Stück, das ich nicht selbst gern in meinem Haus hätte.»

«Wirklich?» Geltman strahlte. «Meinen Sie das ernst?»

«Absolut», erwiderte Delaney ein wenig erstaunt, wie groß das Bedürfnis dieses Mannes nach Bestätigung war. «Erlesener Geschmack.»

«Geschmack!» rief Geltman aus und sah sich mit glänzenden Augen um. «Jawohl! Nun, ich kann zwar keine Fiedel streichen und kann nicht malen, dafür drückt sich meine schöpferische Begabung hierin aus.» Er senkte den Blick, seine Fingerspitzen glitten sanft über die Platte einer bezaubernden Fichtenholzkommode, deren Schubladen und Türen mit gehämmerten Messingbeschlägen versehen waren. «Ich liebe diese Wohnung», sagte Geltman leise, «liebe sie. Hört sich albern an, ich weiß, aber . . .» Unversehens hielt er inne, richtete sich auf, lächelte Delaney an. «Nun», meinte er munter und rieb sich die Hände, «was hätten Sie gern zu trinken? Wein? Whiskey? Oder etwas anderes?»

«Haben Sie ein Bier?» fragte der Chief.

«Selbstverständlich. Heineken. Wie wär's?»

«Ja gern, vielen Dank.»

«Setzen Sie sich irgendwo hin. Ich bin gleich wieder da.»

Delaney wählte einen Ohrensessel mit hoher Rückenlehne, der ganz am Ende des Zimmers stand und von dem aus man die gesamte Fensterfront vor sich hatte. Er ließ sich darauf nieder und bemerkte jetzt erst, daß sich zwei Männer auf der Terrasse befanden; sie saßen auf weißen Gittersesseln an einem gußeisernen weißen Tisch. Der Chief war etwas erstaunt. Weder hatte er sie vorher gesehen, noch hatte Geltman seine Gäste erwähnt.

Die beiden Männer oder vielmehr Jünglinge waren fast gleich gekleidet: sie trugen kurzärmelige weiße Strickhemden, weiße Leinenhosen und weiße Tennisschuhe. Träge räkelten sie sich in ihren Sesseln, sahen einander nicht an, sondern beobachteten den Schiffsverkehr unten auf dem Fluß.

Auf dem weißen Tisch funkelte eine Flasche Rosé in der Sonne. Während Delaney hinsah, hoben die beiden jungen Männer langsam Kristallgläser an die Lippen und tranken. Durch die hellen Leinengardinen betrachtet, mutete die Szene wie eine Garden-Party im

England des 19. Jahrhunderts an: friedevoll und immerwährend, wie auf einer altmodischen Fotografie festgehalten, bräunlich verblaßt, mit rissiger Oberfläche, die Ecken umgeknickt oder abgerissen, der Augenblick jedoch und der Ort eingefangen wie ein Traum, dessen man sich erinnert: schmachtende Jünglinge, überall Sonnenschein, ein sanfter Lufthauch, der sie ewig umfächeln, und ein Tag, der nie enden würde.

«Tut mir leid», sagte er, als Geltman zurückkam. «Ich hatte keine Ahnung, daß Sie Besuch haben.»

«Ach», meinte Geltman leichthin, «das sind bloß zwei Jungs aus der Nachbarschaft, die vorbeigekommen sind, um meinen Weinkeller zu plündern.»

Er brachte die bereits geöffnete Bierflasche auf einem silbernen Tablett zusammen mit einem tulpenförmigen Glas. Das Glas war gekühlt; ein feiner Hauch von Eis überzog es.

«Das macht man mit einem Elektrofroster», erklärte Geltman lachend. «Kühlt im Handumdrehen. Albern, sieht aber hübsch aus.»

«Und schmeckt auch besser», sagte Delaney und schenkte sich sein Bier ein. «Sie trinken nichts?»

«Im Augenblick, nein. Nun, was kann ich für Sie tun, Chief? Noch mehr Fragen?»

Der kleine Mann saß seitlich vor Delaney auf der Armlehne eines Klubsessels. Den Rücken kehrte er dem Fenster zu, so daß sein Gesicht im Schatten lag. Er trug weiche Flanellhosen und einen Rollkragenpullover aus weißer Wolle. Seine weichen Mokassins glänzten geradezu sündhaft. Besonders auffällig war ein goldenes Armband aus schweren Kettengliedern, in denen sich das Licht brach, doch bemerkte Delaney nichts von der nervösen Energie, die der Händler in seiner Galerie an den Tag gelegt hatte. Kein In-sich-Zusammenfallen, kein Sich-Aufrichten, Sich-Verrenken und Gestikulieren. Kein Fingergetrommel, kein Sich-mit-der-Hand-über-das-schüttere-braungraue-Haar-Fahren. Saul Geltman schien ruhig und gelassen. Weil er, wie Delaney vermutete, hier in seinen eigenen vier Wänden ganz und gar «bei sich» war.

«Ja, ich hätte da noch ein paar Fragen», sagte der Chief. «Aber zunächst einmal möchte ich Ihnen dafür danken, daß Sie uns zu Ihrer Vernissage eingeladen haben. Wir haben es sehr genossen.»

«Das freut mich.» Geltman grinste. «Haben Sie heute morgen

den Bericht in der *Times* gelesen? Wunderbar! Belle und Jake Dukker haben sich zwar danebenbenommen, aber eine Vernissage zählt nicht, wenn nicht mindestens zwei sich prügeln. Haben Sie in dem Gedränge die Bilder sehen können?»

«Nicht so gut, wie ich gewollt hätte . . . Ich würde gern noch mal wiederkommen.»

«Aber gern. Jederzeit. Die Bilder werden mindestens einen Monat dort hängen. Wir nehmen Eintritt für einen wohltätigen Zweck. Aber fragen Sie einfach nach mir.»

Delaney machte eine abwehrende Geste.

«Verkaufen sich die Bilder denn?» fragte er.

«Fabelhaft.» Geltman nickte. «Die meisten sind schon verkauft. Nur einige wenige sind noch zu haben, und die werden auch bald weggehen.»

Delaney blickte sich in dem eleganten Zimmer um.

«Sie haben hier keine Maitlands?» bemerkte er. Halb war das eine Frage, halb eine Feststellung.

«Die könnte ich mir nicht leisten», lachte der Galerist. «Außerdem ist es dem Geschäft nicht zuträglich, wenn man Bilder von Malern, die man vertritt, in der eigenen Wohnung hat. Dann vermuten die Käufer sofort, daß man die besten für sich reserviert hat. Was natürlich auch stimmt.»

Delaney hielt sein geeistes Glas ans Licht, bewunderte den bernsteinfarbenen Schimmer des Bieres und trank genüßlich einen großen Schluck. Das schöne Glas in beiden Händen, ließ er den Rand sanft gegen die Zähne klirren.

«Sie haben gewußt, daß er bald sterben würde?» fragte er.

In diesem Augenblick hörte er zum erstenmal leises Lachen von der Terrasse her. Die beiden jungen Männer standen mit ihren Gläsern in der Hand an der Balustrade und schienen etwas unten auf dem East River zu beobachten.

Als er den Blick zurück ins Zimmer wandte, war Geltman von der Armlehne in den Sesselsitz gerutscht. Jetzt saß er ein wenig seitlich darin und hatte die Beine über die andere Lehne gelegt.

«Ja», bestätigte er. «Das habe ich gewußt.»

«Haben Sie uns aber nicht erzählt», sagte der Chief mit Nachdruck.

«Nun . . .» Geltman stieß einen Seufzer aus, «über so etwas

spricht man nicht gern. Außerdem sehe ich nicht, wie Ihnen das geholfen hätte, den Mörder zu fassen. Ich meine, was könnte es dazu beitragen?»

Delaney nahm noch einen Schluck Bier. Von jetzt an, so beschloß er, würde er seine Gläser daheim auch vorkühlen.

«Es könnte schon», sagte er. «Das wäre durchaus möglich. Ich behaupte nicht, daß es die Verhaltensweise anderer erklärt, könnte aber helfen, die von Maitland zu erklären.»

Einen Augenblick sah Geltman den Chief unverwandt an, dann schüttelte er den Kopf. «Tut mir leid, aber das verstehe ich nicht.»

«Der Arzt sagt, als er Maitland eröffnete, er sei todkrank, habe Maitland gelacht. Ich glaube ihm das. Jedenfalls paßt es zu allem, was wir sonst über Maitland wissen. Aber wie hartgesotten er auch gewesen ist und von mir aus auch ein Zyniker und ein Saufkopf: Wer so etwas zu hören bekommt, dessen Leben muß sich einfach ändern. Das Stück Leben, das ihm bleibt. Es *müßte* so sein. Man sollte erwarten, daß er plötzlich Dinge tut, die er früher nicht getan hat. Etwa Pläne machen. Oder soviel in seine Tage hineinpressen, wie nur irgend möglich. *Irgendwas.* Irgendwie müßte es sich bemerkbar machen. Der Mann war ein menschliches Wesen. Fragen Sie sich doch, wie Sie reagieren würden, wenn Ihnen ein solcher Schlag versetzt würde. Würde sich das nicht darauf auswirken, wie Sie den Rest Ihres Lebens gestalten?»

«Das nehme ich an», sagte Geltman leise. «Ich wußte über ihn Bescheid, habe aber keinerlei Veränderung an ihm wahrgenommen. Er war nach wie vor derselbe rohe und gemeine Kerl, der er immer gewesen ist.»

«Wann haben Sie von der Krankheit erfahren?»

«Ich würde sagen, vor etwa fünf Jahren. Ja, so ungefähr.»

«Haben Sie es von ihm selbst erfahren?»

«Ja.»

«Hat er sich Ihres Wissens noch jemandem anvertraut? Seiner Frau zum Beispiel? Oder seinem Sohn?»

«Nein», erklärte Geltman. «Mir hat er gesagt, ich wäre der einzige, der es erfährt. Und ich mußte schwören, es für mich zu behalten. Wenn ich es jemand anderem erzählte und er erführe davon, hat er gedroht, würde er mich kaltmachen. Und das hätte er getan, daran zweifle ich nicht.»

«Haben Sie es jemand erzählt?»

«Himmel, nein!»

«Seiner Mutter? Seiner Schwester? Irgendwem?»

«Ich schwöre, daß ich es nicht getan habe, Chief. Mit so was geht man einfach nicht hausieren.»

«Nein», sagte Delaney. «Das tut man wohl nicht. Sie sagen, Sie haben keine Veränderung an ihm entdecken können? Weder in seinem Verhalten, noch in seiner Persönlichkeit?»

«Richtig. Keinerlei Veränderung.»

«Er hat, soweit Sie wissen, auch keine besonderen Pläne geschmiedet? Todeskandidaten versuchen meistens, Ordnung in ihr Leben und in ihre Angelegenheiten zu bringen.»

«Er hat nichts Außergewöhnliches getan. Jedenfalls nicht, daß ich wüßte.»

«Gut», sagte Delaney, seufzte und trank sein Bier aus. «Auf jeden Fall hat er nicht viel Mühe darauf verwendet, seine Frau und seinen Sohn wohlversorgt zurückzulassen. Sie erben zwar, aber nicht viel.»

«Sie werden schon ganz gut zurechtkommen», erklärte Geltman kurz. «Durch den Verkauf der letzten Bilder. Selbst nach Abzug der Steuern werden sie mit einer halben Million dastehen. Mindestens. Um sie braucht man keine Träne zu weinen. Noch ein Bier, Chief?»

«Nein, vielen Dank. Das war gerade recht.»

Abermals sah er auf den Balkon hinaus. Die Jünglinge lagen wieder wie hingegossen in ihren Drahtstühlen. Noch während Delaney hinsah, warf einer von ihnen, ein goldblonder Bursche, den Kopf in den Nacken, hielt das Weinglas hoch über sich und ließ die letzten Tropfen Wein in den Mund und auf sein Gesicht fallen. Der andere lachte.

«Es handelt sich um eine Muskelkrankheit», sagte Delaney, «soweit ich verstanden habe.»

«Ja», bestätigte Geltman.

«Und das hat sich auf seine Malerei nicht ausgewirkt? In all den fünf Jahren nicht?»

«Nicht merklich», antwortete der Kunsthändler.

«Was soll das heißen?»

«Daß die Käufer es nicht merkten», erklärte Geltman. «Und die Kritiker auch nicht. Wohl aber Maitland. Und ich.»

«Wie denn? Inwiefern hat es seine Malerei beeinflußt?»

«Er sagte, er empfinde nicht eigentlich Schmerzen, wohl aber eine gewisse Steifheit. In der Hand, in den Armen, den Schultern. Deshalb nahm er etwas, was anscheinend dagegen half.»

«Poppers?»

«Ja.»

«Bezog er die von Belle Sarazen?»

«Woher er sie bekam, weiß ich nicht.»

«Aber sie haben geholfen?»

«Das hat Vic jedenfalls behauptet. Er sagte, sie lockerten ihn auf. Sie können das in seinen Bildern erkennen, denen, die er im letzten oder in den letzten *beiden* Jahren gemalt hat. Die waren lockerer, die Linienführung nicht so streng, die Farben heller, leuchtender. Das ist eine ziemlich subtile Angelegenheit. Ich glaube, nur Vic und ich haben es gesehen. Anderen jedenfalls ist diese Veränderung nicht aufgefallen. Es waren immer noch dieselben alten Maitlands. Immer noch genauso schön und genauso evokativ, genauso erregend.»

«Jawohl», sagte Delaney. «Erregend.»

Er raffte sich aus seinem Sessel hoch und räusperte sich.

«Ich danke Ihnen, Mr. Geltman», sagte er. «Dafür, daß Sie mich empfangen haben. Und für das Bier.»

«Es war mir ein Vergnügen.» Der kleine Mann stemmte sich aus dem Klubsessel hoch, ließ sich über die Armlehne rutschen und landete behend auf den Füßen. «Hoffentlich hat es was genützt. Sie kommen voran, nicht wahr?»

«O ja», sagte der Chief. «Durchaus.»

«Gut», sagte Geltman. «Freut mich zu hören.»

Sie traten in die Diele. Delaney ließ seine Blicke noch einmal in dem zauberhaften Raum umherwandern.

«Wirklich ein Traum», sagte er.

«Ja», sagte Saul Geltman nachdenklich und sah Delaney an. «Genau das ist es: ein Traum.»

Dann warf Delaney noch einen Blick hinaus auf die Terrasse. Die beiden jungen Männer standen wieder an der Balustrade. Ihr langes feines Haar loderte im Wind wie Flammen. Einer hatte den Arm um die Hüfte des anderen gelegt.

Wieder glaubte Delaney eine alte Fotografie zu betrachten, die er schon gesehen hatte. Weißgekleidete Jünglinge vor einem chinablauen Himmel. Kein Gedanke an ein Morgen, an eine Zeit, die Zukunft heißt. Nichts als ein nimmer endendes Jetzt, eingefangen und festgebannt.

«Schön, nicht wahr?» bemerkte Saul Geltman leise.

Delaney lächelte ihn milde an. Dann zitierte er: «Goldene Jungen und Mädchen – wie der Schornsteinfeger, werden auch sie zu Staub.»

Damit ging er, während Saul Geltman versuchte, erschlafften Gesichts und widerstrebend, eine Antwort darauf zu finden.

15

Ab Mittwoch der folgenden Woche hatten sämtliche Polizeireviere in Manhattan Kopien von den Phantombildern der alten Frau und des jungen Mädchens aus der Hand des Polizeizeichners. Auch an Zeitungsredaktionen und Fernsehstationen waren sie geschickt worden. Die *Daily News* hatte sie sehr gut auf Seite 4 plaziert, darunter eine Notiz mit der Überschrift: Neue Spuren im Fall Maitland. Außerdem waren die Bilder in den Abendnachrichten auf Kanal 2 und 7 gezeigt worden, dazu eine Telefonnummer, die jedermann anrufen sollte, der Hinweise geben konnte.

Darüber hinaus war Jason T. Jason vom Streifendienst entbunden worden, um ausschließlich in Sachen Maitland tätig zu sein. Er war begeistert von seiner neuen Aufgabe und verbrachte Sergeant Boone zufolge rund achtzehn Stunden am Tag damit, jene Lieblingslokale von Victor Maitland abzuklappern, die auf seiner Liste standen, und Straßenhändlern, Kneipenwirten, Inhabern von Schönheitssalons, Ladenbesitzern, Hausierern, Zuhältern und Dirnen, kleinen Dealern und Wermutbrüdern auf der Lower East Side Abzüge im Postkartenformat von den Phantombildern der Gesuchten zu zeigen, jedem, der die beiden Frauen gesehen haben könnte.

Außerdem machte Boone in dieser Woche noch einmal einen Stoppuhrtest und bewies zu seiner und Delaneys Befriedigung, daß es für Ted Maitland kein Problem gewesen sein konnte, vom Cooper Union College in die Mott Street zu fahren, seinen Vater umzubringen und noch rechtzeitig zu seiner Zwei-Uhr-Vorlesung ins Cooper Union zurückzukehren.

Auch gelang es Boone, den Nachnamen von Martha, der Haushälterin von Dora und Emily Maitland, festzustellen. Sie hieß Beasely. Der Sergeant rief einfach bei Maitlands an. Beim erstenmal kam Emily an den Apparat, und Boone legte wieder auf. Beim zweiten Versuch antwortete eine rauhe, ziemlich schrille Frauenstimme: «Hier bei Maitland.»

Boone sagte: «Ich hätte gern die Adresse von Martha Jones. Spricht dort Martha?»

«Ja, Martha schon», antwortete die Haushälterin, «aber ich heiße nicht Jones, sondern Beasely.»

«Entschuldigen Sie die Störung», sagte Boone und legte auf. Dann sah er im Telefonbuch von Nyack nach und erfuhr auf diese Weise Martha Beaselys Adresse.

Am Donnerstag rief Ivar Thorsen an und teilte Delaney mit, daß Mrs. Dora Maitlands Bank in Nyack sich einverstanden erklärt habe zu helfen; der Chef dürfte das Konto einsehen. Nur müsse alles unter größter Geheimhaltung geschehen; Delaney solle mit dem Prokuristen sprechen, der während der Durchsicht dabei sein würde, um sicherzugehen, daß Delaney in den Unterlagen nichts ändere oder gar etwas herausnehme. Damit erklärte der Chief sich sofort einverstanden.

So war es alles in allem eine geschäftige, produktive Woche – viele Telefongespräche, Besprechungen, schriftliche Berichte und Aufstellen neuer Zeitpläne –, doch als sie am Freitagmorgen nach Nyack fuhren, stimmten Delaney und Boone betreten darin überein, daß sie ihrem Ziel, den Mörder von Victor Maitland zu finden, keinen Schritt nähergekommen waren. Wenn auch keiner dem anderen seine Enttäuschung eingestehen wollte, sprudelten sie nicht gerade über vor Optimismus.

«Trotzdem», sagte Delaney, «man weiß nie, wann ein Durchbruch kommt oder von wo. Ich hatte mal einen Kollegen im 18. Revier, der hatte einen Mordfall zu bearbeiten; es ging um eine junge

Frau, die in ihrer Wohnung vergewaltigt und erwürgt worden war. Sämtliche Spuren verliefen sich irgendwie. Wochen-, ja monatelang blieb alle Mühe vergeblich, dann kam die Akte auf den Stapel ‹Unerledigt›. Sie wissen ja, wie so was geht: es kommt immer soviel Neues, daß man sich um das Alte nicht mehr kümmern kann. Na ja, mehr als ein Jahr später bekommt die New Yorker Polizei einen Brief von einer Frau in Ohio, Michigan oder Indiana, ich weiß nicht mehr, woher genau. Sie war vom Peace Corps nach Afrika geschickt worden, hatte sich ein Fieber geholt und mußte wieder nach Hause. Dieses Mädchen ließ natürlich ihre Post nach Afrika nachschicken. Sie war eine gute Freundin von der jungen Frau, die hier in New York umgebracht worden war. Und während sie noch in Afrika ist, wird ihr ein Brief von eben dieser Frau nachgeschickt, die hier abgemurkst wurde. Der Brief handelt fast ausschließlich von einem neuen Freund, den sie gerade kennengelernt hat: daß er einen roten Bart hat, David heißt, wie nett er ist und so weiter, und daß sie den Brief beenden und rasch noch in den Briefkasten stecken will, weil dieser David zum Abendbrot kommt. Der Brief, den die Peace Corps-Frau aufgehoben und der New Yorker Polizei geschickt hat, trug das Datum jenes Tages, an dem das Mädchen . . . na, sagen wir: das Zeitliche segnete. Die Frau vom Peace Corps erfuhr erst, daß ihre Freundin umgebracht worden war, als sie wieder nach Amerika zurückkam. Die Kollegen kramen also die verstaubten Akten wieder raus und stoßen auf einen verheirateten Mann namens David, der überdies auch noch einen roten Bart hat und der im selben Büro mit der Ermordeten gearbeitet hatte. Sie nahmen ihn in die Mangel, und dabei kam's raus. Aber da sehen Sie, daß es manchmal noch zu einem Durchbruch kommt, wenn überhaupt kein Mensch mehr dran denkt.»

«Hätten wir das Glück doch auch!» sagte Boone bekümmert.

«Wird schon werden», meinte Delaney zuversichtlich. «Wir kämpfen für eine gerechte Sache.»

Wobei Sergeant Boone nicht wußte, ob der Chief witzelte oder es ernst meinte; irgendwann mußte er ihn mal fragen, wie es eigentlich um seinen Sinn für Humor bestellt sei.

Während der Autofahrt nach Nyack unterhielten sie sich ausgiebig über Victor Maitlands tödliche Krankheit. Der Sergeant konnte gar nicht darüber hinwegkommen.

«Alle zerreißen sich das Maul darüber, was für ein Beschäler vor dem Herrn er war, und daß er mit allem ins Bett ging, was da kreuchte und fleuchte», sagte Boone. «Und jetzt kommen wir dahinter, daß er ein Todeskandidat war und das auch noch wußte! Chief, meinen Sie, daß er vielleicht deshalb so fleißig unter der Bettdecke war? Weil er da noch soviel wie möglich mitkriegen wollte, bevor er abkratzen mußte?»

«Nein, das glaube ich nicht. Den Ruf, ein Weiberheld zu sein, hatte er schon lange. Erinnern Sie sich, daß Geltman sagte, was für ein flotter Hecht er vor zwanzig Jahren in Greenwich Village war? Nein, ich glaube nicht, daß das Todesurteil aus dem Mund von Dr. Horowitz ihn in dieser Beziehung besonders beflügelt hat. Aber ich freß 'n Besen, wenn es sich nicht in anderer Weise bei ihm ausgewirkt hat. Sergeant, es ist einfach unmöglich, so etwas zu erfahren, und seine Lebensweise nicht irgendwie zu ändern.»

«Aber Geltman hat das bestritten», gab Boone zu bedenken. «Er behauptet, Maitland habe sich kein bißchen geändert.»

«Geltman», sagte Delaney nachdenklich. «Ich mag den Kleinen. Wirklich! Aber er hat irgendwas . . .» Der Chief machte eine Bewegung, als ob er einen Zeiger weiterdrehte. «Irgendwie und irgendwo ist da ein Schräubchen locker. Ein bißchen zu locker.»

«Die Jungs auf der Terrasse?»

«Nein. Na ja . . . die gehören wohl dazu, vielleicht. Aber diese Wohnung. Die wunderschönen Sachen, die er da hat. Diese *Sachen*! Er liebt sie! Sie hätten mal sehen sollen, wie er mit der Hand drüber hingefahren ist! Es hätte nicht viel gefehlt, und er hätte die Tische geküßt! Eine solche Leidenschaft für schöne Gegenstände habe ich noch nie erlebt! Gewiß, sie waren prachtvoll. Aber immerhin waren es doch bloß *Sachen*! Wenn er mal so alt ist wie ich, wird er merken, daß man die erste Hälfte des Lebens damit zubringt, Sachen zusammenzutragen, und die zweite Hälfte, sie wieder loszuwerden. Wenn ich seine Kristalltulpe, das Bierglas, zerbrochen hätte, ich glaube, er wäre in Tränen ausgebrochen.»

«Aus Sachen habe ich mir nie was gemacht», sagte der Sergeant.

«So?» feixte Delaney. «Das hätte ich angesichts Ihrer luxuriös eingerichteten Wohnung nie vermutet.»

Boone grinste, beschloß jedoch, sich nächstens bei Woolworth ein paar anständige Gläser zu besorgen.

Vor der Bank setzte der Sergeant den Chief ab. Der riet ihm, er solle sich für sein Gespräch mit Martha Beasely Zeit lassen. Wenn er fertig sei, könne er Delaney entweder in der Bank abholen oder, wenn er nicht mehr da sei, es in der Kneipe gegenüber versuchen. Im Schaufenster der Bar prangte ein Schild mit der Aufschrift: Ja, wir haben Coors.

Der Prokurist erwies sich als ernster junger Mann mit einem blonden Bärtchen, das nicht sehr überzeugend wirkte. Er versteckte Delaney in einem der kleinen Räume, die vom eigentlichen Kellergewölbe mit den Schließfächern abgingen. Auf dem Tisch lagen ein Stapel zusammengefalteter Computerausdrucke, zwei kleine Mikrofilmrollen in beschrifteten Hüllen sowie ein Mikrofilmlesegerät.

«Können Sie mit so einem Ding umgehen?» fragte er den Chief.

«Sicher», sagte Delaney. «Start. Stopp. Vor- und zurückspulen. Damit werde ich schon fertig.»

«Richtig», sagte der Bankmensch. «Hm . . . ja . . .»

Dann fragte er wißbegierig nach den jüngsten Ergebnissen der Ermittlung. («Muß eine faszinierende Arbeit sein. Sagen Sie, machen Sie . . .?») Aber als er merkte, daß dieser Bulle aus New York entweder nur grunzte oder überhaupt nicht antwortete, gab er es schnell auf, setzte sich über die Abmachung hinweg und meinte: «Sagen Sie dem Mann draußen Bescheid, wenn Sie fertig sind.» Dann ging er und hinterließ einen schwachen Duft von Canoe.

Delaney schloß die Tür und drehte den Schlüssel um. Sodann setzte er seine Lesebrille auf, zog die Jacke aus und nahm auf einem Stahlrohrstuhl mit dürftigem Polster Platz; er legte Notizbuch und Bleistift zurecht und machte sich an die Durchsicht der Ausdrucke. Nach einer knappen Viertelstunde wurde ihm klar, daß er Notizbuch und Bleistift nicht brauchen würde. Blindgänger.

Die Ausdrucke zeigten die Bewegungen auf Dora Maitlands Spar- und Girokonto während der letzten sechs Monate. Aus dem Mikrofilm ergaben sich ähnliche Informationen für die vergangenen sieben Jahre. Als Delaney klar wurde, daß er auf keine überraschenden Enthüllungen stoßen werde, machte er immer schneller und ließ den Mikrofilm fast mit Höchstgeschwindigkeit durch das Lesegerät laufen. In kaum mehr als einer Stunde war er mit allem fertig.

Dora Maitland verfügte über ein Sparguthaben, das ursprünglich etwas über sechstausend Dollar betragen hatte, aufgrund kleinerer

Abhebungen – für gewöhnlich fünfzig oder hundert Dollar – unterdessen auf etwas unter viertausend zusammengeschrumpft war. Die Abhebungen ergaben zeitlich gesehen keine Verdachtsmomente. Während des Zeitraumes, den die vorliegenden Unterlagen abdeckten, waren außer Zinsgutschriften keine Einzahlungen vorgenommen worden.

Die Auszüge des Girokontos wiesen zwar so etwas wie ein Grundmuster auf, doch kam es Delaney völlig unverdächtig vor. So wurden zum Beispiel jedes Vierteljahr 117,50 Dollar überwiesen, immer genau diese Summe. Dabei handelte es sich höchstwahrscheinlich um Wertpapierzinsen. Und die halbjährlichen Gutschriften von 375 Dollar waren vermutlich Zinsen von Städtischen Anleihen.

Außerdem wurden wöchentlich 125 Dollar abgebucht, ohne Zweifel der Lohn von Martha Beasely. Ferner Abbuchungen von kleineren Summen, Telefon- und Elektrizitätsgebühren, wie er annahm, und Ausgaben für den Lebensunterhalt.

Jedes Jahr war ein Scheck über etwas mehr als zweitausend Dollar ausgestellt worden; die Grundsteuer, wie Delaney annahm. Monatliche Abbuchungen, die hoch genug gewesen wären, um Zahlungen für Hypotheken zu sein, gab es keine; er vermutete daher, daß das Maitlandsche Anwesen völlig schuldenfrei sei.

Als er fertig war, saß er ein Weilchen mit hängenden Schultern da und starrte kläglich auf die unbeschriebene Seite seines Notizbuches. Worauf er gehofft hatte, waren selbstverständlich große Einzahlungen oder Abhebungen. Eine einzelne große Abhebung zum Beispiel konnte bedeuten, daß ein gedungener Killer bezahlt worden war. Unregelmäßige Zahlungen von größeren Summen wiesen bisweilen auf Erpressung hin. Wonach Delaney jedoch insbesondere Ausschau gehalten hatte, waren größere Einzahlungen. Das wäre dann Grund zu der Annahme gewesen, daß Victor Maitland, der immerhin ein sehr erfolgreicher Maler gewesen war, kräftig zum Unterhalt seiner Mutter und Schwester beigetragen hatte, mit denen er auf gutem Fuß stand. Aber offenbar hatten Dora und Emily die Wahrheit gesagt. Von Victor bekamen sie nichts. Jedenfalls ging aus den Bankauszügen nichts dergleichen hervor.

Alles deutete darauf hin, daß Dora und Emily Maitland ihr Auskommen hatten – mehr aber nicht. Sie besaßen Haus und Grundstück, aber ihr Barvermögen betrug nach diesen Unterlagen kaum mehr als 5000 Dollar. Das war unglaublich, wenn man bedachte, daß der liebe Sohn Bilder für hundert Riesen das Stück verkaufte, und Delaney glaubte es daher auch nicht. Irgendwie stank es – und nicht nach Canoe.

Der Chief sagte dem Tresorwächter, er gehe nun, und überquerte die sonnenheiße Straße in Richtung Kneipe. Es war ein schwüler Nachmittag; er trug das Jackett überm Arm und die Kreissäge in der Hand. In der Bar sah es genauso trostlos aus wie in Delaneys Innerem – ein großer, leerer Schuppen, in dem es nach schalem Bier und Desinfektionsmitteln roch, Sägespäne auf dem Boden lagen und eine gescheckte Katze gähnte. Zwei schweigende Kunden hingen vor dem Tresen über ihrem Bier, und der Mann hinter der Bar war auch nicht gesprächiger. Er saugte an seinem Zahnstocher, starrte zum fliegenbeschmutzten Fenster hinaus und wartete geduldig auf das Ende der Welt.

Der Chief bestellte ein Budweiser, zahlte sofort und trug das Glas in eine der hinteren Nischen. Immerhin war es dämmerig hier drinnen, kühl und still. Langsam trank er das Bier, nahm immer nur einen kleinen Schluck, döste vor sich hin und vermied unnötige Bewegungen.

Was ihn wurmte – und das wußte er –, war das Gefühl, daß jemand ihn an der Nase herumführte. Irgendwer, der kein Dummkopf war, spielte mit ihm. Wohin auch immer er sich wandte – jemand hatte diesen Weg vorausgeahnt und versperrt. Seine Ausbildung, seine Erfahrung, sein Können und sein Instinkt – all das ließ jemand ins Leere laufen, jemand, der vermutlich *zum erstenmal* getötet hatte. Das war das schlimmste dabei: es war ein Anfänger, ein gottverdammter Amateur, der Edward X. Delaney nach seiner Pfeife tanzen ließ. Zorn stieg in ihm auf, und er verstand in diesem Augenblick gut, daß Polizisten Fäuste und Schlagstöcke gebrauchten. Die Frustration krampfte einem den Magen zusammen und scheuerte die Nerven wund.

Er war bei seinem zweiten Bier, als Abner Boone hereinschlenderte. Der Sergeant nahm die Sonnenbrille ab, sah sich um, entdeckte Delaney und nickte. Am Tresen blieb er stehen, ließ sich eine Cola geben, stürzte sie hinunter, bestellte noch eine, trug sie zu Delaneys Tisch und schob sich in die Bank ihm gegenüber.

«Himmel», stöhnte er, «müssen über dreißig Grad sein. Und diese Luftfeuchtigkeit! Warten Sie schon lange?»

«Nicht sehr. Ich habe schon überlegt, ob ich was essen soll, bin aber eigentlich nicht hungrig. Sie?»

«Ich kann das Mittagessen überspringen. Im Augenblick möchte ich mich bloß abkühlen. Mein Hemd klebt mir am Leib.»

«Ziehen Sie doch die Jacke aus», schlug der Chief vor.

«Hm ... ich hab aber das Pistolenhalfter um», sagte Boone. «Wenn das jemandem auffällt und er holt womöglich die Polizei ... Es geht schon.» Er kramte sein Notizbuch aus der Innentasche. «Hoffentlich haben Sie mehr erreicht als ich, Chief.»

«Bei mir war Sense – nichts als Sense!» kam es so heftig von Delaney, daß Boone erschrocken aufsah.

Delaney berichtete, was er entdeckt hatte – oder vielmehr nicht entdeckt hatte.

«Rundum negativ», sagte er. «Das einzige, was dadurch bewiesen ist oder bewiesen sein könnte, ist, daß Maitland seine Mutter und seine Schwester finanziell nicht unterstützt hat. Und das haben die beiden uns bereits gesagt.»

«Könnte es sein, daß Dora noch bei einer anderen Bank ein Konto hat? Oder Emily? Oder vielleicht Schließfächer, die randvoll mit Moos sind?»

Delaney schüttelte den Kopf. «Das hat Thorsen selbstverständlich als erstes überprüft. Das hier ist ihre einzige Bank. Was ist denn bei Martha Beasely herausgekommen?»

«Mehr Fragen als Antworten.» Boone blätterte in seinem Notizbuch. «Das fuchst mich überhaupt so an dieser Sache: jedesmal, wenn wir was unternehmen, ergeben sich plötzlich noch mehr Probleme. Zum Beispiel Martha Beasely: Sie behauptet, seit fast vier Jahren bei Maitlands zu arbeiten. Und in der ganzen Zeit hat sie weder Victor Maitland noch Saul Geltman jemals gesehen. Sie wußte zwar, daß es sie gibt und daß sie gelegentlich zu Besuch kamen, weil Dora und Emily dauernd von ihnen redeten. Aber gesehen hat sie keinen von beiden. Wie reimen Sie sich das zusammen?»

«Ganz einfach», sagte Delaney, reckte sich mit neuerwachtem Interesse und lehnte sich über den Tisch. «Maitland und Geltman sind mit voller Absicht immer nur gekommen, wenn Martha frei hatte. Vielleicht auch abends, wenn sie nicht mehr da war.»

«Aber *warum*?»

«Das ist eine andere Frage. Das kann ich Ihnen auch nicht sagen, Sergeant. Aber ich wette, sie haben ihre Besuche so gelegt, daß die Haushälterin sie nicht sah. Was noch?»

«'n Haufen Kleinkram. Dora hängt an der Flasche, wie wir es uns schon gedacht haben. Sie schläft viel, und an manchen Nachmittagen kann sie nicht mehr stehen. Emily geht nie allein aus, soweit die Beasely weiß. Keine Verabredungen. Keine Bekannten, die mal vorbeikommen. Keine Anrufe, außer von alten Freunden der Familie.»

«Hm . . .» Delaney seufzte. «Das war's also.»

«Nein, Sir», sagte Sergeant Boone. «Nicht ganz. Da ist noch was. Wieder ein Fragezeichen. Die Beasely war zuerst furchtbar zugeknöpft. Argwöhnisch. Wollte nicht mit der Sprache raus. Als ich aber sagte, ich interessierte mich für Steuersachen, Victor Maitland habe behauptet, er unterstütze Mutter und Schwester und wir glaubten das nicht, fing sie plötzlich an zu reden. Oder besser, sie jammerte ganz erbärmlich. Angeblich kriegt sie hundertfünfundzwanzig die Woche für fünfeinhalb Arbeitstage. Dafür putzt sie das Haus und macht die Wäsche, und meist kocht sie auch noch das Mittagessen für alle. Sie behauptet, die beiden Frauen hätten womöglich noch weniger Geld als sie selber, folglich habe Victor sie bestimmt nicht unterstützt. Dann sagte ich, das große Haus und der riesige Garten wären wohl nicht leicht in Ordnung zu halten. Ich hab da dick aufgetragen, wissen Sie, und ganz den Verständnisvollen gespielt, und da sagte sie, den Garten müßten Emily und Dora selbst machen, weil sie sich einen Gärtner nicht leisten könnten, nicht mal einen Tag im Monat. Na, sie kam allmählich ins Reden – die Beasely ist Witwe, und wenn sie erst mal angefangen hat, quasselt sie ohne Punkt und Komma. Emily also mäht den großen Rasen ganz allein, hackt tote Äste von den Bäumen, macht kleinere Reparaturen im Haus und so weiter. Ich sagte, der Rasen allein sei doch schon ein ziemliches Stück Arbeit, woraufhin sie sagte, vor zwei Jahren haben sie einen gebrauchten Elektrorasenmäher angeschafft, und Emily kann damit umgehen. Und dann erwähnte sie, daß Emily den Mäher und andere Gartengeräte, Harken, Werkzeug und sonstigen Kram, in der alten Scheune aufbewahrt.»

«Oh-ho», sagte Delaney.

«Richtig.» Boone nickte. «Da hab ich natürlich die Ohren gespitzt und sie gefragt, wieso denn das? Uns hätten sie gesagt, die Tür zur Scheune sei vor Jahren schon zugenagelt worden, weil Papa sich darin aufgehängt hat, und ich hätte das vernagelte vordere Tor mit eigenen Augen gesehen. Ja, meinte die Beasely, das Tor sei wohl vernagelt und obendrein auch noch mit einem verrosteten alten Vorhängeschloß versperrt. Aber es gebe hinten noch eine zweite Tür, eine schmale, und dahinter einen kleinen Schuppen, wo sie den Rasenmäher und die Gartengeräte aufbewahren. Dumm, daß mir diese zweite Tür entgangen ist, Chief.»

«Na, lassen Sie nur», sagte Delaney. «Vielleicht wollte Emily, daß sie Ihnen entgeht.»

«Ja, aber was zum Geier sollte dann das ganze weinerliche Getue um das zugenagelte Scheunentor, wo Papa sich das Leben genommen hat, wenn's eine Hintertür gibt, die auf ist? Das ergibt doch keinen Sinn, oder?»

«Nein», sagte der Chief gedehnt. «Eigentlich nicht. Ist die Hintertür denn verschlossen?»

«Die Beasely sagt, ja. Sie ist angeblich ein- oder zweimal drin gewesen. Es sei weiter nichts drin als der Rasenmäher, Gartengerät, ein Kanister mit Benzin, alte Eimer, eine Persenning und so weiter. Lauter Gerümpel. Aber trotzdem . . .»

«Ja . . . trotzdem.» Delaney nickte. «Ich würde ja weiter keinen Gedanken dran verschwenden, wenn sie sich nicht solche Mühe gegeben hätten, uns das mit der zugenagelten Tür zu verkaufen. Das hätten sie nicht einmal zu erwähnen brauchen! Wen interessiert das schon? Uns bestimmt nicht, denn mit unserer Untersuchung hatte es nichts zu tun. Oder?» Er überlegte eine Weile, trank dann sein Bier aus. «Haben Sie auch wirklich keinen Hunger?» fragte er Boone.

«Ich kann warten, bis wir wieder in der Stadt sind.»

«Wo steht Ihr Wagen?»

«Gleich um die Ecke.»

«Dann lassen Sie uns folgendes tun . . . Ich fahre, und zwar raus zum Maitlandschen Anwesen. Ich setze Sie kurz vor der Auffahrt ab. Sie halten sich zwischen den Bäumen verborgen, während ich weiterfahre zum Haus. Ich wollte Dora und Emily ohnehin sprechen und sie fragen, ob sie eigentlich gewußt haben, daß Victor an Polymyolitis sterben würde. Geltman behauptet, sie hätten es nicht gewußt. Aber vielleicht hat er mich angelogen oder es nicht besser gewußt. Jedenfalls werde ich die beiden im Hause festhalten – sagen wir für eine Viertelstunde. Genügt Ihnen das?»

«Klar», sagte Boone. «In der Zeit schaffe ich es. Ich halte mich hinter der Scheune, damit mich keiner durchs Fenster oder von der Veranda sieht. Sie holen mich dann wieder ab?»

«Ja. An derselben Stelle, an der ich Sie rauslasse. Wie groß dieser Abstellraum ist, hat die Beasely nicht gesagt, oder?»

«Nein. Sie hat nur von einem Geräteschuppen gesprochen. Eher klein, hatte ich den Eindruck.»

Delaney kniff die Lider zusammen und dachte einen Augenblick nach.

«Die Scheune muß mindestens zwanzig mal zehn sein. Jetzt bin ich aber neugierig.»

«Und ich auch», sagte Sergeant Boone.

Unterwegs fragte Boone: «Sie haben nicht zufällig einen Satz Dietriche dabei, Sir?»

«Ich besitze zwar welche, aber ich habe sie nicht bei mir.»

«Ich habe meine auch nicht mit. Ein feines Gespann von Polizeibeamten sind wir. Nun, wenigstens Schraubenzieher, Zange und Brecheisen sind im Kofferraum. Ich werde mich damit behelfen müssen.»

Kurz vor der Einfahrt hielt Delaney am Straßenrand; Bäume schirmten den Wagen gegen das Haus ab. Boone stieg aus und ließ sich die Wagenschlüssel geben, um den Kofferraum aufzumachen und rasch sein Werkzeug herauszuholen. Dann verglichen die beiden Beamten ihre Uhren.

«Sagen wir: fünfzehn bis zwanzig Minuten», meinte Delaney. «Bleiben Sie solange wie nötig. Ich warte auf Sie.»

«In der Zeit müßte ich es eigentlich schaffen», stimmte Boone zu. «Wenn ich in längstens einer halben Stunde nicht zurück bin, schlagen Sie Alarm.»

Delaney nickte, ließ den Motor wieder an und fuhr langsam weiter. Er warf einen Blick in den Rückspiegel. Der Sergeant war verschwunden. Der Chief bog in die Auffahrt ein.

Er war sicher, daß jemand daheim war – der große schwarze Mercedes stand in der Auffahrt –, doch mußte er den abgewetzten Messingklopfer mehrere Male betätigen, ehe sich etwas rührte. Schon überlegte er, ob die Damen womöglich einen kleinen Spaziergang unternommen hätten, als die Tür spaltbreit geöffnet wurde; ein neugieriger Blick streifte ihn, dann ging die Tür weit auf.

«Du meine Güte!» sagte Emily Maitland. «Mr. Delaney! Ach, ist das aber eine reizende Überraschung!»

Breitbeinig stand sie vor ihm, die nackten Füße fest auf den warmen Dielenbrettern. Sie trug einen dünnen Kaftan aus indischer Baumwolle, und ihm wurde bewußt, daß sie unter dem halbdurchsichtigen Stoff nackt war. Man ahnte die Schatten ovaler Brustwarzenhöfe und das dunkle Dreieck des Schamhaars. Was er jedoch deutlich wahrnahm, war ihr strotzender, sinnlicher Körper, massige Schenkel, zitternde, melonengroße Brüste, strotzende Weiblichkeit, die die Nähte des dünnen Gewandes zu sprengen drohte. Und als Kontrast darüber ein argloses, unschuldiges Gesicht mit gerundetem Kinn, zu dem nur die durchtrieben glitzernden Augen nicht recht paßten.

«Miss Maitland», sagte Delaney freundlich lächelnd, «wie schön, Sie wiederzusehen. Verzeihen Sie, daß ich nicht vorher angerufen habe, aber es fiel mir etwas Wichtiges ein, und da bin ich einfach hergefahren in der Hoffnung, Sie zu Hause anzutreffen.»

«Selbstverständlich», sagte sie unbestimmt und schaute über seine Schulter. «Und wo ist Sergeant Boone?»

«Ach, der hat heute seinen freien Tag. Selbst Polizeibeamte brauchen ab und zu eine Ruhepause. Darf ich eintreten?»

«Du meine Güte!» sagte sie. «Da plappern wir hier an der Haustür! Selbstverständlich, kommen Sie nur herein, Chief. Mama ist zwar nicht ganz auf dem Damm, wird sich aber bestimmt freuen, Sie zu sehen. Mama, sieh mal, wer da ist!»

Sie führte ihn in einen dämmerigen, muffig riechenden Salon, wo Dora Maitland auf einem zweisitzigen viktorianischen Sofa ruhte, dessen braunsamtene Polster abgewetzt glänzten. Delaney konnte sie im Halbdunkel kaum erkennen: sie verschmolz beinahe mit den verschnörkelten Etagèren und Nippsachen, den gehäkelten Schondeckchen, den Glasstürzen über Uhren, den Strohblumen, Porzellanfigürchen,Ittersträußen und Briefbeschwerern, der mahagonigetäfelten Wand mit der fleckigen Tapete darüber, dem Staub und der düsteren Atmosphäre – eine archäologische Fundstätte, ein verlorenes Zeitalter, eine untergegangene Kultur.

Sie trug einen seidenen Frisiermantel, dessen Gewebe vor Alter fadenscheinig war. Ein Arm, der in einem schmuddeligen Gipsverband steckte, wurde von einer Leinenschlinge gehalten. Eines ihrer Knie war dick bandagiert, das Fleisch drum herum schwammig und bleich. Der schwabbelige Körper lag schlaff da. Auf einem Wildlederkissen jedoch ruhte ihr unglaublich dramatisches Haupt: die Locken eine schwarz glänzende Flut, die Haut mattes Elfenbein, die Augen funkelnd, die karminroten Lippen halb aufgeworfen wie zu einem Kuß.

«Wie reizend», murmelte sie träge und reichte ihm eine schlaffe Hand. «Wie reizend.»

Delaney berührte die weichen, heißen Finger und nahm dann, ohne eine Aufforderung abzuwarten, auf einem ziemlich lädierten Lehnsessel Platz, von dem aus er wenigstens die Umrisse der Damen erkennen konnte. Emily hatte eine Glaskugel zur Hand genommen, in der künstliches Schneegestöber wogte. Sie ließ die Kugel von einer Hand in die andere gleiten; das wirkte wie eine Liebkosung mit schmeichelnden Fingern. Sie streichelte die Kugel, und sah dabei Delaney unverwandt an.

«Verzeihen Sie, daß ich unangemeldet bei Ihnen eindringe», sagte er sehr förmlich, und seine Stimme kam ihm selbst wie eine Bandaufnahme vor. «Es tut mir leid, daß Sie einen Unfall hatten, Mrs. Maitland. Zumindest hat die Polizei von Nyack es so genannt: einen Unfall. Aber deswegen bin ich nicht hier. Haben Sie oder Ihre Tochter gewußt, daß Ihr Sohn an einer tödlichen Krankheit litt?»

Sekundenlang hörte man nichts als Atmen. Dann: «Du meine Güte!» Das war Emily Maitland.

«Wie bitte?» Das kam von Dora Maitland.

«Was wollen Sie damit sagen, Mr. Delaney?» fragte Emily. «Eine tödliche Krankheit?»

«Polymyositis. Eine Muskelkrankheit. Ich habe mit seinem Arzt gesprochen. Es ist mir sehr unangenehm, daß gerade ich Ihnen das sagen muß, aber Victor Maitland hatte nicht mehr lange zu leben. Höchstens noch ein oder zwei Jahre.»

«Victor!» kam es erstickt von Dora. «Mein Kleiner!»

«Tut mir leid», sagte Delaney mitfühlend. «Aber es entspricht der Wahrheit. Haben Sie davon gewußt?»

Sie schüttelten den Kopf, zwei Porzellanpuppen, deren runde Köpfe wackelten.

«Er hat das also nie erwähnt?»

Die Köpfe wackelten wieder verneinend.

«Ach, Mama.» Emily stellte die Kristallkugel hin und legte ihrer Mutter leicht die Hände auf die Schultern. «Ist das nicht furchtbar? Du meine Güte, ich weiß gar nicht, was ich sagen soll. Du, Mama?»

«Emily, meine Medizin», befahl Dora Maitland mit viel Würde. «Sir, möchten Sie vielleicht . . .»

«O nein», beeilte Delaney sich zu sagen. «Für mich nichts. Nein, vielen Dank.»

Er beobachtete Dora Maitland, wußte jedoch nicht zu sagen, woher das Glas kam, das volle Glas, das wie durch Zauberei plötzlich in Emilys Hand war. Wahrscheinlich vom Fußboden, unters Sofa geschoben, als ich hereinkam, dachte Delaney. Er verfolgte genau, wie Emily Dora das Glas reichte, es ihrer Mutter in die Finger drückte. Eine farblose Flüssigkeit: Gin oder Wodka. Kein Eis. Es hätte genausogut Wasser sein können.

«Meinen Sie, das hat etwas mit der Ermordung meines Sohnes zu tun?» fragte Dora Maitland; ihre Stimme klang leise, rauchig, nicht eigentlich heiser, aber abgenutzt wie der braune Samtbezug des Sofas.

«Es könnte sein», sagte Delaney, bemüht, dieses Gespräch auf eine Viertelstunde, zwanzig Minuten auszudehnen. «Vielleicht aber auch nicht. Victors Frau hat nie etwas von seiner Krankheit erwähnt?»

«Wir haben sie ja so selten gesehen», erwiderte Emily. «Sie hat nie ein Wort davon gesagt.»

«Und Saul Geltman? Hat der auch nie davon gesprochen?»

«Saul? Hat Saul davon gewußt?»

«Ja, er hat es gewußt.»

«Nein, Saul hat uns nichts davon gesagt.»

Delaney nickte. Er sah sich in dem vollgestopften Zimmer um. «Mich wundert, daß Sie keines von den Bildern Ihres Sohnes hier hängen haben, Mrs. Maitland. Hat er Ihnen nie eines geschenkt?»

«Zwei haben wir von ihm bekommen», sagte Emily Maitland. «Porträts. Von Mama und mir. Sie hängen in unseren Schlafzimmern. Das von mir ist ein Akt», ergänzte sie kichernd.

«Ah», sagte Delaney. «Und wann hat er die gemalt?»

«Du meine Güte, das muß Jahre her sein», meinte Emily. «Vor zwanzig Jahren. Mindestens. Er fing damals gerade erst an.»

«Zu malen?» fragte Delaney.

«Nein, gut zu verkaufen», erwiderte Emily. «Gezeichnet und gemalt hat Vic, seit er sieben Jahre alt war. Aber verkaufen taten seine Sachen sich erst vor zwanzig Jahren. Damals fing das an.»

«Dann sind sie heute aber wesentlich mehr wert als damals», bemerkte Delaney.

«Das will ich meinen.» Dora Maitland nickte und konnte gar nicht aufhören. «Viel mehr.»

Delaney warf einen Blick auf seine Uhr und erhob sich.

«Ich danke Ihnen, meine Damen. Tut mir leid, daß ich Sie gestört habe.»

«Du meine Güte», sagte Emily Maitland. «Überhaupt nicht.»

Der Chief wußte nicht, was sie damit meinte, fragte aber auch nicht nach. Emily brachte ihn an die Tür.

«Grüßen Sie Sergeant Boone von mir.» Sie lächelte verschmitzt.

«Das will ich gern tun, Miss Maitland», sagte Delaney ernst.

Er stieg die Treppe hinunter, hörte, wie die Tür hinter ihm ins Schloß fiel. Vor Boones Wagen blieb er stehen und steckte sich umständlich eine Zigarre an. Dann zog er seine Jacke aus, stieg ein, ließ den Motor an. Das Auto war ein Backofen: die Luft stand darin wie eine Wand. Delaney fuhr auf die Straße hinaus und hielt dann gegenüber der Stelle, wo er Boone abgesetzt hatte. Von dem Sergeanten war nichts zu sehen. Delaney stellte den Motor ab, paffte geruhsam und wartete.

Etwa fünf Minuten später tauchte Boone zwischen den Bäumen auf der anderen Straßenseite auf. Er machte sich Delaney mit erhobener Hand bemerkbar und kam herüber, öffnete die Hecktür, warf das Werkzeug in den Wagen und riß die Jacke herunter. Sein Hemd war pitschnaß. Schweiß rann ihm übers Gesicht und glänzte in den rötlichbraunen Haaren auf seinen Händen.

«Ist ja wie in einer Sauna hier», sagte er zu Delaney. «Ich bin fix und fertig.»

Er stieg ein, und Delaney startete. Boone fand einen Lappen im Handschuhfach und versuchte, sich damit die Hände etwas zu säubern.

«Sie haben von Maitlands Krankheit gewußt», sagte der Chief.

«Behaupten aber, sie hätten keine Ahnung gehabt. Das war gelogen. Und was haben Sie rausgekriegt?»

«Alles ist so, wie die Beasely es beschrieben hat», berichtete der Sergeant. «Von der Auffahrt führt ein Trampelpfad direkt zur Seitentür. Der Pfad wird viel benutzt, das Gras ist runtergetreten, praktisch nackte Erde. Die Tür selbst ist nicht verschlossen: sie besteht aus Planken, die von einer Z-förmigen Verstrebung zusammengehalten werden. Scheint genauso alt zu sein wie die Scheune – sieht jedenfalls so aus. Originalausstattung. Und dahinter ist der Schuppen, den mir die Beasely beschrieben hat. Reicht bis zu den Dachsparren. Grundfläche etwa einsachtzig mal einszwanzig. Ich hab's abgeschritten. Liegt ein Haufen alter Kram drin. Der Rasenmäher, Gartengeräte, ein großer Benzinkanister, eine Werkzeugkiste mit Inhalt, das meiste verrostet. Rohrenden, ein alter, gesprungener Spülstein. Lauter Gerümpel.»

«Lehmboden?»

«Nein, Dielenbretter, aber direkt auf der Erde. Kein Keller oder Fundament. Ich hab den Schraubenzieher durch eine Spalte gesteckt und nachgefühlt. Nichts als Erde.»

«Und das ist alles?» fragte Delaney. «Nur dieser Geräteschuppen?»

«Nein.» Boone sah den Chief vielsagend an. «Da ist noch was. Nämlich eine alte Persenning an der Rückwand, an ein paar Nägeln aufgehängt. Wie zum Trocknen. Und hinter dieser Persenning ist eine Tür.»

«Eine Tür.» Delaneys Nicken verriet Befriedigung. «Hinter der Persenning – also verborgen.»

«Richtig», sagte Boone. «Eine neue Tür. Eine sehr solide Tür, würde ich sagen. Kein Spanholz. Die Scharniere sind auf der anderen Seite.»

«Verschlossen?»

«Und wie! Mit einem Kombinationsschloß. Kein Knauf, kein Türgriff. Nur das Schloß. Das muß man öffnen, dann geht die Tür auf.»

«Aber das ist Ihnen nicht gelungen?»

«Nein, nichts zu machen. Jedenfalls nicht mit Schraubenzieher und Zange. Ich nahm an, Sie wollten nicht, daß ich die Tür mit dem Brecheisen aufmache?»

«Da haben Sie richtig gedacht. Ahnen Sie, was hinter der verschlossenen Tür ist?»

«Nein, Sir. Die Tür hat keine Ritzen. Nichts zu sehen. Ich hab die Persenning hingehängt, wie sie war, kam raus und schloß die Außentür. Und jetzt passen Sie auf . . . ich geh hinten um die Scheune rum, seh mich um. Hoch oben, direkt unterm Giebel, ist ein kleines Fenster. Mit Brettern vernagelt. Vier, fünf Meter vom Boden aus, würde ich sagen. Keine Möglichkeit, raufzukommen. Aber selbst, wenn ich eine Leiter gehabt hätte – es war richtig vernagelt. Dicke Bretter, kreuz und quer. Tja, und während ich dastehe und raufsehe, höre ich plötzlich ein Klicken und dann ein leises Summen.»

Delaney starrte Boone an. «Was könnte denn das sein?» fragte er.

«Genau das habe ich mich auch gefragt. Folglich ging ich noch mal rein, zog die Persenning wieder zur Seite und legte das Ohr an die Tür. Jetzt konnte ich es noch besser hören: ein tiefes, stetiges Summen. Wie ein Motor.»

«Kaum zu glauben», sagte der Chief und überlegte.

«Was meinen Sie, wie mir zumute war?» fragte Boone. «Zuerst dachte ich, ich bilde mir das bloß ein. Aber dann kam wieder dieses Klicken, und das Summen hörte auf. Wie vorher. Und da wußte ich, was es war: eine Klimaanlage.»

«Himmelherrgott noch mal!» entfuhr es Delaney.

«Konnte gar nichts anderes sein. Eine Klimaanlage mit Thermostat. Wird die Temperatur drinnen zu hoch, springt sie automatisch an. Ich also wieder nach draußen, um nachzusehen, ob ich irgendwo die Belüftung von diesem verdammten Ding entdecke. Deshalb hat es so lange gedauert. Endlich habe ich sie gefunden. Vor dem Fundament befindet sich ein Loch im Boden, damit das Wasser aus der Regenrinne ablaufen kann. Eine Art Sickergrube, mit Kieseln gefüllt. Alt, alt, alt. Und in dem Loch befindet sich der Filter für den Luftansauger. Unter dem Bodenniveau, aber es kommt Luft ran. Sauber gemacht. Wenn Kondenswasser rauströpfelt – wer soll's schon merken? Man würde diese Belüftungsanlage überhaupt nie entdecken, wenn man nicht eigens danach suchte.»

«Eine Klimaanlage», sagte Delaney und schüttelte den Kopf. «Was zum Teufel mögen die bloß da drin haben – einen Fleischmarkt? Haufenweise Schinken und Rinderhälften?»

«Wer will das wissen, verdammt noch mal?» sagte Boone müde.

«Einen Durchsuchungsbefehl kriegen wir dafür nie», erklärte Delaney.

«Ganz Ihrer Meinung, Sir, nichts zu machen», stimmte der Sergeant zu.

«Meinen Sie, Sie könnten das Schloß mit einem Dietrich aufkriegen?»

«Ich könnt's ja mal versuchen. Wird uns wohl nichts anderes übrigbleiben, oder?»

«Wohl nicht», bestätigte Delaney. «Es bleibt uns keine Wahl.»

Auf dem Rückweg hielten sie an einer Tankstelle, wo Boone sich wusch und versuchte, einen Fleck aus seiner Hose zu entfernen, was ihm aber nicht gelang. Dann setzte er sich ans Steuer, und ohne mehr als ein halbes Dutzend Worte zu tauschen, fuhren sie zurück nach Manhattan; beide dachten angestrengt nach. Einmal sagte Delaney: «Er mußte ja was tun», doch als Boone nicht darauf einging, sagte auch der Chief nichts mehr.

Monica war nicht daheim, als sie bei Delaneys anlangten. Der Chief kramte im Kühlschrank und stellte Brot, Senf, Aufschnitt, Käse, ein Glas Dillgurken und eine Zwiebel auf den Tisch. Er und Boone strichen Brote und trugen sie ins Arbeitszimmer; keine Teller, nichts, was gespült werden mußte, nur Gabeln und Messer. Der Chief nahm eine Dose Bier, Boone eine Flasche Tonic Water. Auf Gläser verzichteten sie.

Sie kauten bedächtig und schwiegen; ihre Gedanken arbeiteten immer noch; sie starrten blicklos vor sich hin.

Als Delaney sein zweites Sandwich in Angriff nahm – Salami und Zwiebel auf Pumpernickel –, riß er ein Blatt von seinem Schmierblock, schob es Boone hin und legte einen Bleistift daneben. «Schreiben Sie mal auf, was Sie für die drei größten Fragezeichen im ganzen Fall halten. Ich meine, neben der Hauptfrage: wer Maitland ermordet hat. Die drei Dinge, die Ihnen am meisten Kopfzerbrechen bereiten. Ich werde das gleiche tun. Dann vergleichen wir und stellen fest, ob unsere Gedanken in dieselbe Richtung gehen.»

«Nur drei Fragen?» fragte Boone. «Mir fallen Hunderte ein.»

«Nur drei», sagte Delaney. «Die drei, die Sie für die wichtigsten halten. Speziell jetzt.»

«Einverstanden», sagte der Sergeant und nahm den Bleistift zur Hand, während Delaney seinen Kugelschreiber aufschraubte.

Delaneys Fragen lauteten folgendermaßen:

1. Warum wurden in Maitlands Atelier keine Bilder gefunden?
2. Woher soll das große Geld kommen, mit dem Dora und Emily Maitland rechnen?
3. Warum hat Victor Maitland, obwohl er wußte, daß er bald sterben mußte, weder seinen Lebensstil geändert, noch irgendwelche besonderen Vorkehrungen getroffen?

Delaney sah auf, doch Boone starrte ins Leere und überlegte noch. Daher widmete der Chief sich weiter seinem Sandwich, während der Sergeant schrieb. Endlich war er fertig. Sie tauschten ihre Listen aus, und Delaney las:

1. Was befindet sich in Maitlands Scheune?
2. Warum hat Maitland nicht zum Lebensunterhalt seiner Mutter und Schwester beigetragen?
3. Warum richteten Victor Maitland und Saul Geltman es bei ihren Besuchen in Nyack immer so ein, daß Martha Beasely sie nicht sah?

«Himmel», sagte Boone entsetzt, «wir denken nicht annähernd in dieselbe Richtung.»

Delaney starrte den Sergeanten an. Dann nahm er seine eigene Liste, legte sie neben Boones und las beide noch einmal durch.

«O doch», sagte er leise, «wir sind beide auf derselben Spur. Und zwar mehr, als Sie meinen. Sehen Sie mal her . . .»

Er nahm eine Schere aus der obersten Schreibtischschublade, schnitt das nicht beschriebene Papier von seinem und Boones Zettel ab und warf es säuberlich in den Papierkorb unter seinem Schreibtisch. Dann schnippelte er jede Liste ordentlich in drei Streifen. Jetzt lagen da sechs Papierstreifen, sechs einzelne Fragen. Die legte er nun untereinander und schob sie hin und her.

Interessiert trat Boone hinter Delaney und beugte sich über dessen Schulter. Er beobachtete, wie der Chief die sechs Fragen in verschiedener Reihenfolge ordnete. Zuletzt ergab sich eine, die ihm offenbar gefiel, denn er lehnte sich zurück und starrte darauf.

«Nun?» fragte er Boone, ohne ihn anzusehen.

Der Sergeant schüttelte den Kopf.

«Ich kapier das immer noch nicht.»

«Dann lesen Sie doch noch einmal», drängte der Chief.

Jetzt sah die Liste so aus:

1. Warum hat Maitland nicht zum Lebensunterhalt seiner Mutter und Schwester beigetragen?
2. Warum hat Victor Maitland, obwohl er wußte, daß er bald sterben mußte, weder seinen Lebensstil geändert, noch irgendwelche besonderen Vorkehrungen getroffen?
3. Warum wurden in Maitlands Atelier keine Bilder gefunden?
4. Warum richteten Victor Maitland und Saul Geltman es bei ihren Besuchen in Nyack immer so ein, daß Martha Beasely sie nicht sah?
5. Woher soll das große Geld kommen, mit dem Dora und Emily Maitland rechnen?
6. Was befindet sich in Maitlands Scheune?

Boone richtete sich auf. Er legte die Hände auf die Hüften, beugte sich hintenüber, bis seine Wirbelsäule knackte, streckte sich und holte tief Atem.

«Chief», sagte er, «denken Sie dasselbe, was ich denke?»

«Selbstverständlich.» Delaney bemühte sich, seine Erregung zu unterdrücken. «Ich muß jetzt ein paar Anrufe erledigen . . . Sie setzen sich hin. Oder machen sich noch ein Sandwich. Oder machen eine zweite Flasche . . . nein, warten Sie. Sie können was erledigen, während ich telefoniere.»

Er trat an sein Bücherregal, holte den großen Kunstband mit den Werken Victor Maitlands heraus, das Buch, das Boone ihm geliehen hatte. Er zeigte dem Sergeant das Werkverzeichnis.

«Dieses Buch ist vor fünf, sechs Monaten veröffentlicht und wahrscheinlich ein halbes Jahr vorher geschrieben worden. Deshalb wird das Werkverzeichnis nicht auf dem letzten Stand sein. Aber es sollte uns trotzdem sagen, ob wir auf der richtigen Spur sind.»

«Sie wollen wissen, wie viele Bilder Victor Maitland so im Jahr gemalt hat, stimmt's?» fragte Boone.

«Stimmt.» Am liebsten hätte Delaney dem Sergeanten auf die Schulter geklopft, verkniff es sich jedoch. «Das Verzeichnis beginnt vor zwanzig Jahren, als Maitland anfing, sich gut zu verkaufen. Sie zählen die Bilder pro Jahr, und ich rufe inzwischen Jake Dukker an.»

Zwar erreichte er ohne weiteres Dukkers Atelier, doch hieß es, der Künstler sei bei einer Aufnahme und könne nicht an den Apparat kommen.

«Was macht er denn gerade – schießt er pornographische Bilder?» fragte Delaney. «Sagen Sie unserem lieben Jakieboy, Edward X. Delaney von der New Yorker Polizei ist am Apparat, und wenn er nicht seine Pluderhosen schnellstens ans Telefon schiebt, kommt ein Mann in blauer Uniform rauf und macht ihm Beine. – Oh, guten Tag, Mr. Dukker. Verzeihen Sie die Störung, aber ich weiß, wie gern Sie uns helfen. Diesmal ist es eine ganz kurze Frage: Wie lange brauchte Victor Maitland gewöhnlich für ein Bild?»

Boone hörte auf zu zählen, hob den Kopf und lauschte dem Gespräch.

«Ich weiß, ich weiß . . . Hören Sie, Sie haben uns gesagt, er war ein schneller Arbeiter, Belle Sarazen hat uns gesagt, er war ein schneller Arbeiter, Saul Geltman hat uns gesagt, er war ein schneller Arbeiter. Na schön, wie schnell? – Mhm . . . Verstehe . . . Und wenn er es besonders eilig hatte? . . . Ja . . . Ich verstehe . . . Aber im Durchschnitt, was würden Sie sagen? . . . Ja . . . Das würde also bedeuten, mindesten fünfzig pro Jahr? . . . Ja . . . Nein, Sie sollen keinen Eid drauf schwören; nur zu meiner eigenen Information . . . Und Sie sind schneller?» Delaney zwinkerte Boone zu, der interessiert zuhörte. «Ich verstehe vollkommen, Mr. Dukker. Haben Sie vielen Dank für Ihre Hilfsbereitschaft.»

Er legte auf, machte sich rasch einige Notizen auf seinem Block und sprach gleichzeitig zu Boone.

«Er sagt, das hängt vom Künstler ab. Manche bringen es fertig, ein ganzes Jahr an einer einzigen Leinwand zu arbeiten. Maitland hat schnell gearbeitet, wie ja alle behaupten. Zwanzig oder dreißig pro Jahr. Mit Leichtigkeit. Eins pro Woche, wenn er's eilig hatte. Vielleicht sogar mehr, sagt Dukker. Er ließ nicht mal die verschiedenen Farbschichten richtig trocknen, wie sich's gehört. Jakieboy sagt, Maitland hätte, wenn's sein mußte, über Nacht ein ganzes Bild gemalt; aber gehen wir mal von einem Durchschnitt von einem Bild pro Woche aus; wir wollen's schließlich nicht übertreiben. Wie sieht's denn bei Ihnen aus?»

«Ich brauche noch ein paar Minuten», sagte Boone. «Sieht aber gut aus.»

Delaney wartete geduldig, während der Sergeant die Anzahl der bekannten Bilder zählte, die der Künstler jedes Jahr gemalt hatte. Schließlich schob er das Buch fort und studierte seine Liste.

«Folgendermaßen sieht es aus: Zu dem Zeitpunkt, wo die Liste anfängt, malte er etwa zwanzig pro Jahr, dann dreißig, dann mehr und mehr, bis es schließlich um die fünfzig pro Jahr wurden. Im Schnitt. Dann, vor fünf Jahren etwa . . .»

«Als er erfährt, daß er nicht mehr so lange zu leben hat . . .»

«Richtig. Vor ungefähr fünf Jahren sinkt die Produktion auf zwölf, zehn, vierzehn, elf Bilder pro Jahr. Sie fiel also rapide ab.»

«Das kann man mir nicht weismachen», sagte der Chief. «Im Gegenteil, da fing er an, intensiver und noch schneller zu arbeiten. Er hat in den letzten fünf Jahren mindestens fünfzig Bilder pro Jahr gemalt; und wenn Sie davon die Anzahl der bekannten Bilder abziehen, die ja in diesem Buch aufgeführt sind – wie viele Bilder lassen sich dann nicht nachweisen?»

«Rund zweihundert», sagte Boone und starrte auf seine Liste. «Himmelherrgott – zweihundert Bilder fehlen!»

«Was heißt hier, fehlen! Die sind in der Maitlandschen Scheune. Damit erklärt sich doch die Klimaanlage, oder?»

«Gut, diesen Teil will ich Ihnen gern glauben, aber sagen Sie mir: warum?»

Delaney griff nach dem Telefonbuch.

«Ich werde jetzt die Auskunft der Steuerbehörde anrufen», sagte er zu Boone. «Sie gehen an den Apparat in der Diele und hören mit. Ich möchte die Unterhaltung nicht wiederholen müssen. Wahrscheinlich wird sie ziemlich lange dauern.»

Boone nahm sein zweites Sandwich sowie den Rest seines Tonic Waters mit in die Diele. Delaney wählte die Auskunft der Steuerbehörde, wo eine Bandaufnahme ihm sagte, alle Leitungen der Auskunft seien besetzt «. . . bitte warten». Er legte auf, wählte noch einmal und erhielt denselben Bescheid. Nahezu fünf Minuten hielt er den Hörer ans Ohr, dann endlich ließ sich eine knurrende Stimme vernehmen: «Auskunft. Womit kann ich Ihnen dienen?»

«Ich hätte gern eine Auskunft bezüglich der Schenkungssteuer», sagte der Chief.

«Was möchten Sie wissen?» knurrte die Stimme.

«Wieviel kann ich Verwandten oder sonstwem schenken, ohne Steuern darauf zu bezahlen?»

«Jeder Bürger kann jedes Jahr dreitausend Dollar an so viele Leute verschenken, wie er will.»

«Der Schenker braucht darauf keine Steuern zu bezahlen und der Beschenkte auch nicht?»

«Richtig», sagte der Knurrhahn.

«Hören Sie», sagte Delaney, «das wäre also Geld – Bargeld. Wie steht es mit Sachwerten, sagen wir etwa: Sterling-Silber, Antiquitäten, Briefmarken, Münzen, Gemälde – solche Dinge?»

«Dafür gilt das gleiche. Der Wert der jährlichen Geschenke darf dreitausend Dollar nicht überschreiten, wenn er steuerfrei bleiben soll.»

Delaneys Interesse wurde wach. Wie die meisten Polizeibeamten reizte ihn die Frage, ob man an diesem System drehen könnte.

«Mal angenommen, ich verkaufe etwas an einen Verwandten oder Freund», fragte er, «sagen wir, für hundert Dollar. In Wirklichkeit ist es aber fünftausend Dollar wert. Was passiert dann?»

«Dann sitzen Sie in der Tinte», knurrte die Stimme. «Sofern wir dahinterkommen. Geschenke *jeder* Art – Antiquitäten, Briefmarken, Münzen, Gemälde, was Sie wollen – werden nach dem Verkehrswert zur Schenkungszeit geschätzt. Wir beschäftigen dafür vereidigte Schätzer. Wenn der Schätzwert den angegebenen Wert merklich übersteigt, muß die Person, die den Kauf tätigt, Steuern für alles bezahlen, was über dreitausend Dollar hinausgeht.»

«Sofern Sie dahinterkommen», warf Delaney ein.

«Sofern wir dahinterkommen – richtig», bestätigte der Knurrhahn. «Wenn Sie riskieren wollen, daß man Sie wegen Steuerhinterziehung beim Schlafittchen kriegt, nur zu, tun Sie, was Sie nicht lassen können.»

«Gestatten Sie, daß ich Ihnen noch eine Frage stelle?» fragte Delaney.

«Nur zu! Ihre Fragen sind interessanter als die meisten, die ich zu hören bekomme.»

«Ich möchte Ihnen ein Beispiel geben: Angenommen, mir gehören zehn Morgen Land. Nun liegt der Verkehrswert des Landes bei dreitausend Dollar, und ich überschreibe das Land auf meinen Sohn. Dagegen ist nichts einzuwenden, oder?»

«Sofern das Land tatsächlich nur dreitausend Dollar wert ist, nein. Das würde voraussetzen, daß umliegendes Land, ähnliche Liegenschaften denselben Preis erbringen. Dann wäre es in der Tat ein steuerfreies Geschenk, gegen das rechtlich nichts einzuwenden ist.»

«Gut, gehen wir davon aus, es ist nichts dagegen einzuwenden, und ich habe Beweise, daß diese zehn Morgen dreitausend Dollar wert sind. Sie stellen ein Geschenk dar, das ich meinem Sohn mache. Steuern sind nicht zu entrichten. Aber dann, zehn, fünfzehn oder zwanzig Jahre später, wird Öl auf diesem Land entdeckt, und plötzlich ist es eine Million Dollar wert. Was dann? Wäre es dann immer noch ein rechtlich einwandfreies Geschenk?»

Am anderen Ende der Leitung herrschte Schweigen. Dann:

«Das ist eine gute Frage. Die wird mir zum erstenmal vorgelegt. Ich muß zugeben, daß die Steuergesetze bei Schenkungen ziemlich undurchsichtig sind. Wir wissen, daß eine Menge Leute die Steuer ganz schön prellen und damit durchkommen. Wir können auch gar nichts dagegen machen, vor allem, weil wir nie was davon hören. Aber um auf Ihre Frage zurückzukommen . . . Sie überschreiben Ihrem Sohn Land, das Rechtens dreitausend Dollar wert ist. Richtig?»

«Richtig.»

«Dann, Jahre später, wird Öl auf diesem Land entdeckt, was den Wert beträchtlich steigert. Hab ich Sie richtig verstanden?»

«Jawohl, richtig.»

«Dann hat Ihr Sohn eben Glück. So jedenfalls lege ich die Verordnungen aus. Ich kann mich irren, glaube es aber nicht. Denn als Sie das Land Ihrem Sohn überschrieben, wußten Sie ja nicht, daß Sie auf Öl saßen, nicht wahr?»

«Nein, das wußte ich nicht.»

«Kein Schmuh, nichts? Kein Stück Land in der Nähe, auf dem Öl gefördert wurde?»

«Nein, nichts.»

«Dann, wie gesagt, ist Ihr Sohn ein Glückspilz. Das Geschenk ist legitim. Wir bekommen dann unseren Anteil vom Verkauf des Öls.»

«Haben Sie vielen Dank», sagte Delaney.

«Ich danke *Ihnen*», knurrte die Stimme. «Das war endlich mal was anderes als immer bloß alte Damen, die wissen wollen, ob sie die Kosten des Hundefutters für ihre Pudel von den Steuern abziehen können.»

Delaney legte auf. Boone kam von der Diele hereinmarschiert. Er hatte die Stirn gerunzelt.

«Also Steuerhinterziehung, nicht wahr?» fragte er.

«So sehe ich das jedenfalls.» Delaney nickte. «Setzen Sie sich. Machen Sie sich's gemütlich. Ich will Ihnen erzählen, wie so was läuft. Vieles ist zwar noch unklar, aber ich glaube, es kommt hin.»

Delaney lehnte sich auf seinem Drehstuhl zurück. Er zündete eine Zigarre an, verschränkte die Hände hinterm Kopf und starrte zur Decke. Zigaretten und Streichhölzer auf dem Schoß, ließ Boone sich in den Klubsessel mit dem rissigen Lederbezug sinken.

«Na schön», sagte der Chief, «dann mal los . . . Unterbrechen Sie mich, sobald Sie meinen, daß meine Phantasie mit mir durchgeht oder Sie etwas zu ergänzen haben.

Versetzen wir uns mal sechs Jahre zurück. Die Sachen, die Victor Maitland malt, fangen an, wirklich hohe Preise zu erzielen, und er schafft so an die fünfzig Bilder pro Jahr. Zwar ist das nur eine Mutmaßung von mir, aber ich glaube, Geltman wird ein bißchen nervös. Gewiß, er verdient einen Haufen Geld an Maitland, aber vielleicht hat der Händler Angst, daß der Künstler zu schnell zu viele Bilder malt. Erinnern Sie sich, daß Geltman einmal sagte, das knappe Angebot hält den Preis für Bilder hoch? Aber lassen wir das im Augenblick mal beiseite. Vor sechs Jahren hängt der Himmel für Maitland jedenfalls voller Geigen.

Dann eröffnet Dr. Horowitz ihm plötzlich, daß er sterben muß. Daß er vielleicht nur noch drei Jahre zu leben hat. Wamm, pamm, bäng! Laut Horowitz hat Maitland gelacht, aber mir kann keiner weismachen, daß eine solche Nachricht einen Menschen nicht in den Grundfesten trifft. Maitlands erste Reaktion ist, daß er jetzt härter und schneller arbeiten muß, solange ihm noch Zeit bleibt. Schließlich ist er wirklich ein besessener Künstler, und er will alles wissen, alles haben und auf der Leinwand darstellen. Doch dann kommen ihm Bedenken – härter und schneller arbeiten, für wen? Fürs Finanzamt? Schon jetzt bezahlt er saftige Steuern, und wenn er noch mehr arbeitet und noch mehr verkauft, muß er noch mehr berappen. Soll er seine Bilder aufheben, damit er seinen Erben was hinterlassen kann? Dann fordern das Finanzamt und der Staat New York eine enorme Erbschaftssteuer.»

«Lieutenant Wolfe hat uns erzählt, wie Maitland das gegen den Strich gegangen ist», bemerkte Boone.

«Richtig. Also geht Maitland zu Geltman und erzählt ihm von seinem Problem, und Geltman bringt ihn mit J. Julian Simon zusammen. Ich nehme an, es war der Anwalt, der diesen abgefeimten Plan ausgeheckt hat. Das ganze riecht doch förmlich nach faulen Tricks. Denn immerhin riskieren sie Steuerhinterziehung, und das ist ein Verstoß gegen Bundesgesetze, der auch vom Bund mit schweren Strafen geahndet wird. Aber Simon tüftelt Mittel und Wege aus, die das Risiko praktisch auf ein Nichts reduzieren.»

«Und wer trägt den Nutzen davon?» fragte der Sergeant.

«Cui bono?» Der Chief lächelte. «Das habe ich mich schon vor langer Zeit gefragt, ohne eine Antwort darauf zu finden. Maitland wollte, daß seine Mutter und seine Schwester den Nutzen davon hätten. Vielleicht hatte er ihnen vorher wirklich nie was zukommen lassen. Vielleicht hin und wieder Almosen. Jedenfalls weiß er, daß sie nur so grade über die Runden kommen und daß das alte Maitland-Anwesen in Nyack immer mehr verkommt. Jetzt, wo er weiß, daß er bald sterben muß, befallen ihn Schuldgefühle. Er möchte, daß seine Mutter und seine Schwester wirklich etwas davon haben und das Finanzamt sich die Nase wischt; mit der Einkommenssteuer rupfen sie ihn ja ganz schön. So muß Maitland sich das meiner Meinung nach gedacht haben.»

«Und was ist mit seiner Frau und seinem Sohn?»

«Laß sie betteln gehn, wenn sie hungrig sind, hat Maitland vermutlich gedacht, und so etwa wird er sich Geltman gegenüber ausgedrückt haben: Die können mich mal! Die Frau hat eigenes Vermögen, immerhin zwanzigtausend im Jahr, nicht wahr? Hungern wird sie also nicht. Außerdem denkt Victor wohl, daß er genug Geld und Bilder in der Galerie Geltman hinterläßt, um seinem Sohn einen guten Start zu geben. Der Junge bekommt nach Abzug der Steuern immerhin die Hälfte des Erbes. Nein, den großen Schnitt sollen nach Maitlands Willen die Mutter und die Schwester machen.»

«Dann hängen also Dora und Emily mit drin?»

«Das geht doch gar nicht anders; schließlich ist es ihre Scheune, die als Lager oder Archiv benutzt wird. Ich nehme an, sie haben darunter gelitten, daß Victor sterben mußte und so – und vielleicht hat Dora deshalb zur Flasche gegriffen –, was sie jedoch tröstete, das waren die schönen Bilder, die sich in der Scheune stapelten. Ihr Erbteil. Meiner Meinung nach haben sie es sich folgendermaßen gedacht:

Nehmen wir mal an, Maitland malte, nachdem er von seiner tödlichen Krankheit erfahren hatte, rund fünfzig Bilder pro Jahr. Zehn oder fünfzehn davon gingen an Geltman und sollten normal verkauft werden. Auf diese Weise wurden die Maitlands künstlich verknappt, und der Preis für seine Bilder kletterte in die Höhe. Die anderen fünfundzwanzig Bilder oder mehr wurden in die Scheune gebracht, von Maitland oder Geltman, und zwar wenn die Beasely nicht da war und also auch nicht sah, wie sie den Kombiwagen entluden.»

«Und wenn Dora und Emily zum Mittag- oder Abendessen nach New York kamen», sagte Boone, «nahmen sie in ihrem Mercedes Bilder mit zurück.»

«Richtig.» Delaney nickte. «Und wenn das Finanzamt jemals dahinterkommen sollte, würden Dora und Emily und Saul Geltman behaupten, diese Bilder seien schon vor zwanzig Jahren gemalt worden, als ein Maitland noch hundert Dollar kostete. Der Stil des Malers hat sich nie so sehr geändert, daß das irgendwem aufgefallen wäre. Und Sie haben ja gehört, was der Mann vom Finanzamt am Telefon sagte. Vor zwanzig Jahren, als seine Bilder hundert Dollar pro Stück brachten, konnte Maitland seiner Mutter dreißig Bilder pro Jahr schenken und seiner Schwester noch mal dreißig und blieb damit immer noch im Rahmen der gesetzlich erlaubten dreitausend Dollar. Wie soll das Finanzamt beweisen, daß die Bilder 1978 gemalt wurden, als ein Maitland für hunderttausend und mehr wegging?»

«Sie müßten sich an ein Verzeichnis halten», sagte Boone bedächtig. «Eine Art Hauptbuch, wie Geltman es uns für die legitim verkauften Bilder zeigte.»

Delaney wies mit dem Finger auf ihn.

«Richtig», sagte er. «Genau das ist es. Doppelte Buchführung.

Der Kunsthändler hat bestimmt ein illustriertes Verzeichnis, aus dem hervorgeht, daß die Bilder um 1958 herum entstanden sind und Dora oder Emily geschenkt wurden. Alles natürlich genauso faul wie ein Dreidollar-Schein, aber das Finanzamt würde es verdammt schwer haben, das zu beweisen.»

«Aber warum hat Victor seiner Mutter und Emily nicht wenigstens erlaubt, ein paar von den Bildern noch zu seinen Lebzeiten verkaufen zu lassen? Da hätten sie zwar Steuern auf ihren Gewinn zahlen müssen, aber sie hätten anfangen können, ihr Haus zu renovieren.»

«Weil Geltman sie davon überzeugte, daß die Preise für Bilder von Maitland steigen und steigen würden; je länger sie die zurückhielten, um so mehr würden sie später dafür bekommen. Und nach Maitlands Tod würden die Preise raketenhaft steigen – genauso, wie es dann ja auch gekommen ist. J. Julian Simon und Saul Geltman haben das ganze sehr, sehr sorgfältig geplant. Und zur Belohnung hat Geltman, wie ich annehme, ein Arrangement mit Dora und Emily getroffen. Nach Victor Maitlands Tod sollten die eingelagerten Bilder nach und nach verkauft werden, zehn oder zwanzig pro Jahr, damit der Preis oben blieb. Um den Verkauf würde sich Geltman kümmern, alles völlig legitim abwickeln, und dafür so um die fünfzig Prozent kassieren.»

«Von denen er wiederum J. Julian Simon einen Anteil geben mußte, weil der das ganze ausgetüftelt hatte.»

«Genauso stelle ich es mir vor.»

«Es kann gar nicht anders sein», bekräftigte Boone.

«Gewiß», sagte Delaney. «Bleibt nur noch die Frage: Wer hat Victor Maitland erstochen?»

16

Jason T. Jason fühlte sich endlich als Kriminalist, wenngleich er nicht den Rang eines Kriminalbeamten hatte. Wie die meisten jungen Männer und Frauen, die zur Polizei gehen, hatte er geglaubt, Polizeiarbeit bestünde vor allem darin, in Zivil Ermittlungen anzustellen und Straftaten, vor allem Morde, aufzuklären. Drei Jahre Streifendienst hatten diesen Wunschtraum korrigiert, jedoch nicht ganz ausgelöscht. Und jetzt wurde er wahr.

Auf Vorschlag von Sergeant Boone und mit Hilfe seiner Frau verwandelte Jason sich in eine jener Typen, denen man in den ärmeren Vierteln häufig begegnet. Zu einem alten braunen Schlapphut, in dessen einseitig hochgeklappter breiter Krempe eine Feder steckte, die von einem klotzigen Schmuckstein aus Glas gehalten wurde, trug er ein lila Rüschenhemd, das bis zum Nabel offenstand, eine fransenbesetzte Lederjacke, und um den Hals an einer Holzperlenkette ein enormes Silbermedaillon. Seine hautengen Jeans bestanden aus schwarzschimmerndem, lederähnlichem Stoff, und seine gelben Stiefel hatten Plateausohlen mit zwölf Zentimeter hohen Absätzen.

Seine Frau behauptete, in dieser Verkleidung sehe Jason T. Jason aus wie der König der Zuhälter von New York, und er mußte versprechen, beim Verlassen ihres Hauses in Hicksville, Long Island, einen Regenmantel überzuziehen. Die beiden Söhne gerieten über seine Aufmachung völlig aus dem Häuschen, und er mußte sie mehrmals kräftig anbrüllen, ehe sie aufhörten zu grölen: «Hey, Ma, der Superhengst ist da!»

Jason T. Jason genoß jeden Augenblick seines neuen Dienstes. Er mochte Menschen, fand es leicht, mit ihnen ins Gespräch zu kommen und sich mit ihren Problemen zu beschäftigen. Er hatte keinerlei Hemmungen, was seine enorme Größe betraf, und merkte bald, daß viele Leute, vielleicht gerade deswegen, es gern hatten, wenn man sie mit ihm reden oder trinken sah. Sie fühlten sich geehrt, als wären sie mit einer Berühmtheit zusammen.

Er machte zwar einen Zwölfstundentag aus diesem neuen Job, manchmal sogar noch mehr, doch seine Frau Juanita fand ebenfalls, er solle am Ball bleiben. Immerhin war es eine Gelegenheit, für die jeder Streifenpolizist mit Freude sein linkes Ei hergegeben hätte, und wenn Jason dazu beitrug, den Fall zu klären, sprang mindestens eine öffentliche Belobigung für ihn heraus, womöglich gar eine außerplanmäßige Beförderung.

Er hatte die übliche Ausbildung an der Polizeischule genossen und dann in drei Jahren Streifendienst eine Menge Erfahrungen gesammelt, doch auf diese neue Aufgabe hatte seine Ausbildung ihn nicht vorbereitet. Er sagte zu Juanita, wahrscheinlich würde er alles verpatzen, wenn nicht Boone ihm mit Rat und Tat zur Seite stünde. Der Sergeant brachte ihm bei, was ihm fehlte.

So erklärte Boone ihm zum Beispiel, wie man den Namen von jemand herausbekommt, den man beschattet. Man sieht zum Beispiel, wie der Mann sich mit einem anderen unterhält und nach einer Weile weitergeht; man macht sich an den anderen heran, zieht aber nicht etwa die Dienstmarke und fragt ihn rundheraus: «Wie heißt der Mann, mit dem du da grade geredet hast?», denn dann könnte man ziemlich sicher sein, daß der Angeredete einem komisch kommt oder schwindelt. Tritt man jedoch lächelnd auf ihn zu und sagt: «Hey, Mann, war das nicht Billy Smith, mit dem du da grade gequatscht hast?», stünden die Chancen ziemlich gut, daß der Bursche antwortet: «Billy Smith? Nix da, das war Jack Jones.»

Ähnlich, so erklärte Boone, müsse man es in Kneipen machen. Keinesfalls solle er hineinmarschieren, beim Bartender mit seiner Dienstmarke rumfuchteln, ihm die Zeichnung der spanisch sprechenden Frau unter die Nase halten und barsch fragen: «Hast du diese Frau schon mal gesehen?» Selbst wenn der Bartender sie erkenne, werde er bei einer solchen Annäherung zuschnappen wie eine Auster.

Weit besser sei es, riet der Sergeant, hineinzuschlendern, ein Bier zu bestellen, genüßlich zu trinken und, wenn der Bartender gerade mal nichts zu tun habe, ganz lässig zu fragen: «Hat Mary sich in letzter Zeit hier blicken lassen?» Und wenn der Bartender zurückfragte: «Mary? Ich kenn keine Mary», solle Jason sagen: «Aber klar doch, Mann, die kommt doch dauernd her. Hier, ich hab da 'ne kleine Zeichnung von ihr.» Womöglich schnappe der Bartender trotzdem zu wie eine Auster, vielleicht aber sage er: «Ach, die. Die heißt doch nicht Mary. Die heißt Lucy.» Oder June oder Sue oder sonstwie.

«Man muß verstehen, die Leute einzuwickeln», belehrte Boone den schwarzen Polizisten. «Ein guter Kriminalist kennt tausend Tricks und Schliche, um Leute dazu zu bringen, Dinge zu erzählen oder Dinge zu tun, die sie eigentlich nicht erzählen oder tun wollen. Du mußt die menschliche Natur studieren, mußt wissen, worauf die Leute reagieren. Ich hab immer gefunden, daß man mit Honig mehr Fliegen fängt als mit Essig, aber viele Kollegen sind da ganz anderer Ansicht und kehren gleich den Bullen raus. Du mußt eben rausfinden, was dir mehr liegt und womit du am meisten erreichst.»

Jason sagte zu Juanita, Boones Art liege ihm mehr; es sei ihm unangenehm, Leute einzuschüchtern. Folglich schlenderte er Tag für Tag durch die Straßen der Lower East Side, lächelte breit und redete endlos mit Kneipenwirten und Ladenbesitzern. Manche mochten ahnen, daß er in Wirklichkeit Polizeibeamter war, er wurde aber nie direkt darauf angesprochen. Seine Verkleidung und sein Gehabe waren wohl doch überzeugend, denn einmal, am hellen Mittag auf der Norfolk Street, machte ein hübsches junges Pferdchen, eine Weiße, sich an ihn heran und gestand ihm, sie habe nichts dagegen, in seinem Stall zu arbeiten. Jason erzählte diese Geschichte seiner Frau, weil er meinte, sie würde lachen; sie lachte aber nicht.

Er kam voran, wenn auch langsam. Eines Tages fragte er in einer schmierigen Spelunke in der Forsythe Street – ganz im Stil von Boone – die portorikanische Bedienung beiläufig: «Na, hat sich Mary in letzter Zeit mal wieder blicken lassen?» Tatsächlich funktionierte es wie gewünscht: die Bedienung identifizierte die ältere Frau als eine «Mama Perez», Vorname unbekannt, die gelegentlich mit dem jungen Mädchen auf dem zweiten Bild hereinschaute. Dieses Mädchen galt als Mamas Nichte Dolores, Nachname unbekannt.

Sergeant Boone ließ «Mama Perez» durch den Computer laufen – ohne Ergebnis. Allein im Telefonbuch von Manhattan gab es über siebenhundertfünfzig Anschlüsse auf den Namen Perez, und die wollte man erst unter die Lupe nehmen, wenn es wirklich nicht anders ging.

Folglich drehte Jason T. Jason weiter seine täglichen Runden und wurde in der Gegend Orchard, Rivington und Delancey Street zu einer vertrauten Erscheinung. Jetzt konnte er immerhin schon fragen: «Hast du letzthin Mama Perez gesehen?» Im Westen dehnte er sein Revier bis zur Bowery aus und im Osten bis an den Roosevelt Drive. Manchmal arbeitete er nachts und in den frühen Morgenstunden und wagte sich in gefährliche Winkel vor. Doch wurde er nie überfallen – vielleicht wegen seiner Größe. Eines Nachts traf er unter der Williamsburg Bridge auf vier Schlägertypen und dachte schon, sie würden sich mit ihm anlegen. Dennoch ging er pfeifend wiegenden Schrittes weiter – wenn auch schwitzend –, und als er wieder in eine Gegend mit Straßenbeleuchtung kam, verkrümelten sie sich.

Das schlimmste Erlebnis hatte er aber nicht mit den *Shtarkers* der Lower East Side, sondern mit Sergeant Boone.

Boone schloß sich Jason manchmal – gewöhnlich nachts – bei seinen Runden an, um ihm noch den einen oder anderen Trick beizubringen. Boone trug ausgelatschte Turnschuhe und alte Khaki-Jeans sowie eine verspeckte Nylonwindjacke. Er hatte keine Socken an, und an seinem Hemd fehlten ein paar Knöpfe. Kein Mensch sah sich nach ihm um.

Jason bemerkte, daß der Sergeant zwar immer ein Bier bestellte, wenn sie zusammen in eine Kneipe gingen, es dann aber einfach stehen und schal werden ließ.

Als es das erste Mal passierte, fragte Jason: «Willst du das nicht?» Boone lächelte mit verkniffenem Mund und sagte: «Heute abend nicht.» Beim dritten- oder viertenmal faßte Jason, der immer gewaltigen Durst hatte, sich ein Herz und fragte: «Was dagegen, wenn ich das austrinke?» Und als Boone nickte, leerte er das Glas auf einen einzigen Zug, ehe sie gingen.

Besagtes Erlebnis hatte Jason, als er und Boone durch etliche Kneipen in der Bowery gezogen waren, wo man schon für fünfundfünfzig Cent einen Doppeldecker bekommt. Die meisten Kunden waren allerdings klug genug, sich an Bier zu halten. Jason und der Sergeant kamen bei der Grand Street aus der Bowery und bewegten sich im Zickzack in östlicher Richtung. Sie bogen in die Eldridge Street ein, wo Jason sein Auto abgestellt hatte. An der Ecke hielt ein Streifenwagen, dessen Blaulicht noch blinkte.

Anscheinend waren zwei alte Wermutbrüder mit abgebrochenen Flaschen aufeinander losgegangen – ungewöhnlich, denn Wermutbrüder besaßen kaum Kraft genug, auch nur den Verschluß von einer Flasche abzuschrauben. Diese beiden hatten sich jedoch gegenseitig zu Hackfleisch verarbeitet – ein ausgeschlagenes Auge lag auf dem Bürgersteig –, und offenbar war einer der beiden bereits tot, während der andere, der aus vielen Schnittwunden blutete, flach und keuchend atmete, was ihm sichtlich schwerer wurde.

Die junge Besatzung des Streifenwagens, die die beiden Streithähne aufgegriffen hatte, war ratlos. Einer hatte über Funk Hilfe angefordert, doch wußte keiner von beiden, wie sie den Blutverlust des Sterbenden aufhalten oder ihn verbinden sollten, es sei denn, sie hätten ihn mit Bandagen umwickelt wie eine Mumie. Blut floß über den Bürgersteig in die Gosse, kein Rinnsal, sondern ein regelrechter Blutstrom. Der süßliche Geruch hing widerlich in der warmen Nachtluft. Boone hatte so etwas seit langer, langer Zeit nicht mehr erlebt, ja, fast vergessen, wie Blut roch.

Plötzlich fing er an zu laufen, und zwar schnell, und Jason mußte die Beine in die Hand nehmen, um ihn einzuholen. Boone stürzte in die erste offene Kneipe und bestellte Schnaps und Bier. Mit geübter Handbewegung kippte er das Glas, spülte mit Bier nach und bestellte noch eines, ehe Jason Zeit hatte, seine massige Gestalt auf einen Barhocker zu hieven.

Oh-ho, dachte der schwarze Polizist. Dabei kommt nichts Gutes raus!

Und so war es auch. Es dauerte keine Stunde, und Boone war so betrunken, daß er sich kaum noch auf den Beinen halten konnte und dummes Zeug redete. Jason hielt sich an eine der Grundregeln, die Boone ihm eingepaukt hatte – «Widersprich nie einem Betrunkenen, einem Verrückten, einem Bewaffneten oder einer Frau» –, stimmte allem zu, was der Sergeant sagte, und versuchte, ihn aus der Kneipe zu locken. Boone wollte nicht, bestand vielmehr darauf, noch eine Lage zu bestellen. Mit der Zeit hörte er auf zu lallen, verfiel in Schweigen, wurde ausgesprochen mürrisch und wankte zum Klosett.

Während er fort war, ging Jason mit sich zu Rate. Mit einer solchen Situation hatte er noch nie fertigwerden müssen. Zwar hatte er sich mit Kollegen selbst schon sternhagelvoll gesoffen und dann auch einen oder mehrere nach Hause gebracht, wobei alle laut grölten und furchtbar angaben. Boone jedoch war ranghöher als Jason, ein Vorgesetzter, und er wußte nicht einmal, wo der Sergeant wohnte. Jason überlegte, ob er Delaney anrufen und um Rat bitten solle, fand dann aber, das sei wohl nicht das richtige. Er wußte nicht, was tun.

Boone blieb beunruhigend lange auf dem Klo, und Jason glaubte schließlich, er müsse dort ohnmächtig geworden sein. Als er nachsah, war Boone keineswegs ohnmächtig, vielmehr hockte er in einer Lache aus Erbrochenem und Urin am Boden, den Rücken gegen die schmutzige Kachelwand gelehnt und war dabei, den Revolverlauf in den Mund zu stecken. Langsam krümmte sein Zeigefinger sich um den Abzug. Jetzt wäre ums Haar Jason T. Jason ohnmächtig geworden.

Er nahm Boone den Revolver aus der Hand und klapste den Sergeanten auf die Wange, um ihn zu sich zu bringen. Nach einer Weile begann Boone zu weinen und schlug die Hände vors Gesicht – sei es, um die Tränen zu verbergen oder um nicht wieder geklapst zu werden. Es gelang Jason mit Mühe, ihn auf die Beine zu bringen und in eine Ecke zu lehnen; dort säuberte er ihn mit Papierhandtüchern, so gut es ging.

Dann beugte Jason sich aus der Hüfte vor und warf sich Boone über die Schulter. Es kostete ihn keine Mühe, sich aufzurichten; er hielt den Sergeant mit einem Arm, trug ihn die Eldridge Street entlang bis zu seinem Wagen. Er hatte die Nachmittagsausgabe der *Post* im Wagen, und breitete sie in kluger Voraussicht über den Rücksitz, ehe er Boone dort hineinverfrachtete. Mittlerweile war der Sergeant vollkommen weggetreten, ein verdrecktes, stinkendes Bündel.

Jason durchsuchte mit den Fingerspitzen die verklebten Taschen und fand Boones Adresse. Er wußte aber nicht, ob der Sergeant verheiratet war. Wenn ja, wollte Jason ihn nicht in diesem Zustand bei seiner Frau abliefern. Seufzend schickte er sich darein, daß er den Betrunkenen einzig bei *seiner* Frau abliefern dürfe. Juanita würde zwar nicht entzückt sein, aber Jason sah keine andere Möglichkeit, und so fuhr er Sergeant Boone nach Hicksville, Long Island.

Juanita war in der Tat nicht glücklich darüber, um diese Zeit einen unerwarteten, übelriechenden sternhagelvollen Gast zu bekommen. Doch nachdem Jason ihr berichtet hatte, was geschehen war, nickte sie ingrimmig und half ihm, Boone auszuziehen, ihn abzuduschen und unter einer Wolldecke auf die Couch zu legen.

Da der Sergeant den Revolverlauf in den Mund genommen hatte, beschloß der Streifenpolizist Jason, bis zum Morgen bei ihm zu sitzen; er fürchtete, Boone könne aufwachen und wieder versuchen, sich etwas anzutun. Doch der Sergeant schlief durch, stöhnte nur und knirschte mit den Zähnen. Als er erwachte, war ihm zwar immer noch übel, doch war er wieder nüchtern. Er blickte um sich und sah Jason.

«Danke», krächzte er und hielt sich den Schädel.

Jason sagte kein Wort. Eine Woche später schickte Boone Mrs. Juanita Jason für etwa fünfzig Dollar Rosen sowie ein schüchternes Entschuldigungs- und Dankschreiben. Und Jasons Söhnen schenkte er Pistolen vom Kaliber 44, aus Plastik, aber wie echt, und man konnte damit Seifenblasen machen.

«Frau und Kinder sollte er haben», sagte Juanita.

Sergeant Boone kam kein einziges Mal wieder zur Lower East Side herunter, um Jason auf seinen Gängen zu begleiten. Dafür telefonierte er jeden Tag mit ihm, hörte sich seine Berichte an, erteilte ihm Ratschläge und sprach ihm Mut zu. Keiner von beiden erwähnte die verhängnisvolle Nacht je mit einem einzigen Wort.

So machte denn Jason seine Runden allein durch alle Kneipen, die auf Boones Liste standen: die Lieblingslokale von Victor Maitland. Während dieser Streifengänge in Zivil schlichtete der schwarze Polizist eine Messerstecherei, nahm einen Handtaschendieb fest und beruhigte eine alte Dame, die überzeugt war, ihre Nachbarin bombardiere sie durch die Wand hindurch mit krebserregenden Strahlen. Abgesehen davon verliefen seine Gänge ereignislos – was ihm sehr erwünscht war. Wenn man ihm Zeit genug ließe, würde er Mama Perez und Dolores finden, davon war er überzeugt. Nur fürchtete er, daß Delaney wegen des ausbleibenden Erfolges die Geduld verlieren und ihn wieder zum Streifendienst in Uniform zurückversetzen könnte.

Er bemühte sich, täglich Zeit und Gebiet seiner Streifzüge zu ändern, und am Freitagabend seiner dritten Woche nahm er sich die Gegend von der Bowery bis zur Essex Street zwischen Canal Street und Delancey vor. Gegen Mitternacht schlenderte er in nördlicher Richtung die Ludlow Street hinauf und kam an einem dunklen Ziegelgebäude vorüber, das aussah wie eine Garage oder ein Lagerhaus. Daneben tat sich eine finstere Gasse auf, die dort, wo das Licht der Straßenlaterne nicht mehr hinkam, in völligem Dunkel lag.

Eine Bewegung erregte seine Aufmerksamkeit. Er ging langsamer, blieb stehen, machte wieder ein paar Schritte. Er sah grellfarbenen Stoff, ein Frauenkleid, und sein Herzklopfen beruhigte sich.

«Hallo, Baby», rief er munter.

Sie trat ein wenig ins Licht.

«'allo, Großer», sagte sie. «Bißchen Spaß?»

Als sie lächelte, sah er einen goldenen Zahn blinken.

17

Sie wendeten viel Zeit auf ihren Plan und noch mehr Zeit auf Diskussionen über seine Notwendigkeit. Während Jason T. Jason in einer Nebengasse der Ludlow Street Mama Perez auftat, fuhren Delaney und Boone nach Nyack und waren sich immer noch nicht ganz darüber einig, ob ihr Vorhaben ratsam sei oder nicht.

«Wir hätten die Beasely schmieren können», sagte Boone. «Damit sie uns steckt, wann Dora und Emily mal nicht zu Hause sind.»

«Denken Sie!» sagte Delaney. «Aber angenommen, Dora und Emily waren an dem Mord beteiligt und es kommt raus, daß wir eine rechtswidrige Durchsuchung vorgenommen haben, sind wir geliefert. Die Sache ist schon riskant genug; wir wären bescheuert, auch noch die Beasely reinzuziehen.»

«Ich bezweifle immer noch, daß es sich lohnt», erklärte Boone voller Unbehagen.

«Lohnen tut sich's, wenn wir etwas finden, was mit dem Mord in Verbindung gebracht werden kann. Im Moment, das geb ich gern zu, gehen wir nur davon aus, daß ein Steuerschwindel vorliegt, und der ist mir im Grund schnuppe. Das geht die Bundesbehörden an, und denen geben wir rechtzeitig einen Tip. Aber Mord hat Vorrang, und ich glaube nun mal nicht, daß diese Steuergeschichte einfach so in der Luft hängt. Ich wette, die hat durchaus damit zu tun, daß Maitland ins Gras beißen mußte. Und außerdem bin ich, ehrlich gesagt, verdammt neugierig; ich wüßte ums Verrecken gern, ob wir mit unseren Überlegungen richtigliegen. Und sehen Sie es doch mal so: selbst wenn Dora und Emily uns dabei erwischen, wie wir uns gewaltsam Zugang zur Scheune verschaffen, werden sie bestimmt kein großes Geschrei anstimmen; damit würden sie sich die Steuerfahnder ja noch schneller auf den Hals holen.»

«Und was ist, wenn die Polizei von Nyack uns in die Quere kommt?» fragte Boone betreten. «Oder die Landespolizei?»

«Darüber zerbrechen wir uns den Kopf, wenn es soweit ist», sagte Delaney. Er sah Boone an; daß der Sergeant so unsicher war, verwirrte ihn. Vor einer Woche war Boone mit käsigem Gesicht zur Arbeit erschienen und hatte verdächtig nach Pfefferminz gerochen. Der Chief war überzeugt, daß Boone wieder einmal umgefallen war. Jetzt schien er zwar durchaus nüchtern, dafür aber übertrieben nervös. «Wollen Sie mich lieber vor der Einfahrt absetzen?» fragte Delaney deshalb. «Dann steig ich allein ein, und Sie stehen Schmiere.»

«Ach, was», sagte der Sergeant. «Ich komme mit. Und sei es nur, um zu sehen, wie gut ich meine Lektion gelernt habe.»

Damit spielte Boone auf den dreistündigen Schnellkurs an, den er unter der Leitung von Sammy Delgado absolviert hatte. Sammy, der sich vornehmlich mit Safeknackern und Einbruchsspezialisten beschäftigte, galt als geschicktestes «Sesam-öffne-dich» der gesamten New Yorker Polizei. Er weihte Sergeant Boone in die überaus heikle Kunst des Umgangs mit beidhändig geführten Dietrichen oder Nachschlüsseln ein, ein feinstes Fingerspitzengefühl erforderndes Unternehmen, bei dem zwei nadeldünne Dietriche gleichzeitig betätigt werden, um ein Kombinationsschloß zu öffnen. Sammy sah sich mit Begeisterung Fernsehkrimis an, in denen der Kommissar oder der Privatdetektiv ein solches Schloß mit einer Scheckkarte aus Plastik aufmachten.

Was sie an Werkzeug vermutlich brauchen würden, lag im Kofferraum von Boones Wagen: ein großer, batteriebetriebener Scheinwerfer, zwei bleistiftdünne Taschenlampen, eine Polaroid-Kamera mit Blitzlicht, etliche serviettengroße schwarze Lappen, zwei Brecheisen, eine Reihe anderer Werkzeuge sowie für alle Fälle ein Verbandkasten, den sie hoffentlich nicht benötigten. Beide waren bewaffnet; beide hatten außerdem ihren eigenen Satz Dietriche dabei, eine kleine Dose Maschinenöl sowie eine Tube mit flüssigem Graphit.

«Wir brauchen nur noch Strumpfmasken», meinte Boone.

Ihre Ankunft hatten sie für ein Uhr nachts festgesetzt. Langsam fuhren sie bei Maitlands vorbei und entdeckten im Haus selber kein Licht, jedoch brannten in den umgebauten Kutschenlampen links und rechts der Haustür schwache Birnen. Sie wendeten auf der Straße, fuhren nochmals an der Einfahrt vorbei und hielten den Wagen dann seitlich der Fahrbahn an; Zweige streiften über Dach und Fenster. Boone stellte den Motor ab und schaltete die Scheinwerfer aus. Schweigend blieben sie etwa zehn Minuten sitzen, bis ihre Augen sich an das Dunkel gewöhnt hatten. Während dieser Zeit kam nur ein einziges Auto die Straße unten am Fluß entlang.

Schließlich sagte Delaney leise: «Warten Sie hier. Ich sehe mal nach dem Mercedes.»

Behutsam glitt er aus dem Auto. Boone war überrascht, wie behende und leise der große Mann sich bewegte. Der Mond war zu drei Vierteln voll, doch dämpften Wolken sein Licht. Stumpf saß Boone da; er gierte nach einer Zigarette.

Nach zehn Minuten war der Chief wieder da. Er tauchte so überraschend auf, daß Boone erschrak.

«Er ist da», flüsterte er. «Sie sind also zu Hause. Los!»

Beide Männer waren von Kopf bis Fuß schwarz gekleidet. Werkzeug und Gerät trugen sie in zwei Leinenbeuteln, die einzelnen Teile in die schwarzen Lappen gewickelt, damit nichts klirrte. Eine der kleinen Taschenlampen eingeschaltet und auf den Boden gerichtet, ging Boone voran; ein schwacher Lichtkreis tanzte vor seinen Füßen.

Sie waren Polizisten aus der Stadt, keine Waldläufer; sie konnten nicht verhindern, daß dürre Zweige knackten, daß sie gegen Äste stießen. Sie kamen nur langsam voran, knipsten immer wieder das Licht aus, blieben stehen und lauschten. Sie schlugen einen weiten Bogen, um die Scheune zwischen sich und dem Haus zu halten. Die Nacht war schwül, doch wehte eine Brise kühl vom Fluß herauf. Die Gerüche, die ihnen in die Nase stiegen, waren ihnen nicht vertraut: frisch umgegrabene Erde, flüchtig die scharfe Ausdünstung eines Tieres, der Gestank von verrottenden Pflanzen und gelegentlich der süße Duft von Blumen. Einmal hörten sie ein kleines Tier aufspringen und davonjagen. Es war ihnen unheimlich zumute.

Sie gelangten an die Längsseite der Scheune. Boone richtete die

Taschenlampe kurz beiseite, um Delaney die mit Steinbrocken eingefaßte Sickergrube zu zeigen, wo der Filter der Klimaanlage verborgen war. Keiner von ihnen sagte ein Wort. Sie warteten, bis Wolken den Mond vollends verdunkelten, bevor sie um die Ecke schlüpften. Der Sergeant betrat den Schuppen, dicht hinter ihm der Chief, eine Hand auf Boones Schulter.

Leise zogen sie die Außentür hinter sich zu, ließen den dünnen Strahl ihrer Taschenlampe rasch durch den Schuppen kreisen und machten sich dann an die Arbeit. Sie nahmen die Persenning von der Wand und hängten sie über die schlecht schließende Außentür, so daß kein Licht durch die Ritzen nach draußen drang. Dann nahmen sie sich die verborgene Tür vor.

Boone fand die Tube mit flüssigem Graphit, spritzte etwas davon in das Schlüsselloch und wählte zwei Dietriche aus dem Satz Nachschlüssel in seiner Hüfttasche. Zwei lange Nadeln, die eine spitz zulaufend, die andere spatelförmig abgeflacht.

Den spitz zulaufenden Dietrich führte er ins Schlüsselloch ein, tastete vorsichtig damit herum und starrte derweil nach oben ins Dunkel. («Hat gar keinen Zweck, das Schloß anzusehen», hatte Sammy Delgado ihm eingeschärft. «Das stört bloß. Gefühl ist alles.») Abner Boone spürte nichts und fühlte nichts. Behutsam suchte er herum, tastete nach einem Sperrstift, der sich bewegen ließ. Aber der Dietrich rutschte in seiner schweißnassen Hand. Er ließ ihn los, bückte sich und rieb Finger und Handflächen an den schmutzigen Dielenbrettern trocken. Dann tastete er weiter, blinkerte nervös ins Leere. Zuletzt schüttelte er ratlos den Kopf. Delaney hielt den Mund näher an Boones Ohr.

«Soll ich's mal versuchen?» flüsterte er.

«Noch nicht. Lassen Sie mich einen Augenblick ausruhen und das Zittern loswerden. Dann versuch ich's mit dem Haken.»

Da standen sie in der Schwärze, atmeten tief und ruhig durch. Die Hitze des Tages und die Muffigkeit von Jahren standen im Raum. Beklemmend legte er sich auf Lungen und Augen. Sie rochen einer den anderen.

«Also, auf ein neues», sagte Boone leise. «Ich brauche einen Moment Licht.»

Delaney richtete den Strahl der Taschenlampe auf Boones Hände, die mit den Dietrichen beschäftigt waren. Er tat den spitzen zurück und wählte einen mit einem winzigen Haken am Ende. Dann nahmen beide Männer ihre vorherige Haltung wieder ein. Boone tastete jetzt mit dem Minihaken und runzelte in der Dunkelheit die Stirn. Er spürte, wie der Dietrich griff.

«Einen hab ich», hauchte er.

Jetzt führte er neben dem Häkchen auch noch den abgeplatteten Dietrich in das Schlüsselloch ein; das spatelförmige Ende stieß weiter vor, während der Haken den vordersten Sperrstift hochdrückte. Es dauerte fast eine halbe Stunde, und dreimal legten sie eine Pause ein und lauschten. Doch zuletzt glitt der Spateldietrich mühelos hinein, und sie hörten beide das erlösende «Klick». Langsam drehte Boone die Handgelenke, bis beide Ellenbogen nach oben wiesen, und Delaney drückte mit einem Knie sanft, aber fest gegen die Tür. Das endgültige «Klick», mit dem der Schnapper zurücksprang, war lauter als das zuvor. Sie hielten inne. Schweiß rann ihnen übers Gesicht. Sie lauschten nochmals. Dann schob Delaney die Tür auf.

Das Licht wurde ausgeknipst. Minutenlang saßen beide auf dem Boden. Delaney hielt die Hand auf der Schwelle, um zu verhindern, daß die Tür zufiel. Sie spürten einen Hauch kühler Luft, der sie aus dem Inneren anwehte.

«Los», sagte Boone.

Sie standen auf, nahmen die Leinenbeutel vom Boden, und der Sergeant stieß die Tür langsam ganz auf.

«Warten Sie», sagte Delaney.

Er legte einen umwickelten Schraubenzieher und eine Zange von innen so über das untere Scharnier, daß die Tür nicht zufallen konnte. Beide Männer bewegten sich mit äußerster Vorsicht, wie in einem Zeitlupenfilm.

Als erstes untersuchten sie die Innenseite der Tür. Dort war ein Knauf angebracht, und nachdem Boone sich überzeugt hatte, daß der Schnapper sich damit bewegen ließ, zog er die Dietriche heraus und schob sie wieder in sein Besteck. Delaney nahm Schraubenzieher und Zange vom Scharnier und schloß die Tür leise hinter sich. Sie waren drinnen.

«Was wir machen, ist Einbruch», sagte der Chief.

«Die Tür schließt dicht», sagte Boone. «Haben Sie was dagegen, wenn ich den Scheinwerfer anknipse?»

«Nichts. Hier ist er.»

Er wickelte ihn aus und stopfte den schwarzen Stoff zurück in den Leinenbeutel. Dann richtete er sich auf, hielt den Scheinwerfer hüfthoch und knipste ihn an. Ein mächtiger Strahl schoß geradeaus ins Dunkel, so grell, daß sie die Lider zusammenkneifen mußten. Gleich darauf weiteten sie sie wieder. Und nun sahen sie alles.

Das Innere der alten Scheune war isoliert, rohe Holzregale reichten fast bis zum Dach hinauf. Eine stabile Leiter lehnte an einer Wand. In der Ecke war eine große Klimaanlage angebracht. Ein hölzerner Küchentisch stand im Raum, davor ein einzelner Holzstuhl. Sonst nichts. Bis auf die Bilder.

Sie standen überall. Auf den Regalen. Auf dem Boden, gegen die Wand gelehnt. Nicht stapelweise, Leinwand gegen Leinwand, sondern einzeln, nebeneinander, um zu trocknen und zu schimmern. Im Lichtstrahl des Scheinwerfers starrten brennende Gesichter sie an, flammten Augen auf, verzogen Münder sich spöttisch.

Wie versteinert standen Delaney und Boone da, überwältigt von dem flüssigen Feuer der Farben, das sich über sie ergoß. Sie empfanden fast Scham, als wären sie unerlaubt in eine Kirche eingedrungen, hätten ein Heiligtum geschändet. Zwar waren auch ein paar Stilleben darunter, etliche Landschaften und einige Porträts, aber überwiegend waren es Akte, kraft- und lebenstrotzende Maitland-Akte, atemberaubend in ihrer Vitalität, ihren prachtvollen Creme- und Scharlachtönen. Violette Schatten. Schampartien, intimste Körperteile. Arme, die umfingen, fordernd zupakkende Beine.

«Himmelherrgott!» flüsterte Boone.

Sie starrten, starrten und starrten. Der Chief ließ den Strahl des Scheinwerfers langsam von einer Seite der Scheune zur anderen wandern. In der sich verändernden Beleuchtung, mal im Hellen, mal im Dämmer, sahen sie schwellende Leiber beben, sich sehnsüchtig regen. Sie ertranken förmlich in einem Meer aus Frauenfleisch. Gliedmaßen lösten sich zuckend von der Leinwand, sie zu umarmen, Köpfe drohten sie mit dampfendem Atem und flammenden Haaren zu ersticken.

Delaney knipste den Scheinwerfer aus, und sie hörten ihre schnaufenden Atemzüge.

«Zuviel», sagte er in die Dunkelheit. «Alles auf einem Haufen. Zu stark. Das kann keiner verkraften.»

«Was schätzen Sie?» fragte Boone mit belegter Stimme. «Ob es wohl zweihundert sind?»

«Sagen wir zweihundert», stimmte Delaney zu, «und mindestens hunderttausend für ein Bild.»

«Das macht zwanzig Millionen! In einer Holzscheune! Ich kann es nicht glauben. Klemmen wir uns zehn oder so unter den Arm, Chief, und hauen damit ab nach Rio.»

«Glauben Sie ja nicht, ich hätte daran nicht auch schon gedacht», erwiderte Delaney. «Aber ich könnte es niemals über mich bringen, sie zu verhökern. Sehen wir sie uns noch mal an! Nehmen Sie diesmal die Taschenlampe.»

Das schwächere Licht war eine Erleichterung; Benommenheit und Schock ließen nach. Sie traten an das zunächststehende Bild, der Akt einer dunkelhaarigen Frau: muskulöser Leib, Oberkörper seitlich nach vorn gedreht, Hüfte verschoben, Arme und Beine geschmeidig wie Schlangen, ein verruchtes, lockendes Lächeln. Boone ließ den Lichtkreis in die untere rechte Ecke wandern. Sie sahen die Signatur, fein säuberlich wie die eines Buchhalters: Victor Maitland. Dahinter das Datum: 1958.

«Dieser Halunke!» zischte Delaney. «Noch mal, ein anderes.»

Sie gingen von Bild zu Bild. Alle waren datiert: 1957, 1958, 1959, einige wenige 1960. Ein jüngeres Datum trug keines.

«Toll», staunte Boone. «Nicht nur ein gefälschtes Werkverzeichnis in Geltmans Safe, sondern auch noch ein gefälschtes Datum direkt auf den Bildern. Das Finanzamt wird sich schwer tun mit dem Beweis, daß sie erst vor einem Jahr entstanden sind.»

«Die haben wirklich an alles gedacht!» sagte Delaney bewundernd. «Dahintersteckt J. Julian Simon. Der muß einfach dahinterstecken. Das riecht doch förmlich nach einem juristisch geschulten Verstand. Lassen Sie uns ein paar Aufnahmen machen. Einfach um zu beweisen, daß es diesen Harem wirklich gibt.»

Boone hielt den Scheinwerfer als zusätzliche Lichtquelle in die Höhe, während Delaney mit Blitzlicht einen Polaroid-Film verschoß. Die Farben der Abzüge waren nicht so kräftig wie die der Bilder, aber im großen und ganzen gaben die Schnappschüsse den richtigen Eindruck: ein bis obenhin mit Kunstschätzen vollgestopftes Versteck.

Sie sammelten ihr Werkzeug ein und verstauten es in den Leinenbeuteln. Sorgfältig inspizierten sie den Boden, um keine verräterischen Spuren zurückzulassen.

Langsam und vorsichtig gingen sie im Schein der schon flackernden Taschenlampe hinaus. Boone wischte den Türknauf ab, ehe er in den Schuppen trat. Mit dem Häkchendietrich im Schlüsselloch zog er die Tür zu, bis der Schnappriegel einrastete. Sie hängten die Persenning an ihren alten Platz und lauschten eine Weile in die Dunkelheit. Dann schlichen sie lautlos hinaus.

Beide wandten den Blick zum Maitlandschen Haus hinüber. In diesem Augenblick ging hinter einem der Fenster im Obergeschoß Licht an. Zwar rannten sie nicht Hals über Kopf davon, aber sie trödelten auch nicht gerade. Um die Ecke, die Längswand der Scheune entlang, zwischen die Bäume. Zwanzig Minuten später fuhren sie in Richtung New York und sogen hastig an ihren Zigaretten.

«Was machen wir jetzt?» fragte Boone. «Schnappen wir uns Geltman?»

«Wozu?» fragte Delaney. «Es ist doch bloß Steuerhinterziehung. Damit läßt der sich nicht ins Bockshorn jagen. Dann lieber J. Julian Simon. Mit dem steht und fällt Geltmans Alibi. Aber warum sollte er auspacken? Scheiße, Scheiße, Scheiße! Vielleicht also Belle Sarazen.»

«Warum die?»

«Die hat ein mögliches Motiv. O Gott, Sergeant, ich weiß es auch nicht! Ich rate bloß rum.»

«Vielleicht hat Maitlands Frau das mit dem Steuerbetrug rausgekriegt und ist sauer. Weil diese Bilder ja nicht zur Erbmasse geschlagen werden, von der sie profitiert.»

«Auch eine Möglichkeit.» Delaney seufzte. «Möglichkeiten haben wir viele. Soll ich mal 'ne Zeitlang fahren?»

«Nein, vielen Dank, Sir. Es geht schon. Ich werde auch schon ruhiger. Wie die Einbruchsspezialisten den Mumm für so was aufbringen, werde ich nie begreifen.»

«Ich nehme an, je mehr Erfahrung man hat, desto leichter wird es.»

«Darauf kann ich verzichten», sagte Boone. «Soll ich an einem Imbiß halten, wenn noch einer offen hat?»

«Nein, lieber gleich nach Hause. Sie kommen mit rein; Monica hat Kaffee und Zimtbrötchen für uns hingestellt.»

«Das klingt verlockend», sagte der Sergeant und fuhr etwas schneller.

Es war bereits drei Uhr früh; der Chief nahm an, daß Monica schon seit Stunden schlief. Doch als sie vorm Haus hielten, war im Wohnzimmer noch Licht, und er sah seine Frau hinter den Vorhängen stehen und nach draußen spähen.

«Ja, was soll denn das?» knurrte er.

Besorgt gingen sie die Treppe hinauf, die Hände an den Revolvergriffen. Aber Monica machte ihnen auf; sie war heil und gesund, wollte nur gleich Bericht erstatten.

Jason T. Jason hatte mehrere Male angerufen. Auch bei Boone hatte er es versucht. Zu Mrs. Delaney hatte er gesagt, er wolle jede Viertelstunde anrufen, bis der Chief wieder zu Hause und für Jason zu sprechen sei.

«Hat er gesagt, worum es geht?»

«Nein, nur, daß es wichtig ist, und daß er es dir oder Abner so schnell wie möglich sagen will. Er war sehr höflich.»

Die beiden Männer sahen einander an.

«Sitzt er etwa in der Klemme?» fragte Delaney.

«Vielleicht hat er Mama Perez gefunden», vermutete Boone. «Entweder das eine oder das andere.»

«Hm . . .» Delaney sah auf die Uhr. «In zehn Minuten ruft er wieder an.»

«Der Kaffee ist heiß», sagte Monica. «Ich will bloß das Licht anmachen. Ihr beiden könntet euch waschen. Ihr seht aus, als ob ihr im Dreck gewühlt hättet.»

Sie saßen um den Küchentisch, tranken Kaffee und mampften ihre Zimtbrötchen.

Monica weigerte sich, ins Bett zu gehen. Sie wollte hören, was passiert war.

Delaney erzählte ihr von dem unglaublichen Bilderschatz, als das Telefon klingelte. Er nahm am Küchenapparat ab. Papier und Bleistift hatte er schon bereitgelegt.

«Hier Delaney», meldete er sich. «Ja, Jason . . . Das habe ich gehört . . . Wir waren beide unterwegs. Ja . . . Gut. Ausgezeichnet. Wo? . . . Richtig . . . wo genau? . . . Sind Sie sicher, daß sie über Nacht zu Hause bleibt? . . . Na schön, bleiben Sie am Apparat . . .»

Er legte die Hand über die Sprechmuschel und wandte sich mit einem kalten Lächeln den anderen zu.

«Er hat sie», sagte er. «In der Orchard Street, etwas südlich der Grand Street. Wohnt da im obersten Stock einer Mietskaserne. Offenbar geht sie auf den Strich, aber Jason sagt, sie ist zu Hause. Kommt sie wieder raus, heftet er sich an ihre Fersen.»

«Am besten fahr ich gleich hin», sagte Boone besorgt. «Vielleicht weiß er nicht, was er machen soll.»

«Ja», stimmte Delaney zu, «das ist wohl besser. Schicken Sie Jason nach Hause. Falls er will. Aber er klingt sehr aufgekratzt. Ich stoße morgen früh dazu, und dann nehmen wir uns die Perez vor. Rufen Sie jede Stunde an.»

Er hob den Hörer wieder ans Ohr, fragte Jason, wo genau er sei und machte sich rasch ein paar Notizen.

«Bleiben Sie dort!» befahl er. «Sergeant Boone ist schon unterwegs. Falls sie rauskommt, folgen Sie ihr. Haben Sie schon zu Abend gegessen? . . . Schön, darum kümmern wir uns. Gute Arbeit, Jason!»

Er legte auf und sah ingrimmig, aber mit Befriedigung seine Notizen durch.

«Sie finden ihn Ecke Orchard und Grand Street», erklärte er Boone. «Er hält nach Ihnen Ausschau. Lassen Sie sich die Frau um Gottes willen nicht entwischen! Falls Sie Verstärkung brauchen, rufen Sie mich hier an!»

«Die entwischt uns schon nicht, Sir», versprach Boone.

«Hat er was gegessen?» fragte Monica. «Jason, meine ich.»

«Nein. Seit gestern nachmittag nichts.»

«Ich mach ihm schnell ein paar Sandwiches.»

«Gut», sagte der Chief dankbar. «Dicke Scheiben. Jason ist ein großer Mann, und wir haben ja noch die Thermosflasche. Nehmen Sie die voll Kaffee mit, Sergeant. Um diese Stunde finden Sie nirgends einen offenen Imbiß.»

Sie statteten Boone mit Kaffee, Sandwiches, Zigaretten und sämtlichen Vierteldollarstücken zum Telefonieren aus, die sie im Haus hatten, und schickten ihn los.

«Mrs. Delaney», brummelte er, ehe er ging, mit gesenktem Kopf und errötete, «könnten Sie wohl Rebecca anrufen und ihr erklären, warum ich nicht . . . nicht zu ihr kommen kann?»

«Ich ruf sie an, Abner», versprach sie.
«Wo denn?» fragte Delaney, als Boone gegangen war.
«In seiner Wohnung», sagte Monica kurz angebunden. «Sie leben jetzt zusammen.»
«Ach?» machte der Chief, und sie trugen ihre Kaffeebecher hinüber in sein Arbeitszimmer. Er zeigte ihr die Polaroid-Farbaufnahmen, die er in der Maitland-Scheune aufgenommen hatte.
«Nicht zu fassen!» sagte sie und schüttelte den Kopf.
«Ich hab's mit eigenen Augen gesehen und kann's auch nicht fassen. Es haut einen einfach um. Überwältigend! Diese Farben! All diese nackten Frauen! Unglaublich! Das hat mich ganz schön gebeutelt.»
«Was wirst du jetzt tun, Edward?»
«Fotos von allen zusammensuchen, die in den Fall verwickelt sind. Die meisten müssen bei meinen Unterlagen sein, glaube ich. Nur von J. Julian Simon habe ich keins. Ob eins von Ted Maitland dabei ist, weiß ich nicht genau, da muß ich nachsehen. Und die werden wir morgen Mama Perez vorlegen und sie fragen, wen sie am Freitagvormittag in der Nähe von Maitlands Atelier gesehen hat.»
«Und du glaubst, sie sagt es dir?»
«Oh, keine Angst», sagte er. «Das wird sie tun, so oder so.»

18

Delaney war wie die meisten Polizisten abergläubisch, und als er in der Akte Maitland Fotografien aller Hauptverdächtigen fand, nahm er das als gutes Omen. J. Julian Simon und Ted Maitland waren auf der Beerdigung von Victor Maitland von einem Polizeifotografen mit dem Teleobjektiv aufgenommen worden, die Vergrößerungen etwas grobkörnig, doch für Zwecke der Identifizierung durchaus zureichend.
Er schob alle Fotos samt den Kopien von Maitlands letzten drei

Skizzen in einen festen Umschlag und fügte noch einen Bericht über die Ausstellung von Maitlands Bildern in der Galerie Geltman hinzu, den er aus der New York Times ausgeschnitten hatte. Die Times brechte nämlich auch Fotos von Saul Geltman und Belle Sarazen.

Als Boone Samstag früh um neun anrief, war alles vorbereitet. Der Sergeant und Jason T. Jason hielten die Perezsche Wohnung unter Beobachtung. Mama war immer noch im fünften Stock. Das Gebäude besaß einen Hinterausgang, der aber nur auf den betonierten Hinterhof führt.

Ein schmaler Plattenweg entlang der Hausmauer mündete auf die Orchard Street, und Sergeant Boone hielt es daher für ausgeschlossen, daß Mama Perez das Haus ungesehen verlassen konnte.

«Es sei denn, sie geht über die Dächer», warnte der Chief. Dann wies er Boone an zu bleiben, wo er war, und stellte sein Eintreffen im Lauf der nächsten Stunde in Aussicht. Er erwog, mit der U-Bahn zu fahren, überlegte es sich aber anders und nahm das erste Taxi, dem er in den Weg lief. Sollte die Behörde ruhig zahlen. Er rechnete täglich gewissenhaft über seine Spesen ab, und die kamen ihm recht bescheiden vor, obschon er gelegentlich ein Taxi benutzte und das Benzin in Rechnung stellte, das Boone mit seinem Wagen verbrauchte. Und im übrigen mochte Thorsen sich darum kümmern, ihn selbst ging das wenig an.

Die beiden Beamten saßen vorne in Boones Wagen. Er setzte sich nach hinten, hörte, was sie zu berichten hatten, und das war wenig genug. Mama hieß mit Vornamen Rosa, wurde aber von aller Welt nur Mama genannt. Sie ging augenscheinlich auf den Strich, Boone vermutete aber, daß sie nebenher von der Fürsorge was bekam, denn sogar in dieser Gegend mußte man jünger und flotter aussehen, wenn man auf dem Strich seinen Unterhalt finden wollte.

Auch über Dolores war ihnen dies und das bekannt geworden. Mit Mama Perez war sie nicht verwandt; ihre Mutter war eine gewisse Maria Ruiz und wohnte im fünften Stock neben Mama Perez. Maria Ruiz lebte allein, verdiente ihren Unterhalt mühsam genug als Putzfrau in Büros, und Mama Perez nahm sich untertags Dolores' an. Die beiden gingen gemeinsam einkaufen, mal ins Kino und ähnliches. Bei den Nachbarn galt Dolores für schwachsinnig.

«Verkuppelt Mama Perez etwa die Kleine?» fragte Delaney.

Jason glaubte dies nicht. Als sie ihm in der Seitengasse der Ludlow Street ansprach, wies er ihr Anerbieten, wenn auch höflich, zurück, ließ aber deutlich durchblicken, was Jüngeres könnte ihn durchaus interessieren. Mama war darauf jedoch nicht eingegangen.

Da saßen sie denn zu dritt im Wagen, mitten im Straßenlärm und Getümmel, ganz auf die Tür des Hauses konzentriert, in dem Mama Perez wohnte – eine häßliche graue Mietskaserne; die wenigen zur Tür führenden Stufen waren beschädigt und mit spanischen Krakeleien beschmiert, der Bürgersteig fast völlig verstellt von überquellenden Mülltonnen. Abgemagerte, kränkliche Katzen strichen vor der Haustür umher, schlichen den schmalen Plattenweg entlang, erkletterten die außen angebrachte rostige Feuerleiter. Nach einer Weile tauchten Straßenhändler mit T-Shirts und billigen Sonnenbrillen auf und boten ihre Ware an tragbaren Tischen feil.

Der Chief sagte schließlich: «Na, dann wollen wir mal. Eine kleine Unterhaltung mit Mama scheint denn doch geboten.»

«Und wie gehen wir dabei vor?» fragte Boone. «Wenden wir gleich Druck an?»

«Nein, das wird kaum nötig sein. Auf keinen Fall fassen wir sie an. Hat Mama Sie als Polizisten erkannt, Jason?»

«Ganz bestimmt nicht, Chief.»

«Trotzdem . . . kommen Sie lieber mit, Sie sind ihr dann zwar bekannt, als Beamter, aber sie weiß dann auch, daß Sie sie wegen Aufforderung zur Unzucht anzeigen könnten, und das mag für uns von Vorteil sein.»

Sie stiegen aus, und Boone schloß sorgfältig den Wagen ab. «Ich hoffe bloß, die Räder sind noch dran, wenn wir runterkommen», sagte er bekümmert.

Eingang und Flur der Mietskaserne entsprachen ihren Erwartungen; mit Platten ausgelegter, schmutziger Fußboden, die Wände in 50 Jahren immer mal wieder überpinselt – wo die Farbe blätterte, sah man das ganze Regenbogenspektrum. Es erinnerte an Ausgrabungen, die Schichten freilegen. Die Birnen der Treppenbeleuchtung waren kaputt, die Fenster auf den Treppenabsätzen gesprungen, der hölzerne Handlauf des Treppengeländers voll eingeschnitzter Initialen, stellenweise auch sinnlos mit dem Messer malträtiert. Dazu der Geruch – er hing in der Luft wie Nebel, der sich nicht auflöst, den nichts vertreiben kann. Es war, als wäre er hier versprüht worden.

Neben den meist schadhaften Klingeln standen keine Namensschilder, doch gab es immerhin Briefkästen – einige aufgestemmt –, und die zeigten eine M. Ruiz im fünften Stock, Wohnung C. Und eine R. Perez in D. Auf dem etwas mühsamen Aufstieg ließen sie Kinder an sich vorbei die Treppe runtertoben und machten einer Hochschwangeren Platz, die überdies zwei Winzlinge mit verdreckten Gesichtern an der Hand führte.

Auf dem Absatz des fünften Stocks blieben sie stehen, um Atem zu holen und gingen dann zur Tür der Wohnung D, die allerdings nicht mit einem Blechschild gezeichnet war, sondern nur mit einem Filzschreiber. Boone legte das Ohr an die Tür, lauschte, nickte bestätigend. Delaney bedeutete den beiden, zur Seite zu treten, so daß keiner von den dreien unmittelbar vor der Tür stand. Dann klopfte er.

Keine Antwort. Wieder klopfte er, fester. Man hörte drinnen Bewegung, das Schlurfen von Pantoffeln.

«Wer is da?» rief eine Frauenstimme.

«Wir kommen von der Schulbehörde wegen Dolores Ruiz», rief Delaney zurück.

Man hörte, wie Schlösser geöffnet, Ketten ausgehakt wurden. Die Tür ging auf, und Jason pflanzte sogleich einen riesigen Fuß in den Spalt.

Die Frau betrachtete diesen Fuß, sah zu Jason auf. Sodann wanderte ihr Blick zu Boone und Delaney. «Scheiße verdammte, habt ihr Ausweis?»

Boone und Jason zückten ihre Dienstmarken. Daß Delaney nichts vorwies, fiel ihr offenbar nicht auf.

«Wir möchten gern reinkommen, Mama», sagte Delaney freundlich.

«Haftbefehl vielleicht?» wollte sie wissen.

«Wozu denn das?» tat Delaney erstaunt. Er schaute auf seine Begleiter, dann auf Mama Perez. «Warum sollten wir mit einem Haftbefehl kommen? Wir wollen nicht mal die Wohnung durchsuchen, Mama. Bloß ein bißchen plaudern.»

«Worüber?» fragte sie mißtrauisch.

Delaney entnahm dem großen Umschlag die Skizzen von Maitland und hielt sie der Frau vor die Nase.

«Darüber.»

«Schön», sagte Mama verträumt, «schön, nich?»

«Sehr schön», nickte Delaney. «Dürfen wir nun reinkommen und uns mit Ihnen darüber unterhalten?»

Sie gab widerwillig den Weg frei, und die Herren traten ein. Eine Einzimmerwohnung. Eine Schachtel, vielleicht vier auf vier Meter, ein schmaler Einbauschrank mit einem jetzt aufgezogenen Vorhang statt einer Tür, eine eingebaute Küche, kaum größer als der Schrank, mit Spülstein, Hängeschrank, zweiflammigem Gasherd, einem alten Kühlschrank, nicht mehr weiß, sondern gelblich. Der Raum hatte ein Fenster und eine weitere Tür, die geschlossen war. Delaney warf einen flüchtigen Blick von dieser Tür zu Jason, der riesige Polizist war mit einem einzigen Schritt davor, öffnete sie behutsam, spähte ins Innere, machte wieder zu.

«Kleines Bad», meldete er, «Waschbecken, Klo, Wanne, Wandschränkchen und gegenüber noch eine Tür.»

«Noch eine Tür?» wiederholte der Chief nachdenklich. Dann fragte er Mama Perez: «Teilen Sie sich das Bad mit Dolores Ruiz?»

Sie nickte.

«Aha», murmelte Delaney. «Das war mal eine Zweizimmerwohnung, aber der Hausbesitzer hat zwei kleine Apartments draus gemacht. Das bringt mehr ein. Richtig?»

Wieder nickte sie wortlos.

«Dürfen wir uns setzen, Mama? Wir wollen nur eine freundliche kleine Unterhaltung mit Ihnen, aber es kann schon ein Weilchen dauern.»

Mama Perez erzählte bereitwillig, was sie wußte. Alle drei hörten ihr aufmerksam zu. Keiner unterbrach sie.

An jenem Freitag war sie mit Dolores in die Orchard Street gegangen, weil das Mädchen Schuhe brauchte. Auf der Straße hatte ein Verrückter sie am Arm gepackt, behauptet er sei Maler und wolle Dolores zeichnen. Falls Dolores bereit sei, ihm nackt Modell zu stehen, werde er dafür bezahlen. Mama dürfe zu ihrem Schutz mitkommen und dabeisein. Erst aber müsse er Dolores' Körper sehen, müsse sich überzeugen, daß sie so schön sei, wie er glaube.

Man bestieg also zu dritt ein Taxi und fuhr zum Atelier in der Mott Street. Dolores zog sich aus, der Verrückte machte drei Zeichnungen von ihr, sagte dann, Dolores solle ihm Modell stehen, für fünf Dollar die Stunde, und die Frauen erklärten sich einverstanden, Montag früh zurückzukommen. Das taten sie, es stellte sich aber heraus, daß der Verrückte tot war. Sie erfuhr später, er sei ermordet worden, las es in der Zeitung, hörte die Meldung im Fernsehen. Weiter war nichts.

Als sie geendet hatte, trat vorübergehend Stille ein. Alle drei glaubten ihr jedes Wort. Nun fragte Boone:

«Haben Sie im Atelier was getrunken?»

«Ja, ein Schnaps.»

«Hat Maitland was getrunken?» fragte Delaney.

«Von der Flasche», nickte sie bestätigend. «Verrückt war er.»

«Hatte Dolores irgendwo in ihrer Kleidung eine Sicherheitsnadel, die sie beim Ausziehen verlor?» fragte Delaney weiter.

Rosa Perez zuckte die Achseln. «Kann sein. Weiß nich mehr.»

«Lebte Maitland, als Sie weggingen?» fragte Boone.

Sie wandte langsam den Kopf zu ihm hin und musterte ihn listig.

«Du denkst, ich mache ihn tot?»

«Lebte er noch?» beharrte Boone.

«Ja, lebte er noch. Warum soll ich ihn totmachen?»

«Ist Dolores da? Jetzt? Nebenan in der Wohnung?» fragte der Chief.

Die Frau reckte sich, und ihre steinern blickenden Augen richteten sich voll auf Delaney. «Was willst du von ihr?»

«Ich will mit ihr sprechen. Ihr ein paar Fragen stellen.»

Mama Perez sagte kopfschüttelnd: «Versteht nich, Dolores.»

«Bringen Sie sie trotzdem her», befahl Delaney.

Sie erhob sich seufzend. Sie trug eine billige geblümte Kittelschürze und strich den dünnen Stoff mit einer Bewegung über den schwellenden Hüften glatt, die kokett, beinahe mädchenhaft war.

Dabei sagte sie lässig: «Du tust Dolores was, ich mache dich tot.»

«Keiner tut Dolores was», versicherte Delaney. «Los, Jason, gehen Sie mit.»

Rosa Perez ging ins Badezimmer, Jason hinterher. Sie klopfte auf der anderen Seite; Delaney und Boone hörten einen Schwall Spanisch.

Sie warteten. Durch das große Fenster fiel sommerlicher Sonnenschein ein, und die winzige Wohnung, so dicht unterm Dach, verwandelte sich nachgerade in eine Schwitzkammer. Delaney stand auf, stelzte zum Fenster und riß es auf. Das war nicht einfach, der dick mit Farbe beschmierte Rahmen klemmte. Doch schließlich öffnete er es weit, lehnte sich hinaus, die Hände auf die Brüstung gestützt. Dann trat er ins Zimmer zurück und machte das Fenster halb zu.

«Fünf Stockwerke hoch und der Hof betoniert, da müßte wenigstens eine Art Schutzgitter sein, so was zum Anschrauben. Wenn die Kleine –»

«Dolores. Schön, nich?» kündigte Mama Perez an.

Die Männer betrachteten das Mädchen, das da nahe der Tür zum Bad stand, mit leerem Blick, die Arme locker hängen lassend, barfuß, in einem rosafarbenen Unterrock aus Kunstseide. Sie sahen, was Victor Mailand gesehen hatte. Jugend. Eine Knospe vor dem Erblühen. Und langes, glänzend schwarzes Haar. Ein makelloses, maskenhaftes Gesicht. Augen gläsern. Blühendes Fleisch.

«Tag, Dolores», lächelte Delaney sie an. «Wie geht es dir?»

Dolores blieb stumm, sah ihn nicht an. Delaney nahm die Fotokopien der Maitlandschen Skizzen und hielt sie ihr entgegen.

«Das bist du, Dolores.» Er zwang sich, weiterzulächeln.

Sie schaute auf die Skizzen und nahm doch nichts wahr. Ihr Gesicht zeigte nichts. Sie kratzte sich seelenruhig am Arm.

«Sie soll sich setzen», sagte der Chief zu Mama Perez.

Die Frau murmelte etwas auf spanisch, das Mädchen glitt durchs Zimmer zu dem ungemachten Bett und ließ sich anmutig darauf nieder. Ihre Bewegungen waren wie die eines Vogels im Fluge, zielsicher und absichtslos. Sie war sich selbst genug, sie schuf Raum.

«Setzen Sie sich auch noch einen Moment, Mama, ich habe noch ein paar Fragen», sagte Delaney.

«Noch welche?»

«Einige wenige.»

Er und Rosa Perez nahmen wieder Platz, der Sergeant und Jason T. Jason blieben einander gegenüber an der Wand stehen.

«Sie werden seit langem gesucht», begann der Chief. «Sie und Dolores. In der Zeitung und im Fernsehen hat man Phantombilder von Ihnen gezeigt. Haben Sie die nicht gesehen?»

Zum erstenmal wurde sie stutzig. Delaney sah ihr an, daß sie überlegte, ob die Wahrheit ihr schaden könnte.

«Ja, hab ich gesehen», gab sie schließlich zu.

«Sie haben sich aber nicht gemeldet. Sie haben nicht gefragt, weshalb wir nach Ihnen suchen.»

«Warum soll ich?»

«Ganz recht», versetzte Delaney gleichmäßig freundlich. «Warum sollten Sie? Nun, wir wollten Sie fragen, ob Sie und Dolores an jenem Freitagvormittag jemand gesehen haben.»

«Menge Leute am Freitag. Viele Leute haben wir gesehen.»

«Ich meine in dem Haus, wo Maitland sein Atelier hatte.» Delaney war von unerschöpflicher Geduld. «Vielleicht auf der Treppe. Oder im Hausflur. Oder in der Nähe des Hauses.»

Rosa Perez schüttelte den Kopf.

«Zu lange her. Weiß nich mehr.»

«Ich kann Ihnen vielleicht helfen.» Delaney zog alle Fotos und den Zeitungsausschnitt aus dem Umschlag und legte sie so auf dem Küchentisch aus, daß die Gesichter Mama Perez zugewandt waren.

«Schauen Sie hin. Genau. Lassen Sie sich Zeit. Sind Ihnen von diesen Männern oder Frauen einer oder mehrere an jenem Freitag in der Nähe von Maitlands Atelier begegnet?

Nach einem raschen Blick auf die Fotos schüttelte sie wieder den Kopf.

«Ich weiß nich mehr.»

«O doch. Sie sind eine gescheite Frau, Mama. Sie erinnern sich», sagte Delaney leise, aber mit Nachdruck. «Sie haben ein gutes Gedächtnis, sind eine gute Beobachterin. Sehen Sie noch mal hin.»

«Ich weiß nich.»

Delaney erhob sich seufzend, ließ die Fotos aber, wo sie waren.

«Wie Sie wollen, Mama. Aber wir sind nicht die einzigen, die Sie suchen!

Sie starrte verständnislos.

«Der Mörder sucht Sie auch. Der liest nämlich auch die Zeitung, der hat auch einen Fernsehapparat. Und er fürchtet, Sie haben ihn gesehen und erkannt. Und deshalb sucht er Sie. Er weiß nicht, daß unser tüchtiger Jason Sie schon am Montag früh entdeckt hat, daß wir Sie bereits gefunden haben. Deshalb wird er weitersuchen nach Ihnen. Der Mörder.»

«Na und? Wie soll er mich finden?»

Delaney blickte sie bewundernd an. Die Frau hatte Nerven!

«Weil ich es ihm sage.»

Er sah, wie das Gesicht sich unter der dicken Schminkschicht verkrampfte. Sie riß die Augen auf, verzog die Lippen zu einer Grimasse. Der Goldzahn blinkte.

«Du?»

«Nun, nicht direkt. Aber bedenken Sie, die Presse sitzt uns im Nacken, das Fernsehen läßt uns keine Ruhe. Dauernd heißt es: Haben Sie endlich die Frau oder das Mädchen gefunden? Schließlich haben wir die Bilder Ihnen zu Gefallen gebracht, also wo stecken die beiden? Tja, und da muß ich ihnen denn wohl sagen, daß wir euch gefunden haben. Sie, und mit Ihrer Hilfe auch das Mädchen. Und dann sage ich, wo Ihr wohnt.»

Sie begriff; deutlicher brauchte er nicht zu werden.

«So was tust du mir an?»

«Oh, gewiß, das tue ich.»

«Du bist kein netter Mann.»

«Nein», stimmte Delaney zu, «das bin ich nicht.»

Ganz plötzlich brach ein Schwall spanischer Wörter aus ihr hervor, und der Chief konnte leicht vermuten, daß es sich um Verwünschungen handelte. Und auf englisch gellte sie: «Egal is mir das! Soll er kommen! Soll er mich totmachen!»

Er wartete, bis der Anfall vorüber war, bis sie verstummte, auf den Stuhl sank, ihn anfunkelte, halblaut vor sich hin murmelte. Er konnte sich leisten zu warten, er hatte den Schlüssel zu dieser Person.

«Und nicht bloß Sie», setzte er fort, «sondern auch Dolores. Er wird auch Dolores töten.»

Sie stierte ihn noch einen Moment wild an, dann war es aus mit ihrer Fassung. Weinen tat sie nicht, doch der Finger, mit dem sie auf das Pressefoto von Geltman deutete, zitterte.

«Der da», sagte sie leise. «Auf der Treppe. Ich und Dolores gehen runter, er kommt rauf. Wir sehen ihn, er sieht uns. Das ist er.»

Nun saßen sie wieder in Boones Wagen, ringsum nahm das Gedränge zu, immer mehr Straßenhändler machten ihre Stände auf, aus der ganzen Stadt strömten Leute in die Orchard Street, auf der Suche nach Gelegenheitskäufen; es war ja Samstagnachmittag. Delaney saß wieder hinten, eine unangebrannte Zigarre zwischen den Fingern.

«Ich würde gern mal was fragen, Chief», sagte Jason T. Jason, ohne sich umzudrehen.

«Nur zu», versetzte Delaney einladend. «Jederzeit.»

«Hätte sie auf den Fotos niemand erkannt, hätten Sie dann ihre Adresse bekanntgegeben, wie Sie ihr angedroht haben?»

«Aber klar. Und zugleich hätte ich sie unter Dauerbewachung gestellt. Ich hätte sie als Köder benutzt, und er wäre aus dem Bau gekommen.»

«Donnerwetter», sagte Jason. «Man lernt jeden Tag was Neues dazu. Aber nun haben wir ihn ja.»

Sergeant Boone machte ein undefinierbares Geräusch.

«Stimmt was nicht, Sergeant?» fragte Jason arglos.

«Wir haben ihn keineswegs.»

«Was denn – haben ihn nicht?» Der schwarze Polizist war empört.

«Sie hat ausgesagt, daß er zur Tatzeit am Tatort gewesen ist, das habe ich doch selber gehört!»

«Ja, schon, damit und mit einem halben Dollar kannst du dir einen Fahrschein für die U-Bahn kaufen.»

«Es reicht nicht», setzte Delaney dem staunenden Schwarzen auseinander.

«Angenommen, wir gehen damit zur Staatsanwaltschaft. Verlangen, daß gegen Geltman Anklage auf Mord erhoben wird. Gut. Jetzt fragt man uns: Was liegt gegen ihn vor? Und wir sagen: eine ältliche portorikanische Nutte hat ausgesagt, sie ist ihm ungefähr zur Tatzeit in der Nähe des Tatortes begegnet. Schön, heißt es, und was weiter? Weiter nichts, sagen wir. Da fallen die vor Lachen vom Stuhl, und dann schmeißen sie uns raus. Wir können nichts gegen ihn vorbringen, Jason. Man kann nicht jemand wegen Mordes anklagen, bloß weil er zur Tatzeit in der Nähe des Tatortes war. Wo ist die Mordwaffe? Was ist sein Motiv? Wo sind die unwiderleglichen Beweise? Der Sergeant hat recht: wir haben nichts.»

Jason sah mit gerunzelter Stirn von Delaney zu Boone und zurück.

«Heißt das, der Bursche geht uns durch die Lappen?»

«Keineswegs», belehrte ihn Delaney. «Das habe ich nicht gesagt. Der geht uns nicht durch die Lappen. Er glaubt vermutlich, er schafft's, aber da irrt er.»

Boone drehte sich auf dem Sitz zur Seite und schaute Delaney an. «So ganz geheuer dürfte ihm aber nicht zumute sein. Ich stelle mir folgendes vor: Freitagvormittag fährt Geltman in die Mott Street, um Maitland abzustechen. Beim Raufgehen trifft er Mama und Dolores. Er sieht sie deutlich, sie sehen ihn deutlich. Kann sogar sein, daß Mama ihm gleich auf der Treppe ein Angebot gemacht hat, dazu ist sie durchaus imstande. Wichtig ist in diesem Zusammenhang: er kann nicht wissen, daß die beiden eben erst bei Maitland im Atelier waren. Und deshalb geht er weiter. Stimmt's, Chief?»

«Stimmt.»

«Er geht weiter, ins Atelier von Maitland und bringt ihn um. Und verdrückt sich anschließend schnellstens. Dann spielt er den besorgten Agenten, fährt am Sonntag endlich ins Atelier, entdeckt total überrascht die Leiche und ruft die Polizei. Aber jetzt wird es lustig, denn die Blauen finden die drei Skizzen von Dolores, und Geltman erkennt sie: er ist ihr Freitag auf der Treppe begegnet. Also verlangt er die Skizzen, kriegt sie aber nicht. Ich weiß es, ich war ja dabei. Da schleicht er sich also vor Angst schwitzend nach Hause und kann nur hoffen, daß die verfluchten Zeichnungen ihn nicht verraten; das Mädchen könnte ihn ja identifizieren, er weiß nicht, daß sie schwachsinnig ist.»

«Und dann tauchen wir beide auf und forschen nach dem Mädchen», ergänzte der Chief.

«Richtig, und da scheißt er sich vor Angst in die Hosen. Finden wir das Mädchen mit Hilfe der Skizzen, kann ihm das den Hals brechen. Also läßt er sich was einfallen – und zwar schnell, das muß man ihm lassen: Er lädt uns zu seiner Vernissage ein, vor allem Sie.»

«Damit er in Ruhe die Skizzen mausen kann, während ich nicht zu Hause bin.»

«Und das macht er auch», spann Boone seinen Gedankengang fort.

«Da herrschte ja ein so fürchterliches Gedränge, daß man ihn kaum vermissen würde, wenn er mal eine Stunde nicht zu sehen war.»

«Er hätte auch jemand mit dem Einbruch beauftragen können», gab Delaney zu bedenken.

«O ja, womöglich einen von seinen Goldjungen», stimmte Boone zu. «Wie auch immer, er hat nun die Skizzen und denkt, jetzt kann ihm nichts mehr passieren, er hat Ruhe. Aber siehe da, ein paar Tage später stößt er in der Zeitung auf die Phantombilder von Dolores und Mama Perez. Das dürfte ihn einem Herzanfall recht nahe gebracht haben. Stellen Sie sich vor, wie ihm zumute gewesen sein muß! Er denkt, die Sache ist gelaufen, und nun muß er feststellen, daß die Bullen über Mama und Dolores informiert sind. Und das dürfte ihm die Laune verdorben haben, er ist bestimmt in miserabler Verfassung. Sehen Sie das ähnlich, Chief?»

«Sehr ähnlich.» Delaneys Stimme klang anerkennend. «So etwa stelle ich mir das auch vor. Nur fürchte ich, den Kopf hat er deshalb noch nicht verloren. In Wahrheit ist er nämlich ein ziemlich hartgesottener Bursche. Nicht mit der Wimper gezuckt hat er, als ich ihn überraschend bei sich daheim besuchte. Vermutlich bewahrt er die Skizzen bei sich auf, in einer von seinen wunderhübschen Vitrinen.»

«Meinen Sie nicht, er hat sie im Büro in seinem Safe?» fragte der Sergeant.

«Das halte ich für unwahrscheinlich», entgegnete Delaney. «Da ist zuviel Betrieb, dauernd gehen Leute ein und aus. Das wäre zu gefährlich. Seine Wohnung, dieses Schmuckstück, ist zugleich auch sein Versteck. Da nährt er seine heimlichen Träume, und bestimmt bewahrt er die Skizzen dort auf. Und er kann sich ebensowenig dazu bringen, sie zu vernichten, wie Mama Perez es fertigbrächte, ihren auf Samt gestickten Jesus am Kreuz anzuspucken, obwohl es das einzig Vernünftige wäre – ich meine, die Skizzen zu vernichten. Das sind für ihn geweihte Gegenstände, schöne Dinge eben.»

«Wie wäre es mit einer Hausdurchsuchung?» schlug Boone vor.

«Tja . . . könnte nötig werden. Aber jetzt noch nicht.»

Jason T. Jason hatte dieser Unterhaltung aufmerksam zugehört und auch das meiste verstanden. «Wie wollen Sie ihn denn aber nun festnageln?» fragte er jetzt.

Delaney gestand: «Ich weiß es selber noch nicht. Zunächst einmal müssen wir beweisen, daß sein Alibi nichts taugt. Und dann wüßte ich gern sein Motiv. Man kann eine Verurteilung erreichen, ohne dem Täter sein Motiv nachzuweisen, doch wenn man es kennt, ist es einfacher, vor allem, wenn man über so wenig Belastungsmaterial verfügt wie wir.»

Boone schüttelte nachdenklich den Kopf. «Es ist doch sehr sonderbar, ausgerechnet Saul Geltman. Mir gefällt der Kleine.»

«Mir auch, aber was besagt das schon?» erwiderte Delaney.

Darauf wußte Boone keine Antwort.

«Glauben Sie, Sie können noch ein paar Stunden ohne Schlaf auskommen, Sergeant?» fragte der Chief.

«Keine Schwierigkeit.»

«Ich will von Thorsen ein paar Leute anfordern. Mama Perez muß rund um die Uhr beschattet werden.»

«Könnten wir die nicht als Zeugin vorsorglich inhaftieren?»

«Ja, das wäre möglich, nur könnte man daraus schließen, was wir für Karten in der Hand haben, und im Kittchen nützt sie uns nichts. Lockere Überwachung müßte ausreichen, sie darf uns nur nicht entwischen.»

«Und Geltman, Sir? Wollen Sie den auch überwachen lassen?»

«Nein, der läuft uns nicht weg. Es sei denn, er merkt, daß er beschattet wird und verliert vor Angst den Kopf. Zunächst einmal reicht es, Mama Perez unter Beobachtung zu halten. Sobald die angeforderten Leute kommen, weisen Sie sie bitte ein. Ich denke, der erste dürfte schon in etwa einer Stunde hier auftauchen.»

«Und was soll ich dabei machen?» fragte Jason T. Jason besorgt, denn er sah seine kurze Laufbahn als Kriminalist bereits ihrem Ende zugehen.

«Heimgehen und schlafen», befahl Delaney. Als er die enttäuschte Miene des Schwarzen bemerkte, setzte er hinzu: «Melden Sie sich Montag früh bei Sergeant Boone. In Zivil. Mit Zivil meine ich einen unauffälligen Anzug, nicht ein Phantasiekostüm, in dem man Sie für Superfly hält.»

Jason T. Jason grinste beglückt.

19

Delaney hatte eine Liste gemacht, auf der ordentlich vermerkt stand, was alles zu erledigen war, und in welcher Reihenfolge, doch Montag früh wurde ihm ein dicker Strich durch seine Pläne gemacht.

Zwar erreichte er Lieutenant Wolfe beim ersten Versuch, doch der konnte ihm nicht behilflich sein.

«In einer Stunde muß ich aufs Gericht, Chief. Als Zeuge in einem Fälscherprozeß. Eine Chagall-Sache. Einer meiner Leute ist krank, der andere hat in Brooklyn zu tun. Dort schneidet irgendwer aus alten Ausgaben von Harpers Magazin in der öffentlichen Bibliothek die Reproduktionen von Winslow Homer Stichen raus. Das passiert jetzt immer häufiger.»

Delaney war einigermaßen ratlos. «Ich muß unbedingt wissen, wie sich der Verlust, der Geltman dadurch entsteht, daß er keine Bilder von Maitland mehr zu verkaufen hat, auf seinen finanziellen Status auswirkt. Kann er seinen Laden auch ohne diese Einkünfte weiterführen, oder bedeutet es, daß er pleite macht? Ich nehme an, seine Konkurrenten in der Madison Avenue sind darüber am besten informiert.»

«Auch die in der Fifty-seventh Street.»

«Aha. Ich schlage Ihnen folgendes vor: Ich schicke einen meiner Leute ins Gericht und Sie geben ihm die Namen von einem Dutzend Kunsthändlern, die wir heute noch über Geltmans Einkommensverhältnisse ausfragen können – geht das?»

«Ohne weiteres», versicherte Wolfe. «Das macht keine Schwierigkeiten.»

«Gut. Dann soll Boone mit Ihnen die entsprechende Vereinbarung treffen.»

«Übrigens, Chief, ich habe mich ein bißchen umgehört. Handfestes Belastungsmaterial habe ich keins gefunden, aber es heißt, wer Bilder von Maitland kaufen will, braucht sich nicht unbedingt an Geltman zu wenden.»

«Sieh mal an, das ist wirklich eine interessante Information. Tausend Dank, Lieutenant. Also – Boone ruft Sie an. Und vergessen Sie nicht: die Einladung zum Abendessen gilt nach wie vor.»

Nun mußte er darauf warten, daß der Sergeant ihn anrief, was zur vollen Stunde fällig war. «Mama Perez wird zuverlässig beschattet», berichtete Boone munter. «Sie hat gemerkt, daß wir sie überwachen und wurde wütend, aber der neue Mann spricht Spanisch und hat sie beruhigt. Sie glaubt jetzt, daß wir sie und Dolores beobachten, um sie nötigenfalls zu schützen.»

«Nicht schlecht. Das könnte uns von Nutzen sein. Wie macht sich Janson?»

«Ausgezeichnet. Scharf wie ein Messer, und überhaupt nicht so lahm auf den Beinen, wie er behauptet hat. Als wir vom Frühstück kamen, machte sich gerade so ein vollfetter Halbstarker mit einem Stück Draht an seiner Scheibe zu schaffen. Natürlich ist er abgeflitzt, aber Jason wetzte hinter ihm her und er hat ihn tatsächlich geschnappt. Der kann nämlich doch laufen.»

«Und was hat er mit dem Knirps gemacht?»

«Hat ihn durchsucht, in den Arsch getreten und laufen lassen.»

«Ausgezeichnet. Wie sind die Leute, die zur Überwachung von Mama Perez abgestellt wurden?»

«Alte Hasen. Nicht gerade flink wie die Wiesel, aber sie kennen sich aus.»

«Hören Sie zu: Sie und Jason . . .» Und er befahl Boone einen Treff mit Wolfe bei Gericht zu verabreden, sich von ihm die Namen einschlägiger Kunsthändler geben zu lassen und diese anschließend über Geltmans Finanzlage auszufragen. «Die Konkurrenz redet im allgemeinen nur allzugern über die Verhältnisse ihrer Rivalen», sagte er zu Boone. «Sie und Jason teilen sich in die Befragung. Nehmen Sie sich so viele Kunsthändler vor als möglich. Setzten Sie Jason soweit ins Bild, daß er weiß, worum es geht. Ich bin den größten Teil des Tages unterwegs, aber am späteren Nachmittag erreichen Sie mich wieder zu Hause. Falls ich noch nicht da sein sollte, bleiben Sie mit Jason hier und warten auf mich. Monica läßt euch rein.»

«Verstanden, Chief. Glauben Sie, wir schnappen ihn?»

«Keine Frage», behauptete Delaney mit mehr Zuversicht, als er fühlte.

Als nächster stand J. Julian Simon auf seiner Liste. Susan Hemley war am Apparat, und er zwang sich dazu, ein wenig mit ihr zu plaudern. Schließlich fragte er: « Glauben Sie, der große Mann könnte mich heute vormittag empfangen?»

«Leider nein, Mr. Delaney. Mr. Simon hat heute vormittag bei Gericht zu tun.»

«Lieber Himmel», ächzte Delaney, «geht denn heute morgen alle Welt aufs Gericht?»

«Wie bitte?»

«Schon gut, achten Sie nicht darauf, sagen Sie mir nur, ob er im Lauf des Tages irgendwann im Büro erwartet wird.»

Er hörte, daß Mr. Simon spätestens zwischen drei und vier im Büro sein wolle. Delaney sagte, er werde dann auf gut Glück vorbeikommen; hoffentlich habe der Anwalt ein paar Minuten für ihn übrig. Das alles in höchst achtungsvollem Ton.

Die widrigen Umstände nötigten ihn, unangekündigt bei Belle Sarazen einzudringen, die Reihenfolge war nicht mehr einzuhalten. Dazu traf er etwas sonderbare Vorkehrungen.

Er wühlte in der bekannten Küchenschublade mit dem chaotisch umherliegenden Werkzeug, bis er einen Umschlag mit Dichtungen fand, wie man sie für Wasserhähne benutzt. Er brauchte nicht die Dichtungen, sondern die Verpackung aus festem, durchsichtigem Papier. Der Umschlag bestand nicht wirklich aus Glassin, mochte aber seinen Zweck erfüllen. Die Dichtungen ließ er in das Chaos in der Schublade fallen und füllte den Umschlag mit gewöhnlichem Puderzucker. Dann faltete er ihn zweimal am oberen Rand und verschloß ihn mit durchsichtigem Klebestreifen.

Dieses winzige Päckchen tat er in die Jackentasche, überlegte dabei, ob er eine Pistole brauche, entschied sich aber dagegen. Dann stülpte er den Strohhut auf und stampfte zur First Avenue hinüber, auf der Suche nach einem Taxi. Auf die Morgenzigarre verzichtete er heroisch.

Der Portier erkannte ihn entweder wieder, oder irgendwas an Delaneys Auftreten ließ es ihm geraten erscheinen, diesen auf nicht genau zu definierende Weise bedrohlich wirkenden, massigen Mann ungehindert passieren zu lassen. Wie dem auch sei, Delaney erreichte unangefochten den Aufzug, und wie gewöhnlich öffnete der philippinischen Diener Ramon ihm die Tür.

«Ja, bitte?»

«Ist Miss Sarazen zu Hause?»

«Werden Sie erwartet?»

«Fragen Sie sie doch.»

Ramon war unschlüssig, ließ Delaney dann aber eintreten.

«Bitte warten Sie», sagte er und verschwand.

Delaney blieb nicht in der Diele, vielmehr ging er unaufgefordert ins Wohnzimmer, das in jener Schattierung von grau und violett gehalten war, für die er keinen Namen wußte. Er sah sich verstohlen um und schob dann den kleinen Umschlag, den er in der Tasche bei sich getragen hatte, unter ein Sesselpolster. Sodann nahm er Aufstellung vor einem Stuhl aus Peddigrohr und rührte sich nicht mehr. Er wartete geduldig, den Hut in der Hand.

Miss Sarazen glitt herein, angetan mit einer weiten Robe, die sie umflatterte, und die von oben bis unten mit einem groben Reißverschluß geschlossen war, wie man ihn zu industriellen Zwecken benutzt. Auf- und zuziehen tat sie ihn mit der Trillerpfeife eines englischen Bobby, die am Verschluß befestigt war.

Man sah, daß sie unmittelbar aus dem Bad kam; das feine, silbrig schimmernde Haar war ganz naß und lag eng am Kopf. Ihre Gesichtshaut glänzte, aus der Robe wölkte süßlicher Seifenduft. Sie ließ ihm aber wenig Zeit, sie zu bewundern, denn sie war alles andere als erfreut, ihn zu sehen und ging sogleich zum Angriff über.

«Hören Sie mal, nachgerade wird mir das zuviel! Dauernd diese Scheiße! Ich verlange –»

«Welche Scheiße meinen Sie, bitte sehr?»

«Diese ewigen Belästigungen», erwiderte sie hitzig. «Ich verlange –»

«Belästigungen? Aber ich belästige Sie doch nicht.»

«Wie nennen denn Sie das? Was suchen Sie schon wieder hier?»

«Miss Sarazen», sagte er so freundlich er konnte, «ich möchte Ihnen eine oder zwei Fragen stellen. Kann man das Belästigung nennen?»

«Ich habe mich unterdessen bei einigen mir befreundeten Anwälten erkundigt», klärte sie ihn auf. «Leute, die was von ihrer Sache verstehen. Und die haben mir gesagt, ich brauche keine einzige Frage zu beantworten. Wenn Sie mich verhaften wollen, bitte sehr. Ich kenne meine Rechte. Fragen beantworte ich nicht mehr.»

«Aber da täuschen Sie sich», versetzte er sanft, «da täuschen Sie sich sehr, Miss Marazen. Sie sind eine kluge Person und wissen genau, was gut für Sie ist. Wir könnten uns vielleicht setzen, obwohl es nur ein paar Minuten dauern wird.»

Sie starrte ihn an und er las Unschlüssigkeit in ihrem Blick. Sie stand sozusagen auf der Kippe und konnte nach dieser oder jener Seite abspringen.

«Eine Hand wäscht die andere», sagte er.

«Was gibt es da wohl zu waschen, bitte?» fragte sie verächtlich.

«Setzen Sie sich und hören Sie mir zu», drängte er.

Sie gab einen angewiderten Laut von sich, sank aber in gerade jenen Sessel, von dem er gehofft hatte, sie werde ihn benutzen. Ein Knie legte sie über die Armlehne und wippte ungeduldig mit dem bloßen Fuß.

Er selber hockte auf der Kante des Stuhles aus Peddigrohr, lehnte sich vor und hielt seinen Strohhut zwischen den Knien. Dabei setze er eine feierliche Miene auf und sprach mit Nachdruck, wie ein Anwalt, der seine Klientein berät, die sich auf dumme Streiche eingelassen hat.

«Ihre gescheiten Freunde da . . . die sind wohl recht prominente Leute. Haben politischen Einfluß, Vermögen, gesellschaftliche Stellung. Aber wenn die Ihnen raten, nicht mit der Polizei zusammenzuarbeiten, dann raten sie Ihnen schlecht, Belle. Es macht Ihnen doch nichts aus, wenn ich Sie Belle nenne?»

Sie machte eine wegwerfende Gebärde.

«Also, Belle – diese Herren kennen die Gesetze sehr gut, aber sie gehen davon aus, daß die Polizei sich strickt an die Gesetze hält. Das stimmt zwar – aber nur bis zu einem gewissen Punkt. Die meisten Polizeibeamten beachten die Gesetze und die Dienstvorschriften. Und Ihre sehr gescheiten Freunde wissen das und machen es sich zunutze.»

«Das brauchen Sie mir nicht erst zu sagen», fauchte sie. «Deshalb tue ich ja , wozu sie mir raten.»

Er setzte sich entspannt im Stuhl zurück, schlug die Beine übereinander und sagte fast verträumt:

«Wissen Sie, Belle, es gibt unendlich viele Gesetze und unendlich viele Dienstvorschriften. Es gibt auch unzählige Kommentare zu diesen Vorschriften. Aber ich will Ihnen ein Geheimnis verraten: Erfahrene Polizisten halten sich an ganz andere Vorschriften. Vorschriften kann man sie eigentlich nicht nennen, niedergeschrieben sind sie nirgendwo. Es handelt sich dabei um eine Sammlung von Tricks, Verfahrensweisen, Techniken und so weiter und so fort. Einer sagt sie dem anderen weiter. Sie müssen sich vorstellen, wir alle kämpfen an einer Front, und wer an der Front überleben will, muß von anderen lernen, muß Informationen austauschen, muß die Berufsgeheimnisse erlernen. Manches davon ist mit Blut bezahlt worden. Es handelt sich weniger darum, die Gesetze zu brechen, als sie vielmehr zu umgehen. Können Sie mir folgen?»

Sie antwortete nicht, doch merkte er ihr an, wie interessiert sie war; allmählich kam er ihr näher.

Er fuhr fort: «Polizisten reden oft über Lappalien, wenn sie beieinander sitzen, Kleinkram. Ein Dealer trägt sein Kokain in einer Kapsel im Darm versteckt. Manche Messerstecher habe ihre Waffe im Schuh und es zahlt sich aus, da nachzusehen, wenn man sie filzt. Ist man hinter einem Wagen her, ist es ratsam, eines der Rücklichter zu beschädigen; sie leuchten dann auf einer Seite weiß, auf der anderen rot und sind gut im Auge zu behalten. Ein getarnter Schnüffler sollte immer spiegelnde Sonnengläser tragen; wenn er sie abnimmt und putzt, kann er sie als Rückspiegel benutzen und sich überzeugen, daß keiner ihn verfolgt. Kleine Tricks, Polizistentratsch. Und keineswegs gesetzwidrig, finden Sie nicht auch?»

Sie hörte ihm beinahe gegen ihren Willen gespannt zu, der bloße Fuß wippte nicht mehr, sie machte es sich im Sessel behaglicher, behielt Delaney aber scharf im Auge.

«Und selbstverständlich reden wir endlos über unsere Fälle. Ungelöste Fälle und solche, die geknackt wurden und wie. Berufstratsch eben, Belle, weiter ist es nichts, und das immerzu und überall, in Kneipen, bei Fortbildungskursen, auch zu Hause. Immer wird von der Arbeit geredet. Und erst auf Kongressen! Na, das können Sie sich nicht ausmalen. Ich erinnere mich an einen solchen Kongreß in Atlantic City. Abends, wenn das offizielle Programm absolviert war, saß man zusammen und redete, redete und redete endlos über Fälle. Darüber, wie man den Verbrechern wenigstens um Zentimeter voraus bleibt. Da war nun ein Kollege aus Texas, aus einer mittelgroßen Stadt, wenn ich mich recht erinnere, und der kannte einen besonders hübschen Fall. Nennen wir den Kollegen mal Mike. Mike hatte mit einem Dealer zu tun, der Schulkindern Rauschgift lieferte. Das bekam einigen schlecht, sie gingen schlichtweg ein daran und Mike wußte genau, wer ihnen das Zeug verschafft hatte. Bloß beweisen konnte er ihm nichts. Was macht er? Er beschafft sich einen kleinen Umschlag aus Glassin und tut Koks rein. Sie haben sicher schon gehört, daß das bei Razzien beschlagnahmte Rauschgift nicht immer vollständig abgeliefert wird? Man kommt schon dran als Polizist.»

«Das hat er dann wohl in der Wohnung des Dealers versteckt und dort zufällig gefunden?» fragte Belle, nun wirklich gespannt.

«O nein. Unser Mike hatte einen noch viel besseren Einfall. Er wartete, bis der Dealer heimkam, dann entlud er seinen Revolver und steckte ihn locker ins Halfter, ohne es mit dem Riemen zu sichern. Zwei Mann hatte er zur Unterstützung dabei, draußen im Treppenhaus. Mike dringt gewaltsam in die Wohnung des Dealers ein und der Bursche schreit denn auch gleich los: ‹Wo ist der Hausdurchsuchungsbefehl?› – ‹Hier!› brüllt Mike zurück und wedelt ihm mit einem Fetzen Papier vor der Nase rum. Sie glauben nicht, wie leicht auch die raffiniertesten Gauner mit solchen Tricks zu täuschen sind. Mike also stößt ihn ein bißchen rum, stellt die Bude auf den Kopf und findet selbstverständlich den Koks. Und dabei richtet er es so ein, daß dem Burschen nicht entgehen kann, daß sein Revolver ihm praktisch aus dem Halfter fällt, so locker sitzt der. Wir haben sehr gelacht, als er beschrieb, wie er den Kerl immer wieder mit der Hüfte angestoßen hat, bloß wollte der den Köder nicht schlucken. Als Mike dann den Koks fand und ihm sagte, das brächte ihm gute zwanzig Jährchen ein, hat er allerdings zugeschnappt. Er nahm Mike die Kanone weg und sagte, ihn brächten sie nicht in den Knast, ihn nicht. Und zur Tür raus wie der Blitz, die Kanone in der Hand, und die Herren auf der Treppe hatten darauf nur gewartet. Sie sahen einen Verdächtigen mit schußbereiter Waffe und was sollten sie da machen? Abgedrückt haben sie. Und Mikes Revolver geladen, bevor sie Meldung machten. Das also war das glückliche Ende.»

Sie schaute ihn neugierig an.

«Wozu erzählen Sie mir das?»

«Weil», sagte er versonnen, «ich Ihnen klarmachen möchte, daß Ihre hochgescheiten Freunde nicht alles wissen. Glauben Sie mir, Belle, falls Sie je wirklich in Schwierigkeiten geraten, lassen alle diese feinen Freunde Sie fallen wie eine heiße Kartoffel. Die meisten sind gewiß verheiratet – stimmt's? Haben wichtige Posten, müssen an ihren guten Ruf denken. Und Sie glauben doch nicht im Ernst, daß die Ihretwegen ein Risiko eingehen, falls es mal nötig würde? Sie rufen bei denen an, und die Herren sind in einer Konferenz, verreist, machen Urlaub in Mexiko. Hören Sie auf mich, Belle, setzen Sie nicht auf Ihre Freunde, falls Sie in echte Schwulitäten kommen.»

«Echte Schwulitäten? Warum drohen Sie mir immer damit, daß ich ernstlich in die Klemme kommen könnte? Was könnte das schon sein?»

«Na . . . sagen wir mal, ich rufe beim Rauschgiftdezernat an, sobald ich hier weggehe und melde, ein Spitzel hat mir gesagt, Sie hätten Koks in der Wohnung. Dann haben Sie gleich darauf die Narks hier, und die stellen alles auf den Kopf.»

«Na und?» lachte sie. «Heroin rühre ich nie an. Man würde nichts finden.»

«O doch. Unter dem Polster, auf dem Sie gerade sitzen», widersprach Delaney sanft.

Sie stierte in anfangs verständnislos an, wurde sodann leichenblaß und wirkte plötzlich uralt. Sie sprang auf, riß das Polster weg und erblickte den durchsichtigen kleinen Umschlag mit dem weißen Inhalt. Sie betrachtete ihn, schaute Delaney an und zischte: «Sie Lump! Sie elender Lump!»

«Ach, Belle», lachte er leise. «Belle, ach Belle!»

Er stand auf, legte sorgsam den Hut auf den Stuhl, nahm ihr den kleinen Umschlag weg, riß ihn auf, schüttete den Inhalt in die Handfläche und leckte daran.

«Puderzucker. Nur eine kleine Demonstration. Damit Ihnen klar wird, daß Ihre prominenten Freunde nicht alle Tricks kennen. Längst nicht alle. Polizisten haben so ihre kleinen Kniffe.»

«Puderzucker?» fragte sie stumpf.

«Ganz recht. Aber Sie können selbstverständlich nicht wissen, ob ich nicht anderswo in der Wohnung echtes Kokain versteckt habe.»

Er sah sie fest an und sie konnte seinem Blick nicht ausweichen.

«Was wollen Sie wissen?» fragte sie heiser.

«Schon besser. Setzen Sie sich, machen Sie sich's gemütlich. Und nichts mehr von Scheiße und Ihren superklugen Advokaten.»

Er legte das Polster zurück, nahm sie am Ellenbogen und half ihr in den Sessel. Dann nahm er wieder auf seinem Stuhl Platz.

«Fühlen Sie sich besser?» fragte er teilnehmend.

Sie nickte wie aufgezogen.

«Sehr schön», sagte er forsch. «Es geht jetzt auch ganz schnell. Wie waren Ihre Geschäftsbeziehungen zu Victor Maitland beschaffen?»

Sie zögerte, doch scheuchte er sie mit scharfen, strengen Fragen auf, und bald war alles erzählt. Etwa sechs Monate vor seiner Ermordung hatte Maitland sie gefragt, ob sie bereit sei, Bilder von ihm in Amerika und im Ausland zu verkaufen. Sie war bereit und verlangte 35 % Kommission. Darauf wollte er nicht eingehen, soviel müsse er auch Geltman zahlen, und falls sie ebenso geldgierig sei, brauche er sie nicht. Man einigte sich schließlich auf 20 % von Erlösen unter 100000 Dollar und 15 % von höheren Erlösen.

«Mußte Maitland sich vor dem Verkauf mit dem Preis einverstanden erklärt haben?» fragte Delaney.

«Selbstverständlich.»

«Angeschmiert wurde dabei also einzig und allein Saul Geltman?»

«Vic behauptete, er habe mit Geltman keinen Vertrag», rechtfertigte sich Miss Sarazen.

«Das ist offenbar zutreffend. Nur weiter.»

Sie ließ also ihre prominenten Bekannten hierzulande und in Europa wissen, daß sie Maitlands zu verkaufen hatte und schlug alle Bilder los, die der Maler ihr brachte.

«Und meine Kommission habe ich korrekt versteuert», schloß sie.

«Daran zweifle ich keinen Moment. Wie viele Bilder konnten Sie verkaufen?»

«Zehn ungefähr, bevor er ermordet wurde. Wir machten einen guten Profit.»

«Und hatte Maitland nicht Angst, Geltman könnte dahinterkommen?»

«Angst? Vic Angst? Nicht die Spur», lachte sie. «Der hatte vor gar nichts Angst, ausgenommen, die Einkünfte könnten nicht reichen, ihm das Leben zu ermöglichen, das er sich wünschte. Allerdings hat er verlangt, die Käufer dürften nicht verraten, daß sie von ihm direkt gekauft haben und die Bilder nicht vor Ablauf von fünf Jahren für Museen oder Ausstellungen herleihen.»

«Und darauf haben sie sich eingelassen?»

«Selbstverständlich. Sie müssen bedenken, Vic verschleuderte seine Sachen förmlich. Man bekam sie von ihm sehr viel billiger als von Geltman.»

«Ah so. Jetzt verstehe ich, weshalb Ihre Geschäfte so gut gingen. Sie waren quasi eine billige Filiale von Geltman.»

«Ganz recht.»

«Sie sagten, Maitland sei es nur darauf angekommen, sich die Lebensführung leisten zu können, die ihm vorschwebte. Wissen Sie, was er mit dem Geld anfing? Wofür er es ausgab?»

«Die Hälfte ging für Steuern drauf.»

«Schön, aber –»

«Schnaps. Parties.»

Er schaute sie ungläubig an.

«Man kann doch nicht Tausende für Alkohol und Parties ausgeben! Sie sagten, Sie haben zehn Bilder verkauft. Nehmen wir an, im Durchschnitt für 50000. Das ist eine halbe Million. Davon 20% für Sie. Bleiben ihm 400000 . Zahlte er die Steuern in voller Höhe – und das möchte ich denn doch bezweifeln – bleiben immer noch 200000 aus dem Geschäft mit Ihnen, von Geltmans Umsätzen ganz zu schweigen. Sie wollen doch nicht ernstlich behaupten, daß er an Schnaps und Parties 200000 Dollar gewendet haben kann?»

Miss Sarazen schwieg ein Weilchen. Der bloße Fuß wippte wieder nervös. Sie fuhr über ihr feuchtes Haar.

«Sie werden mir doch nicht glauben.»

«Ich bin geneigt, Ihnen alles und jedes zu glauben.»

«Nun, das meiste hat er verschenkt. Es durfte aber niemand davon wissen.»

«Verschenkt? An wen?»

«An junge Maler. Im Village. In SoHo. In Brooklyn. Er hat die ganze Stadt durchstreift, kleine Galerien besucht, war in unzähligen Ateliers. Entdeckte er jemanden, der seiner Meinung nach Talent hatte, setzte er ihm eine Art Gehalt aus. Und da ist das meiste Geld denn auch hingegangen.»

«Herr im Himmel, das ist wirklich unglaublich», staunte Delaney.

«Glauben Sie es ruhig, es stimmt nämlich. Einige Maler, die er unterstützte, sind mir bekannt. Wollen Sie sie befragen?»

«Nein», sagte Delaney gedehnt. «Ich glaube Ihnen. Hat Geltman davon gewußt?»

«Weiß ich nicht, nehme ich aber nicht an.»

«Und Maitlands Frau?»

«Die bestimmt nicht. Der hat er nie was gesagt.»

«Kommen wir noch mal auf die Bilder zurück, die Sie für ihn verkauften. Ist Geltman dahintergekommen?»

«O ja, das ließ sich auf die Dauer nicht vermeiden. Die Kunstszene ist eine recht kleine Welt. Jeder kennt jeden. Die Leute reden, und nichts läßt sich lange geheimhalten.»

Sie erzählte, daß Geltman, der bei Sotheby in London auf einer Auktion gewesen war, bei einer anschließenden Party gehört hatte, wie jemand damit prahlte, er habe soeben einen Maitland um einen Spottpreis erworben. Geltman brachte es fertig, von dem Käufer in dessen Wohnung gebeten zu werden und sah das Bild dort. Er wußte natürlich gleich, daß es nie in seiner eigenen Galerie gehangen hatte. Wieder in New York, machte er Maitland deswegen die Hölle heiß; er warf ihm vor, ihn nicht nur um seine Kommission zu betrügen, sondern den Preis für seine Bilder zu drücken. Maitland selbst hatte Belle davon erzählt und hinzugefügt: «Soll das Arschloch doch der Teufel holen! Der verdient für den Rest seines Lebens an mir. Wie kommt er dazu, sich darüber zu beklagen, daß ich meine eigenen Bilder selber verkaufe? Ich brauche den Kerl nicht, ich brauche überhaupt niemand.»

«Sie verkauften auch danach noch seine Bilder?» fragte Delaney.

«Aber ja, daran ist doch nichts Ungesetzliches?»

«Nein, ungesetzlich war das nicht. Aber sagen Sie mir eines: Von wann waren die Bilder datiert, die Maitland Ihnen gab?»

«Lauter frühe Sache. Vor zwanzig Jahren entstanden. 1957 und 1958. So in der Drehe. Aber nicht schlechter als seine neuesten Arbeiten. Man sah keinen Unterschied.»

«Es gibt auch keinen.»

Sie schaute ihn erstaunt an. «Das sage ich ja.»

Er nickte und stand auf. Mehr brauchte er nicht zu hören. Aber dann blieb er doch noch einen Moment.

«Warum haben Sie uns das nicht gleich anfangs erzählt, Belle?»

«Weil ich in nichts verwickelt werden möchte», sagte sie und reckte das Kinn vor.

Er hob resigniert die Schultern. Diesmal war Sie es, die ihn zurückhielt. «Mr. Delaney, ich hoffe, Sie haben nicht auch anderswo in der Wohnung Rauschgift versteckt?»

«Aber Belle», tadelte er sie lächelnd, «Sie trauen mir doch hoffentlich nicht zu, daß ich die Gesetze übertrete?»

Die Menschen – man erlebte doch immer wieder Überraschungen mit ihnen. Zu diesem ernüchternden Resultat gelangte er auf seinem Weg durch den Central Park von Belles Wohnung zur East Side. Er stapfte recht schwerfällig dahin, ein wenig vorgebeugt, den Strohhut zum Schutz gegen die Sonne tief in der Stirne.

Was ihn so überraschte, ja eigentlich recht schockierte, war, wie Victor Maitland, den baldigen Tod vor Augen, über sein Vermögen disponierte. Daß dieser streitsüchtige, bösartige Grobian solch anonymer Großmut fähig gewesen war, wirkte auf Delaney als läse er, daß der Hunnenkönig Attila ein Heim für ledige Mütter unterhalten habe.

Er nahm den Lunch beim Zoo im Central Park, aß ein paar Würstchen, trank ein Bier, dann dasselbe noch mal, alles sehr gemächlich und hörte mit einem Ohr auf das Kreischen und Trompeten der Tiere in ihren Käfigen. Dies war so recht der Ort, den Fall einmal im ganzen zu überblicken, diesen Fall, der exemplarisch war für die Habgier seiner Mitmenschen.

Victor Maitland mußte sterben, so resümierte Delaney, weil er schon zu lange gelebt hatte. Ja, so war es. Hätte er nur drei oder vier Jahre vor sich gehabt, wie Dr. Horowitz prognostizierte, der Steuerbetrug wäre nie aufgekommen, Saul Geltman hätte jährlich mit einem guten Profit von den gelagerten Bildern rechnen können, Alma und Ted Maitland wäre aus den Verkäufen der letzten Bilder ein schönes Erbteil geblieben, Dora und Emily Maitland hätten ihre Besitzung instandsetzen lassen können und alle Beteiligten wären zufrieden und glücklich gewesen, und wenn sie nicht gestorben sind, dann leben sie noch heute . . .

Der streitbare Halunke wollte aber nicht ins Gras beißen, starb jedenfalls nicht an seiner Krankheit. Er lebte und lebte und lebte. Derweil trockneten massenhaft herrliche Bilder in der Scheune in Nyack. Delaney nahm an, daß Maitland schließlich dachte: machen wir ein paar davon zu Geld und amüsieren uns, solange noch das Lämpchen glüht. Es gab ja eine Masse Bilder dort, und ob es nun zehn oder zwanzig mehr oder weniger waren, darauf kam es am Ende nicht an . . .

Einem aber kam es sehr darauf an, Saul Geltman nämlich. Der setzte alles daran, die Preise für Maitlands Bilder hochzuhalten und fütterte den Markt nur spärlich. Und die Gemälde in der Scheune waren schließlich nicht nur das Erbe von Mutter und Schwester Maitlands, sondern auch sein eigener Anteil. Zwanzig Jahre konnte er allein von den Kommissionen aus deren Verkauf leben. Was hatte Belle doch gesagt? Wie hatte Maitland sich ausgedrückt? ‹Soll das Arschloch doch der Teufel holen, der verdient für den Rest des Lebens an mir.›

Als Geltman dann von den heimlichen Verkäufen erfuhr, kam alles ins Rutschen. Zum einen sah er sich um seine Kommission gebracht. Zum anderen mußten die Marktpreise fallen, und das war fast noch schlimmer. Von steigender Nachfrage konnte keine Rede sein, wenn die Interessenten sich nur an die Sarazen zu halten brauchten, um einen billigen Maitland zu kaufen. Und dabei lebte der Maler immer noch! Der Hund war springlebendig! Und arbeitete, malte ein Bild nach dem anderen wie vom Fließband. Es wurde Zeit, den Hahn zuzudrehen. So etwa, mußmaßte Delaney, dürfte Geltman überlegt haben: es wird Zeit, den Hahn zuzudrehen. Victor Maitlands Tod war die gegebene Lösung.

Der Chief betrat das Büro von Simon & Brewster strahlenden Gesichts. Doch die verbindliche Susan Hemley saß nicht an ihrem Tisch, sondern statt ihrer ein ungelenker, bebrillter junger Mensch mit grauer Hautfarbe. Der Tisch war abgeräumt; der junge Mann saß wie an seinen Stuhl geleimt, die Hände so verkrampft auf der Schreibtischunterlage gefaltet, daß die Knöchel weiß schimmerten.

«Sie wünschen?» fragte er kalt.

«Ist Miss Hemley nicht da?»

«Nein.»

«Dann vielleicht Mr. Simon? Ich habe eine Verabredung. Meine Name ist Delaney.

«So?»

«Ja. Von der Kriminalpolizei.»

«Ah. Einen Moment bitte.»

Er stand mit einem Ruck vom Stuhl auf, klopfte hart an die Tür zu Simons Büro, ging hinein ohne eine Aufforderung abzuwarten und knallte die Tür hinter sich zu. Gleich darauf kam er finsteren Gesichts wieder zum Vorschein.

«Mr. Simon wird Sie sogleich empfangen. Nehmen Sie Platz.»

Beide saßen stumm, bemüht einander nicht anzustrarren.

«Sind Sie ebenfalls Anwalt?» fragte Delaney schließlich.

«Nein», versetzte der junge Mensch verbissen. «Ich bin hier als juristische Hilfskraft angestellt.»

Offenbar paßte es nicht in sein Berufsbild einer juristischen Hilfskraft, daß er Mandanten abzufertigen hatte. Delaney glaubte, der Jüngling werde entweder zu schreien anfangen oder in Tränen ausbrechen, sollte er ihm sein Mitgefühl ausdrücken. Er blieb also stumm, balancierte den Strohhut auf den Knien und erduldete das lange, wortlose Warten; augenscheinlich wollte Mr. Simon zeigen, für wie bedeutend er sich hielt.

Schließlich, nach zwanzig Minuten, kam er geschäftig aus seinem Büro, beide Hände ausgestreckt, die blitzend weißen Zähne gebleckt.

«Tut mir leid, daß Sie warten mußten.» Eine Erklärung hielt er wohl für überflüssig.

«Ich habe es nicht eilig», erwiderte Delaney gelassen. «Gottes Mühlen mahlen langsam, wie Sie wissen.»

Simon wirkte wie üblich frisch lackiert und geölt. Der Tag bei Gericht hatte seinen Bügelfalten nichts anhaben können, auch seine Frisur war vorbildlich, sein gepflegtes Bärtchen einwandfrei. Heute trug er ein weißes Hemd mit blauen Punkten, dazu einen kastanienfarbigen Schlips aus gestrickter Seide, der Anzug war marineblaues Leinen, die Knöpfe weiß, die schmalen hohen Revers wirkten wie Stabilisatoren.

Er führte den Chief in sein Büro, bot ihm einen Sessel an, erkundigte sich teilnahmsvoll nach der Gesundheit seines Besuchers, stellte die Jalousien so, daß das Licht des Spätnachmittags nicht blendete und bot zu Trinken an. Als dies abgelehnt wurde, bereitete er sich selber an der hübschen kleinen Hausbar einen Drink mit der Umsicht eines irren Alchimisten, der ein Lebenselexier mischt. Delaney kam es so vor, als sei dies heute nicht sein erster Drink.

«Fünf Stunden im Gericht», tönte der Anwalt. «Endlose Verzögerungen. Ah, diese Langeweile! Aber das alles kennen Sie ja.»

«Polizisten sind das Warten gewöhnt. Es gehört zum Beruf. Ich habe aber feststellen können, daß dann am Ende doch was dabei rauskommt. Nur Geduld muß man haben.»

«Versteht sich, versteht sich.» Simon nahm einen Schluck. «Ah!» machte er und rutschte behaglich in seinen Sessel. «Ein amtlicher Besuch, Chief?» fragte er sodann.

«Ach, eigentlich könnte man sagen, mehr ein Höflichkeitsbesuch.»

«Wie?» Simon war verblüfft.

«Sie, als Anwalt, sind doch eine Art Justizbeamter, nicht wahr?» fragte Delaney.

«Ja, selbstverständlich.»

«Und ich diene als Polizist ebenfalls der Justiz. Man könnte also sagen, wir gehören zur gleichen Partei, wie?»

Simon nickte und beobachtete den Chief wachsam.

«Ich finde es darum nur recht und billig», fuhr Delaney fort, «Sie mit den Fakten vertraut zu machen, bevor ich Anzeige erstatte.»

Simon trank sein Glas auf einen Zug leer. Er stand auf, stelzte zur Bar und machte ein weiteres Glas zurecht. Er kehrte Delaney dabei den Rücken. Als er nun sprach, hatte die melodiöse Stimme alles Honigsüße eingebüßt.

«Was geht eigentlich vor, Delaney?»

«Sind Sie mit Saul Geltman befreundet?»

Der Anwalt kam mit dem Glas zurück und ließ sich schwer in seinen Sessel sinken. Er hob das Glas, trank aber nicht, starrte vielmehr Delaney über den Rand hinweg an.

«Das ist Ihnen doch bekannt.»

«Möchten Sie gern sein Freund bleiben?» fragte Delaney.

«Was bedeutet denn nun wieder diese Frage, zum Kuckuck!»

«Sie bedeutet, daß ich wissen möchte, wie weit Sie ihm zuliebe zu gehen gedenken. Wer hat die Sandwiches gegessen?»

«Was? Wie?» Simon war verblüfft. «Wovon reden Sie?»

«Von den Sandwiches, die Sie zum Lunch kommen ließen.» Delaney verlor keinen Moment die Geduld. «Für sich und Geltman. An dem bewußten Freitag. Wer hat sie gegessen? Geltman war zum Lunch nicht da. Haben Sie alle allein gegessen? Haben Sie die restlichen weggeworfen? Ist er noch mal hergekommen und hat sie selber gegessen?»

«Ich habe bereits mehrfach gesagt –»

«Einen Dreck haben Sie!» schnauzte Delaney ihn an. «Was waren das für Sandwiches?»

«Wozu fragen Sie mich dauernd nach diesen Sandwiches?»

«Los, was war drauf? Thunfisch? Gehackte Eier? Fleisch? Was war drauf!»

«Na schön, wenn Sie unbedingt . . . Roastbeef und Weißbrot. Und dazu haben wir ungesüßte Limonade getrunken.»

«Und was haben Sie vergangenen Dienstag zum Lunch gegessen?»

«Letzten Dienstag?» wiederholte der Anwalt, «glauben Sie, ich weiß noch –»

Er brach ab, jedoch zu spät. Delaney grinste ihn an.

«Ganz recht. An den Lunch vom vergangenen Dienstag erinnern Sie sich nicht, wer könnte das schon. Ich bestimmt nicht. Aber daß Sie an einem Freitag vor zwei Monaten Roastbeef auf Weißbrot aßen und ungesüßte Limonade tranken, das wissen Sie genau. Geltman übrigens ebenfalls. Und zwar gab er uns diese Auskunft ungefragt. So sind nun mal die Amateure: sie reden zu viel. Nun wohl, mein lieber Advokat, als Experte der Zeugenbefragung stimmen Sie mir wohl darin zu, daß eine Verabredung, wo nicht gar ein betrügerisches Einverständnis vorliegen muß, wenn sowohl Sie als Geltman sich genau daran erinnern, was jeder von Ihnen an einem Freitag vor zwei Monaten zum Lunch gegessen hat.»

J. Julian Simon erhob sich etwas taumelnd.

«Ich betrachte das Gespräch als beendet und fordere Sie auf zu gehen», sagte er mit schwerer Zunge.

Delaney erhob sich ebenfalls, doch knöpfte er den Rock auf und stemmte die Arme in die Taille. Er hob die Rockschöße und drehte sich einmal herum, so daß Simon Hemd und Hosenbund sah. «Ich bin sauber», sagte er dabei, «kein Mikrofon, kein Minitonband, nichts. Wir sprechen jetzt unter vier Augen.»

«Kein Wort mehr», lehnte Simon ab.

«Es wäre aber nur zu Ihrem Nutzen», beharrte Delaney, knöpfte die Jacke zu und setzte sich. «In Ihrem eigenen Interesse. Wollen Sie nicht hören, was ich zu sagen habe?»

Aus Simons Gesicht schien das Blut zu weichen, die gebräunte Haut, das Werk zahlloser Massagen und vieler Stunden unter der künstlichen Sonne wurde schwammig und blaß, er glich einem angestochenen Ballon. Er fiel mehr in seinen Sessel, als daß er sich darauf niederließ.

«O ja, Sie möchten es schon hören», fuhr Delaney ingrimmig fort. «Sie wollen schließlich wissen, was Ihnen bevorsteht, wenn Sie sich dazu durchringen, Geltmans Freund zu bleiben. An dem bewußten Freitag erschien er hier um zehn. Sie verschlossen die Tür zum Vorzimmer. Sehen Sie mir jetzt zu, ich spiele Saul Geltman . . .»

Der Chief stand auf, ging raschen Schrittes zu der Tür mit der Milchglasscheibe, schloß auf, trat in den Korridor und winkte Simon abschiednehmend zu.

«Bis später», sagte er dabei fröhlich.

Dann kam er zurück ins Büro, schloß hinter sich ab und nahm wieder Platz.

«Seit Geltman um zehn Uhr hier eintrat, wurde er nicht mehr gesehen. Nicht von Susan Hemley, nicht von dem Boten des Delikatessengeschäftes. Von niemand. Das haben wir nachgeprüft.»

«Ich habe ihn gesehen», krächzte Simon. «Er war die ganze Zeit über hier.»

«So? Na, halten Sie sich meinetwegen an diese Aussage, aber wir kriegen Sie am Arsch, ich verspreche es. Sie werden vor die große Strafkammer geladen. Man wird Sie durchleuchten, nach allen Richtungen. Ihr Bild in den Abendzeitungen und im Fernsehen – das Gesicht hinter einer Zeitung versteckt. Haben Sie wirklich so großen Appetit darauf? Wollen Sie das alles Ihrer Freundschaft zu Geltman wegen auf sich nehmen?»

«Geltman ist mein Mandant. Sie haben kein Recht –»

«Kein Recht? Ich kein Recht! Hören Sie auf, mir solchen Scheißdreck vorzuquasseln, Sie elender Winkeladvokat! Glauben Sie vielleicht, wir kennen Ihre Vorstrafen nicht? Wir wüßten nicht, daß Sie um Haaresbreite aus der Anwaltskammer ausgeschlossen worden wären? Kommen Sie mir ja nicht mit Ihrem beschissenen Berufsgeheimnis. Von Ihrem Mandanten ist jetzt nicht die Rede, sondern allein von Ihnen, von Verdunkelungsgefahr, von Meineid ist die Rede, von Beihilfe zum Mord! Da staunen Sie, was?»

«Alles Vermutungen!» brüllte Simon. «Nichts als wilde Spekulationen! Sie denken wohl –»

«Ich habe einen Augenzeugen!» unterbrach ihn Delaney triumphierend. «Einen Augenzeugen, der Geltman zur Tatzeit nahe dem Tatort gesehen hat, als er angeblich hier mit Ihnen Sandwiches gegessen und Limonade getrunken hat. Ein Augenzeuge! Bedenken Sie mal, was das heißt, ein respektabler Mensch, ein angesehener Mensch, ein Mensch von Reputation, der Geltmans Bild auf Anhieb aus zwölf anderen herausgefischt hat und der beschwören wird, ihn zur Tatzeit dort gesehen zu haben. Und wir haben Beweise. Ist Ihre Freundschaft Ihnen so viel wert? Denken Sie nach, Mann, geben Sie Ihrem Hirn mal einen Stoß! Sie wissen, noch ist Zeit, einen Handel zu schließen. Gehen Sie beiseite, bevor die Lawine kommt, die rollt nämlich schon und Sie wissen es. Aufhalten können Sie sie nicht. Falls Sie Ihre blöde Aussage unter Eid wiederholen, werden Sie untergemangelt mitsamt Ihren Spy-Karikaturen und Ihren eichenen Bücherregalen und all dem hübschen Spielzeug hier – davon bleibt nichts. Nichts!»

Delaney stand abrupt auf.

«Ein Augenzeuge», wiederholte er leise. «Einer, der ihn gesehen hat. Bedenken Sie das. Nun denn, denken Sie in Ruhe darüber nach, und falls Sie Ihre Aussage abändern wollen, weil Ihnen einfällt, daß Sie sich geirrt haben könnten, daß Geltman vielleicht doch eine oder zwei Stunden aus Ihrem Büro abwesend war, rufen Sie einfach an. Meine Nummer steht im Telefonbuch. Lassen Sie sich Zeit. Ich bin ein geduldiger Mensch. Und Geduld habe ich gelernt, als ich Stunden und Stunden in Vorzimmern von Anwälten herumsaß. Geben Sie acht auf sich, und damit wünsche ich Ihnen einen schönen guten Tag.»

Er hinterließ einen zerrüttet aussehenden, in seinem Sessel zusammengesunkenen J. Julian Simon hinter seiner mit Leder bespannten Schreibtischplatte, ein Cocktailglas in bebenden Fingern. Delaney trat rasch aus dem Gebäude und wandte sich dem nördlichen Ende der East 68th Street zu. Er marschierte einen halben Block nach Westen, Richtung Fifth Avenue und bezog Posten im Schatten einiger Bäume, hinter geparkten Autos; hier hatte er Dekkung, konnte aber den Eingang zu dem Bürohaus beobachten, aus dem er soeben gekommen war.

Er berechnete, daß J. Julian Simon gut zehn Minuten brauchen würde, sich soweit zu fassen, daß er nach einem weiteren Drink Geltman in dessen Galerie an der Madison anrufen und ihm sagen könnte, der Himmel stürze ein. Es vergingen aber fast zwanzig Minuten, bevor der kleine Kunsthändler um die Ecke getrabt kam, außer Atem in seiner Eile. Er wetzte ins Gebäude und Delaney machte sich gemächlich auf den Heimweg, eine frisch angebrannte Zigarre im Mund. Er gestand sich ein, daß er nicht genau wußte, worauf er eigentlich ausgewesen war, einen scharf umrissenen Plan hatte er nicht. Doch Saul Geltman sollte es mit der Angst bekommen, das konnte nicht schaden.

Daheim angelangt fand er Monica, Boone und Jason am Küchentisch, wo sie sich an Kartoffelchips gütlich taten. Die Stimmung schien recht angeregt. Monica trank dazu Martini, Boone Mineralwasser und Jason Bier aus der Dose. Alle blickten auf, als er hereinstampfte.

«Guten Tag, Eduard», begrüßte ihn Monica, «was hast du denn den ganzen Tag über getrieben?»

«Die Leute in Angst und Schrecken versetzt», antwortete er munter. «Das macht Durst. Bekomme ich keine Belohnung?»

«Im Kühlschrank stehen Martinis, samt frischer Limonenschale.»

«Ausgezeichnet.» Er goß ein und tat ein Stück Limonenschale ins Glas. Dann zog er einen Stuhl an den Tisch und fragte Boone neugierig: «Und wie sind Sie zurechtgekommen, Sergeant?»

«Ganz zufriedenstellend, scheint mir, Sir. Zu zweit haben wir insgesamt elf Kunsthändler ausgefragt. Vier wollten sich nicht äußern, weder so noch anders. Die wußten entweder nichts, oder sie wollten nicht reden. Die anderen sieben behaupten, Geltman wäre ohne Maitland erledigt.»

«Zwei von denen, die ich befragt habe, behaupteten sogar, er könnte nicht mehr die Frachtkosten zur Madison Avenue bezahlen», berichtete Jason. «Und die Mieten dort sind unheimlich hoch. Beide meinten, in einer billigeren Gegend könnte er sich vielleicht halten, aber nicht auf der Madison Avenue. Es sei denn, er findet einen zweiten Maitland.»

«Erinnern Sie sich, Chief», fragte Boone, «daß wir ihm schon bei unserem ersten Gespräch diese Frage gestellt haben. Er sagte damals, Maitlands Tod wäre schlimm für ihn, aber nicht gerade gefährlich; überleben könnte er allemal.»

«Und wie! Schließlich liegen Maitlands im Wert von 20 Millionen in Nyack in der Scheune. Ich selber habe folgendes erreicht . . .»

Er berichtete kurz über seine Besuche bei Belle Sarazen und J. Julian Simon. Man hörte ihm gespannt zu. Als er zu Ende war, holte Monica noch einen Martini, schenkte ihrem Mann nach und stellte eine weitere Dose Bier vor Jason hin.

«Er ist also schuldig, Edward?» fragte sie. «Unbezweifelbar schuldig?»

«Für mich steht das fest. Nur – beweisen läßt sich das nicht so leicht.»

«Aber jetzt kennen wir doch sein Motiv, Sir», warf Jason ein. «Und falls der Anwalt ihn mit dem Alibi hängen läßt, hat er auch Gelegenheit gehabt, die Tat auszuführen. Die Mordwaffe fehlt noch, das gebe ich zu, aber es müßte doch wohl reichen, in zu verurteilen?»

Delaney blickte fragend den Sergeanten an.

«Was meinen Sie, Boone?»

Boone schüttelte verärgert den Kopf.

«Soweit ich sehe, nicht. Möglich, daß Anklage erhoben wird, aber nicht einmal das halte ich für wahrscheinlich. Das Beweismaterial ist zu dürftig.»

«Dürftig!» rief Jason empört. «Ich möchte doch meinen, der Kerl ist überführt!»

«Leider nein, Jason. Boone hat schon recht. Auf das Material hin, das wir jetzt vorzuweisen haben, wird er nie im Leben verurteilt. Er wird aus Mangel an Beweisen freigesprochen. Was nicht heißt, daß er seine Schuldlosigkeit bescheinigt bekommt, sondern nur, daß die Anklage außerstande ist, überzeugend Beweis zu führen. Und in solchen Fällen hütet sich die Staatsanwaltschaft, Anklage zu erheben. Der Staatsanwalt möchte mit Verurteilungen aufwarten, das nützt seiner Karriere, und ohne ausreichende Beweise Anklage erheben, bedeutet Verschwendung von Zeit und Steuergeldern.»

Boone machte es dem enttäuschten Jason noch deutlicher: «Was wir bislang haben, sind Indizienbeweise. Das ist nicht übel, und in den meisten Mordfällen stützt die Anklage sich auf Indizien. Wie oft gibt es schon in Mordfällen einen Augenzeugen? Unser Beweismaterial reicht aber für eine Hauptverhandlung nicht aus.»

«Richtig. Daß die Sarazen behauptet, Maitland und Geltman hätten gestritten, wird nicht als Indiz bewertet, weil sie dabei nicht anwesend war, und falls Simon sich entschließt, Geltmans Alibi zu beschwören – was meinen Sie, wem die Geschworenen wohl glauben:

einem gewieften Anwalt mit einer Praxis in der Madison Avenue, oder einer abgetakelten Nutte, die auch noch Fürsorgeempfängerin ist?»

«Soll das heißen, du meinst, Saul Geltman geht euch durch die Lappen?» fragte Monica entrüstet.

«Ah, das habe ich keineswegs gesagt. Das wird sich zeigen. Er weiß jetzt, daß wir einen Augenzeugen haben, der ihn zur Tatzeit am Tatort gesehen hat. Man darf annehmen, daß er aus der Zeitung oder aus dem Fernsehen unser Phantombild kennt, also weiß er, wen wir gesucht haben; daß Mama Perez und Dolores ihm gefährlich werden können, muß ihm klar sein, denn er hat sie ja selber am Freitag vor Maitlands Atelier gesehen.»

«Und was folgt daraus?» fragte Monica.

«Daraus folgt», sagte der Chief verträumt, «daß man ihm behilflich sein muß, sie seinerseits zu finden.»

Als Delaney seinen Vorschlag noch am gleichen Abend telefonisch dem Stellvertretenden Commissioner unterbreitete, war Thorsen alles andere als begeistert.

«Das könnte als unzulässige Verleitung angesehen werden, Edward», wandte er ein.

«Verleitung ist juristischer Firlefanz. Und ob die darin gesehen wird, hängt bloß davon ab, ob der Richter abends vorher von seiner Frau drangelassen worden ist. Wir verleiten ihn schließlich nicht dazu, ein Verbrechen zu begehen, wir stellen ihn vor die Wahl. Ist er schuldlos – und das ist er eben nicht! – wird er uns auslachen und abmarschieren, uns vielleicht sogar anzeigen. Ist er aber schuldig – und ich wiederhole, er ist es! – dann schluckt er den Köder. Ivar, der Bursche hat die Hosen voll, darauf gehe ich jede Wette ein. Der beißt an.»

«Und die Kosten . . .» ächzte Thorsen.

«Die fallen kaum ins Gewicht. Ein oder zwei Techniker für ein bis zwei Arbeitstage. Kompliziertes Gerät brauchen wir nicht. Boone und Jason und die Leute, die Mama Perez beschatten, reichen mir völlig. Also, was meinen Sie?»

«Für die Perez ist das ein übles Risiko.»

«Wir passen schon auf sie auf.»

«Und wenn es schiefgeht, kostet es mich meinen Kopf.»

«Das weiß ich doch, Ivar», sagte Delaney geduldig. «Soll ich alles auf meine eigene Kappe nehmen? Wir können ja so tun, als hätte dies Gespräch nie stattgefunden.»

«Nein, danke schön für das Anerbieten, aber so geht es nicht. Allein für das Gerät brauchen Sie meine Anforderung. Daß Sie ihn anders nicht überführen können, steht für Sie fest?»

«Unbedingt. Also – was ist?»

Delaney lauschte gespannt. Thorsen zögerte.

Endlich sagte er: «Machen wir es doch so: Sie werfen den Köder aus. Beißt Geltman an, kriegen Sie von mir, was Sie brauchen. Beißt er nicht an, lassen wir ihn laufen. Einverstanden?»

«Nach allem, was er Mary und Sylvia angetan hat? Nie!» verschwor sich Delaney.

20

Sie saßen nach dem Mittagessen geruhsam beim Kaffee, Delaney mit der Zeitung vor sich, die von einem Fassadenkletterer berichtete, der mit dem Kopf in einem Gitter steckengeblieben war. Die Polizei mußte ihn befreien. Delaney schmunzelte. Monica sützte das Kinn in die Hände und hörte der Musik aus dem Küchenradio zu.

«Klaviersonate Nummer zwei», murmelte sie verträumt. «Von Prokofiev.»

«Sam Prokofiev?» fragte Delaney, ohne aufzublicken. «Der war doch früher mal bei den Cincinnati Reds?»

«Ebenderselbe», bestätigte Monica.

«Mit den Händen war er flink, aber treffen tat er nie.»

Nun blickte er auf und beiden schauten einander mit gespieltem Ernst an.

Um zwei kamen Nachrichten, und Delaney legte die Zeitung weg. In Ohio hatte eine Überschwemmung stattgefunden, in Pakistan herrschte Hungersnot und in Kalifornien wurde ein Abgeordneter wegen Veruntreuung und Unterschlagung angeklagt.

«Und wegen maßloser Faulheit», brummelte Delaney.

Dann hieß es weiter: «In den frühen Vormittagsstunden wurde die Leiche eines Mannes von mittlerem Alter aus den Trümmern eines in Brand geratenen Gebäudes in Manhattan geborgen. Der Brand machte die Evakuierung mehrerer hundert Personen erforderlich. Der Schaden durch Feuer und Löschwasser ist beträchtlich. Bei dem Toten handelt es sich mutmaßlich um den bekannten Rechtsanwalt J. Julian Simon. Berichten aus Italien zufolge –»

Delaney stellte ab.

«Hat er gesagt –» stammelte Monica.

«Ja, das hat er. J. Julian Simon. Und ich muß sagen, manchmal überschätze ich mich!» fügte er wütend hinzu.

Er griff nach dem Telefon, doch klingelte es bereits. Er riß den Hörer hoch. «Delaney», bellte er bösartig.

«Haben Sie gehört, Edward?» fragte Thorsen, offenbar außer Atem.

«O ja, gerade eben. Verfluchte Scheiße, das geht auf meine Rechnung, Ivar!»

«Sie glauben also –»

«Glauben? Ich weiß! Dieser kleine Lumpenhund hat seinen alten Sportsfreund hingemacht, weil der die Nerven verlor. Jetzt sitzen wir auf der ursprünglichen Aussage von Simon, Geltman hat also noch sein Alibi. Das glaubt er jedenfalls. Sie müssen sich jetzt einschalten, Ivar, ich habe nicht genügend Einfluß. Wo ist die Leiche?»

«Weiß ich nicht, Edward. Vermutlich bei den Gerichtsmedizinern.»

«Dann rufen Sie dort bitte an und sagen, man soll bei der Autopsie unbedingt auf Messerstiche achten. Vor allem im Rücken.»

«Mache ich», sagte Thorsen matt.

«Auch auf Betäubungsmittel oder Alkohol. Anschließend unterhalten Sie sich mit Ihrem Oberbranddirektor und deuten an, das Opfer sei in gewisse illegale Machenschaften verwickelt gewesen, es besteht Anlaß, Brandstiftung zu vermuten. Hören Sie, ob er schon was zu sagen hat, und falls nicht, sollen die Leute sich Simons Büro, oder was davon übrig ist, mit besonderer Sorgfalt ansehen.»

«Mache ich, Edward.»

«Und sagen Sie mir bitte Bescheid, sobald Sie was erfahren?»

Er knallte den Hörer auf. Monica mochte er nicht ansehen.

«Es ist doch nicht deine Schuld, Edward», sagte sie unsicher.

«Futsch ist er, einfach futsch!»

Sie glaubte, er meine damit den toten Simon, doch damit irrte sie. Er stapfte ins Arbeitszimmer, knallte die Tür zu, warf sich in den Drehstuhl. Er streckte die Arme aus, sah, wie seine Hände zitterten. Das war, wie er wußte, die Wut über seine Demütigung. Was da litt, war das angeschlagene Selbstwertgefühl. Wieder einmal war er düpiert worden. Hatte er seine Karriere vielleicht zum Teil einer unangemessen hohen Einschätzung der eigenen Begabung zu verdanken gehabt? Falls das zutraf, erteilte der kleine Saul Geltman ihm jedenfalls eine Lektion in Demut.

Er suchte sich ein zutreffendes Bild von diesem Menschen zu machen, doch war das wie ein Kreuzworträtsel mit zu vielen Buchstaben. Geltman war dies, er war aber auch jenes. Er war grausam, zugleich aber auch zartfühlend; empfindsam und frivol. Delaney, dem allerlei Details aus den Akten und seinen Gesprächen durch den Kopf gingen, bekam ihn nicht zu fassen. Was er suchte, war ein einleuchtendes Motiv.

Er war lange genug Kriminalbeamter gewesen, um zu wissen, daß es eindeutige Motive bei Verbrechen kaum je gibt, daß vielmehr meist ein Gemisch von Antrieben und Reizen vorliegt. Der Sohn, der den alten, kränkelnden Vater mit Arsen vergiftet, sagt: «Ich habe es getan, um ihm Schmerzen zu ersparen», und er glaubt es auch. Aber wer tiefer bohrte, entdeckte, daß der Mörder bei seinem Rauschgifthändler in der Kreide stand und unbedingt seine Erbschaft brauchte, wollte er vermeiden, daß man ihm zur Warnung die Kniescheiben zerschlug; oder er war scharf auf eine Biene, die Geld sehen wollte, bevor sie Ja sagte; oder der Ermordete war ein lästiger, ewig jammernder, bösartiger Invalide, der schon unter sich ließ. Gleichwohl stimmte es, daß das Opfer ständig Schmerzen gelitten hatte. Und was folgte daraus?

Thorsen unterbrach durch einen Anruf Delaneys Bemühungen, Geltman zu analysieren. Der Stellvertretende Commissioner war ziemlich erregt.

«Die Anatomen waren uns schon ein gutes Stück voraus, Edward, sie hatten bereits mehrere Stichwunden im Rücken gefunden. Und zwar ähnlich denen, die Maitland aufwies. Eindeutiger Mord, laut Autopsiebericht. Zufällig hat der gleiche Mann auch im Fall

Maitland die Leiche begutachtet und sagt, es könnte sich sogar um dieselbe Waffe handeln. Und die Experten der Feuerwehr sind schon an der Arbeit.»

«Sehr schön, Ivar», sagte Delaney und warnte nachdrücklich: «Nichts davon darf in die Zeitungen! Nichts! Der Zwerg soll denken, er hat uns getäuscht. Man könnte allerdings in der Nachbarschaft Fotos von Geltman zeigen und fragen, ob ihn wer gesehen hat? Wahrscheinlich ist es nicht, aber wir sollten wenigstens so tun als ob.»

Der stellvertretende Commissioner versprach, sein Bestes zu tun, klagte aber auch gleich darüber, daß er nicht genügend Leute habe.

«Weiß ich doch alles, Ivar», tröstete ihn Delaney, «es ist ja bloß für ein paar Tage, schlimmstenfalls eine Woche.»

Thorsen schwieg ein Weilchen. Dann fragte er mit gespielter Lässigkeit: « Sie glauben, Sie haben ihn bis dahin?»

«So oder so. Bestimmt», versicherte Delaney absichtsvoll rätselhaft. «Hat Boone Ihnen von dem beabsichtigten Steuerbetrug berichtet?»

Diese bejahte Thorsen; man werde wohl die Finanzbehörden irgendwann davon unterrichten müssen, und ihm war schon unbehaglich bei dem Gedanken, was wohl der Abgeordnete Chapin dazu sagen würde, daß die Polizeibehörden von New York das Finanzamt Nyack auf seine Schwester hetzten.

«Wenn Sie das richtig anstellen, könnte es sogar nützlich für Sie sein», belehrte Delaney ihn. «Spielen Sie unter vier Augen mit offenen Karten. Sagen Sie, wir würden dicht halten, falls er seine Schwester dazu bringt, auszupacken und uns zu sagen, wie das eingefädelt wurde und wer daran beteiligt war. Sagen Sie Chapin, die Steuerfahndung würde so glücklich sein, wenn sie Maitlands Schätze entdeckte, daß niemand auf den Gedanken käme, Chapins Schwester zu belangen. Natürlich bedeutet das, daß Dora und Emily leer ausgehen, während Alma und Ted Maitland die lachenden Erben sind, aber so läuft der Hase nun mal. Wenigstens müssen Chapins Schwester und Nichte nicht mit einer Steuerbuße rechnen, und sein Gegendienst könnte darin bestehen, daß er den berühmten Gesetzentwurf befürwortet, der Ihnen so am Herzen liegt.»

«Sie hätten Politiker werden sollen, Edward.»

«Gott behüte.»

«Nun, mir gefällt Ihr Vorschlag sehr. Ich glaube, es ließe sich so drehen.»

«Aber reden Sie erst mit Chapin, wenn ich das Startzeichen gebe.»

«Einverstanden. Sonst noch was?»

«Könnten Sie mir ein paar hundert Dollar aus dem Sonderfonds beschaffen? Sie wissen schon, der Fonds, aus dem Spitzel und Rauschgiftkäufe bezahlt werden.»

«Ein paar hundert Dollar? Wozu denn die?»

«Trauen Sie mit nicht, Ivar?»

«Klar traue ich Ihnen. Bis zu hundert Dollar. Äußerstenfalls.»

«Na schön. Vielleicht reicht das. Die brauche ich für Mama Perez. Ich strecke sie vor, und Sie zahlen anschließend, ja?»

«Abgemacht.»

Delaney machte sich erneut an die Erforschung von Geltmans Charakter. Er schrieb nieder, was ihm an Motiven einfallen wollte und bewertete jedes einzelne mit Noten von eins bis zehn, aufgrund seiner Kenntnisse und Vermutungen. Er sonderte sodann aus, was seiner Meinung nach nicht ausreichte, einen Menschen zum Mord zu treiben und behielt am Schluß ein einziges Motiv übrig. Schlichte Habgier.

Habgier – richte sie sich nun auf Geld, Sachen, Macht oder was immer – kennt keine Grenze. Wer aus Rachedurst zum Mord getrieben wird, begeht seine Tat und damit ist das Ende erreicht. Sein Drang ist gestillt. Gier jedoch ist nie gestillt. Die nährt sich aus sich selber; Mehr bedeutet niemals Sättigung. Mehr schärft das Verlangen nach noch mehr. Habgier ist wie Sucht. «Ganz recht», sagte der Multimillionär, «ich habe viel Geld, aber noch habe ich nicht alles!»

Delaney stellte sich vor, daß Geltman zu Handlungen getrieben wurde, die er selber sich nie zugetraut hatte. Besessen von der Gier nach mehr, von der Angst zu verlieren, was er bereits besaß, hatte er der Sucht nachgegeben und war in einen Strudel von Täuschung, Betrug und Mord geraten, ohne je aufzuhören, seine Schreibtischplatte zu streicheln, aus Baccarat-Kristall echten Cognac zu trinken und dabei unablässig zu murmeln: «Das alles ist mein. Mein!»

Delaney war immer noch in Gedanken, als Monica ihm einen

Drink brachte und sich auch einen. Sie setzte sich ihm gegenüber auf den Tisch und ließ die hübschen Beine baumeln.

«Gott segne dich, meine Liebe», sagte er, strich ihr über die bloßen Schenkel und nahm einen Schluck. «Ich werde nicht vergessen, wer mir in der Stunde der Not beigestanden hat.»

«Um welche Not handelt es sich? Was machst du überhaupt?»

«Ich möchte herausbekommen, warum Saul Geltman nicht Edward Delaney ist oder wenigstens Jake Dukker. Ich stelle dir jetzt eine philosophische Frage: Was ist schlimmer: die guten Dinge des Lebens zu begehren, ohne sie jemals zu erlangen, oder sie zu verlieren, nachdem man sie besessen hat?»

Sie überlegte, das Glas am Mund.

«Verstehst du meine Frage?»

«O ja, ich verstehe sehr gut. Ich suche nur die Antwort. Ich fände es schlimmer, immer haben zu wollen und nie zu bekommen.»

«Warum?»

«Weil der, der verliert, was er besessen hat, sich mit dem Gedanken trösten kann, wenistens eine Weile besessen zu haben und glücklich gewesen zu sein, doch nichts haben und niemals etwas bekommen, muß zu ständiger Frustration führen.»

«Hm», grübelte Delaney», das wäre deine persönliche Reaktion.»

«Selbstverständlich. Die wolltest du doch auch hören?»

«Ja. Nein. Eigentlich wollte ich wissen, wie wohl Saul Geltman diese Frage beantworten würde.»

«Saul Geltman – ich kann es immer noch nicht glauben. Dieser reizende kleine Herr.»

«Ah ja, alle haben eine gute Meinung von ihm.» Delaneys Stimme triefte von Hohn. «Zu den reizendsten Leuten, die mir je begegnet sind, gehörte einer, der Mutter, Vater, zwei Schwestern, einen Bruder und den Hund umgebracht hatte. Und zwar mit einem Hammer! Während sie schliefen. Mir scheint, Geltman würde anders antworten als du, nämlich genau umgekehrt. Ich habe, glaube ich, schon mal gesagt, wenn aus Wünschen Begierde wird, dann geht es schlimm aus.»

Sie schaute ihn an. «Ich begehre dich.»

Er gab den Blick zurück. «Ich brauche dich.»

«Nun, dann soll es meinethalben schlimm ausgehen», sagte sie, rutschte vom Tisch und nahm ihn bei der Hand.

«Was denn – am hellerlichten Nachmittag?» fragte er.

«Und warum, bitte, nicht?»

«Absolut depraviert», schimpfte er und wackelte mit dem dicken Kopf. Er stand aber folgsam auf und stieg ihr nach, die Treppe hinauf.

21

Seine erste Eingebung war, selber mit Rosa Perez zu sprechen und sie für seinen Plan zu gewinnen. Dann entschied er, es sei besser, in Gegenwart von Boone und Jason mit ihr zu reden. Sie waren alle drei große, kräftige Männer; zwar würden sie nicht mit Gewaltanwendung drohen, doch mußte es Eindruck auf Mama machen, wenn drei Männer dieses Formats sie bedrängten. Es wäre nicht das erste Mal, daß er so verfuhr; so mancher Verdächtige sah sich beim Verhör Giganten gegenüber, die finster auf ihn herabschauten und ihn einschüchterten, und zwar mittels seiner eigenen Phantasie, die ihm Ängste eingab. So was erhöhte sehr die Bereitwilligkeit, mit der Polizei zusammenzuarbeiten.

Mama allerdings war unbeeindruckt.

«Denkt ihr, ich bin blöd?» fragte sie empört.

Delaney sagte seine vorbereitete Rede her. Geduldig. Man verlange doch nur wenig von ihr, nur anrufen möge sie bei Saul Geltman. Sich als die Augenzeugin benennen, die ihn am Mordtag auf der Treppe zum Atelier gesehen habe. Nur andeuten, daß sie den Blauen schon halb und halb eine Identifizierung in Aussicht gestellt habe, aber widerrufen wolle, denn was habe eine arme, bedürftige Frau schon zu erwarten, und so weiter und so fort.

Sollte Geltman darauf eingehen, möge sie ihn in ihre Wohnung bestellen und von da ab solle sie alles weitere ihm, Delaney, überlassen. Weiter verlange er nichts.

Mama blieb bei ihrem Nein.

Nun sagte Delaney, sie müsse schon ihrer eigenen Sicherheit zuliebe dabei helfen, Geltman hinter Gitter zu bringen, denn der Kunsthändler habe es auf sie abgesehen, so sicher wie das Amen in der Kirche. Und als dies ebenfalls nichts nützte, erinnerte der Chief sie daran, daß Geltman auch Dolores gesehen habe und daß schon um der Sicherheit des Mädchens willen der Anruf getätigt werden müsse.

Das blieb nicht ohne Eindruck, doch erklärte Mama überraschend, sie, Dolores und deren Mutter würden einfach anderswo hinziehen, und keiner werde sie finden. Nun bot Delaney ihr 50 Dollar an. Der Goldzahn kam blinkend zum Vorschein, Mama jedoch sträubte sich unverändert. Auch auf hundert Dollar wollte sie nicht anbeißen, obschon Delaney sich verschwor, es sei für sie ohne Gefahr.

«Wir sind nebenan und beobachten alles. Ein falscher Schritt, und wir pusten ihn um. Dolores wird nicht mal anwesend sein. Sie sind eine kräftige Frau, Sie werden doch ein solches Männchen eine bis zwei Sekunden abwehren können? Ich wette, Sie sind mit ganz anderen Kerlen fertig geworden. Und bedenken Sie – hundert Dollar für ein paar Minuten allein mit dem Burschen. Der ist geradezu ein Zwerg, Mama! Na?»

Unverkennbar stellte dies für Mama eine Verlockung dar, doch festlegen wollte sie sich nicht. Sie war eine kleine, untersetzte Person mit Augen wie Brombeeren, einem Mund, der auf Lebenserfahrung deutete und einer schrillen, hurenhaften Stimme; mal spielte sie die Nutte, dann wieder die dreiste Jungfrau.

Delaney, der wütend wurde, weil er nicht mit ihr zurande kam, bemerkte diese Koketterie sehr wohl. Ihm war klar, daß die ramponierte Fassage ihres Gesichts vor vierzig Jahren schön gewesen sein dürfte und daß ihr das sehr wohl noch bewußt war.

Also bemerkte er sanft: «Denken Sie doch nur, Mama, Ihr Bild kommt in alle Zeitungen, wenn Sie uns behilflich sind. Das Fernsehen macht Interviews mit Ihnen. Rosa Perez hilft bei Festnahme des Mörders. Sie werden bekannt, alle Welt wird Sie erkennen. Sie sind wer. Die berühmte Mama Perez.»

«Im Fernsehen?» fragte sie nachdenklich und da wußte er, sie war gewonnen.

Der Anruf bei Geltman sollte aus der Wohnung Delaneys erfolgen. Boone und Jason besaßen kleine Bandgeräte, das des Serganten hatte sogar einen Telefonadapter. Der Sergeant sollte das Gespräch am Apparat in der Diele aufzeichnen, Jason auf alle Fälle mit seinem Gerät bereitstehen, falls was schiefging. Delaney und Rosa Perez würden den Apparat in Delaneys Arbeitszimmer benutzen.

Ein ganzer Nachmittag verging mit einer Art Generalprobe. Mama war nicht gerade gebildet, doch ihre Eltern hatten dafür gesorgt, daß sie gewisse Elementarkenntnisse besaß; dazu kam ihre große Lebenserfahrung, die sie sich auf der Straße erworben hatte; sie kannte die Schwächen ihrer Mitmenschen recht genau. Delaney entwarf eine Art Drehbuch, an das sie sich halten sollte, verwarf aber bald, was er geschrieben hatte – sollte sie ruhig in ihrem eigenen Jargon reden. Man bombardierte sie mit Fragen, wie Geltman solche womöglich an sie richten würde, und nach anfänglichem Stocken gab sie ihre Antworten mit der genau richtigen Mischung von Frechheit und Habgier im Ton. Delaney meinte, sie werde sich glänzend bewähren.

Als das erledigt war und die Herren wieder im Wagen unterwegs waren, bemerkte Jason: «Eine tolle alte Biene! Ich glaube, es macht ihr richtig Spaß.»

«Sie steht im Mittelpunkt», bestätigte Delaney. «Und sie genießt das. Morgen nachmittag um drei herum soll sie anrufen. Dann dürfte Geltman vom Lunch zurück sein.»

«Angenommen, er beißt an, Chief», sagte Boone, «was bringt uns das ein? Vermuten Sie, daß er versuchen wird, sie umzubringen?»

«Ich hoffe es sehr. Falls nicht, verstärkt sein bloßes Erscheinen mindestens den Verdacht gegen ihn. Ich möchte aber wetten, daß er mit seinem geliebten Messer auftritt, ganz darauf versessen, sie abzustechen.»

«Sie meinen nicht, daß er sich erpressen läßt?» fragte Jason.

«So blöd ist er nicht. Er sagt sich bestimmt, das es bei einer Zahlung nicht bleibt und daß er sie früher oder später aus dem Wege schaffen muß. Jedenfalls würde ich an seiner Stelle so denken.»

«Und glauben Sie wirklich, er hat den Schneid, sie einfach abzugurgeln?» fragte Boone.

«Zweimal hat er bereits zugestochen», sagte Delaney düster. «Mit der Zeit wird so was immer leichter.»

Am Donnerstagnachmittag sollte also telefoniert werden. Monica würde dann wie üblich in ihrem Krankenhaus bei der Arbeit sein. Es lag ihm daran, daß sie nicht mit ansah, wie er Rosa Perez als Köder verwendete. Jason sollte Mama mit dem Wagen abholen. Boone und Delaney rückten unterdessen Stühle zurecht, prüften die kleinen Bandgeräte.

Jason traf pünktlich kurz nach zwei ein. Delaney bemerkte mit Rührung, daß Mama Perez sich fein herausgeputzt hatte: sie trug ein rosa Kleid mit einem gestickten Perlenkragen, und es fehlten nur wenige. In der Hand hielt sie eine Tasche aus weißem Plastik, verziert mit einem schwarzen Pudel. Die Plattformsohlen ließen sie fast zehn Zentimeter größer wirken, und die Riemen schnitten tief in das vorquellende Fleisch der Waden, die in hellrosa Strümpfen oder einer Strumpfhose steckten. Ihr Make-up war sehenswert: grüner Lidschatten, rotgeschminkte Wangen, ein dick mit Lippenstift nachgezogener Mund.

«Sie sehen bezaubernd aus», beglückwünschte Delaney sie.

«Gefalle ich dir?» fragte sie entzückt, sagte dann aber wegwerfend: «Was ist das schon!»

Sie bat um einen Drink und er reichte ihr promt einen doppelten Whiskey und Wasser in einer Karaffe. Sie würde schon wissen, was ihr am besten bekam. Sergeant Boone und Jason gingen in die Diele an ihr Geräte. Delaney ließ Rosa Perez auf seinem Drehstuhl am Schreibtisch Platz nehmen, zog einen Stuhl heran, setzte sich neben sie, so dicht, daß er mithören konnte, wenn er sich etwas vorbeugte. Sollte sie ihm einen Streich spielen, konnte er jederzeit die Verbindung unterbrechen.

Kurz vor drei wählte er die Nummer der Galerie Geltman und reichte Mama Perez den Hörer hin. Die rutschte auf dem Sessel nach vorn, richtete sich kerzengerade auf, machte eine ernste und gesammelte Miene.

«Galerie Geltman», meldete sich eine Frauenstimme.

«Bitte Mr. Geltman», verlangte Mama Perez.

«Dürfte ich Ihren Namen erfahren?»

«Er kennt mich nich. Sagen Sie ihm, es ist Victor Maitland.»

«Wegen Victor Maitland? Da könnte ich Ihnen vielleicht behilflich sein. Was möchten Sie denn –»

«Mister Geltman bitte», unterbrach Rosa barsch. «Es ist wichtig. Sagen Sie es ihm nur.»

«Einen Moment bitte.»

Sie warteten. Delaney nickte Mama Perez aufmunternd zu. Sie ließ den Goldzahn aufblitzen und lächelte überraschend koboldhaft zurück.

Im Hörer knackte es, als durchgestellt wurde.

«Hier Saul Geltman. Mit wem spreche ich, bitte?»

«Du kennst mich nich», begann Mama Perez, «aber ich kenn dich aus der Zeitung und sah dich schon vorher.»

«Ah?» fragte Geltman gelassen. «Und bei welcher Gelegenheit wäre das gewesen?»

«Auf der Treppe zum Atelier von Maitland. Am Freitagvormittag. Als er totgemacht ist.»

«Ich verstehe nicht recht», sagte Geltman.

«Du verstehst gut. Ich sehe dich da und du siehst mich da. Etwa nich, Mr. Geltman?»

«Ich ahne nicht im mindesten –»

«Ich hab den Blauen gesagt, ich glaube du bist es», fuhr Rosa unbeeindruckt fort. «Dein Foto erkenne ich, aber vielleicht irre ich mich auch und du bist es nich? Es ist so lange her. Ich sehe dich bloß eine Minute, also kann ich mich irren. Du verstehst?»

Schweigen. Man hörte Geltman atmen. «Einen Augenblick», sagte er sodann, «ich bin gleich wieder da.» Man hörte, wie ein Stuhl bewegt wurde, hörte Schritte, eine Tür wurde geschlossen, dann knarrte der Sessel, als der Kunsthändler sich wieder setzte.

«Sagen Sie mir doch bitte Ihren Namen», bat er liebenswürdig.

«Nein», lehnte Mama Perez ab. «Brauchst du nich kennen. Ich bin eine arme Frau. Eine sehr arme Frau. Verstehst du?»

«Ich glaube schon», entgegnete er, immer noch ganz gefaßt. «Haben die Blauen was mit diesem Anruf zu tun?»

«Die Blauen?» Mama lachte verächtlich. «Scheiß auf die Blauen, ich spucke auf sie!»

Diesen eingeübten Satz sprach sie mit solcher Vehemenz, daß er auch in Delaneys Ohren völlig echt klang. Falls Geltman ihr nicht glaubte, fiel das schöne Kartenhaus um.

«Was verlangen Sie?» Delaney atmete erleichtert auf; offenbar hatte der Kunsthändler angebissen.

«Fünftausend, weil ich heim will nach Portoriko. Ich will weg aus dieser mistigen Stadt und nie wiederkommen.»

«Fünftausend Dollar sind eine Menge Geld», gab Geltman zu bedenken.

«Nich soviel, wenn ich weg bin und nie wiederkomme. Du verstehst?»

«Ich glaube schon. Was ist mit der Kleinen, die bei Ihnen war?»

«Meine Tochter. Die kommt mit mir. Wir bleiben in Portoriko, für immer.»

«Und wenn die Blauen Sie in Portoriko finden?»

Mama Perez lachte wieder laut. «In Portoriko? Nie! Und wenn sie uns finden, wissen wir nichts mehr. Wir sehen dich nich auf der Treppe bei Maitland damals Freitag, als er totgemacht ist. Wir vergessen. Für fünftausend vergessen wir.»

«Hm . . .» sagte Geltman zögernd. «Man könnte darüber reden. Man könnte vielleicht zum beiderseitigen Nutzen eine Übereinkunft treffen.»

«Fünftausend», beharrte Rosa entschieden. «Bar. Kein Scheck. Bares Geld. Kleine Scheine.»

«Sie haben sich das alles recht genau ausgedacht, wie?»

«Klar.»

«Und wie soll Ihnen das Geld übergeben werden?»

Delaney legte einen Finger an die Lippen und schüttelte den Kopf. Mama nickte und schwieg. «Haben Sie das auch schon ausgeknobelt?»

«Nein», sagte Rosa Perez stockend, «vielleicht mit Post?»

«Fünftausend in bar mit der Post? Das halte ich nicht für sehr schlau», wandte Geltman ein. Sie vielleicht?»

«Nein, nich sehr schlau.»

«Sehen Sie», fuhr er glattzüngig fort, «ich merke schon, Sie sind eine gescheite Person. Wir könnten uns irgendwo treffen und ich übergebe es Ihnen.»

«Wo treffen?» fragte sie mißtrauisch.

«Ach, da fallen mir gleich mehrere Möglichkeiten ein. Im Central Park, auf dem Hauptbahnhof vielleicht – aber wir sollten doch lieber unbeobachtet sein. Das scheint mir geboten. Wohnen Sie in Manhattan?»

«Klar.»

«Allein?»

«Klar, bloß ich und Tochter.»

«Und Ihr Mann?»

«Hab keinen. Ist abgehauen.»

«Aha. Nun, dann könnte ich Ihnen das kleine Päckchen in die Wohnung bringen. Sagen Sie Ihren Namen und Ihre Adresse, und ich komme. Wie wäre das?»

«Ach . . . ich weiß nich . . .»

«So wäre es am einfachsten», versicherte er ihr. «Wir sind dann ungestört.»

«Mir gefällt das nich. Lieber komme ich zu dir . . .»

«Nein», lehnte er ab. «Auf keinen Fall. Entweder in Ihrer Wohnung oder überhaupt nicht.»

«Na schön. Aber keine Tricks!» willigte sie ein, Zweifel im Ton.

«Wirklich, so ist es am besten», wiederholte er. «Ich liefere den Umschlag ab und gehe gleich wieder. Und Sie reisen nach Portoriko. Wie wäre das?»

«Klingt nich schlecht. Wann? Heute?»

«Nicht heute. Heute kann ich das Geld nicht auftreiben. Die Banken haben schon geschlossen. Wie wäre es morgen?»

«Morgen bin ich auf Arbeit. Sonnabend vielleicht?»

«Einverstanden. Wäre Sonnabendmittag recht?»

«Okay, klingt okay. Fünftausend in kleinen Scheinen.»

«Bekommen Sie zuverlässig», sagte er überredend. «Also, wie heißen Sie und wo wohnen Sie?»

Sie nannte die Adresse in der Orchard Street und sagte, er solle zu Rosa Perez in die Wohnung 6-D kommen.

«Ausgezeichnet», versetzte er forsch. «Ihre Tochter wird doch auch da sein?»

«Bestimmt.»

«Sehr gut. Ich danke für Ihren Anruf. Und wir sehen uns dann Sonnabendmittag.»

Er legte auf. Mama Perez legte ebenfalls auf, recht behutsam. Delaney beugte sich vor und küßte sie auf die Wange.

«Sie waren entzückend, Madame», sagte er dabei.

Der Sergeant und Boone kamen schmunzelnd aus dem Korridor herein, die Bandgeräte in der Hand.

«Jedes Wort haben wir mitbekommen, jedes Wort», strahlte Boone.

22

Delaney bat sie, zu warten, bis er Thorsen am Telefon hatte. Er ließ das Band für ihn ablaufen und tat es ein zweites Mal, weil der Stellvertretende Commissioner ihn darum bat.

Nachdem er es zum zweitenmal gehört hatte, sagte Thorsen: «Gut, Edward, Sie können jetzt bekommen, was Sie wollen. Bringen wir die Sache endlich hinter uns.»

«Ich halte Sie auf dem laufenden. Es wäre gut, Sie blieben Samstag im Büro, damit ich Sie –»

«Ich bin immer im Büro», sagte Thorsen säuerlich.

«. . . damit ich Sie gleich erreiche. Sie möchten ja womöglich eine Presseverlautbarung herausgeben.»

«Na, Sie scheinen ja voller Zuversicht zu sein.»

«Bin ich. Und was die Presse angeht, erwähnen Sie meinen Namen lieber nicht. Die Behörde soll sich mit niemandem in die Ehre teilen müssen. Sie wissen, was ich meine: ‹Dank der gemeinsamen Bemühungen aller Justizorgane usw.› Das übliche Blah-Blah.»

«Verstanden.»

«Könnten Sie einen Durchsuchungsbefehl für Geltmans Wohnung und Büro besorgen? Wir finden vielleicht die Skizzen und die Mordwaffe.»

«Keine Schwierigkeit – dank Ihrem Tonband.»

«Wir machen davon vor Sonnabendmittag keinen Gebrauch. Und Freitagabend könnten Sie Chapin anrufen und ihn über den Steuerschwindel unterrichten, den seine Schwester beabsichtigt.»

«Darauf freue ich mich schon weniger.»

«Glauben Sie mir, Ivar, er wird Ihnen dankbar sein, wenn Sie ihn im vorhinein informieren, und das ist wieder ein Pluspunkt für Sie.»

«Und wann geben Sie der Steuerfahndung den Tip?»

«Ich doch nicht, Ivar. Das machen Sie. Das verschafft der Behörde bei den Steuerfritzen einen Stein im Brett. Ich schlage vor, Sie warten damit bis Samstag früh. Chapin kann unterdessen einen tüchtigen Anwalt für seine Schwester beschaffen. Was war noch ...? Nichts. Das wäre alles. Falls ich sonst noch was brauchen sollte, bekommen Sie Bescheid.»

«Daran zweifle ich keinen Moment. Vielen Dank auch, Edward.»

«Um Himmels willen, nicht jetzt schon! Klopfen Sie auf Holz!»

Er legt auf. «Alles geht nach Plan», sagte er zu Boone und Jason. «Jetzt müssen wir nur die letzten Vorbereitungen treffen.»

Als erste ließ er die Bewachung von Rosa Perez verschärfen.

«Es könnte sein, daß unserem Geltman ein Geistesblitz kommt», begründete er das, «und das er entweder ein paar Stunden früher oder gar schon am Freitag auftaucht. Das wäre mir gar nicht recht.»

Ab sofort saß also ein Kriminalbeamter in Zivil im Korridor von Mamas Mietskaserne auf einer Kiste mit alten Milchflaschen, von wo aus er alle im Auge behalten konnte, die den Vorder- oder den Hintereingang benutzten. Ferner ließ Delaney die Tür zum Dachboden über dem 5. Stock von ihnen verriegeln.

Mit Rosa ging es weniger leicht; die weigerte sich, daheim zu bleiben. Folglich wurde Jason ihr als Leibwächter zugeteilt. Er begleitete sie bei ihren Einkäufen, trank Donnerstagabend in einer Kneipe Bier mit ihr. Seine Kollegen nannten ihn bereits Papa Perez, was er nicht sehr lustig fand.

Dolores und Maria Ruiz sollten Freitag und Sonabend bei Verwandten wohnen und Maria erklärte sich einverstanden, während dieser Zeit ihre Wohnung der Polizei zu überlassen. Das allerdings erst nach einer längeren hitzigen Debatte mit Mama Perez. Delaney verstand etwas Spanisch, doch dem Gekreisch der Damen konnte er nicht folgen. In seinen Ohren klang das alles wie Drohungen und Flüche, doch hörte er dann von Jason, daß es in Wahrheit eine geschäftliche Verhandlung im Geiste der Freundschaft gewesen sei – man zankte ein bißchen um die Aufteilung von Mama Perez' Beute – jene hundert Dollar aus dem Sonderfonds.

Sergeant Boone besorgte einen Techniker und Delaney erklärte ihm Freitagmorgen, was er wollte. Der Experte besah sich die beiden kleinen Wohnungen, maß dies und jenes aus und verschwand. Mittags kam er mit einem beladenen Kleinlaster zurück; Boone half ihm sein Gerät hinauftragen.

Der Vorhang, welcher dem schmalen Einbauschrank satt einer Tür diente, sollte aufgezogen bleiben. So waren die Kleider zu sehen, die über der Stange an ihren Bügeln hingen, auf dem Boden

Schuhe, auf dem Regal darüber in wüstem Durcheinander: eine karottenrote Perücke auf ihrem Ständer; Nähzeug, das aus einer Schachtel quoll; ein kleiner Koffer; drei Hüte und sonstiger Krimskrams. Man stellte einen kleinen, runden in Messing gefaßten beweglichen Spiegel dazwischen, der in Wahrheit durchsichtig war und eine Fernsehkamera verbarg, die ein Weitwinkelobjektiv und ein empfindliches Richtmikrofon besaß. Der Experte meinte, das Mikrofon könne alle Geräusche einfangen, ausgenommen die aus dem Bad und aus der Einbauküche.

Das flache Kabel wurde im Schrank befestigt und trat ganz unten am Boden aus, wo es sogleich unter dem Linoleum unsichtbar wurde. Es lief hinter der Fußbodenleiste ins Bad und verschwand in einem Loch in der jenseitigen Wand, das zu diesem Zweck gebohrt wurde.

In der Ruizschen Wohnung endete das Kabel alsdann in einem Videorekorder, der mit einem kleinen Fernsehmonitor verbunden wurde. Ein Übertragungsgerät gab die Aufzeichnung an einen zweiten Monitor in dem Kleinlaster weiter, der gegenüber dem Hause in der Orchard Street parkte. Der hatte eine Dachantenne und zeigte auf blau-weiß-rotem Grund die Firmenbezeichnung: Fernsehreparaturen Schnelldienst – ZUFRIEDENE KUNDEN SIND UNSER ZIEL

Freitag verging mit der Installierung der Geräte in den beiden Wohnungen, und als der Experte sich für zufriedengestellt erklärte, war es fast Mitternacht. Die Beobachter an den Monitoren in der Ruizschen Wohnung und im Kleinlaster empfingen ein zureichend scharfes Bild, alle Geräusche waren laut und deutlich zu vernehmen. Die Videorekorder nahmen Ton und Bild auf.

Der Chef bewirtete alle Beteiligten nach Schluß der Arbeit mit Kaffee und Whiskey. Man plauderte über Fälle, und der Elektronik-Experte versprach, am Samstag einen guten Bekannten mitzubringen, der im Kleinlaster sitzen sollte, während er selber die Geräte in der Ruizschen Wohnung überwachte. Der Chef sagte, er wolle Boone und Jason im 5. Stock in Reichweite haben. Der Kriminalbeamte, der in Zivil das Haus überwachte, sollte Geltmans Eintreffen vom gegenüberliegenden Bürgersteig aus mittels Funksprechgerät ankündigen. Delaney bestellte alle zu einer Generalprobe auf acht Uhr früh.

Anschließend fuhr der Sergeant ihn heim, und unterwegs besprachen sie, wie sie sich den Ablauf vorstellten:

Die Tür von der Perezschen Wohnung ins Bad sollte offen bleiben und Geltman davon überzeugen, daß er nicht in eine Falle lief. Die Tür vom Bad zur Wohnung der Ruiz hingegen würde verschlossen sein. Sollte Geltman eine diesbezügliche Frage stellen, würde Mama Perez sagen, die Tür führe in die Nachbarwohnung, wo derzeit aber niemand sei. Sobald Geltman sich bei Mama Perez niedergelassen hatte, sollte die Ruizsche Badezimmertür lautlos aufgeschlossen werden. Der Riegel war eigens geölt worden und Delaney hatte sich vergewissert, daß nichts zu hören sein würde.

Im Notfall – und beide verstanden unter Notfall einen Angriff Geltmans auf Mama Perez – sollte als erster Jason durchs Bad ihr zu Hilfe kommen, gefolgt von Boone und Delaney, sämtlich bewaffnet. War Geltman in Mamas Wohnung, sollten die Überwacher ihre Posten verlassen und Stellung auf dem Absatz zum 5. Stockwerk und im Treppenhaus beziehen.

Dreimal gingen Boone und Delaney diesen Plan durch, suchten einer den anderen mit überraschenden Zwischenfällen zu schrecken, auf die sogleich eine Reaktion erfolgen mußte, spielten jede Möglichkeit durch. Als Boone vor Delaneys Haus hielt, meinten sie, alle Eventualitäten bedacht zu haben. Zufall und Glück mußten nun den Rest besorgen.

Der Chief verabschiedete sich zur Überraschung des Sergeanten diesmal mit Händedruck. Boone ergriff die dargebotene Hand und drückte sie fest.

Monica dürfte noch wach sein, Delaney rief also nach ihr, um anzuzeigen, er sei daheim. Sodann machte er seinen Rundgang durchs Haus, knipste unten das Licht aus und stapfte die Treppe hinauf. Monica hatte im Bett gelesen, nur mit einem Laken zugedeckt, doch die Brille war in die Stirn geschoben, das Buch lag mit dem Einband nach oben neben ihr als er eintrat. Er küßte sie auf die Wange.

«Du stinkst wie ein Ziegenbock», lächelte sie.

«Kann ich mir denken. Ich bin müde und verdreckt und mißgelaunt. Ich muß unbedingt heiß duschen.»

«Hast du was gegessen?»

«Aber ja.»

«Was denn?»

«Zu Mittag eine Pizza und abends Chili.»

«Dann wird dir dein Magen die ganze Nacht keine Ruhe lassen.»

«Kann schon sein, aber geschmeckt hat's trotzdem.»

«Ist dir eigentlich klar, Edward, daß ich dich zwei Tage lang so gut wie überhaupt nicht zu Gesicht bekommen habe?»

«O ja.»

«Na, dann erzähl mal – wie stehen die Dinge? Was hast du getrieben? Ich meine, im Fall Geltman?»

«Laß mich erstmal unter die Dusche.»

Im Kleiderschrank stand immer eine Flasche Brandy samt zwei bauchigen Gläsern, und als er aus dem Bad kam, die Schnur seiner Schlafanzughose straff zog, sah er, daß Monica ihnen beiden einen guten Schuß eingeschenkt hatte. Sie war schon wieder unterm Laken, saß aber aufrecht, die schweren Brüste entblößt. Sie wärmte den Brandy im Glase zwischen den Handflächen. Sein Glas stand auf dem Nachttisch.

«Ah», schnaufte er beseligt, «ah, wie gut.»

Er setzte sich auf die Bettkante, nahm einen kleinen Schluck, der ihm auf der Zunge zu verdunsten schien. Fast mit Schrecken kam ihm zu Bewußtsein, wie zufrieden er war. Er fuhr mit der Hand unters Laken und legte sie seiner Frau auf die Oberschenkel.

«Ich liebe dich», sagte er dabei.

«Keinen romantischen Schmus, junger Mann», mahnte sie streng. «Jetzt wird ausgepackt. Was hast du getrieben?»

Eigentlich hatte er darüber nicht sprechen wollen, denn er wußte, das könnte ihn in ihren Augen herabsetzen. Er durfte aber auch keine der üblichen Ausreden gebrauchen, wie vertraulich oder Berufsgeheimnis. Nicht ihr gegenüber. Als berichtete er seufzend, faßte sich kurz, machte aber kein Geheimnis daraus, daß er Mama Perez als Köder mißbrauchte und daß die Möglichkeit bestand, es stieße ihr was zu, einerlei wie umsichtig er seine Vorkehrungen traf. Nicht einmal das Schlimmste konnte er ganz ausschließen . . .

«Falls Geltman versucht, sie umzubringen, wirft Jason sich dazwischen. Boone behauptet, er sei flink genug, immerhin . . .»

Monica dachte schweigend nach, das Glas an den Lippen, ohne zu trinken.

«War das dein Einfall, Edward?»

«Ja. Und nun hälst du mich für ein fühlloses Ungeheuer.»

Sie lächelte. «Fühllos? O ja.»

Sie wartete immer wieder mit Überraschungen auf.

«Du glaubst also, das Risiko steht dafür?» fragte er.

«Könntest du Geltman daraufhin ins Zuchthaus bringen?» fragte sie dagegen.

«O ja, das ohne Zweifel. Ich darf ihn mir nicht durch die Lappen gehen lassen, Monica. Das könnte ich mir nie verzeihen.»

«Ach ja.» Das klang betrübt. «Gottes Werkzeug auf Erden.»

«Nein, nein, als solchen sehe ich mich nun wirklich nicht. Schon lange nicht mehr. Es ist eher eine ganz private Vergeltung. So, als müßte ich wegen einer Ohrfeige mit ihm abrechnen oder weil er jemandem wehgetan hat, der mir nahesteht.»

Sie schaute ihn verwundert an.

«Aber du bist Maitland im Leben nie begegnet!»

«Und macht das einen so großen Unterschied?»

«Wäre Maitland nun nicht der Maler gewesen, dessen Werk du bewunderst, sondern ein Schuster oder ein Schlachter – was dann?»

«Es wäre das gleiche», versichert er verstockt.

«Glauben tue ich dir das, ich wollte nur, ich begriffe es auch.»

«Und ich wollte, ich begriffe dich. Aber das wird mir nie ganz gelingen.»

«Vielleicht ist es gut so.»

«Bestimmt ist es gut. Gut, wie Maitlands Bilder», sagte er. «Deren Faszination ist mir auch unerklärlich, aber ich spüre sie deutlich. Ich reagiere darauf. Ich weiß, sie geben mir was, was ich brauche. Wie du.»

«Und wie du mir. Bist du müde?»

«O ja. Erledigt.»

«Laß uns austrinken, leg dich hin und wir halten einander bloß im Arm bis wir einschlafen.»

Sie blickten einander an.

«Kein schlechter Anfang», sagte er.

Delaney war erst beim Anziehen, als Boone am folgenden Morgen anrief und sich gleich dafür entschuldigte, schon so früh zu stören. Er fragte, ob er nicht vorsichtshalber Geltman überwachen lassen solle, falls diesem doch noch beikäme, sich aus dem Staube zu machen. Der Chef erwog den Vorschlag, lehnte aber ab.

«Merkt er, daß er überwacht wird, ist alles für die Katz. Wir müssen nun einfach davon ausgehen, daß er die Verabredung mit Mama Perez heute mittag einhält.»

Der Sergeant gestand, daß auch er dies für das Beste halte, nur werde er eben allmählich nervös. Delaney sagte, er begreife das wohl, es gehe auch ihm nicht anders, doch Änderungen in letzter Minute führten oft gerade den Mißerfolg herbei, den man abzuwehren suche, und das müsse unbedingt vermieden werden. Falls Boone sich durchaus was zu tun machen wolle, um seiner Nervosität Herr zu werden, möge er sich erkundigen, ob der stellvertretende Commissioner schon, wie vorgeschlagen, den Durchsuchungsbefehl für Geltmans Büro und Wohnung beantragt habe. Sei der ausgestellt, möge der Sergeant zwei gute Leute auswählen und die Durchsuchung vornehmen – aber keinesfalls vor zwölf.

Der Chief beendete seine Garderobe, nicht ohne unter der Jacke das Schulterhalfter mit dem kurzläufigen Revolver anzulegen. In die Jackentasche steckte er mehrere Polaroid-Aufnahmen der Scheune in Nyak. Zuletzt wickelte er Handschellen in ein Taschentuch und steckte sie in die Hosentasche.

Zum Frühstück nahm er weiter nichts zu sich als Grapefruitsaft, eine Scheibe Toast ohne Butter und zwei Tassen schwarzen Kaffee.

«So ist es recht», bemerkte Monica dazu. «Allmählich wirst du schwer wie ein Bär – ich merke es, glaub mir.»

«Keine schlüpfrigen Bemerkungen bei Tisch», ermahnte er. «Wie hast du geschlafen?»

«Sehr gut. Und du?»

«Eingeschlafen wie ein Stein.»

«Ich auch. Leider haben wir das Licht brennen lassen.»

Beide lachten und berieten den Ausflug über das Wochenende vom 4. Juli; sie beabsichtigten, mit einem Mietwagen zu den Mädchen ins Ferienlager nach New Hampshire zu fahren und drei Tage dort zu verbringen.

«Wie wäre es, wenn wir Rebecca und Boone mitnähmen?» fragte Delaney.

«Kein schlechter Einfall. Allerdings – wir übernachten im Motel; wäre dir das nicht etwas peinlich?»

«Lieber Himmel, Monica, du hältst mich wohl für ein Fossil!» brummte er.

«Nicht die Spur. Oder wenn, dann für das jüngste Fossil, das mir je vorgekommen ist.»

Er lächelte versöhnt und stellte seine Kaffeetasse in die Spüle.

«So, jetzt mache ich mich auf den Weg. Wann ich zurück bin, ahne ich nicht.»

Sie umarmten einander und sie küßte sein Kinn. «Gib auf dich acht», sagte sie.

Die Orchard Street war schon recht belebt. Er inspizierte den Kleinlaster, die ausgestellten Beobachtungsposten, die Wohnungen von Maria Ruiz und Mama Perez. Seine Hilfstruppen waren versammelt, ausgenommen Boone, der ausrichten ließ, er werde gegen elf da sein.

Delaney nahm sich Mama Perez vor und ging noch einmal mit ihr durch, was sie sagen und wie sie sich verhalten solle. Anweisungsgemäß trug sie eines ihrer schäbigsten Kleider, einen formlosen Sack aus verblichener Kunstseide. Die Füße steckten in ausgelatschten Pantoffeln, und das Gesicht zeigte nur Spuren von Make-up. Sie wirkte auf ihn alt, verlebt, verletzlich. Und so sollte sie auch auf Saul Geltman wirken.

Nun kam Boone. Er meldete, der Durchsuchungsbefehl liege vor, und zwei Beamte hielten sich bereit, mit der Arbeit gegen Mittag zu beginnen.

«Die kommen schon rein», versicherte er dem Chief. «Das sind alte Hasen, die werden mit dem Portier leicht fertig.»

Sodann prüften sie die Mikrofone; Jason spielte Geltman. Wichtig war, die Lautstärke so zu regulieren, daß man in der Ruizschen Wohnung über den Monitor alles hören konnte, daß aber nichts durch die Wand in die Wohnung von Mama Perez drang, so daß Geltman seine eigene Stimme von dort drüben gehört hätte. Man stellte den Ton so leise, daß die Männer das Ohr an den Empfänger halten mußte, doch wurde dadurch vermieden, daß in der Perezschen Wohnung etwas zu hören war.

Dann vergewisserten sie sich noch einmal, daß sie keine Spuren ihrer Anwesenheit in Mamas Wohnung hinterlassen hatten, wanderten hinüber in die Nachbarwohnung und ließen Mama Perez allein zurück. Delaney ging als letzter.

«Wenn das hier vorbei ist», versprach er ihr, «schenke ich Ihnen eine Zweiliterflasche vom besten Whiskey.»

«Ah, bleibst du über Nacht und trinkst mit?» fragte sie und riß die Augen weit auf.

Er tätschelte lächelnd die von kleinen Adern durchzogenen Wangen. Angst war ihr nicht anzumerken. Er ging hinüber in die Nachbarwohnung, und die Tür zum Bad wurde verriegelt. Nun hieß es abwarten. Über den Monitor beoachteten sie Mama Perez. Die bewegte sich träge in iher kleinen Wohnung, bereitete einen Kaffee, setzte sich, blätterte in einer spanischen Illustrierten. Als sie die leere Tasse zum Spülstein brachte, blieb sie vor einem ihrer Gipsheiligen stehen; sie bewegte stumm die Lippen und bekreuzte sich. Niemand lächelte. Sie warteten schweigend.

Das Schweigen hielt an. Die Uhr zeigte 11:30, 11:45, 12:00, 12:15, 12:20. Jason murmelte fast unhörbar: «Komm endlich!»

Um 12:26 knackte es in Boones Sprechfunkgerät und der Mann, der gegenüber auf dem Bürgersteig stand, meldete: «Er kommt. Allein.»

Sie drängten sich an den Monitor.

«Er bleibt stehen. Schaut sich um. Beobachtet das Haus. Geht die Stufen rauf. Jetzt ist er drin.»

Boone hielt den Mund dicht ans Mikrofon und flüsterte: «Warten Sie fünf Minuten. Dann gehen Sie ins Haus als Verstärkung. Verstanden?»

«Verstanden. Ende.»

Delaney warnte leise: «Keiner rührt sich, keiner hustet, keiner niest.»

Alle nickten, die Blicke wie gebannt auf den Monitor gerichtet. Warten . . .

Sie hörten, wie an der Tür zu Mamas Wohnung geklopft wurde, sahen Mama zusammenschrecken, sich dann vorsichtig der Tür nähern. «Wer?» rief sie.

Die Antwort konnten sie nicht hören, doch Mama schloß auf, hakte die Kette aus, öffnete die Tür. Sie verdeckte mit ihrem Körper die Sicht, doch konnte man nun die Stimme hören.

«Sind Sie Rosa Perez?»

«Ja. Mister Geltman?»

«Ganz recht. Der bin ich. Darf ich eintreten?»

«Klar, nur herein.»

Sie trat beiseite. Sau Geltman schlenderte herein, ein Päckchen in der Hand. Er schaute sich um. Mama Perez schloß die Tür, riegelte aber, Delaneys Anweisungen folgend, nicht ab, drehte auch nicht den Schlüssel im Schloß.

«Hübsche Wohnung», bemerkte Geltman leichthin und schaute sich prüfend um, musterte den offenen Schrank, warf einen Blick auf die offenstehende Tür zum Bad.

«In das Bad teilen Sie sich wohl mit den Nachbarn?» fragte er.

«Klar, aber nebenan ist niemand zu Hause.»

Er ging mit langsamen Schritten ins Badezimmer, war nicht mehr zu sehen, doch hörten sie, wie er die Klinke der Tür zur Ruizschen Wohnung drückte.

«Ist zu», versicherte Mama Perez.

«Ja, das sehe ich.»

Geltman kam wieder ins Zimmer, immer noch prüfend Umschau haltend.

«Und wo ist Ihre Tochter?» fragte er liebenswürdig.

«In der Bodega einkaufen. Kommt bald wieder. Viertelstunde vielleicht. Kann sein, halbe Stunde.»

«Gut. Der möchte ich gern noch guten Tag sagen. Darf ich mich hinsetzen?»

«Klar, egal wo.»

Sie beobachteten, wie Geltman die Möbel musterte. Er näherte sich dem Sessel, hielt aber inne.

«In dem Sessel sitzen sicher Sie selber», sagte er gewinnend, zog einen bespannten Klappstuhl aus Aluminiumrohr vom Tisch weg und stellte ihn ihr gegenüber auf. «Nach Ihnen», sagte er höflich.

Er wartete, bis sie sich in den Sessel gesetzt hatte und nahm dann lässig auf dem Stuhl Platz. Das Päckchen legte er auf den Tisch.

Delaney tippte Jason an und deutete auf die Badezimmertür. Der riesige Schwarze nickte und erhob sich geschmeidig, trat geräuschlos an die Tür, legte einen Finger auf den Riegel und blickte Delaney an. Dieser bedeutete ihm, noch zu warten.

«Darf ich rauchen?» fragte Geltman.

«Okay», gab Mama die Erlaubnis. «Meinetwegen.»

«Möchten Sie auch eine?»

«Klar.»

Geltman erhob sich und bot ihr sein silbernes Etui an. Während er damit beschäftigt war, die Zigaretten in Brand zu setzen, nickte der Chief dem Schwarzen zu. Jason schob den Riegel leicht und behutsam zurück. Die anderen blickten auf den Bildschirm. Geltman hörte augenscheinlich nichts. Jason ging auf Zehenspitzen an seinen Platz zurück.

Geltman lehnte sich zurück und rauchte mit einer so übertriebenen Nonchalance, daß den Polizisten klar wurde, wie erregt er war, wie gespannt und erwartungsvoll. Das Schwarz-weiß-Bild zeigte ihn in einem locker geschnittenen, schwarzen Anzug, weißem Hemd, schwarzer Krawatte, schwarzen Schuhen. Delaney kam er vor wie ein Leichenbestatter, und er fragte sich, ob Geltman eine Waffe bei sich trage und wo.

«Nun», begann der Kunsthändler das Gespräch, «es scheint, wir haben ein kleines Problem, wie?»

«Problem?» wiederholte Mama. «Problem hast du, ich nich.»

«Ganz recht.» Er lächelte verkrampft. «Sehr wahr. Haben Sie sich bei der Polizei gemeldet, oder wurden Sie aufgespürt?»

Rosa senkte den Kopf, und ihre Antwort war nebenan nicht zu verstehen.

«Wie haben die das wohl fertiggebracht? Nun, einerlei. Woher man die Phantombilder von Ihnen und Ihrer Tochter hat, ist mir immer noch unklar. Wissen Sie es?»

«Der Maler hat Skizzen gemacht. Meine Tochter sollte Modell sein für ihn. Montag. Und auf der Treppe sieht uns ein Blauer.»

«Ah, jetzt begreife ich. So ein Pech. Für mich, selbstverständlich.»

«Hast du Geld gebracht?»

«Selbstredend. Wie versprochen.»

«Fünftausend? Kleine Scheine?»

«Genau wie Sie gewünscht haben. Wann fahren Sie und Ihre Tochter nach Portoriko ab?»

«Bald. Nächste Woche vielleicht.»

«Und Sie kommen wirklich nie wieder?»

«Nie!» verschwor sie sich.

Er nickte. Zwischen zwei Fingern hielt er den Zigarettenstummel, eine geöffnete Hand darunter, jetzt blickte er sich suchend nach einem Aschenbecher um. Ros Perez stand auf und ging in die kleine Küche. Dabei kehrte sie Geltman den Rücken und Delaney straffte die Muskeln. Der kleine Kunsthändler regte sich jedoch nicht. Mama brachte eine Untertasse und beide drückten die Stummel aus. Delaney ertappte sich dabei, daß er seine Knie krampfhaft umklammerte und zwang sich, die Hände schlaff hängen zu lassen.

«Wann wurden Sie von der Polizei aufgefordert, mich anhand meines Fotos zu identifizieren?» fragte Geltman.

Er spielt auf Zeitgewinn, überlegte Delaney. Warum nur? Hat er nicht genügend Schneid? Wartet er auf Dolores?

«Vor paar Tagen. Die Blauen zeigen mir viele Fotos. ‹Welchen haben Sie gesehen?› fragen sie.»

«Und Sie zeigten auf mein Bild?»

Sie nickte.

«Und Sie wissen bestimmt, daß ich es war, den Sie gesehen haben, Mrs. Perez?»

Sie nickte wieder. «Aber ich sage, genau weiß ich nich.»

«Sehr gescheit von Ihnen. Sehr schlau. Nun, es freut mich, daß Sie mich angerufen und sich mit mir verabredet haben. Zum beiderseitigen Nutzen, könnte man sagen.»

Er schob das Päckchen über den Tisch. «Machen Sie auf. Zählen Sie nach», befahl er schroff.

Sie stand auf, trat an den Tisch, nahm das Päckchen zur Hand, Geltman erhob sich gleichfalls. Er reckte sich. Seine Bewegungen waren locker, unbefangen. Er steckte die Hände in die Hosentaschen.

Delaney packte Jason am Arm und nickte. Jason glitt zur Tür, legte eine Hand auf die Klinke. Er hielt den Blick auf Delaney gerichtet. Der Chief deutete auf Boone. Der Sergeant stellte sich hinter Jason, nahm den Revolver in die Hand und entsicherte. Auch er starrte den Chief an. Beide Polizisten wirkten verkrampft, der Mund eine Grimasse, die Zähne gebleckt.

Auf dem Bildschirm sah man, wie Mama Perez sich mit dem Päckchen mühte. Es war mehrmals mit Klebestreifen umwickelt und nicht leicht zu öffnen.

Geltman stand jetzt hinter ihr, wenige Schritte entfernt. Er spreizte ein wenig die Beine, holfte tief Luft, seine Hände kamen langsam aus den Taschen und Delaney sah das Blinken.

«Los, faßt ihn!» tief er.

Boone hatte ganz recht, als er behauptete, Jason sei flink. Der Schwarze warf die Badezimmertür auf und war auch schon durchs

Bad in Mamas Wohnung, Boone dicht hinter ihm, beide laut brüllend. Geltman stand ertappt, starr, betäubt von dem unerwarteten Lärm, das Genick vorgestreckt, das Gesicht verzerrt. Mama Perez senkte den Kopf, krümmte sich, erwartete den Stoß mit der hoch erhobenen Klinge, die in der Sonne blinkte.

Jason suchte nicht die Hand mit dem Messer zu packen, er wandte weder einen Polizeigriff an noch versetzte er Geltman einen Karateschlag, vielmehr rannte er ihn einfach über den Haufen. Geltman flog förmlich durchs Zimmer, das Messer entfiel ihm, er strampelte mit Armen und Beinen, landete auf dem Bett , halb darauf, halb auf dem Boden. Er sank allmählich in sich zusammen, hockte nun ganz auf dem Boden, und Jason setzte ihn seinen riesigen Fuß ins Genick.

Delaney wies den Techniker an: «Bleiben Sie dran, das Band muß weiterlaufen.»

Nun stampfte er hinüber in die Perezsche Wohnung. Jason zerrte den benommenen Geltman auf die Füße, Boone hielt Geltman die Revolvermündung unter die Nase. Mama Perez stand abseits, mit dem Rücken gegen die Wand, schaute zu und fauchte leise. Delaney zog sein Taschentuch, die Handschellen fielen klirrend zu Boden. Er achtete nicht darauf, nahm vielmehr das Messer sorgsam bei der Spitze auf, wozu er das zusammengeknüllte Taschentuch benutzte. Er legte das Messer neben das halb aufgerissene Päckchen auf den Tisch. Man sah bereits, daß es nur zerschnittenes Zeitungspapier enthielt.

Boone steckte den Revolver weg und packte Geltman am Arm. Jason nahm den anderen Arm. Der Kunsthändler blickte verstört um sich, Frisur und Kleidung ramponiert, und Delaney meinte schon, alles sei erledigt, da drehte Mama Perez durch. Sie stieß sich von der Wand ab und fiel, die Finger zu Klauen gekrümmt, über Geltman her, bevor man sie daran hindern konnte. Dabei stieß sie mit schriller Stimme wüste Beschimpfungen aus. Sie schien förmlich an ihm hochzuklettern, rammte ein Knie in seinen Unterleib, packte mit einer Hand seine Gurgel und suchte mit der anderen ihm die Augen auszukratzen. Dabei heulte sie unentwegt Verwünschungen, teils spanisch, teils englisch.

Delaney packte sie von hinten an der Taille, Boone und Jason zerrten an Geltman, doch konnten sie ihn nicht von Rosa Perez befreien. Sie klammerte sich an ihn, bearbeitete nun seinen Schädel mit den Fäusten, spuckte ihm ins Gesicht, kratzte, biß. Alle fünf bildeten ein unentwirrbares, schwankendes , um Gleichgewicht ringendes Knäuel. Delaney schrie verzweifelt: «Brady!», und schon kam einer der Männer aus dem Korridor herein, den Revolver in der Hand. Der Mann aus dem Treppenhaus folgte dichtauf. Beide steckten die Waffen weg, machten sich daran, Mamas Finger einen um den anderen von Geltman zu lösen, drehten ihr die Arme auf den Rücken, während Delaney immer noch an ihr zerrte und Boone ihr gegen ein Schienbein trat.

Schließlich gelang es ihnen, die fauchende, geifernde Frau von Geltman wegzuziehen und beseite zu führen.

«Herr im Himmel», ächzte Delaney, «bringt sie nach nebenan und setzt euch auf sie!»

Die beiden zuletzt gekommenen Beamten zerrten die immer noch keifende und spuckende Mama Perez in die Ruizsche Wohnung und der Chief folgte ihnen.

«Habt ihr genügend Tonbänder?» fragte er.

«Reichlich, Chief. Mehr als wir brauchen», versicherte der Techniker.

«Gut. Dann laßt das Band laufen, bis ich aufhören sage.»

Er ging zurück und machte beide Türen zum Bad hinter sich zu. Man plazierte Saul Geltman auf einen der Klappstühle, das Gesicht zum Fenster. Sergeant Boone nahm den zweiten Klappstuhl, Delaney den Sessel, Jason blieb mit dem Rücken an die Tür gelehnt stehen.

Alle vier waren außer Atem, sie keuchten, fühlten sich in dieser Schwitzkammer unterm Dach völlig ermattet. Boone und Jason knöpften den Kragen auf, lockerten den Schlips. Minutenlang sagte niemand ein Wort. Dann machte Saul Geltman Anstalten, den Staub aus seinem Anzug zu klopfen und sich etwas herzurichten. «Ich habe einen Kamm in der hinteren Hosentasche, darf ich den mal benutzen?» fragte er.

Der Chief nickte. Der Kunsthändler holte ein schwarzes Lederetui mit einem Taschenkamm hervor und fuhr durch sein Haar. Dann betupfte er behutsam mit dem Taschentuch die Kratzer auf seinem Gesicht.

«Ich blute», stellte er fest.

«Das tut mir aufrichtig leid», versetzte Delaney, «aber Sie können es der Dame kaum verdenken.»

«Ich kenne meine Rechte und will einen Anwalt zuziehen», sagte Geltman.

«Ich fürchte, Sie irren», berichtigte ihn Delaney sanft. «Ihren Anwalt dürfen Sie erst rufen, wenn Sie festgenommen sind. Das ist aber nicht der Fall. Richtig, Sergeant?»

«Richtig, Sir. Er wird über seine Rechte belehrt, sobald die Festnahme erfolgt.»

«So lauten die Vorschriften», fuhr Delaney fort und spreizte die Finger. «Ich stelle mir vor, wir verschnaufen erst mal ein paar Minuten. Plaudern ein wenig. Sie können uns erzählen, warum Sie diese bedauernswerte Frau mit dem Messer abstechen wollten.»

«Ich habe sie damit nicht angegriffen, sondern das Messer nur aus der Tasche geholt, um ihr zu helfen, das Päckchen zu öffnen.»

«Tätlicher Angriff mit einer tödlichen Waffe», stellte Delaney gleichmütig fest.

«Sagen Sie. Meine Aussage steht gegen Ihre.»

«Tja, doch wohl nicht ganz. Sehen Sie sich das mal an.» Er stand auf, trat an den Schrank. Geltman sah, wie er einen kleinen runden Spiegel beseite schob.

«Sehen Sie die Fernsehkamera?» fragte der Chief. «Verbunden mit einem Mikrofon. Wird alles auf Videorekorder aufgenommen. Der läuft übrigens immer noch.»

«Scheiße verdammt», sagte Geltman.

«Wie wahr», bestätigte der Chief.

«Dann müssen Sie mein Telefon angezapft haben, sonst wüßten Sie nicht, daß ich heute herkommen würde. Und das ist illegal.»

Der Chief seufzte: «Ach, glauben Sie wirklich, wir könnten das über uns bringen, Mr. Geltman? Nein, Mama Perez hat von einem Privatanschluß angerufen, und der Inhaber hat uns erlaubt, das Gespräch auf Band zu nehmen.»

«Ich hätte gern ein Glas Wasser», bat Geltman.

«Aber gern. Jason?»

Geltman bekam nicht nur ein Glas Wasser, sondern zwei, die er beide gierig leerte. Dann fuhr er mit dem bestaubten Taschentuch über die Lippen. Er blickte sich um, getroffen, wie es schien, aber nicht geschlagen. Noch stand ein Funkeln in seinen Augen. Er versuchte zu lächeln, es wurde aber nur eine Grimasse daraus.

«Scheußliche Wohnung.» Er schauderte theatralisch. «Wie Menschen in so was leben können –»

«Ich habe schon Schlimmeres gesehen.» Delaney zuckte die Achseln.

«Erzählten Sie nicht, Sie sind in der Essex Street aufgewachsen? Da müssen Sie doch in einer ähnlichen Wohnung gehaust haben.»

«Das ist lange her», antwortete Geltman leise. «Sehr lange . . .»

«Hm. Wissen Sie, eben darüber wollte ich eigentlich gern mit Ihnen reden: die Verhältnisse, in denen Sie derzeit leben. Und wie Sie in Zukunft leben werden. Sie sollen nichts bekennen. Ich erwarte kein Geständnis. Aber sehen Sie sich doch das mal an.»

Er nahm die Polaroid-Bilder aus der Tasche und reichte sie Geltman rüber. Der Kunsthändler betrachtete das oberste, ließ die anderen fast unbeachtet durch die Finger gleiten wie ein Kartenspiel und sackte auf seinem Stuhl zusammen. Sein Gesicht wirkte schlaff und er legte die Bilder lustlos auf den Tisch.

«Das also wäre erledigt», sagte Delaney munter. «Die Steuerfahnder wurden heute vormittag informiert und machen vermutlich schon eine Bestandsaufnahme. Selbstverständlich werden sie die alte Dame und deren Tochter vernehmen, und ich vermute, daß die Tochter auspackt; sie ist ein schwankendes Rohr. Die wird Sie und Simon belasten.»

Geltman machte eine ratlose Handbewegung.

Delaney fuhr fort: «Das heißt keineswegs, daß man Sie wegen Steuerhinterziehung einsperren wird. Denkbar wäre das, doch glaube ich, man schlägt die Sache nieder und gibt sich mit dem Erlös aus dem Nachlaß zufrieden. Selbstverständlich müssen Sie mit einer Buße rechnen, man wird auch Ihre Steuerakte genau unter die Lupe nehmen, doch ins Gefängnis wandert dieserhalb wohl niemand. Damit zerschlagen sich einerseits die Träume der Damen Maitland, andererseits sind Alma und Ted nun Millionäre. Mir selber kommt das nicht besonders befriedigend vor – Ihnen vielleicht?»

«Nein», erwiderte Geltman knapp.

«Apropos zerschlagene Träume: Ihr eigener Traum von einer gesicherten Zukunft verflüchtigt sich damit auch. Ich fürchte, Sie haben Ihren letzten Maitland verkauft , Mr. Geltman.»

Darauf erwiderte der Kunsthändler nichts, und ein kleines Weilchen herrschte Stille. Bis Delaney sagte:

«Meine Güte, es ist wirklich heiß hier drinnen.» Er ging zum Fenster, brachte das große Ding mit Mühe auf und lehnte sich hinaus, die Hände auf dem Sims und holte tief Luft. Dann schaute er in den Hof, machte kehrt, rieb die Handflächen aneinander, um den Schmutz zu entfernen und ließ das Fenster geöffnet. «Fünf Stockwerke, und ein betonierter Hof. Solche Fenster müßten ein Schutzgitter haben. Na, immerhin kriegen wir so einen Hauch frische Luft.»

Er sank wieder in den Sessel, lehnte sich zurück, faltete die Hände überm Bauch und betrachtete Saul Geltman nachdenklich.

«Nun wollen wir mal über den Mord an Victor Maitland sprechen. Es war nämlich Mord, vorbedacht und aus niedrigen Motiven. Der Mörder führte die Waffe bei sich, tötete nicht in einem Anfall von Wut mit einem beliebigen Gegenstand, der gerade zur Hand war, nein, er brachte die Waffe mit. Und das nennt man in allen Gerichtshöfen der Welt Vorsatz.»

«Ich habe ihn nicht getötet», brachte Geltman gequetscht hervor.

«O doch. Sie wissen es und wir wissen es. Ich denke, es könnte Sie interessieren, was wir gegen Sie vorzubringen haben. Nun, um damit anzufangen: Sie hatten ein Motiv, nämlich seit Sie wußten, daß Maitland ohne Ihre Mitwirkung Bilder aus dem Depot in Nyack durch Belle Sarazen verkaufen ließ. Die Bilder gehörten ihm, er konnte damit machen was er wollte, doch in Ihren Augen stellten diese Gemälde nicht nur das Erbteil seiner Mutter und seiner Schwester dar, sondern auch Ihren Anteil. Der todkranke Victor beraubte Sie darum. Das war verrückt. Und nicht nur das, er drückte die Preise für seine eigenen Bilder, indem er den Markt damit überschwemmte. Sie stimmen mir zu? Es kam deshalb zwischen Ihnen zu einer heftigen Auseinandersetzung, in deren Verlauf er Ihnen anbot, sie könnten ihn am Arsch lecken. Sind wir soweit einig, Mr. Geltman?»

«Pure Vermutung», bemerkte Geltman dazu nur. «Pure Vermutung.»

«Vermutung hier gemeint als juristischer Terminus.» Delaney war amüsiert. «Sie haben mit Ihrem verblichenen Sportsfreund Simon oft Handball gespielt? Fällt Ihnen übrigens auf, daß ich Sie Mr.

Geltman nenne und nicht einfach Saul und du? Ich verstoße damit gegen ungeschriebene Regeln; der Brauch bei der Polizei ist anders. Man legt es darauf an, den Verdächtigen seiner Würde zu berauben. Man kann ihn auch nackt ausziehen vor dem Verhör. So würde ich mit Ihnen nie verfahren, Mr. Geltman, dazu schätze ich Ihre Intelligenz viel zu sehr.»

«Danke Ihnen», antwortete der Kunsthändler und es klang ganz aufrichtig.

«Nun denn.» Delaney schlug sich aufs Knie. «Das wäre also ein Motiv. Da fehlt noch dies und das, man kann das Bild aber ohne große Mühe vervollständigen. Nun kommen wir zur Gelegenheit. Sie wissen vermutlich von Ihrem Sportsfreund, daß wir hinter den kleinen Trick mit der zweiten Bürotür gekommen sind. Sie müssen das Büro auf diesem Weg verlassen haben, denn Rosa Perez und Dolores Ruiz sahen Sie im Treppenhaus bei Maitland, als Sie angeblich mit Ihrem Anwalt den Lunch nahmen.»

«Seine Aussage steht da gegen die Behauptung der beiden Frauen», entgegnete Geltman, plötzlich wieder recht lebhaft.

«Seine Aussage vor der Polizei. Vor Gericht kann er leider nicht mehr schwören, denn er ist tot.»

«Ein schwerer Schock für mich, als ich davon hörte.»

Delaney musterte ihn ein Weilchen versonnen, bevor er fortfuhr: «Da haben Sie übereilt gehandelt, Mr. Geltman», seufzte er. «Die Zeit wurde wohl knapp? Sie hörten bereits die Bluthunde auf ihrer Spur japsen und obendrein kriegte der Sportsfreund plötzlich Gewissensbisse von wegen Meineid. Nun, da mußten Sie ihn beseitigen – Moment, Moment!» Delaney hob abwehrend die Hand. «Hören Sie mich zu Ende. Noch steht nichts in den Zeitungen, aber wir wissen, daß Simon nicht ein Opfer des Brandes wurde, sondern zuvor schon tot war. Welche Überraschung, nicht wahr? Erstochen. Das ergab die Obduktion. Messerstiche in den Rücken. Und die Feuerwehrfritzen meinen, der Brand wurde mit Whiskey genährt, denn es fanden sich die geleerten Flaschen. Welche Verschwendung. O ja, Mr. Geltman, uns ist bekannt, wie Simon zu Tode kam. In diesem Augenblick zeigen wir Ihr Foto in der Nachbarschaft, in dem Bürohaus von Simon, den Taxifahrern. Früher oder später finden wir wen, der Sie am Tatort oder in der Nähe gesehen hat. Ich an Ihrer Stelle würde also nicht allzusehr darauf zählen, daß das Alibi, das Ihnen Ihr verstorbener Sportsfreund geliefert hat, Sie rausreißt.»

Geltman hatte mehrmals versucht, diese flüssige Darstellung zu unterbrechen, doch je mehr er zu hören bekam, desto weiter riß er die Augen auf und nun stand ihm auch noch der Mund offen. Er rutschte noch tiefer in sich zusammen, wie jemand, den furchtbare Schläge treffen, und schaute Delaney an wie ein sterbendes Reh.

«Damit wären wir am Schluß angelangt, was die Gelegenheit betrifft», fuhr Delaney forsch fort. «Nun kommen wir zur Tatwaffe . . .»

Er trat an den Tisch, beugte sich über das Messer, bis er es fast mit der Nase berührte, setzte die Brille auf und betrachtete es noch einmal.

«Sehr hübsch», bemerkte er dazu. «Französische Arbeit. Hochgradig gehärteter Stahl. Der Schliff hält sich lange an solch einer Klinge. Damit könnten Maitland und Simon erstochen worden sein; Länge und Breite der Klinge passen zur Beschreibung der Wunden im Obduktionsbefund. Ich allerdings würde solch ein Messer niemals als Mordwaffe verwenden, Mr. Geltman. Zum ersten ist die Klinge zu dünn. Treffen Sie beim ersten Stich auf eine Rippe, könnte die Klinge abbrechen. Ferner kann man ein Messer mit Holzgriff so sorgsam reinigen wie man will, sauber wird es nie. Sergeant, erleuchten Sie den Mann.»

Boone erklärte: «Ein Holzgriff wird mit Nieten am Heft befestigt, und es läßt sich nicht vermeiden, daß Blut zwischen den Stahl und den Holzgriff sickert. Im Labor werden die Nieten entfernt und man sucht nach Blutspuren am Griff und am Heft. Es läßt sich feststellen, ob menschliches oder tierisches Blut die Spuren verursacht hat, und bei menschlichem Blut kann man meist die Blutgruppe bestimmen. Etwa die von Maitland oder Simon.»

Delaney nickte. «So wird es gemacht, jawohl. Und auch dieses Messer wird so untersucht.»

«Ich habe es nicht getan», murmelte Geltman.

Delaney nahm die Brille ab, wandte sich vom Tisch weg, kehrte aber noch einmal um und betrachtete das Messer von neuem.

«Man benutzt Messer dieser Art zum Ausbeinen, wie der Fachausdruck lautet, und mir will scheinen, daß es zu einem Satz solcher

Messer gehört. Sehr schön und teuer. Sergeant, schicken Sie doch einen unserer Leute noch mal in Mr. Geltmans Wohnung. Er soll die übrigen Messer aus dieser Garnitur abholen und ins Labor bringen.»

Geltman war verwirrt. «Nochmal in meine Wohnung? Einer Ihrer Leute? Was heißt denn das?»

«Ach», entschuldigte sich Delaney leichthin und schnippte mit den Fingern, «ich vergaß ganz, Ihnen zu sagen, daß wir einen Durchsuchungsbefehl haben, auch für Ihr Büro. Wir suchen nach den drei Skizzen, die wir aus Maitlands Atelier mitgenommen und die Sie mir inzwischen gestohlen haben. Meinen Sie, wir finden die Dinger, Mr. Geltman?»

«Ich sage nichts mehr», entschied der Kunsthändler.

«Meine Töchter haben Sie im Schrank eingesperrt, Sie Schwein!» Brüllte Delaney ihn unvermittelt an.

Geltman preßte die Lippen zusammen, schlug die Beine übereinander, trommelte mit den Fingern auf dem Knie. Er wich Delaneys Blick aus und starrte durchs offene Fenster auf das Dach des Nachbarhauses und einen Streifen blauen Himmels, durch den träge eine weiße Wolke segelte.

Delaney fuhr unerbittlich fort: «Motiv. Gelegenheit. Tatwaffe. Und nun auch noch versuchte Zeugenbeeinflussung. Die haben wir auf Band. Und nicht genug damit, Mordversuch mit einer tödlichen Waffe. Wie hört sich das an, Mr. Geltman?»

Keine Antwort. Delaney brach das Schweigen nicht. Es wurde bedrückend. Er betrachtete mit gerunzelter Stirn seine Hand, die er immer wieder zur Faust ballte. Jason trat von einem Bein aufs andere. Sergeant Boone saß reglos, den Blick unverwandt auf Geltman gerichtet.

Endlich sagte Delaney: «Ich will Ihnen ganz offen sagen, Mr. Geltman, die Anklage wird nicht auf Mord lauten.»

Geltman zuckte zusammen, setzte sich aufrecht, schaute endlich Delaney an, Hoffnung im Blick.

«Ich stelle mir vor, Sie nehmen sich einen geschickten Anwalt, es kommt zu einem Handel zwischen ihm und der Staatsanwaltschaft, und Sie erklären sich eines weniger schweren Verbrechens für schuldig. Totschlag zum Beispiel. Das spart allen eine Menge Zeit und Energie. Aber eines müssen Sie sich klarmachen, eingesperrt werden Sie auf alle Fälle, daran führt kein Weg vorbei. Schätzen Sie mal, wie viele Jahre er bekommen wird, Jason.»

«Zwischen fünfzehn und fünfundzwanzig Jahren, Chef», dröhnte Jason.

«Sergeant? Was schätzen Sie?»

«Acht bis zehn», sagte Boone.

«Ich tippe auf etwas dazwischen», sagte Delaney nachdenklich. «In etwa zehn bis fünfzehn Jahren wird Entlassung auf Bewährung erwogen. Fünfzehn Jahre, Mr. Geltman. Im Zuchthaus von Great Meadows nehme ich an, oder in Attica . . . Jedenfalls unter verschärften Haftbedingungen.»

Saul Geltman gab ein Winseln von sich, das tief aus seinem Innern kam. Sein Blick wanderte von Delaney zur Decke, zum Fenster, blieb dann an dem Streifen blauen Himmels haften, der jenseits des geöffneten Fensters zu sehen war.

«Zehn bis fünfzehn Jahre, wenn Sie einen sehr geschickten Anwalt finden», wiederholte Delaney. «Einen geschickten und auch sehr teuren Anwalt, selbstverständlich. Das bedeutet das Ende Ihrer Galerie. Die hätten Sie ohne Maitland natürlich auch nicht halten können, das ist uns bekannt. Und Ihre wunderschöne Wohnung mit all den herrlichen Dingen darin, die geht auch drauf dabei. Wissen Sie, Mr. Geltman, ich glaube fast, ich habe nie im Leben eine so wunderschöne Wohnung gesehen wie die ihre. Wahr und wahrhaftig nicht. Diese weichen Teppiche in herrlichen Pastelltönen, die hochbeinige Kommode aus Ulme, das glänzende Messing, die polierten Holzflächen. Das alles war so harmonisch aufeinander abgestimmt. Sie hatten recht, es war ein Traum, ein schöner Traum. Aber damit ist es nun vorbei. Der Fiskus bringt alles unter den Hammer, um zu seinem Geld zu kommen, oder Sie selber müssen verkaufen, um den Anwalt bezahlen zu können. Dann gelangen diese Prachtstücke in andere Hände, und Ihre herrliche Wohnung ist zerstört, der Traum ausgeträumt.»

Das alles kam als ein eigentümlicher Sing-Sang heraus, seine Stimme klang fast melodiös. Delaney hörte gedämpften Straßenlärm, Hupen, Rufe, doch die anderen vernahmen nur das sanfte, monotone Plätschern seiner Stimme, hörten Wörter, die Bilder vor sie hinzauberten, die sie faszinierten.

«Nichts von alledem bleibt», wiederholte der Chief. «Nichts von der Schönheit, dem Luxus, der Behaglichkeit. Da, wo Sie hinkommen, sieht alles sehr anders aus, Mr. Geltman. Fünfzehn Jahre werden Sie mit zwei anderen Sträflingen eine drei mal drei Meter große Betonzelle und das Klosett teilen. Ihre Mithäftliche sind Tiere, Mr. Geltman. Brutale Burschen. Die Sie zwingen werden, Ihnen zu Diensten zu sein und das in jeder Hinsicht. Sie verstehen mich? In jeder Hinsicht! Sie bekommen Essen vorgesetzt, das Sie nicht vertragen. Der Tagesablauf ein ewiges Einerlei, das Ihre Phantasie abtötet und alle Hoffnungen erstickt. Ein Tag gleicht dem anderen, gleicht ihm aufs Haar, Mr. Geltman, und fünfzehn Jahre werden Ihnen vorkommen wie fünfzig oder hundert, denn ein Ende ist nicht abzusehen. Aber das alles ist noch nicht das Schlimmste an der Zuchthausstrafe, Mr. Geltman, nicht für einen Mann von Ihrer Sensitivität, ihrem verfeinerten Geschmack. Sie erinnern sich: als wir in der Galerie über Maitlands Bilder sprachen, sagten Sie, Sie sähen darin die verkörperte Sinnlichkeit? Nun, ein Zuchthaus ist die verkörperte Häßlichkeit . . . Grau, alles grau in grau, die Mauern, die Kleidung, selbst die Nahrung. Dieses Grau teilt sich mit der Zeit auch der Haut der Insassen mit, ja dringt in ihre Seelen ein. Trübe, trostlos. Kein einziger leuchtender Farbfleck. Keine Musik. Kein herzliches Lachen, kein Lied. Nirgendwo eine Spur von Schönheit, nichts als harte, graue Häßlichkeit, die in alles einsickert, Sie von allen Seiten bedrängt. Für einen Mann wie Sie bedeutet das –»

Nun ging alles so rasch, so unvermutet, daß die Untersuchungskommission, die die Vorgänge auf dem Vidiorekorder vorgespielt bekam, zu dem Ergebnis gelangte, es sei nicht zu verhindern gewesen.

Saul Geltman fuhr von seinem Stuhl hoch wie von Gottes Hand gezogen. Er taumelte drei große Schritte zum offenen Fenster hin und stürzte sich hinaus wie jemand, der vom Dreimeterbrett ins Wasser springt, Arme vorgestreckt, Kopf eingezogen.

Nicht einmal seine Zehen streiften das Fensterbrett.

Als er unten aufprallte, hörte man es im Zimmer.

Boone zuckte zusammen, Jason überlief sichtbar ein Schauder. Delaney schloß die Augen, als er den Körper aufprallen hörte.

«Herr im Himmel», stöhnte Boone, sprang auf, rannte zum Fenster. Er stützte sich aufs Sims und beugte sich behutsam hinaus. Als er sich wieder umwandte, war er kreideweiß.

«Da hilft nur noch Löschpapier», sagte er.

Delaney klappte die Lider auf und blickte zur Decke.

«Durch die Lappen ist er uns also nicht gegangen», bemerkte er, ohne jemand direkt anzureden.

Es wurde später Nachmittag, bevor alles erledigt war, was getan werden mußte. Thorsen leitete die Untersuchung, ließ von allen Beteiligten schriftlich eine Darstellung des Sachverhaltes geben, versiegelte den Videorekorder samt Band, gab eine Mitteilung an die Presse heraus und dem Fernsehen ein kurzes Interview.

Die drei Skizzen von Maitland wurden in Geltmans Wohnung gefunden. Rosa Perez bekam ihre hundert Dollar und Delaney vergaß auch nicht die Zweiliterflasche Whiskey. Mama wollte allerdings lieber Rum. Die elektronischen Gerät wurden abgebaut, die Wohnungen Perez und Ruiz aufgeräumt, der vorherige Zustand so gut es ging wiederhergestellt.

Geltmans Leiche wurde in einem blauen Plastiksack ins Leichenhaus geschafft, und die Blutlache im Hof mit Sägespänen zugeschüttet.

Boone erbot sich, den Chief heimzufahren, und der nahm dankbar an. Im Stadtverkehr kamen sie nur schwer voran, doch ab der Third Avenue ging es rascher, zumal Boone schnell genug fuhr, um jede Ampel noch bei Grün zu erwischen.

«Übrigens», sagte Delaney unterwegs, «über das Wochenende vom 4. Juli wollen meine Frau und ich nach New Hampshire, die Mädchen besuchen. Wir mieten einen Wagen. Falls Sie und Rebecca Lust haben, könnten Sie mitkommen.»

«Mit größtem Vergnügen, Sir. Ich bezweifle keinen Moment, daß Rebecca sich freuen wird. Aber warum wollen Sie einen Wagen mieten? Wir könnten diesen nehmen.»

«Nun, das will ich Ihnen sagen», Delaneys Stimme klang schwärmerisch verträumt. «Mein Lebtag habe ich mir gewünscht, mal einen Rolls Royce zu fahren, aber es ist nie dazu gekommen. Diesmal werde ich Monica überraschen und einen großen, schwarzlackierten Rolls mieten. Das macht ihr bestimmt unheimlichen Spaß, die Mädchen werden sich nicht lassen können vor Wonne und ich werde es genießen. Die Fahrt dauert ungefähr acht Stunden, und wir könnten unterwegs ein Picknick machen. Ich denke da an Brathähnchen, Kartoffelsalat und ähnliches.»

«Das klingt sehr verlockend», lachte der Sergeant. «Also ein Rolls Royce? Ich habe noch nie in einem gesessen.»

«Sehen Sie? Und jetzt bietet sich endlich die Gelegenheit.»

Danach schwiegen sie. Hinter der 34th Street nahm der Verkehr merklich ab und Boone saß locker am Steuer.

Er hatte aber doch noch was auf dem Herzen. «Chief . . .»

«Ja?»

«Als Sie vorhin auf Geltman einredeten, ich meine, bevor er zum Fenster rausssprang, als Sie seine schöne Wohnung beschrieben und ihm das Leben im Zuchthaus ausmalten . . .»

«Ja?»

«Da kam es mir so vor als . . .»

«Was kam Ihnen wie vor?»

«Ich dachte, Sie – ah, hol's der Teufel», Boone starrte stur geradeaus.

«Ich habe mir da wohl bloß was eingebildet.»

«Ganz gewiß haben Sie sich bloß was eingebildet», stimmte Delaney milde zu und setzte eine Zigarre in Brand.